Verbrijzeld

Stuart MacBride bij Boekerij:

Met Logan McRae in de hoofdrol:
Steenkoud
Doodkalm
Vers bloed
Slachthuis
Verblind
Eindspel
Verbrijzeld
Witheet
De vermisten en de doden

Met Ash Henderson in de hoofdrol:
Dertien
De poppenspeler

www.boekerij.nl

Stuart MacBride

Verbrijzeld

Deel 7 in de Logan McRae-serie

Eerste druk mei 2011
Tweede druk oktober 2017

ISBN 978-90-225-8349-4
ISBN 978-90-475-1984-3 (e-book)
NUR 332

Oorspronkelijke titel: *Shatter the Bones*
Vertaling: Jaap Sietse Zuierveld
Omslagontwerp: Wil Immink Design
Omslagbeeld: iStock
Zetwerk: ZetSpiegel, Best

© 2011 Stuart MacBride
Nederlandstalige uitgave © 2011 Meulenhoff Boekerij bv, Amsterdam

Niets uit deze uitgave mag openbaar worden gemaakt door middel van druk, fotokopie, internet of op welke andere wijze ook, zonder voorafgaande schriftelijke toestemming van de uitgever.

Voor Phil

Zes dagen later

1

'Drie minuten.'
'Kut.' Brigadier Logan McRae leunde op de claxon; het schrille *brieeeeeep* was amper hoorbaar boven de loeiende sirene en de wauwelende radio. 'Ga verdomme aan de kant!'
... om te laten zien dat we allemaal aan hen denken. Dus hier zijn Alison en Jenny McGregor met 'Wind Beneath My Wings'... Er zwollen violen aan, en toen begon het gezang. *Did...*
'Christus, niet weer.' Agent Rennie zette de radio uit en streek met zijn hand door zijn met gel ingesmeerde stekelige blonde haarbos. Keek weer op zijn horloge. 'We halen het niet, hè?'
Nog een claxonstoot.
'Eindelijk!' De imbeciel in de Toyota Prius reed dichter naar de stoeprand toe; Logan trapte het gaspedaal tegen de vloer en stuurde de poolauto van de recherche brullend om de buitenkant heen, met zijn handen zo strak om het stuur geklemd dat zijn linkerpalm pijn deed. 'Tijd?'
'Twee minuut veertig.' Rennie greep het handvat boven het passagiersportier toen Logan de morsige Vauxhall om de Hazleheadrotonde lanceerde. Gepiep van banden, het gerammel van een plastic wieldop die een van de wielen in de steek liet. 'Aaagh...'
'Kom op, kom op.' Logan haalde bus 215 naar Westhill in – de bestuurder van een tegemoetkomende Range Rover trapte met wijdopen ogen en vloekend op de rem.
Door de stoplichten heen, tegenliggers negerend.
Logan rukte het stuur naar links; de achterkant van de poolauto zwenkte uit toen hij hem de hoek om naar Hazledean Drive smeet.

Rennie piepte. 'O god...'

'Tijd?'

'We gaan dood...'

'TIJD, IDIOOT!'

'Een minuut zesenvijftig.'

Een groep schoolkinderen, die buiten bij het zwembad rondliep, draaide zich om om naar de voorbijflitsende auto te kijken.

Logan schakelde terug, mikkend op een roestrode verkeershobbel. Als je precies over het midden reed, zouden de wielen aan weerskanten van de hobbel komen. Geen probleem... De auto schoot de lucht in en smakte weer op het asfalt vol kuilen neer.

'Probéér je ons om zeep te helpen?' Rennie keek weer op zijn horloge. 'Een minuut dertig.'

De agent had gelijk: ze zouden het niet halen. Logan nam de volgende verkeershobbel zonder vaart te minderen.

'Aaaagh! Een minuut tien.'

De telefooncel was nog niet eens te zien.

'Kom op!'

De auto gleed de volgende hoek om; de wielen deden een nevel van gruis opstuiven toen ze naar het Hazlehead Park zigzagden. Ze zouden het nooit halen.

'Negenendertig, achtendertig, zevenendertig, zesendertig...' Rennie zette zich schrap tegen het dashboard. 'Misschien wachten ze wel?'

Logan drukte zijn voet hard tegen het gaspedaal, heen en weer schommelend in zijn stoel. 'Kom op, strontbak.' Zijn om het stuur geklemde linkerhand bonsde. Struiken schoten langs het raam, een natuurstenen muur weinig meer dan een grijs knobbelig waas. Honderdvijf kilometer per uur. Honderdzes. Honderdzeven...

'Vijf, vier, drie, twee, een.' Rennie schraapte zijn keel. 'Twintig over.'

De politieradio kraakte. '*Controle aan Charlie Delta Veertien, is ze...?*'

Rennie griste de portofoon. 'Nog onderweg.'

'*Nog onder...? Het is twintig over...*'

'Dat weten we verdomme!' Logan nam met hondertien nog een verkeershobbel; de auto sprong schokkend de lucht in. Ditmaal klonk er een luid metalig knallend geluid toen hij het asfalt weer raakte, gevolgd door een oorverdovend gegrom. Daarna schudde de hele auto, een schrapend geluid, en de achterwielen stuiterden over iets heen.

Logan keek even in de achteruitkijkspiegel. De uitlaat lag gedeukt en gehavend midden op de weg. 'Zeg ze dat ze om het hele park wegversperringen moeten opwerpen – elke uitgang!'

Nog een hoek – de motor brulde als een boze beer – en daar was het. Een British Telecom-telefooncel – waarvan de plexiglazen huid bezaaid was met spuitverftatoeages – die buiten de groezelige betonnen rechthoek van een openbaar toilet stond. Niemand te bekennen. Geen geparkeerde auto's. Geen voorbijgangers.

De Vauxhall kwam slippend tot stilstand in een wolk van bleek stof. Logan trok aan de handrem, rukte zijn gordel af, sprong naar buiten en sprintte naar de telefooncel.

Stilte, alleen het geknerp van zijn voeten op het grind.

Hij rukte de deur van de cel open en werd overspoeld door de tranentrekkende stank van muffe urine. De telefoon lag op de haak, het glanzende metalen snoer nog op zijn plaats. Godzijdank. Het was zo'n beetje het enige ding daarbinnen dat niet was vernield.

Maar hij rinkelde niet.

'Tijd?'

Rennie kwam wankelend naast hem tot stilstand; zijn zongebrande gezicht zag zelfs nog dieper roze dan gewoonlijk. Hij hijgde. 'Twee minuten te laat.' Hij draaide rond. 'Misschien hebben ze nog niet gebeld? Misschien zijn ze opgehouden? Of iets...' Hij staarde naar de bruine luchtkussenenvelop die op de plank lag, op de plek waar een telefoongids had moeten liggen.

Logan diepte een paar blauwe nitrilhandschoenen uit zijn zak op en trok ze aan. Hij pakte de envelop op. Die was aan 'De kit' gericht.

Rennie veegde met zijn hand over zijn mond. 'Denk je dat het voor...'

'Natuurlijk.' De flap was niet vastgeplakt. Logan trok de envelop open en gluurde erin. 'Jezus.'

'Wat? Wat hebben ze...'

Hij stak zijn hand erin en trok er een verfrommelde prop wit papier uit, roodgevlekt in het midden. Hij vouwde de prop voorzichtig open.

In het midden lag een roze staafje van vlees – een rozegelakte nagel aan het ene uiteinde, een bloederig stompje aan het andere. De teen van een klein meisje.

Er zat gestold bloed op het inpakpapier, maar Logan kon het gelaserprinte bericht toch ontcijferen: MISSCHIEN KOMEN JULLIE DE VOLGENDE KEER NIET TE LAAT.

2

'Heeft je moeder jou onder een struik met idióten gevonden?' Hoofdinspecteur Finnie wees met zijn vinger naar de met graffiti bekladde telefooncel, waar een eenzame technisch rechercheur in vol forensisch ornaat afdrukken aan het borstelen was. 'Dacht je dáárom dat het een goed idee zou zijn om elk beginsel van de bewijsprocedure in gevaar te brengen door de envelop te openen, terwijl elke halvegare...'
'Wat als het instructies waren? Wat is dan de volgende stap?' Logan stak zijn kin met een ruk naar voren. 'Zou u het hebben laten liggen?'
Finnie deed zijn ogen dicht, zuchtte en streek met zijn hand door zijn slordige bruine haar. Met zijn brede rubberachtige lippen en verzakkende gezicht leek het hoofd van de recherche elk verstrijkend jaar meer op een teleurgestelde kikker. Hij kneep zijn kraaloogjes samen. 'Als jullie hier op tijd waren geweest in plaats van...'
'Het was godsonmogelijk dat we het in zes minuten vanuit Altens helemaal hierheen zouden halen!'
'Jullie werden geacht...'
'We waren twéé minuten te laat. Twee minuten. En in die tijd weten ze een briefje te printen, de teen van een klein meisje af te hakken, alles in een envelop te stoppen, die aan "De kit" te richten, en zonder een spoor op te rotten?'
'Maar...'
'Als ze de amputatie hier hadden gedaan, zou er overal bloed zijn.'

Finnie blies zijn wangen bol en ademde lang en nat uit. 'Gloeiende tering.'

'Het was helemaal niet de bedoeling dat we hier op tijd zouden komen; we zijn erin geluisd.'

Ergens achter hen echode geschreeuw. 'Hoofdinspecteur? Hallo? Is het waar dat u Jenny's lichaam hebt gevonden?'

Finnie zakte even in, met zijn ogen dicht. 'Zijn die klootzakken gestóórd?'

Het was een slobberige vrouw, in een spijkerbroek en een bleekblauw shirt dat onder de armen en tussen de borstzakken donkerblauwe vlekken vertoonde. Ze sjokte de stoffige weg op, haar grijzende haar als een stuifzwam achter haar zweterige gezicht gebonden. Naast haar trippelde een puisterige man, die met een enorme camera liep te friemelen.

Het hoofd van de recherche rechtte zijn schouders en zei op harde fluistertoon: 'Breng die envelop naar het lab: ik wil dat die wordt onderworpen aan elke verdomde test die ze hebben. Niet morgen, of volgende week, of wanneer Peterhead ophoudt het systeem te belemmeren met hun verdomde onderwereldexecutie: vandáág. Zo gauw mogelijk. Begrepen?'

Logan knikte. 'Ja, baas.' Hij wendde zich af en liep naar de telefooncel op het moment dat Puistje de Cameraman de eerste foto nam.

'Is zij het? Is het Jenny?'

Finnies stem dreunde de warme middag in: 'BRIGADIER TAYLOR, ZORG DAT DEZE PLAATS DELICT VERDOMME WORDT AFGEZET!'

De technisch rechercheur was bezig met een afdruk op de gebarsten plexiglazen wand van de telefooncel, vlak onder een stel met zwarte markeerstift getekende pornografische poppetjes.

Logan klopte op het metalen frame. 'Al geluk gehad?'

Ze gluurde omhoog naar hem; een dunne streep huid was het enige zichtbare tussen haar beslagen veiligheidsbril en witte masker. 'Hangt van je definitie van "geluk" af. Dit ding is besmeurd met afdrukken en ik durf om een tientje te wedden dat geen enkele daarvan bij onze vent hoort. Maar het góéde nieuws is: ik heb drie gebruikte condooms, een hoop versteende hondendrollen en twee lege colablikjes gevonden, het is hier net een magnetron-

oven, en ik zit op mijn knieën in opgedroogde pis. Wat wil je nog meer?'
'Condooms?' Logan trok zijn neus op. In een telefooncel die naar een urinoir rook? Hoezo 'er bestaat geen romantiek meer'? 'Heb je de envelop?'
Ze wees naar de koffer naast haar. 'Als je ervoor tekent, mag je het zaakje hebben.'
'Heb je het in de zón laten staan? Waarom is het niet in ijs ingepakt?'
De technicus veegde met de arm van haar forensisch pak over haar glinsterende voorhoofd. 'Waar moet ik in godsnaam ijs vandaan halen? Hoe dan ook, ze gaan dat rotding er toch niet weer aan naaien, wel?'
'Geen wonder dat Finnie over de rooie is...' Logan opende de gehavende metalen koffer. Er zat een opgevouwen fleece van de politie van Grampian in; de luchtkussenenvelop in zijn doorzichtige plastic bewijszak lag in het midden. Ze was tenminste nog zo verstandig geweest om hem geïsoleerd te houden. Hij vulde het bewijsformulier in en stond op. 'Goed, als je iets ziet...'
'MCRAE!' Finnies stem was zo luid dat ze allebei ineenkrompen. 'IK ZEI ZO GAUW MOGELIJK, NIET WANNEER JE ER VERDOMME ZIN IN HEBT!'

Logan draaide de rammelende Vauxhall Queen Street in. Ze hadden de gehavende uitlaat in de kofferbak gestopt en nu brulde en loeide de poolauto als de eerste hatchback van een tiener en vulde de verstikkende geur van uitlaatgassen het interieur.
Agent Rennie, die in de passagiersstoel zat, mompelde afkeurend. 'Dacht dat ze allemaal inmiddels wel bij Hazlehead zouden zijn...'
Het hoofdbureau van de politie van Grampian doemde aan het eind van de weg op – een lelijk zwart-wit gebouw in jarenzeventigstijl, blokachtig en dreigend, het dak versierd met communicatieantennes en waarschuwingssirenes. Het gerechtsgebouw ernaast was niet veel beter, maar zelfs dat was uitnodigend vergeleken bij de menigte die zich op het parkeerterrein voor het hoofdbureau had verzameld.
Tv-ploegen, verslaggevers, fotografen en de obligate menigte verontwaardigde burgers die spandoeken en protestborden in hun han-

den geklemd hielden: DOE ONZE JENNY GEEN PIJN!, DE WIND ONDER ONZE VLEUGELS!!!, WE BIDDEN VOOR JULLIE ALISON EN JENNY!, LAAT ZE GAAN!!!!! Tranen voor de camera's. Grimmige gezichten. Waar gaat het heen met de wereld, en ophangen is te goed voor hen.
Een paar demonstranten draaiden zich om om de Vauxhall voorbij te zien brommen.
Rennie snoof. 'Hoe komt het dat de lelijkerds altijd op de tv willen komen? Ik bedoel, begrijp me niet verkeerd: het is tragisch en zo, maar niemand van deze meute heeft hen ooit zelfs maar ontmoet. Hoe komt het dus dat ze zich hier te barsten staan te schreeuwen alsof hun ma net is doodgegaan? Onnatuurlijk, toch?'
Logan parkeerde aan de achterkant en liet de gehavende auto naast de politiebusjes achter. 'Breng alles naar de derde verdieping.'
Rennie scharrelde de bewijszakken van de achterbank. 'Ik bedoel, publiek vertoon van verdriet om iemand die je nooit hebt ontmoet is gewoon eng, het... Is dit hondenstront?' Hij hield een van de zakken omhoog, turend naar de grijs-bruine brokken erin. 'Ja! Het is honden...'
'Breng het nou maar naar het verdomde lab.' Logan draaide zich om en liep naar de achterdeuren.

'Nou, hoe lang gaat het duren?'
'Urgh...' De man in het witte Tyvek-pak huiverde, tilde vervolgens de teen van het met bloed bevlekte briefje en liet die in een bewijszak glijden. Zijn stem klonk gedempt van achter zijn masker. 'Een klein meisje, godsamme.'
Het lab van het hoofdbureau was een fractie van de grootte van de hoofdfaciliteit in Nelson Street en het had meer weg van een rommelige keuken dan van een hoogontwikkelde forensische faciliteit. Er was zelfs een koel-vriescombinatie, die in zichzelf stond te gorgelen bij de deur en bedekt was met magneten. Een kleine digitale radio speelde Northsound One net luid genoeg om boven het gejengel van de vacuümtafel uit gehoord te worden, terwijl iemand afdrukken op een metalen pijp bepoederde.
Logan trok aan het kruis van zijn eigen pak. Een of andere grapjas moest het label veranderd hebben, want dit was om de dooie dood geen Large. 'Nou, hoe lang?'
'Geef ons heel even de tijd, we hebben het spul pas een kwartier.'

'Finnie wil dat alles zo gauw mogelijk getest wordt.'
'Wat een schok.' De technicus boog zich weer over het verkreukelde briefje, maakte een uitstrijkje van kleverig donkerrood bloed en liet het in een plastic flesje glijden. 'Als ik haast maak met het DNA krijg je het over een uur terug...'
'Er is om zes uur een persvoorlichting!'
'... anderhalf uur maximaal. Het beste wat ik kan doen.'
'Kun je niet...'
'Dit is de tv niet, ik kan niet gewoon op tijd voor de reclame een DNA-profiel tevoorschijn toveren. Ik kan waarschijnlijk wel een bloedgroep voor je vaststellen.' Hij maakte nog een uitstrijkje en kuierde naar het werkoppervlak naast de koelkast. 'Wat de rest betreft...' Hij zuchtte, zette zijn veiligheidsbril recht en keek de kamer door. 'Sam? Hoe lang duurt het met vingerafdrukken?'
Niets.
Logan tuurde naar de ineengedoken vorm boven de vacuümtafel. Het flodderige witte forensische pak maakte haar compleet anoniem, zelfs voor hem. 'Samantha?'
De technicus deed nog een poging. 'Sam?'
Nog steeds niets.
'SAM: HOE LANG DUURT HET MET VINGERAFDRUKKEN?'
Ze keek op van haar ijzeren pijp. Eén uiteinde was in een doorzichtige plastic bewijszak gewikkeld, het metaal donker en bevlekt. Ze trok aan het elastiek van haar capuchon – zodat er een dikke bos helder scharlakenrood haar werd onthuld – en trok een zwart koptelefoontje uit haar oor. 'Wat?'
'Vingerafdrukken.'
'O.' Ze keek naar Logan en glimlachte... waarschijnlijk. Het was moeilijk te zeggen doordat ze in vol forensisch ornaat was. 'Ben jij dat?'
Logan glimlachte terug achter zijn eigen masker. 'Dat hoop ik wel, ja.'
'Ik heb je envelop in de superlijmbox gedaan. Maar ik verwacht er niet veel van; hij zit er al tien minuten in en er is niks uit de bus gekomen.'
'O resus negatief.' De technicus hield een kaart omhoog. 'Helpt dat?'
Dezelfde bloedgroep als Jenny McGregor.

'Autopsie?'

'Geen idee.' De man pakte de bewijszak met de teen erin met twee vingers op, alsof het een vieze luier was, overhandigde hem aan Logan en veegde zijn handschoenen aan de voorkant van zijn pak af. 'De IJskoningin is naar een conferentie in Baltimore, en de stomme eikel die ze hebben binnengehaald om voor haar in te vallen zit thuis aan de schijterij. Dus...'

Logan probeerde niet te kreunen. 'Wanneer is Hare Hoogheid terug?'

'Dinsdag over een week.'

Geweldig.

Hij tekende voor de teen en ging vervolgens naar het mortuarium: stil en koud in een ondergronds bijgebouw naast het achterste parkeerterrein. De dienstdoende patholoog-anatoom zat in een beige kantoortje bij de snijkamer met haar voeten op het bureau een roddelblad te lezen.

Logan klopte op het deurkozijn. 'Ik heb een paar resten voor je.'

'Ah, inderdaad.'

WAG LOVE CHEAT EXCLUSIVE! ging een bureaula in, en de technicus ontvouwde zichzelf uit de stoel. Lang, dun en insectachtig, met een trendy bril en een breed, plat gezicht, vingers die constant bewogen. 'Staat de lijkwagen in de laadruimte?'

Logan hield de zak met het hompje vlees en bot omhoog.

'O...' Ze trok een brede, donkere wenkbrauw op. 'Ik begrijp het. Nou, wij hebben een drukke dag gehad; ik veronderstel dat dit een tempoverandering zal inhouden als meneer Hudson weer genezen terugkeert.' Ze sloop naar de koude opslagruimte, koos een metalen deur uit, opende die en schoof een grote metalen la uit de wand.

Een wasachtig geel gezicht staarde hen aan. Gezwollen golfbalneus; sjofele grijze baard; de huid rond het voorhoofd en de wangen was enigszins slordig, alsof die niet goed was teruggelegd.

De technicus fronste. 'Nou, dat klopt niet. Jij zou in nummer vier moeten liggen.' Zucht. 'Maar goed.' Ze opende de volgende deur. 'Ziezo.'

'De autopsie moet zo gauw mogelijk worden verricht. We hebben...'

'Helaas kan het, nu dokter McAllister weg is en meneer Hud-

son... onwel is, een paar dagen duren voor we iets kunnen doen.'
Ze stak haar hand naar hem uit; haar vingers zochten als de voelsprieten van een duizendpoot. 'Kan ik de resten krijgen?'

Logan liet haar voor de teen tekenen en keek vervolgens hoe ze het bleke teentje plechtig in de la legde. Het zag er ietwat belachelijk uit, een piepklein stompje vlees in een bewijszak, dat in het midden van die roestvrijstalen uitgestrektheid lag. Daarna schoof ze de la weer in de wand en klapte ze de zware deur dicht.

Uit het oog, maar beslist niet uit het hart.

3

'Rose Ferris, *Daily Mail*. U hebt nog steeds geen antwoord gegeven op de vraag: hebt u Jenny McGregors lichaam gevonden of niet?' Met opengesperde neusgaten schoof de slungelige verslaggeefster naar voren in haar stoel.

Op het podium opende hoofdinspecteur Finnie zijn mond, maar de man die naast hem zat was hem voor.

'Nee, juffrouw Ferris, we hebben het niet gevonden.' Commissaris Bain trok de voorkant van zijn uniform recht; de tv-lichten glinsterden op de zilverkleurige knopen en zijn glanzende kale hoofd. 'En ik zou de meer prikkelbare leden van de pers willen verzoeken om te stoppen met het verspreiden van die óngefundeerde geruchten. De mensen zijn nu al verontrust genoeg. Is dat duidelijk, juffrouw Ferris?'

Logan, die aan de zijkant van de zaal stond, speurde de zee van gezichten af die zich in de grootste functionele suite van de Beach Ballroom hadden verzameld – de enige plek in de buurt van het hoofdbureau die ruim genoeg was om iedereen plaats te bieden. Tv-camera's, persfotografen en journalisten van elk groot mediakanaal in het land. Allemaal hier om te zien hoe de politie van Grampian alles verziekte.

Ze waren opgesteld in nette rijen van plastic stoelen, tegenover het kleine podium waar hoofdinspecteur Finnie, zijn baas – Biljartbal Brian – en een afgekauwd ogende persvoorlichter achter een met zwart doek gedrapeerde tafel zaten. Een stander met het wapen van de Schotse politie erop vormde de achtergrond: SEMPER VIGILO, *altijd waakzaam*. Ergens betwijfelde Logan of iemand dat geloofde.

Een gekreukte man stak zijn hand op: een doorzakkende gier in een supermarktpak. 'Michael Larson, *Edinburgh Evening Post*. "Ongefundeerd", toch? Dus u zegt dat dit allemaal één grote publiciteitsstunt is? Dat het productiebedrijf...'

De rest werd overstemd. 'Daar gaan we verdomme...', 'Hé, Larson, jouw lul is ongefundeerd!', 'Rukker...'

Larsons rug verstijfde. 'O, kom op, het is duidelijk nep. Ze doen het alleen maar om cd-verkopen te stimuleren. Er is nooit een lichaam gewéést, het is allemaal...'

'Als er geen andere zínnige vragen zijn, ben ik...' Commissaris Bain keek fronsend naar de menigte toen een verslaggever in het midden van de meute opstond. De hele zaal draaide zich om en staarde naar de kleine, gedrongen vent, gekleed in een duur ogend grijs pak, zijden overhemd en das, haar onberispelijk gekapt. Alsof hij luchtdicht verpakt in een doos had gezeten.

Hij wachtte tot elke microfoon en camera op hem was gericht. 'Colin Miller, *Aberdeen Examiner*.' Zijn sterke Glasgowse accent paste niet echt bij de chique kleren. De kleine man haalde een vel papier in een doorzichtige plastic hoes tevoorschijn. 'Dit heb ik een halfuur geleden op mijn bureau gevonden. En ik citeer: "De politie nemen dit niet serieus. We gaven ze simpele, duidelijke instructies, maar hun waren toch te laat. Dus hadde we geen andere keus: we moesten de teen van het kleine meisje afsnijden. Ze heb er nog negen. Geen geklooi meer."'

De zaal barstte los.

'Is het waar? Hébt u Jenny's teen gevonden?', 'Waarom neemt de politie van Grampian het niet serieus?', 'Hoe kunt u het verantwoorden om het leven van een klein meisje in gevaar te brengen?', 'Gaat u deze zaak nu aan SOCA overdragen?', 'Wanneer kunnen we de teen zien?', '... openbare enquête...', '... mensen hebben er recht op te weten...', '... denkt u dat ze nog leeft?'

Camera's flitsten als vuurwerk; Finnie, Bain en de persvoorlichter kregen er geen woord tussen.

En wie stond zich in de mediagloed te koesteren? Colin Miller. Kleine eikel.

'Genoeg!' Voor in de zaal beukte commissaris Bain met zijn hand op de tafel, zodat de waterkan en drie lege glazen rinkelden en rammelden. 'Rustig, of anders laat ik jullie er allemaal uit gooien, is dat duidelijk?'

Geleidelijk bedaarde het rumoer, keerden konten naar zitplaatsen terug. Totdat de enige die nog stond Colin Miller was, met het briefje nog steeds in zijn hand. 'Nou?'

Bain schraapte zijn keel. 'Ik denk...'

De persvoorlichter boog zich opzij en fluisterde iets in Bains oor; de commissaris fronste, fluisterde iets terug en knikte.

'Ik kan bevestigen dat wij vanmiddag een teen hebben gevonden die afkomstig lijkt te zijn van een klein meisje, maar totdat DNA-resultaten...'

En de zaal barstte opnieuw los.

4

Geschreeuw; rinkelende telefoons; agenten en ondersteunend personeel jachtten met papiertjes door de hoofdkamer van de recherche; de bitterzoete geuren van sterke koffie en muf zweet, overtrokken met iets weerzinwekkends, kunstmatigs en bloemerigs. Aan één kant verborg zich een kleine afgescheiden sectie, het honk van zes brigadiers van de politie van Grampian. Het A4'tje dat met buddy's op de deur was geplakt begon er slonzig uit te zien; HET HUISJE was amper leesbaar door alle post-its en opgekladde piemels. Logan ging naar binnen en deed de deur achter zich dicht, zodat het ergste lawaai werd buitengesloten.

'Jezus...'

Hij knikte naar de enige bezetter van de kamer, een zoutzakkerige figuur met een uitdijende kale plek, flaporen en één wenkbrauw die als een strook harig tapijt over zijn voorhoofd liep. Biohazard Bob Marshall, het levende bewijs dat zelfs de natuurlijke selectie mindere dagen had.

Bob draaide in zijn stoel rond. 'Gisteren had ik hier een heel pakje peuken en ze zijn verdwenen.'

'Dan hoef je niet naar mij te kijken: ik ben vier weken geleden gestopt.' Logan keek op zijn horloge. 'Hoe is het je gelukt om de voorlichting over te slaan?'

'Onze geliefde leider, waarnemend inspecteur MacDonald, vindt dat iemand het hoofd van deze verdomde afdeling boven de rioollijn moet houden terwijl jullie stelletje nichten de mediahoer uithangen.'

'Je bent gewoon jaloers.'

'Dat kun je verdomme wel zeggen.' Hij draaide zich weer naar zijn bureau toe. 'Wacht maar tot het mijn beurt is om inspecteur te zijn. Dan zullen jullie klootzakken de toorn van Bob leren kennen.'

Logan ging achter zijn bureau zitten en zette zijn computer aan. 'Heb je het nummer van die nieuwe patholoog, Hudson?'

'Vraag juffrouw Dalrymple maar.'

Logan huiverde. 'Geen denken aan.'

'Hmm.' Bob kneep zijn ogen samen. 'Speelt ze nog steeds de enge lijkhuisbewaakster?'

'Drie weken achter elkaar. Ze is ook raar gaan doen met haar vingers, alsof ze spinnen in plaats van handen heeft.'

Bob knikte. 'Bevalt me wel. Toewijding.' Hij liet zijn stoel naar voren schieten. 'Heb ik je ooit verteld over de tijd...'

De deur ging open, zodat de geluiden van amper beheerste chaos werden binnengelaten. Samantha stond in de deuropening; ze had het forensisch pak uitgetrokken en onthulde een Green Day-shirt, een zwarte spijkerbroek en een bos scharlakenrood haar, aan haar voorhoofd geplakt. Gezicht roze en glanzend. De metalen staaf die ze op afdrukken had onderzocht hing over haar ene schouder, gewikkeld in een zwachtel van bewijszakken en isolatietape. 'Wil iemand een DNA-resultaat?'

Bob grijnsde. 'Als je een monster zoekt, heb ik wel wat lichaamssappen in een handpomp.'

'Logan, zeg tegen Biohazard dat ik zijn pik nog niet met een kaasrasp zou aanraken.'

'Ach, kom op – je bent toch niet nog steeds chagrijnig?'

Ze draaide zich om en kwakte een bundeltje papieren op Logans bureau. 'Het bloed is van Jenny. Negenennegentig komma negen acht zekerheid.'

Logan bladerde tot de pagina met conclusies. 'Kolere...'

'Sorry.' Samantha sloeg een warme arm om zijn schouders. 'Wordt het laat vanavond? Grote dag morgen, weet je nog?'

'Ja, nou' – Bob wreef met een vinger over zijn harige wenkbrauw – 'bekijk het van de zonnige kant: stel je voor dat het van iemand anders was geweest. Dan had je twee vermiste kindjes gehad.'

'Ja, waarschijnlijk wel...' Logan legde het rapport op zijn bureau neer. Jenny's DNA. Kolere én tering. 'Heb je het Finnie verteld?'

Samantha deinsde achteruit, met haar handen omhoog. 'O nee, geen sprake van.'

'Alsjeblieft?'

'Jóúw naam staat op het bewijsformulier, vertel het hem zelf maar.' Ze schudde even aan de pijp. 'Hoe dan ook, ik moet terug voordat die idioot van een Downie komt opdraven. Ik zou die rotzak zijn eigen teennagels nog niet laten knippen, laat staan concreet bewijsmateriaal...' Samantha bloosde. Schraapte haar keel. 'Sorry.'

Bob tuitte zijn lippen en mompelde afkeurend. 'Kijk, dat is tegenwoordig het probleem met ondersteunend personeel: altijd op tenen trappen. Grapjes maken over teennagels terwijl er een klein meisje is met een afgesneden...'

'Rot op, Bob.'

Hij grijnsde. 'Kijk: je praat weer tegen me!'

Ze plantte een kus op Logans voorhoofd en beende naar buiten, haar middelvinger naar Bob opstekend.

Bob wees naar zijn kruis. 'Nou... wil je dat DNA-monster te goed houden?'

Samantha sloeg de deur dicht.

De hoofdkamer van de recherche werd als een veehok doorsneden door borsthoge scheidswanden, allemaal bedekt met memo's, telefoonlijsten en strips die uit de *Aberdeen Examiner* waren geknipt. Iemand had de TERRORISME IS IEDERS PROBLEEM!-poster aan de muur gemolesteerd – bij de kleine nis waar de thee- en koffiefaciliteiten waren – het woord 'terrorisme' doorgestreept en 'Bobs reet' ervoor in de plaats geschreven.

Logan bleef even staan voor de enorme whiteboards aan de voorkant van de kamer, om de updates over de zaak door te nemen. Kennelijk waren Jenny en haar moeder gezien in een postkantoor in Peterhead, een pub in Methlick, de bibliotheek van Elgin, het zwembad van Inverurie, de kerk van Cults... Allemaal je reinste flauwekul.

Iemand had de aftelling bijgewerkt; nu stond er: 8 DAGEN TOT DEADLINE!!!

'Brigadier?'

Logan keek naar links. Agent Guthrie stond naast hem, met in zijn hand een dampende mok koffie die de geur van bittere gebrande toast de kamer in liet kringelen. Logan draaide zich weer naar het bord toe. 'Als je slecht nieuws hebt, kun je opsodemieteren en het met iemand anders delen.'

Guthrie reikte hem de mok aan; een pruillipje vervormde zijn gezicht. Met zijn melkwitte huid, fletse rossige haar en blonde wenkbrauwen leek hij op een spook dat aan de taartjes had gezeten. 'Melk, twee suikerklontjes.'

'O... sorry.' Logan pakte de aangeboden mok aan.

De agent knikte. 'Maar nu ik je toch tref, brigadier, kun je misschien even kijken naar de drugsinval van morgen? McPherson is de verantwoordelijk rechercheur en jij weet wat dat betekent...'

Dat wist Logan inderdaad. 'Wanneer gaan jullie naar binnen?'

'Halfvier.'

'Nou, dat is tenminste een vroeg ochtendappel. De zakkenwassers zullen nog...' Hij zag Guthries gezicht tot een lelijke grimas vertrekken. 'Wat?'

'Niet 's ochtends, brigadier, 's middags.'

'Gaan jullie om halfvier 's middags naar binnen? Zijn jullie gek?'

'Kun je misschien, je weet wel, even met hem praten?'

'Dan zijn ze allemaal klaarwakker en gevechtsklaar, en dan verzetten ze zich tegen arrestatie, slaan op de vlucht, vernietigen bewijsmateriaal...'

'Sturen hun enorme klotehonden op ons af, ja, ik weet het: Shuggie Webster heeft net een rottweiler ter grootte van een minibus aangeschaft.' Guthrie schuifelde dichterbij. 'Misschien kun je met Finnie praten? Hem vertellen dat McPherson een lul is?'

Logan nam een slokje koffie, trok een grimas en gaf de mok terug. 'Niet dat je het verdient, door zulke koffie te zetten.'

Guthrie grijnsde. 'Bedankt, brigadier.'

Logan duwde de deuren open en liep de gang in. Hij wachtte even voor het kantoor van hoofdinspecteur Finnie, haalde diep adem en klopte net op het moment dat de deur openzwaaide.

Waarnemend inspecteur MacDonald verstarde op de drempel en kromp ineen toen Logans knokkels vlak voor zijn neus met een ruk tot stilstand kwamen. 'Jezus...'

Logan glimlachte. 'Sorry Mark, ik bedoel baas.'

MacDonald knikte; een blos maakte de huid rondom zijn sikje

roze. 'Ja, nou, als je mij wilt excuseren, brigadier.' Toen drong hij langs hem heen, hinkte de gang door naar zijn nieuwe kantoor en verdween naar binnen, de deur achter zich dichtslaand.

Brigadier? Twee weken in functie en waarnemend inspecteur MacDonald gedroeg zich al als een ware rukker.

Logan gluurde in Finnies kantoor. Het hoofd van de recherche zat achter zijn bureau, gezicht tot een rubberachtige frons geplooid. Colin Miller, de sterverslaggever van de *Aberdeen Examiner*, zat in een van de leren bezoekersstoelen de vouw van zijn onberispelijke broek glad te strijken. In de andere stoel hing een hoop vuile was, mond opengegooid in een kaakkrakende geeuw.

Inspecteur Steel eindigde met een boertje en een huivering, waarna ze nog verder in elkaar zakte. Haar grijzende haar stak in willekeurige richtingen uit als een misvormde Einstein-pruik. Ze streek met haar hand over haar gezicht, zodat ze de diepblauwgrijze wallen onder haar ogen helemaal uit vorm trok. Daarna liet ze los en namen de rimpels het weer over. Ze snoof. 'Gaat het nog veel langer duren? Ik heb thuis een kind met verhoging waar ik naartoe moet.'

Finnie trommelde met zijn vingers op het bureau. Het briefje lag in een doorzichtige plastic map naast zijn toetsenbord, het papier ongerept wit en glanzend. Hij staarde Logan aan. 'Ja?'

Logan hield het rapport omhoog dat Samantha had afgeleverd. 'DNA-resultaat.'

Colin Miller ging recht overeind zitten. 'O ja?'

Logan keek naar Finnie, de verslaggever en vervolgens weer naar Finnie. 'Meneer?'

'Ergens vandaag zou goed zijn, brigadier, vóórdat we allemaal de levenswil verliezen.'

'Ah, juist.' Hij schraapte zijn keel. 'Het is positief. Het DNA komt met dat van Jenny McGregor overeen.'

Finnie knikte, zijn dikke, rubberachtige lippen in een neerwaartse lijn gedrukt. 'Het is niet nodig om zo dramatisch te klinken, brigadier. Waar denk je dat de ontvoerders het ding vandaan hebben gehaald, *Toes "R" Us*? Natuurlijk is het van Jenny.' Hij leunde achterover in zijn stoel. 'Hoe zit het met de envelop en het briefje?'

Steel stak haar hand op. 'Laat me raden: noppes.'

Logan negeerde haar. 'Hetzelfde als alle andere: geen vingerafdrukken, geen DNA, geen vezels, geen haren, geen stof: geen spoor van welk soort dan ook. Niets.'

'Bingo!'

'Inspecteur, zo is het genóég.' Finnie tuurde naar het briefje op zijn bureau. '"We gaven ze simpele, duidelijke instructies, maar hun waren toch te laat. Dus hadde we geen andere keus: we moesten de teen van het kleine meisje afsnijden."' Hij kneep zijn lippen samen. 'Meneer Miller, ik neem aan dat we dit in de krant van morgen zullen zien.'

'Ja, het komt allemaal op de voorpagina: JENNY GEMARTELD – ONTVOERDERS HAKKEN TEEN AF.'

'Juist...' Finnie zette zijn vingertoppen tegen elkaar. 'En bent u er zeker van dat het verstándig is om zoiets te publiceren? Het publiek is al erg overstuur, en...'

'Nee, u weet wat de deal hier is: ik móét het publiceren. Net zoals ik het móést voorlezen op die verdomde persconferentie. Denkt u dat ik dat wilde doen? Jezus, man, ik zou het geheim hebben gehouden tot de krant morgenochtend uitkwam. Nu heb ik geen exlusief artikel en elk verrekt tabloid en krantje in het land gaat het publiceren. Om er nog maar niet van te spreken dat het verdomme vast al op tv is.' De verslaggever haalde zijn schouders op. 'Ik heb geen keus, hoor. Ik publiceer, of Jenny en haar moeder sterven.'

Finnie streek met zijn hand door zijn slordige bruine haar. 'Het mínste wat u dan kunt doen is onze kant van het verhaal weergeven. Er werd ons niet genoeg tijd gegeven om op het telefoontje te reageren, gezien de omstandigheden. En de teen was lang voordat we daar aankwamen al afgesneden.' Hij keek op. 'Nietwaar, brigadier?'

Logan knikte. 'We zijn erin geluisd.'

De verslaggever haalde zijn blocnote tevoorschijn. 'Is dat een citaat?'

Finnie kuchte. 'Noem het: "bronnen dicht bij het onderzoek".'

'Gaat u me details geven?'

'Onderweg naar buiten kan inspecteur McRae u informeren – de gebruikelijke beperkingen zijn van toepassing. Tenzij er verder nog iets is...?' De hoofdinspecteur draaide zich weer naar zijn computer toe.

'Eigenlijk, meneer' – Logan knikte achterom naar de rechercherkamer – 'moet ik u snel even spreken. Over een andere operatie.'

Steel hees zich uit haar stoel en bleef een moment bijna dubbelgebogen staan, voordat ze zich met een zucht oprichtte. 'Kom op, Weegie Boy, je kunt met ons meelopen naar de voordeur terwijl de tortelduifjes hier hun onderonsje hebben.' Ze nam een theatrale fluistertoon aan. 'Dat betekent dat ze een wip gaan maken.'

'Bedankt, inspectéúr, dat is álles.'

Logan wachtte tot de deur dichtklapte. 'Niet kwaad bedoeld, meneer, maar ik wil onze relatie liever platonisch houden.'

Finnie keek hem dreigend aan. 'Ik stá Steel enige vrijheid toe omdat zij, ondanks álles, een capabele inspecteur is. Jij daarentegen...'

'Sorry, meneer.' Hij zonk neer in de stoel die Colin Miller zojuist had vrijgemaakt. 'Het gaat over inspecteur McPherson – weet u dat hij morgen een drugsinval heeft? Die heeft hij halverwege de middag gepland.' Er viel een korte stilte. 'Als de doelwitten...'

'Ja, brigadier, ik ben me er wel van bewust wat drúgsdealers 's middags doen.' Finnie leunde achterover, tikte met de platte toppen van zijn vingers tegen zijn rubberachtige lippen. 'En wat stel jij voor eraan te doen?'

'Nou, u kunt met McPherson praten, hem laten weten...' Logan knipperde met zijn ogen. Likte zijn lippen. Verschoof in zijn stoel. 'Sorry, wat ík voorstel te doen...?'

'Nou, kennelijk weet jij het beter dan een inspecteur met negen jaar ervaring. Wat ga jíj doen met jóúw drugsinval?'

O gloeiende tering.

'Ik zou eigenlijk... met de... en het is... eh...' Logan keek op zijn horloge. Even na zevenen. 'Oké, nou, ik ben er vrijdag weer en...'

'Ik geloof in het ijzer smeden als het heet is, jij niet, Logan? Hoe krijg je ánders de vouwen in je spijkerbroek mooi recht?'

'Maar ik heb morgen... iets. En het...'

'Hoe ver zijn we met de autopsie op de teen?'

'Ziet u, ik heb het verlof geboekt om...'

'Probéér wel op te letten, brigadier: autopsie.'

Logan voelde de hitte in zijn wangen stijgen. 'Ik heb de patholoog, Hudson, gebeld – met zijn vrouw gesproken. Kennelijk heeft hij de hele dag op de wc gezeten. "Tube tandpasta" was de term die ze gebruikte. Ze denkt dat hij tegen de ochtend of dood is, of weer aan het werk.'

'Mooi.' Finnie klikte een knop in en bracht zijn monitor weer tot leven. 'Maak nu dat je wegkomt. Je hebt vast héél wat te organiseren.'

5

'... *bevestigen, we zijn in positie. Over?*'

Logan wreef met zijn hand over zijn prikkende ogen en tuurde naar het halfvrijstaande huis aan het eind van de rustige, doodlopende straat. De buurt had dat lichtelijk vervallen gevoel over zich: het te lange, doorschietende gras, een gehavende wasmachine die naast een stel gedeukte afvalbakken stond. Het hele decor monochroom in de natriumgloed van een stuk of tien straatlantaarns.

Hij drukte de knop van zijn portofoon in. 'Oké, luister mensen: we hebben drie, mogelijk vier blanke mannen binnen. Dit moet snel en netjes gebeuren – geen gekloot, niet gewond raken, niemand anders verwonden. En Shuggie Webster zou een nieuwe rottweiler hebben, dus let op. Is dat duidelijk?'

'*Team Twee, Roger.*'

'*Team Een, Rover.*'

'En niet bij mij komen janken als een enorme hond je kloten eraf kauwt, oké?' Logan trok de mouw van zijn jasje omhoog, zodat zijn horloge werd onthuld. 'En we zijn live over: acht, zeven, zes...'

'*Gadver... wie heeft er geruft?*'

'... drie, twee, een. VOORUIT!'

Agent Guthrie verschoof in de passagiersstoel. 'Ik zie niet in waarom ik moet...'

'Jij wilde dat ik er iets aan deed, ik heb er iets aan gedaan.'

'Maar...'

'Niet doordrammen, Allan. Als jij er niet was zou ik lekker thuis liggen bij mijn aanstaande.'

Aan het uiteinde van de doodlopende straat sprongen zaklampen aan, die de voortuin van een nietszeggend huis met twee verdiepingen bestreken. Witte BMW 3-serie op de oprit.

De doffe dreun van een ministormram die op een pvc-deur inbeukte.

'Kloteding...'

Een blaffende hond.

Nog een dreun.

En nog een.

'Waarom kunnen we verdomme geen explosieven gebruiken?'

In een slaapkamer boven klikte een licht aan.

Nog een dreun.

'Ga open, kreng!'

Een gedempte schreeuw ergens in het huis.

Guthrie draaide zich in zijn stoel om. 'Weet je, ik heb een keer een video op het internet gezien. De politie van Wales had er twaalf minuten voor nodig om door zo'n moderne pvc-deur heen te komen. Dat verdomde spul is taaier dan staal, als je...'

Logan drukte zijn duim op de TALK-knop van de portofoon. 'Ga door het raam naar binnen!'

Een korte stilte.

'Wie heeft de koevoet?'

'Dacht dat jij die had.'

'Hoezo? Ik heb de Grote Rode Deursleutel, Muppet.'

Nog een korte stilte.

'Brigadier?'

Logan drukte de knop weer in. 'Ik zweer je, Greg, als ik daarheen moet komen...'

'Hij ligt... eh... achter in het busje.'

'Jij moet een technisch specialist voorstellen!' Logan rukte het portier van de poolauto open en klauterde naar buiten, de warme nacht in.

Het neutrale busje stond aan de zijkant geparkeerd, onder een kapotte straatlantaarn. Logan sprintte ernaartoe. Iemand had met een vinger de woorden 'Michelle Sux Cox!!!' aangebracht in het vuil dat de achterramen mat maakte.

Het rotding was niet eens op slot.

Hij trok het achterportier open en knipte zijn zaklamp aan. Lege pizzadozen, een literfles cola – halfleeg, met peuken die erin dreven – en aan de wand van het busje bevestigd in een spinnenweb van elastieken, de koevoet.

Logan haakte het ding los en sleepte het naar buiten: een metalen staaf van ruim een meter lang met een klauw aan het ene uiteinde en een wrikpunt aan het andere; de vonkbestendige zwarte deklaag was gesplinterd en geschilferd. Hij tilde het ding op zijn schouder en rende naar het doelhuis.

In de andere gebouwen flikkerden lichten aan toen de gordijnentrekkers ontwaakten voor een fijne gluurpartij.

Agent Greg Ferguson stond aan het hoofd van het kansloze kliekje politieagenten – allemaal in ninjazwart gekleed. Hij beukte de Grote Rode Deursleutel nogmaals tegen de trillende plastic deur. Zweet druppelde over zijn helderroze gezicht, hij knarsetandde, ogen dichtgeknepen terwijl de ministormram tegen het krakende pvc sloeg. 'Kom op, kréng!'

Logan waadde door het kniehoge gras naar het voorraam. 'Glas!'

Hij hield de koevoet bij het uiteinde vast, vlak boven de klauw, trok het ding naar achteren en zwaaide zo hard als hij kon. De grote metalen punt ging recht door de dubbele beglazing, veranderde het raam in een explosie van kleine glanzende blokjes. Logan deed zijn ogen dicht en bedekte zijn gezicht met één hand terwijl er overal om hem heen glas neerspatte.

De koevoet bonkte tegen het raamkozijn.

Terwijl hij zijn gezicht bedekt hield, harkte hij langs de randen van het kozijn – precies zoals ze het hem op de Toegangsmethodecursus hadden geleerd – en verwijderde hij alles, behalve de kleinste brokjes veiligheidsglas.

'Sta daar verdomme niet zo!'

Agent Greg Ferguson liet de Grote Rode Deursleutel vallen en maakte een lompe sprong naar de raamrichel, kreeg zijn buik er maar nét overheen, en klauterde met rondzwaaiende benen naar binnen, alsof hij een toeval kreeg. Vervolgens klonk er een dreun en wat gevloek toen hij binnen op de vloer belandde.

'Au...'

Een van de minder nutteloze teamleden zette haar rug tegen de muur, hurkte neer, vormde haar handen tot een kom en gaf alle anderen een zetje terwijl ze naar binnen rolden. Daarna keek ze Logan aan. Knikte naar haar gehandschoende handen.

'Brigadier?'
'Bedankt, maar ik wacht wel op het allesveiligteken.'
'Moet je zelf weten.' Ze draaide zich om en klauterde door het gebroken raam naar binnen.

Het had geen zin om naar de auto terug te gaan, dus ging Logan op de motorkap van de BMW zitten en friemelde hij in zijn zakken naar het pakje sigaretten dat er niet meer was. Vier weken, twee dagen en... hoe laat was het nu? Even na halfvier 's ochtends... Acht uur. Niet slecht.

Hij onderdrukte een geeuw.

Het geluid van een doorspoelend toilet kwam van boven, net hoorbaar tussen het geschreeuw, het gegil, en het hoge gejammer van een jong kind. Geweldig – meer papierwerk. Met dit tempo zou hij mazzel hebben als hij voor lunchtijd thuiskwam. Wat nogal krap zou worden...

Verrekte kutagent Guthrie. *Misschien kun je met Finnie praten?*

Als je het over de duivel hebt.

Guthrie schopte zich een weg door het gras tot hij naast Logan stond en naar het huis opkeek. 'Gaat het nog veel langer duren, brigadier? Ik moet alleen...'

'Tenzij je gaat zeggen: "Ik moet voor iedereen een boterham met spek gaan kopen," zou ik het niet wagen. Begrepen?'

Guthries mollige wangen kregen een leuke roze tint. 'Eh... ja, dat wilde ik zeggen. Boterhammen met spek. Eet je weer vlees dan?'

'Neem contact op met Maatschappelijk Werk – we hebben iemand nodig om voor het kind te zorgen.'

Vanuit het huis dreunden de woorden 'ZET DAT DING VERDOMME NEER!' Vervolgens vloog er een draagbare televisie in een halo van glas door een bovenraam. De tv stortte een meter bij hen vandaan in de tuin neer; de beeldbuis maakte een kwaad *pop*-geluid toen hij barstte.

Logan sloeg met zijn hand tegen Guthries arm. 'Misschien moeten we een beetje afstand nemen.'

Er tuimelde een volwassen man uit het bovenraam. Hij leek even in de lucht te hangen, gevangen in het licht van de slaapkamer. En toen smakte hij met een misselijkmakende krakende dreun voor hun voeten in de tuin neer.

Korte stilte.

Geen beweging. Alleen wat gekreun en gedempt gevloek.

'Jezus...' Guthrie hurkte naast de verkreukelde figuur neer. 'Gaat het? Niet bewegen!'

Iemand van het invalsteam tuurde over de vensterbank naar buiten. 'Iedereen oké daarbeneden?'

'Min of meer.' Logan stond op en sloeg zijn handen tegen elkaar. 'Billy Dawson, stomme eikel. Wanneer ga je leren dat drugsdealende klojo's niet kunnen vliegen?'

'Urgh...' Billy's gezicht was een massa baard en knarsende tanden, zijn ogen wijdopen, de pupillen enorm en donker. 'Denk dat mijn been gebroken is...'

'Gelukkig was het niet je nek. Nou, kom op: hoeveel spul hebben jullie in het huis?'

'Hoe... Ik... weet niet waar je het over hebt.'

'We vinden het toch wel. Je kunt net zo goed iedereen de moeite besparen.'

'Aaaaargh, mijn been. Ahum. Weet je wel?'

Logan sloeg Guthrie nog een keer. 'Als je bent uitgepraat met Maatschappelijk Werk, bel dan een ambulance.'

De agent boven zwaaide opnieuw. 'Maak er maar twee van.'

Logan stapte over het kreunende lichaam heen en liep naar het huis toe. 'En hou Billy hier in de gaten; ik wil niet dat hij op de vlucht slaat en zich blesseert.'

'Ze hebben geprobeerd het meeste door te spoelen, maar de hele badkamer zit onder het spul.' Agent Ferguson zwaaide met zijn hand naar het ooit blauwe meubilair, nu bedekt met een laag vuilbruin poeder. Tussen de stortbak en het bad lag een hoopje verscheurd plastic en plakband; meer – ongeopende – pakjes op de groezelige linoleumvloer.

De kamer rook naar peperige ammonia, vieze wc en bloemetjesluchtverfrisser... met een donkere, bruisende ondertoon die Logans tanden deed jeuken. Waarschijnlijk was het beter om daar niet rond te hangen en het in te ademen. Hij liep de kamer uit, Ferguson achter zich aan trekkend, en deed de deur dicht. 'Laat het aan het forensisch team over.'

Ferguson wikkelde de zwarte sjaal van zijn gezicht en toonde een juniorsnorretje. 'Luister, wat toen straks betreft...'

'Wat, toen je de koevoet vergat?'

'Eh... ja. Luister, we hoeven dat toch niet te melden? Ik bedoel...'

'Wat moet ik dan zeggen als Finnie vraagt waarom we er zo lang over hebben gedaan om binnen te vallen dat de verdachten tijd hadden om drie kilo heroïne door te spoelen?'

De agent staarde naar zijn laarzen. 'Operationele moeilijkheden?'

'Greg, je bent een ramp, weet je dat?'

Hij grijnsde. 'Bedankt, brigadier.'

'Ik moet verdomme wel gek zijn.' Logan draaide zich om en keek over de balustrade naar beneden.

Het fluweelbehang was gescheurd en flodderig; een onregelmatige laag magnolia deed er weinig aan om het er chiquer te laten uitzien. Versleten tapijt, bespikkeld met bruine vlekken en klonten dierenhaar. Kale gloeilampen. Een slaapkamerdeur met een diepe guts in het hout, waardoor het holle interieur te zien was.

De vertrouwde bitterzoete zweetgeur van cannabis hing in de warme, bedompte lucht. Wat de grootte van Billy's pupillen verklaarde.

'Waar is de rest van het stel?'

Ferguson wees naar de slaapkamer met de geblutste deur. 'Daar zitten er twee; een in de keuken – viel om en haalde zijn hoofd open aan het aanrecht, apestoned; een in de andere slaapkamer... Nou ja, twee als je het kind meetelt; en...'

'Een plat op zijn gezicht midden in de voortuin?'

'Ik wilde zeggen: een geboeid buiten achter het huis.'

Logan liep naar de dichtstbijzijnde slaapkamer. 'Nou, breng hem dan binnen.'

'Ah...'

Hij bleef staan, met één hand op de deurknop. 'Greg, wat heb je gedaan?'

'Ik? Niks! Het was gewoon... nou ja, we betrapten hem toen hij probeerde te vluchten over het achterhek, en Ellen was bezig hem de handboeien om te doen, toen er echt een gigantische hond uit de struiken kwam stormen. En we moesten min of meer de benen nemen. We kwamen ternauwernood weer binnen met onze broek nog om onze kont. We hebben hem geboeid achtergelaten aan het draaiende waslijndink.'

'Jezus...' Logan deed zijn ogen dicht. Telde tot tien.
'Brigadier?'
'Droogmolens zijn niet aan de grond vastgemaakt, Greg: de metalen paal gaat in een kleine holte. Hij hoeft het ding alleen maar op te tillen en weg is hij!' Logan wrikte de slaapkamerdeur open.

In de hoek zat een vrouw gehurkt, met slechts een beha en een gescheurde spijkerbroek aan. Broodmager, een en al ellebogen en ribben, diepliggende ogen, glinsterend als gepolijste steenkool. Handen achter haar rug geboeid. Gekloofde en bleke lippen, teruggetrokken over vergelende tanden. 'We hebben niks gedaan!'

Een klein kind – kon niet ouder dan drie zijn – zat op haar schoot, met een vieze Ben 10-pyjama aan. Snot kleurde de bovenlip van het jongetje zilver; om zijn mond was iets bruins gesmeerd.

Iemand van het invalsteam stond naast hen met de knoppen van een mobiele telefoon te friemelen.

Logan scheerde langs hen naar het raam. 'Als je maar niet je verdomde Twitter-account aan het updaten bent, Archie.'

De agent met het puddinggezicht bloosde en stak de telefoon in zijn zak.

Logan staarde naar de achtertuin. In het midden van de wildernis was een man aan het vechten met een droogmolen terwijl een zwarte hond door het kniehoge gras om hem heen patrouilleerde. Shuggie Webster.

Ellen was tenminste nog zo helder geweest om hem te boeien aan het ingewikkelde hefgewricht dat de vier armen met de paal verbond.

Hij begon een beetje enthousiast te worden... Hij trok, rukte, vloekte, probeerde de handboeien of de droogmolen te breken, raakte verstrikt in vuilgele waslijn. Een grote, lelijke vlieg, gevangen in een plastic spinnenweb. Hij draaide zichzelf ondersteboven, beide voeten tegen de armen van de droogmolen geplant, zwoegend.

Logan deed het slaapkamerraam open. 'Hij gaat zijn pols ontwrichten als hij niet voorzichtig is.'

Agent Ferguson kwam schuchter bij hem staan. 'Ze worden ook niet slimmer, hè?'

'Hé! Shuggie!'

De man verstarde, nog steeds ondersteboven bungelend.

'Kap daarmee. Je bent gepakt.'

De hond hield op met patrouilleren en begon tegen hen te blaffen en grommen.

De agent met de mobiele telefoon verscheen bij Logans schouder. 'Tering... Wat een grote hond.'

De broodmagere vrouw gaf Archie een schouderduw, met haar handen nog steeds achter haar rug geboeid, zodat hij struikelend tegen Ferguson botste. Beide agenten vielen in een wirwar van ledematen en gevloek op de slaapkamervloer.

Ze drong langs Logan naar het open raam. 'Shuggie! Trek het ding uit de grond, lijpe kloot!'

Logan greep haar vast, probeerde haar terug te trekken, maar ze haalde uit met een knie.

Kokende olie verspreidde zich vanuit zijn lies, stolde in de kuil van zijn maag, deed zijn knieën knikken. Hij hield zich staande tegen het sjofele behang. O christus, wat deed dat pijn.

'Shuggie! TREK DIE KLOTEDROOGMOLEN UIT DE GROND!'

Buiten leek Shuggie het eindelijk te begrijpen. Hij hurkte zo ver als hij kon met één pols aan het scharnierende gewricht geboeid, wikkelde zijn andere hand om de paal heen en trok het hele ding uit de grond. Wankelde even, draaide honderdtachtig graden en viel toen op zijn kont, opnieuw verstrikt in de gele plastic waslijn.

'STA OP, LIJPE LUL!'

Logan schraapte zijn keel, knarste met zijn tanden, greep de skeletachtige vrouw opnieuw vast en smeet haar op het bed – ze stuiterde van de matras af, vloog tollend over het bed heen en verdween met een bons uit het zicht.

De kleine jongen jammerde; er liepen snot en tranen over zijn opgezette roze gezicht.

Agent Ferguson stond weer overeind en leunde uit het raam. 'KOM TERUG, SCHIJTVENTJE, JE STAAT NOG STEEDS ONDER ARREST!'

'Verdomde politieklootzakken!' De vrouw krabbelde overeind, ogen dunne spleetjes, graftanden ontbloot, een lik bloed uit haar gebarsten lippen. Toen viel ze aan, met haar hoofd omlaag, als een vettige stormram.

Logan strompelde opzij... of probeerde dat.

Ze beukte in zijn maag. Er scheurde pijn door zijn littekens, drong diep in zijn ingewanden door en onttrok alle adem aan zijn keel terwijl ze tegen de slaapkamermuur en vervolgens op het ta-

pijt bonsden. Hij kon zich alleen maar oprollen en proberen om niet over te geven. Amper voelde hij de felle beet van haar tanden die door het jasje van zijn pak in zijn arm verzonken. De doffe dreun van haar voorhoofd dat tegen zijn rechteroor beukte.
En toen was ze weg. Gillend. 'Laat me los, klootzak! Laat me verdomme los! VERKRACHTER! Verdomme... ik word VERKRACHT!'
Logan trok één tranend oog open en zag haar een halve meter boven de grond, met rondmaaiende benen. Archie stond achter haar, met zijn armen om haar middel gewikkeld, en hield haar omhoog.
'Rustig!'
'IK WORD VERKRACHT! IK WORD VERKRACHT!'
En het jochie bleef er maar doorheen schreeuwen.

6

'Hoe gaat het met de ballen?'

Agent Ferguson overhandigde Logan nog een zak diepvriesfriet uit de gorgelende vriezer. De keuken rook naar cannabis en muf vet; de afzuigkap boven het fornuis was bedekt met een donkerbruin vettig laagje.

Achteroverleunend tegen het aanrecht drukte Logan een zak bevroren friet tegen zijn pijnlijke buik. 'Heb je hem al gevonden?'

'Misschien moeten we je naar het ziekenhuis brengen?'

'Greg: heb – je – hem – gevonden?'

De agent verwrong zijn gezicht tot een pijnlijke kippenkont. 'Nou, het is een vreemd verhaal, en...'

'Je hemt hem laten ontsnappen, hè?'

'Het was niet...'

'Waarom heb je verdomme niemand de achterkant in de gaten laten houden? Ik heb je ópgedragen om iemand de achterkant in de gaten te laten houden!'

'Maar het...'

'Godsamme, Greg, heb je verdomme zitten slapen tijdens de risicoanalyse- en planningsvergadering? Twee buiten aan de voorkant, twee buiten aan de achterkant om eventuele vluchtelingen te pakken!'

Agent Greg Ferguson staarde naar zijn schoenen. 'Sorry, baas. Het is me allemaal min of meer ontschoten. Een beetje...'

'Een béétje? Hij zat verdomme met handboeien aan een droogmolen vast!'

'Het is alleen... Het zijn thuis zware tijden, vanwege kleine

Georgie die ziek is en Liz die aan de pillen is, en haar moeder die bij ons intrekt... en ik kan niet...' Hij streek met zijn vinger over de kraag van zijn zwarte fleeceshirt. 'Ik kan niet weer bij de stille willies op het matje komen. Bain denkt erover om me tot brigadier te promoveren, en we zouden de extra poen echt kunnen gebruiken...'

Logan zakte achterover, staarde naar een vreemde bruine vlek op het plafond. 'Zoals ik het zie hebben we drie opties. Een: ik lap je erbij.'

'Alsjeblieft, brigadier, je...'

'Twee: ík neem de schuld op me en laat me door Beroepsnormen op mijn donder geven.'

Ferguson toonde een dunne glimlach. 'Zou je dat echt doen voor...'

'Nee, dat zou ik verdomme niet doen. Drie: we komen met een of ander dekkingsverhaal op de proppen...' Logan rechtte zich.

Ellen, de agent die iedereen een zetje door het zitkamerraam had gegeven, strompelde de keuken in, haar gezicht roze en glimmend. Puffend en hijgend liep ze naar de gootsteen, draaide de koude kraan open en stak haar hoofd onder de stroom water. 'Gloeiende tering...'

Ferguson likte zijn tanden. 'Heb je...?'

Ze draaide zich om, de hele keukenvloer onderdrempend. 'Ze moeten hem strikken... hem strikken... voor de Olympische Spelen van 2012. Als die vent zo... zo hard kan rennen met handboeien om... aan een droogmolen vastgebonden... zal hij de vijfhonderd meter lópen...' Ze stak haar hoofd weer onder de kraan. 'Ik zweer dat ik hem over een... bijna twee meter hoog hek heen zag springen... alsof het er niet eens stond.'

'O god.' Ferguson bedekte zijn gezicht met zijn hand. 'Ik ben de lul.'

'Ellen?' Logan friemelde aan de zak bevroren friet. 'Volgens mij wil Greg hier jou een gunst vragen.' Hij schraapte zijn keel. 'Zorg er alleen voor dat jullie verhalen op één lijn zitten voor Beroepsnormen, oké?'

Een klop op de keukendeur.

Het was Guthrie, die een assortiment witte papieren zakken vasthield, de meeste daarvan bijna doorzichtig van het vet. 'Niet te ge-

loven hoe moeilijk het is om een nachtbakker in Kincorth te vinden.' Hij overhandigde er een aan Logan.
'Spek?'
'Gebakken ei. Wij vegetariërs moeten elkaar trouw blijven, toch?' Logan nam een hap van het zachte, melige broodje en kreeg een stroompje eigeel op zijn kin. 'Hoe zit het met de ambulance?'
'Staat voor. Billy Dawson ligt al achterin; ze zeggen dat die andere gozer alleen maar een paar hechtingen nodig heeft.' Guthrie pakte een bladerdeegstaafding. Hij praatte met zijn mond vol en de hele voorkant van zijn zwarte uniform kwam onder de bleekbruine schilfertjes te zitten. 'De maatschappelijk werkster is hier ook, baas. Wil even praten.'

De maatschappelijk werkster stond in de zitkamer een draaibare cd-toren door te poken; haar zwarte haar had grijze strepen; tweedbroek, geel shirt, rood gilet dat om haar buik spande... als een figuur uit *De wind in de wilgen*. Ze draaide zich om en snoof naar Logan. Vervolgens stak ze een klembord uit. 'Je moet tekenen.'
Hij las het formulier vluchtig door en krabbelde zijn handtekening in het vakje waar een kruisje naast stond. 'Het is een...'
'Oo, deze heb ik.' Ze trok een exemplaar van Annie Lennox' *Diva* uit de toren. 'Heb je haar ooit ontmoet?'
'Eh, nee. We...'
'Ik ben in Torry geboren, net als zij. We hebben zelfs op dezelfde school gezeten: Harlaw Academy.' De maatschappelijk werkster draaide het album om en keek fronsend naar de achterkant. 'Is Trisha hier nog, of hebben jullie haar afgevoerd?'
'Trisha?'
'Trisha Brown? De moeder? Verslaafd? Heeft een jongetje van ongeveer zo groot?' Ze hield haar hand ter hoogte van haar eigen gezwollen buik.
'Boven.'
Een knik. 'Ik weet nog dat ik dacht: "Als ik groot ben, word ik heel beroemd. Kom ik in *Top of the Pops* en op MTV en in alle kranten." Ik heb in een paar bands gezongen, kreeg bijna een platencontract.' Ze stak het cd'tje in de toren terug. 'Toen overleed mijn pa, mijn ma stortte in, en ik moest aan het werk bij Asda. En dat was het einde van de popsterrendroom.'

'We klagen haar aan wegens bezit, verzet tegen arrestatie en het aanvallen van een politieagent.'

De maatschappelijk werkster pakte het klembord uit Logans hand terug en tuurde naar zijn handtekening. 'Loren McRoy? Is dat geen meisjesnaam?'

'Logan, en het is McRae, niet McRoy.'

'God, jouw handschrift is nog erger dan het mijne. Lucy Woods, aangenaam kennis te maken.' Ze liep naar de trap. 'We kunnen het net zo goed meteen afhandelen.'

'Trisha? Kun je mij horen, Trisha?' Ze hurkte voor de broodmagere figuur neer. 'Trisha? Ik ben het: Lucy. Ik moet kleine Ricky meenemen naar de opvang terwijl jij vannacht bij de politie bent, oké?'

Trisha draaide haar hoofd om, als een brok deegachtig beton dat aan een ketting vastzat. Ogen donker en enorm, zware oogleden, mond open, lippen met kwijlsliertjes met elkaar verbonden. 'Whmmm?'

'Ik zei dat ik kleine Ricky mee moet nemen naar de opvang. Terwijl jij in hechtenis zit?'

Langzaam kroop er een frons over Trisha's bleke gezicht. 'Wie ben...?'

'Lucy. Lucy Woods? Van maatschappelijk werk?'

De frons veranderde in een ijzige glimlach. 'Maar ik zit hier lekker.'

De maatschappelijk werkster zuchtte, keek naar Logan op. 'Heroïne?'

'Waarschijnlijk. Ze probeerden de wc ermee te herdecoreren toen we binnenvielen.'

'O Trisha, je wéét dat het niet goed voor je is. Je gaat er slechte dingen door doen.'

Trisha knipperde met haar ogen. Dat leek veel moeite te kosten. 'Ze mogen Ricky niet meenemen! Ze mogen niet...' Ze richtte een knokige vinger op de agent die in de hoek stond. 'Hij probeerde me te verkrachten!'

Zucht. 'Hoeveel heb je genomen, Trisha?'

'Hij daar! Hij probeerde me te verkrachten!'

'Dat is een vrouw, Trisha.'

Frons. 'O...' Een kwijlsliert spiraalde naar haar ingevallen boezem. 'Iemand probeerde me te verkrachten...'
Logan sloeg zijn armen over elkaar. 'Zo is ze al ongeveer een uur. Daarvoor ging het prima.'
'Ja, nou, het duurt een poosje voordat drugs door het systeem geabsorbeerd worden, vooral als je zo vaak als Trisha gebruikt.' Lucy Woods leunde achterover op haar hakken. 'Misschien is het een idee om haar voor de nacht naar de Eerste Hulp te brengen, voor alle zekerheid.'
Dat was balen, maar veel beter dan dat ze in hechtenis aan een overdosis stierf. 'Ik zal zorgen dat iemand haar brengt.'
'Mooi.' De maatschappelijk werkster stond op. 'Wij gaan voor jou en voor kleine Ricky zorgen, oké Trisha?'
Knipper. Knipper. Ze smakte met haar lippen. 'Nee...' Frons. 'Mam. Mam neemt hem wel.' Knipper.
'Jouw ma? Ik dacht dat ze nog in Craiginches was?'
'Iemand heeft me verkracht...' Haar ogen sloten zich weer, en ditmaal gingen ze niet weer open.
'Craiginches?' Logan keek hoe de maatschappelijk werkster haar hoofd schudde, Trisha's polsslag controleerde en zichzelf overeind hees.
'Waar is het jochie?'
'Andere slaapkamer. Komt het goed met haar?'
'Ik nam haar zaak over toen ze dertien was. Sindsdien heeft ze gemiddeld zo'n twee keer per jaar een overdosis genomen. Het ziekenhuis kan haar maag ook maar beter leegpompen: je weet nooit wat ze geslikt heeft.'

Kleine Ricky zat ineengedoken in de hoek van de kamer; zijn ogen schoten heen en weer toen Logan de maatschappelijk werkster naar binnen volgde. Over het schurftige beige tapijt lagen kleren verspreid, op het nachtkastje een rij spuiten en zwartgeblakerde lepels.
Iemand van het invalsteam stond achterovergeleund tegen een antiek ogend buffet, met de zwarte valhelm naast haar, een exemplaar van *Hello!* door te bladeren. Ze smeet het neer op een stapel roddelbladen.
Zelfs drugsdealers en verslaafden hadden aspiraties.

'Brigadier.' Ze knikte naar de jongen. 'Kijk: hij bijt.'
Het kind ontblootte zijn tanden; er kwam een grommend geluidje uit zijn keel; zijn smerige vingers klemden een Buzz Lightyear als een klauwhamer vast.
'Ricky?' Lucy Woods hurkte met kreunend gilet voor hem neer.
'Weet je nog wie ik ben, Ricky?'
Het joch staarde haar even aan en knikte vervolgens.
'Mooi. We gaan je naar je oma brengen en daar logeer je vannacht, oké? Omdat jouw mama zich niet lekker voelt.'

Logan manoeuvreerde de poolauto Abbotswell Cresent op en een labyrint van blanco grijze granieten huizen in, die stil in de bleke gloed van de dageraad stonden.
Kleine Ricky zat met agent Guthrie achterin; de agent zag er minstens net zo vermoeid en bezorgd uit als het driejarige jongetje.
Lucy Woods tikte op het passagiersraampje. 'Hoeveel denk je dat dat waard is?'
Bossen in cellofaan gewikkelde bloemen vormden een vlek die de stoep voor een non-descript halfvrijstaand huis bijna helemaal bedekte. Aan het kniehoge hek waren teddyberen vastgebonden, samen met engeltjes, eenhoorns en een keur aan andere knuffelfiguren. Tussen de eerbetonen flakkerden kaarsen in glazen potten, waarvan het licht in de opkomende zon vervaagde. Een spandoek met JENNY, WIJ ZULLEN ALTIJD BLIJVEN GELOVEN! was aan staken in de voortuin vastgebonden. Een paar van de posters die ze in het weekend bij de *Scottish Sun* hadden weggegeven – ALISON EN JENNY – NOOIT OPGEVEN! – op muren geplakt, aan stokken geniet.
Aan het einde van de manifestatie bevond zich een handvol mensen, ingepakt in slaapzakken en dikke parkajassen; twee van hen waren nog wakker en zaten sigaretten te roken en deelden een thermoskan. Ze stopten om naar de langsrijdende poolauto te staren.
Een van de twee stak een hand op, zwaaide even uit solidariteit en richtte zich vervolgens weer op hun wake.
De maatschappelijk werkster knikte terug. 'Natuurlijk hadden ze niet zoiets als *X-Factor*, of *Britain's Got Talent* of *Big Brother* toen ik jong was. Anders had ik het gemaakt kunnen hebben. Was ik behoorlijk beroemd geweest.' Ze draaide haar hoofd om toen het

publieke vertoon van verdriet in de achteruitkijkspiegel vervaagde.
'Dat had ík kunnen zijn...'
Gloeiende tering.
Logan keek even naar haar en vervolgens weer naar de weg.
Sommige mensen moeten oppassen voor wat ze wensen.

'Weet je zeker dat dit een goed idee is?' Logan keek de woonkamer rond, in een poging een ook maar enigszins schone zitplaats te vinden.

Het geluid van een hond die aan de keukendeur krabbelde, klauwen die de andere kant van het hout krabden. Diepe grommen en af en toe een verontwaardigde blaf.

'Ik mag een kind niet naar de opvang brengen tenzij er geen andere optie is.' Lucy Woods pakte een cd van de rommelige koffietafel, waarvan het glanzende oppervlak in het plafondlicht glinsterde. 'Als wij ze bij een familielid kunnen plaatsen, doen we dat. Dat betekent dat het kind niet door het systeem heen wordt gesleept.'

'Ja, maar...' Logan tilde zijn voet op, maar het tapijt wilde niet loslaten.

'Trisha's moeder mag dan niet perfect zijn, maar ze is tenminste familie.' De maatschappelijk werkster trok haar neus op en liet de cd weer in de rotzooi vallen. 'Fleetwood Mac.'

Een stem achter hen bij de deur: 'Wat is er verdomme mis met Fleedwood Mac?'

Lucy Woods zette een glimlach op. 'Hoi Helen. Is hij goed in slaap gevallen?'

'Wat heeft ze dit keer gedaan?' Helen Brown strompelde de kamer in, lurkend aan een blikje Tennent's Super, één been stijf bij de knie. Haar gezicht was net zo mager als dat van haar dochter, dezelfde donkere holtes onder haar bloeddoorlopen ogen, dezelfde gelige, wijd uit elkaar staande tanden in bleek tandvlees. Pupillen ter grootte van speldenprikken.

Ze droeg een bleekgrijs T-shirt met lange mouwen, die ze telkens als ze in Logans richting keek naar beneden trok. Waarschijnlijk om de littekens te verbergen.

Hij schuifelde bij de kleverige vlek vandaan. 'Ze helpt ons gewoon met een onderzoek.'

Trisha's moeder rochelde, pakte een ranzige mok en spuugde

erin. 'Hoereren, of drugs?'

'Ik kan niet...'

'Jullie klootzakken zijn allemaal hetzelfde.' Nog een teug extra sterk bier. 'Lui lastigvallen die niemand kwaad doen.' Er liep een stroompje vloeistof langs haar kin, drupte en maakte een kleikleurige vlek op het T-shirt met lange mouwen. 'Wat kan het jullie donderen als ze een paar pond bij de dokken verdient? Ze rooft toch geen pensioenen van ouwe wijffies?'

De maatschappelijk werkster schraapte haar keel. 'Nou, Helen, hoe staat het ermee? Red je het wel?'

'Jullie kloothommels zouden daarbuiten moeten zijn!' Ze wees met haar vinger naar de dichte gordijnen. 'Om te zoeken naar dat kleine meisje en haar ma. En niet mijn Trisha arresteren omdat ze iemand gepijpt heeft!'

'Er is een drugsinval geweest en...'

'Wat, ze wou jullie geen gratis nummertje geven, dus hebben jullie haar achter de tralies gezet? Ik word ziek van jullie! Dit verdomde land gaat naar de kloten en dat komt door eikels zoals jullie!' Ze kieperde het blikje bier naar haar mond toe en klokte het weg.

'... ter observatie op de Eerste Hulp.'

Helen Brown verfrommelde het blikje en smeet het door de kamer heen. Het stuitte tegen Logans borst. 'Wat, gaan jullie mij ook arresteren? Dat is zo'n beetje alles wat jullie verdomme uitvreten, niet? De sláchtoffers arresteren, terwijl er twee deuren verderop illegale klote-Paki's wonen, die op straat schijten en verdomme mijn was jatten!'

Logan veegde de druppeltjes gele vloeistof van zijn jasje. 'We komen er zelf wel uit.'

7

'Mmf...?' Logan gluurde van onder het dekbed naar buiten. De wekkerradio staarde naar hem terug. Hij morrelde aan de knoppen op de bovenkant, maar het geluid verdween niet.
Ging rechtop zitten.
Telefoon.
Het was zijn mobieltje, dat in zijn jaszak aan de rug van de stoel in de hoek hing en de *Danse macabre* voor hem jengelde.
Godsamme... Hij trok het eruit en tuurde naar het opgloeiende scherm: STEEL.
Logan plantte zijn duim op de knop. 'Wat wil je verdomme?'
Er viel een korte stilte. *'Weet je wat er in dit leven geen flikker kost, Laz? Een glimlach; een bedankje; en mijn laars in je reet, jij lompe kleine...'*
'Wat – wil – je?'
'Nou, aangezien de kleine wijzer op de negen staat, en de grote wijzer op de twaalf, wil ik dat je verdomme aan het werk gaat!'
Hij zakte achterover op het bed neer, uitgespreid als een deegachtige zeester, de littekens op zijn borst samengetrokken en pijnlijk. 'Ik ben verdomme nog maar net thúís van het werk.' Een geeuw overstemde het volgende wat de inspecteur zei. Logan huiverde.
'... rond als een gestoorde eikel. Terwijl...'
'Moest een nachtdienst draaien. Finnie had me met McPhersons drugsinvallen opgezadeld; ik moest tot bijna acht uur vanochtend een heroïneverslaafde die Shaky Jake heet verhoren. Ik ga dus weer naar bed.'
'Je hebt vanochtend de kranten zeker niet gezien.' Geen vraag.

'Kan me niet schelen.' Hij trok het dekbed over zich heen. 'Het is mijn vrije dag.'
'Je makker Hudson komt niet opdagen.'
'Wie is in godsnaam... O.' Dokter Hudson – de patholoog. 'En wat kan ík daaraan doen?'
'Finnie raakt helemaal gestoord – hij heeft al drie agenten in tranen bij zich gehad, en het is nog niet eens lunchtijd.'
'Haal dan een patholoog uit Edinburgh.' Logan nestelde zich op zijn kussen, zacht en koel. Geeuwde nogmaals.
'Dat heb ik al geprobeerd – het gaat zes uur duren voordat hij hier aankomt. Ondertussen is er een of andere rukker van SOCA komen opdagen om "de situatie te herzien", en je weet wat dat betekent...'
Hij legde zijn arm over zijn ogen. 'Het is mijn vrije dag!'
'Je wilt nu niet aan de zijlijn blijven staan, Laz. Niet als je er geen zin in hebt om de rest van je leven aan fraudezaken te werken. Ik meen het: spreadsheets en accountants tot aan je pensionering.'
'Maar ik heb iets...'
'Neem onderweg iets lekkers mee, hè? En voor de verandering eens fatsoenlijke koffie.'
De lijn viel dood.

De zon scheen fel aan een bleekblauwe hemel; een paar dunne witte slierten maakten geen verschil voor het verblindende licht. Logan sjokte met zijn handen in zijn zakken door Marischal Street.
Stelletje klootzakken. Een uur: was dat te veel gevraagd? Een uur in zijn eigen bed verdomme. Laat staan dat hij verdomme echt een tijdje vrij zou krijgen.
Hoog boven hem krijsten en vloekten dikke zeemeeuwen, terwijl ze een roestige hatchback met stinkende stippen bespatten.
Logan kwam boven op de heuvel tot stilstand, waar de weg op het uiteinde van Union Street uitkwam, en staarde naar de overkant van de weg. Lodge Walk – het steegje dat tussen het stadhuis en de rechtbank liep – stond stampvol met journalisten, fotografen en tv-ploegen. Inspecteur Bell was in het midden van hen gevangen, een harig eilandje in een zee van klootzakken, die allemaal vragen schreeuwden en met camera's zwaaiden. Die arme donder was vast betrapt toen hij uit de geheime zijdeur van het hoofdbureau probeerde te glippen.

Nou, hij stond er alleen voor, want Logan zou hem absoluut niet te hulp komen.

Aan één kant van het Mercat Cross verschool zich een krantenzaak, waarvan de ramen mat waren geworden door een dun laagje stof. In de met keien geplaveide voetgangerszone voor de winkel was zo'n rood-wit sandwichbord geplaatst: GEMARTELDE JENNY RAAKT TEEN KWIJT – POLITIE MACHTELOOS in vette zwarte letters boven het logo van de *Aberdeen Examiner* gedrukt.

Logan aarzelde even en ging vervolgens naar binnen. Elke tabloidkrant in de winkel schreeuwde iets soortgelijks vanaf de voorpagina. De *Sport* had gekozen voor TE(EN) VRESELIJK VOOR WOORDEN, de *Press and Journal* – KIDNAP-HORRORVONDST, *Evening Express* – "IK KAN JENNY VINDEN," ZEGT PARAGNOST... Hij kocht een *Examiner* en een *P&J* en wipte vervolgens bij de bakker ernaast binnen voor een paar boterhammen met spek en iets voor zichzelf.

Steel kon verdomme voor één keer haar eigen koffie halen.

Terwijl hij over het trottoir sjokte, trok hij zijn mobiel tevoorschijn en pleegde een kort telefoontje.

'Wat éét jij in teringnaam?' Inspecteur Steel zat met haar voeten op het bureau, één hand gewikkeld om een wit meelbroodje waar plakjes gefrituurd varkensvlees uitstaken.

'Boterham met visstick. En ik ben hier maar tot twaalf uur, begrepen?'

'Jij bent niet goed bij je hoofd, Laz: bij boterhammen draait alles om het spek.' Ze nam een enorme hap, waarbij ze een lik tomatensaus op haar wang kreeg. 'Nou, kom op dan – wat heb je uit Shaky Jake gekregen? Loopt hij nog steeds op krukken?'

'Ik meen het: twaalf uur stipt. Ik heb iets en ik kan niet te laat komen, of...'

'Concentreer je vijf minuten, wil je? Shaky Jake.'

Logan keek haar fronsend aan. 'Het is McPhersons zaak.'

'Doe me een plezier.'

'Ja, hij loopt nog steeds op krukken. Ze moesten zijn enkelbotten samenvoegen tot één grote klomp nadat de jongens van Wee Hamish ze met een pikhouweel hadden bewerkt. Hij loopt nu als een pinguïn. Nog een mazzel dat het ziekenhuis zijn voeten niet gewoon geamputeerd heeft.'

'Dan had die stomme eikel maar van de handelswaar af moeten blijven, toch? Hoeveel spul heb je in beslag genomen?'
'Drie kilo heroïne, twee kilo cannabishars, wat ecstasy, een grote koffer vol mephedrone, twee replica-handwapens en een aantal foute porno-dvd's.'
'O ja?' Steel ging rechtop zitten. 'Zit er iets bij wat ik zou moeten bekijken?'
'Ik heb ze al naar Handelsnormen gestuurd.'
Ze zakte weer achterover. 'Klote.' Nog een hap boterham. 'En wie van jullie halvegare eikels heeft Shuggie Webster laten ontsnappen?'
Met veel vertoon kneep Logan nog een sachet tartaarsaus over zijn vissticks uit, zonder de inspecteur aan te kijken. 'Het staat allemaal in het rapport.'
'"Operationele moeilijkheden" m'n drekkige reet – het was die waardeloze holtor Ferguson, hè?'
'We moesten Maatschappelijk Werk sturen naar...'
'Ja, Trisha Browns jochie. Ik lees deze dingen wel, weet je. Hoe was haar ma?'
'Wat denk je?'
'Bezopen, ranzig en racistisch?' Steel knikte. 'Haar oma was net zo. Trisha is een zuivere derdegeneratie-drugsgebruiker. Dat biedt je echt hoop voor haar kleine jongen, nietwaar? Andere kinderen laten elkaar hun onderbroek zien achter de fietsschuurtjes; hij gaat aan de crack.' Ze zoog een vettige vingertop schoon. 'Wat heb je verder nog voor McPherson?'
'Pas als je mij vertelt waarom je...'
'Laz, het loont altijd om in de gaten te houden wat inspecteur Ramp in zijn schild voert: je weet nooit wanneer hij een klap op zijn kop krijgt, een ledemaat breekt, van de trap valt, door een auto wordt aangereden, op zijn neus wordt geslagen...' Ze rimpelde haar voorhoofd. 'Mis ik iets?'
'Hij heeft ooit hondsdolheid gehad.'
'Precies. En wie denk je dat er met zijn zaken wordt opgezadeld terwijl hij ziek thuis zit? Ondergetekende sukkel. Alsof ik nog niet genoeg op mijn bord heb.' Steel blies haar wangen bol en zakte zelfs nog verder in elkaar. 'Ik ben de hele tijd bekaf; Jasmine houdt maar niet op met schreeuwen; Susans zenuwen zijn kapot, dus

werkt ze op de mijne; niemand slaapt...' Zucht. 'Begrijp me niet verkeerd: Jasmine is een schatje, maar jézus. Nu weet ik waarom sommige dieren hun jongen opeten.'

Logan gaapte opnieuw. 'Jij bent tenminste niet na een uur uit je bed gesleurd, door een nukkige...'

'O boehoe verdomme. Voor je eigen bestwil, weet je nog?' De inspecteur maakte het laatste stukje van haar boterham soldaat en spoelde het met nog een mondvol koffie weg. 'Ik snak ook naar een wip. Die verrekte Susan is er nog steeds niet klaar voor – ze moesten haar edele delen weer aan elkaar hechten, en ik verzeker je, het...'

Logan stak zijn hand omhoog. 'Ik ben aan het éten!'

'... als een döner kebab. Als ik niet gauw aan mijn trekken kom ga ik... Morgen, baas.'

Logan draaide zich om in zijn stoel. Hoofdinspecteur Finnie stond in de deuropening; zijn gezicht was aan de randen gekreukt. Alsof het een goede strijkbeurt nodig had.

'Inspecteur' – het hoofd van de recherche hield een map omhoog – 'waarom zijn er nog stééds geen verdachten in de zaak-Douglas Ewan?'

Steel snoof. 'Je zei dat de McGregors voorrang hadden. Weet je nog?'

'Juist...' Finnies rubberachtige mond werd een dunlippige lijn. 'Nou, het spijt me dat ik jou de indruk heb gegeven dat je alles kon laten schieten en hier een theekransje kon houden. Maar misschien zou je, als het niet té veel moeite is, er geen bezwaar tegen hebben om iets op te lossen?'

Ze zette haar mok neer. 'Het is niet zo dat ik geen verdachten voor de zaak-Ewan heb: ik heb er verdomme te veel. Dougy Ewan is een gemeen verkrachtend klootzakje: de helft van die verdomde woonwijk heeft reden om hem verrot te trappen. Ik heb tot dusver tweeënvijftig mensen verhoord, en ze vinden állemaal dat de dader een ridderorde verdient. Hier binnenkomen om mij te "motiveren" is dus niet zo nuttig als je denkt.'

Finnie verstijfde. 'Ik ben niet gediend van jouw...'

'Godsamme, Andy, ik weet dat SOCA met klompen aan op je kloten danst, maar dat is mijn schuld niet, oké? Wij doen ons best hier.'

Stilte.

'En jij...' De hoofdinspecteur wendde zich tot Logan. 'Zeg eens, brigadier, heb ik me het verbeeld, of heb je mij gezworen dat je die drugsinval véél beter kon doen dan inspecteur McPherson? Maar wat vind ik als ik vanochtend binnenkom? Een bij elkaar passend stel getekende bekéntenissen? Een stapel in beslag genomen drugs in de bewijsopslag?'

Logan verschoof in zijn stoel. 'Eigenlijk, meneer...'

'Nee: ik ontdek dat de helft van het bewijsmateriaal door de wc van een of andere junkie is gespóéld, en dat jullie de leider hebben laten ontsnappen!'

'Het was... eh... We waren...'

'Operationele moeilijkheden, baas.' Steel tikte met een vingernagel tegen haar mok. 'McRae was me net aan het rapporteren over het incident. Het was een onmogelijke opgave zonder vuurwapenteam: zo'n smerige grote hond. Het is opmerkelijk dat hij dit resultaat heeft behaald, echt waar. McPherson zou met het halve team dood terug zijn gekomen.'

Finnies frons gleed iets af. 'Juist.' Hij keek Logan even zwijgend aan, trok een wenkbrauw op en keek vervolgens weer naar Steel. 'We moeten een briefing houden voor commissaris-hoofdinspecteur Green.'

'O ja, en hoe gaat het met onze vriendelijke buurtklompendanser?'

'Zorg dat het kernteam om halftwaalf in de bestuurskamer is. En stuur in godsnaam de kansloze types ergens naartoe. Het zóú leuk zijn als de Serious Organized Crime Agency niet de indruk kreeg dat de politie van Grampian gehéél bevolkt is met imbecielen, denk je ook niet?' Hij richtte zich opnieuw tot Logan. 'En jíj kunt achter Lothian en Borders aan. Ik wil die patholoog op de eerste vlucht naar Aberdeen, níét wanneer zíj vinden dat het uitkomt. Begrepen?'

'Eigenlijk, meneer...'

'Nee: ik wil geen uitvluchten, ik wil een verdomde patholoog en ik wil hem nú hier hebben!'

'Maar ik...'

'Nu!'

In de gang schraapte iemand zijn keel.

Logan wierp een blik over Finnies schouder en zag een man in een versleten vest. De nieuwkomer knipperde met waterige grijze ogen en grijnsde vervolgens, zodat de toefjes haar die uit zijn stompe neus groeiden recht overeind gingen staan. 'Morgen allemaal. Ik begreep van brigadier McRae dat jullie resten van een klein meisje hebben die onderzocht moeten worden?'

8

Doc Fraser trok een Schots geruite zakdoek uit zijn vestzak, poetste een halvemaanbrilletje en zette het op. Het mortuarium was koel en donker; de plafondlichten werden knipperend en zoemend wakker. Er sijpelde iets klassieks uit de luidsprekers van een nieuwe stereocombinatie, waarin een zwarte iPhone was geplugd. Violen en cello's wierpen donkere, sombere klanken die tegen de ongerept witte tegels weerkaatsten.

De patholoog-anatoom overhandigde Logan een stel witte Tyvec-overalls en zwaaide vervolgens met haar enge spinnenvingers in de richting van een doos met paarse nitrilhandschoenen. 'Maak alsjeblieft gebruik van onze... faciliteiten.'

Doc Fraser schoof zijn voeten uit zijn schoenen, liet zijn broek zakken, trok zijn vest en overhemd uit en klauterde in zijn eigen forensisch pak. De technicus hielp hem met de rits, terwijl hij zijn zakachtige grijze onderbroek en nethemd verborg. 'Bedankt, Sheila.'

Een buiginkje. 'Zal ik... de résten halen?'

'Zou kunnen, het is niet...' Hij gluurde naar de grijze sokken die uit de broekspijpen van zijn forensisch pak staken. In een ervan zat een gat. 'Heb je toevallig mijn autopsieslippers nog hier?'

Ze knikte, liet haar vingers even door de lucht kruipen, pakte zijn uitgetrokken kleren op, draaide zich vervolgens om en sloop de kamer uit.

Doc Fraser wachtte tot de deur dichtviel. 'Ligt het aan mij, of is juffrouw Dalrymple een beetje vreemd geworden sinds ik met pensioen ben gegaan?'

Steel trok de capuchon van haar pak omhoog. 'Ze heeft een weddenschap met Biohazard.'

De patholoog schudde zijn hoofd en keek de lage kamer rond. 'Kunnen we beginnen, of verwachten we nog kijkers?'

Logan trok een paar handschoenen aan. 'Alleen Finnie.'

'Nou, dan zal hij moeten opschieten: ik heb om drie uur een theeafspraak in Meldrum House en als ik te laat ben komen er problemen.' Hij pakte een masker uit een doos in de hoek, rekte het elastiek over zijn hoofd uit en liet het masker vlak onder zijn kin bungelen. 'Kan iemand de lichten aandoen, alsjeblieft? En doe iets aan de muziek; het lijkt hier verdomme wel een rouwkamer.'

De spotlights boven de snijtafel laaiden op en werden fel weerkaatst door de roestvrijstalen snijtafel. De hele ruimte rook naar desinfecterend middel, bleekmiddel en formaldehyde. De schaal met potpourri die naast de stereo stond kon er niets tegen uitrichten. Logan doorzocht de iPod en verving Barbers 'Adagio voor strijkers' door Deacon Blues 'Move Away Jimmy Blue'.

'Dat is beter.' De patholoog trok aan een rol groen plastic die aan de muur was bevestigd, scheurde er een stuk ter grootte van een vuilniszak af en vouwde daar een schort van. Terwijl hij dat voorbond knalde de deur open. 'Ah, dat werd tijd.'

Finnie stormde de kamer in en griste een forensisch pak voor zichzelf en nog een voor de jongere man die hem naar binnen volgde. 'Mensen, dit is commissaris-hoofdinspecteur Green van SOCA. Hij zal observeren.'

Commissaris-hoofdinspecteur Green – golvend blond haar, scherpe kaaklijn, ernstige blauwe ogen, brede schouders, smal middel. Als een figuur van de televisie. Hij glimlachte met opeengeklemde lippen, hield zijn hoofd een beetje schuin. 'Ik zal proberen om niet in de weg te staan.' Hij klonk zelfs alsof hij in een politieserie thuishoorde – een volle baritonstem met een licht Londens accent.

Steel boog zich naar Logan toe en fluisterde in zijn oor: 'Sodeknetter, ik zou het wel weten, jij niet?'

'Nee. En jij bent getrouwd.'

'Laz, ik ben lesbisch, niet dood...'

Het hoofd van de recherche ritste zijn capuchon dicht en stelde iedereen aan elkaar voor – Steel hield de hand van de commissaris-

hoofdinspecteur veel langer vast dan nodig of professioneel was.
'En last but not least: dit is dokter Duncan Fraser. Onze forensisch patholoog.'

Doc Fraser wuifde even naar de commissaris-hoofdinspecteur. 'Gepensioneerd.' Snuif. 'Wie ondersteunt er?'

Finnie deed een masker voor.

Steel schommelde op haar hakken heen en weer.

Logan schraapte zijn keel. 'Je moet het alleen doen, Doc. Isobel is naar een of andere conferentie en die nieuwe vent, Hudson, is...'

'Onwel.' Sarah, de patholoog-anatoom, sloop de kamer weer in, met in haar handen een roestvrijstalen blad met een paar witte plastic klompen erop. Het soort met gaatjes bovenin om je voeten te laten ademen. Ze verstarde en draaide zich vervolgens om om naar de stereo te staren. 'Tsk...'

Steel knikte. 'Een dosis dodelijke spuitkak, kennelijk. Op dit moment keert hij zich binnenstebuiten.'

De technicus rolde met haar ogen en zette de klompen bij doc Frasers voeten op de vloer. 'Hoogst... ongelukkig.' Ze sloop naar de iPod, en vijf seconden later was Barbers 'Adagio' er weer.

Doc Fraser rolde met zijn schouders, een vaag geritsel in zijn witte papieren pak. 'Tja, ik ben er niet blij mee, maar McRae zei dat het dringend was, dus neem ik aan dat het niet anders kan.' Hij schuifelde naar de snijtafel. 'Sheila, kun je de resten van het kleine meisje halen, alsjeblieft? En kunnen we alsjblíéft naar iets vrolijkers luisteren? Het is zo al erg genoeg.'

De technicus knikte naar het blad; de spotlights fonkelden op het glanzende oppervlak. Aan één kant lag een bewijszakje.

De patholoog keek naar haar. 'Wat?'

Ze plukte het zakje van het blad en liet het eerbiedig op de plaat zakken. 'De resten.'

Stilte. Alleen de treurige klaagzang van violen uit de stereo.

'Serieus?' Hij maakte het zakje open en kiepte de teen van Jenny McGregor op zijn handpalm. 'Is dit álles?'

Hij was waarschijnlijk de enige persoon in het land die het niet wist.

Doc Fraser hield de teen tegen het licht, draaide hem heen en weer, rond en rond. 'Ongelooflijk...'

De teen was schoongemaakt sinds de laatste keer dat Logan hem had gezien, al het gestolde bloed verwijderd voor de tests, het hele ding met kleefband behandeld om eventuele vezels te onttrekken zodat die geanalyseerd konden worden. Er was alleen nog vlees, nagel en bot over.

Steel probeerde haar handen in zakken te steken die er niet waren. 'Leest u de kranten niet?'

'Inspecteur, een van de beste dingen van het pensioen – afgezien van het golfen, het tuinieren en de viagra – is dat je je niet elke ochtend in het vuil van de maatschappij hoeft te wentelen.' Hij tilde zijn veiligheidsbril op, tot die boven op zijn hoofd zat, en tuurde naar het bleekgele hompje klein meisje.

Finnie stapte dichter naar de tafel toe. 'Wat kunt u ons vertellen?'

Er viel een lange stilte. Toen legde de patholoog de teen weer op de plaat.

'Ziet u, hierom ben ik met pensioen gegaan.' Doc Fraser kromp even ineen. Zuchtte. Daarna trok hij de capuchon van zijn forensisch pak naar achteren. 'Sheila, ik wil de gebruikelijke tests.'

'Ja, dokter.'

Finnie boog zich over de snijtafel. 'Wat?'

Doc Fraser schuifelde naar de pedaalemmer in de hoek, trok zijn handschoenen uit en liet ze erin vallen. 'We zijn hier klaar.'

Dat moest de boeken in gaan als de korste autopsie ooit.

'Dokter?' Finnie richtte zich op. 'Waar gaat u…'

'Ze is dood.' Hij verwijderde zijn masker en smeet het achter de handschoenen aan. 'Een klein meisje…'

Steel kreunde. Commissaris-hoofdinspecteur Green rechtte zijn schouders, kin omhoog. Finnie vloekte.

Logan staarde naar de afgehakte teen. Bleek, bloedeloos, bijna doorschijnend. 'Ben je er zeker van dat ze niet gewoon…'

'Kijk naar het afgesneden uiteinde.' Doc Fraser ritste zijn forensisch pak open. 'Geen kneuzing, geen verkleuring, geen lijkbleekheid. Als je een teen van een levend iemand afsnijdt maak je een enorme puinhoop: het weefsel raakt ontstoken, er stroomt bloed naar het beschadigde gebied, er barsten haarvaten, door onderhuidse bloedingen ontstaat er een donkere vlek rondom de wond.' Hij worstelde zich uit het pak, stond daar in zijn hemd en onderbroek, één sok om een enkel verfrommeld. 'Die teen is van een lijk afgesneden. Jullie kleine meisje is dood.'

Logan volgde inspecteur Steel de trap van het mortuarium op en naar het zonovergoten asfalt van het achterste parkeerterrein. Dat werd aan één kant begrensd door de zeven verdiepingen hoge kolos van het hoofdbureau, aan twee andere kanten door de gedrongen administratie- en mortuariumgebouwen, en – aan de overkant van een smal weggetje – de donkere granieten muur van flatgebouwen die de achterkant van King Street vormde. Normaal gesproken was het in kille schaduwen gehuld, maar vandaag was het beslist mediterraan.

Logan nam niet de moeite een kaakkrakende geeuw te onderdrukken. Huiverde. Knipperde met zijn ogen. Stak zijn handen dieper in zijn zakken.

Steel pauzeerde even naast een poolauto van de recherche, waar VUILE ZWIJNIGE KLOOTZAKKEN!!! in druipende verfletters op de zijkant was gespoten, en haalde een plastic stokje met de kleur van een sigaret tevoorschijn. Ze stak het in haar mond en probeerde een trek te nemen. Vervolgens trok ze het ding uit haar mond en tuurde ernaar. Deed nog een poging, haar wangen hol zuigend.

'Sodemieterse flikkerapen...' Ze stak Logan de nepsigaret toe. 'Jij – man – fiks het.'

Logan zag dat hoofdinspecteur Finnie door de achterdeuren het hoofdbureau binnenstormde, met commissaris-hoofdinspecteur Green in zijn kielzog. Als een kat in een redelijk geprijsd pak.

'Als de pers ontdekt dat Jenny dood is, zijn we de bok. Ze zullen...'

'Fiks het, fiks het, fiks het!'

Logan draaide aan het plastic nepfilter en de e-sigaret deed *klik*, waarna het uiteinde in een kunstmatige robijnrode kleur gloeide. Hij gaf het ding terug. 'SOCA gaat het onderzoek overnemen; wij komen allemaal bij Beroepsnormen op het matje; en elke krant, tv-ploeg en rukker op straat gaat "Ram de Politie van Grampian" spelen.'

Steel zoog aan haar nepsigaret. Een dunne sliert damp krulde aan het uiteinde. 'Ja, dat is de echte tragedie hier, hè? Niet dat er een klein meisje dood is of zo.'

Logan voelde het schaamrood naar zijn kaken stijgen en zijn oren tintelden.

Zes jaar oud, en ze hadden nauwelijks genoeg om te begraven. Hij keek weg. 'Ja, sorry.'

Kut.
Dat was dan het medelevende gezicht van de moderne politie.
Steel klopte hem op de arm. 'Zit maar niet in de rats. Ik durf te wedden dat Finnies reet zijn met roesjes versierde mannenslipje ook niet opvreet omdat Jenny dood is. Maar denk je niet dat het fijn zou zijn als iemand in de gaten hield wat er echt toe doet?' Nog een trek. 'Maar je hebt gelijk – we zijn inderdaad de lul.'

'Wat doen we nu dan?'

'Nou, ik weet niet hoe het met jou zit' – Steel beende naar de achterdeur, de neppeuk weer in haar zak stekend – 'maar ik ga het allemaal niet passief over me heen laten komen.'

9

Ze duwden de dubbele deuren naar de afdeling Voorarrest open – een kale betonnen vloer, uit betonblokken opgetrokken muren, posters met de tekst HEBT U DEZE MAN GEZIEN?, de geur van oud zweet en oudbakken biscuitjes.

Er echode een schrille, scherpe kreet door de gang: 'Ik wil verdomme een dokter!'

Het antwoord klonk alsof het tussen knarsende tanden werd uitgespuugd: 'Als je niet rustig wordt...'

'IK GA VERDOMME DOOD!'

Logan sloeg de hoek naar het cellenblok om. Een beveiligingsagente stond door het luikje van nummer vijf te turen, met haar handen op haar heupen, het witte overhemd aan de achterkant gekreukt. Eén epaulet was er bijna af gescheurd. Kapsel aan één kant helemaal scheef. 'Jij hebt geen dokter nodig, jij hebt een flinke trap voor je...'

'Morgen Kathy.' Inspecteur Steel bleef in het voorbijgaan even staan om de beveiligingsagente op haar kont te slaan.

'Hé!' Kathy keek dreigend, beide wangen dieproze, ogen samengeknepen tot smalle spleetjes. Toen zag ze Logan. 'Jij!'

Hij deinsde een stap achteruit. 'Wat?'

'Dit' – ze sloeg met haar handpalm tegen de celdeur – 'is jóúw schuld. Trisha Brown – het ziekenhuis heeft haar een halfuur geleden eruit gegooid en ze is...'

'VERKRACHTERS! IK BEN VERKRACHT! HELP!'

'Zíé je wat ik moet pikken?'

'IK GA DOOD!'

'Kop dicht!' Kathy sloeg opnieuw tegen de deur. 'Ik wil dat ze verhoord wordt en nú hier weggaat!'
Logan stak zijn handen omhoog. 'Het is McPhersons zaak – hij zou het hele stel vanmiddag verhoren.'
'Vanmíddag? Ik ben niet...'
'IK GA HIER DOOD, KLOOTZAKKEN!'
'Godsamme!' De beveiligingsagente rukte het luikje open. 'Wil je verdomme even vijf minuten je kop houden!'
Steel keek naar de vloer. 'Je bent lek geraakt.'
Logan volgde haar starende blik, naar een heldergele plas die onder de celdeur door sijpelde en zich rondom de praktische schoenen van de beveiligingsagente verzamelde.
'Bah, smerige koe!' Ze danste een paar stappen achteruit, vochtige voetafdrukken op het beton achterlatend.
Ze lieten haar aan haar lot over.

Het Huisje rook naar eisandwiches die te lang in de zon hadden gelegen, maar brigadier Biohazard Bob Marshall was nergens te bekennen.
'Ik kan niet – ik heb over een halfuur een teambriefing.' Logan verplaatste zijn mobieltje van het ene oor naar het andere, ging in zijn stoel zitten en verstarde, naar zijn bureaulamp starend. Iemand had drie sokken en een bleekgrijze damesonderbroek met wasknijpers aan de metalen kap vastgemaakt.
Ha-ha, verdomd lollig.
De stem van inspecteur McPherson had die prikkelbare toon die kinderen gebruikten wanneer hun moeders hen langs de snoepschappen in de supermarkt sleurden: *'Maar ik weet niet waarvoor je ze hebt gearresteerd! Hoe kan ik ze verhoren als...'*
'Het was jóúw operatie: lees het rapport maar.' Logan trok de sokken van zijn lamp en dumpte ze op de vloer.
'Maar ik kan niet...'
'En ik ben hier vanmiddag sowieso niet. Je zult het zelf moeten doen.'
Hij reikte naar de onderbroek, maar stopte. Pakte een blauwe nitrilhandschoen uit de grote doos bij de deur en gebruikte die om de onderbroek uit zijn knijper te trekken. Er liep een dik bruin remspoor over het inzetstuk. Hij krulde zijn bovenlip.

'Smerige eikels...'
'Wat?'
'Nee, jij niet, baas; iemand anders.' Hij liet de vieze onderbroek bijna in de prullenbak vallen, maar hij draaide zich om en stopte hem in Bobs bovenste la. Eens zien of híj het leuk vond.
McPherson klaagde even, maar snapte het uiteindelijk en hing op. Logan zakte achterover in zijn stoel, keek met half toegeknepen ogen naar de plafondtegels. Het zou fijn zijn om gewoon een paar minuten te dommelen. Niet dat hij het in zijn hersens zou halen, niet terwijl Finnie als een kwade brulkikker in het gebouw rondraasde.
Er zat niets anders op dan te proberen wat werk te doen. Hij pookte op de powerknop van zijn krakerige beige computer, luisterde hoe het ding bliepte en kreunde en snorde. Toen maakten de luidsprekers dat paranormale *durrrrrrrrum-durrrrrrrrum-durrrrrrrrum*-zoemgeluid, dat betekende dat zijn mobieltje op het punt stond te rinkelen.
Gloeiende tering. Wat nú weer?
Maar toen de oproep doorkwam, speelde de telefoon de metalenkipversie van 'Lydia the Tattooed Lady' die Samantha erin had geprogrammeerd voor als ze belde.
'Hoi.'
'Logan? Waarom ben je nog niet thuis? Grote dag: o wee als je me in de kou laat staan!'
'Twee keer raden.'
'Over... Je bent aan het werk, hè? Je weet toch wel dat de Kerk voor halftwee geboekt is?'
'Ja, maar...'
'Halftwee. Stipt.'
'Ik moest een autopsie voor Jenny McGregors teen regelen, en...'
'Zorg dat ik je daar niet weg hoef te sleuren, want dat doe ik echt.'
'Doc Fraser zegt dat ze dood is.'
Stilte. 'Shit... Het spijt me.'
'Ja, mij ook.' Logan keek naar de poster aan de muur: HEBT U INFORMATIE? De foto toonde een glimlachende moeder en dochter, die op het strand van Aberdeen stonden, gevangen in een goudkleurige lichtbundel, de koude grijze deining van de Noordzee schuimbespikkeld en kwaad achter hen. Nu was het slechts een kwestie van tijd voordat de lichamen opdoken.

'Hoe dan ook, ja: halftwee. Ik zal er zijn, oké?'
'Mooi. Hou van je.' En de lijn viel dood.

Hij keek op zijn horloge – even over elven – en nam vervolgens zijn e-mail door. Memo; directief; memo; rechtbanktijden voor iedereen die vannacht in het huis van Shuggie Webster was gearresteerd; algemene update voor de jacht op de ontvoerders van Jenny en Alison McGregor; details van de spoedpersvoorlichting om halfvier; een uitnodiging voor de afscheidsfuif van agent Henderson...

Een klop op de deur.

Logan keek op van het scherm en zag waarnemend inspecteur Mark MacDonald, met een pakje in zijn hand geklemd – ongeveer ter grootte van een gebonden boek.

Logan knikte. 'Baas.'

MacDonald schraapte zijn keel. 'Luister, het is een kloteweek geweest...' Hij deed de deur achter zich dicht, ging op de rand van zijn oude bureau zitten en trok met één vinger een achtfiguur op het laminaatoppervlak. Hij bood het pakje aan. 'Vredesoffer?'

Logan haalde het bruine papier eraf. Er zat een koperen plaque in, bevestigd aan een donker houten bordje: HET HUISJE. Een paar schroeven en pluggen waren met plakband aan de achterkant geplakt.

'Ik dacht dat het wel buiten aan de muur kon, weet je wel.'

'Bedankt.'

MacDonald knikte. Zakte vervolgens ineen. 'Tering, het is strontvervelend om inspecteur te zijn. Wil je niet ruilen?'

'Om de donder niet.'

'Wat kreeg Doreen toen het haar beurt was? Twee pogingen tot moord en een serie onwettige verplaatsingen. Drie flikkerse maanden lang kreeg Bill niets dan inbraken. Ik? Ik krijg die verdomde McGregors.' Hij trok aan randen van zijn sikje. 'Het is verdomme niet eerlijk.'

Logan zette zijn computer weer uit. 'Dat is het nooit.'

'Zeker weten dat je niet vroeg aan de beurt wilt komen?'

'Sorry, Mark, ik moet naar een briefing.'

'Driemaandelijkse duobaanproefperiode m'n reet.' Hij pakte de plaque van Logans bureau. Hield het ding tegen zijn borst. 'Weet je nog dat Insch zijn hartslag de hele tijd opnam? Twee vingers tegen zijn keel stak wanneer hij paars werd? Dat hoef ik niet te doen. Ik kan dat rotding in mijn oren horen bonzen.'

'Goed, zo is het genoeg.' Finnie stond voor in de kamer, met zijn handen omhoog, totdat de stilte weer over de menigte neerdaalde. Iedereen die bij het onderzoek was betrokken was in de grote meldkamer van het hoofdbureau gepropt, de grootste in het gebouw: rechercheurs, geüniformeerde agenten en ondersteunend personeel zaten op stoelen en bureaus te staren. De hoge omes zaten vooraan bij Finnie te kijken alsof ze onderweg waren naar een begrafenis – commissaris Biljartbal Bain, de assistent-hoofdcommissaris, de adjunct-hoofdcommissaris, en God zelf – hoofdcommissaris Anderson – allemaal in vol ornaat, hun zilveren knopen opgepoetst tot een spiegelglans.

Een van de administratieagenten stak haar hand op.

Finnie staarde haar even aan. 'Ja?'

'Bent u er zeker van dat ze dood is?'

Het hoofd van de recherche tuitte zijn lippen. 'Nee, dat stukje heb ik gewoon verzonnen, omdat ik dacht dat het een leuk excuus zou zijn om iedereen bij elkaar te brengen zodat we elkaars haar kunnen vlechten! Heeft iemand nog andere domme vragen?'

De administratieagente werd roze en liet haar hand zakken.

Finnie keek dreigend de kamer rond. 'We onderzoeken nu de ontvoering van en de moord op een zesjarig meisje, en de ontvoering van haar moeder. De persvoorlichting is om halfvier; commissaris Bain zal Jenny's dood bekendmaken. De media zullen vast hun gebruikelijke degelijke werk doen door op te roepen tot kalmte en beredeneerde reflectie in deze moeilijke tijd, maar voor alle zekerheid: *waarnemend* inspecteur MacDonald, jij bent nu verantwoordelijk voor *crowd control*. Ik wil niet dat een of andere journalistieke klojo dit gebruikt om een rel aan te wakkeren, begrepen?'

Logan zag dat Mark in zijn stoel kronkelde.

'Ja, meneer.'

'En ik wil dat iedereen die contact heeft met een verklikker zijn bron inschakelt – iemand moet ergens iets weten. Inspecteur McPherson, dat kun jij wel aanpakken.'

Wat verdomd twijfelachtig was: McPherson kon amper zijn eigen schoenveters strikken. Maar zo zou hij tenminste niet in de problemen komen: beschermde bronnen waren oké voor inbraken en kleinschalige drugshandel, maar degenen die Alison en Jenny McGregor hadden ontvoerd zouden er niet over opscheppen onder het genot van een pint in Dodgy Pete's, toch?'

Finnie wees naar het verkreukelde hoopje ellende dat naast Logan zat. 'Inspecteur Steel zal coördineren met alle andere korpsen in het Verenigd Koninkrijk. Dat ze in Aberdeen zijn ontvoerd, wil nog niet zeggen dat ze hier worden vastgehouden.' Finnie richtte zich tot zijn baas, commissaris Biljartbal Bain. 'Meneer?'

Bain stond op, hield de standaard motivationele – we zitten allemaal in hetzelfde schuitje/iedereen rekent op ons/gerechtigheid voor Jenny – toespraak. Daarna draaide hij zich om en knikte naar de nieuwkomer, die bij de hoge pieten zat. 'Juist: we hebben commissaris-hoofdinspecteur Green van de Serious Organized Crime Agency bij ons. Commissaris-hoofdinspecteur, ik denk dat u een paar woorden wilt zeggen?'

'Bedankt.' Hij kwam overeind en toonde hun een glimlach, rechte witte tanden en een gegroefd voorhoofd. 'Voordat we verdergaan wil ik dat jullie allemaal weten dat SOCA hier niet is om jullie te vertellen hoe jullie je werk moeten doen, of om de politie van Grampian het onderzoek uit handen te nemen. Ik ben hier alleen maar om een vers paar ogen, een logicacontrole en alle mogelijke steun te verschaffen.'

En nu was waarnemend inspecteur Mark MacDonald niet meer de enige die in zijn stoel zat te wriemelen. Maar niemand stond op en noemde Green een leugenachtige rukker.

'Oké, dus, nu ik hier toch sta: andere opties. Wat zeggen jullie van achtergrondcontroles?'

Finnies glimlach zag er pijnlijk uit. 'Worden al uitgevoerd. Ik heb zes teams die Alison McGregors collega's en buren natrekken. We hebben iedereen op haar pad al verhoord.'

'Familie?'

'Geadopteerd toen ze drie was. Pleegouders zijn allebei dood – de een kanker, de ander hartaanval. De ouders van de man zijn zeven jaar geleden omgekomen bij een woningbrand.'

Green knikte, kauwde even op de binnenkant van zijn wang. 'Hoe zit het met het productiebedrijf?'

Finnie keek naar waarnemend inspecteur MacDonald.

Mark rommelde in een blauwe map en trok er een trillend vel papier uit. 'Ik heb Scotland Yard vanochtend gesproken en zij zeggen dat ze Blue-Fish-Two-Fish Productions met een netenkam hebben uitgekamd. Het bedrijf heeft een reputatie vanwege een aantal nogal extreme publiciteitsstunts, maar inspecteur…' – Mark keek nogmaals op het vel – 'inspecteur Broddur denkt dat ze niet zover zouden gaan om hun eigen artiesten te ontvoeren. En ze zouden zeker niet een klein meisje vermoor-'
'Oké.' Green knikte. 'Goed werk.'
Finnie schraapte zijn keel. 'Nou, als er verder niets meer is…'
'Afgezien van het voor de hand liggende? Profileer niet alleen de dader, we moeten het slachtoffer ook profileren.' Green draaide zich om, zwaaide zijn armen uit naar de bekrabbelde whiteboards, bekraste flip-overs en volle prikborden die langs de muren van de meldkamer stonden. 'We moeten teruggaan naar het begin, alles doorziften wat we hebben. Er is hier een verband – iets wat Jenny en Alison McGregor linkt met de klootzakken die hen hebben ontvoerd. We moeten het alleen vinden.'

Waarnemend inspecteur Mark MacDonald kwam tot het raam van inspecteur Steels kantoor, draaide zich om en stapte naar de deur terug, maakte rechtsomkeert en begon weer van voren af aan. '"Er is hier een verband, we moeten het alleen vinden."' Hij draaide zich weer om. 'Die klootzak is echt zo'n verschrikkelijk cliché!'
'O, parkeer je kont en hou op met zeuren.' Steel trok de e-sigaret uit haar smoel, boog haar hoofd achterover, opende haar mond in een wijde 'O' en blies. Maar in plaats van een perfect gevormde rookkring tuimelde er een gemangelde amoebe naar het plafond. 'Je bent gewoon jaloers, omdat hij een lekker ding is.'
'Hij is een lul.' Mark plofte in de bezoekersstoel naast Logan neer en keek dreigend. 'Hierheen komen, ons vertellen hoe…'
'Jíj zit tenminste op crowd control. Ík moet mooi weer spelen tegen agent Rukker van elk flikkers korps in het land.' Ze probeerde nog een rookkring te maken. Faalde. 'Laz, zet een verklaring in elkaar: samenwerking tussen korpsen, afgesproken responstijden, dienstniveaus, van het hoogste belang om Jenny's moordenaar te pakken, bla, bla, bla.'
'Kan niet.' Logan zette zijn mok op Steels bureau en stond op.

Kreunde. Rekte zich uit. Zakte ineen. 'Om twaalf uur zou ik hier weg zijn, weet je nog? Ik heb...'

'"Iets", ja, je dramt al wekenlang door over je mysterieuze "iets". Is het echt belangrijker dan uitzoeken wie een klein meisje heeft vermoord en haar teen heeft afgehakt?'

'O nee, geen sprake van – ik draai al...' Hij keek op zijn horloge. 'Christus, dertig uur achter elkaar dienst.' Nou ja, minus één uur om in zijn lege bed te klauteren, maar dat telde nauwelijks mee. Hij gooide er een geeuw bovenop. 'Bekaf...'

Ze tuitte haar lippen, versmalde haar ogen. 'Prima, dan laat ik het Rennie wel doen. Blij?'

'Ik moet gaan.'

Steel richtte een vinger op hem, de huid geel gevlekt, de kersrode nagellak geschilferd. 'Morgenochtend, zeven uur stipt, verdomme. En breng...'

De telefoon op haar bureau rinkelde.

'Kolere...' Ze tuurde naar de display en griste vervolgens de hoorn van de haak. 'Susan? Wat is er... Nee... Susan, rustig, het is...' Steel zakte voorover, totdat haar hoofd op het bureaublad rustte. 'Nee. Nee, dat zeg ik niet, Susan. Het is... Ja...'

Logan glipte naar buiten.

10

'Weet je zeker dat je hiermee wilt doorgaan?' Samantha kneep in zijn hand.

Logan slikte, knipperde met zijn ogen, schroefde zijn glimlach een stukje op. 'Ja. Het is prima. Echt. Ik wil dit doen.' Hij streek met zijn vinger langs de binnenkant van zijn overhemdkraag. 'Alleen een beetje... je weet wel.'

'Je... doet dit toch niet alleen voor míj, hè?'

Natuurlijk wel. Nou ja, misschien. Een beetje in elk geval.

De Kerk baadde in zonlicht; de muren gloeiden in heldere kleuren; een bos bloemen in een vaas parfumeerde de lucht.

'Nee. Ik wil dit echt doen.'

'Alleen, als je ervan wilt afzien, begrijp ik dat wel.' Ze keek weg. 'Want je zit er voor de rest van je leven aan vast...'

Er viel een schaduw over hen. Logan keek op en zag dat een grote kale man hem stralend aankeek door een Grizzly Adamsbaard; tussen al dat haar was nog net een boord zichtbaar. 'Zijn we klaar?'

Sam kneep nogmaals in Logans hand. 'Zenuwen op het laatste moment.'

De grote man knikte. 'Ik begrijp het. Het is een grote stap, maar ik ben hier om het zo gemakkelijk mogelijk te maken.' Hij klopte Logan op de schouder. 'Zullen we?'

Diep ademhalen. Even naar Samantha kijken – ze glimlachte en haar voorhoofd was gegroefd; de zilveren ring in haar neus fonkelde in het zonlicht. Terug naar de Dominee. Knik.

'Uitstekend.' De grote man spitste zijn vingers. 'Dus als je je overhemd uittrekt en in de stoel klimt, gaan we beginnen. Het zal geen centje pijn doen.'

11

03:07 uur, zeven dagen geleden

Duisternis. Zwart, als de kat die op de muur achter in de tuin slaapt. Het beest dat sist en krabt.
Ze knippert met haar ogen.
De ogen van Teddy Gordon glinsteren als die van een kraai. Hij zit op het voeteneinde van het bed naar haar te grijnzen. Ze háát Teddy Gordon. Haat zijn akelige blauwe vacht. Haat zijn vreselijke opgestikte glimlach. Haat zijn rooklucht.
Teddy Gordon weet dat ze hem haat. Daarom is hij bevriend met het monster.
Als zij haar zin kreeg, zou Teddy Gordon onder in de afvalcontainer wonen, helemaal smerig en stinkerig van het groenbruine water dat uit de vuilniszakken lekt. Maar mammie zegt dat ze aardig tegen Teddy Gordon moet zijn, omdat Teddy Gordon een cadeau was van een man die mammie graag mag. Een man die haar leuke dingen geeft. Veel leukere dingen dan pappie ooit gaf.
Páppie zou Teddy Gordon niet op het voeteneinde van haar bed laten slapen.
Haar kamer ruikt naar bananen en ijs, maar toch kan het plastic dingetje dat bij het nachtlampje in de muur is geplugd de oudemannengeur van de blauwe teddybeer niet verbloemen. Het raam gloeit bleekoranje, maakt dikke schaduwen tussen de stoel en de muur, achter de speelgoedkast, langs de kledingkast. Onder het bed vandaan kruipend...

Ze probeert heel stil en rustig te liggen, als een dode.
Ze is niet wakker. Ze slaapt, als een Braaf Klein Meisje.
Alleen Stoute Kleine Meisjes worden midden in de nacht wakker. Dan komt het monster tevoorschijn.
Ze huivert, ook al weet ze dat ze helemaal niet moet bewegen. Zelfs niet een heel klein beetje.
Het monster houdt niet van Stoute Kleine Meisjes.
Het monster met zijn scherpe witte tanden en felrode klauwen.
Stilliggen. Geen centimeter bewegen.
Ze hoort het, buiten in de hal, op zijn zachte harige poten sluipen, zodat de vloerplanken kraken. *Kraak. Kraak.*
Ze houdt haar adem in.
Ga weg. Niemand is hier wakker. Alleen maar Brave Kleine Meisjes, die in diepe slaap zijn en van pony's dromen.
Ga alsjeblíéft weg...
Maar het monster weet het.
Gerammel. Een *klunk*. En dan kreunt de deur als een oude man.
Een korte stilte.
Ze houdt haar adem in.
Ga weg. Ga weg. GA WEG!
Braaf Klein Meisje. Slaapt.
Het monster ritselt, vlak naast haar bed. Ademt.
Wooemf... Sisssssssss. Wooemf... Sisssssssss.
Staat vlak over haar heen gebogen. In het donker.
Niet bewegen...
Maar haar borst doet pijn, als een grote paarse kneuzing. En dan verklikt haar lichaam haar, met een groot hijgend luchtgesuis. En nu is het te laat: het monster weet dat ze wakker is. Haar ogen schieten open...
Door de open deur stroomt licht naar binnen. Teddy Gordon grijnst vanaf het uiteinde van het bed.
Maar het monster is anders. Zijn gezicht is wasachtig glanzend, en het is naakt – zijn huid helemaal gekreukt wit, ritselend als het ademhaalt. *Wooemf... Sisssssssss. Wooemf... Sisssssssss.* Eén oog gloeit rood in de duisternis.
Pappie...
Nee...

Ga niet bij ons weg...
Het monster grijpt met kleverige paarse vingers naar haar.
Ze gilt.

12

Logan nam nog een slokje koffie en klikte met zijn muis op *Opnieuw afspelen*. Een moment van duisternis. Toen begon de video weer te spelen. Vierde keer achter elkaar. De teller eronder toonde 6.376.451 views sinds de losgeldeis acht dagen geleden was geüpload.

De kwaliteit was niet geweldig. Beter dan veel dingen die op YouTube werden gezet, maar nog steeds schokkerig en korrelig. Een lichtarm beeld, alle kleur uitgefilterd door de setting die ze op de camcorder hadden gebruikt om midden in de nacht op te nemen – en daar was het: het beroemdste huis in het land. Of in elk geval de achterkant ervan.

Een eenvoudige, twee verdiepingen tellende bakstenen doos, net als alle andere eenvoudige, twee verdiepingen tellende bakstenen dozen in de straat, met een één meter tachtig hoog houten hek dat helemaal langs de achtertuinen liep.

Hij verschoof de koptelefoon opnieuw en zette het volume voluit, maar er was niets te horen. Zelfs geen geruis. Totale stilte. Voorlopig althans…

In de linker onderhoek van het scherm knipperde: 03:05:26.

De camera zwaaide naar links en vervolgens naar rechts – om te controleren of het steegje leeg was – en toen verscheen er een zware betonschaar op het scherm, die de beugel van een massief hangslot doorknipte; daarna kwam er een hand in beeld en duwde het hek open.

Het beeld schudde toen de cameraman het pad naar de achterdeur op snelde.

Er stapte iemand voor de camera – zodat het scherm met een grijs-wit oppervlak werd gevuld – en toen waren ze binnen.

Volgens de tijdindicator onder aan het scherm waren er minder dan twee minuten verstreken.

Keuken: ouderwets ingericht, met een koel-vriescombinatie, bezaaid met krantenknipsels en kinderlijke tekeningen.

Hal: bloemetjesbehang, een paar nietszeggende plaatjes in goedkoop ogende lijsten.

Trap: een foto halverwege. Logan kon niet zien waarvan.

Overloop: drie deuren.

Hij klikte nogmaals op de muis, maximaliseerde het venster zodat de video het hele scherm vulde.

De camera ging regelrecht op de deur aan de rechterkant af, met een houten bordje erop: JENNY'S KAMER. Een kinderslaapkamer in: een stapel knuffelfiguren op een kastje; boeken op een plank; een gloeiend nachtlampje bij de kledingkast. Een eenpersoonsbed tegen de muur.

Onder het dekbed lag een klein meisje. Ze lag plat op haar rug, ogen dicht, gezicht verwrongen, trillend in het korrelige halfduister; bij haar voeten zat een teddybeer.

De camera kwam dichterbij.

Haar ogen schoten open en puilden uit. Mond open, hijgend. Starend.

Er kwam een grijze hand in beeld. Rechterhand: de huid totaal glad, alleen een paar rimpels tussen de duim en wijsvinger, waar de latexhandschoen niet helemaal paste.

Jenny McGregor gilde; het geluid dreunde in Logans koptelefoon. Hij kromp ineen. En toen zwegen de beelden weer.

De gehandschoende hand schoot naar voren, greep het dekbed en rukte het weg.

Ze krabbelde achteruit, haar Winnie de Poeh-pyjama helemaal verward om haar torso; blote voetjes kreukelden de lakens toen ze zichzelf in de hoek duwde. Gillend, telkens weer. Er kwam niets door in Logans koptelefoon, alleen het vage gezoem van te hard opgeschroefde stilte.

De hand greep een stuk pyjamajasje en...

Er wikkelden zich vingers om Logans schouder.

Hij schrok zo erg dat hij bijna uit zijn stoel viel. Rukte zijn koptelefoon af. Draaide zich om en keek brigadier Biohazard Bob Marshall kwaad aan. 'Heel grappig verdomme!'

Bob danste een paar stappen achteruit, met beide handen omhoog, een grijns op zijn gezicht. 'Ik kwam alleen vragen of je koffie wilde.'

'Hoe lang stond je daar al?'

'Ongeveer vanaf het moment dat ze de trap op gingen. Goed dat je de oude koptelefoon ophad, anders had je me horen giechelen.' Bob wierp zich in zijn draaistoel, zo hard dat de wieltjes van de grond kwamen. 'Jouw gezicht was briljant.'

Logan staarde hem aan. 'Er is een klein meisje dóód, Bob.'

Stilte. Bob zuchtte. 'Ze is een week geleden ontvoerd: wij weten allebei dat ze al dagenlang dood is. Mazzel als ze de eerste nacht overleefd heeft... Ja, nou, misschien is "mazzel" niet het juiste woord.' Hij draaide rond, trok vervolgens een krant uit de stapel op zijn bureau en smeet die naar Logan toe. 'Voorpagina.'

Op Logans scherm trok een andere figuur in een wit forensischachtig pak – het soort dat overal in doe-het-zelfzaken werd verkocht – een stribbelende Alison McGregor de trap af: isolatietape over haar mond, handen achter haar rug gekneveld, benen bij de enkels vastgebonden, blond krulhaar dat heen en weer zwiepte toen ze haar ontvoerder een kopstoot probeerde te geven.

Hij drukte de pauzeknop in en pakte de krant op. Het was een exemplaar van de *Edinburgh Evening Post*, met de kop: INSTINKER – POLITIE TRAPT IN 'JENNY IS DOOD'-STUNT.

'Godsamme...'

'Het wordt nog beter. Lees de derde alinea maar.'

Logan nam de eerste twee vluchtig door, vloekte en las de derde vervolgens hardop voor. '"Het is iedereen met een half verstand – haakje openen – wat het grootste deel van de politie van Grampian kennelijk uitsluit – haakje sluiten – duidelijk dat Blue-Fish-Two-Fish Productions zijn oude geintjes weer uithaalt. Dit is het bedrijf dat vorig jaar gebruikte tampons uitdeelde tijdens *T in the Park*, het bedrijf dat een naaktfoto van Benjamin Kerhill op de Big Ben projecteerde, het bedrijf dat trots een levend varken tatoeëerde op Trafalgar Square"...'

'Ga door.'

'"De politie moet begrijpen dat ze hier niet meer doen dan een

bedrijf zonder scrupules helpen belangstelling voor het komende album van de McGregors aan te wakkeren. Wat volgt er: de HMS Ark Royal, gesponsord door Lamb's Navy Rum? De brandweer wordt mede mogelijk gemaakt door Gaviscon?"...' Logan verfrommelde de krant en ramde hem in de prullenbak naast zijn bureau. Vervolgens rukte hij hem er weer uit. 'Wie heeft dit geschreven?'
'Je stopte voor je bij de tirade over "belastinggeld weggooien" en "institutionele lichtgelovigheid" kwam.'
'Die verrekte Michael Larson.' Logan smeet het ding weer in de prullenbak.
'Als je het mij vraagt, heeft die klootzak een stevig pak rammel nodig.' Bob strekte zijn benen uit, sloeg zijn enkels over elkaar en stak zijn handen achter zijn hoofd. 'Toch krijg je nu tenminste wat media-aandacht. Ik probeer ze al dagenlang zover te krijgen dat ze iets over mijn zaak publiceren. *Seksgod-brigadier leidt jacht op vermiste zuipschuit.* Of: *Knappe Bob Marshall, vierentwintig, zet alles op alles om Stinkie Tam, de zwerver van Holburn Street, te vinden.*'
'Vierentwintig?'
'Kop dicht. Die arme ouwe Tam is nu twee weken verdwenen en geen hond heeft enig idee of hij voor veertien dagen opgesodemieterd is naar het glamoureuze Stonehaven, of ergens dood achter de vuilnisbakken ligt. Raad maar waar ik mijn geld op heb ingezet.' Bob krulde zijn bovenlip. 'En Stinkie Tam was zelfs onder de gunstigste omstandigheden bepaald geen vaas met lelies.' Hij liet zijn stoel een paar keer heen en weer kraken en wees vervolgens naar Logans scherm: de figuur in het forensisch pak en Alison McGregor. 'Ik snap niet hoe je daar telkens weer naar kunt kijken. Ik krijg er de kriebels van.'
'Wat kan ik anders doen? We hebben geen forensische bewijzen. Volgens het lab is er in het hele huis geen enkele vingerafdruk die niet bij Alison, Jenny, de oppas, of Alisons dode man hoort. Geen haar, geen vezels, geen DNA, geen voetafdrukken... Niets.'
'Pfff... Wat verwacht je dan? Moet je ze zien.' Hij wees nogmaals naar het scherm. 'Natuurlijk zijn er geen forensische bewijzen: ze zijn niet dom, toch? Nee, ze dragen dezelfde dingen als wij: pakken, handschoenen, booties, maskers. Dat krijg je van al die misdaaddrama's op de tv; elke lul-de-behanger krijgt een wekelijkse masterclass in hoe je ongestraft een moord kunt plegen.'
Het enige forensisch bewijs dat de ontvoerders hadden achtergela-

ten was een heel klein beetje kopervijlsel, veroorzaakt door het ding dat ze gebruikt hadden om het slot op de achterdeur open te steken.

Bob snoof. 'Heb je YouTube afgespeurd?'

'Niets. Ze kunnen de upload traceren tot een paar servers in Bangladesh, maar daarna...? Hij had overal vandaan kunnen komen.'

Logan pakte het forensisch rapport uit zijn brievenbakje. 'Alles: elk briefje, elke envelop, elke video – het is verdomme alsof ze door spoken in een vacuüm bij elkaar zijn gebracht.'

Vanuit de recherchekamer klonk een knarsende stem, die een song uit de jaren vijftig aan het verkrachten was: *'Oh yes, I'm the great pudenda; pudendin' I'm doing well...'*

Inspecteur Steel duwde de deur van het Huisje open, met een enorme mok koffie in de ene hand en een chocoladekoekje in de andere. 'Morgen, dames.' Ze propte het koekje in haar smoel en stootte de deur met haar heup dicht.

Logan keek haar dreigend aan. 'Zeven uur stipt, zei je. Waar zat je?'

'Het is jouw geluksdag, Laz. Susan zegt dat ze dit weekend waarschijnlijk wel te vinden is voor een wilde rit in de orgasme-expres, dus zal ik jouw lompheid vergeven als je mij vertelt dat je die brief hebt verstuurd.'

'Je zei dat je het Rennie zou laten doen.'

'Nee hoor.'

'Om de donder wel! Bob, zeg het haar.'

'Nou, nou, Laz.' Bob grijnsde en draaide zich weer naar zijn computer toe. 'Het is niet aardig om een dame tegen te spreken.'

'Jij rot-'

Een klop op de deur, waarna agent Guthrie zijn bleke hoofd in het Huisje stak. 'Baas?' Hij knikte naar inspecteur Steel. 'Dit is net binnengekomen...'

Guthrie hield een doorzichtig plastic bewijszakje omhoog. Er zat een A4'tje in, geplooid alsof het in drieën was gevouwen, beschreven met puntige blauwe balpen.

Steel graaide het uit zijn hand, tuurde even naar het briefje en reikte het Logan aan. 'Lees.'

Het waren allemaal scheve, slordige blokletters, die telkens weer waren overgetrokken. Waarschijnlijk om hun handschrift te maskeren. 'Gloeiende tering...'

De inspecteur trok haar neus op. 'Nou? Wat staat erin?'

'Het is een tip. Er staat dat Alison en Jenny ontvoerd zijn door een pedofiele bende.'

Bob draaide piepend rond in zijn stoel en gluurde over Logans schouder. 'Ze hebben "pedofiele" fout gespeld. En "ontvoerd"...'

'Er staat dat ze Jenny gaan veilen – nadat ze... Shit. Nadat ze "de handelswaar gekeurd" hebben. Ze gaan haar moeder vermoorden zodra ze het losgeld krijgen.'

Guthrie knikte. 'Vandaag met de post gekomen. Finnie zei dat ik het aan jou moest laten zien en het daarna naar het lab moest brengen.'

Steel knabbelde fronsend aan haar koekje. 'Tikje riskant, niet?'

Logan las het briefje nogmaals. 'Misschien een list?'

'Weet niet.' Bob porde tegen het bewijszakje. 'Als je op kleine meisjes gaat geilen, wat kan er dan beter zijn dan die mooie zesjarige van de tv naaien? Ik wed dat er overal in het land pedo's zijn die *Britain's Next Big Star* opnemen en zich elke keer als ze in beeld verschijnt suf rukken.'

Sterrenpedofilie – waarom niet; er waren al zoveel *Sterren*-programma's... Logan gaf het briefje aan Guthrie terug. 'Iets op de envelop?'

'Alleen het adres. Er zat niet eens een postzegel op; nog mazzel dat het überhaupt bezorgd is.'

'Juist.' Steel dumpte haar mok op Doreens bureau. 'Laz, neem contact op met Bucksburn: ik wil dat de Smurfen elke perverse figuur inrekenen waar ze ooit mee te maken hebben gehad. En niet alleen degenen in het register, ook de verlopen gevallen. We zullen met de pedo's beginnen, en daarna beproeven we ons geluk met de verkrachters. En laat je niet afschepen met...'

'Waarom zouden verkrachters...'

'Alleen omdat ze niet veroordeeld zijn voor gefriemel met kinderen, betekent dat nog niet dat ze daar niet voor in zijn. Soms moet je de smerige klootzakken veroordelen voor wat je maar te pakken kunt krijgen.'

Logan kwakte de homp aan elkaar geniet papier op het bureau van inspecteur Steel. 'Driehonderdnegenendertig zedendelinquenten die in het noordoosten wonen. Ze zijn gerangschikt naar delict, volgens nabijheid bij het huis van Alison McGregor.'

Steel prikte met een bevlekte vinger in het papierwerk. 'Zijn dit ze allemaal?'

'Al degenen in het register. Ingram zegt dat hij de rest zal opschrijven en aan het eind van de dag zal geven.'

'Gloeiende tering, dat zijn veel perverse figuren...'

'We kunnen ze niet allemaal naar Bucksburn of het hoofdbureau slepen – iemand zal dat merken en de media bellen – dus heb ik een stel kamers geboekt in het Munro House Hotel. Ik heb ze verteld dat we sollicitatiegesprekken voor politievrijwilligers houden; ze geven ons zelfs korting op het tarief. Als we verspreid over een paar dagen ruim driehonderd mensen daarheen brengen, zal niemand het merken.'

Ze kneep één oog dicht en bladerde de homp uitdraaien door. 'Juist, neem contact op met Grote Gary, ik wil...'

'Team van twaalf man, allemaal erkende ondervragers, zes videocamera's, en een neutraal busje. Klaar voor de start als jij het sein geeft.'

Er viel een korte stilte.

'Niemand is dol op wijsneuzen.'

Het hotel was een enorm Victoriaans schijn-Schots-Baroniaal herenhuis – een afstotelijke klomp graniet met torentjes, erkers, en gevelspitsen die gevormd waren als een trap voor kraaien – op slechts vijf minuten loopafstand van het politiebureau van Bucksburn, waar de Delinquenten Management Unit zijn basis had.

Steel beende de kolossale grijze trap op, langs twee gebeeldhouwde leeuwen. 'Hoeveel doen we er?'

Logan keek op de lijst. 'Zoveel als we kunnen. Inspecteur Ingrams mensen brengen ze vanaf halftien binnen.'

'Allemaal pedo's?'

'Een mengeling. Ik heb gezegd dat hij ze moet binnenbrengen op grond van hoe dicht ze in de buurt van Alison McGregors huis wonen.'

Het neutrale minibusje kangoeroede het parkeerterrein op; een grimmig kijkende Rennie zat met het stuur te worstelen. Met een ruk kwam het tot stilstand en er ging een rauw gejuich op bij de passagiers.

'Oké.' Ze duwde de zware eiken deur open en banjerde naar de receptie, met Logan pal achter haar aan.

Het Munro had een gedempt blauw wollen tapijt, met een bleek slijtspoor dat naar het duistere interieur leidde. De muren waren bekleed met houten lambrisering en bezaaid met aquarellen van bergen in zware goudkleurige lijsten. Boven de receptiebalie was een opgezette hertenkop opgehangen, die met lichte verbazing naar Logan en de inspecteur staarde.

'Kan ik u van dienst zijn?' Er verscheen een man in een antracietkleurig pak bij de elleboog van de inspecteur. Hij stond lichtjes gekromd en met X-benen, alsof zijn ondergoed vreselijke dingen met zijn onderstel deed.

Logan liet zijn legitimatiekaart zien. 'Ik heb eerder gebeld over een aantal sollicitatiegesprekken.'

'Ah, ja, natuurlijk: de politievrijwilligers.' De man vouwde zijn handen ineen voor zijn borst. 'Uw twaalf kamers zullen dadelijk klaar zijn, maar ik ben zo vrij geweest om ook een operatiebasis in de Crianlarich-vergaderkamer op te stellen. Daar staat gratis thee, koffie en gebak voor u klaar.'

Steel sloeg haar arm om de conciërge en glimlachte naar hem. 'Als u er een paar rundvleespasteien en een fles Macallan bij doet, ga ik misschien nooit meer weg.'

Frank Baker (24) – Schending van de openbare orde; Schunnige praktijken en wellustig gedrag

'Ik zie echt niet wat dit met mij te maken heeft, meneer...?'

'Brigadíér McRae.'

'Ah...' Frank Baker sloeg zijn benen over elkaar, zorgde ervoor dat de vouw in zijn taankleurige chinobroek perfect recht was en deed vervolgens hetzelfde met de scheiding in zijn steile bruine haar. 'Nou, brigadier, ziet u, ik heb eigenlijk nooit een ontmoeting gehad...'

'Jullie wonen in dezelfde straat.' Agent Rennie sloeg zijn benen over elkaar, streek met zijn hand door zijn eigen haar. Op zijn neus en voorhoofd zaten losse huidschilfertjes, die in de zonnestralen gloeiden. 'Je begrijpt wel dat wij met je willen praten, Frank.'

'Ja, nou...' Hij schraapte zijn keel en gluurde naar de kleine videocamera die op een goedkoop statief in de hoek stond. 'Eigenlijk is het allemaal een stomme vergissing, ziet u, het was een misverstand, ik zou eigenlijk helemaal niet in het register moeten staan, ik heb alleen...'

'U hebt zich toevállig exhibitionistisch gedragen voor het traliewerk van een basisschool?' Logan bekeek de aantekeningen op zijn klembord. 'Daarna hebt u het opnieuw gedaan bij de eendenvijver in het Duthie Park.'

'Nou...'

'En daarna probeerde u in het Hazlehead Park een kleine jongen zover te krijgen dat hij bij u in de toiletten kwam, nietwaar meneer Baker?'

De wangen van Frank Baker namen een vurige roze tint aan. Vervolgens ging zijn kin omhoog. 'Ik zie niet hoe dat mij tot een ontvoerder maakt!'

Rennie boog zich vooroven en klopte Baker op de knie. 'Het is wel goed, Frank, niemand zegt dat jij iemand ontvoerd hebt, we...'

'Ze hebben me uit het werk hierheen gesleept, weet u! Twee harige agenten, waar ik werk!'

Logan bekeek zijn aantekeningen. 'Hier staat dat u lasser bent?'

'Ze kwamen op mijn wérk!' Hij haalde zijn benen van elkaar en sloeg ze andersom weer over elkaar. Voerde dezelfde routine met al zijn vouwen uit. 'Niemand daar weet van... mijn misverstand. En zo zou ik het graag willen houden.'

'Een lásser?' Op de een of andere manier was het moeilijk voor te stellen dat de nuffige slapharige netheidsmaniak die voor hen zat zoiets rommeligs deed.

'Ze hadden het recht niet om me als een soort crimineel in een patrouillewagen te duwen.' Baker veegde denkbeeldige pluisjes van zijn mouw. 'Ik weet wat jullie denken, en jullie hebben het mis. Ik zou nóóit een klein meisje aanraken. Ze zijn niet...' Hij huiverde lichtjes. 'Ik heb zelfs nooit met haar gepraat. Of met haar moeder. Ik zou ze niet herkennen als ik ze op straat voorbij liep.'

Rennie haalde zijn benen van elkaar en sloeg ze vervolgens weer over elkaar. Veegde iets van zijn broekspijp. 'Zelfs niet toen ze op de tv kwamen?' Hij had dit sinds het begin van het verhoor gedaan: elke keer als Baker iets deed, bootste Rennie het na. Als een zonsweerspiegeling.

'Goeie god, het was een nachtmerrie. Zodra ze door de eerste twee rondes heen waren, waren er óveral verslaggevers. Ik kon mijn voordeur niet uit gaan zonder dat er een stuk of vijf van die vieze kleine zwijnen camera's op mijn gezicht richtten. "Ken je Alison en Jenny?", "Wat eten ze graag bij het ontbijt?", "Heeft Alison een man in haar leven?" Telkens weer, elke dag.' Hij haalde diep adem, en Logan keek hoe Rennie precies hetzelfde deed.

Baker keek uit het raam. 'Het is heel... storend voor iemand in mijn positie om door de media lastiggevallen te worden. Het geeft me een ongemakkelijk gevoel.'

Logan tikte met zijn pen tegen het klembord. 'U zegt dus dat u nooit gesproken hebt, contact hebt gehad, of iets te maken hebt gehad met Alison en Jenny McGregor?'

Baker deed zijn ogen dicht, tuitte zijn lippen. 'Ik ken ze niet. Ik heb ze nooit gekend. Ik wíl ze niet kennen.'

'Kijkt u veel televisie, meneer Baker?'

'Soms.'

'Documentaires, het nieuws, of bent u een *X-Factor* en *Britain's Next Big Star*-type?'

Baker slaakte een overdreven zucht. 'Oké, oké... Ik heb naar ze gekeken. Elke week, als ze daar stonden te zingen en te dansen en beroemd werden. Waarom? Wat is er in godsnaam zo bijzonder aan die verdomde Alison McGregor en haar dochtertje? O, Jenny's pappie is in Afghanistan gesneuveld, boehoe verdomme.'

'Irak, meneer Baker. James McGregor is in Irak gesneuveld.'

'Eén pot nat.' Hij keek woest naar de vloer. 'Ik heb ze nooit aangeraakt. Ik heb ze niet ontvoerd. Ik heb haar niet vermoord, of haar vreselijke kleine kind. Ik zou mijn handen niet vuilmaken...'

Darren McInnes (52) – Blootstelling van kinderen aan gevaar of verwaarlozing; Bezit van onfatsoenlijke afbeeldingen van kinderen; Diefstal door inbraak; Zware mishandeling

'Nee, dat zeg ik niet.' McInnes veegde zijn lange, vettige geel-grijze haar uit zijn gezicht en bond het in een losse paardenstaart. Hij tuitte zijn lippen; de vouwen rond zijn grijze ogen werden dieper achter een dikke bril. 'Ik zeg dat ik niks met ze te maken had.'

Hij léék in elk geval op een pedofiel. Baker had voor een bibliothecaris kunnen doorgaan, maar in Darren McInnes kon je je niet vergissen.

McInnes verschoof in zijn stoel. Rennie bootste al zijn bewegingen na. 'Mag ik roken?' Hij haalde een blik tabak tevoorschijn.

Logan schudde zijn hoofd. 'Er staat een boete van honderdvijftig pond op roken in het hotel, meneer McInnes. Waar was u vorige week woensdagnacht, donderdagochtend?'

'Verdomde regering. Ik moet kunnen roken als ik wil, het zijn verdomme míjn longen.'

Logan sloeg op de armleuning van zijn stoel, zodat de slungelige man ineenkromp.

'Waar – was – u?'

'Ik weet het niet. Ik was thuis. Waarschijnlijk. Tv aan het kijken. Misschien dronk ik een paar biertjes, dat is toch niet illegaal?'

'Hoe goed kent u Alison en Jenny McGregor?'

'Dit hebben we al gehad. Ik ken ze niet, oké? Ja, ik was op de hoogte van hun bestaan, maar ik volg al die realitytelevisieshit niet. Wat is er toch met de goeie ouwe tijd gebeurd? Toen ze fatsoenlijke drama's en comedy's en documentaires maakten? Tegenwoordig draait alles erom dat ze een stel niksnutten op de buis brengen en het geld binnenharken met louche telefoonspelletjes. Je wordt er ziek van.' Hij haalde het tabaksblik opnieuw tevoorschijn, klikte het open en trok er een pakje Rizla-vloeitjes uit.

'Ik zei: niet roken.'

McInnes keek Logan aan. 'Ik rook niet, ik rol, oké? Mag dat nog in nazi-Groot-Brittannië?'

Rennie trok een pen uit zijn zak en friemelde ermee. 'En je hebt Alison en Jenny helemaal nooit op de tv gezien?'

'O, ik heb ze op de radio gehoord. Overal waar je gaat en staat zijn ze op de radio, met dat vreselijke rotliedje dat ze zingen. Ze hebben het niet eens geschreven. Coverversies, dat is het enige wat mensen tegenwoordig kunnen.'

Logan stond op en liep rond totdat hij pal achter McInnes stond. Dreigend. Van dichtbij rook hij naar ongewassen haar en muffe sigaretten. 'Kent u iemand die een klein meisje te koop heeft?'

'Ah.' De slungelige man trok een velletje doorschijnend papier uit het pakje en tastte vervolgens in het zakje tabak. 'Nou, soms hoor je bepaalde... geruchten. Internetchatrooms, nieuwsgroepen, dat soort dingen.'

'Heeft iemand het over Jenny McGregor?'

Hij friemelde een lijn van dunne bruine krullen langs het midden van het vloeitje en likte met een bleekgele tong over één rand. 'Zo'n beroemd kind... Hmm... Dat zou inderdaad een extra kick geven, nietwaar? Wetend dat iedereen naar haar op zoek is, maar ze is helemaal van jou. En je kunt alles doen wat je wilt...' McInnes rolde de sigaret tot een strakke cilinder en plukte de overtollige tabak van de uiteinden weg. 'Kunt u zich voorstellen wat ze op de vrije markt waard zou zijn?' Hij schraapte zijn keel. 'Als ze niet dood was.'

Logan staarde hem aan. 'Zegt u het maar.'

McInnes stopte de pas gerolde sigaret in het blik en pakte nog een vloeitje. 'Ik zou het echt niet weten. En voordat u het vraagt: Jenny is niet mijn type.' Hij glimlachte, waarbij hij een onregelmatig bruin gebit toonde. 'Veel te oud.'

Sarah Cooper (35) – Schunnige praktijken en wellustig gedrag; Ontvoering; Poging tot moord

'Wat een vreselijk gebeuren.' Sarah Cooper boog zich vorover in haar stoel, zodat er een uitgestrekt spelonkachtig decolleté vol sproeten werd onthuld en de blauwe zijden bloes zich strak om haar gezwollen buik en massieve borsten spande. Haar worstvingers trokken een cirkel op haar korte zwarte rok; de nagels waren net zo scharlakenrood als haar lippen. 'Ik kan me alleen maar voorstellen wat die arme Alison moet doormaken...'

Rennie deed zijn spiegelactie weer. 'Kun je ons vertellen waar je vorige woensdagnacht en donderdagochtend was?'

Ze bloosde, keek weg. Roze wangen die met haar Irn-Bru-oranje haar vloekten. 'Om zo een kind te verliezen...'

Logan keek op zijn horloge. Al halftwaalf en ze hadden nog maar vier mensen van de lijst gezien. Als de andere teams in dit tempo werkten, zou het nog minstens drie dagen kosten om iedereen in het Zedendelinquentenregister af te handelen. Ervan uitgaande dat inspecteur Ingram en de Smurfen ze allemaal konden opsporen. En het begon hier heet te worden, waardoor zijn arm jeukte onder het wattenverband. 'U hebt geen antwoord gegeven op de vraag van agent Rennie, juffrouw Cooper. Waar was u in de nacht dat Alison en Jenny werden ontvoerd?'

Niet dat ze er iets mee te maken had kunnen hebben. Haar achterwerk was veel te groot om in een forensisch pak te passen. Verdomd, het paste amper in haar stoel: als ze te vlug opstond, zou ze het ding als kontwarmer dragen.

'Ik was... bij een vriendin.' Ze verplaatste haar billen, waardoor de stoel kraakte.

Logan glimlachte naar haar. 'Wie?'

'Waar bemoeit...'

'Het is oké, Sarah.' Rennie verschoof in zijn stoel, zich in een perfecte weerspiegeling schikkend. 'We moeten je alleen uitsluiten van ons onderzoek. Je wilt ons toch helpen degene te pakken die Jenny pijn heeft gedaan?'

De blos werd dieper. 'Ik... ik heb alles over ze gelezen, weet je. Toen *OK!* dat grote artikel van twee pagina's over ze publiceerde: ALISON EN JENNY THUIS. ZO'N KRAP HUISJE VOOR ZULK ENORM TALENT.'

'We hebben een naam nodig, juffrouw Cooper. En een adres.'

'Ik heb niet...' Ze streek met haar hand over haar hals; er glinsterde zweet in de spleet tussen haar borsten.

'Waar was u?'

'Kom op, Sarah, je kunt het ons wel vertellen.'

Nog een decolletéveeg. 'Kan ik een glas water of zoiets krijgen, het is hier heel heet.'

'Je kunt net zo goed je hart luchten.'

Haar ogen schoten door de kamer. De deur, het raam, de badkamer. 'Ik... ik was aan het babysitten.' Beide handen klemden zich in haar schoot vast. 'Een vriendin van een vriendin vroeg of ik op haar jochies kon passen. Ik heb ze niet aangeraakt, als jullie dat soms denken. Ik heb niks gedaan. Ik heb alleen maar op ze gepast. Er is niks gebeurd.'

Lee Hamilton (32) – *Verkrachting; Bezit van een aanvalswapen*
'Wat zou ik in teringnaam met een klein meisje moeten? De moeder, misschíen, maar tering, dat kind was nog maar zes!'

Duncan McLean (46) – *Aanranding; Poging tot verkrachting; Wapenbezit met de intentie te verhandelen*
'... zou nóóit zo iemand aanraken. Ik bedoel, het zijn... vróúwen. Hoe walgelijk zou dat zijn?'

Logan hing zijn jasje aan de haak in de badkamer, deed zijn das af en knoopte zijn overhemd los. Het wattenverband dat op zijn linker arm was geplakt gaf bijna licht, zo wit was het. Hij trok een hoek los en grimaste. De huid was nog steeds helemaal rood en ontstoken – dat was dan 'geen centje pijn'.

Hij diepte een tubetje antibacteriële gel uit zijn jaszak op, kneep een kwakje in zijn handpalm en smeerde het op zijn arm. Probeerde niet ineen te krimpen. Het zag er tenminste niet...
Een klop op de deur.
'Brigadier?' Het was Rennie. 'De volgende is hier.'

Alastair McMillan (42) – Aanranding; Bezit van onfatsoenlijke afbeeldingen; Diefstal
'*Ik wil dit opdragen aan mijn man Joe; jij zult altijd onze held zijn...* Ik bedoel, wie probeerde ze voor de gek te houden? Er komen regenbogen en puppy's uit haar reet in plaats van stront zoals bij ons allemaal.' Snuif.

Alastair McMillan boog zich vooroveren tikte met een vieze, afgekauwde vingernagel tegen Logans knie. 'Ze verdient verdomme alles wat haar toekomt, begrijp je wat ik bedoel?'

Ross Kelley (19) – Aanranding
'Jij hebt heel mooie ogen, agent...'

Shona Wallace (26) – Maken en verspreiden van illegale afbeeldingen van kinderen; Schunnige praktijken en wellustig gedrag; Poging tot belemmering van de rechtsgang
'... zouden eigenlijk niet verbaasd moeten zijn, toch? Er lopen nogal wat zieke mensen rond.' Shona Wallace veegde een lok gebleekt blond haar uit haar ogen. Ze haalde haar knokige schouders op en liet ze weer neervallen onder haar Little Miss Naughty-T-shirt. 'Ik bedoel, weet je wel, als je in dit land opstaat en iets doet, klampen de lijpo's zich gewoon aan je vast, niet dan?'

Ze glimlachte, waarbij haar slappe kin in de bleke huid van haar hals verdween. Het soort buurmeisje dat je nergens bij je in de buurt wil hebben. 'O: herinner jij je die vrouw nog? Hoe heette ze ook alweer, weet je wel, ze was dat dikke lelijke kalf en ze zei al die vreselijke dingen over Alison? In de kranten en zo?'

Rennie knikte. 'Vunzige Vikki?'

'Ja, dat klopt. God, wat een bitch. Jaloezie, dat is alles. Ik vond Alison en Jenny het beste van *Britain's Next Big Star*. Ik bedoel, dat waren ze echt, weet je wel: sterren. De serie wordt totáál bagger zonder hen.'

Ze schoot naar voren in haar stoel, totdat haar knieën die van Rennie bijna aanraakten; haar ogen waren wijdopen en leken door een zware laag mascara zelfs nog groter. 'Hoe ziet haar huis er vanbinnen eigenlijk uit? Is het tof? Ik durf te wedden dat het tof is. Ik durf te wedden dat ze alle echt toffe spullen verstopt hebben toen ze de cameramannen over de vloer kregen, weet je wel, voor de opnames voor het *OK!*-magazine, ja? Ze is best wel vaak op de radio, ze moet wel, weet ik veel, een jacuzzi en diamanten en champagne en zo hebben?'

'Verrekte beroerd, zo gaat het.' Logan plofte in een van de stoelen die om de lange vergadertafel waren opgesteld. 'Wat gebeurt er met de lunch?'

Precies op het juiste moment liep agent Guthrie met een kartonnen doos achterwaarts de kamer in. De geur van versgebakken eten die eruit wasemde vulde de kamer. 'Pak ze nu ze nog heet zijn.'

Steel snoof. 'Dat werd tijd.'

De doos werd op de tafel gezet. 'Veertien biefstuk, zes gehakt, vier macaroni, vier kaas-en-uienpasteien en twaalf saucijzenbroodjes.'

'Waar is mijn wisselgeld?'

'En ongeveer een miljoen zakjes tomatensaus.' Guthrie stak een hand in zijn zak en haalde een hoop munten tevoorschijn. Ze rinkelden op het tafelblad.

Het verhoorteam dromde om de doos samen, trok er met vet bevlekte papieren zakken uit, controleerde de inhoud en gaf alles door waar ze geen zin in hadden.

Logan wreef met zijn vingertoppen tegen zijn oogleden, in een poging het branderige gevoel weg te masseren. 'Veel geruchten dat Jenny voor een prijs verkrijgbaar is, maar niemand weet wie er verkoopt. Of ze zeggen het niet.'

Rennie verscheen met twee papieren zakken; het groen-engoudkleurige logo van Chalmers of Bucksburn begon licht doorzichtig te worden. 'Macaronitaart, of kaas-en-uienpastei?'

'Kaas en uien.' Hij pakte de aangereikte zak aan en frommelde hem als een provisorisch servet rondom het goudkleurige bladerdeeg. 'Ik bedoel, wat moeten we doen? Niemand zal zijn hand opsteken en verkrachting en moord bekennen, toch?'

Steel haalde haar schouders op, nam een kieskeurige hap van haar pastei en kauwde. 'Het is nog te vroeg, Laz. We hebben veel meer perverse figuren af te handelen.'

'Ja, en in dit tempo zal het ons drieënhalve dag kosten, minimaal.'

'O.' Ze staarde even naar het gat in haar pastei, scheurde vervolgens een zakje tomatensaus open en spoot het erin.

Logan fronste. 'Tenzij we de avondploeg een aantal laten doen?'

Een knik. 'Regel het maar met Ding-Dong. Hoe eerder we een resultaat krijgen, hoe beter.'

'Ben je op de plaats delict geweest?' De pastei was gevuld met hartige napalm, bijna te heet om te eten. Al kauwend veegde hij stukjes bladerdeeg van zijn vingertoppen. 'Ik zat erover te denken om straks een bezoek te brengen. Om een idee te krijgen.'

Een agente met een grof gezicht stak haar hoofd om de deur van de vergaderkamer. 'Baas?' Ze zwaaide naar inspecteur Steel. 'Het volgende groepje is beneden aangekomen; wil je dat ik ze naar de kamers breng, of laat ik ze nog even in hun eigen sop gaarkoken?'

'Ze kunnen de pot op; we zitten pasteien te eten.' Steel nam nog een hap en de tomatensaus die ze zo zorgvuldig had ingespoten spoot er als een bloedstraal uit, over haar hele hand heen. 'Klote...' Ze likte aan haar pols. 'Waar zijn de servetten?'

'Ik bedoel, ze moeten het huis vóór de ontvoering bestudeerd hebben, ze gingen regelrecht naar Jenny's kamer en...' Logan vloekte; zijn telefoon ging. Hij trok het toestel met vettige vingers tevoorschijn en keek op de display: ONBEKEND.

'Hallo?'

'*Hallo?*'

'Met wie...'

'*Hallo? Kun je mij horen?*' Doc Fraser moest aan zijn kant van de lijn met de knoppen hebben gefriemeld, want er klonk een serie blieps in Logans oor. Gevolgd door: '*Logan? Ben je daar? Ik heb de toxicologische test net uit het lab terug. Ik dacht dat je wel een update zou willen voordat ik uit de school ga klappen tegen Finnie en zijn mederukkers.'*

Logan deed zijn mond open en vervolgens weer dicht. 'Eh, Doc, weet je zeker dat je...'

'*Let nu op: we hebben bloedcellen uit ieder adertje in die teen geschraapt en morfinesporen gevonden. Het vetweefsel bevatte een minuscule hoeveelheid natriumthiopental. En ik bedoel een piépkleine hoeveelheid. Verdomd veel mazzel dat we überhaupt iets hebben ontdekt.*'

Hij diepte zijn notitieboekje uit zijn zak op, klemde de telefoon tussen zijn oor en zijn schouder en krabbelde alles op... Hij deed een wilde gooi naar de spelling: TI-O-PENTHAL (SP?). 'Zin om een gokje te wagen?'

'*Jullie lulhannesen veranderen ook nooit, hè? Ik gok erop – en dit is niet méér dan een gok – dat de morfine aan haar is gegeven om haar rustig te houden. Meegaand. Het zou behoorlijk goed als kalmerend middel werken. Natriumthiopental, daarentegen, is een algemeen verdovingsmiddel. Waarschijnlijk waren ze van plan haar onder narcose te brengen alvorens de teen te verwijderen, maar er ging iets mis. Een allergische reactie misschien, of ze had te kort daarvoor nog gegeten, gaf over, en stikte... In elk geval ging het snel – als dat enige troost biedt – anders was er meer van de drug in het vetweefsel neergeslagen.*'

Logan deed zijn ogen dicht. 'Wanneer?'

'*Bijna onmogelijk te bepalen. Maar ik zou zeggen dat de teen minstens zes uur na het overlijden werd afgesneden en vervolgens in een koelkast is bewaard. Misschien een week geleden?*'

Bob had dus gelijk – Jenny was al dood voordat ze de eerste losgeldeis hadden gekregen.

'*De amputatie is behoorlijk goed uitgevoerd, ongetwijfeld door iemand met een medische opleiding, met een dun, fijn lemmet. En natriumthiopental wordt gebruikt om mensen te bedwelmen voordat ze de operatiekamer in gaan – voordat ze je aan de lucht en het gas zetten. Het gaat dus om ziekenhuizen: operatiezalen, interne farmacie, neurologie, de afdeling Intensieve Therapie... Of misschien een dierenarts? Ik denk dat ze het ook bij dieren gebruiken.*'

'Hoe zit het met dokterspraktijken, huisartsen, dat soort mensen?'

'*Die krijgen niets sterkers dan lidocaïne. Hetzelfde geldt voor tandartsen.*'

'Bedankt, Doc.' Diepe zucht. 'Kun je mij een plezier doen?'

'*Hangt ervan af.*'
'Als je het aan "de rukkers" vertelt, noem ze dan niet zo, oké? Dat je gepensioneerd bent betekent nog niet dat ze het niet op ons zullen afreageren.' Logan verbrak de verbinding, keek op en zag Steel naar hem staren.
'Nou?'
Hij vertelde haar van de drugs en er verscheen een glimlach op haar gezicht.
'Juist.' Ze bonkte met haar hoofd tegen de tafel. 'Luister, onbeholpen stelletje mietjes – als jullie je mongolen en minkukels vanmiddag verhoren, wil ik weten of iemand connecties heeft met het ziekenhuis of een dierenarts, oké? Baan, vrijwilligerswerk, vriend, familie – alles.' Ze stak twee vingers omhoog. 'Ziekenhuizen, dierenartsen.'
Rennie fronste. 'Hoezo?'
'Omdat ik het zeg. Laz, bel Ingram – zeg hem dat we iedereen die we vandaag hebben gezien morgenochtend weer moeten hebben.' Ze glimlachte stralend en kneep Logan vervolgens in de arm. 'We hebben eindelijk...'
'Au!' Gloeiende tering, dat príkte! Hij wikkelde zijn hand om zijn deltaspier, in een poging de pijn weg te knijpen. 'Waar was dat voor?' De huid eronder bonsde en brandde.
'O, hou toch op met jammeren, ontzettend watje. Ik heb je nauwelijks aangeraakt. We gaan de klootzakken echt pakken.'
'Dat deed pijn!'
'Jezus, en ik dacht dat Rennie een doetje was.'
De agent stopte even, halverwege een enorm saucijzenbroodje. 'Hé!'
Logan wreef over zijn arm. 'Ik loop jou toch ook niet te slaan?'
'Inspecteur?' De logge agente haakte een duim over haar schouder naar de gang.
'Ja, ik weet het.' Steel veegde haar vingers over de voorkant van haar rode satijnen shirt, zodat er vettige vlekjes op achterbleven. 'Kom op, Laz, *carpe pervertum.*'

13

Bruce Preston (46) – Bezit van onfatsoenlijke afbeeldingen; Dierenmishandeling; Belemmeren, aanvallen, molesteren of hinderen van een politiebeambte in functie; Geslachtsverkeer met dieren
'Nou, ik neem áán...' Bruce Preston verschoof in zijn stoel, kronkelde met zijn kont naar links en naar rechts, alsof hij wormen had, of een onbereikbare jeuk. Hij was enigszins mollig, licht kalend; compleet onopvallend in elk opzicht, afgezien van de enorme collectie foto's van mensen die seks hadden met honden die de technische recherche op zijn computer had gevonden. Kennelijk speelde de cairnterriër van de buren een hoofdrol op alle zelfgemaakte kiekjes van Bruce.

Hij haalde op een zwaar overdreven manier zijn schouders op, waarbij zijn armen in een hoek van vijfenveertig graden uitstaken. De bittere uiachtige stank van muffe oksels werd zelfs nog erger. 'Maar het is eigenlijk niet hetzelfde, toch? Bovendien kijk ik eigenlijk geen tv meer. Niet sinds die trut op Channel Five die *Britain's Secret Sex Shame*-show deed.'

'En bent u er zeker van dat u niet iemand in het ziekenhuis kent, of een dierenarts?'

Preston wreef met zijn vingers langs zijn dijen, met een roze blos op de wangen. 'Ik heb het u al verteld – ik mag niet binnen honderd meter van een dierenartspraktijk of hondenuitlaatpark komen.'

Logan noteerde het einde van het verhoor, bedankte Bruce voor zijn tijd en zei dat hij zichzelf kon uitlaten.

Zodra de deur dichtklapte, zakte Logan in zijn stoel onderuit;

zijn armen bungelden over de randen, zijn vingertoppen streken over het tapijt. 'Dat was leuk.'
Rennie kokhalsde. 'Gloeiende tering... Bezwaar als ik het raam openzet?'
'O, god, alsjeblíéft!'
Klunk. En het geluid van verkeer op de nabije vierbaansweg sijpelde naar binnen, het gerommel van een vliegtuig dat langzaam in de verte verdween, het getjilp en gekwetter van vogels.
'Denk je dat Steel gelijk heeft?'
Logan keek op zijn horloge – bijna twintig voor vier. Hij rekte zich uit en plofte vervolgens weer achterover. 'Al jarenlang doen er geruchten de ronde over de "vee"-markt. Kinderen, vrouwen, op bestelling ontvoerd, op geheime veilingen verkocht... Het enige wat we hoeven te doen is één van die klootzakken pakken en dan stort de hele handel in.' Er klonk een krakend geluid. Hij keek op en zag Rennie in de andere stoel onderuitgezakt, met armen die over de randen hingen en vingertoppen die over het wollen tapijt streken.
'Wil je daarmee ophouden?'
Rennie trok een wenkbrauw op. 'Waarmee?'
'Die verdomde na-aperij. Het begint me op de zenuwen te werken.'
'NLP, mijn beste brigadier McRae. Heb ik gedaan toen ik vorige maand de Accreditatiecursus voor Ondervragers volgde. Ik heb trouwens topcijfers gehaald.' Hij zakte achterover, precies zoals Logan. 'Het stelt het subject op zijn gemak, laat hem denken dat hij een connectie, een bondgenoot in de kamer heeft.'
'Er komt een bloedvlek in de kamer als je er niet mee kapt.'
Rennie ging rechtop zitten. 'Welk cijfer heb jij gehaald?'
'Gaat je niks aan.' Vijfenzestig procent. 'Hoeveel op de lijst nog voor vandaag?'
'Drie. Daarna is inspecteur Bell aan de beurt.' Hij glimlachte. 'Hé, misschien hebben we mazzel en lossen we de zaak voor het eind van de dag op. Verhoorsuperster Rennie en zijn sidekick: brigadier McRae.'
'Jij bent een lul, dat weet je toch?'

Henry MacDonald (24) – *Aanranding; Bezit van een gecontroleerde drug; Openbaar dronkenschap; Ordeverstoring; Schennis der eerbaarheid*

'Ja, maar alleen op de tv.' Henry zat volkomen stil in de hotelstoel, knieën stevig tegen elkaar geklemd, handen ineengevouwen op zijn schoot. Iemand had hem op zijn paasbest uitgedost – een glimmend grijs pak dat eruitzag als een speciale aanbieding van de kringloopwinkel. Het paste hem niet echt. Haar dat hij zelf moest hebben geknipt, waarschijnlijk met een tuinschaar.

Rennie sloeg zijn armen over elkaar en haalde ze vervolgens weer van elkaar. Herschikte zich tot Henry's spiegelbeeld. Er was geen perfecte score in neurolinguïstisch programmeren voor nodig om in te zien dat de techniek ditmaal niet zou werken.

Niet dat het enig verschil uitmaakte. Niemand gaf toe iemand te kennen in het Aberdeen Royal Infirmary, Albyn, Wood End, Cornhill, of een van de andere ziekenhuizen in het noordoosten. En het was hetzelfde verhaal met de achtenvijftig dierenartspraktijken in de regio.

Let wel, ze hadden pas een derde van Grampians Zedendelinquentenregister gehad, om nog maar niet te spreken van de zeventig of tachtig die op de onofficiële lijst van inspecteur Ingram stonden.

Maar ze deden tenminste iets...

Stilte.

Het duurde even voor Logan besefte dat zowel Rennie als MacDonald hem zat aan te staren. 'Hmm...' Hij schraapte zijn keel. 'In welk opzicht?'

'Nou' – Rennie verschoof in zijn stoel – 'ik bedoel, het is niet waarschijnlijk, toch?'

Nee, nog steeds geen aanwijzing.

Logan haalde zijn schouders op. 'Je weet maar nooit.' Keek op zijn klembord. 'Eh... uw maatschappelijk werker zegt dat u chemische castratie hebt aangevraagd?'

MacDonald haalde heel lichtjes zijn schouders op. 'Ik voel niet graag... ik...' Een lange, harde frons. 'Ik wil niet meer zo zíjn. Vanbinnen...' Hij klapte een knokige hand tegen zijn borst. 'Begrijpt u?'

Niet echt.

Logan knikte. 'Nou, als u er zeker van bent. En bent u er zeker van dat u niets over de McGregors hebt gehoord?'

'Het is alsof je de hele tijd gebroken bent.'

'Oké...'

Brian Canter (41) – Poging tot ontvoering van een kind; Bezit van onfatsoenlijke afbeeldingen van kinderen; Poging tot belemmering van de rechtsgang
'Het spijt me als ik daardoor overkom als een onsympathiek figuur.' Canter likte zijn lippen – het was alsof je een plak lever over een elastiekje zag glibberen. 'Maar mijn therapeut zegt dat ik eerlijk moet zijn over wie ik ben als ik ooit weer beter wil worden.'

Rennie schraapte zijn keel. 'Dus je zegt dat als je de gelegenheid krijgt...'

'Dan zou ik Jenny McGregor aan een buffet vastbinden en haar te barsten neuken, ja. Misschien zou ik haar zelfs haar moeder laten beffen. Weet je wel? Een triootje doen?' Allemaal gezegd op dezelfde toon die normale mensen gebruikten om een pizza te bestellen. 'Ik zou het waarschijnlijk ook op video opnemen. Weet je wel, zodat het zou blijven? Ik bedoel, ik zou haar niet vermóórden of zo – er is geen lol aan als ze niet kronkelen.'

Stilte.

'... oké...' Rennie keek naar Logan. Zijn adamsappel bewoog op en neer in zijn keel. 'Eh, baas?'

'Hoe vaak ziet u uw maatschappelijk werker, meneer Canter?'

Die donkerpaarse tong gleed nog een keer over de dunne rode lippen. 'Om de week.'

'Juist. Ik begrijp het...' Logan knikte en schreef: *Onmiddellijk 24u toezicht vereist!!!* op het formulier dat aan zijn klembord was bevestigd en onderstreepte het drie keer.

14

Logan stapte uit, de zonnige avond in, en sloeg het autoportier dicht. Sloot af. Volgde Steel de weg over naar het huis van de McGregors. Er stonden wel dertig of veertig mensen bij het tuinhek te waken. Mannen, vrouwen, kinderen: allemaal gekleed alsof ze gewoon een avondwandelingetje maakten, van de zon genietend. Aan de andere kant van de weg stelde zich een reportagewagen op, die zich waarschijnlijk gereedmaakte voor het volgende live nieuwsbulletin.
  Steel zocht voorzichtig een weg door het mijnenveld van supermarktboeketten en teddyberen naar het voorhek.
  De starende menigte draaide zich om toen ze de klink omhoogklikte en het hek openduwde.
  Op de bovenste tree zat een geüniformeerde agent een exemplaar van de *Aberdeen Examiner* te lezen; de kale plek boven op zijn hoofd kleurde kreeftrood in de avondzon. Hij keek even op toen Steel en Logan het pad op stapten. 'Hé, ik zeg het je niet weer: ga terug naar de andere kant van het verdomde...' Hij krabbelde overeind, de krant achter zich verstoppend. Vervolgens dook hij weer omlaag om zijn kleppet te pakken en hem op zijn hoofd te rammen. 'Sorry, baas. Dacht dat je weer zo'n journalist was. Die rotzakken proberen de hele week al langs ons te komen.' Hij haakte een duim over zijn schouder. 'Wil je naar binnen?'
  'Nee, Gardner, ik wil een paar uur als een idioot hierbuiten blijven staan. Doe de deur verdomme open!'
  De wangen van agent Gardner kregen een helderroze blos. 'Ja, baas.'
  'Halvezool.' Steel wachtte tot hij de deur had opengetrokken en

banjerde langs hem heen. 'En wij betalen je niet om op je reet de krant te zitten lezen. Probeer tenminste op een verdomde politieagent te lijken!'

'Sorry, baas...'

Logan wachtte tot ze allebei binnen waren en de deur weer was dichtgeklapt. 'Was dat niet een beetje cru?'

'Laz, wat denk je dat er gaat gebeuren als hij daar nog steeds zit en dat stelletje eikels van Channel Four hun tv-camera's aanzet? *"Bobby's drukken zich tijdens jacht op Jenny's moordenaar."* Finnie zal dat geweldig vinden.' Ze trok haar broek op. 'Bovendien is Gardner de lul die een paar weken geleden een doodsbericht bij het verkeerde huis heeft afgeleverd. Hij verdient niet beter.'

De hal zag er praktisch hetzelfde uit als op de video, alleen iets deprimerender. Er hing die lichtelijk muffe geur die de technische recherche altijd achterliet. Een mengeling van vingerafdrukpoeder, geleegde stofzuigerzakken en stiekeme Pot Noodles.

Logan haalde een paar blauwe nitrilhandschoenen uit zijn jaszak, trok ze aan en opende de deur naar de zitkamer. Tv in de hoek op een houten staander, met een digitennekastje erop en een of andere dvd-recorder/speler eronder. Een stapel roddelbladen over beroemdheden. Een sofa die ver over de uiterste verkoopdatum heen was; een kleurrijke sprei deed zijn best om het verschoten bruine corduroy te verbloemen. Boven de schoorsteenmantel hingen drie ingelijste tekeningen, heldere krijtvoorstellingen van een man en een vrouw die elkaars hand vasthielden onder een glimlachende gele zon; een vage zwart-en-groene klodder met het woord 'roetje' in slordige onderkast ernaast afgedrukt; een gelukkig gezin voor een vierkant huis met een blauw dak en rook uit de schoorsteen – 'mammie, pappie, ik, hondje'.

Een jongeman met een vierkante kaak en een zwarte Hooglandse muts op – met een zilveren hertenkopspeldje aan de zijkant en een blauw pompoentje bovenop – staarde uit een zilveren fotolijst; de blauwe ogen verborgen het begin van een glimlach niet helemaal. Om één hoek van de lijst was een zwart lint gebonden; een gedroogd heidetakje werd door de strik op zijn plaats gehouden.

Steel stak haar handen in haar zakken en schommelde heen en weer op haar hakken. 'Ziet er niet geweldig uit, voor iemand die op de tv is...'

De keuken was bevoorraad met blikken soep, kant-en-klare dieetmaaltijden, soorten kindergraanontbijt die vol zaten met E-nummers en suiker. Een open fles witte wijn in de koelkast.

'Zonde om die verloren te laten gaan.' Steel trok de fles eruit, vond een glas op de afdruipplaat, spoelde het vingerafdrukpoeder eraf en schonk zichzelf een flinke bel in. 'Kijk niet zo naar me – jij rijdt, weet je nog?'

Daarna volgde ze hem van de ene kamer naar de andere, glas in de ene hand, fles in de andere, toekijkend hoe Logan het medicijnkastje in de badkamer doorzocht. Vervolgens de grote slaapkamer.

Steel ging op de rand van het bed zitten, veerde een paar keer.

'Niet slecht. Ik zou hier een behoorlijke wip op kunnen maken.'

De kamer was versierd met foto's. Aan de muur bij het bed hingen zes trouwfoto's – Alison McGregor gekleed in een enorme witte jurk die haar een beetje op een zwangere badmintonshuttle deed lijken. Vervolgens een paar van haar op vakantie in een zonnig oord met de dode man van de foto beneden. Verder een andere versie van de foto die de media-afdeling voor alle posters had gebruikt. Alison en Jenny op het strand van Aberdeen, de zee op de achtergrond, alleen stond James McGregor ditmaal naast hen. Een gelukkig gezin, stralend voor de camera.

Een foto van Jenny met een enorme microfoon in haar hand geklemd, twee ontbrekende voortanden, de longen uit haar lijfje zingend. Ze leek meer op haar moeder dan op haar vader – lange blonde krullen, een lange, rechte neus die nooit de kans zou krijgen om in de juiste verhouding met haar lichaam te komen, appelwangen...

Steel sloeg het laatste restje van haar wijn achterover en leegde de fles in het glas. 'Snuffel even in de nachtkastjes.'

'Waarom?'

'Doe me een plezier.'

Logan trok de bovenste la eruit. Wat sieraden – niets duurs, voornamelijk barnsteen – een stapel gestreken zakdoeken, een paar sjaaltjes. Volgende la: onderbroeken – kleintjes met ruches en enorme passiekillers, allemaal door elkaar. De onderste la leek vol met sokken te zitten. Logan schraapte de bovenste laag opzij en trok er vervolgens een grote stapel enveloppen uit, bijeengehouden door een rood elastiekje.

Hij hield ze omhoog. 'Zocht je dit soms?'

Steel liet haar gezicht lichtjes hangen. 'Probeer eens onder het bed.'

Logan gooide de enveloppen op het dekbed, hurkte op zijn handen en knieën neer en tuurde in de schaduwen. 'Niks.'

'Níks?'

'Zelfs geen pluisbol.' Zo was het hele huis. Als de Scottish Police Services Authority niet naar forensische bewijzen zocht en alles met vingerafdrukpoeder bestrooide, zou de woning vlekkeloos zijn geweest.

'Hmm... Moet een knoeier zijn geweest.' Steel tastte in een van de enveloppen en haalde een brief tevoorschijn – bleekblauw papier, donkerblauwe balpen.

'Wat?'

'Denk eens na, Laz: weduwe, zit hier in haar eentje met een klein kind en een dode man. Wat zal ze doen voor een beetje bedpret? Ik verwachtte een schandalig grote dildo... minstens een vibrator.'

'O, in hemelsnaam...'

'Ik heb er een die oplicht, hartstikke maf, maar dan hoef je geen zaklamp te kopen als er een stroomstoring is. Maar Alison was kennelijk een liefhebster van het tweevingergefriemel.' Steel reikte de brief aan. 'Lees.'

'Weet je dat ze waarschijnlijk ergens dood in een ondiep graf ligt?'

'Dat ze dood is betekent nog niet dat ze nooit heeft geléééfd, Laz. Lees nu maar.'

Het was een liefdesbrief, aan Alison McGregor gericht. Logan las hem vluchtig door: '... "liefde van mijn leven – bla, bla, bla – de maan en sterren verbleken bij het licht dat in jouw ogen schijnt – bla, bla, bla – ik kan nauwelijks slapen als het spook van jouw aanraking mij achtervolgt"... Wie heeft dit gekwijl geschreven?' Logan bladerde naar de laatste bladzij, die was ondertekend met 'Mijn eeuwige liefde, sergeant James George McGregor'.

Hij fronste. 'Sergeánt? Ik dacht dat papaatje gewoon een soldaatje was.'

'Kom op, lees voor.'

'Laat je ogen testen en dan kun je het zelf lezen.' Logan liet de vellen papier weer op het bed vallen. 'Wat voor iemand ondertekent een liefdesbrief met zijn volledige naam en een valse rang?'

'Ach, er is geen lol aan met jou.' Ze zakte achterover totdat ze languit op het bed naar het plafond lag te staren.

Logan liet haar achter en ging naar Jenny's slaapkamer aan de andere kant van de hal. Het raam was bedekt met dat vertrouwde laagje Amido Black, waardoor de achtertuin er schemerig en grijs uitzag.

Roze behang. Een stapel knuffeldieren op de speelgoedkist. Een rij Beatrix Potter-boeken.

Het paard op de dekbedhoes was eigenlijk een eenhoorn... Hij bleef staan. Fronste. Probeerde zich de videobeelden te herinneren. Er had iets op het voeteneinde van het bed gelegen. Een teddybeer? Die was er niet meer. Lag ook niet op de slaapkamervloer.

Misschien had ze hem van hen mogen meenemen? Misschien had hij een beetje troost geboden terwijl ze haar volspoten met morfine en natriumthiopental, zodat ze haar teen konden afhakken.

Misschien hadden ze hem zelfs bij haar begraven. Midden in de rimboe, in een zwarte plastic zak gewikkeld. Wegrottend in een ondiep graf. Haar gezelschap houdend terwijl ze lag te ontbinden.

Christus, wat een vrolijke gedachte.

'Je kijkt alsof je een koude keutel hebt opgegeten.' Steel, die in de deuropening stond.

Logan keerde de kamer de rug toe. 'Er is hier niets.'

Alleen een slaapkamer van een dood meisje in een leeg huis.

Er ligt een dun strookje zonlicht op de kale houten vloerplanken; vlak erboven glinsteren stofbankjes als elfjes. Alles is wazig. En het stinkt. Ze veegt met haar pyjamamouw over haar ogen. Verschuift haar bips een stukje over de vloer, zodat ze dichter bij de zon zit.

Het ruikt hier naar oude mensen. Oude mensen zoals buurvrouw McInnes, met haar harige moedervlek en dikke bril, en adem als een worst die te lang in de koelkast heeft gelegen.

Ze veegt nog een keer met de mouw over haar gezicht, zodat Winnie de Poeh helemaal doorweekt wordt van de tranen. Probeert dichterbij te wriemelen, maar de ketting om haar borst en hals trekt strak. Vroeger hielden ze Roetje aan een ketting in de achtertuin, vastgemaakt aan een grote metalen pin zodat hij kon rondrennen. Totdat hij naar de hemel moest gaan.

Alleen is zij geen hond, vastgeketend aan een pin in de achtertuin. Zij is een klein meisje, vastgeketend aan een bed in een donker, stoffig oud huis.

Ze steekt een bleek voetje uit en beweegt haar tenen in dat streepje zonlicht. Zonder geluid te maken.

Als ze dat wel doet, zullen de monsters terugkomen.

Gekreun achter haar.

Ze draait zich om, de ketting koud tegen haar kin. Mammie praat weer in haar slaap.

'Nee... Je kan niet... Ik wil niet...' Dan trekt haar mond, gaat met smakkende geluidjes open en dicht. Mammie draait zich op haar zij om. De ketting om haar enkels rammelt tegen het metalen bed. 'Nee...' Daarna ademt ze langzaam en regelmatig in en uit.

De ogen van Teddy Gordon fonkelen in de duistere kamer. Hij ligt op het bed, net als mammie op zijn zij, te staren.

Ze rukt haar hoofd weer naar voren. Kijkt niet naar hem. Kijkt niet in die glanzende ogen. Op een keer had ze gekeken hoe een kraai een geplet konijn op een parkeerplaats opat, terwijl pappie een plasje stond te doen achter een boom. De kraai had net zulke ogen als Teddy Gordon: zwart en glanzend en vreselijk.

Recht vooruitkijken. Niet bewegen. Geen geluid maken. Een Braaf Klein Meisje zijn.

Er klinkt een klap en ze krimpt ineen; er floept een gilletje tussen haar lippen door.

Een dreun.

Vanuit de schaduwen waar de deur zich verstopt.

Gerammel.

Ogen naar voren. Geen beweging. Ze bijt zo hard op haar lip dat die prikt en naar glanzende nieuwe muntjes smaakt.

Klos. Klos. Klos.

Een schaduw verduistert het strookje zonlicht en doodt de fonkelende elfjes.

De stem van het monster is helemaal metalig en zoemerig, als een robot. 'Hé schattebout...'

Ze doet haar ogen dicht...

15

… herdenkingsdienst morgen om twaalf uur. Sarah Williamson is nu bij de kerk. Nog veranderingen, Sarah?

Het tv-beeld sprong naar een vrouw in een zwarte overjas. *Alles wat we tot dusver weten is dat de herdenkingsdienst inderdáád doorgang zal vinden, zodat het publiek Jenny eer kan komen betuigen. Ik kan je inderdáád melden dat Robbie Williams aanwezig zal zijn, samen met Katie Melua en een horde andere beroemdheden, alvorens terug te keren naar Londen voor een speciale live-huldeaflevering van Britain's Next Big Star.*

'Ooo…' Samantha schoof naar voren op de bank. 'Ik moet de recorder instellen.'

Logan nam nog een mondvol wijn en spoelde het laatste restje weg van de pasta die ze aan het eind van de middag hadden gegeten. 'Waarom moeten we het apparaat laten verstoppen met die shit?'

Er viel een korte stilte. 'Jij bent zo'n verdomde tv-snob.'

'Ik ben géén snob.'

'Dat jij er niet van houdt, betekent nog niet dat het shit is.'

… speciale gasten vertolken de liedjes die Jenny en haar moeder…

'Het ís shit. Het is gewoon de zoveelste goedkope reality-tv-flauwekul waar halvegaren zichzelf vernederen om op de verdomde tv te kunnen komen.'

'Daar gaan we weer.' Ze trok haar knieën tot haar boezem op, waarbij haar zwartleren broek tegen de bank piepte. 'Alsof dat waar jíj naar kijkt zo verdomd intellectueel is.'

… liefdadigheidssingle als nummer 1-hit getipt, spraken we met Gordon Maguire, hoofd van Blue-Fish-Two-Fish Productions…

'Ik kijk tenminste...'
'*The Simpsons* is verdomme geen *Panorama*, toch?'
Er verscheen een man van middelbare leeftijd in een T-shirt en jasje op het scherm. Hij had trendy bakkebaarden waar stukjes uit waren geknipt, een lipsikje, een Dundee-accent en een kale kop.
... in gedachten houden dat de ontvoerders Alison nog steeds hebben en we moeten er allemaal voor zorgen...
'Ik zeg alleen dat het uitbuiting is, oké? Het is...'
'Heb je er wel eens naar gekeken?'
... moeten geld blijven inzamelen zolang er nog een kans is dat we haar veilig thuis kunnen brengen.
'Wat? Ik hóéf niet te kijken...'
'Kijk!' Ze prikte met een zwartgelakte vingernagel in de armleuning van de bank. 'Je hebt geen flauw idee waar je het over hebt!'
... dank u. En nu over naar Gail met het weer.
Logan zakte verder in de bank weg. 'Kunnen we niet...'
'Afgezien van al het andere, is dit de réden waarom Jenny en Alison werden ontvoerd. Als ze niet op de tv waren, zouden ze niet beroemd zijn. En als ze niet beroemd waren, zouden ze niet ontvoerd zijn.' Samantha hield ermee op in de armleuning van de bank te prikken en prikte nu in Logans arm. 'Je hebt er dus niks aan om een snobistische lul te zijn, dit houdt rechtstreeks verband met jouw zaak.'
... naderende massa poollucht zal het noordoosten van Schotland bereiken, dus kunnen we de komende paar dagen abnormaal koud weer voor het seizoen verwachten...
Logan dronk zijn wijn in één teug op. 'Oké, oké: prima. Ik stel het apparaat wel in.'
Ze keek niet om, staarde alleen strak naar de tv, waar de kaart van Schotland een blauw en grijs zootje was. 'Dank je.' Afgemeten.
Hij hees zich overeind. Probeerde een glimlach in zijn stem te forceren. 'Wil je nog wat wijn?'
Stilte.
'Sam?'
'Hoe gaat het met je arm?'
Logan keek naar de mouw van zijn overhemd, die helemaal bol stond door het verband. 'Wel oké.' Nee, dat was niet waar. Elke keer

als hij ergens tegenaan schuurde, bonsde en prikte zijn arm. Het had niet geholpen dat die verrekte Steel erop had geslagen.

Sam wierp een stiekeme blik op hem. 'Jij bent een bar slechte leugenaar.' Vervolgens richtte ze zich weer op de tv. 'En we kijken morgen naar *Britain's Next Big Star*, of je het leuk vindt of niet.'

'Fffff?' Logan ging recht overeind in bed zitten, knipperde een paar keer met zijn ogen en ademde weer uit. Tuurde naar de wekker. Kwart over twee.

Hij zakte in het kussen terug. Wie belde er in godsnaam om kwart over twéé?

Samantha, die naast hem lag, maakte mompelende geluiden.

De telefoon bleef rinkelen.

Logan rolde uit bed, greep zijn mobieltje en drukte op de knop. 'Als dit maar belangrijk is!'

'Hullo? Hullo?' Een sterk Doric-accent, dat hij niet herkende. 'Met brigadier McRae?'

'Met wie spreek ik?' Hij wreef met de muis van zijn ene hand in zijn ogen.

'Agent Gilbert, van het bureau? Hoe dan ook, ik heb hier een wijffie dat moord en brand schreeuwt. Blijft maar zeggen dat ze verkracht is.'

Nog een geeuw.

'Hallo? Brigadier?'

'Gilbert, ik ga je ontzettend uitschelden en daarna ga ik ophangen. Dan kun je verdomme iemand van de nachtdienst gaan halen om het af te handelen! Ik heb dagdienst, jij...'

'Wacht effe, inspecteur Bell wil wat zeggen...'

De stem van de agent verdween, er klonk wat gedempt gepraat en vervolgens raspte de stem van inspecteur Bell in Logans oor. 'McRae? Kom als de donder hierheen.'

'Het is kwart over twee 's...'

'Al was het de wederopstanding van Christus, ik heb hier een gestoorde trut die mensen probeert te castreren, en jouw naam staat op haar lijf geschreven.'

'Begrijp me niet verkeerd, inspecteur, maar...'

'Ik bedoel letterlijk. Jouw naam staat létterlijk op haar lijf geschreven. Met zwarte markeerstift. En als je niet meteen een bezoekje van Beroepsnormen wilt, doe je wat jou verdomme is opgedragen!'

Halfdrie op een zaterdagochtend en de straten verkeerden in hun gebruikelijke postpub-roes. Inmiddels was het meeste uitsmijttijdgeweld geluwd. Het zou pas weer oplaaien als de nachtclubs hun lading bezopen idioten de straat op schopten. Mannen en vrouwen, schaars gekleed, sloegen elkaar verrot voor een plek op de taxistandplaats, of in de rij voor de kebabzaak. 'Sta je naar mijn grietje te kijken?', 'Laat maar, Tracy, ze is het niet waard...'

Logan wachtte halverwege Union Street even tot een gehavende Toyota met een taxibordje op het dak geschroefd voorbij was gebromd. Er waren twee kerels net binnen de ingang naar Lodge Walk: de gebruikelijke korte weg naar de achterkant van het hoofdbureau. De een hield zichzelf overeind met een hand tegen de muur, terwijl hij op zijn eigen schoenen piste; de ander maakte kokhalzende geluiden.

Hij nam de toeristische route, om de gemeentegebouwen heen en door Queen Street.

Bleef staan voor de rechtbank.

De menigte die zich op het voorplein van het hoofdbureau had verzameld was veel kleiner – maar veertig, vijftig mensen? Ze stonden allemaal met de armen in elkaar gehaakt heen en weer te slingeren en ze hadden provisorische lantaarns: theelichtjes in oude jam- en augurkenpotten; de flakkerende gevangen vlammen gaven een warme wasachtige gloed af die schaduwen deed kronkelen terwijl ze zongen.

Het duurde een poosje voor Logan de melodie herkende: 'Wind Beneath My Wings'. Natuurlijk. Alleen had iemand de tekst veranderd, zodat het allemaal over Jenny en Alison McGregor ging. Jezus, dat was snel.

En ontroerend...? Of griezelig. Dat was moeilijk te beslissen.

Aan de rand hingen verscheidene geüniformeerde agenten rond; een paar hielden de menigte in de gaten, de rest lette op het kluitje dronken idioten die slingerend rondliepen en probeerden mee te zingen.

Logan kuierde naar de dichtstbijzijnde agent – een kleine man met dikke, harige wenkbrauwen en een uitgezakt gezicht. 'Wat is dit?'

Agent Uitgezakt snoof en knikte vervolgens naar de menigte. 'Een wake, baas. Ik weet niet wat voor verdomde nut ze denken dat dat heeft. Voor het huis, of de kerk waar ze die herdenkingstoestand houden, misschién, maar hier?' Hij zoog even aan zijn tanden. 'De hele stad is verdomme gek geworden.'

De beveiligingsagente blies haar wangen bol en keek Logan dreigend aan. Een rode vlek bedekte de helft van haar kin en werd langzaam een paarse kneuzing. Ze wees door de gang; haar mond bewoog amper, haar tanden waren op elkaar geklemd. 'Daar.'

Inspecteur Bell hinkte op en neer voor het rijtje cellen dat voor vrouwelijke arrestanten was gereserveerd. Hij liep als een beer die de slag nog niet helemaal te pakken had, met dikke geronde schouders die heen en weer schommelden. Hij bleef staan, gaf Logan zijn tweede dreigende blik van de nacht en wenkte hem vervolgens met een grote, harige klauw. 'Waar heb je gezeten?' Zijn stem klonk niet veel luider dan een fluistertoon.

'Ik dacht dat je in de avondploeg zou zitten? Hoe ver ben je met Steels zedendelinquenten gekomen, iets...'

'Wil je dit uitleggen?' Bell wees naar de cel voor hem.

Logan controleerde de naam die op het bordje naast de deur was gekrabbeld: naam, vermeend delict, en controleerde een laatste keer. TRISHA BROWN ~ B.A.M.H.P. ~ 02:30. Wat betekende dat ze waarschijnlijk was opgesloten omdat ze een of andere arme agent een lel had verkocht.

'Nou?'

Inspecteur Bell trok het luikje open en Logan tuurde in de kleine cel.

Trisha Brown lag op de blauwe plastic matras, met haar knieën tegen haar holle ribben opgetrokken. Ze droeg een karig haltertopje, dat een strook ziekelijk bleke huid die bijna oplichtte in de felle tl-verlichting, een paar kneuzingen en een tatoeage onthulde. Blote voeten met lange tenen, als een extra stel vingers.

Logan haalde zijn schouders op. 'Werkt ze vannacht?'

De inspecteur deed het luikje weer dicht. 'Zegt dat jij haar hebt verkracht.'

'Ze...?' Logan deed een stap achteruit. 'Neem je me in de maling? Ik zou haar verdomme nog niet met een stok willen aanraken! Ze liegt!'

Bell pakte hem bij de mouw en sleepte hem naar het trappen-

huis. 'Dat hoop ik maar... Maar zodra ze de klacht officieel maakt, wéét je wat er gebeurt: Beroepsnormen verkent je karteldarm met een zoeklicht. Bij zoiets word je waarschijnlijk op non-actief gesteld tijdens hun onderzoek.'
 'Maar het is...'
 'Het dóét er niet toe of het lulkoek is of niet – het komt in je dossier.'
 'Nee. Verrek maar.' Logan draaide zich om, beende naar de cel terug en sloeg met zijn vlakke hand tegen de metalen deur. *Boem, boem, boem.* Hij rukte het luikje open. 'Trisha Brown! WAKKER WORDEN!'
 De figuur op de matras verroerde zich en draaide zich op haar rug, waarbij er één arm over haar ogen zwaaide. Haar heupbeenderen stonden trots onder haar vale huid, wondjes op haar onderarmen, ribben duidelijk zichtbaar. Hoe kon iémand in godsnaam denken dat hij voor haar uit de kleren zou gaan?
 Boem, boem, boem. 'TRISHA!'
 Uit de cel ernaast klonk een gedempte stem. 'Kop dicht verdomme! Sommige mensen proberen hier te slapen...'
 Boem, boem, boem. 'TRISHA BROWN!'
 Een andere onzichtbare stem. 'Godsamme, maak haar niet wakker – dat maffe wijf is net opgehouden met schreeuwen.'
 De figuur op het bed bewoog haar benen, ging rechtop zitten. Knipperde met haar ogen. Daarna draaide ze zich zijwaarts en sproeide gele kots over de donkerrode terrazzovloer; oranje en roze brokken spatten alle kanten op. Ze kokte nog een paar keer en veegde vervolgens met een trillende hand over haar gebarsten lippen. 'Dorst...'
 Logan bonsde nogmaals met zijn hand op de deur. 'Weet je wie ik ben?'
 Ze tuurde naar hem. 'Rot op.' En zakte weer op de matras neer. 'Niet lekker...'
 Boem. 'Wie ben ik verdomme?'
 'Laat ons met rust!'
 Logan richtte zich tot inspecteur Bell. 'Zie je? Ze heeft geen flauw idee.'
 De inspecteur duwde Logan opzij en schreeuwde door het luikje. 'Trisha? Weet je nog toen wij je inrekenden? Wat zei je toen?'

Een luide zucht. Daarna hees ze zich van de dunne matras overeind; haar blote voeten spletterden door de plas braaksel toen ze naar de deur liep. Een bittere, oogvernauwende kotsstank dreef uit het luikje. 'Ik ben verkracht. VERKRACHT!' Een doffe bons, toen ze haar hoofd tegen het metaal liet rusten. 'Ik ben verkracht.'
Logan beukte nogmaals met zijn hand op de deur en ze deinsde achteruit. 'Door wie?'
Trisha trok haar haltertopje omhoog, zodat er kleine gerimpelde borsten met kneuzingen ter grootte van stuivers werden onthuld. BR LOGAN MCRAE, was er in zwarte inktblokletters op het knokige borstoppervlak onder haar sleutelbeenderen geschreven. Trisha keek er fronsend naar; er bungelde een drup spuug aan de punt van haar kin.
'Door hem. Hij heeft me verkracht...'
Logan staarde naar zijn eigen naam. Liegende trut. Hij sloeg het luikje weer dicht en draaide zich naar inspecteur Bell toe. 'Ze heeft geen flauw idee. Hebben jullie een verkrachtingstest gedaan?'
'Ik heb het je al gezegd, het doet er niet toe of...'
'Ja of nee?'
Bell wierp zijn handen in de lucht. 'Dat konden we niet, oké? Ze brak de tent af. Rukte bijna mijn ballen eraf!'
'Breng haar naar een verhoorkamer en dan zorgen we dat ze de klacht in...'
'Nee, nee, nee, nee, nee. Zo werkt het niet, en dat weet je wel. Je kunt godsonmogelijk aanwezig zijn bij een verhoor van een verkrachtingsslachtoffer dat jij verkracht zou hebben!'
Logan stapte naar het eind van het kleine cellenblok en weer terug. 'Prima, doe jij het maar.'
Bell streek met een ruigbehaarde hand door zijn haar. Keek weg. 'Dat kan ik niet.'
'Ja, dat kun je verdomme wel. Zet haar in nummer drie en zoek uit wie haar ertoe heeft aangezet.'
'Waarom zou iemand...'
'Mijn naam staat op haar lijf geschreven! Hebben de graffitifeeën soms in haar huis ingebroken en een aanval met een zwarte markeerstift gedaan?'
Bell haalde zijn schouders op. 'Misschien heeft ze het zelf geschreven?'

Imbeciel.

'Als ze het zelf had geschreven zou het ondersteboven staan, nietwaar?'

'Nou, misschien... weet ik veel, een spiegel?' Hij moest de uitdrukking op Logans gezicht hebben opgevangen, want plotseling vond hij het interessant om zijn eigen handen te bestuderen. 'Oké, oké, iemand anders heeft het op haar geschreven. Kut.' De inspecteur viel een nijdnagel aan. 'Ik zal wel met haar praten. Maar weet je, als Beroepsnormen erachter komt dat ik op de stiekeme toer ben gegaan, geef ik jou de schuld, begrepen?'

16

Op het schermpje schoof inspecteur Bell een vel papier over de gehavende tafel van de verhoorkamer. 'Ik laat juffrouw Brown een selectie foto's zien met referentie een vijf nul vijf nul een. Kun je de man identificeren die jou volgens jouw zeggen heeft verkracht?'
'Nee, dat kan ze verdomme niet.' Logan nam nog een slok koffie. Bitter en donker, wat verdomd toepasselijk was. De cafeïne bruiste door zijn slagaders, deed zijn oogbollen jeuken.

Trisha Brown, die aan de andere kant van de tafel zat, schommelde heen en weer en kauwde op de zijkant van haar duim. Ze hadden het identificatievel in elkaar geflanst door gebruik te maken van een stel willekeurige gezichten uit de database – plaatselijke criminelen: twee verkrachters, een paar inbrekers, een pedofiel – Logan, George Clooney en het huidige hoofd van de BNP. Negen gezichten waaruit Trisha Brown kon kiezen.

'Trisha? Kun je hem eruit pikken?'

Logan boog zich voorover totdat zijn neus maar een paar centimeter bij het tv-scherm vandaan was. Dat stond op een krakkemikkige oude tafel in wat voor de grap de Stroomafwaarste Observatiesuite werd genoemd. Voor de laatste opknapbeurt was het een bezemkast geweest, en die reinigings- en bleekmiddelgeur hing er nog steeds.

'Trisha?'

Ze haalde haar duim uit haar mond, hield hem boven het identificatievel, draaide hem vervolgens naar beneden, als een Romeinse keizer, en stak hem in een van de gezichten.

Inspecteur Bell krabde op zijn harige hoofd. 'Oké... ik begrijp het. Weet je het zeker?'

Een knik.
'Je moet het hardop zeggen voor de band.'
'Ja, hij was het. Nummer vijf.'
Een korte stilte. Toen schoof de inspecteur zijn stoel van de tafel af. *'Juist, nou, verhoor beëindigd om...'* Hij keek op zijn horloge. *'Drie uur negenendertig 's ochtends. Agent Gray zal je beneden naar de dienstdoende dokter brengen voor een onderzoekje, oké?'*
Logan keek hoe ze langzaam de verhoorkamer uit liepen en klikte het toestel uit.
Even later klapte inspecteur Bell de deur open en zakte achterover tegen de muur. Hij sloeg zijn armen over elkaar; uit de manchetten van zijn overhemd staken toefjes haar. Hij glimlachte niet.
'Nou?'
'Slecht nieuws.'
O... kut. Ze had hem eruit gepikt. Negen gezichten om uit te kiezen, en Trisha Brown had het zijne gekozen. Ze herkende hem alleen maar omdat hij de idioot was die door het luikje van haar cel had staan schreeuwen. Stomme. Stomme. Verdomde. Idioot.
'Kom op, Ding-Dong, je weet dat het niet...'
'We moeten George Clooney gaan arresteren. Zijn fans zullen flink balen.'

'Brigadier? Brigadier, ben je wakker?'
Logan schoot rechtop in zijn stoel, greep het bureau ter ondersteuning. Hij zat even naar de wazige screensaver op zijn computermonitor te staren. 'Hoe laat is het?'
Een slungelige jonge knaap met een doorregen-spekteint, waterige ogen en een agentenuniform friemelde met de portofoon die aan zijn steekbestendige vest was geclipt. De nummers op zijn epauletten duidden erop dat hij een van de nieuwe rekruten van het jaar was. God wist hoe hij in de nachtdienst was terechtgekomen; hij zag eruit alsof een harde scheet hem omver zou blazen. 'Inspecteur Bell zegt dat de dienstdoende dokter klaar is met je junkie. Zegt dat je naar huis kunt opsodemieteren als je wilt.'
Logan gaapte, rekte zich in de stoel uit, huiverde en zakte vervolgens weer ineen. 'Waar is hij?'
'Hij moest weg – een of andere lul heeft de Ford Fiesta van Vunzige Vikki met een steigerpaal bewerkt.'

'Zei hij wat het resultaat was?'
De agent knikte. 'Die auto is compleet naar de kloten.'
'Niet de auto, idioot, de verkrachtingstest.'
'Weet ik niet, brigadier.'
Logan kwam krakend uit zijn draaistoel, legde zijn handpalmen tegen zijn onderrug en probeerde de knopen uit zijn ruggengraat te wrijven. Daarna slaakte hij een grote sissende zucht.
Agent Doorregen Spek stond er nog steeds.
'Verder nog iets?'
Schouderophalen.
'Ga dan verdomme weer aan het werk.'

Dokter Donna Delaney keek op van het exemplaar van de *Aberdeen Examiner* dat geopend voor haar op het bureau lag, over het toetsenbord van een gehavende laptop heen. SMEEKBEDE VAN PLAATSELIJKE PARAGNOST AAN POLITIE. Een witte porseleinen theepot – met bijpassende kop en schotel – wasemde de citroenafwasmiddelgeur van earl grey in het kantoortje dat voor de oproepbare dienstdoende dokter was bestemd.
Ze gluurde over de rand van haar trendy bril naar Logan en glimlachte. 'Hoe gaat het met de maag?'
'Heb je een verkrachtingstest bij Trisha Brown gedaan?'
'Ja... Lieftallige jongedame. Kennelijk probeerde ik haar – hoe stelde ze het ook alweer – "op de lesbotoer te brengen". Laat me je handen eens zien.'
Hij stak ze allebei uit, en ze rolde haar stoel op piepende wieltjes dichterbij, pakte zijn linkerhand vast en tuurde ernaar. In het midden van de palm zaten twee kleine littekens, ongeveer een centimeter uit elkaar; de huid was roze en glanzend. Ze draaide zijn hand om en tuurde naar de achterkant. Nog twee littekens.
'Heb je er nog last van?'
Schouderophalen. 'Hangt van het weer af.'
'Nou, laat het me weten als ze beginnen te bonzen, of als er zwelling of stijfheid optreedt als je je vingers beweegt. Je moet geen cysten krijgen.'
'Verkrachtingstest?'
'Hmm? O, ja. Nou, er zijn vaginale kneuzingen die overeenkomen met gedwongen gemeenschap; ook is de anus enigszins ge-

scheurd; meer kneuzingen op de borsten en de binnenkant van de dijen.'
'Zaad?'
Doker Delaney beet op haar bovenlip. 'Een beetje.'
'Maar?'
'Nou ja, zie je, iemand als Trisha, met haar verslaving, moet ergens geld vandaan halen. Dus hoewel het er inderdáád naar uitziet dat ze is verkracht, is dat niet vandaag gebeurd, en het zaad dat ik naar de labs moet sturen komt waarschijnlijk van haar laatste stelletje klanten. Ze neemt het niet zo nauw met het gebruik van bescherming.'
'Heeft ze iets gezegd?'
'Behalve "blijf met je handen van me af, vuile lesbische teef"? Niet echt, nee.' De dokter rolde haar stoel naar het bureau terug. 'Het zou een fijne gedachte zijn dat ze hulp zal zoeken – stoppen met de drugs, zich met haar jochie op een leuke plek settelen. Maar ik krijg het gevoel dat we allemaal weten waar ze terecht zal komen.'
'Ja.' Vroeg of laat zou Trisha Brown veranderen van dokter Delaneys patiënt in Doc Frasers lijk.

'Sst... Het komt wel goed, schat. Het komt wel goed...'
Mammies stem klinkt als iets kleverigs, gevangen op gebroken glas. Armen om haar Braaf Klein Meisje geslagen, haar heen en weer wiegend in haar schoot. Soms, als je bang bent, is mammie de warmste plek waar je kunt zijn...
Soms.
Ze snuift en veegt met haar mouw over haar ogen. Stopt er dan pas mee op haar duim te zuigen. Op je duim zuigen is stout, je tanden gaan er helemaal scheef van staan, zoals bij een gemene rat.
Teddy Gordon kijkt vanaf het voeteneinde van het bed naar haar; zijn plastic ogen glinsteren en zijn zwart.
Hij heeft de ogen van een rat.
Van een kraai die stukken uit een geplet konijn scheurt.
Als de lens van een videocamera.
'Ssssssst... Sssssst...' Mammie huivert.
Er landt iets in haar haar, wat vervolgens naar haar hoofdhuid druppelt – warm en nat. Mammie huilt nooit. Niet sinds ze pappie in een kist in de grond stopten zodat hij bij de engelen kon zijn.

Mammie streelt haar haar. 'Het spijt me, schat, het spijt me zo... Het zal maar heel even pijn doen, dat beloof ik.'
Als de monsters terugkomen om haar tenen te pakken.

17

Trisha Brown snoof. Haar ogen waren barbieroze, haar pupillen twee zwarte stipjes toen ze door het luikje in de celdeur naar buiten tuurde. De trillingen waren vroeg begonnen, gingen met een zweetglans gepaard. De sterke stank van lichaamsgeur en muffe kots straalde in golven van haar af.

Logan deed nog een poging. 'Wie heeft "Br Logan McRae" op je borst geschreven?'

'Ik voel me niet lekker...'

'Trisha, het is kwart voor vijf in de ochtend, mijn dienst begint over ruim twee uur, en ik ben de hele pokkenacht op geweest vanwege jou. Dus wie heeft mijn naam verdomme op je borst geschreven?' Hij deed hard zijn best om niet te schreeuwen.

Ze knipperde met haar ogen. Vervolgens maakte een frons kleine rimpels in haar glanzende voorhoofd. 'Ben jij hem?'

'Wie heeft het geschreven?'

Ze legde een knokige hand tegen haar borst en wreef over het haltertopje, op de plek waar het Logans naam verborg. 'Jij bent degene die die inval in Billy's huis heeft gedaan, ja? Jij hebt Ricky bij mam gebracht?'

'Wat is daarmee?'

Ze likte haar bleke, gebarsten lippen. 'Jij hebt al dat spul in beslag genomen, toch?'

'Wij...'

'Je hebt het nog, toch? Je weet wel, waar je erbij kunt komen?'

'Trisha – concentreer je. Wie heeft mijn naam op jou geschreven?'

'Want je moet het allemaal aan mij teruggeven. Alles wat je hebt.'
'Geen denken aan.' Logan sloeg het luikje dicht.
'Nee, je móét het doen! De gozers van wie Shuggie het spul had willen betaald worden – als we het niet verkocht hebben moeten we het teruggeven!'
Logan opende het luikje weer. 'Hebben jullie zes kilo heroïne en een koffer vol mephedrone in commíssie?'
'Ze gaan hem afrossen als we het geld niet kunnen krijgen...' Ze stapte dichter naar het luikje toe, zodat haar zure adem over Logan heen walmde. 'Wat als ze weer achter mij en Ricky aan komen? Hij is nog maar een klein kind.'
'Dit is de deal: jij geeft jullie leveranciers prijs, Shuggie geeft zichzelf aan en bekent de drugsaanklachten, en ik zal jou en je jochie in beschermende hechtenis zetten.'
Trisha keek even weg. En toen ze hem weer aankeek had ze een pruillip opgezet. Ze likte aan een vinger, stak haar hand in haar haltertopje en wreef over haar gekrompen boezem. 'Als jij nou zorgt dat we het spul mogen houden, krijg je álles wat je wilt. Ja? Ik doe het állemaal. Zo ruig als je wilt. Je mag je makkers ook meenemen, als je wilt?'
Logan deinsde bij het luikje vandaan. 'Ik denk het niet.'
'Ik durf te wedden dat een grote vent zoals jij mij klaar en klaar en klaar kan laten komen. Mmmmmm... O ja. Ik zou een vuile teef zijn voor...'
Logan sloeg het luikje dicht, voordat Trisha niet de enige was die naar kots rook.

Davey 'English' Robertson, alias Daniel Roberts (69) – Verkrachting; Aanranding; Poging tot moord

'... dus je ziet, het was niet mijn schuld, toch? Die reetkever kwam in de douche naar me toe met een retestijve, wat moest ik doen? Bukken en mijn kakwangen spreiden? Flikker op.' Davey Robertson rechtte zijn schouders in het versleten jasje. Zijn grijsgestoppelde kin ging omhoog. 'Die klotenicht vroeg erom.'
Logan onderdrukte een geeuw. God, wat was het heet. Zelfs met het raam open was de hotelkamer net een oven. Hij wreef in zijn ogen. 'Kunnen we gewoon bij het...'
'En nog iets, waarom denken jullie dat ik niks beters te doen heb

dan hier bij jullie rondlummelen? Zaterdagmorgen: ik moet me klaarmaken voor de wedstrijd.'

'Alison en Jenny McGregor, meneer Robertson. Kende u...'

'Ik heb haar man op de tv gezien, nadat die theedoekdragende pikpiraat hem had opgeblazen. Schandalig verdomme. Bermbommen... Iedere debiel maakt tegenwoordig bommen van afwasmiddel en buddy's. Wat voor zin heeft het om miljoenen uit te geven aan tanks terwijl je gaten in die zakkenwassers kunt blazen met rotzooi die je onder je gootsteen vindt? Je moet kernwapens gebruiken tegen al die moslimklootzakken, dan zijn we er in één klap vanaf.'

Logan sloeg met zijn handpalm op de armleuning van de stoel. 'Kende u Alison en Jenny McGregor wel of niet?'

Robertsons kin ging weer omhoog. 'Ik ben geen jong ventje, mafkees, maar ik zou nog steeds je reet van hier tot Rhynie en weer terug kunnen schoppen.'

Logan wreef over zijn handpalm – beide littekens prikten en bonsden als snijwonden met een scheutje Tabasco erin. Hij knarsetandde. 'Geef gewoon antwoord op de vraag, meneer Robertson, en dan kunnen we hier allemaal weg.'

'Ik heb die twee gezien bij die officiële toestand die de gemeente voor die bezoekende Franse klootzakken had georganiseerd. Heb zelfs "hoe gaat-ie" tegen die twee gezegd. Moet je weten: Alison was aardig tegen iedereen. Niet zoals die bekakte trutten die je op de tv ziet. Kon met gewone lui overweg, weet je.'

Logan knikte. 'En waar hadden jullie het over?'

Davey Robertson grijnsde. 'Ze vroeg me mee naar haar huis voor een blikje Special en een pijpbeurt.'

Stilte.

'Waar denk je dat we het in teringnaam over hadden? Het weer, dat zij op de tv was, mijn spit. Gewoon.'

'Niet veel beter dan gisteren. Jij?' Logan perste een kop koffie uit de pompthermoskan in de vergaderkamer van het hotel. De rest van het team zat onderuitgezakt rondom de tafels zacht te praten terwijl inspecteur Steel brommend de verhoorbriefjes doornam die het team van inspecteur Bell gisteravond had ingevuld. Ze probeerde te ontdekken of er gevallen bij zaten die de moeite waard waren om op video te bekijken.

Brigadier Doreen Taylor trok een gezicht. 'Een aardige jongeman bood aan om mij "verrot te neuken".' Ze had haar gebruikelijke twinset-en-parels verruild voor een spijkerbroek en een fuchsiakleurige sweater met capuchon, waar het met lovertjes geaccentueerde woord 'Angel' op de rug stond. Als iemands moeder die zichzelf ervan probeerde te overtuigen dat ze nog steeds bij de hippe kinderen betrokken was. 'Ik zweer je, als je een ochtend lang verkrachters en een keur aan andere seksueel ontaarden hebt verhoord, wordt inspecteur Steels levensstijl veel aantrekkelijker. Jullie mannen zijn walgelijk.'

Steel keek niet op van haar papierwerk. 'Dat heb ik gehoord.'

'Heeft niemand connecties met ziekenhuizen of dierenartsen?'

'Er is één tandarts opgepakt wegens misbruik van het dochtertje van zijn zus, maar hij mag niet meer praktiseren.' Doreen nam een slokje koffie. 'Heb je Mark laatst nog gesproken?'

Logan grimaste. 'Waárnemend inspecteur MacDonald? Ja.'

Nog een slokje. 'De eerste twee weken ging ik naar huis en huilde ik vreselijk – elke nacht. Met Finnie omgaan was het ergst. Denk je dat hij erg is als je inspecteur bent? Wacht maar tot jij in september aan de beurt bent.'

'Ja, ik heb dezelfde motivationele toespraak van Mark gekregen.'

Er botste een bij zoemend tegen het raam, sloeg zichzelf de hersens in, trok zich in versufte lusbewegingen terug en beukte vervolgens weer met zijn kop tegen het glas. Zij waren dus tenminste niet de enigen.

Logans telefoon ging af in zijn zak. 'McRae.'

'Hallo? Logan, ben jij dat?' antwoordde Doc Fraser. 'Hallo?'

'Doc, wat kan...'

'Fris mijn geheugen nog eens op: waarom heb ik mij door jou laten overhalen om na mijn pensioen weer te gaan werken?'

'Het...'

'We hebben de DNA-resultaten net binnen van de teen die jij hebt geleverd.'

Er viel een lange stilte.

'Doc?'

'BBC One.'

Logan legde de telefoon tegen zijn borst. 'Wie heeft de afstandsbediening?'

Er werden schouders opgehaald. Vervolgens stak Rennie zijn hand op. 'Gevonden.'

'BBC One.'

De flatscreen-tv aan de verste muur kwam tot leven. Een of ander kinderprogramma. Een klik. En het beeld schakelde naar de persvoorlichtingskamer – hoofdinspecteur Finnie, commissaris Bain, die lul van een Green van SOCA, en de persvoorlichter – allemaal gezeten achter een tafel vol microfoons.

De nieuwsbalk onder aan het scherm meldde: *Laatste nieuws: Tests tonen aan dat afgehakte teen niet van Jenny McGregor is.*

Steel krabbelde uit haar stoel overeind, zodat de verhoorrapporten in het rond vlogen. 'Shit...'

'*Waarom heb ik mij door jou laten overhalen?*' Doc Fraser maakte rommelende geluiden. '*Ik moet wel gek zijn geweest.*'

Op het scherm knarsetandde commissaris Bain. *Dat zeg ik niet, ik zeg dat DNA-bewijs heeft bevestigd dat de teen aan een onbekende persoon toebehoort.*

'Wat is er verdomme gebeurd?'

'*Ik heb Sheila opgedragen om de gebruikelijke tests uit te voeren – zij heeft monsters naar het lab gestuurd voor toxicologie en DNA. Dat is de standaardpraktijk.*'

Een spichtige verslaggeefster met bruin kroeshaar stak haar hand op. *Commissaris? Waarom heeft de politie van Grampian gisteren beweerd dat de teen van Jenny was?*

Doc Fraser: '*We hebben dat verdomde DNA pas vandaag binnengekregen. Degene die het bloed op het briefje heeft opgestuurd om het te laten testen, heeft niet de moeite genomen om er een weefselmonster bij te sturen.*' Er klonk een lange zucht in Logans oor. '*Het bloed is van Jenny, maar de teen niet.*'

'O, gloeiende tering.'

Rennie zwaaide de afstandsbediening naar het scherm. 'Maar dit is goed, toch? Betekent dat Jenny niet dood is – ze leeft nog.'

Commissaris, zal de herdenkingsdienst voor Jenny nog doorgaan?

Daar kan ik echt geen commentaar op geven.

Doc Fraser snoof. '*Logan: jouw baas loopt rond te razen als een kleine Godzilla, en als hij me nog één keer een idioot noemt, sta ik niet voor mijn daden in, begrepen?*'

'Ik weet dat Finnie een beetje...'

'Ik ben met pensioen gegaan om aan dit soort gezeik te ontsnappen!'
De patholoog hing op.
Ik kan nu echt geen verdere vragen beantwoorden...
Michael Larson: Edinburgh Evening Post. *Bent u nu bereid toe te geven dat dit allemaal een stunt is geweest, bekokstoofd door het productiebedrijf achter Britain's Next Big Star?*
... voorlichting ten einde.
Geef antwoord op de vraag, commissaris!
De drie mensen op het podium stonden op en beenden weg, aangevoerd door een bevende Finnie.
Commissaris!
'Wauw...' Rennie wreef over zijn nek; er gloeide een vaag waas van huidschilfers in de zonneschijn. 'Finnie lijkt echt píssig.'
Logan zag dat de deur achter in de voorlichtingskamer dichtzwaaide; daarna drongen de journalisten en tv-camera's zich in positie om verslag uit te brengen. Er verscheen een man met een pafferig gezicht en overgekamd haar op het scherm, een microfoon in zijn hand geklemd. *Ziezo. De politie van Grampian geeft toe dat de afgehakte teen die eerder deze week werd gevonden, niet toebehoort...*
Het scherm werd zwart.
Inspecteur Steel liet de afstandsbediening op de tafel vallen. 'Goed, stelletje watjes. Aan het werk maar weer. Dit verandert geen zak – we moeten nog steeds de moordenaar van een klein meisje vinden.'
Al pratend over Jenny McGregors terugkeer uit de dood, haastten de tweekoppige teams zich de vergaderkamer uit.
'Jij niet, Laz.'
Logan verstijfde op de drempel.
'Rennie!'
De agent stak zijn hoofd weer de kamer in. 'Hebt u gebeld?'
'Verdeel Laz' portie pedo's en verkrachters over de andere teams; wij gaan eer bewijzen.'

18

'Nee, het wordt beslist kouder.' Rennie wiebelde van de ene voet op de andere, boog zijn hoofd achterover en blies een lange ademstoot uit. Er steeg een vage witte pluim uit zijn mond op. 'Zie je! Ik heb het je gezegd.'
'Ja, heel knap.' Steel verwrong haar gezicht, turend door de voordeuren van de Kirk of St Nicholas naar de rij hoogwaardigheidsbekleders, mobiele telefoon tegen haar oor geklemd. 'U niet, meneer... Ja... Dat denk ik ook...'
Een zee van gezichten vulde het kerkhof – iedereen stond schouder aan schouder opeengepakt, het hele stuk vanaf de kerk naar het sierlijke zuilenfront dat het terrein van Union Street scheidde. De menigte werd door een rij oranje verkeerspylonen en politielint van het brede pad naar de kerk gehouden. Er moesten hier wel minstens duizend mensen zijn, waarschijnlijk nog meer. Cameraploegen en fotografen klonterden tot eilandjes samen en richtten hun lenzen op de schuifelende massa.
Rennie ging op zijn tenen staan. 'Zie je al een beroemd iemand?'
Logan negeerde hem. Bijna iedereen was in het zwart gekleed; sommigen hielden bonte teddyberen vastgeklemd, anderen bloemenhuldes met de prijsstickers van Asda, Tesco of het dichtstbijzijnde benzinestation er nog op.
'Denk je dat ze geen tijd hadden om naar huis te gaan en zich te verkleden?' Rennie knikte, instemmend met zichzelf. 'Ik durf te wedden dat de helft van hen echt teleurgesteld is omdat Jenny niet meer dood is. Je kunt niet om een klein meisje treuren als ze nog leeft.'

'Cynische eikel.' Steel hield haar telefoon tegen haar borst. 'Ooo, is dat niet dinges van de tv? Wat is het, *EastEnders*?'

'Waar?' Rennie wipte op en neer. 'God, ja! Wauw. Is dat niet tof? Kijk, hij heeft Melanie van *Coronation Street* bij zich! MELANIE! ME-LANIE, JIJ BENT GEWELDIG!'

'O godsamme.' Logan sloeg hem op de arm. 'Word toch eens volwassen. Je moet voor politieagent doorgaan.'

Rennie grijnsde. 'Denk je dat we ze na de dienst zullen ontmoeten?'

Steel, die het telefoongesprek weer vervolgde, stak een vinger in haar oor. 'Ja, sorry meneer, beetje lawaaierig hier – de tv staat aan voor de herdenkingsdienst… Wie onderzoekt er waar de teen vandaan kwam? … O.' Ze liet haar hoofd lichtjes hangen. 'Nee, nee, u weet vast wel wat u doet…' Ze klapte haar telefoon dicht.

'Het verbaast me dat ze er toch mee doorgaan.' Logan leunde achterover tegen een met korstmos bedekte grafsteen; de naam was amper leesbaar op het verweerde graniet. 'Wat voor zin heeft het om een herdenkingsdienst te houden als ze niet eens dood is?'

'Het is nu te laat om ons terug te trekken. Moet je kijken…' Steel zwaaide met haar hand naar de krioelende meute op het kerkhof, de tv-ploegen, de enorme schermen en luidsprekers. 'Het leven van een klein meisje wordt gevierd en al die beroemde eikels komen voor de verandering zowaar eens in Aberdeen. Ze zijn hier toch al, wat moeten ze anders doen, naar Codonas gaan en in de botsautootjes spelen?'

'Ooh, ooh! Kijk, daar heb je Robbie Williams!' Het enige wat Rennie niet deed was in zijn handen klappen terwijl hij op en neer stond te springen. 'ROBBIE!'

'De volgende keer geef ik je geen stomp, maar een knietje in je ballen.'

Rennie keek beteuterd. 'Inspecteur…?'

'Wees niet zo'n keutel, Laz. Rennie, smeer 'm en plas maar in je tienerslipje als je wilt.'

'Bedankt, baas!' Rennie baande zich een weg door de menigte, naar de opeenvolging van vips toe. 'God, daar is die gozer van *Cash in the Attic*!'

Logan keek hem na. 'De volgende keer dat we bij de dierenarts zijn, laat ik hem castreren.'

'Laat die kleine mafkees een beetje lol hebben.' Ze haalde haar nepsigaret tevoorschijn, draaide hem aan en nam een trek. 'Finnie laat een team alle rapporten over vermiste kinderen doorspitten; zien of we een match met de teen kunnen krijgen. Die klootzakken moeten hem ergens vandaan hebben gehaald.'

Logan verschoof, omdat de kou van de grafsteen door zijn jasje trok. 'Als het inderdaad een pedofielenbende is, hadden ze haar misschien al jaren...' Dat was nou een troostrijke gedachte. 'Misschien komt ze niet eens uit de streek – ze kunnen haar van de Oost-Europeanen hebben gekocht.' In welk geval ze waarschijnlijk nooit zouden weten wie ze was. 'Wie is de verantwoordelijke rechercheur?'

Steel trok haar mondhoeken omlaag en nam een lange diepe hijs van de plastic sigaret. 'McPherson.'

'Je maakt een géíntje – hebben ze McPherson als verantwoordelijke rechercheur aangesteld? Inspecteur Ramp?'

'Hij hoeft alleen maar de vermistenrapporten door te spitten en DNA-monsters te bemachtigen. Zelfs McPherson kan dat niet verkloten.' Nog een hijs. 'Ik hoop...'

Rennie had zich naar het voorste deel van de menigte langs het pad gedrongen en zwaaide met zijn handen naar iemand die Logan vaag van de tv herkende.

'Ik kan niet geloven dat ze McPhérson de leiding over een moordonderzoek hebben gegeven.'

'Hou er even over op, hè?' Steel begon in haar oksel te graven. 'Met een beetje mazzel pakken we de eikel lang voordat McPherson de zaak ver...' Ze tuitte haar lippen. 'Daar is hij.'

'Wie?'

Ze wees naar een kale vent met belachelijke bakkebaarden en een voetenmat-achtig lipsikje. Gordon Maguire – directeur van Blue-Fish-Two-Fish Productions. Chic zwart pak en duur ogend T-shirt met een doodskop en gekruiste knekels erop. Zonnebril. Grote gemaakte grijns.

Hij zwaaide naar mensen terwijl hij naar de kerk kuierde. Deelde hier en daar een handtekening uit.

'Wil je hem ondervragen?'

'Alternatieve onderzoekslijn, Laz. Kijk en leer.'

'Denk je dat hij...' Logan staarde. Er was iemand onder het blauw-witte lint door en het pad op gedoken: een verkreukelde,

kinloze huidzak met een grote haakneus. Michael Larson. De eikel van de *Edinburgh Evening Post*.
Een fotograaf struikelde achter hem het pad op. *Klik, flits, zoem, klik...*
'Meneer Maguire, is het waar dat u een teen van een dood meisje hebt verkregen om mensen ertoe over te halen uw zogenaamde "liefdadigheidsplaat" te kopen, terwijl...'
'Complete kolder; wij zijn hier om het feit te vieren dat Jenny nog leeft.' Maguire draaide zich om en pompte met zijn vuisten in de lucht. 'JENNY LEEFT NOG!'
Een enorm gejuich.
'Meneer Maguire, uw bedrijf...'
'Ik vind het walgelijk dat u deze vreselijke tragedie uitbuit om uw ranzige krant te verkopen. U zou zich moeten schámen. DE REST VAN ONS GAAT EROP FOCUSSEN OM JENNY EN HAAR MOEDER LEVEND TERUG TE KRIJGEN! NIET DAN?'
Nog een enorm gejuich.
De verslaggever keek even naar zijn fotograaf – die er nog steeds op los kiekte – en weer terug. 'Ik zeg u dat u een harteloze...'
'NIETS IS BELANGRIJKER VOOR MIJ DAN DE VEILIGHEID VAN JENNY EN ALISON!'
Gejuich.
Iemand stak zijn hand uit en gaf Michael Larson een duw, zodat hij naar de andere kant van het pad slingerde en een verkeerspylon omgooide, voordat iemand anders hem terugduwde.
'Blijf van me af!'
Gordon Maguire plaatste een hand op de borst van de verslaggever en drong langs hem heen. 'WIJ HEBBEN GEEN TIJD VOOR RANZIGE JOURNALISTEN, TOCH?'
Een daverend 'NEE!' weerkaatste tegen de grafstenen.
Logan verplaatste zijn voeten, tastend naar het busje pepperspray in zijn zak. 'Inspecteur?'
'Mwah, Larson heeft toch niet al zijn tanden nodig. Die jongen kan wel een kleine aframmeling gebruiken.'
De verslaggever kreeg opnieuw een duw, ditmaal hard genoeg om hem op de grond te laten kletteren. Vervolgens een grom, toen iemands schoen tegen zijn ribben beukte. Daarna nog een. Daarna barstte er een bel mensen door de lintlijn, het pad op; ze trokken

de verslaggever tussen de graven en het regende vuistslagen op zijn hoofd en borst.

'KLOOTZAK!'

'MENSEN ZOALS JIJ MAKEN ME ZIEK!'

'SLA HEM VERDOMME!'

Steel zuchtte en draaide de filter van haar e-sigaret om. 'Ik denk dat we beter wat kunnen gaan doen.' Stak haar handen in haar zakken. Staarde naar de wolken.

'Prima...' Logan trok zijn pepperspray tevoorschijn en baande zich een weg door de menigte. 'POLITIE! OPZIJ!'

Tegen de tijd dat hij zich naar het pad had geworsteld, liep Maguire al weer te glimlachen en naar de menigte te zwaaien.

Logan drong zich in de menigte aan de andere kant. 'HOU ERMEE OP!'

Er beukten voeten op de borst en het hoofd van de verslaggever. Hij lag opgerold op zijn zij, met zijn armen voor zijn gezicht, gillend. 'HELP ME!'

'IK ZEI: HOU ERMEE OP!' Er weken mensen voor Logan. Zwarte pakken, spijkerbroeken, rokken en cargobroeken vormden een kleine kring rondom de kreunende, bebloede figuur op de grond. Bloed druppelde uit Larsons oor, stroomde uit zijn neus. Zijn gezicht begon al op te zwellen.

'Stelletje klootzakken...' Logan hurkte bij de verslaggever neer. 'Gaat het?'

Een kreun. Een hoest. Een bloedspetter op vertrapt gras, een roze glinsterende tand in een donkerrode plas.

Nee dus.

'Jullie staan allemaal onder arrest...' Hij keek op, maar de gezichten om hem heen waren veranderd. Ze waren opgelost in de menigte, versmolten met alle anderen die in begrafeniszwart waren gekleed. 'Goed, wie heeft dit gedaan?' Logan staarde naar de muur van mensen die Michael Larson omringde. Ze staarden naar de grond, of de grote beeldschermen. Schuifelden met hun voeten. Niemand van hen keek naar hem of de toegetakelde verslaggever.

Een geklepper van zware schoenen op straatstenen en er verscheen een geüniformeerde agent bij Logans schouder. 'Jezus, alles goed met hem?'

'Sta daar niet zo – bel verdomme een ambulance.'

'O mijn GOD!' Een bovenmaatse vrouw in een zwart minirokje greep haar boezem vast. 'Is dat Ewan McGregor? EWAN! WIJ HOUDEN VAN JE!' Ze stond op en neer te springen als een extatische labrador, terwijl er een man lag te bloeden aan haar door Dr. Martens beschoeide voeten.

Tegen de tijd dat Larson op een brancard werd afgevoerd, was de dienst in volle gang.

De organisatoren hadden vier enorme schermen op de St Nicholas Kirkyard opgesteld, waarvan elk de actie in de kerk toonde: een nietszeggende man in vol Church of Scotland-ornaat emmerde maar door over vrede en begrip, terwijl iedereen die buiten stond er alleen in geïnteresseerd leek een glimp op te vangen van de beroemde gasten.

Logan baande zich met de ellebogen een weg door de menigte, terug naar het monument waar hij Steel had achtergelaten. Ze stond tegen het bekorstmoste graniet geleund, haar nepsigaret te roken.

'Ja, ja, jij bent de held van de dag, hè?'

Logan keek achterom over zijn schouder. 'De ambulancebroeders zeggen dat het waarschijnlijk wel goed met hem komt: hersenschudding, kaakfractuur, gebroken ribben. Misschien een ontwrichte schouder.'

'Het had geen aardiger man kunnen overkomen.' Ze blies een dampwolkje naar de hemel, waar grijze wolken zich als inkt op nat papier verspreidden.

'Waar is Rennie?'

Ze zwaaide met haar hand in de algemene richting van de kerk. 'In aanbidding verzonken voor het altaar van hoeheetze van Girls Aloud.'

'Kleine gluiperd...'

'O, wees toch niet zo'n azijnpisser.' Ze draaide haar gezicht naar het dichtstbijzijnde scherm, waar de predikant het podium afstond. 'Hoe vaak krijg je dit in Aberdeen, hè?'

'*Dames en heren, meneer Robbie Williams en juffrouw Katie Melua gaan voor ons zingen...*'

De luidsprekers kraakten en het kerkorgel galmde door de luidsprekers: de openingsmaten van 'Wind Beneath My Wings'.

'O christus, niet weer!'
Close-up van meneer Williams en juffrouw Melua, microfoons in de hand.
Iedereen op het kerkhof was stil. Gedurende de eerste twee coupletten leek de menigte de adem in te houden, maar zodra het refrein begon, zongen ze mee.
Logan keek naar de vrouw die haar liefde voor Ewan McGregor had uitgebruld; ze stond in volle operahouding, met haar handen op haar massieve boezem geklemd, mee te kwelen terwijl er tranen over haar wangen stroomden. Zij was niet de enige. De halve menigte leek nat te worden van emotie.
Toen zette iemand de alternatieve tekst in en het verspreidde zich als een kankergezwel door de meute.
'Kun je geloven...' Logan draaide zich naar Steel toe, maar zij was ook aan het meezingen.
Wat mankéérde iedereen in godsnaam?

Toen de dienst was afgelopen, drong Steel zich naar voren, met haar legitimatiekaart omhoog. 'Kom op, opzij: politiezaken.'
Zodra Gordon Maguire uit de kerk verscheen, porde ze Logan in de ribben. 'Let op.'
De producer paradeerde over het pad; met zijn armen boven zijn hoofd gaf hij iedereen het overwinningsteken. Als een kale Richard Nixon. 'JA! KOM OP, ABERDEEN!'
Gejuich.
Logan trok het politielint omhoog en Steel dook eronderdoor, pal voor Maguire. Hij hief zijn handen. 'Sorry, liefje, ik kan niet...'
'Wij zouden graag even met u willen praten.' Ze stak haar legitimatiekaart onder zijn neus.
'Ah, juist...' Hij deed een paar stappen naar achteren. 'Kan het wachten? Ik zit eigenlijk midden in...'
'Nú, meneer Maguire.'
'Maar ik moet een vliegtuig halen, het...'
'Zullen we?' Logan pakte Maguires elleboog vast, loodste hem weer naar binnen en vorderde een met donker hout bekleed kamertje vlak naast de hoofdingang. Het rook naar oude was en oudere sigaretten, en werd verlicht door een kale tl-buis in het plafond. In één hoek waren kartonnen dozen opgestapeld; tegen-

over de deur stond een vitrinekast vol spinnenwebben en stoffige zilveren dingen.
'Hoor eens, gaat dit lang duren? Zoals ik al zei, moet ik een vliegtuig...'
'U gaat nergens naartoe totdat ik het zeg.' Steel glimlachte naar hem. 'U moet wel klauwen met geld binnenhalen: al deze publiciteit?'
Maguire haalde zijn schouders op. 'Het gaat aardig.'
'Ja, dat zal vast wel. Hoeveel is er tot nu toe ingezameld?'
Hij haalde een pakje Silk Cut tevoorschijn. 'Ik zie niet wat...'
'Niet roken.' Logan pakte de sigaretten van hem af. 'Geef antwoord op de vraag.'
Maguire fronste. 'Twee en nog wat. Miljoen. Maar het is niet zo dat ik daar iets van te zien krijg, oké? Het zijn allemaal downloads. Elke cent gaat naar een gemarkeerde rekening, en het is voor het losgeld. Ik heb er niet eens toegang toe.'
Steel tuitte haar lippen. 'Wat gebeurt er als wij Jenny en haar moeder vinden, veilig en wel? Wat gebeurt er dan met uw twee en nog wat miljoen?'
Maguire schraapte zijn keel, streek met een hand over zijn nek. 'Ik neem áán dat het naar de liefdadigheid zou gaan... of zo... Na administratieve inhoudingen.'
'Ja, dat zal vast wel.'
'U kunt niet zomaar...'
'Is dit allemaal gewoon één grote pr-stunt?' Logan wierp het pakje Silk Cut van de ene hand naar de andere. 'Hebt u het hele zaakje in scène gezet?'
Maguire zette zijn trendy bril af, kneep in zijn neusbrug. 'Luister, oké? Ja, de voorbestellingen voor het album zijn enorm, maar als ik Alison en Jenny niet heb, kan ik dat rotding niet helemaal opnemen. We hebben ongeveer de helft van de tracks klaar en ik heb maar drie weken om het af te maken.'
'Niet...'
'Drié weken – daarna vordert de bank mijn voorschot terug. We hebben alles wat we hebben in de productie van *Britain's Next Big Star* gestoken. Orkesten, achtergrondkoortjes, klassieke partituren, betalingen van auteursrechten, camera's, personeel, sets... De kosten zijn verstikkend. Maar we kunnen niet op de uitgaven bezuinigen,

omdat we het moeten opnemen tegen *X-Factor* en *Britain's Got Talent*, en *Op zoek naar Andrew Lloyd Webbers volgende teringzooi*. Als het ons lukt, verdienen we een sodemieterse bom duiten, maar op dit moment glijdt het hele productiebedrijf langs een scheermesje op liquidatie af, met zijn kloten als rem.'

Maguire streek met zijn hand over zijn kale kop. 'En je zou denken dat mijn investeerders zich in de handen zouden wrijven bij alle publiciteit, toch? Maar néé, die stelende rukkers wachten tot wij failliet gaan zodat ze kunnen instappen en honderd procent pakken, een of ander goedkoop Litouws bedrijf binnenhalen om de volgende serie te maken, en het verschil in hun zak steken. Jullie hebben mazzel – dieven hebben tenminste nog een erecode. Tv-bedrijven zijn allemaal klootzakken.'

Steel friemelde aan haar e-sigaret. 'U bent dus niet degene die ons een afgehakte teen heeft opgestuurd?'

Hij deed zijn ogen dicht. 'Nee. Ik heb jullie geen teen opgestuurd. Waar zou ik in teringnaam een téén vandaan moeten halen?'

'U hebt wel ergere dingen gedaan voor een klein beetje publiciteit: zoals die tampons...'

'Het was niet eens echt bloed! We hadden ze in een of ander nepgoedje gedoopt dat we van het internet hadden, oké? Wij zijn een klein bedrijf, we doen alles wat we kunnen om aandacht te trekken. Alison en Jenny hebben dat niet nódig – zij gaan *Britain's Next Big Star* winnen... Zij zóúden gaan winnen. Wie weet verdomme wat er nu gaat gebeuren.' Hij kneep nogmaals in zijn neus. 'Luister, ik wil ze terug. Als ze terugkomen, schieten de kijkcijfers omhoog, maken wij de plaat af, hoeft Blue-Fish-Two-Fish niet onder curatele, verdient iedereen een ranzige berg geld en leven we allemaal nog lang en gelukkig.'

Steel keek hem fronsend aan. 'Ja, nou, weet u wat ik denk? Ik denk...'

De deur knalde open.

Hoofdinspecteur Finnie stapte het kamertje binnen. Logan zag dat achter hem commissaris-hoofdinspecteur Green en waarnemend inspecteur Mark MacDonald de gang vulden.

'Inspecteur Steel' – Finnies rubberachtige gezicht verwrong zich tot iets wat niet helemaal een glimlach was – 'ik dacht dat jij een pedofielenbende zou opsporen. Heb ik me dat verbééld? Of ben je er op de een of andere manier in geslaagd om iedere zedendelinquent in Grampian op wonderbáárlijke wijze af te werken en op tijd voor een lolletje in de stad te zijn? Hmmm?'

19

'Middag, baas. Als je hier bent voor de handtekening van Kylie Minogue, ben je te laat – ze is naar huis opgesodemieterd. Baalde toen ik haar geen beurt wilde geven.'

'Moet ik je er écht aan herinneren, inspectéúr, dat er al één klein meisje dood is, en dat we nog maar vijf dagen hebben om te voorkomen dat Alison en Jenny McGregor haar lot vólgen?'

Ze stonden elkaar aan te staren.

Steel snoof en stak de e-sigaret weer in haar zak. 'Ik ben toch al klaar met meneer Maguire.'

'Waarnemend inspecteur MacDonald.' Finnie draaide zijn nepglimlach in Marks richting. 'Doe me een plezier en begeléíd meneer Maguire naar het bureau, wil je?'

'O, kom op!' De producer wierp zijn handen in de lucht. 'Ik moet verdomme een vliegtuig halen! We filmen een live-tv-eerbetoon in...'

'Tenslotte zou hij het vást niet leuk vinden als iemand denkt dat hij niet met de politie meewerkte in deze gevoelige tijd. Toch, meneer Maguire?'

'Verdomde... Oké, oké.' Hij banjerde langs hem heen de gang in. 'Laten we dit maar afhandelen.'

'Uitstekend.' Met gekrulde bovenlip wierp Finnie een vluchtige blik op Logan. 'Als je er géén bezwaar tegen hebt, brigadier, zou ik inspecteur Steel graag onder vier ogen willen spreken. Misschien kun je de tijd gebruiken om bij Beroepsnormen langs te wippen? Ik heb begrepen dat ze dolgraag een praatje met je zouden willen maken over enkele beschuldigingen van verkrachting.'

Shit. Daar ging plan A.

'Ja, goed.' Logan wurmde zich de kamer uit, en Finnie deed de deur dicht.

Een gedempte woordenwisseling.

Commissaris-hoofdinspecteur Green, die in de gang stond, knikte alsof ze het net ergens over eens waren geworden. 'Nou, brigadier...?'

'McRae. Logan. Meneer.'

Nog een knik. 'Juist.' Hij boog zijn hoofd opzij, starend, een kleine plooi tussen zijn wenkbrauwen. 'Verkrachting?'

'Gewoon een junkie die dingen verzint. Denkt dat ze mij kan chanteren om de drugs terug te krijgen die we van haar vriend in beslag hebben genomen.'

'Juist... En heb je ooit eerder een ontvoering onderzocht, brigadier? Ik bedoel een échte, niet gewoon drugsdealers die elkaar van de straat plukken: losgeldbriefjes, lichaamsdelen in de post, dat soort dingen?'

Nee, maar jij wel, hè, zelfvoldane klootzak? 'Niet echt, meneer. Ontvoering komt niet zo vaak voor in het noordoosten.'

Nog meer geknik. Toen klopte Green hem op de schouder. 'Loop met me mee, brigadier.'

De commissaris-hoofdinspecteur draaide zich om en beende naar buiten, de middag in. Het kerkhof stroomde langzaam leeg – nu de tv-camera's uit waren gezet en alle beroemdheden vertrokken waren, zou de hele menigte zich naar huis haasten om hun dvd-recorders te bekijken en te zien of het ze gelukt was op tv te komen.

Green keek naar zijn voeten toen ze vanaf de kerk over het pad liepen – grote grijze steenplaten op een brede, meanderende wandelweg. Vlak voor een grote rechthoek van graniet bleef hij staan. Het was een grafsteen die in het midden van het pad op zijn rug lag, de naam bijna weggesleten door generaties sloffende voeten. 'Toen ik klein was, nam mijn vader me elke zondag mee naar de kerk, nadat moeder...' Frons. 'Nou ja, hoe dan ook, op een dag zei hij: "Zie je dat? Die naam onder je voeten? We lopen op dode mensen." En ik plaste bijna in mijn broek. Ik was een jaar of vijf, denk ik. Had maandenlang nachtmerries.' Green deed een stap, zodat hij boven op de grafsteen stond. 'Waarom noemt de inspecteur jou "Laz"?'

'Persoonlijk grapje.'
Green stak zijn kin omhoog, schouders naar achteren, en staarde over het leeglopende kerkhof. 'We moeten alle registers opentrekken in deze zaak, brigadier. Het is van vitaal belang dat we Jenny terugkrijgen voordat haar iets overkomt.'
Nou, duh. 'Ja, meneer.'
'Normaal gesproken zou ik verwachten dat de ontvoerders een of ander rijk kind pakken en een losgeldbriefje naar de ouders sturen, waarin staat dat ze geen contact mogen opnemen met de politie, anders gaat het kind eraan. Een eis om geld, dat op een geheime locatie overhandigd moet worden. Alles in het grootste geheim gedaan.' Zijn ogen versmalden. 'Maar dit...'
Hij keek alsof hij verwachtte dat er elk moment spannende themamuziek kon aanzwellen.
'Ze pakken twee mensen die bij het publiek bekend zijn – mensen zonder énige familie – en in plaats van hun ranzige zaken in de schaduw te doen, sturen ze hun losgeldeisen naar de kranten. Ze wíllen de politie erbij betrekken.'
Ga door, zeg het...
'We hebben hier niet met gewone ontvoerders te maken, Logan.'
Dun, dun, daaaaaaaaa!
'Nee, meneer.'
Alsof ze dat juweeltje zelf nog niet hadden ontdekt.

NEE! NEE! NEE! NEE! Ze probeert zich los te wurmen, maar het monster in het wit houdt haar stevig vast, wikkelt zijn papierachtige armen om haar heen en tilt haar van de grond.
'Hou je koest, klein kreng!' Zijn stem klinkt heel raar: hard en metalig als een robot, als de zilveren monsters in *Doctor Who*, als een Cyberman.
Haar hak beukt tegen iets zachts en weeks.
Een gezoem, een gekraak. 'O, kut...' En de armen laten los.
Ze tuimelt op de kale vloerplanken. Het monster wankelt tegen de muur, één hand op het met verf bespoten behang, de andere grijpt naar zijn piemel.
Ze krabbelt overeind en rent naar de deur. Naar mammie, waar het bed is, waar–
Ulp...

Haar voeten vliegen voor haar uit als de ketting om haar hals straktrekt.

'Kom terug, kleine trut.'

Mammies stem, schreeuwend in de andere kamer: 'Doe haar geen pijn! Je hebt beloofd dat je haar geen pijn zou doen!'

'Ze heeft me verdomme in mijn ballen getrapt!'

Ze wordt achterwaarts, met maaiende armen en benen, over de vloerplanken gesleept.

'MAMMIE!'

'JE HEBT HET BELOOFD!'

Bonk. Ze ligt op haar voorkant, met een zwaar gewicht op haar rug – warm en ritselend. Het monster grijpt haar pols, wikkelt er iets omheen en trekt. Het maakt een *vzzzzwip*-geluid. Daarna de andere pols, en haar beide armen worden achter haar rug vastgemaakt.

'MAMMIE! MAMMIE, ZE ZIJN...'

Een paarse hand bedekt haar mond. Hij ruikt naar fietsbanden op een hete dag.

'Tom, sta daar verdomme niet zo!'

Nog meer gewicht, dat haar benen tegen de vloer drukt.

Vzzzzwip. Vzzzzwip. En nu zitten haar enkels aan elkaar vast. Een krassend, scheurend geluid; dan laat de hand haar mond los en wordt er een strook van iets kleverigs op geperst. Ze kan haar lippen niet eens openen. Het enige wat ze kan doen is sissen en mompelen en huilen.

Dan laten de monsters los.

Ze kronkelt zo hard als ze kan, rondspartelend als een goudvis op de badkamervloer. Dat gebeurt er met Stoute Kleine Meisjes...

'Gloeiende tering. Het lijkt wel of ze een stuip heeft.'

Kronkelen. Maaien. Spartelen... worstelen... trekken. Hijgend op de vloerplanken liggen, met tranen die van haar neus druppen.

Een ander monster stapt de kamer in en klapt de deur achter zich dicht. 'Willen jullie tweeën ophouden met rondeikelen?' Een damesmonster – vanwege de Cyberman-stem is dat moeilijk te zeggen, maar ze heeft tieten. Ze heeft een naambordje op haar witte verkreukelde borst, met HALLO MIJN NAAM IS bovenaan, en WILLIAM onderaan.

Alle monsters hebben zo'n bordje. TOM en SYLVESTER stappen achteruit, naar Jenny starend.

WILLIAM slaat haar armen over elkaar. Elke beweging maakt een ritselend geluid. Het is geen huid, niet zoals ze in haar slaapkamer dacht toen ze op haar afkwamen – het is dat spul dat de politie op de televisie draagt wanneer er iets ergs gebeurt. Kleverige paarse handschoenen, blauwe douchemutsen aan hun voeten. Plastic-achtige maskers die hun gezichten verbergen en hen op robots doen lijken. Het past bij de vreselijke metalen stemmen. 'Waar is Colin?'
  TOM haalt zijn schouders op. Dan wijst SYLVESTER over zijn schouder. 'Aan het overgeven.'
  'O godsamme.' Ze knikt. 'Haal hem.'
  'Maar…'
  'Nú!'
  Ruziënde robots.
  'Oké, oké…' SYLVESTER haast zich weg; zijn voeten schuren over de vloer.
  'Leg haar op de tafel.'
  TOM pakt haar bij de kraag en broeksband van haar pyjama en hijst haar van de grond. 'Als je kronkelt, laat ik je verdomme op je hoofd vallen, begrepen?'
  Ze houdt zich heel koest.
  'Braaf meisje.'
  Braaf Klein Meisje.
  Bonk – TOM kwakt haar op de tafel. Houdt haar daar met een zware hand in het midden van haar rug.
  WILLIAM, het damesmonster, staat bij haar. 'Hou op met huilen. Als jij je gedraagt zal het allemaal gauw voorbij zijn.'
  De deur klapt.
  Jenny knippert de tranen weg. Het is SYLVESTER, met een ander monster. Bij deze staat COLIN op de borst geschreven. Hij draagt een plastic doosje.
  WILLIAM kijkt niet naar hem. 'Vooruit.'
  COLIN schraapt zijn keel. 'Ik… eh… Kijk, het is alleen… Ik bedoel, moeten we het doen? Kunnen we niet gewoon een andere foto of zoiets naar de kranten sturen?'
  'Je hebt gezien wat ze in het nieuws zeggen.'
  'Maar ik heb nog nooit… Ze is nog een klein meisje.'
  'Ik wéét wat ze is. Doe nu verdomme je werk. Of wil je dat ik David vertel dat je het niet doet? Wil je dat echt?'

'Maar ik...'
WILLIAM grijpt hem bij de voorkant van zijn kreukelige witte pak. 'Wat voor nut heb je in teringnaam als je verdomme geen simpele procedure kunt uitvoeren?'
'Maar amputeren is niet zomaar... Je hebt het risico van infectie, MRSA, septikemie, bloedproppen, shock, wat als...'
'Draag – verdomme – je – steentje – bij.'
Ze laat hem los en stapt naar achteren. Staart naar zijn blauwe voeten. Knikt dan.
'Je moet haar mouw oprollen.'
Vuur bijt haar in de schouders als TOM haar arm omdraait en haar pyjamamouw tot haar oksel optrekt.
Alsjeblieft niet. Alsjeblieft niet. Alsjeblieft niet.
COLIN zet het plastic doosje op de tafel neer. Opent het. Ze ziet er glanzende scherpe dingen in fonkelen. Dan haalt hij er een klein potje en een naald uit. Hij steekt zijn hand er weer in om een foliepakje te pakken, scheurt het open en trekt er een doekje uit. Veegt het tegen de binnenkant van haar elleboog; de huid wordt er helemaal koud van.
Dan vult hij de naald.
'Het spijt me...'
Een hard kriebelig gevoel, daarna een prikkende pijn, alsof je door een bij wordt gestoken.
Nog een veeg.
'We moeten het even laten inwerken.'
Ze knippert met haar ogen.
De bijensteek doet geen pijn meer.
'Ik denk nog steeds niet...'
'Niemand vraagt jou te dénken, Colin.'
Knipper, knipper.
Ze is in de draaimolen op het speelterrein, draait sneller en sneller, rond en rond, bomen en huizen en monsters suizen voorbij. Wazige plastic gezichten, dof dreunende Cyberman-stemmen. Donzige warmte verspreidt zich tussen haar oren.
Ze knippert, maar haar ogen gaan niet meer open.

20

'Waarom stond jouw naam dan wél op haar geschreven?' Hoofdinspecteur Young leunde achterover in zijn stoel en nam Logan onderzoekend op boven het oppervlak van zijn bureau. Het kantoor van Beroepsnormen was leeg, afgezien van hen tweeën: drie bureaus; ingelijste diploma's en handschudfoto's aan de muren; een kast met juridische studieboeken en politiehandboeken; en de hardnekkige stank van muntkauwgum.

Young had zijn mouwen opgerold, zodat er een stel enorme harige armen werd onthuld. Maar hij was helemaal groot, als een rugbyspeler of een beroepsbokser. Of een krachtpatser van de mafia. Bleek littekenweefsel maakte rimpels op zijn knokkels. Beslist niet het soort man waar je ruzie mee zou willen.

Logan blies zijn wangen bol. 'Beste gok? Iemand dacht dat ze zich anders niet zou herinneren naar wie ze moest vragen. Maar de idioten schreven het niet eens ondersteboven zodat ze het kon lezen. Let wel, aangezien ze compleet van de wereld was...'

De hoofdinspecteur roffelde met zijn vingertoppen op het bureaublad, waarbij de pezen en spieren onder de vacht van zijn onderarmen dansten. 'En zeg me eens, brigadier, waarom dacht ze dat jij de drugs aan haar zou geven?'

'Omdat zij ook een idioot is?' antwoordde Logan schouderophalend. 'Ze is ervan overtuigd dat de mensen van wie haar vriend het spul heeft gekocht hem iets zullen aandoen als hij niet met het geld op de proppen komt. Wat moet ze anders doen?'

'Hmm...' Young hield op met het maken van tamtamgeluiden op het bureaublad. 'En heb je iets geregeld?'

'Nou, Shuggie wordt gezocht wegens de drugsaanklacht na de inval van donderdagochtend, en het is vrij duidelijk dat hij nog contact met Trisha heeft. Dus heb ik inspecteur McPherson geadviseerd om haar onder toezicht te stellen.' Nog een schouderophalen. 'Het is zijn zaak.'

'Ik neem aan... dat er altijd hoop is.' Young begon weer te roffelen. 'We hebben jou hier al een poosje niet gezien, Logan. Ik denk dat commissaris-hoofdinspecteur Napier je mist.'

'Echt, meneer?' Hij gluurde over zijn schouder naar het bureau van de Aartsklootzak. Alles keurig netjes en zorgvuldig in rechte rijen geordend.

De hoofdinspecteur keek half in de verte. 'Zeg eens... hoe doet waarnemend inspecteur MacDonald het?'

Stilte.

Logan verschoof in zijn stoel. 'In welk opzicht, meneer?'

'Werkt hij zich goed in? Kan hij met zijn collega's opschieten? Kan heel stressvol zijn, zomaar ineens van brigadier tot inspecteur opklimmen.' Young wilde geen oogcontact maken.

'Hij weet zich vast prima te redden.'

'Mooi. Mooi.' Een korte stilte. 'Hoe zit het met de zaak-McGregor en alles...?'

'Prima. Kan niet beter. We doen het geweldig.'

Nog een korte stilte.

'Nou, dan zal ik je maar naar je zedendelinquenten terug laten gaan.'

Dodgy Pete's was niet bepaald wat je een kroeg voor de pientere jeugd zou noemen. Meer een verpleeghuis: palliatieve zorg voor alcoholisten die op weg waren naar drankdoordrenkte vergetelheid. Maar het was twee minuten lopen vanaf het Munro House Hotel, en dat was goed genoeg voor Steel.

Het versleten linoleum maakte kleverige geluiden, probeerde zich aan de zolen van Logans schoenen vast te houden toen hij haar naar de bar volgde. Het was hier voor de verandering eens druk: twaalf mensen, in paren door de lage ruimte verspreid, zaten naar een aan de muur bevestigde breedbeeld-tv te staren. Aberdeen versus VfB Stuttgart live vanuit Duitsland: twee-nul voor de thuisploeg.

De barman stond ineengedoken aan het uiteinde van de lange hardhouten bar een gemompeld gesprek te voeren met een dun meisje in een cargobroek en een camouflagesweater met capuchon. Er lag iets op het oppervlak tussen hen, maar Logan kreeg geen tijd om te zien wat het was toen ze het weggriste en het in de zwarte rugzak bij haar voeten stopte.

Steel bonsde met haar hand op de bar en klauterde op een kruk – het rode vinyl werd bijeengehouden door grijze isolatietape. 'Hé, Pete, hou eens op die jonge stoeipoes op te geilen en kom op met de drankjes.'

De enorme man snoof. Draaide zich vervolgens om en sjokte naar hen toe, in een rood Aberdeen University-sweatshirt dat zich tot scheurens toe om zijn buik spande. Pete streek met zijn hand door zijn mislukte Kerstman-baard en tuurde naar hen drieën. 'Gewone recept?'

Steel knikte. 'En ook twee Grouse.'

'Betaal je deze?'

De inspecteur stak haar onderlip uit. 'Pete, ik ben geschokt. Suggereer je dat het elitekorps van Grampian hier komt voor gratis rondjes?'

'Daar kun je donder op zeggen.' Hij pakte twee pintglazen onder de toog vandaan, zette het ene onder de Stella-tap, het andere onder de Deuchar's IPA. Daarna snoof hij in Rennies richting. 'Hoe zit het met de zongebrande kleine mafkees?'

De agent stak zijn borst naar voren. 'Ik wil een pint...'

'Hij wil een cola light.' Steel haalde haar nepsigaret tevoorschijn. 'Jij rijdt, weet je nog?'

'Maar baas...'

'Geef hem ook maar een zakje chips.'

Dodgy Pete zette de pint IPA op een krullende kartonnen onderzetter, pakte twee borrelglazen en klokte in elk ervan een dubbele dosis uit de Grouse-whiskyfles, waarbij hij met veel vertoon wachtte tot het plastic houdertje zich elke keer helemaal vulde. 'Verder nog iets?'

Het meisje in de camouflagesweater met capuchon pakte haar rugzak en glipte stilletjes de pub uit.

Steel draaide zich om en staarde haar na. 'Je bent toch niks snoods van plan, Pete?'

'Mijn dochter. Niet dat dat jóú iets aangaat.' Hij tikte met een knokkel op de kleverige bar. 'Betaal je deze nou of niet?'

'Doe eens wat vrolijker, hé, Pete? Het is toch niet mijn schuld dat de winkelwouten jou hebben opgepakt wegens het serveren van ondermaatse hoeveelheden?'

Ze namen hun drankjes mee naar de gelagkamer – praktisch een inloopkast waar twee zitbanken en een tafel in waren gepropt. Steel plofte neer, zuchtte en nam een enorme teug van haar pint. 'Ik kan vanavond niet blijven rondhangen, jongens, ik verwacht iets.'

Logan haalde de rapporten uit zijn zak en legde ze op de tafel. 'Vandaag zesennegentig geregistreerde zedendelinquenten verhoord... Tot dusver hebben we er drie met mogelijke toegang tot dierenartspraktijken. Geen ziekenhuizen – de NHS blijkt afkeurend te staan tegenover geregistreerde zedendelinquenten die op de afdelingen rondsluipen.'

Steel krabde. 'Wie doet de dierenartsen?'

De whisky smaakte naar een turfvuur, gleed brandend over Logans tong, deed zijn tandvlees tintelen. Dodgy Pete was vast gestopt met het aanlengen van de drank. 'Inspecteur Evans. Niemand heeft gemeld dat er natriumthiopental vermist wordt.'

Rennie propte een mondvol chips naar binnen. 'Wat als ze het van het internet gekocht hebben?'

Steel staarde hem aan. 'Drink je cola op. De situatie is verdomme al gecompliceerd genoeg.' Daarna richtte ze zich weer tot Logan. 'Ben je zeker van de ziekenhuizen?'

'McPherson zegt...'

'Godsamme, dat doet hij toch niet ook nog? Over het schip verlaten gesproken, verdomme. Ik ga wel even met Finnie praten, zien of we niet iemand anders naar...' Haar gezicht verwrong. 'Reten met marmitesmaak. Hij praat niet meer met mij.'

Logan fronste. 'Ja, wat dat betreft – waarom hebben we Maguire eigenlijk getreiterd? Hij staat niet in het register, dat heb ik nagetrokken.'

'Omdat...' Ze draaide zich om, keek naar Rennie en diepte een handvol kleingeld op. 'Hier, haal nog maar wat chips.'

'Maar ik hoef niet...'

'Ga dan met de gokkast spelen of zo.' Korte stilte. 'Sodemieter even vijf minuten op.'

Rennie plukte een paar pondmunten van de stapel en pakte zijn chips en zijn drankje op. 'Bekijk het dan maar.'

Ze wachtte tot hij het kamertje had verlaten. 'We hebben het meneer Biljartbal moeilijk gemaakt omdat waarnemend inspecteur MacDonald de leiding had over dat deel van het onderzoek. En ik vertrouw hem niet. Oké?' Ze stak een hand omhoog. 'Het is niet dat hij een foute smeris is, het gaat alleen compleet verdomd hopeloos boven zijn pet. En ik weet dat Finnie er net zo over denkt, anders was hij niet bij de kerk geweest om zijn handje vast te houden.'

'Juist...'

'Laz, ik weet dat jullie in het Huisje de beste maatjes met elkaar zijn, maar het leven van een klein meisje staat op het spel. Ik klooi niet met deze zaak.'

Redelijk punt. 'Hoe zit het dan met McPherson?'

Steel trok een gezicht en nam een slok whisky. 'Laat Ramp maar aan mij over, we zullen...'

De rest werd overstemd door gejuich uit de hoofdbar. 'GA DOOR M'N JONGEN!', 'RENNEN KLEINE EIKEL!', 'GA DOOR, GA DOOR!'

Het volume van de tv werd opgeschroefd – het gebrul van de menigte dreunde uit de luidsprekers. *En Hansson speelt naar Paton. Langs de buitenkant... en hij kruist naar Gibson... Gibson schiet en...*

Plotse stilte.

'AAAH! TERING! NIET NU!', 'PETE, DOE WAT AAN DIE KLOTE-TV!', 'HEEFT HIJ GESCOORD?'

Logans telefoon rinkelde – hij haalde hem tevoorschijn en keek op de display: Colin Miller.

'Colin?'

De tv kwam schallend weer tot leven: *Uw programma onderbreken om u een nieuwsbulletin te brengen...*

De telefoon van inspecteur Steel rinkelde ook. 'Kan een meisje niet in alle rust een klein drankje drinken?'

'... dat geloven?' Colins stem was bijna niet te horen door alle herrie.

Logan stak zijn vinger in zijn andere oor. 'Hallo? Colin?'

'Ik zei, ze hebben nog een pakje gestuurd, ja: naar de BBC! Een makker van me werkt daar, hij heeft net gebeld.'

Bagger.

'Wat is het? Wat hebben ze gestuurd?'

'Ik bedoel, waarom hebben ze het niet hiernaartoe gestuurd? Ze sturen dingen altijd eerst hiernaartoe.'
'Colin: wat – hebben – ze – gestuurd?'
Steel stond overeind. 'Shit...' Ze legde haar telefoon tegen haar borst. 'Ze hebben meer tenen naar de BBC gestuurd.'
Rennie stormde de gelagkamer weer in. 'Jullie moeten komen kijken wat er op de tv is!'
'Heb ik niet alles gedaan wat ze vroegen? Is dat nou redelijk?'
Iedereen in Dodgy Pete's staarde naar de grote tv, waar een verslaggever met rechte rug verslag voor de camera uitbracht. ... *nog maar vijf minuten geleden.* Er was een perfect gekaderd beeld van twee kleine tenen in high-definition te zien. Bleekroze tenen met gezwollen uiteinden; de randen van de snijwonden donker en verkleurd. In tegenstelling tot de grote teen die in ijs in het mortuarium lag, waren deze absoluut bij een levende persoon afgesneden.
Colin: *'Laz? Laz, ben je daar nog?'*
'Hou je kop even.'
De tenen werden bezorgd bij kantoren van BBC *Schotland in Aberdeen, samen met een dvd en instructies om deze uit te zenden. De volgende beelden bevatten expliciet materiaal en kunnen door sommige kijkers als schokkend worden ervaren...*
Steel hield haar telefoon weer tegen haar oor. 'Ja, we kijken ernaar.'
Het scherm werd zwart en vloeide vervolgens in op een met graffiti bekladde kamer, kale vloerplanken, zonlicht dat door de spleten in twee dichtgetimmerde ramen naar binnen stroomde. Het hele beeld draaide rond; de autofocus had even tijd nodig om bij te raken. Twee kleine voeten, oranje-bruin gevlekt rondom de zijkanten. Geschilferde roze nagellak.
De twee kleine tenen ontbraken, de stompjes waar ze hadden moeten zitten waren opgezet en rood, de huid met zwart draad over de gaten heen aan elkaar gehecht. De knopen leken op spinnen, die uit het ontstoken vlees barstten.
'Godskolere...' Iemand in de bar liet zijn pint vallen. Een knal van versplinterd glas.
De camera zwaaide omhoog. Het kleine meisje lag onmiskenbaar op haar rug, op iets wat er als een stuk witte plastic bekleding uitzag. Blonde krullen, die lange, rechte neus, de appelwangen. Ogen

half dicht, een glanzende kwijlsliert die uit de hoek van haar open mond droop. Aan de binnenkant van haar linkerpols was een infuusslang getapet.
Ze kreunde en trilde.
Er verscheen een paarsgehandschoende hand in beeld, die een exemplaar van de *Edinburgh Evening Post* vasthield. TEEN NIET VAN JENNY MAAR POLITIE ONTKENT STUNT NOG STEEDS. De camera zoomde op de datum in. Het was de editie van vandaag.
Het beeld werd langzaam zwart en vervolgens galmde de vertrouwde kunstmatige stem door de stille bar.
Dit is geen publiciteitsstunt. Jullie hebben nog vier dagen. Als jullie genoeg geld inzamelen, zullen ze blijven leven. Als jullie dat niet doen, zullen ze sterven. Laat Jenny en Alison niet in de steek.
Na een korte stilte verscheen de nieuwslezer weer op het scherm. *Dat zijn aangrijpende beelden. We gaan nu live naar het hoofdbureau van de politie van Grampian en onze correspondent Sarah Williamson. Sarah, wat kun je ons vertellen?*

21

'... man is een enorme lul.' Biohazard Bob trok zijn neus op. De deur van het Huisje was dicht, zodat het rumoer uit de hoofdkamer van de recherche werd gedempt: rinkelende telefoons; rondrennende agenten en ondersteunend personeel, die het hoofd probeerden te bieden aan het plotselinge spervuur van telefoontjes van mensen die de uitzending hadden gezien. 'Je gelooft nooit wat hij gisteren tegen me zei: hij hield een grote monoloog over de zaak-McGregor en toen...'
'"Eén ding is zeker"' – Rennie ging in de houding staan – '"We hebben hier niet met gewone ontvoerders te maken!" Alsof hij denkt dat hij op de tv is.'
Bob trok zijn grote harige wenkbrauw op. 'Jij ook?'
Logan knikte. 'En ik.'
Brigadier Doreen Taylor zuchtte. 'En ik maar denken dat ik bijzonder was.'
Het geluid van telefoons en bijna-paniek werd luider toen de deur openzwaaide. Inspecteur Steel kwam als een zoutzak de kamer binnen. 'Goed, luister, want ik heb er geen reet zin in om dit twee keer te zeggen.' Ze stootte de deur met haar hak dicht en staarde Rennie vervolgens aan. 'Nou? Verkassen!'
De agent stond op en ging op de rand van Bobs bureau zitten.
Steel nam brommend in de vrijgekomen stoel plaats. 'In het licht van recente ontwikkelingen hebben we een kleine reorganisatie. McPherson probeert het dode kind op te sporen van wie de eerste teen afkomstig was, waarnemend inspecteur MacDonald neemt de ziekenhuisonderzoeken over, Evans heeft de dierenartsen, en ik blijf bij de zedendelinquenten.'

Rennie stak zijn hand op. 'Betekent dit...'

'Ik zeg het je niet nog een keer.'

Hij liet zijn hand zakken.

'De media worden gek. De hoofdcommissaris heeft de riedel in de reet. SOCA wrijft zich in de smerige handjes. En Bain heeft besloten om commissaris-hoofdinspecteur Green een "actievere rol in het onderzoek" te geven.'

Daar gaan we.

'Kennelijk heeft hij erváring met ontvoeringszaken.'

Elke keer weer verdomme.

'Dus' – Steel stak haar hand onder haar oksel en rommelde – 'we hebben iemand nodig om Greens "interacties" te "faciliteren", wat dat in godsnaam ook moge betekenen. Logan...'

'Waarom? Waarom moet ik het áltijd zijn? Waarom moet ik als babysit optreden voor elke sukkel die naar Aberdeen komt?'

'Als je verdomme even tien seconden ophoudt met klagen en mij laat úítpraten... Logan: je hoeft niet meer naar Mongolistan – nu Bell de avonddienst doet, zijn we er toch al bijna doorheen. Vanaf nu heb je reetdekkingsdienst. Trek alles na wat we tot nog toe hebben gedaan: slachtofferprofiel, buurtonderzoek, alles, zorg dat er niets is waarvan bij een openbare enquête kan blijken dat we het verkloot hebben. Neem een knechtje.' Ze liet de oksel met rust en begon aan haar beha te trekken. 'Doreen: commissaris-hoofdinspecteur Green heeft jou uitgekozen om zijn handje vast te houden. Probeer je niet te laten meeslepen, hè? We weten hoe jullie geile gescheiden vrouwen zijn.'

Bob klopte Doreen op de schouder. 'Zie je, jij bent tóch "bijzonder".' Daarna grijnsde hij naar de inspecteur. 'Hoe zit het met mij, baas?'

Steel snoof. 'Heb je Stinkie Tam al gevonden?'

'Nou... Niet als zodanig...'

'Dan moest je je handen maar eens laten wapperen, hè?'

Logan zette de video op pauze. Vloekte. Trok zijn rinkelende telefoon tevoorschijn en kapte 'Lydia the Tattooed Lady' af. 'Sam?'

Haar stem beet in het oorstuk. *'Zijn we iets vergeten?'*

'Nee, ik niet. Ik kom zo naar huis.'

'Waar ben je, alsof ik dat moet vragen?'

Hij keek de sombere kamer rond. Het was een sjofel administratiekantoor op de vierde verdieping, een van de kandidaten voor een opknapbeurt, wat de enige reden was waarom hij het had kunnen opvorderen. De helft van de plafondtegels ontbrak; lussen van grijze kabels kronkelden tussen de betonnen stutten voor de verdieping erboven. Een kleine oase van vuilgroene tapijttegels klampte zich aan één stuk grijze vloer vast, en daar had Logan het bureau opgesteld dat hij van de Gebouwendienst had gebietst.

Eén bureau. Eén stoel. Eén laptop. En twee zware bruine kartonnen dozen vol dossiers.

'Ik kom gauw thuis, oké?'

'Halfacht, McRae – ik hou je eraan. O, en ik heb een krat Stella en een paar Markies' lasagnes ingeslagen. We kunnen lekker doorzakken.'

'Gauw, dat beloof ik.' Korte stilte. 'Luister, ik moet ophangen.'

'Halfacht, weet je nog?'

En ze was weg.

Logan drukte weer op 'play'.

Op het laptopscherm werd Alison McGregor schoppend en worstelend de trap af gesjouwd; ze probeerde de vent in het forensisch pak die haar droeg een kopstoot te geven. Door de hal de keuken in. De vent droeg zo'n zelfklevend naambordje dat ze op congressen uitdeelden. Het was bijna onmogelijk te lezen, maar BBC's *Crimewatch* had een hoop kijkgeld naar een digitaliseringsbedrijf gesmeten om het woord uit te vergroten: TOM.

Een klein meisje in een Winnie de Poeh-pyjama zat ineengedoken in de hoek bij de koelkast – met een kussensloop of zoiets over haar hoofd. Handen vastgebonden voor haar lichaam. Bevend.

Alison McGregor verstarde en ging vervolgens tekeer. Haar benen maaiden, schopten in het wilde weg, bokten, kronkelden. Haar ogen puilden boven de isolatietape uit.

De vent die haar vasthield gaf het uiteindelijk op: sloeg haar tegen de koelkast, boog haar vervolgens over het aanrecht heen en bond haar enkels met dikke zwarte bindstrips aan elkaar vast. Een zak over haar hoofd. Toen stapte er iemand in beeld en sloeg haar keihard met een gummiknuppel of iets soortgelijks op het hoofd.

Alison verslapte.

Alles gebeurde in totale stilte.

Degene die haar had geslagen bukte zich en hees haar over zijn schouder. Twee hele frames lang was zijn naambordje volkomen duidelijk zichtbaar: DAVID. Vijftien seconden later waren ze via de keukendeur naar buiten gegaan, de duisternis van de achtertuin in. Het beeld werd zwart.

Daarna de kunstmatige stem: *Jullie gaan geld inzamelen voor de veilige terugkeer van Alison en Jenny McGregor. Jullie hebben veertien dagen, of anders worden ze gedood. Jullie lichten de politie in. Jullie lichten de televisiezenders in. Jullie lichten het publiek in. Of anders worden ze gedood. Als jullie binnen veertien dagen genoeg geld inzamelen, worden Jenny en Alison vrijgelaten. Zo niet, dan worden ze gedood.*

'Ben je hier nog?'

Logan draaide zich om. Inspecteur Bell stond in de deuropening, met een stuk toast in de ene hand en een mok met iets in de andere. Er steeg een warme, vlezige geur uit op. 'Ik ga net weg, baas.'

Bell stapte de kamer in, kuierde naar het raam, stak de toast in zijn mond – die op een rechthoekige eendensnavel leek – en gluurde door de jaloezieën.

Logan zette de laptop uit. 'Dacht dat jij de leiding over de avonddienstverhoren had?'

De inspecteur liet de jaloezie los, haalde de toast uit zijn mond. Kauwde. 'Ik kreeg een telefoontje van Trisha Browns moeder – het alarmnummer. Compleet van de wereld: zegt dat daar iemand met een cricketbat was die haar gewaardeerde erfstukken aan gruzelementen sloeg.' Nog een hap toast. 'Dat was jij toch niet?'

'Heel grappig, inspecteur.'

'Wie zegt dat ik grappig ben?'

Logan staarde hem alleen aan.

Inspecteur Bell haalde zijn schouders op. 'Hoe dan ook, toen Mc-Hardy en Butler daar aankwamen was het er zelfs een nog grotere schijtzooi dan normaal. Ze had ook een aframmeling gekregen.'

'Drugs?' Logan klapte de laptop dicht en schoof hem in zijn hoes.

'Die arme ouwe Helen probeerde ze waarschijnlijk af te kopen met een gratis beurt, maar omdat het rechtschapen en verstandige types zijn, slaan ze haar in plaats daarvan verrot. En het antwoord op je volgende vraag is nee: je vriendin Trisha was daar niet.'

Hij tilde de laptoptas over zijn schouder. 'Heeft iemand Shuggie al gevonden?'

'Als die eikel hersens heeft zal hij zich nu wel gedeisd houden in Dundee of Glasgow. Integreren met de heroïneverslaafde armoedzaaiers tot de druk wat van de ketel is.'

Logan stond op. 'Ik ga ervandoor.'

'Goed... goed.' Bell at het laatste stuk toast op en spoelde het weg met wat er ook maar in de mok zat. 'Ik zal je toch niet nog eens om drie uur in de ochtend hoeven bellen?'

'Christus, ik hoop het niet.'

Logan stak zijn hoofd door de open deur van de hoofdmeldkamer. Deze was iets chiquer dan de kamer die hij op de vierde verdieping had opgevorderd: Finnie had om te beginnen een complete set tapijttegels. De kamer had whiteboards en flip-overs langs de muren, stond vol met bureaus – zitplek voor ongeveer dertig agenten – had zijn eigen kopieerapparaat, en een kantoortje met een glazen wand in één hoek, zodat de hoofdinspecteur zijn troepen in de gaten kon houden.

Ze hadden een scherm opgehangen aan de muur die zich het verst van de deur bevond; een plafondprojector hing in de verduisterde kamer te flikkeren. De laatste video van de ontvoerders van Jenny en Alison werd afgespeeld.

Finnie, commissaris-hoofdinspecteur Green, Doreen en een handvol agenten zaten te kijken toen de camera naar Jenny's voeten draaide.

Green stak zijn hand omhoog. 'Stop daar. Ga een stukje terug...'

Het beeld spoelde achteruit.

'Oké, stilzetten.' Hij stond op en liep naar het scherm, haalde een korte pen uit zijn zak en wees op het beeld. *Klik*, en er verscheen een rood stipje op de muur van het met graffiti bekladde kraakpand, dat om de tijdindicator in de hoek rechtsonder cirkelde. 'Elf uur tweeëndertig. Kijk nu eens naar de lichtpatronen op de vloer.'

Het rode stipje volgde de schaduwen en lichtvlakken die op de kale vloerplanken vielen. 'Ik heb een paar zéér knappe bollebozen in Edinburgh die de stand van de zon om elf uur tweeëndertig vanochtend, met betrekking tot Aberdeen, kunnen berekenen. Als we dat combineren met de invalshoek op de schaduwen, zal dat ons een goed idee geven van de plek waar dit werd gefilmd.'

Een van de geüniformeerde agenten floot. 'Gloeiende tering...' Green draaide zich om, met een glimlach op zijn gezicht en één wenkbrauw opgetrokken. 'Ik weet het: indrukwekkend, nietwaar? Het zal ons geen exact adres opleveren, maar we zullen wel grofweg te weten komen naar welk deel van de stad we moeten kijken. Dan doorzoeken we elk verwaarloosd pand in dat gebied.'

Logan fronste.

Finnie knikte. 'Uitstekend.'

Greens borst zwol een stukje op. 'Ik zal zorgen dat ze ermee bezig gaan.'

'Eh, meneer?' Logan verschoof de laptoptas aan zijn schouder. 'Bent u er zeker van?'

Het hoofd van de recherche draaide zich in zijn stoel om en wierp hem een rubberachtige fronsende blik toe. 'Zeg eens, brigadier McRae, heb jij een béter idee?'

'Het is alleen dat...'

'Jij hebt de dossiers een uur en...' – hij keek op zijn horloge – 'tien minuten doorgenomen, en je hebt de zaak nú al opgelost, hélemaal in je eentje?'

Logan voelde de hitte naar zijn wangen stijgen. 'Nee, meneer. Ik denk alleen dat we nog eens naar de beelden zouden moeten kijken voordat we naar SOCA's technische dienst rennen.'

'Echt?' Commissaris-hoofdinspecteur Green leunde achterover tegen een bureau; die tv-glimlach van hem vloeide over in een frons. 'En waarom dát zo? Precies?'

'De ontvoerders doen altijd veel moeite om ervoor te zorgen dat wij nooit forensisch bewijs krijgen. Waarom zouden ze niet hetzelfde met de video doen?'

Green kneep zijn neusbrug tussen duim en wijsvinger. Zuchtte. Schudde zijn hoofd. 'Het is een vídeo, brigadier – ze kunnen de hoek en de stand van de zón niet manipuleren. Kunnen we nu teruggaan naar de beelden?'

'Maar ze kunnen de tijdindicator op de camera wél manipuleren.'

Green verstarde, half met zijn rug naar het scherm toe. 'Wat?'

'Elke keer als je de batterij verwisselt, moet je de tijd handmatig instellen.' Hij wees naar het digitale tellertje. 'Elf uur tweeëndertig:

de persvoorlichting begón pas om elf uur. En hoe zit het met de krant?'

'Het is die van vandaag, dus ik...'

'De *Edinburgh Evening Post* kopte dat de teen niet van Jenny was. Hoe hebben ze het klaargespeeld om het artikel te schrijven, de krant te drukken, naar Aberdeen te brengen en in een winkel te verkopen, alles in minder dan tweeëndertig minuten? De krant gaat zelfs pas 's middags ter perse. Dat heb ik nagetrokken.'

'Ah...' Green knikte. 'Juist. Nou, dat is een zeer steekhoudend punt.' Hij draaide zich weer naar het scherm toe. 'Bedankt, brigadier.'

'Hoe dan ook' – Logan wees naar de met graffiti bekladde kamer die op de achtermuur was geprojecteerd – 'ik wilde alleen een exemplaar van de video pakken, als er nog een reserve is?'

'Hier ligt er een.' Doreen haalde een cd in een doorzichtig plastic doosje uit een map op het bureau naast haar en overhandigde die. Fluisterend. 'Je hebt hem compleet voor joker gezet.' Ze kneep even in Logans hand. 'Bedankt.'

Het regende, druppels lauw water ter grootte van erwten, die het plaveisel donkergrijs kleurden.

Het had geen zin om via de voorkant naar buiten te gaan – men was weer in groten getale komen opdraven, ondanks het vreselijke weer, ineengedoken onder plonkende paraplu's, verontwaardigd voor alle cameraploegen. De ingang naar Lodge Walk was net zo erg, vol journalisten die voor de plensbui scholen en stonden te wachten om zich te storten op iedereen die het hoofdbureau verliet. Dus verstopte Logan de laptoptas onder zijn jasje, in een poging het ding droog te houden terwijl hij zich over de afrit van het achterterrein haastte en door de kleine ruimte aan de achterkant van het Kunstencentrum glipte.

Vanavond meldde het aanplakbord voor de krantenzaak in King Street: EVENING EXPRESS: JENNY'S MARTELING – KUNNEN WE GENOEG INZAMELEN OM HAAR TE REDDEN? Het witte inlegvel werd bijna doorzichtig doordat het de regen absorbeerde.

Aan de andere kant stond: ABERDEEN EXAMINER: TEENTERREUR TEGEN DAPPERE JENNY – ONTVOERDERS BEWIJZEN DAT HET GEEN STUNT IS. Hij stopte met lezen, kocht een exemplaar van allebei en haastte zich vervolgens door Marshall Street.

Het werd kouder, doordat de regen de hitte aan de stad onttrok. Zijn adem dampte om zijn hoofd heen toen hij de voordeur van het gebouw openmaakte en druipend de trap naar de flat op liep.
'Ben je thuis?'
Samantha's stem kwam uit de zitkamer. 'Schiet op, het gaat net beginnen.'
Wat een vreugde.
Logan drapeerde zijn jasje over een stoel in de keuken, zette de stoel voor de hete oven, pakte een koud blikje Stella uit de koelkast en kwam op tijd in de zitkamer om de openingstitels te zien.

Alison en Jenny McGregor
Britain's next big star! – Speciaal eerbetoon
Met speciale gasten...

Hij zonk naast Samantha op de bank neer. 'Het giet buiten.'
'Je laat het wel op het laatste moment aankomen, hè?'
Logan vocht met zijn doorweekte veters en trapte vervolgens zijn schoenen uit. 'Staat de lasagne erin?'
Ze hief haar blikje bier. 'Ad fundum.'
Er schalde gejuich uit de televisieluidsprekers toen de camera over een opgewonden pubiek heen naar een groot zwart rechthoekig podium scheerde, glanzend als een spiegel, omgeven door rode, groene en blauwe neonhoepels. Boven het podium flitsten drie schermen van een rode doodskop met gekruiste knekels naar een groen afvinkteken, waaronder de woorden 'MARTINE', 'CHRIS' en 'SOPHIE' in gloeiend wit plexiglas afstaken.
Logan trok zijn vochtige sokken uit toen de camera bleef rusten op twee nogal jong ogende kerels in zwarte pakken met zwarte dassen. 'Wie zijn dat in godsnaam?'
'Degene links presenteerde vroeger *Blue Peter*, die rechts doet iets komisch op Channel Four.'
'Zijn ze soms een spotgoedkoop soort Ant en Dec?'
'Sssssst... Ze doen de intro.'
Het was een bizar concept – een tv-talentenshow bracht een eerbetoon aan twee van de deelnemers, door beroemdheden te laten optreden met coverversies van de coverversies die Alison en Jenny McGregor uitvoerden om in de show te komen en het soort be-

roemdheid te worden dat gevraagd werd om eerbetoonshows te doen...

De eerste paar nummers waren oké. Maar na elk nummer zoomde de camera op de rij juryleden in voor hun commentaren.

Logan nam nog een slurp Stella. 'Wat heeft het voor zin? Ze kunnen niks rottigs zeggen, toch?'

En toen sprong er een vertrouwde figuur het podium op. Gordon Maguire, hoofd van Blue-Fish-Two-Fish Productions, gekleed in hetzelfde *Reservoir Dogs*-kloffie als niet-Ant-en-Dec. Hij wachtte tot het applaus wegstierf. *Bedankt, jongens. Dit is een geweldige achtbaan geweest. Eerst dachten we dat Jenny dood was. Toen vertelde de politie ons dat ze een vergissing hadden gemaakt, en ze leefde toch nog!*

Er ging een gejuich op.

En toen zagen we allemaal die vreselijke video vanmiddag.

Dat werd niet toegejuicht.

De platenproducer knikte. *Ik weet het, ik weet het. Ze vertelden ons dat we veertien dagen hadden om genoeg geld in te zamelen om de levens van Jenny en Alison te redden... Nou, we hebben nu nog maar vier dagen. Ik wil iedereen eraan herinneren dat de liefdadigheidssingle op iTunes, Amazon en BritainsNextBigStar.com staat, of je kunt hem bij* HMV *kopen. Met alle opbrengsten zal het losgeld worden betaald...*

Samantha verschoof op de bank; een rimpeltje trok de huid tussen haar keurig bijgewerkte wenkbrauwen samen. 'Hij is een glibberig schijtventje, hè?'

'Hmmm...' Logan verfrommelde het lege blikje.

'O, ik was vandaag bij de Dominee. Hij heeft een nieuwe halsband – zwart leer met zilveren knoppen. Ik wil er graag een hebben als jij het gevoel hebt dat je goed bij kas zit.'

Op het scherm kreeg Maguire een staande ovatie voor zijn bezielende toespraak. Vervolgens kwamen er steuncommentaren van de juryleden. En daarna vertolkte Lily Allen de McGregor-versie van 'Sergeant Pepper's Lonely Hearts Club Band'.

En kijkers, vanavond kunnen jullie stemmen wie van onze beroemdheden aan het eind van de show 'Wind Beneath My Wings' zal uitvoeren.

Ja, en niet vergeten: elk telefoontje dat jullie plegen draagt bij aan het Alison en Jenny Vrijheidsfonds...

Samantha zette het volume hoger. 'Hij wil weten of je de lotion gebruikt.'
'Wat is dit, *Silence of the Lambs?*'
'Je moet de lotion gebruiken. Wil je dat het geïnfecteerd raakt?'
'Ik gebruik de lotion ook.' Logan stond op. 'Wil je nog een biertje?'
Ze bracht haar blikje omhoog. 'Kijk je even naar de lasagne als je daar toch bent?'

Het leek op praktisch elke kant-en-klare vegetarische lasagne die hij ooit had gezien, erop los pruttelend in zijn eigen ovenvaste plastic bakje. Maar het rook wel lekker. Hij haalde nog twee blikjes uit de koelkast.

Het Alison en Jenny Vrijheidsfonds – wie had dat in godsnaam verzonnen? Het klonk als een terroristische groepering...

Hij trok het kastje boven de koelkast open, op jacht naar chips. Bromde toen: zijn mobieltje rinkelde, diep in de zak van zijn dampende jasje. Logan verschoof de stoel en begon te rommelen tot hij het vond. Het was een geheim nummer.

Verrek dan maar. Ze konden wel wachten tot hij dienst had.

Tenzij het iets belangrijks was.

Misschien belde commissaris-hoofdinspecteur Green om te zeggen dat het hem speet dat hij zo'n lul was. Dat hij niet besefte wat een deductief genie Logan was. Dat hij wilde dat hij Doreen niet had uitgekozen om zijn babysitter te zijn.

Niet dat Logan jaloers was. Die man wás tenslotte een lul. Maar wat had Doreen dat hij niet had? Behalve tieten. En een ex-man die ervandoor was gegaan met een maatschappelijk werker die Steve heette?

Hij drukte op de gespreksknop. 'McRae.'

Een korte stilte. Daarna klonk er een wazige, vage stem in zijn oor. *'Je moet ze ons teruggeven, ja?'*

Het duurde even om haar te plaatsen. 'Trisha? Trisha Brown. Ben jij dat?'

'Ze zijn naar mijn ma's huis gekomen en alles. Hebben haar been gebroken en zo.'

'De deal geldt nog steeds, Trisha: zeg me wie het waren, en dan zullen wij ze laten opsluiten. Je wilt toch niet dat ze ongestraft je ma in elkaar slaan?'

Een grote zak Bacon Frazzles verstopte zich achter een bus Twig-

Iets van afgelopen kerst. Logan haalde ze eruit en klapte de deur van het kastje weer dicht.

'Trisha?'

'Shuggie zegt dat ze ons zullen vermoorden als ze ons vinden.'

'Des te meer reden om ze aan te geven, toch?'

Stilte.

Logan stak de telefoon tussen zijn schouder en zijn oor, pakte de blikjes bier en de chips op. 'Ik ga nu ophangen, Trisha.'

'Hij zegt dat je ze moet teruggeven, anders gaat hij de volgende keer een stanleymes gebruiken, weet je?'

'Tegen jouw ma?'

'Om jouw naam op mijn borst te schrijven...'

Samantha verscheen in de deuropening van de keuken. 'Ben je het bier soms zelf aan het brouwen?' Armen over haar ONE OF THE BEAUTIFUL PEOPLE-T-shirt gevouwen, linkerheup uitgestoken. Die rimpel weer tussen haar wenkbrauwen.

Hij stak een hand omhoog, mompelde: 'Eén minuut...'

'Ik ga even plassen – je hebt nog tot het eind van de reclame.'

'Trisha, je moet me zeggen waar je bent.'

'Je moet ze teruggeven.'

'Wie is het? Wie gaat jou snijden?'

Maar ze had opgehangen.

22

Een oude man liep hijgend de trap op, met zijn ene hand op de zwarte balustrade en een opgerolde helderroze *Hello Kitty*-paraplu in zijn andere hand geklemd.
 'Morgen, Doc.' Logan leunde tegen de muur. 'Weer terug?'
 Doc Fraser keek dreigend van onder harige wenkbrauwen. Er drupte water van de punt van zijn plu. 'Dit is allemaal jóúw schuld. Ik had gepensioneerd thuis kunnen blijven, om in mijn onderbroek door de serre achter Mildred aan te rennen, maar neeeee...' De patholoog schudde met zijn schouders, zodat er een kleine plensbui op de treden bij zijn voeten kletterde. 'Jouw makker Hudson heeft zich weer ziek gemeld. Dus je zult het moeten doen met sukkelmans hier, of met niemand.'
 'Tenen?'
 'Ja, ténen. Het zijn tegenwoordig verdomme alleen maar tenen.'
 'Eh...' Logan keek de trap even op en neer. Niemand te bekennen. 'Zin in koffie?'

Logan klikte op de knop en zette de video weer aan.
 Doc Fraser boog zich voorover in zijn stoel totdat zijn neus het scherm bijna raakte.
 Dokter Dave Goulding had de enige andere stoel in de kamer. Hij had hem verkeerd om gedraaid en zat er wijdbeens op, met zijn armen op de rugleuning. Met zijn hoofd opzij gebogen keek hij hoe de patholoog naar de video zat te kijken. Goulding had zijn rechthoekige brilletje op, en een gloednieuwe snor in de jarenzestig-Beatles-stijl die bij zijn vachtachtige haar paste. Hij streek met een

vinger over de brug van zijn haakneus. 'Het is een interessante keus, vinden jullie niet?' De stem was zuiver Liverpools.

Doc Fraser haalde zijn schouders op. 'Ze weten kennelijk wat ze doen. Het is goed gehecht – niet gewéldig, maar goed... Met welke knop zet je hem ook alweer op pauze?'

Logan klikte er met de muis op.

'Bedankt. Nou, ze hebben beslist toegang tot fatsoenlijke medische benodigdheden. Het bruine spul waarmee ze haar voeten hebben geverfd is Videne – dat is een op jodium gebaseerd desinfecteermiddel dat gebruikt wordt om mensen voor te bereiden op de operatie. Ze zit aan een infuus, dus neem ik aan dat ze geen toegang tot een PCA-systeem hebben...'

'PCA?' Logan sloeg zijn notitieboekje open.

'Patiënt-gecontroleerde analgesie. Je weet wel, zo'n machine waar je op een knop drukt en dan geeft hij je meer morfine. Nou ja, totdat hij vindt dat je genoeg hebt gehad; dan sluit hij je af zodat je geen overdosis kunt krijgen.'

'Ik begrijp het.' Goulding wees op het scherm. 'Ze willen Jenny dus geen pijn doen.'

Logan probeerde niet te lachen. 'Ze hebben haar ténen afgesneden, Dave.' Daar ga je met je graad in de psychologie.

Als reactie kreeg hij een schouderophalen. 'Maar dat betekent niet dat ze willen dat ze lijdt. Eerst proberen ze iedereen te vernachelen met een surrogaat-grote teen van een ander kind – dat werkt niet, dus hebben ze geen keus; ze moeten amputeren. Het toont aan dat het ze menens is, dat ze haar zullen vermoorden.'

Doc Fraser knikte. 'Ja.'

'En ik denk dat als ze haar uiteindelijk inderdáád vermoorden, ze dat zullen doen op zo'n manier dat ze niet hoeft te lijden.'

Logan leunde tegen de vensterbank. 'Ontvoerders met een geweten.'

'Speel maar verder af.'

Hij klikte op de knop.

Dit is geen publiciteitsstunt. Jullie hebben nog vier dagen. Als jullie genoeg geld inzamelen, zullen ze blijven leven. Als jullie dat niet doen, zullen ze sterven. Laat Jenny en Alison niet in de steek.

Er rinkelde een mobiele telefoon.

Doc Fraser zuchtte. 'Dat zal Finnie wel zijn. Die is waarschijnlijk een beetje nijdig omdat de autopsie...' – vlugge blik – 'tien minuten geleden zou beginnen.' De patholoog maakte een grote, rekkende pantomimebeweging. 'Zijn er nog koekjes?'

Logan schoof het pak door.

'Wat ik nou interessant vind' – Goulding opende een bleekblauwe map, haalde er een stuk of vijf vellen papier uit en legde ze op het bureau neer – 'is het taalgebruik. De stem op de video's is nauwkeurig – geen samentrekkingen, geen alledaagse uitdrukkingen – maar de briefjes...' Hij las het laatste briefje voor. '"De politie nemen dit niet serieus. We gaven ze simpele, duidelijke instructies, maar hun waren toch te laat. Dus hadde we geen andere keus: we moesten de teen van het kleine meisje afsnijden. Ze heb er nog negen. Geen geklooi meer."'

Goulding liet zijn vingertoppen over het oppervlak van het briefje glijden. '"De politie *nemen*", "Maar *hun* waren toch te laat", "Dus *hadde* we geen andere keus", "Ze *heb* er nog negen."'

'Verschillende mensen?' Doc Fraser pakte nog een Jammie Dodger.

Goulding schudde zijn hoofd. 'Nee... verschillende media. Als ze nonchalant waren, zouden ze een stemvervormer gebruiken – zoals in speelgoedhelmen van Iron Man of Dalek – maar dat doen ze niet. Ze weten dat als wij het omzettingsalgoritme te pakken kunnen krijgen, we hun stem kunnen decoderen; en het patroon en het ritme van je spraak blijven hoe dan ook hetzelfde. Dus als ze de briefjes schrijven, leggen ze er een vals accent in. Ze proberen ons van de wijs te brengen.'

De psycholoog hield het briefje omhoog. 'Maar toch gebruiken ze een dubbele punt om twee delen van de samengestelde zin af te bakenen, en zelfs de komma's staan op de juiste plaats – gezien het idioom.'

Doc Frasers telefoon ging weer af. 'O... verdomme.' Hij slaakte een lange zucht. 'Ik denk dat ik daar echt naartoe moet om aan de autopsie te beginnen.' Maar hij verroerde zich niet.

'Ik vraag me wel af... over de tenen...' Goulding friemelde met de muis en zette de video weer in werking.

Doc Frasers telefoon hield op met rinkelen. Begon toen bijna onmiddellijk weer. 'Goed, goed. Sommige mensen...' Hij hees zich overeind en stak zijn handen in de zakken van zijn beige vest, zodat hij het helemaal uit vorm trok. 'Nou, als jullie me nodig hebben

ben ik beneden sporen van morfine, natriumthiopental en barbieroze nagellak aan het ontdekken.'
'Bedankt, Doc.' De deur klapte dicht en Logan stond voor het raam naar de grijze stad te kijken.

Regen hamerde tegen het glas en windvlagen deden de paar bomen schudden die tussen het hoofdbureau en het Marischal College waren geplant; de groene knopjes zwiepten heen en weer.

Hiervandaan kon hij de menigte die zich voor de voordeuren had verzameld niet zien, maar hij had een perfect uitzicht op de reportagewagens, die illegaal geparkeerd stonden aan de overkant van de weg.

De media zouden hier vast van genieten – de kans om morele verontwaardiging aan te wakkeren, de kans om de meest schunnige en verontrustende beelden en verhalen uit te zenden en te drukken, allemaal met het excuus dat de ontvoerders Alison en Jenny McGregor zouden vermoorden als ze niet... 'Hoe zít het nou met de tenen?'

'Hoe gaat het met je?'

Hij keek om, zag de psycholoog naar hem staren en draaide zich vervolgens weer naar het raam om. 'Prima.'

'Je bent al vijf weken niet voor een sessie langs geweest, Logan.'

Iemand haastte zich de weg over, liep voor een grijs transitbusje met een satellietantenne erop langs, worstelend om een paraplu in bedwang te houden die vastbesloten leek om een ontsnappingspoging te doen.

'Denk je dat het belangrijk is dat ze tenen sturen, en geen vingers?'

Goulding zuchtte. 'De grote teen – dat is een enorm verlies voor een voet, nietwaar? Het is het evenwichtspunt – als die wordt afgesneden, moet je maandenlang fysiotherapie doen om weer te leren lopen. Maar de kleine teen...' Een korte stilte. 'Niet één, maar beide kleine tenen...'

De paraplu ontsnapte, tuimelde halsoverkop weg door Queen Street. De eigenaar ervan sjokte erachteraan, pal op de route van een taxi. Een claxonstoot. Flitsende lichten. Waarschijnlijk ook een paar zorgvuldig gekozen vloekwoorden.

'Logan, therapie is geen snelle remedie. Je moet...'

'Ik heb gisteren vlees gegeten.'

'O ja? Echt?'
'Lasagne. Niet vegetarisch: fatsoenlijke rundvleessaus.' Tja, als je niet tegen je therapeut kon liegen, tegen wie kon je dan wél liegen?
De paraplu begroef zichzelf in een struik.
'En wat voor gevoel gaf dat je?'
'Kunnen we bij de tenen blijven?'
'Dit is nogal een doorbraak, Logan. Serieus, goed gedaan – ik ben trots op je.'
En daar was het schuldgevoel.
'Tenen?'
'Ik denk niet dat ze het echt gaan doen. Ik denk dat hoeveel geld ze ook krijgen, ze haar niet zullen vermoorden.'
'Waarom zouden ze haar vermoorden als ze een fortuin waard is op de pedofiele veebeurs?'
'Ah... Denk je dat ze dood beter af zou zijn dan dat ze rondgesold, verkocht, misbruikt wordt?'
Logan keek niet om. 'Jij niet dan?'
Die kunstmatige stem kraakte weer uit de luidsprekers van de laptop.
Dit is geen publiciteitsstunt. Jullie hebben nog vier dagen. Als jullie genoeg geld inzamelen, zullen ze blijven leven. Als jullie dat niet doen, zullen ze sterven. Laat Jenny en Alison niet in de steek.
De eigenaar trok de paraplu uit de struik en worstelde met het mechanisme. Het ding bleef resoluut binnenstebuiten. Hij ramde de kapotte plu in de struik terug, stak er twee vingers naar omhoog en beende weg in de plensbui.
Logan keerde de regen de rug toe.
'Het andere probleem is: we scheppen hier een precedent.' Goulding leunde achterover, met zijn armen over elkaar. 'Ze hebben twee mensen ontvoerd die iedereen zal herkennen. Ze eisen geld van het publiek, maar zeggen niet hoeveel het zal kosten om hun slachtoffers in leven te houden. Iedereen lapt wat, en ze lopen weg met vier, vijf miljoen tegen de tijd dat donderdagochtend aanbreekt.'
'Ik weet het, wat weerhoudt iemand anders ervan om volgende week hetzelfde te doen?'
'Hoe smaakte je lasagne?'

'Ja...' Logan beet op zijn onderlip. 'Goed. Vlezig. Zoals ik het me herinnerde.'

'Niet naar mensenvlees?'

Warm speeksel vulde zijn mond. Zijn maag slingerde twee stappen naar rechts. Een warme duizelige mist achter zijn ogen. Logan slikte hard. Keek weg. 'Nee. Helemaal niet naar mensenvlees.'

Bontachtig. Warm en bontachtig. Ze ligt op haar rug naar het plafond te kijken, ziet hoe het een stukje naar links draait, dan terugspringt naar waar het was en nog eens draait, en nog eens, en nog eens, en nog eens...

Jenny McGregor knippert met haar ogen. Daardoor gaat de kamer alleen maar sneller draaien.

Mammies gezicht verschijnt groot en roze boven haar. Neus helemaal rood aan de punt, als een kers, ogen roze. Mond een wiebelige streep. 'Kom, kom, sssst... Het komt allemaal goed, dat beloof ik... Sssst...'

Een koele hand streelt haar hoofd.

'Dorst...'

Een plastic fles drukt tegen haar lippen en er druppelt iets nats over haar kin. Jenny slikt. Er schiet een beetje in het verkeerde keelgat. Ze proest. Stikt. Hoest. Prikkeldraad in haar keel.

Mammie helpt haar rechtop zitten.

'Gaat het wel?'

Ze kan het verband zien dat om elke voet is gewikkeld. Grote witte klonten, met vage gele en roze vlekken. Spelden en naalden steken en prikken en kietelen haar kleine tenen... Wat raar is, omdat ze geen kleine tenen meer heeft. Ze heeft ze met het glanzende cd-schijfje de envelop in zien gaan.

Dit kleine biggetje ging naar de markt,
Dit kleine biggetje bleef thuis,
Dit kleine biggetje at rosbief,
Dit kleine biggetje at niets.
En deze kleine biggetjes zijn foetsie...

De monsters zijn er weer. Ze staan in de hoek van de draaierige kamer, met hun namen op hun borst en hun metalen stemmen. Misschien komen ze nog meer tenen halen?

'Ik zeg het alleen maar, oké? Ik snap niet waarom ik "Sylvester" moet zijn.'

'Jezus, niet weer...' Degene die TOM heet schudt zijn gladde plastic gezicht heen en weer.

'Ik wil "Tom" zijn.'

'Pech: ík ben "Tom".' Hij gaat tegen de muur zitten en slaat zijn witte papierachtige armen over elkaar. 'Het had trouwens erger kunnen zijn: je had "Christopher" kunnen zijn, dat is zoiets als "Mr Shit".'

'Hé!' COLIN slaat hem op de arm. 'Hij was een geweldige dokter!'

'M'n reet. Al na één serie de benen nemen. Het lijkt alleen beter omdat ze al dat geld in special effects hebben gestoken.'

'Ja.' SYLVESTER knikt. 'Sylvester McCoy zou een geweldige dokter zijn geweest als ze hem verdomme een fatsoenlijk budget hadden gegeven.'

Stilte.

'Jij bent zó verdomde gay!'

'Ja, meer *Gaylord* dan Timelord.'

'Krijg allebei de tering...'

De deur gaat open en iedereen houdt op met praten. Ze gaan recht overeind staan als bleke witte soldaten. DAVID loopt de kamer binnen.

Hij kijkt om zich heen, sissend in- en uitademend. Dan dezelfde dode robotstem als alle andere monsters. 'Heeft ze haar antibioticum al gekregen?'

COLIN kijkt naar de andere twee en doet dan een stap achteruit. 'Ik zou... eh... net beginnen...'

'Nou, schiet dan op.' Hij stapt zo dichtbij dat Jenny de horens onder zijn misdadigerspak bijna kan zien. Maar ze kan zijn staart wél zien: lang en rood, met een vorkachtig uiteinde, heen en weer zwiepend – als van een boze kat.

COLIN pakt zijn plastic doosje op en haast zich naar haar toe. Maakt het open. Haalt er nog een naald uit. Vult die met melk.

'Ik...' Hij kijkt even naar DAVID en knielt dan naast het bed neer.

Mammie deinst terug. 'Doe haar geen pijn!'

COLIN steekt zijn hand uit en streelt Jenny's haar met zijn rubberachtige paarse vingers. 'Het is oké. Ik moet alleen... Ik moet je een kleine injectie geven om te zorgen dat je niet ziek wordt. Is dat

goed? Ik kan je geen tabletten geven voor het geval je ze weer uitbraakt.'
 Jenny kijkt hem aan. Zijn gezicht lijkt op een dode. Op pappie in de kist. Op de goudvis op de badkamervloer.
 Ze grijpt naar hem; haar kleine vingers pakken zijn mouw vast. 'Alsjeblieft, haal... haal mijn tenen niet weg...'
 'Kut...' COLIN legt zijn hoofd tegen de gestreepte matras. 'Dat zal ik niet doen, oké? Het komt goed met je. Het is alleen maar een prikje.' Hij houdt het ding tegen haar huid. 'Sorry...'
 Ze voelt de scherpe naald nauwelijks als die haar arm in gaat. Voelt de bijensteek niet. 'Ik wil naar huis...'
 'Dat weet ik, schat. Dat weet ik.' COLIN staart even naar de vloer en staat dan op. Maakt zichzelf groter door zijn schouders naar achteren te steken en zijn hoofd omhoog te brengen. Hij draait zich om en loopt door de wervelende kamer heen naar DAVID. Zakt dan ineen. 'Ik kan dit niet meer doen.'
 Mammie streelt haar voorhoofd. 'Sssst... Straks is het allemaal voorbij, en dan gaan we naar huis. Wees maar niet bang.'
 'Je wist precies waar je aan begon, Colin.'
 'Het... Het is ánders, oké?'
 'Zit niet te eikelen, we...'
 'Jij bent niet degene die de tenen van een klein meisje moest afsnijden!'
 'Kijk, hier heb je Teddy Gordon.' Mammie houdt die vreselijke opgestikte glimlach voor haar. Draait zijn kop naar links en naar rechts, alsof hij een stuip heeft. Zoals dat meisje in de derde dat ze in de gaten moeten houden voor het geval ze haar tong afbijt.
 'Wat dan, knijp je ertussenuit?' DAVID port COLIN in de borst.
 'Ik...' Hij kijkt naar zijn voeten. 'Weet je wat? Ja, ik knijp ertussenuit. Ik heb het gehad. Ik heb het gehad met deze hele klote...'
 DAVID beweegt snel als een tijger. Grijpt COLIN en beukt hem tegen de bekrabbelde muur. *Boem* – de kamer draait een paar keer van links naar rechts.
 'Luister naar me, ranzige kleine rukker: jij gáát er niet tussenuit knijpen. Je doet wat je verdomme gezegd wordt, begrepen?'
 'Jij kunt me niet dwingen...'
 DAVID kwakt hem nog eens tegen de muur. En nog eens. Stompt hem dan in de buik.

'IS DAT VERDOMME BEGREPEN?' DAVIDs robotstem sist en kraakt.
Hij laat los, en COLIN valt huilend op zijn knieën. Hij houdt zijn hoofd in zijn paarse handen.
DAVID loopt weg. 'Doe je klusje.'
TOM trilt even, loopt dan naar COLIN toe en legt zijn arm om hem heen. 'Kom op, je hebt gewoon een beetje lucht nodig, ja? Ja, tuurlijk. We gaan naar buiten, halen een blikje cola of zo voor je, oké?'
Hij helpt COLIN overeind en de deur uit. Die slaat dicht als een vuist.
DAVID rolt zijn schouders naar achteren, komt dan aangelopen tot hij boven mammie staat en op hen beiden neerkijkt. Sissend in- en uitademend.
Mammies stem beeft. 'Alsjeblieft, ze voelt zich niet...'
'De antibiotica zullen haar koorts verlagen. Het komt goed met haar.' DAVID buigt zijn hoofd opzij. 'Zolang jullie allebei doen wat jullie gezegd wordt.'
'Maar ze...'
'Als jij je misdraagt, zal ik jullie allebei executeren. Is dat begrepen?'
'We...'
'Moeten we verdomme nog een keer bespreken hoe dit werkt?' Stilte. 'Nou?'
Hij steekt zijn arm uit, zodat er olieachtige sporen in de lucht achterblijven. 'Sylvester: sleutel.'
SYLVESTER schuifelt met zijn voeten. 'Ben je...'
'Geef me die verdomde sleutel!'
SYLVESTER reikt een stukje metaal aan en DAVID grist het uit zijn hand, pakt dan mammies enkel beet en maakt het hangslot open waarmee de ketting om haar enkel vastzit.
'Het was niet mijn bedoeling...'
'Je bent nu niet op de tv.' Hij grijpt haar arm en trekt haar van het bed af. 'Dit is mijn huis, en in mijn huis doe je wat je verdomme gezegd wordt.'
De kamer tolt.
Teddy Gordon glimlacht zijn vreselijke glimlach.
Jenny's ontbrekende tenen bonzen.
'O ja.' DAVID sleurt mammie weg. 'Ik ga hiervan genieten.'

'Alsjeblieft! Ik...'
De deur knalt dicht. Zoals het deksel op pappies kist.
Jenny voelt warme tranen over haar wangen rollen.
SYLVESTERs kin valt tegen zijn borst. 'Kut...'
De kamer slingert als een dronken man.

23

'Nou?' Finnie sloeg zijn armen over elkaar en staarde de kamer rond.

Logan scheurde nog een stukje Sellotape van de rol en plakte het laatste A3-vel op. 'Aan die muur daar' – hij zwaaide met zijn hand naar de stoffige plastic bekleding die de blootliggende betonblokken en kabels bedekte – 'hangen alle notities en transcripties van de video's. Aan die muur' – hij wees naar de prikborden die hij uit de afvalcontainers achter het gebouw had weten te redden – 'hangt het hele buurtonderzoek. Daarnaast heb je de verhoren van Alisons vrienden, collega's en de mensen van haar universiteitsopleiding. Verder zijn er de tv-mensen...'

Hij deed twee stappen naar achteren, met zijn armen wijd uitgestoken. 'En dít is de tijdlijn. Nou ja, zoveel daarvan als we aaneen kunnen voegen. Begint daar – onder het raam – drie weken voor de ontvoering en eindigt gisteren met de bezorging van de tenen bij de BBC.'

Commissaris-hoofdinspecteur Green wees naar het whiteboard naast de deur. 'En dit?'

'Ontvoerders. We weten dat er minstens drie zijn vanwege de eerste video – een houdt de camera vast, een sjouwt Alison McGregor de trap af, een slaat haar op het achterhoofd. Ik neem aan dat er nog een is om de vluchtauto te besturen. We zullen elk rapport van een gestolen voertuig in de afgelopen week moeten doornemen: ik zie ze niet zo stom zijn dat ze hun eigen auto of busje gebruiken. Misschien hebben we mazzel.'

Logan knikte naar het whiteboard, verdeeld in vier kolommen

met de koppen 'DAVID', 'TOM', '#3', '#4' en een rijtje bullets onder elk daarvan. 'Een van hen heeft een medische opleiding en toegang tot een ziekenhuis of veterinaire apotheek. Een is waarschijnlijk een hacker, of een IT-beveiligingsspecialist – daarom kunnen ze de e-mails versturen en beeldmateriaal op YouTube zetten zonder een spoor achter te laten. Een is zeer welingelicht op forensisch gebied, wat de reden is waarom we geen DNA, vingerafdrukken of sporenbewijs hebben.'

Green vouwde zijn armen over zijn brede borst; de vingertoppen van zijn rechterhand streelden het kuiltje in zijn kin. Hij staarde naar de bullets onder het kopje #4. 'Wie is Ralph?'

Logan tikte op het whiteboard. 'Niet wie, wat. "Ralph" is een van de tekst-naar-spraak-stemmen die bij het besturingssysteem van Macintosh horen. Het is de stem die ze op de video's gebruiken.'

'Ik begrijp het...' Green snoof. 'En is dit alles wat je hebt gedaan?'

Logan knarsetandde. 'Hierna ga ik de individuele vaardigheden kortsluiten met iedere geregistreerde zedendelinquent in...'

'Zie je, dat is het probleem als je nooit eerder een ontvoering hebt onderzocht. Al die ongeconcentreerde energie, die alle kanten op vliegt.'

Hij staarde naar Finnie, maar het hoofd van de recherche rolde alleen met zijn ogen. Mooi weer spelen. Geen stampij maken. Niet tegen commissaris-hoofdinspecteur Green zeggen dat hij een dossierkast in zijn reet moet gaan rammen.

Logan schraapte zijn keel. 'En wat zou ú doen, meneer? Met uw óvervloed aan ervaring?'

Of Green was niet erg goed in sarcasme, of het kon hem gewoon niet schelen. 'Ik zou teruggaan naar het begin.'

Wat?

'Met alle respect' – jij aanstellerige rukker – 'dat heb ik ook gedaan.'

Een glimlach. 'Nee, brigadier, niet het begin van het onderzoek, het begin van het misdrijf. Spit soortgelijke gevallen door: niet alleen in Aberdeen, maar ook Glasgow, Edinburgh, Newcastle. Plaats het in context – waar haalden de ontvoerders van Alison en Jenny hun inspiratie vandaan? Hebben ze al een keer geoefend? Kwam de eerste teen daar soms vandaan?'

Stilte.
'Doorzoek de archieven.' Hij klopte Logan op de schouder. 'Dat moet in tien jaar of zo wel lukken.'
Klootzak. Dit was gewoon Greens wraak voor het feit dat hij hem gisteravond voor lul had gezet.
Logan draaide zich weer naar Finnie toe. 'Dat kunt u niet serieus menen, dit is een complete...'
'Ondertussen hoor ik dat je drie zedendelinquenten met toegang tot dierenartspraktijken hebt. Ik neem aan dat je van plan bent gepaste ijver aan de dag te leggen om ervoor te zorgen dat ze grondig zijn nagetrokken?'
'Maar inspecteur Steel is al bezig...'
'Kom, kom.' Finnie stak een vinger omhoog. 'Commissaris-hoofdinspecteur, wilt u ons even excuseren? Er is iets wat ik met brigadier McRae moet bespréken.'

'... omdat hij een lul is, dáárom. Wacht even.' Logan klemde zijn portofoon in de opening tussen het stuur en het instrumentenpaneel, schakelde terug en draaide de poolauto over de rotonde naar Mugiemoss Road. Ruitenwissers op volle snelheid. 'Hoor je me nog?'
De stem van brigadier Doreen Taylor kraakte uit de luidspreker van de portofoon; door het voluit gezette volume werden de woorden vervormd. *Ik weet niet of ik dat wel wil.'*
'Hoe kan het opnieuw verhoren van iedereen iets anders zijn dan een compléte tijdverspilling? Nog even afgezien van hoe pissig Steel zal zijn als ze erachter komt dat wij haar perverse figuren dubbel doorzagen. Alsof ik haar flikkerse huiswerk nakijk.'
Regen hamerde tegen de motorkap van de auto, trommelde op het dak, benevelde de ruimte tussen Logan en de smerige grote vrachtwagen die hij volgde. De rivier de Don kronkelde grijs en donker in de nabije verte, als een slak. De straatlantaarns gloeiden. De ochtend was nog niet eens halverwege.
En zijn linkerhandpalm deed pijn, alsof iemand een hete naald in het vlees drukte. Het weer zou dus beslist slechter worden. Littekenweefsel: het eindeloze geschenk.
'Nou ja, je kunt alleen jezelf de schuld geven. Je hoefde gisteren geen gaten te prikken in zijn zonnige theorie. Hoe dan ook, als je op zoek bent

naar medeleven heb je het verkeerde nummer gedraaid. Terwijl jij aan het boemelen bent, moet ik hier naar zijn aanstellerige egotistische monologen luisteren.'
Nog een rotonde. De Grove-begraafplaats aan de ene kant, het kleine caravanpark waar Samantha haar enorme stacaravan aanhield aan de andere kant. Niet dat het enige zin had om het ding aan te houden: ze was er al maanden niet meer geweest.
Zware grijze wolken dekten de lucht af, lieten steeds meer water op de stad neerbonzen.
'En weet je wat Finnie zei?'
'Logan, heb je mij alleen gebeld om te klagen? Want...'
'Hij zei dat we Green zoet moeten houden, zodat hij niet al zijn SOCA-rukvriendjes meebrengt en het onderzoek overneemt.' Logan nam zijn beste hoofdinspecteur Finnie-imitatie aan – hij rekte zijn mond naar beneden uit, als een teleurgestelde kikker. '"Kun jij je vóórstellen wat er zou gebeuren als de zaak werd áfgepakt van de politie van Grampian? Zouden de média bezielende artikelen schrijven over hoe slím en bijzónder we allemaal zijn? Hmmm?"' Hij schakelde terug en volgde de enorme smerige vrachtwagen over de brug en langs het rioolwaterzuiveringsbedrijf. 'En nog iets...'
'Ik ga nu ophangen, Logan.'
'... me uitleggen waarom ik uiteindelijk altijd ...'
'De mazzel.'
Hij keek fronsend naar de portofoon. 'Doreen? Doreen, kun je me horen?'
De ruitenwissers kreunden en bonkten.
'Hallo?'
Ze had opgehangen. Niet te geloven.
Hij nam de Parkway, om Danestone heen en Bridge of Don in. Volgens de notities van inspecteur Ingram werkte Frank Baker – de slapharige netheidsmaniak die ze vrijdagochtend hadden verhoord, degene die op een bibliothecaris leek – bij een fabricagebedrijf in het industriegebied van Bridge of Don. Hij was de eerste zedendelinquent op Greens lijst.
Logan drukte zijn voet neer, in een poging de vrachtwagen op de heuvel in te halen, maar glibberde er weer achter toen een Range Rover die van de andere kant kwam met zijn lichten naar hem flitste.

En toen piepte zijn telefoon – de korte toon betekende een smsbericht. Hij zette de ruitenwissers in de hoogste stand, haalde het mobieltje uit zijn zak en tikte op het envelopicoontje. Hij hield de telefoon tegen het stuur, zodat hij tegelijkertijd kon lezen en rijden.

IK WET WAAR HUN ZIJN – JENNY EN
HAAR MA. ALS J Z LEVEND WIL ZIEN,
MOTTEN WEI AFPRATEN.

Niet bepaald het meest aanlokkelijke bericht.
Logan friemelde met het telefoonscherm, in een poging het nummer van de afzender tevoorschijn te halen.
Er schalde een claxon.
Shit!
Hij zwenkte de poolauto op de juiste baan terug. De buschauffeur die van de andere kant kwam stak in het voorbijgaan zijn middelvinger naar hem op.
Logan stopte op de oprit van een grijs huisje; zijn hart hamerde in zijn borst. Jezus, dat scheelde maar een haartje.
Hij friemelde nog wat met de telefoon, vond het nummer van de beller. Hij herkende het niet. Hij drukte op ANTWOORDEN en toetste WAAR? op het scherm.

WAR B& J?

Prima, als ze het zo wilden spelen. Waarom zou hij half Aberdeen door sjouwen om een of andere tijdverspillende lijpo te ontmoeten? Hij formuleerde het antwoord: DANESTONE, DIE TOBY-PUB OP DE PARKWAY. HALFUUR.
De pot op met commissaris-hoofdinspecteur Green en zijn 'gepaste ijver'.
Een halfuur later zat hij aan zijn tweede koffie en eerste koffiebroodje. De Buckie Farm was zo'n pubfiliaal waar je voor een paar pond een lunchbuffet kon krijgen. Best wel aardig, ook al was het een beetje zielloos.
Logan keek nogmaals op zijn horloge en tuurde vervolgens door het raam naar het parkeerterrein. Geen teken van de mysterieuze sms'er. Hij pakte zijn portofoon en belde Rennie.

'Hé, baas. Je raadt nooit wat die lul van een Green zei...'
'Je moet iets voor me opzoeken. Mobiele telefoon...' Hij pakte het bericht op zijn telefoon erbij en las het nummer voor. Wachtte toen Rennie het in zijn computer tikte.
'Hoe dan ook, hij was een grote toespraak aan het houden dat ontvoerders op angst teren, net als terroristen, toen...'
'Heb je al een naam?'
'... ja. Het is een telefoon van T-Mobile op naam van meneer Liam Weller, Gordon Terrace, Dyce.'
'Nooit van gehoord. Staat hij in het zedendelinquentenregister?'
'Eh...' Een korte stilte. 'Nee. Maar hier staat dat hij zijn telefoon vorige week als gestolen heeft opgegeven. Hoe dan ook, dus Green is zijn grote relaas aan het afsteken, als Steel binnendendert en...'
Logans telefoon trilde in zijn hand en gaf weer dat pieptoontje.

WEIZIGING VAN PLAN. KOM N@R FAIRVIEW
STREET WAAR DE UNI SPORTFELDEN.
IK WAGT.

'... zegt Green. "We kunnen nooit onderschatten hoeveel moeite wanhopige mensen zich zullen getroosten." En Steel zegt...'
'Ik moet ophangen.' Logan verbrak de verbinding, betaalde zijn koffie, stak zijn koffiebroodje in zijn mond en haastte zich naar buiten, de regen in.

Fairview Street was nog geen tweehonderd meter verderop. Nauwelijks de moeite waard om de auto te nemen... ware het niet dat het stortregende. De sportvelden van de universiteit lagen aan de ene kant van de weg – een lap donkergroen gras, deels verborgen door een scherm van bomen. Fluorescerend groene bladeren en roze en witte bloesems sidderden in de plensbui.
De andere kant werd in beslag genomen door een woningbouwproject van beige dozen met bruine dakpannen. Door het midden liep een rij enorme metalen pylonen naar de andere kant van de rivier; hun toppen streken langs de lage grijze wolken.
Logan tuurde door de voorruit, op zoek naar een rondhangende figuur.
Niemand.

De weg maakte een bocht van negentig graden naar rechts, het nieuwbouwproject in.
Logan zette de poolauto tegen de stoeprand en zijn telefoon bliepte nog een sms-bericht op.

Ik zie J.

Er liep een kleine graswal langs de kant van de weg, daarna een hobbelig weggetje, daarna een gaashek, daarna de sportvelden. Een vorm, aan de andere kant van het hek, tuurde tussen de bomen door, zwaaide naar hem.
Logan zette de motor af en stapte uit. De regen hamerde tegen zijn gezicht en oren, doordrenkte zijn haar. Hij bliepte de poolauto op slot, stak de sleutels in zijn zak en boog zijn pijnlijke linkerhand. Vuist. Open. Vuist. Open. Het ging slechter met die rotpoot.
Hij klauterde over de grasbult heen, knerpte het weggetje over en waadde vervolgens door drassig kniehoog gras naar...
KUT.
Een enorme zwarte hond vloog op hem af; de gapende bek hapte en gromde. Hij knalde tegen het gaas; het hek boog naar buiten...
Logan deed een paar stappen naar achteren.
Jézus, wat was dat een grote hond.
'Uzi, rustig verdomme.' De vent die zijn riem vasthield gaf een ruk; de kolossale rottweiler stond Logan even dreigend aan te kijken en ging toen op zijn hurken zitten. 'Sorry. Hij is nog maar een puppy. Raakt opgewonden.' De man snoof, veegde met een verbonden hand over zijn scheve neus; er staken twee vingers en een duim uit de smerige stof. Zijn ogen waren in de schaduw van een NYY-honkbalpet verborgen, die hij onder een grijze sweater met capuchon droeg. Daaroverheen een leren jasje, dat in de regen glinsterde.
'Shuggie?' Logan deed een stap naar voren, en Uzi gromde. Misschien was het een beter idee om preciés te blijven waar hij was. Hij stak zijn pijnlijke hand in zijn zak. 'Shuggie Webster?'
'Ga je ons die drugs teruggeven, of hoe zit het?'
'Spits je oren en luister: ik – geef – jullie – geen – drugs. Oké? Geen drugs.'
De forse man liet zijn hoofd hangen, kauwde op de ruwe top van

een vinger. Aan zijn pols bungelde een stel handboeien, waarvan het metaal glanzend tegen het groezelige verband afstak. 'Kut.'

'Wat verwacht je dan? Ik ben van de politie.'

'Je móét het doen. Ze gaan Trisha weer wat aandoen. Ze hebben haar ma verrot geslagen, het huis gemold... En wat als ze achter haar jochie aan gaan?'

'Kom op, Shuggie. Het is voorbij. Je staat nog steeds onder arrest. Ga naar het bureau, leg een verklaring af, en wij zullen degene die jou bedreigt van de straat halen.'

Hij stak zijn kin omhoog, en Logan kon eindelijk zijn gezicht zien: een blauw oog, een bloedkorst rondom beide neusgaten, een beige pleister over de brug van zijn scheve neus. 'Ik ben verdomme geen halvegare, oké? Wat gaat er gebeuren als je mij achter de tralies zet, hè? Een klotemes van twintig centimeter in de bast. Nee bedankt.' Shuggie Webster richtte zich op. 'Hoe zou je dat vinden: een of andere klootzak komt bij je honk langs en bedreigt je grietje? Zou jij jezelf aangeven?'

'Nou, ik zou...'

'Rot toch op.' Hij wendde zich van het hek af. 'Kom op, Uzi.'

'Je staat nog steeds onder arrest, Shuggie!'

Hij stak een paar vingers omhoog. Er sijpelde bloed door het verband.

'Shuggie!' Logan haalde zijn pepperspray tevoorschijn en rukte de dop eraf. Er zat een gat in het hek, slechts zo'n drie meter bij hem vandaan. Hij hoefde er alleen maar doorheen te glippen en de arrestatie te verrichten.

Pepperspray werkte bij honden... toch?

Hij zag de spieren samenballen en rollen onder de glanzende zwarte huid van de rottweiler.

Slikte.

Oké, zelfverzekerd overkomen en de situatie meester lijken, daar draaide alles om.

Logan beende door het drassige gras naar het gat in het hek, dook erdoorheen en haastte zich achter Shuggie aan. 'Ik zeg het je niet weer: je staat onder arrest.'

Zelfverzekerd en de situatie meester.

Shuggie bleef staan. Draaide zich om. 'Rot op. Ik heb het je al gezegd: ik ga nergens heen.'

'Ik meen het, Shuggie. Je gaat met mij mee.'

'O ja?' Hij glimlachte, toonde een gat op de plek waar een tand had gezeten. Toen liet hij de riem los. 'Uzi – SPEK!'

De hond keek naar hem op en volgde de lijn van de vinger die naar Logan wees. Ontblootte zijn tanden.

'O... kolere...' Pepperspray. Hij had de pepperspray! Volkomen veilig. Zelfverzekerd en de situatie meester. Zelfverzekerd en...

De hond slingerde naar voren.

Verrek maar met 'zelfverzekerd en de situatie meester'; Logan draaide zich om en rende.

Geblaf achter hem, gegrom, het geluid van enorme klauwen die door plassen plonsden.

Dichterbij.

Naar het hek rennen, door het gat teruggaan en... Hij kon godsonmogelijk harder rennen dan een rottweiler. Hij wierp een blik over zijn schouder.

Vlak achter hem, bek open, rood en kwijlend, als de kaken van de hel...

KUT!

Logan zwenkte naar rechts, en Uzi flitste voorbij, probeerde zich om te draaien – krachtige achterpoten die over het met water doortrokken gras slipten en een muur van druppels deden opstuiven.

Jezus, dat verdomde beest was zo groot als een beer.

Boom! Logan sprong naar de dichtstbijzijnde, wikkelde zijn armen om een tak, trok zich op. Of probeerde dat. Een plotselinge ruk naar achteren, messen die over zijn enkel sneden, en vervolgens een scheurend geluid toen zijn broekspijp bezweek. 'AAAAAghhh...'

De grond sloeg tegen zijn rug, rukte de adem uit zijn longen; en toen was de enorme hond boven op hem, de flitsende tanden een paar centimeter bij zijn gezicht vandaan.

Kut – hij had de pepperspray laten vallen.

Shuggies stem sneed door de grommen heen. 'UZI – hou vast!'

Een laag gegrom.

Het gewicht van de hond drukte Logan in het kletsnatte gras, dat zijn jasje en overhemd doordrenkte, koud en nat en o god, hij zou doodgaan...

Er dreunde een donderslag door de leigrijze lucht, maar de rottweiler gaf geen krimp, stond daar alleen maar met zijn voorpoten op Logans borst, grommend, tanden ontbloot. Zijn adem stonk naar rottend vlees en bittere uien; er spatte kwijl tegen Logans wangen en voorhoofd, slijmerig en warm vergeleken met de regen.

Aan de rand van zijn gezichtsveld doemde een vorm op. Shuggie, die boven de grommende hond stond en de verbonden hand tegen zijn borst wiegde. 'Blijf verdomme doodstil liggen, anders bijt hij je strot door.'

Logan draaide zijn ogen opzij en weer terug. De hond blafte; zijn tanden glinsterden, bespikkelden zijn gezicht met kwijl. 'Bah... Roep hem terug!'

'Ga je me nu mijn drugs teruggeven? Voordat die Jamaicaanse klootzakken mijn handen afhakken met een machete?'

'Ik ben... Dat kán ik niet. Ik ben van de politie... Ik kan het niet. Roep nu de hond terug!'

Snuif. 'Nee, hij mag je hebben.'

Uzi blafte opnieuw.

Er kwam een drup spuug in Logans oog terecht. Hij kromp ineen, knipperde. 'Godsamme, Shuggie – ik kán het niet!' Zijn stem klonk hoog en trillend.

Het enige geluid was de regen, die overal om hen heen neerroffelde.

'Geef me je autosleutels.'

'Ik ga niet...'

'Uzi...'

Nog een brullende donderslag, dichterbij, bijna boven hen. De kolossale rottweiler brulde terug. Zijn tanden flitsten in de dichter wordende regen.

O godskolere...

Logan piepte.

'Geef me nu je sleutels.'

Hij stak zijn vingers in zijn zak en trok de sleutels van de Vauxhall eruit. 'Pak ze!'

Shuggie griste ze uit zijn hand.

'Roep die verdomde hond nu terug!'

Shuggie draaide zich om en hinkte naar het hek.

Logan wendde zijn ogen van de hondentanden af en keek hoe hij zich door het gat in het gaas wurmde. Hij stak het gegroefde weggetje over, klom over de grasberm heen en liep Fairview Street op.

De hond boog zijn kop opzij, neus helemaal geplooid en gerimpeld, zwarte rubberachtige lippen weggetrokken van die slagersmestanden. Logan knipperde de regen uit zijn ogen. 'Alsjeblieft...'

De koplampen van de Vauxhall schoten door het halfduister; het gebrul van de motor was even hoorbaar, voordat een nieuwe donderslag het overstemde.

Nog een blaf, voorpoten boorden in Logans borst.

Er beukten hagelstenen neer, die in zijn handen en gezicht prikten, bloesems uit de boom boven hem sloegen, ze met slowmotionroze overgoten.

Toen het geluid van een openkrakend autoportier. 'UZI! UZI!'

De enorme hond verstarde; zijn kop draaide zich naar de auto om, beide oren gespitst.

'UZI! KOM HIER, STOM KLOTEBEEST!'

Hij gromde nog een laatste keer tegen Logan en schraapte zijn achterpoten door het modderige gras, alvorens weg te lopen.

O goddank...

Logan lag plat op zijn rug, met zijn armen op zijn hoofd, toen hij het portier van de Vauxhall weer dicht hoorde klappen; de motor stierf weg in de stortregen toen Shuggie in Logans poolauto wegreed.

Hoe moest hij dit in godsnaam uitleggen?

24

'Dat werd verdomme wel tijd.' Logan smakte zijn mok koffie neer toen agent Rennie door de voordeur van de pub binnenkuierde, even bleef staan, rondkeek en wuifde.
Idioot.
Logan drukte op de verzendknop van zijn telefoon – 'Shuggie, ik waarschuw je verdomme: breng godsamme mijn auto terug!'
'Morgen, brigadier. Heb je gezwommen?' Rennies parelwitte grijns stak flitsend af tegen zijn nepbruine kleurtje.
Logan stopte zijn telefoon weer in zijn zak. 'Wil je echt zó wanhopig graag een trap voor je reet?'
'Oké... Niet in een geweldige stemming dus.' Hij wees over zijn schouder. 'Ik heb de auto voor staan. Wil je een lift naar het bureau, of...'
'Waar is hij?'
Frons. 'Eh... Voor. Bij de invalidenplaatsen.'
Logan kneep zijn ogen dicht. Knarsetandde. 'Niet jouw auto, míjn kloteauto!'
Geschuifel van voeten. 'Dat meende je toch niet?'
Er verscheen een jonge vrouw bij de tafel, met een pot koffie in haar hand geklemd. Ze glimlachte een treinspoorglimlach; er fonkelde licht van haar beugel. 'Wilt u nog wat ijs? Of bijgeschonken worden of zo?'
Logan forceerde een glimlach. 'Nee, het is prima zo, we stappen net op.' Hij bukte en wikkelde de doorweekte theedoek van zijn linkerenkel. Er vielen een paar brokken halfgesmolten ijs op het tapijt. De huid was felroze en gezwollen; vier parallelle donkerrode

strepen brandden en prikten op de plek waar Uzi's tanden zijn broekspijp hadden verscheurd en over zijn enkel hadden gesneden. Het bloedde tenminste niet meer.

Hij overhandigde de doek. 'Bedankt.'

Rennie keek tot ze door de deur met de tekst ALLEEN PERSONEEL verdween. Hij streek met zijn hand door zijn stekelige blonde haar. 'Lekkere kont.'

'Ik had gezegd dat je verdomme een gps-opsporing moest doen!'

'Ik dacht dat je een grapje maakte. Ik bedoel, weet je, waarom zou je je eigen auto willen opsporen? Hoe kun je niet weten waar je auto is?'

'Ik ben hier echt omringd door idioten...' Logan hinkte de voordeur uit; bij elke stap maakten zijn schoenen een zompend geluid. Rennie dribbelde achter hem aan.

'Wat is er met je been gebeurd?'

Het was niet moeilijk om de recherchepoolauto van de agent voor de pub te ontdekken – het was de morsige Vauxhall waarvan het dashboard bezaaid was met hamburgerwikkels en lege chipszakken. Er beukten hagelstenen tegen de smerige laklaag, waardoor er een wit hoopje op de ruitenwissers ontstond.

Binnenin rook het vrijwel hetzelfde als in elk ander recherchervoertuig – die mengeling van muf zweet, sigarettenrook en iets schimmeligs onder een van de stoelen.

Rennie ging achter het stuur zitten. 'Waarheen?'

'Ga bellen verdomme.'

Na een korte stilte pakte de agent zijn portofoon en toetste het nummer van de controlekamer in. 'Ja, Jimmy, ik heb een gps-opsporing nodig voor Charlie Delta Zeven... Eh... nee. Hij neemt zijn mobieltje niet op... Of zijn portofoon.' Rennie gluurde naar Logan, zag de dreigende blik en keek weer voor zich. 'Hoor eens, doe gewoon even een gps-opsporing voor me, oké? ... Wát?' De agent ging rechtop in zijn stoel zitten. 'Nee: Jimmy, waag het verdomme niet om hem...' Een kuch. 'Hoofdinspecteur Finnie, ja, ik was net... Brigadier McRae? Eh...' Rennie staarde met uitpuilende ogen naar Logan; zijn mond vormde een kronkelige lijn over zijn gezicht.

Logan vormde een geluidloos *Nee*! met zijn mond, zwaaide met beide handen, palmen naar buiten, schudde zijn hoofd.

'Wacht even...' Rennie reikte de portofoon aan. 'Het is voor jou.'

Klootzak.
Logan pakte de portofoon. 'Meneer?'
'Zeg eens, brigadier, heb ik jou per óngeluk een vrije dag gegeven en ben ik dat helemaal vergeten?'
'Nou, nee, maar...'
'Misschién zou je dan willen uitleggen waarom je momenteel Frank Baker niet aan het verhoren bent, zoals ik je had opgedragen?'
Logan tuurde door de met hagel bespikkelde voorruit. Hoe wist Finnie in godsnaam dat hij niet...
'Commissaris-hoofdinspecteur Green vertelt me dat hij al een kwartier zit te wachten tot jij verschijnt.'
'Zit te wát? Kijk, het is al erg genoeg dat we...'
'Het zou fijn zijn, brigadier, als ik voor één keer dacht dat ik er wérkelijk op kon rekenen dat een lid van mijn team zich als een beroeps gedraagt. Het kan me niet schelen of je het tijdverspilling vindt of niet – ga daarheen, verhoor Baker, en probeer je niet als een prikkelbaar rotkind te gedragen!'
En toen was het stil.
Logan hield de portofoon omhoog en las het grijs-zwarte lcd-schermpje: OPROEP BEËINDIGD.
Perfect.
Gewoon. Perfect. Verdomme.

Logan klopte met zijn knokkels op het passagiersraampje van de auto.
Commissaris-hoofdinspecteur Green keek op van de laptop die hij aan het bestoken was, en staarde Logan even aan; vervolgens kroop er een glimlach over de onderste helft van zijn gezicht, die bij lange na niet in de buurt van zijn ogen kwam. *Bzzzzzz* – het raampje gleed een centimeter of vijf naar beneden. 'Zijn we op vakantie geweest, brigadier?'
Er kringelde warme lucht naar buiten, de koude ochtend in. De hagel was verdwenen, vervangen door een kille motregen.
Logan forceerde een eigen glimlach. 'Ik volg andere onderzoekswegen, menééér.'
'Ja...' Green richtte zich tot de geüniformeerde agent die in de bestuurdersstoel zat. 'Wacht op mij.' Hij klapte de laptop dicht en schoof hem in een grote leren tas. Stapte uit, de vreselijke ochtend

in. Bekeek Logan van top tot teen. Trok een wenkbrauw op. 'Hoort je pak er zo uit te zien?'

Logan keek even naar zijn linker broekspijp. De stof was aan flarden gescheurd en had donkergrijze vlekken van bloed, regen en vuil. Modderige pootafdrukken op zijn borst. 'Ik dacht dat u haast had?'

'Na jou.'

Het fabricagebedrijf waar Frank Baker werkte was een kleine industriële eenheid die aan een groot pakhuis vastzat, van de weg afgesneden door een hoog gaashek met prikkeldraad erbovenop. Alsof iemand zou inbreken en ervandoor zou gaan met een twee ton zwaar stuk boorpijp. Ze lagen rondom het gebouw opgestapeld, op hun plaats gehouden door houten klemmen en spanriemen.

Green beende naar de deur waarop stond: ALLE BEZOEKERS MOETEN ZICH BIJ DE RECEPTIE MELDEN!

'Punctualiteit is het teken van een effectieve politieman, brigadier.'

Rukker. Hoe kon Logan te laat zijn voor een ongeplande ontmoeting?

'Echt waar, meneer? Ik dacht altijd dat het misdadigers pakken en misdaden voorkomen was.'

Green wachtte even en ging vervolgens een kleine ruimte binnen die naar industrieel vet en koffie rook. Een forse vrouw met een bloempotkapsel keek op van een stapel formulieren en staarde over de rand van haar bril naar hen. Niet: 'Hallo?' Niet: 'Kan ik u helpen?'

De commissaris-hoofdinspecteur keek de ruimte rond – Gezond- en Veiligheidsposters, ingelijste foto van een booreiland, kalender met katjes erop, planken die kreunden onder het gewicht van ringmappen. 'Ik wil Frank Baker spreken.'

Ze kneep haar lippen samen. 'Hij is aan het werk.'

Green stak zijn legitimatiekaart onder haar neus. 'Nu.'

Vanbinnen was het pakhuis enorm: gevuld met machines, vorkheftrucks, en nog meer pijpen. Uit een radio dreunde iets popachtigs, wat wedijverde met het gebonk, gekletter en geronk van de zware uitrusting. De machinegeweerknetters van het lassen.

Frank Baker zag er niet hetzelfde uit zonder zijn mooie schone pak. Nu droeg hij een groezelige oranje overall met een gevoerd

groen jasje eroverheen; de borst en de schouders zaten onder de brandgaatjes. Grote leren handschoenen, schoenen met stalen neuzen. Een dikke rode streep over zijn voorhoofd van het lasmasker dat hij zojuist op een stuk met roest bespikkelde pijp had gekwakt.
'Ik stel het niet op prijs dat jullie klóótzakken hier elke dag komen.'
'Geef dan verdomme antwoord op de vraag!' Green sloeg zijn armen over elkaar, benen schouderbreed uit elkaar, kin omhoog.
Baker keek dreigend naar Logan. 'Ik heb dit allemaal al doorgemaakt: met jullie, met die rimpelige oude vrouw, dus...'
'Het zijn alleen een paar vervolg-'
'En je gaat het allemaal nog een keer doormaken voor óns.' Green stapte dichterbij en Baker deinsde terug.
'Ik moet hier werken.'
'O. O, ik snáp het.' De commissaris-hoofdinspecteur knipoogde. 'Ze weten niet dat jij een viezerik bent. Dat jij je graag aan kleine jongens vergrijpt...'
'Niet zo luid!'
'Een smerige kinderfriemelende pedofiel, die...'
'KOP DICHT! HOU JE VUILE BEK!' Baker pakte het handvat van zijn booglasapparaat.
Green boog zich dicht naar hem toe. 'Of anders, Frank?'
Er fonkelden tranen in Bakers ooghoeken.
Een man in een smerige overall kuierde naar hen toe, met een honkbalpet verkeerd om op zijn massieve hoofd en vuile gezichtsplooien rondom een schoon stukje waar zijn veiligheidsbril moest hebben gezeten. 'Alles oké, Frankie?'
Baker beet op zijn lip. 'Ja... Bedankt, Spike.'
Spike staarde even naar hen. 'Als er problemen zijn, geef je maar een gil.' Vervolgens draaide hij zich om en sjokte weg.
Baker wachtte tot hij ruimschoots buiten gehoorsafstand was. 'Ik héb het ze al verteld: ik doe elke zaterdag vrijwilligerswerk voor een dierenarts in de stad. Het is niet illegaal, oké? Het is niet in strijd met mijn voorwaardelijke vrijlating. Ik heb niks verkeerds gedaan. Dus ga weg en laat me met rúst!'
'Nee, nee, nee, Frank – zo werkt het niet.' Green glimlachte. 'Je vertelt me alles wat ik wil weten, of anders zal ik ervoor zorgen dat iedere zweterige klootzak in deze tent jouw groezelige geheimpje te weten komt.'

'Meneer?' Logan schraapte zijn keel. 'Dat is niet echt...'
'Wil je dat, Frank? Wil je dat ze er allemaal achter komen wat jij met kleine jongens doet?'
'Dit is niet eerlijk!'
'Vind je het eerlijk wat Alison en Jenny overkomt?'
Baker deed zijn ogen dicht en liet zijn schouders hangen. 'Alsjeblieft, ik wil alleen maar met rust worden gelaten...'

25

Green leunde op het dak van Rennies poolauto. Half in de verte starend, kin omhoog. Poserend. Weer. 'Nou, dat was... interessant.'
Logan trok het portier open en smeet zijn notitieboekje op de bestuurdersstoel. 'Dat is níét onze manier van doen.'
Het was opgehouden met regenen, maar aan de diepgrijze wolkenlaag die de stad bedekte te zien zou dat waarschijnlijk niet lang zo blijven. Ook nog steeds ijskoud.
Commissaris-hoofdinspecteur Green krulde zijn bovenlip. 'Echt? Wat een schok: nog iets wat de politie van Grampian níét doet. Zeg eens, brigadier, wat doen jullie wél?'
'Frank Baker is een geregistreerde zedendelinquent – hebt u enig idee wat er met hem zal gebeuren als zijn werkmakkers erachter komen?'
'Dat is nauwelijks mijn...'
'Ze zullen hem verrot slaan; hij zal ontslagen worden; en hij zal verdwijnen! Hoe moeten we hem aanpakken als we niet weten waar hij is?'
Greens ogen versmalden. 'Brigadier McRae, verzet jij je altijd zo tegen de commandoketen?'
'U had verdomme het recht niet om daar binnen te stormen als een figuur uit *The Sweeney*!'
De commissaris-hoofdinspecteur roffelde met zijn vingers op het dak. 'Toen hoofdinspecteur Finnie mij vertelde dat je "koppig" was, verwachtte ik geen volledige insubordinatie.'
Logan knarsetandde. 'Ik dacht dat u aan dezelfde kant zou staan.'
'Is dat zo?'

'Ja, menéér.' Logan tuurde naar het enorme pakhuis. Spike, Bakers enorme vriend, stond in de deuropening naar hem terug te staren. Toen draaide hij zich om en loste hij in de schaduwen op.
'Verder nog iets?'
Er viel een korte stilte. Een kille glimlach. 'Nou, ik kan maar beter teruggaan en het team inspecteren. We hebben een strategie nodig voor donderdag – je krijgt de neiging om gijzelaars uit te wisselen als je met lijken komt te zitten.' Green stapte bij de auto vandaan. 'Ik zie je wel weer.'
Logan klauterde in de passagiersstoel en sloeg het portier dicht.
'Niet als ik jou verdomme eerst zie.'
Rennie keek op van zijn boek. 'Brigadier?'
'Niks.' Hij sjorde zijn gordel om. 'Ik wil nú die gps-opsporing voor Charlie Delta Zeven.'
'Ben ik al mee bezig.' Hij legde het boek op het dashboard en diepte zijn portofoon op.
Logan boog zijn hoofd opzij en keek fronsend naar de titel. *'De toevallige sodomist?'*
'Het is literatuur: voorgedragen voor de Booker Prize van dit jaar. Emma zegt dat ik mijn horizon moet verbreden, en – wacht even. Ja, Jimmy, lukt het om Charlie Delta Zeven voor me te vinden? ... Uh-huh... Nee. Nog steeds geen teken van hem... Ja, als je dat kunt...' Rennie legde zijn hand over het mondstuk en knikte naar het boek in Logans handen. 'Je mag het lenen als ik het uit heb. Het gaat over een concertpianist uit Orkney die naar Edinburgh verhuist omdat hij verliefd is op zijn nicht, en uiteindelijk van bil gaat met een stelletje gestoorde... Ja? Is dat zo? Prima, bedankt Jimmy.'
'Nou?'
Rennie stak de sleutel in het contact. 'We hebben een winnaar.'

'Daar... bij de bomen.'
Logan tuurde door de beregende voorruit. 'Waar? Het zijn verdomme allemaal bomen.'
Gairnhill Woods lag vijf kilometer ten westen van de stad, maakte deel uit van een aaneengesloten netwerk van bosbeheerland. Stil en afgezonderd.
Bleekgrijze wolken krulden rondom de toppen van Schotse den-

nen en sparren; een dunne motregen deed het kreupelhout glanzen in het vlakke, levenloze licht.

De ruitenwissers piepten weer over het glas.

'Daar.' Rennie stak zijn vinger naar een klein parkeerterrein aan de rechterkant van de weg. Charlie Delta Zeven, alias Logans rottige blauwe Vauxhall, stond in de verste hoek, onder een hangende tak.

Geen andere auto te bekennen.

Rennie glimlachte. 'Heb je hem hier achtergelaten?'

'Jij bent een idoot, dat weet je toch?' Logan maakte zijn gordel los. 'Sluit hem in, dan gaan we even kijken.'

De agent likte zijn lip. Keek van Logan naar de achtergelaten poolauto. 'Wil je me vertellen wat er aan de hand is? Voor alle zekerheid?'

'Shuggie Webster; vuile grote hond. Als je hem ziet, arresteer die klootzak dan. Probeer niet gebeten te worden.'

'Oké...' Rennie reed zijn auto voorzichtig het onverharde pad op en parkeerde precies langs de achterkant van Charlie Delta Zeven.

Logan opende het portier en stapte uit. De regen besloeg zijn gezicht, deed zijn adem om zijn hoofd heen dampen. De zomer in Aberdeen, was het niet heerlijk?

Hij haalde zijn pepperspray tevoorschijn en schuifelde naar het bestuurdersportier van Charlie Delta Zeven. Gluurde door het raampje naar binnen.

Leeg.

'Denk je dat hij de benen heeft genomen?' Rennie verscheen aan de andere kant. 'Misschien is hij de bossen in geglipt om even te zeiken?'

'Als hij niet op de bestuurdersstoel heeft gescheten...' Logan hurkte neer en tuurde naar de ruimte achter de portierkruk. Pakte vervolgens een pen uit zijn zak en tikte ermee achter de kruk.

Er viel een vage schaduw over hem, en Rennie snoof. 'Niet kwaad bedoeld, brigadier, maar je lijkt wel een spast.'

'Toen ik bij de recherche kwam, was er een inspecteur: echte klootzak, liep altijd rond te stormen en tegen iedereen te schreeuwen. Moest een doodsbericht overbrengen aan de familie van een drugsdealer – hun zoon, die in hechtenis zat, was erin geslaagd in zijn eigen kots te stikken.' Logan stond op. 'Dus terwijl inspecteur

Cole binnen het slechte nieuws aan het vertellen is, glipt hun andere zoon naar buiten en plakt een homp kauwgum pal onder de portierkruk, waar je het niet kunt zien.'

De agent haalde zijn schouders op. 'Het kon erger, hondenstront zou...'

'Daarna stak hij een vies scheermesje in de kauwgum. Inspecteur Cole verruilde de toppen van twee vingers voor een dosis hepatitis C.' Logan trok het autoportier open. 'Het kan nooit kwaad om te controleren.'

Vanbinnen zag Charlie Delta Zeven er nog net zo beroerd uit als toen Shuggie hem jatte. Alleen stonk het er nu naar natte hond.

'Nou, denk je dat hij nog ergens in de buurt is?' Rennie klikte zijn uitschuifbare knuppel open. 'SHUGGIE! SHUGGIE WEBSTER: KOM TEVOORSCHIJN MET JE HANDEN OMHOOG!'

Logan stond op. Legde zijn hand op de motorkap. Die was koud. 'De auto staat hier al minstens een uur.' Hij draaide zich om, keek naar de vochtige bruine aarde van het parkeerterrein. 'Hij had hier vast een reservewagen staan... Of misschien was iemand in de bossen aan het wandelen en heeft hij de wagen van die persoon gejat. Of hij had een afspraak met iemand...'

Rennie klapte zijn knuppel weer in. 'Wil je dat ik meld dat de auto terecht is?'

'Wat, en iedereen laten weten dat Shuggie Webster mijn poolauto heeft gestolen? Nee bedankt. Wat Beroepsnormen niet weet, deert ze niet.' Logan stapte onder het gewelf van groene naalden vandaan. De regen werd weer zwaarder, rikketikte tegen het kreupelhout. 'Kun je iets ruiken?'

'Wat als Shuggie een bejaarde overhoop heeft gereden of zo?'

Hij hield een vinger tegen zijn lippen. 'Sst...' Het parkeerterrein was omringd door dichte groene varens, waarvan de lange fractale bladeren in de dichter wordende regen wuifden. Iemand had er een pad doorheen gebaand, op dertig graden van het officiële pad dat de bossen in leidde.

Logan liep voorzichtig om een plas heen. Donkere vlekken maakten de modder rondom de vertrapte varens zwart. Hij stapte opzij en terwijl hij dichterbij sloop, zorgde hij ervoor dat hij niet op iets trapte wat belangrijk leek.

'Brigadier?'

Hij wuifde Rennie weg. 'Geef me een moment.'
Als hij op zijn tenen stond, kon hij net een kleine open plek zien aan het eind van het pad. De doorsnee daarvan kon niet veel meer dan anderhalve meter zijn; het kreupelhout was vertrapt, varens en gras glanzend zwart gevlekt.
Aan één kant lag iets: een donkere hoop, opengescheurd, waar rode, paarse en witte hompen uitstaken. Een spiraal van grijze slangen, glinsterend op het verduisterde gras.
'Wat?' Rennie verscheen bij zijn schouder. 'Wat heb je... Tering. Is dat een hond?'
Inderdaad. Een enorme rottweiler, aan het restant van zijn kop te zien.
Iemand had Shuggie Websters hond doodgehakt.

De wildwachter ging op zijn hurken zitten en schudde zijn hoofd. 'Wat een klootzak...' Een trage, gestage regen sloeg een taptoe op de capuchon van zijn witte forensisch pak; een paar paarse handschoenen aan zijn handen, blauwe plastic overschoenen aan zijn voeten. 'Wie zou dit een hondje aandoen?'
De felle glans van een cameraflits zette regendruppels midden in de lucht stil. Een technisch rechercheur verplaatste zich voor nog een opname. Logan knikte naar de stoffelijke resten. 'Wat denk je?'
'Ik denk dat er iemand neergeknald moet worden, dát denk ik. Zo'n mooie hond.' De wildwachter stak zijn hand uit en streelde de donkere vacht op de rug van het kolossale dier. 'Veel mensen denken dat rottweilers vreselijk agressieve honden zijn, maar eigenlijk zijn het grote lobbesen...'
Tuurlijk.
Dat was preciés wat Uzi was toen hij Logans strot probeerde door te bijten. 'Ik bedoelde: enig idee waarmee hij gedood is?'
Een lange zucht, die het witte papieren pak deed ritselen. 'Nou ja, ik ben geen patholoog, maar aan de omvang van de snijwonden te zien... de meeste op de rug en schouders van de hond...' Nog een zucht. 'Een zwaard? Er zijn tegenwoordig veel kleine klojo's die die samoeraizwaarden van het internet kopen. Of misschien een enorm mes? Echt Rambo-werk. Het zou minstens, nou...' – hij keek naar de technisch rechercheur die hij had meegebracht – '... vijfenveertig centimeter lang moeten zijn?'

De technisch rechercheur liet zijn kolossale digitale camera zakken. 'Min of meer.'
Ongeveer hetzelfde formaat als een machete.
Wat verklaarde waar Shuggie Webster naartoe was gegaan, en waarom hij de recherchepoolauto had achtergelaten. Gloeiende tering. Nu móést Logan wel melden dat de auto terecht was.
'Hoe zit het met afdrukken, vezels, dat soort dingen?'
De technisch rechercheur slingerde de camerariem over zijn schouder. 'Wil je de volledige CSI-behandeling?'
Logan keek naar de aan stukken gehakte rottweiler. Het was uitgesloten dat Shuggie stilletjes vertrokken zou zijn, niet nadat iemand zijn hond dat had aangedaan. Waarschijnlijk zou zijn verminkte lijk vrij gauw opduiken. Elk sporenbewijs dat ze konden vinden zou helpen. Alsof het nódig was dat deze dag nog beroerder verliep. 'Zoveel als je me kunt geven, zonder dat Finnie door het lint gaat over de kosten.'
'Dan moet je wel mazzel hebben – al die regen, buiten, openbare plek... Ik kan niks beloven.' Hij klopte de wildwachter op de schouder. 'Het is oké, Dunc, je kunt hem meenemen als je wilt. Ik ben klaar.'
Ze lieten hem achter en hij begon hompen afgeslachte rottweiler in een witte kinderlijkzak te proppen.
De technisch rechercheur dumpte zijn monsterkist naast een paar Tesco-boodschappentassen, die geplet en met stenen verzwaard op de modderige grond lagen. Hij verwijderde een van de stenen en trok het plastic opzij. Er lag een volmaakt rechthoekige plas gips onder. Zuiver wit in het midden, grijzend aan de randen. Hij porde er met zijn vinger in. Zuchtte. Veegde de vinger vervolgens aan zijn pak af. 'Nog steeds niet overtuigd dat we iets zullen vinden...'
'Hoe zit het met vingerafdrukken?'
'Ik bedoel, om te beginnen waren de schoeiselsporen niet bepaald in de beste vorm, hè? Het helpt niet als het zeikt van de regen.'
'Je kunt de auto poederen terwijl je wacht tot het minder gaat regenen. Misschien hebben ze de lak aangeraakt?'
Hij flapte de tas weer op zijn plaats en legde de steen er weer op.
'Ik bedoel, modder is geweldig om voetafdrukken te némen, maar

zodra het weer begint te regenen, worden ze helemaal papperig...'
'Ernie: de auto.'
'Doe niet zo stom.' Hij zette zijn masker af, zodat er een rossig sikje en een glimlach vol scheve tanden werden onthuld. 'Wat denk je dat vingerafdrukpoeder zal doen op nat metaal?'
'Ah...' Kolere.
'Precies.' Ernie trok de capuchon van zijn forensisch pak naar achteren, zodat er een hoog voorhoofd werd onthuld dat nauwelijks vastzat aan een krans van nog meer rossig haar. 'Hij moet mee naar het bureau. Zet hem een paar uur ergens op een droge plek.'
'Goed...'
Rennie zat in zijn poolauto, met zijn neus weer in *De toevallige sodomist*.
Logan klopte op het raampje.
Nadat de intellectueel een loterijticket had gelegd op de plek waar hij was gebleven, zoemde het raampje naar beneden. 'Baas?'
'Steel zegt dat ik een knechtje moet uitkiezen: dat ben jij.'
Rennie grijnsde. Vervolgens trok hij één schouder op, verwrong zijn gezicht en zette een belachelijk stemmetje op. 'Jafeker Meeeeeffffffter...?'
'Ga met je scheve reet naar het hoofdbureau – ik wil een specificatie van elke ontvoering in het land in de afgelopen tien jaar.'
De agent wachtte even; zijn balpen bleef boven zijn notitieboekje hangen. 'Tien jáár?'
'Je hebt het gehoord.' Logan keek hoe de wildwachter achterwaarts het parkeerterrein op waggelde, de witte lijkzak meesleurend. 'Zoek uit wie het drugsbendeonderzoek deze week leidt – ik ben op zoek naar Jamaicanen met een zwak voor machetes.'
Rennie krabbelde alles op. 'Tien jaar...'
'En' – Logan wees naar zijn verlaten poolauto – 'je brengt dat naar het bureau. Doe handschoenen aan. Je tekent er níét voor dat hij weer is ingeleverd, zorg dat niemand anders hem aanraakt. Parkeer hem in de garage en laat hem opdrogen tot Ernie afdrukken kan poederen. Als Grote Gary moeilijk doet, zeg je hem dat het bewijsmateriaal is.'
'Verder nog iets?'
'Ja, als iemand ernaar vraagt...' Wat, hoe moest hij dit in godsnaam uitleggen? Gestolen auto; dode hond; waarschijnlijke ontvoe-

ring: mogelijke moord. '... als iemand ernaar vraagt, zeg je dat ik me heel verward gedraag sinds jij me hebt opgepikt.'
Rennie knikte. 'Goddank, ik dacht even dat je me zou vragen te liegen...'

26

'Ja, ja, dat weet ik...' Logan zakte opzij totdat zijn hoofd tegen het bestuurdersraampje bonkte.
Finnies stem dreunde uit de portofoon. *'Wat dacht je dan preciés, brigadier? Dat de tóverfeeën zouden opdagen en je poolauto aan je terug zouden geven?'*
'Ik heb niet... Het... Ik werd op dat moment aangevallen door een hond. Toen zei u...'
'Je mag van geluk spreken als dat de enige afblaffing is die je vandaag krijgt. Beroepsnormen: halfvier.'
Hij bonkte opnieuw met zijn hoofd tegen het raampje. 'Ja, meneer.'
'Waar ben je?'
Logan tuurde door de beregende voorruit naar een groezelig huis met een dichtgetimmerd raam; 'JELLOERSE TEEF!!!' was er met druipende paarse spuitverf op de muur en voordeur gekrabbeld.
Bij de stoeprand stond een gehavende Ford Fiesta, de ramen verbrijzeld of helemaal weg, de carrosserie een verzameling van enorme deuken en krassen.
'Voor het huis van Victoria Murray.'
'Juist...' Een korte stilte. *'Zeg eens, brigadier, denk je wérkelijk dat Vunzige Vikki jou informatie gaat geven waarmee jij op een holletje de zaak kan gaan oplossen? Wat betekent dat jij onder je afspraak met Beroepsnormen uit kunt komen? Want als dat zo is, heb ik slecht nieuws voor je: je zál tegen halfvier op het hoofdbureau terug zijn. En nadat je met commissaris-hoofdinspecteur Napier hebt gesproken, gaan jij en ik even babbelen.'*

Wat een vreugde. Logan deed zijn ogen dicht. Commissaris-hoofdinspecteur Napier, de Rossige Ninja.

'Want ik dénk dat wij een communicatieprobleempje hebben, denk je ook niet, brigadier? Zie je, ik dacht dat ik had gezegd: "Maak de man van SOCA niét pissig." En toch schijn jij, om een of andere ondoorgrondelijke reden, te hebben verstaan: "Beledig commissaris-hoofdinspecteur Green en noem hem een imbeciel." Is dat niet vreemd?'

Er rook iets naar stront. Logan controleerde de zolen van zijn schoenen: die waren schoon. Hij snoof nog eens. De stank werd erger naarmate hij dichter bij de voordeur van Victoria Murray kwam. Hij zou de bel absoluut niet aanraken.

In plaats daarvan klopte hij op het hout, naast de paarse letter 'T' in 'TEEF!!!'

Wachtte een poosje.

Deed het nog een keer.

Misschien was ze niet thuis? Misschien had ze genoeg gekregen van alle vandalisme en haatmails, en had ze zich verborgen?

Nog één keer, en toen liep hij naar de auto terug.

Een stem aan de andere kant van de deur: 'Rot op, ik ben niet thuis.'

'Mevrouw Murray?'

'Als je niet oprot, bel ik de politie! Ik ken mijn rechten.'

Logan haalde zijn legitimatiekaart tevoorschijn en tilde de klep van de brievenbus op. 'Rechercheur-brigadier... Wel verdomme nog aan...?' Er zat iets kleverigs aan zijn vingers. Hij liet de klep weer op zijn plaats vallen.

Bruin.

Zijn vingertoppen zaten onder de kleverige bruine smurrie. 'O... jezus...'

Vieze klóótzakken.

Hij veegde ze aan de deur af, zodat er een chocoladekleurige regenboog achterbleef. 'Ik bén verdomme de politie!'

Er klonk een klik. Toen ging de deur op een kier open, en er gluurde een bloeddoorlopen oog door de opening. 'Bewijs het!'

Logan schoof zijn legitimatiekaart naar haar toe. 'Er zit strónt in je brievenbus!'

Ze knikte. 'Daardoor gluren die klootzakken niet meer naar binnen

om verdomme foto's te proberen maken van mij in mijn slipje, hè?'
De deur bonsde dicht, gevolgd door iets wat klonk als een ketting die werd weggehaald, en ging weer open. 'Hun verdiende loon.'
Victoria Murray vouwde haar armen onder de doorzakkende hoedenplank van haar boezem. Volgens het artikel in de *Aberdeen Examiner* van vorige week had 'ex-exotische danseres en callgirl "Vunzige" Vikki (22) een triootje met twee gemeenteraadsleden'.
God, die moesten wel wanhopig zijn geweest. In haar mondhoek smeulde een sigaret, die rook om haar versmalde ogen heen deed kringelen. Haar kin verdween in haar hals; de bleke huid was rondom haar neus en mond bespikkeld met puistjes. Waardoor haar hoofd eruitzag als een gebruikt condoom vol melk.
Ze sjorde haar tieten op. 'Wat wil je?'
'Ik moet mijn handen wassen.'
'Is dat alles?'
'Je hebt mazzel dat ik je niet arresteer. Stront in je brievenbus stoppen is...'
'Ja hoor, alsof zíj dat nooit deden. Wat denk je dat er verdomme met mijn tapijt is gebeurd?' Ze knikte naar de vloer.
Over de kale vloerplanken was een krantenmat uitgespreid. 'Pis, stront, rottende groentes, verdomde... platgereden beesten. Ik heb de hele zooi gehad. Zeg me dus niet dat ik geen wraak mag nemen, oké?' Ze rukte haar hoofd naar links. 'De wc is daar, eerste deur links.'
Hij wurmde zich langs haar heen en zij bonsde de deur dicht, rammelde de ketting weer op zijn plaats, draaide de sleutel in het slot om. Aan de binnenkant van de brievenbus was een plastic zak getapet, waar iets donkers uitpuilde.

Toen hij klaar was, stond ze in de keuken op hem te wachten. Zijn vingers stonken niet meer naar stront, ze geurden naar lavendel, telkens opnieuw gewassen onder de warme kraan totdat zijn handen roze en gezwollen waren. Victoria Murray had een KitKat ChunKy in de ene hand en een mok in de andere. 'Als je thee wilt, mag je het zelf zetten.'
'Ik moet met je praten over Alison en Jenny McGregor.'
Haar gezicht verstarde. 'Natuurlijk moet je dat. God verhoede dat je hier bent om mij te vertellen dat je de klootzakken hebt ge-

pakt die mijn auto hebben gemold. Of degenen die mijn raam hebben ingegooid. Of leugens op mijn hele huis hebben geverfd!' Ze smakte haar mok op het aanrecht neer, zodat er zwarte koffie over de rand klotste. 'Ik ben gisteren bespuugd. Bespuugd. Een of andere bejaarde trut rochelde een mondvol snot op en spuugde het recht in mijn gezicht! Klotekranten.'

Logan vulde de ketel met water uit de koude kraan. 'Ze zijn niet erg aardig geweest...'

'Ik heb ze niet eens de hélft verteld van wat dat verwaande wijf uitspookte toen we kinderen waren. Maar néé: hoe dúrf ik te suggereren dat de heilige Alison McGregor altijd bezopen en stoned werd na schooltijd. Ja, en dat was op de lagere school – ze gaf pijpbeurten in ruil voor sigaretten toen ze elf was!'

De laatste brok KitKat verdween, weggespoeld met een gulp koffie. 'Er was een gezin dat in de straat kwam wonen, en ze hadden een mongooltje. Je weet wel, downsyndroom en zo, en Alison nam die arme stakker elke verdomde dag in de zeik. Op een avond, ja, sloegen we een fles wodka achterover die ze uit de Paki-winkel op de hoek had gejat, en ze ging naar hun huis en gooide al hun ramen in.' Een snuif. 'Natuurlijk probéérde ik haar tegen te houden, maar ze wou niet luisteren, hè? En dan noemen ze mij "Vunzige Vieze Vikki"?'

Victoria haalde een pakje sigaretten uit een keukenla en stak er een op. Schudde met het pakje naar Logan.

'Gestopt.'

Schouderophalen. 'Moet je zelf weten.' Ze blies een rookpluim uit die tegen de afzuigkap te pletter sloeg. 'Natuurlijk waren we vroeger heel hecht... Beste vriendinnen. Ze vertelde me altijd alles. Destijds waren we iets bijzónders; zestien jaar oud, verdomd sexy, mannen die zich op ons stortten.' Er sloop een glimlach over Victoria's gezicht, en verdween weer. 'Moet je me nu eens zien.'

De ketel kwam rommelend aan de kook. Logan vulde een mok. Viste het theezakje er met de steel van een vork uit. 'Wat is er dan gebeurd?'

Een lange rokerige zucht. 'Doddy McGregor. Ze vond hem maar een grote domme spierklomp, maar hij had oog voor echte klasse.' Victoria wreef met twee vingers over de zijkant van haar gezicht, zodat er plooien in de huid kwamen. 'Ze komt binnen en betrapt ons op heterdaad, hè? Doddy zegt dat hij het gewoon uit zijn systeem aan het halen is, voor de bruiloft. Nodigt haar uit om mee te doen, zegt dat dat geil zou zijn. En ze staat daar: zes maanden zwanger. Kut, ik dacht dat ze hem ging vermoorden.' Victoria lachte. 'Dacht dat ze mij ook ging vermoorden. Daarna nooit meer gesproken.'

Logan schonk het laatste beetje halfvolle melk in zijn mok. 'Je hebt ze dus de laatste tijd niet gezien?'

'Natuurlijk wel.' Ze krulde haar bovenlip op, zodat er kleine bruine tanden werden onthuld. 'Ze zijn verdomme overál: op de tv, in de kranten, je kan de radio niet aanzetten of ze draaien dat rotliedje. Zij krijgt een eerbetoonshow met Robbie Williams; wat krijg ik? Diabetes, verdomme.'

Kwart voor drie. Nog drie kwartier. Logan trommelde met zijn vingers op het stuur. Eén zedendelinquent met gepaste ijver verhoord, nog twee te gaan. Hij moest eigenlijk de dierenarts gaan bezoeken voor wie Frank Baker vrijwilligerswerk deed, om er zeker van te zijn dat inspecteur Steel het goed had nagetrokken. Een braaf jongetje zijn.

Hij reed met ingedrukt koppelingspedaal naar de rotonde en voegde zich bij de rij die stond te wachten om de King George VI-brug over te steken.

Commissaris-hoofdinspecteur Napier... Waarom moest hij het zijn? Bij hoofdinspecteur Young kreeg je tenminste nog een fatsoenlijke kans om jouw kant van het verhaal uit te leggen.

Nog een paar autolengtes naar voren. Een enorme achttienwieler met het logo van Baxters' op de zijkant reed sissend en schuddend rond naar Great Southern Road. Een taxi claxonneerde naar een kolossale terreinwagen; daarna was het Logans beurt op de rotonde.

Hij accelereerde, sloeg rechts af... en reed door, helemaal de rotonde rond en terug in de richting waar hij vandaan was gekomen. Die flikkerse commissaris-hoofdinspecteur Green kon opflikkeren met zijn flikkerse gepaste ijver.

Vijf minuten later stond Logan voor het huis waar ze het jochie van Trisha Brown hadden afgezet zodat hij bij zijn drugsverslaafde oma kon overnachten. Het was het proberen waard.

De voordeur was bekrast, het hout gedeukt, alsof ertegenaan was getrapt. Het was geen slechte buurt, gewoon een stel saaie granieten huizen een paar straten bij de plek vandaan waar Alison en Jenny McGregor woonden. Logan probeerde de deurbel. Geen reactie. Toen probeerde hij de kruk, en de deur zwaaide open.

De hal van de Browns was een mijnenveld van kapotte meubels. Een aftandse, op zijn kant gedraaide sofa stak half uit de woonkamerdeur. Een koffietafel met een glazen blad maakte glinsterende mozaïekscherven op het tapijt.

Toen Shuggie zei dat zijn Jamaicaanse makkers de woning hadden gemold, maakte hij geen geintje...

'Hallo?' Logan drukte nogmaals op de bel, en ergens in de hal klonk een dof rammelend gezoem. 'Iemand thuis?'

Er knerpte glas onder zijn schoenen. 'Is er iemand?'

Hij wierp een blik in de zitkamer. Nog meer schade: tv kapotgeslagen, leunstoelen gebroken, de vloer bezaaid met cd's. Fleetwood Mac lag bij de deur, het doosje gebarsten.

Op de keukenvloer lagen verbrijzelde potten en flessen, die het smerige linoleum met glas en kleverige vloeistof bedekten. Ingelegde uitjes tussen de scherven van een pot rode bieten, als oogjes die in een zee van bloed zwommen. Afgerukte kastdeuren, de koelkast gedeukt en ontwricht.

Het was geen willekeurige verwoesting, het was systematisch.

De treden kraakten toen hij naar boven ging.

Badkamer: wc kapotgeslagen, grijs-roze voetenmat drijfnat. Wasbak gebarsten. Voorpaneel van het bad ingetrapt, de mengdouchekraan van de muur gerukt.

Slaapkamer een: opengereten matras, waarvan de ingewanden over de kale spaanplaatvloer verspreid lagen. Gescheurde kleren. Een ladekast die in een Picasso-sculptuur was veranderd. Een kledingkast die dronken tegen het hoofdeinde slingerde. Gordijnen afgerukt.

De tweede slaapkamer was niet zo erg. Het leek zowaar alsof iemand hier had opgeruimd. Er lag een stapeltje kleren in de hoek: afgezien daarvan was de vloer betrekkelijk schoon. Oké, de kledingkast was het levende bewijs van de wonderbaarlijke macht van isolatietape, en de matras lag op de vloer in plaats van op een bed, maar hij had lakens en een bijna schone dekbedhoes... Bij het raam waren ongeveer vier laden boven op elkaar gestapeld, die uitpuilden met beha's, sokken en slipjes.

Logan liep naar het gebarsten raam van de kamer en keek naar de huizen aan de overkant van de weg. De buren moesten het hier wel gewéldig vinden. Je spaart hard, koopt je eigen gemeentewoning, en dan komt Helen Brown hier wonen. Voor je het weet heb je drie generaties drugsgebruikers naast je wonen. Die inbreken in je huis, schuur, garage, auto, overal waar ze iets kunnen jatten om te verkopen en hun verslaving te voeden.

En dan verschijnt er een stel Jamaicanen dat de tent verbouwt. En het nog verdomd goed doet ook.

Tja...

Het was een gok geweest. Shuggie Webster hield zich niet schuil in het huis van de moeder van zijn vriendin. Waarschijnlijk zat hij ergens in een kraakpand zijn wonden te likken. Als de Jamaicanen hem niet hadden vermoord.

Logan keek nogmaals op zijn horloge. Vijfentwintig minuten om op tijd voor zijn uitbrander naar het bureau terug te gaan. Hij draaide zich om en... stopte. Fronste.

De kledingkast – een goedkoop ogend bouwpakketgeval, allemaal gefineerde spaanplaat, behangen met slordige fotoknipsels uit *Hello!* en *heat* en *Bella* – kraakte. Hij bewoog ook. Niet veel, slechts een kleine trillende heen-en-weerbeweging, maar hij bewoog beslist.

Er kroop een glimlach over Logans gezicht. Shuggie Webster, jij voorspelbaar schijtventje...

Tijd om uit de kast te komen.

27

Logan haalde zijn pepperspray tevoorschijn en trok de dop eraf. Hij sloop naar de schommelende kledingkast. Pakte het houten handvat. Gooide de deur wijdopen. 'Je geniet dus van Narnia, Shug...'
Er sloeg iets in Logans maag en hij wankelde achteruit. Vervolgens achterover – de kamer draaide negentig graden – en toen *bonk*. Plat op zijn rug. Koude, scherpe pijn, alsof er vijftien centimeter lange metalen schroeven in zijn darmen werden gedraaid.
Er flitste een kleine blote voet langs Logans neus. Een hand, een blauwe mouw. De ranzige pisachtige geur van muffe kleren, die te lang in de wasmachine hadden gelegen. Gegraai, gevloek, daarna het kletsende geluid van naakte voeten op vloerplanken.
Logan stak een hand uit, greep... zonder iets te vinden. Hij draaide zich op zijn zij, hees zich met moeite overeind en slingerde naar de slaapkamerdeur. Het klonk alsof er slangen beneden in de hal waren – sissend en kronkelend. Hij stond boven aan de trap, met één hand ter ondersteuning op het behang.
Er zat een jongetje op de onderste tree, dat een groezelige Ben 10-pyjama droeg en zijn voeten met beide handen omklemde.
'Ricky?'
Het jochie stond op, hinkte, zakte in elkaar tegen de gehavende sofa die uit de zitkamerdeur stak. Een serie bloederige voetafdrukken volgde hem over het met glas bestrooide tapijt.

'Alsjeblieft.' Logan kwakte een blikje Irn-Bru op de kale vloerplanken naast de matras neer.
Ricky Brown wikkelde zijn armen om zijn knieën, zijn gezicht in

een plooi die veel harder was dan de twee met korsten bedekte strepen onder zijn neus. Hij wendde zijn hoofd af.

'Hoe gaat het met je voeten?'

Het antwoord was te gemompeld om te verstaan.

Logan trok zijn gehavende linker broekspijp op en toonde drie parallelle lijnen van korstjes. 'Zie je, jij bent niet de enige.'

Ricky plukte aan een losse draad op de flarden handdoek die Logan om de voeten van het jongetje had gewikkeld. De zolen lekten er langzaam doorheen in glanzend rode vlekken.

'Waar is je moeder, Ricky?'

Een schouderophalen. 'Weggegaan.'

Aha, hij kon dus toch praten. 'Weet je waar ze naartoe is gegaan?'

Hij schudde zijn hoofd, weinig meer dan een rukje. 'Zei dat iemand papa's hond heeft vermoord.'

'Is Shuggie Webster jouw vader?'

'Deze week.' Nog een draad van het geïmproviseerde verband ontrafeld.

'Weet je waar hij is?'

'Mama ging eten halen en zo.' Korte stilte. 'Ga je me arresteren?'

Logan forceerde een lach. 'Waarom zou ik dat doen?'

'Oma zegt dat jullie klotesmerissen dat doen. Jullie arresteren mensen die niks verkeerd hebben gedaan.'

'Nee, Ricky. Ik ga je niet arresteren.' Hij reikte de Irn-Bru aan. 'Heeft je moeder gezegd wanneer ze terugkomt?'

'Oma zegt dat jullie mensen arresteren en dat jullie ze in de kont neuken. Want jullie zijn allemaal pedo's en poten.'

'Ja, je kunt vast wel lachen met je oma.' Logan trok het lipje van het blikje en nam een slok. 'Jouw vader en moeder hebben problemen met een paar heel slechte mensen, Ricky. Ik kan wel helpen, maar ik moet weten waar ze zijn.'

Stilte.

'Wil je niet dat je vader en moeder veilig zijn?'

Ricky verplaatste zijn voeten, zodat er een rode vlek op de dekbedhoes achterbleef.

'Oké, nou, als je het zeker weet.' Logan sloeg nog een gulp achterover en zette het blikje weer op de vloer neer. 'Goed, ik ken een aardige dokter die jou zal opknappen, en daarna zullen we zien of we iemand kunnen vinden om voor jou te zorgen.'

'Ze komt me halen.'
'Ik heb nooit gezegd dat ze niet zou komen.'
'Dat heeft ze me gisteravond gezegd.'
'Ja, nou, we zullen...' Frons. 'Gisteravond? Ben je sinds gisteravond alleen? In de kledingkast?'
'Zei dat ze terug zou komen zodra het veilig was.'
En de genomineerden voor 'Moeder van het Jaar' zijn...
Logan stond op. 'Denk je dat je kunt lopen, of wil je op mijn rug zitten?'
Ricky keek naar hem en wendde zijn blik weer af. Hij pakte een handvol dekbedhoes. 'Ga je míj in de kont neuken?'
'Dat stond niet boven aan mijn agenda, nee.'
Een knik. 'Kun je me dan dragen?'

Logan klopte op het deurkozijn. Het verfwerk was geschilferd en bladderde af; een dikke grijze streep in het midden markeerde de plek waar talloze brancards door de deur heen waren gebotst. 'Volk?'

Het mortuarium was bijna twee keer zo groot als dat in de kelder van het hoofdbureau, bekleed met witte en blauwe tegels, als een zwembad. Op een plank bij de gekoelde laden stond een kleine geluidsinstallatie; Dr. Hooks 'Sexy Eyes' echode lichtjes in de steriele ruimte.

'Hallo?' Uit een deur achter in het vertrek verscheen een hoofd – rossige krullen bewogen op en neer toen ze een zwabber en emmer de snijkamer in rolde; witte mortuariumklompen piepten op de vloer. Ze glimlachte. 'Brigadier McRae, wij hebben je hier al een poosje niet gehad. Ophalen, of afgeven?'

'Hebben ze je nu aan het zwabberen gezet? Ben je daar niet een beetje overgekwalificeerd voor?'

'Fred is ziek, dus we dragen allemaal ons steentje bij.' De patholoog-anatoom haalde de zwabber uit de emmer en pletste die over de tegels, zodat er kleine stroompjes langs de voegspecie werden gejaagd. 'Hoe gaat het met Sheila? Begeleidt ze Vincent Price nog steeds?'

'Nog drie weken.' Hij hinkte het vertrek in. 'Ik wilde je iets vragen.'
'Wat is er met je been gebeurd?'
'Rottweiler. Hoor eens, ik heb maar even – heb je onlangs nog

dode kinderen binnengekregen? Meisjes? Tussen de vier en acht jaar oud?'
'Ik had een buurvrouw met een rottweiler; dat was een lieve grote lobbes. Ze was er kapot van toen hij kanker kreeg.' De technicus stak de zwabber weer in de wringer van de emmer, trok de hendel naar beneden en perste het vieze water eruit. 'Spring maar op de tafel, dan zal ik wel even kijken.'

Logan keek naar de roestvrijstalen tafel, het exemplaar met gootwerk langs de randen en een watertoevoer om het bloed weg te spoelen. 'Ik ben... Nee, het hoeft niet. Het gaat prima met me.'

'O kom op.' Ze glimlachte. 'Nog nooit een patiënt kwijtgeraakt.'

'Ooit een gered?'

Een zucht. 'Dat is een goed punt.' Ze zette de zwabber tegen de muur en liep naar een laptop die in zijn eentje op een glanzend werkblad stond. 'Kleine meisjes tussen de vier en acht...' Haar vingers klikten over de toetsen. 'Mag ik vragen waarom?'

Het is niet nodig om zo dramatisch te klinken, brigadier. Waar denk je dat de ontvoerders het ding vandaan hebben gehaald, Toes "R" Us?

'Ik zat boven te wachten terwijl ze een stuk of tien hechtingen in de voet van een jochie aanbrachten, en ik dacht: waar zou je een teen van een dood klein meisje vandaan halen?'

'Fijn.' Ze schudde haar hoofd, zodat haar Irn-Bru-krullen zwaaiden. 'Dus als je aan dode kleine meisjes denkt, ben ik degene die je te binnen schiet?'

'Heb je die gehad? In de afgelopen twee of drie weken? Ze zou morfine en natriumthiopental hebben gekregen.'

Ze boog haar hoofd dichter naar het scherm van de laptop toe. 'Dat beperkt het een beetje... Hier: vrouwelijk persoon, vijf jaar oud, binnengebracht met pijn in de onderbuik. Overleden op de operatietafel.' Een zucht. 'Arme kleine ziel.'

De song op de stereo ging over in 'All the Time in the World'.

Logan hinkte naar haar toe. 'Kunnen we een DNA-test doen? Om te zien of de teen die ze ons hebben gestuurd van haar was?'

'Ik herinner me haar nu weer. Zo'n mooi klein meisje. Toen we haar openmaakten was ze bezaaid met cysten en kanker... Vijf jaar oud.'

'Je hebt toch wel weefselmonsters? We kunnen...'

'Zij is het niet.'

'Maar als we controleren...'
'Zij is het niet.' De technicus stapte achteruit en wees naar het scherm.

Een foto vulde de rechterkant naast een lijst van autopsiebriefjes: een klein meisje, liggend op de snijtafel, ogen dichtgetapet, de ademhalingsslang nog in haar mond. Haar huid had de kleur van stoffige leisteen; al het bloed en leven was eruit getrokken.

De technicus klikte de laptop dicht. 'Ze kunnen het onmogelijk laten voorkomen dat een teen van haar afkomstig is van een klein blank meisje.'

'Dat bedoelde ik niet.' Diep inademen. Kalm blijven.

'Wat bedoelde je dan wél, brigadier?' Commissaris-hoofdinspecteur Napier spitste zijn vingers en liet zijn kin op de punt rusten. Hij glimlachte, donkere ogen wijdopen achter zijn bril. Zijn bureau was zo opgesteld dat hij met zijn rug naar het raam zat, wat betekende dat de stoel die bestemd was voor bezoekers, smekelingen en offergaven, in de zon stond. Het licht maakte een vurige halo van Napiers rossige haar, zijn zwarte uniform een solide silhouet tegen de helderblauwe hemel.

Logan kneep zijn ogen half dicht. 'Er leek gewoon geen gelegenheid te zijn om te melden dat hij terecht was. Nadat ik mijn hoofd had gestoten...' Hij bracht zijn hand omhoog en wreef over een plek achter zijn oor, gewoon om de leugen te verkopen.

'Ach ja. Natuurlijk. Agent Rennie noemde... Waar zijn we?' De commissaris-hoofdinspecteur pakte een vel papier uit zijn brievenbakje en tuurde er langs zijn lange puntige neus naar. '"Hij gedroeg zich heel verward en had er moeite mee zinseinden te onthouden, toen ik hem ophaalde. Ik geloof dat hij misschien een hersenschudding heeft opgelopen."' Het papier ging weer in het bakje. 'Een meer cynisch mens zou kunnen denken dat jullie dat onderling hadden bekokstoofd om de schuld af te schuiven, denk je ook niet, brigadier?'

'Wanneer bent u voor het laatst aangevallen door een rottweiler? Of doodgeslagen met je eigen kantoorstoel?'

'En ik neem aan dat het deze vermeende "hersenschudding" was waardoor je twintig minuten te laat op onze afspraak bent gekomen?' Napier draaide heen en weer, zodat er zonlicht in Logans ogen flakkerde: schaduw, licht, schaduw, licht. 'Wij hebben al verscheidene maanden niet met je te maken gehad, brigadier, maar uit de notities van hoofdinspecteur Young maak ik op dat je hier gisteren nog bent geweest. Twee keer in twee dagen. Ben je soms een of andere recordpoging aan het wagen?'

'Het waren verzonnen beschuldigingen van...'

'Iemand die naar verluidt drugs van je probeerde los te krijgen. Ja, ik lees inderdaad de zaakdossiers van de mensen met wie ik te maken heb, brigadier. En een kaboutertje vertelt me dat je intermenselijke problemen hebt met hoofdinspecteur Green van SOCA?'

Had die klootzak soms een publicist ingehuurd? 'Wij hebben openhartig opvattingen uitgewisseld, ja.'

'Is dat zo?' Napier draaide opnieuw heen en weer.

'We waren het niet eens over wat wel en geen acceptabel gedrag was bij het verhoren van zedendelinquenten. Green vindt het oké om ze goed bang te maken en te dreigen het aan hun collega's te vertellen.'

'Juist...' Hij ging naar voren zitten, zodat hij de zon blokkeerde. 'Dus, zou je zeggen dat commissaris-hoofdinspecteur Green niet openstond voor het grondige en rigoureuze delinquentenbeleid van de politie van Grampian? Dat hij de beste werkpraktijk veronachtzaamde? Er minachting voor had?' Daar was die glimlach weer, die hem op een haai deed lijken, op het punt een pierenbadje vol wezen aan te vallen.

'Eh...' Logan zette zich schrap. 'Het was... een niet-standaardsituatie die... misschíen enige verwarring bij hem heeft veroorzaakt.'

Napier trok een wenkbrauw op. 'Ik zal, uiteraard, proberen om eventuele moeilijkheden in onderling begrip weg te nemen. Het is belangrijk dat wij allemaal kunnen opschieten met onze collega's van de Serious Organized Crime Agency, vind je ook niet?'

'... ja?'

De commissaris-hoofdinspecteur pakte een zilverkleurige pen van zijn bureaublad en rolde die heen en weer tussen zijn vingers alsof het een glanzende joint was. Vervolgens legde hij hem op zijn rechtmatige plaats terug, volmaakt parallel aan de rand van een bureaukalender. 'Nou' – hij stak een hand uit om die door Logan te laten schudden – 'bedankt dat je bent langsgekomen, brigadier. Het was hoogst... informatief.'

Dat was het dan – hij was de lul.
Het zou alleen een poosje duren voor hij erachter kwam waarom, en hoe erg precies.

'Nou, als je twee minuten stil zou blijven zitten, zou ik het niet hoeven doen, toch?' Dokter Delaney verplaatste haar greep op Logans enkel. Ze had vingers als buigtangen, die in de huid en de spieren drongen; elke keer als ze bewoog trokken de paarse nitrilhandschoenen beenharen uit.
'Au!'
'O, stel je niet zo aan.' Ze veegde opnieuw met een in desinfecteermiddel gedrenkt kussentje over de donkerrode tandafdrukken en wreef de korsten weg. Zodat ze weer begonnen te bloeden.
'Wanneer was je laatste tetanusprik?'
'Geen idee.'
'Je bent een stomme eikel. Gelukkig hebben we niet veel hondsdolheid in Schotland – de naalden zijn enorm.'
Er scheurde een scherpe, stekende pijn door zijn been. Hij knarsetandde, probeerde niet ineen te krimpen.
'Als je niet stil blijft zitten, krijg je gangreen en valt je voet eraf. Wil je dat soms?' Ze wreef nog meer desinfecteermiddel in de wonden.
'Heb je Ricky Brown een check-up gegeven?'
'Geef me het pak gaas even aan.' Ze scheurde het plastic pakje met haar tanden open. 'Hij was niet bepaald de meest meewerkende patiënt.'
Dokter Delaney legde een vierkant stuk gaas over de enorme gutsen in Logans enkel. 'Amper een prikje, ik snap niet dat je daar zo over jammert.'
'Komt het goed met hem?'
'Niets wat een fatsoenlijke maaltijd en een bad niet in orde zouden brengen. Het ziekenhuis heeft uitstekend werk met zijn hechtingen verricht. Ik heb pakken met slechter naaiwerk.' Ze wikkelde een verband om zijn enkel en maakte het vast met een getand metalen ding aan het uiteinde van een stukje elastiek. 'En ik durf te wedden dat hij veel minder drukte maakte dan jij.'
'Bedankt, dok.' Logan hupte van het bureau af en pakte zijn met bloed bevlekte sok en doorweekte schoen op.

'Nog één ding.' Ze zette haar bril af en kneep in haar neusbrug. 'Ik raad aan dat ze hem in permanente opvang nemen. Een familie vol drugsgebruikers is al erg genoeg, maar als zijn moeder en... die Shuggie betrokken zijn bij Jamaicanen...'

Logan hinkte naar zijn bureau terug, trok de bovenste la open en zette zijn pas afgewassen koffiemok en theelepeltje erin; vervolgens sloot hij ze op. Dat was het probleem als je op een politiebureau werkte – al die stelende klootzakken.

Biohazard Bob draaide zijn stoel rond totdat hij met zijn gezicht naar het midden van de kamer zat. 'Bier uur?'

'Kan niet.' Doreen bleef over haar bureau gebogen zitten. 'Commissaris-hoofdinspecteur Green wil details over elke ontvoering in de streek, tot vijf jaar terug.'

'Logie de Bogie?'

Logan zette zijn computer uit. 'Green moet neergeknald worden. Hij laat mij dezelfde info voor de laatste tien jaar uitspitten. Ik laat het Rennie nu doen.'

Doreen kromde haar schouders en bracht knarstandend uit: 'Waarom – heb – je – dat – niet – drie – uur – geleden – gezegd?'

Biohazard Bob pookte op de powerknop van zijn computer. 'Nou, na weer een dag op de ongrijpbare Stinkie Tam gejaagd te hebben snak ik naar een pint.' Hij raapte de massa papierwerk die zijn bureau bedekte op, bracht er een soort van orde in aan en propte het in zijn uitstelbakje. 'Heeft iemand mijn nietmachine gezien?'

Hij trok zijn bovenste bureaula open. 'Wat is dit verdomme?' Bob haalde de onderbroek eruit die Logan er de vorige week in had gestopt – het exemplaar dat hij samen met alle sokken aan zijn lamp had gevonden.

Bob draaide het broekje heen en weer, toonde de bruine strepen die over het inzetstuk liepen. 'Ja, ja, iemand is een beetje slordig geweest.'

Doreen rechtte haar rug; haar wangen kleurden roze. 'Nou, je moet niet naar mij kijken!'

De deur knalde open en inspecteur Steel denderde het Huisje binnen. 'Brigadier Marshall, waarom...' Ze fronste. 'Wat ben je aan het doen?'

Hij draaide de gestreepte onderbroek om zijn vinger. 'Gewoon persoonlijke hygiëne aan het bespreken met brigadier Taylor hier. Commissaris-hoofdinspecteur Green zal niet in haar broekje willen duiken als ze vieze remsporen heeft achtergelaten...'

Doreen sloeg hem. 'Rechercheur-brigadier Robert Marshall, ik waarschuw je!'

'Gedraag je, allebei.' Steel smeet Bob een map toe. 'De Generale Enquête Divisie heeft net een lichaam op Gairn Terrace gevonden.'

'Ja?' Hij haalde het papierwerk eruit en bladerde het door. 'Ik zal er morgen meteen mee aan de slag gaan, baas, het zal...' Een zucht. 'Shit.' Hij hield een foto omhoog – een mannengezicht: neus opgezwollen als een pokdalige golfbal, onverzorgde baard vol stukjes, slordig haar, vieze rode Aberdeen Football Club-ijsmuts. 'Stinkie Tam.'

'Ja, dus hou op met dat vieze-slipjesgedraai en ga die arme donder ophalen.'

Bob werd roze. 'Ja, baas.' Hij haastte zich de deur uit, de map meenemend.

'En wat jou betreft' – ze draaide zich om en porde Logan met een vinger – 'wat dacht jij verdomme?'

Doreen stond op. 'Nou, ik denk dat ik eigenlijk maar moet gaan...'

'Niet zo snel.' Steel klapte haar hand tegen het deurkozijn, zodat ze de weg versperde. 'Zeg maar tegen je nieuwe vriendje Green dat ik geen behoefte heb aan iemand die mijn werk loopt te controleren alsof ik verdomme een stagiaire ben. En als ik hem erop betrap dat hij weer bagger rondstrooit over iemand van mijn team, ga ik mijn vuist zo ver in zijn reet rammen dat ik hem als een verdomde Muppet zal laten werken. Begrepen?'

Doreen knikte. Steel liet haar hand zakken en de brigadier sloop naar buiten.

Steel deed de deur dicht, langzaam en rustig. Nu waren alleen zij en Logan er nog.

'Als je van plan bent om me uit te kafferen, doe geen moeite.' Logan pakte zijn jasje van de rugleuning van zijn stoel en trok het aan. 'Dat hebben Napier en Finnie al genoeg gedaan. Ik dacht dat ik de auto terug kon krijgen voordat iemand erachter kwam.'

Ze porde hem opnieuw. 'Als je het verdomme meteen had gemeld, hadden we de auto kunnen opsporen en Shuggie Webster

kunnen pakken voordat de Jamaicanen hem te pakken kregen! Waarschijnlijk is hij inmiddels in een miljoen stukjes gehakt!'
'Het is niet zo dat ik hem de sleutels van die rotauto overhandigde en zei: "Nou, vooruit, leen hem maar, makker; ik blijf hier wel gewoon liggen in de zeikende regen!" Zijn hond verscheurde mijn gezicht bijna.'
'Zie je, je moet schijtventjes zoals Shuggie in de gaten houden. Je moet ze onder controle houden. Je kunt niet je kop in het zand steken en verwachten dat ze zich gedragen. Dat is gewoon gezond verstand.' Ze pakte haar mok weer op en nam een slurp. 'Heb je een gsm-opsporing geprobeerd?'
'Natuurlijk heb ik dat gedaan. Hij zet zijn mobieltje telkens maar een paar minuten aan en verkast dan.'
'Niet zo stom als hij eruitziet.' Ze zoog even aan haar tanden, half in de verte starend. 'Regel een auto.'
'Maar de dienst zit er al...'
'We gaan jouw klotezooi in orde brengen voordat het nog erger wordt.'

28

Logan trok aan de handrem. 'Hoeveel meer nog?'
'Tot we hem vinden. En wees niet zo verdomd ondankbaar.'
Logan bromde. 'De dienst zit er al tweeënhalf uur op, en ik heb in geen weken een vrije dag gehad. Wat is er met de Werktijdenregeling gebeurd?'
'Pfff, de Werktijdenregeling is voor mietjes.' Steel verfrommelde de kaart en propte die in het toch al uitpuilende handschoenenkastje. 'Je ziet mij toch niet klagen?' Ze stapte uit, het avondlicht in. Friemelde met haar nepsigaret. 'Trouwens, denk je dat Jenny en Alison McGregor geen vrije dag willen?'
'Dacht dat je zei dat Susan weer zin had in seks – hoe komt het dat je niet...'
Steel keek dreigend. 'Wees niet zo verdomde persoonlijk.' Ze draaide zich om en stampte naar het gebouw.
Het was een flat in Hayton, een lange rij appartementenblokken van vier verdiepingen: saaie grijze voorgevel met een streep rood of blauw verfwerk om de trappenhuizen te markeren. Alsof het er daardoor beter zou uitzien. Een handvol torenflats doemde boven de gebouwen op, roestige-havermoutkleurige monolieten met balkonnen en satellietschotel-acne. Iemand hield een feestje in het dichtstbijzijnde blok; de muziek dreunde vanaf een bovenverdieping naar buiten. Een rode ballon dreef weg in de mistige motregen.
Typisch: als hij binnen was bij Napier, of een uitbrander kreeg van Finnie, was het stralende zonneschijn, maar zodra hij het hoofdbureau uit stapte – weer die kloteregen.

'Blijf je daar zo onnozel staan?' Ze duwde de bruine voordeur open. 'Vlug-vlug verdomme.'

De geur van gebakken uien vulde het trappenhuis, deed Logans maag rommelen toen hij achter Steel aan de trap op liep. 'Ik heb Victoria Murray vandaag verhoord.'

'O ja, en wat zei Vunzige Vikki?'

'Het klinkt alsof Alison McGregor niet het toonbeeld van deugd is zoals iedereen denkt. Het blijkt dat ze...'

'Vroeger dingen vernielde? Zoop? Rondneukte toen ze nog op school zat?'

'O.' Logan bleef even op de overloop staan, maar Steel klom door. 'Dus jij hebt haar ook verhoord?'

'Nee.'

Logan haastte zich achter haar aan. 'Dat moet wel. Het is...'

'Doe niet zo onnozel, Laz: het heeft in alle kranten gestaan. Hoe denk je dat Vunzige Vikki aan haar bijnaam is gekomen: door het huishoudgeld achterover te drukken? Ze heeft haar smerige jeugdverhaaltjes aan de *Daily Mail* verkocht. Luide kreten van verontwaardiging. Daarna publiceerde het magazine *OK!* een dubbele pagina – ALISONS GEHEIME SCHOOLMEISJESZONDE: "IK WAS ALS TIENER EEN HERRIESCHOPPER," BEKENT HALVE-FINALIST BNBS. Of dergelijk gelul. Kun je niet tenminste probéren om de populaire cultuur bij te houden?'

Steel bleef op de derde verdieping staan en trok even aan haar e-sigaret. 'Goed, net als de vorige keer. Probeer alleen niet te kijken alsof je reet je gezicht opvreet, hè?'

'Het is niet mijn schuld dat Susan niet met je wil neuken.'

'Klop verdomme gewoon op die deur.'

Logan haalde een klompje kneedgum uit zijn zak en drukte het op het spionnetje, stapte opzij en klopte.

Niets.

Logan beukte met zijn vlakke hand tegen het hout, zodat het schudde.

Korte stilte.

'Misschien zijn ze niet...'

Een stem binnen. 'Oké, oké, rustig, verdomde apen.' Er viel een schuifelige stilte – iemand die door het spionnetje gluurde en geen flikker zag. 'Wie is daar?'

Logan legde een trilling in zijn stem. 'Dave... Dave zegt dat jij... weet je wel? Ons kunt voorzien en zo?'
Nog een korte stilte.
'Hoeveel?'
Het maakte niet uit wie het was, iédereen kende wel een Dave.
'Vijftig pond?'
Het gerammel en geratel van grendels en kettingen. Toen ging de deur open en verscheen er een kleine harige man met een slobberige spijkerbroek die om zijn dijen hing en zijn Calvin Klein onthulde, een mouwloos shirt om een dikke pens gespannen, een vacht op zijn schouders. Om zijn hals bungelden gouden kettingen. Zijn dikke snor was met wit poeder bestrooid. 'Wat mag het zijn? We hebben...' Zijn ogen gingen wijd open. 'Kut.'
Inspecteur Steel zette haar voet in de opening. 'Avond, Willy, hoe gaat het met de vrouw en kinderen?'
De uiengeur werd sterker.
'Kutterdekut.' Willy wreef met zijn hand onder zijn neus, schrobde het poeder weg. 'Het is niet wat het lijkt, ik was gewoon... een cake aan het bakken, nou ja, een quiche, en... eh...'
'Het is je geluksdag, Willy: het kan me geen ruk schelen dat jij de voorwaarden van je proeftijd schendt, óf dat je dealt; ik wil alleen even met Shuggie praten. Weet je waar hij is?'
De ogen van de kleine man schoten naar links. 'Ik... heb hem niet gezien. In geen eeuwigheid.'
Steel glimlachte. 'Dan neem ik het terug: het is toch niet je geluksdag.'
Logan haalde zijn handboeien tevoorschijn. 'William Cunningham, ik arresteer je op verdenking...'
'Hij is een kameraad, ik kan niet zomaar...'
Steel knikte. 'Ik begrijp het, Willy, heel nobel van je. Brigadier?'
'Van bezit van een gecontroleerde substantie met de bedoeling om te leveren...'
'Kom op, inspecteur, Molly vermoordt me: wees redelijk.'
'Willy, Willy, Willy – wanneer heb je mij ooit redelijk meegemaakt?'
Hij staarde naar de grond. 'Shuggie is in de keuken. Kijk, kunnen jullie dan tenminste binnenvallen of zo? Het laten lijken... weet je wel?'
'Nee.' Steel klopte hem op de schoudervacht. 'Wijs de weg, wil je?'

Het was een aardige flat. Niet enorm groot, maar goed ingericht en netjes, geverfd in rustgevende tinten met foto's en prenten aan de muren. Toen ze door de hal liepen, trok Willy de woonkamerdeur dicht, maar niet voordat Logan een klein kind in een Spidermankostuum met fonkelende roze elfenvleugels had gezien, dat op stijve, mollige beentjes rondstampte.

Willy bleef staan, met één hand op de keukendeurkruk. 'Geef ons een moment, oké?'

Steel gaf hem een duw. 'We gaan naar binnen.'

Hij wankelde de keuken in, met zijn handen omhoog. 'Shuggie, het spijt me. Had geen keus...'

Shuggie Webster zat over een kleine tafel gebogen, die in de ruimte tussen de gootsteen en de muur was geklemd. Een braadpan op het fornuis vulde de keuken met de zoete, vlezige geur van gekaramelliseerde uien.

Shuggie leek een poosje nodig te hebben om zijn hoofd omhoog te trekken en om te draaien. Zijn ogen leken op twee zwarte knopen die aan zijn fletse gezicht waren genaaid. Kneuzingen op zijn wang en kin. Zijn rechterhand was in bevlekt verband gewikkeld, met rode en gele spikkels; alleen de duim stak uit zijn groezelige gevangenis. Op zijn sweater met capuchon zat een opgedroogde bloedvlek.

Hij knipperde met zijn ogen. Fronste. Knipperde nogmaals. Schudde vervolgens zijn hoofd.

Willy glipte naar de braadpan en roerde zijn uien. 'Kan ze niet laten aanbranden.' Een bleke deegvorm stond op een hakbord naast hem.

Logan stapte de kleine ruimte binnen, die begon vol te raken. 'Kom op, Shuggie. Tijd om naar het bureau te gaan.'

In de keuken was het onbehaaglijk warm, maar Shuggie rilde. 'Ze hebben mijn hond vermoord...'

'Daarom moet je ons vertellen waar ze zijn.'

Shuggie wiegde zijn bebloede hand tegen zijn borst. 'Arme kleine Uzi...'

Willy kiepte zijn uien in de deegvorm en zette de braadpan in de gootsteen. 'Hij is een beetje van de wereld. Heeft iets tegen de pijn genomen, weet je wel?'

'Shuggie, ze zullen achter je aan blijven zitten. Kijk wat Trisha's ma is overkomen.'

'Trisha...' Een frons. Hij schommelde heen en weer, alsof hij zo'n kinderautootje voor een supermarkt was. 'Wat als ze haar weer iets aandoen, of haar zoontje?'
'Zit maar niet over Ricky in, hij is veilig, oké? Nu moet je gewoon...'
'Hoe zit het met Trisha?' Hij hield op met schommelen. 'Is ze veilig?'
'Nou...' Logan keek achterom naar inspecteur Steel. Geen hulp van die kant. 'Ja, het gaat prima met haar.'
Willy brak eieren in een vuurvaste maatbeker.
Shuggie hees zich overeind. 'Kutleugenaar.'
'Zie je, je moet het mengsel van eieren en room goed krijgen, of...'
Hij klapte zijn onverbonden hand op de keukentafel neer, zodat er een blikje Special Brew naar het linoleum spiraalde. Een uitbarsting van schuim. 'Is – ze – verdomme – veilig?'
'Ai, Shuggie! De hele vloer zit onder.'
Logan deed een stap naar achteren. 'Het gaat waarschijnlijk prima met haar...'
'Waar is ze?'
'Leg er dan tenminste een theedoek op of zo.'
'Gisteren heeft ze Ricky bij haar ma thuis achtergelaten. Ze is nog niet terug geweest, maar ik ben...'
Nog een klap. 'Ze hebben haar verdomme verkracht!'
'Hé, kom op, man' – Willy hield de vork omhoog waarmee hij de eieren had geklutst – 'even dimmen, hè? Mijn kleine meisje is thuis.'
Shuggie knikte, begroef zijn gezicht in zijn tot een kom gevormde hand. 'Sorry, het is alleen...' Zijn schouders beefden. Stilte. Daarna een diepe zucht.
Oké, dit zou dus tenminste een stuk gemakkelijker worden dan de vorige keer.
Logan stapte naar voren en legde zijn hand op Shuggies arm, kneep er even in. 'Het komt wel goed.'
De forse man keek op; er drupten tranen uit zijn roze ogen. 'FLIKKER toch op!'
Een duw, en Logan wankelde naar achteren. Toen pakte Shuggie een pak melk van het aanrecht en keilde het weg. Het vloog langs

Logan en sloeg tegen de tegels te pletter; de melk gutste over de koelkast heen.

'Godsamme, Shuggie, rustig...' Er beukte een vuist in Willy's gezicht, waardoor hij achteruit tegen het fornuis klapte.

Er vloog een pak volvette room door de keuken.

Logan bukte: het zeilde over zijn hoofd heen.

Er kwam een stoel achteraan.

Hij tastte in zijn zak naar de pepperspray.

Te langzaam.

Shuggie pakte de tafel met zijn goede hand, draaide hem om en beukte de formica tegen Logans borst, zodat hij met gespreide armen en benen tegen de kastjes vloog. Er knerpte iets onder zijn voeten – het bierblikje – en hij ging neer; zijn elleboog botste tegen het linoleum toen hij op de vloer belandde.

Er schoot een scherpe pijn door zijn arm, alsof die tegelijkertijd kramp kreeg en sliep. 'Klootzak!'

Shuggie dook boven op hem... of boven op de omgekeerde tafel. De onderrand knalde tegen Logans scheen, de bovenrand hard tegen zijn borst. Shuggie trok een massieve vuist naar achteren en haalde uit.

Logan wikkelde zijn armen om zijn hoofd, dook als een bokser achter zijn onderarmen, kneep zijn ogen dicht toen de vuistslag tegen zijn rechterbicep hamerde. Daarna nog een, die hem in de rechteroksel trof.

'Aaaagh, ga van me af, jij...'

Nog een op zijn rechterelleboog, waardoor zijn hoofd achterover tegen de keukenkastjes bonsde.

'Dit is allemaal jouw schuld!' Nog een vuistslag. 'Ik wil die drugs verdomme terug!'

De volgende beukte weer tegen Logans arm.

Telkens aan de rechterkant – Shuggie gebruikte zijn linkervuist, spaarde zijn rechter...

Logans hoofd stuitte tegen de kastjes, maar ditmaal liet hij zijn dekking zakken en greep het bloederige verband, wikkelde zijn vingers om Shuggies rechterhand en kneep hard.

29

'AAAAAAAAAAAAAAH!' Shuggies gezicht werd bleek.
Logan rukte de hand opzij en zette zijn nagels erin.
'KUT!' De forse man mepte op Logans pols, krabbelde achteruit. Buiten bereik. 'KUT!' Ogen wijdopen; uit zijn open mond spiraalde een spuugsliert. En toen slingerde hij naar voren en stampte op de tafel, zodat Logan weer tegen het linoleum smakte.
'Kut...' Shuggie slingerde de keuken uit, met zijn bloederige hand tegen zijn borst geklemd.
Logan hoorde hem door de hal wankelen, tegen de muur botsen, het gerinkel van ingelijste foto's die op de vloer te pletter vielen. Daarna sloeg de voordeur dicht.
Daar ging het idee dat alles gemakkelijker zou worden dan de vorige keer.
Opstaan. Opstaan en achter hem aan stormen. Hem op de trap tackelen en de kop van die klootzak tegen de betonnen muren knallen. Hem de boeien omdoen. Hem dan in de ballen trappen...
Logan zakte achterover tegen het drijfnatte linoleum.
Verrek maar.
Gewoon hier even blijven liggen. Weer op adem komen.
Zijn rechterarm bonsde.
Willy Cunninghams harige gezicht verscheen boven hem; één oog veranderde al van felroze in brievenbusrood; de huid eromheen zwol op en werd donker. 'Gaat het?'
'Nee.' Hij duwde de tafel weg en krabbelde overeind. Vervolgens bleef hij even staan, zich aan het aanrecht vasthoudend.

'Godskolere...' Willy draaide zich met gespreide armen om. 'Moet je eens kijken. Molly gaat me vermoorden!'

Inspecteur Steels knarsende stem klonk in de hal. 'Hulp nodig?'

Logan hield zijn toegetakelde arm vast en keek dreigend. 'Waar zat je verdomme?'

Er verscheen één zwartgeschoeide voet in de deuropening, ongeveer een halve meter boven de grond, met de neus omhoog gericht, gevolgd door een kort eindje verkreukelde sok, een stukje blote enkel en een gekreukte grijze broekspijp. 'Argh.'

Hij liep voorzichtig over het gladde met bier en melk bezaaide linoleum naar de deur.

Ze lag op haar rug onder de stoel waarmee Shuggie geprobeerd had Logan te onthoofden. Het gebarsten pak room lag naast haar, de inhoud helemaal over haar heen gespat.

Steel veegde haar ogen af, zodat er dikke witte druppels tegen de muren vlogen. 'Gloeiende tering... Pfffffffp... Jakkes...' Ze staarde naar haar handen, haar armen, haar boezem – allemaal druipend van de volvette room. Veegde nog een handvol van haar wangen en kin af. 'Nu weet ik hoe het voelt om in een pornofilm te spelen...'

Logan trok haar overeind. 'Ik heb verdomd veel aan je gehad.'

Ze keek nors. 'Hij gooide een stoel naar me toe. Wat moest ik doen?'

'Wie zei er ook alweer: "Je moet schijtventjes zoals Shuggie in de gaten houden", "Je kunt niet je kop in het zand steken en verwachten dat ze zich gedragen", "Dat is gewoon gezond verstand"?'

'O... hou je kop.'

'En een sinaasappellimonade voor het grote mietje.' Grote Gary klapte het pintglas voor Rennie op de koffietafel neer.

'Ik rij, oké?' De agent nam een slokje.

Het Athenaeum was relatief rustig voor een zondagavond, wat betekende dat ze twee van de grote doorgezakte sofa's hadden weten in te pikken, met een uitzicht op de Castlegate: een stel dat zwanger probeerde te worden bij de bushalte, wat dronken gezang, een eenzame idioot die heen en weer beende met een bord dat verkondigde: 'JEZUS ZAL ALISON EN JENNY REDDEN *ALS JE GELOOFT*!

Logan reikte naar zijn pint Stella, kromp ineen en probeerde het met zijn linkerhand nog een keer. Zijn hele rechterarm was stijf, zat waarschijnlijk onder de dikke blauwe kneuzingen. Die verrekte Shuggie Webster...

Grote Gary liet zijn enorme reet in een krakende sofa zakken. Hief zijn Guinness. 'Op commissaris-hoofdinspecteur Green – onze man van SOCA – moge zijn leven lang zijn... en geplaagd door aambeien.'

Doreen klonk haar witte wijn tegen Gary's glas. 'En wratten.'

Steel proostte mee. 'Impotentie.'

Logan: 'Anale lekkage.'

Rennie: 'Voortijdige ejaculatie!'

Steel sloeg hem. 'Hoe kan hij voortijdige ejaculatie hebben als hij impotent is, eikel?'

'Au! Het betekent alleen dat als hij hem ooit omhoogkrijgt, hij er geen zak aan zal hebben.'

Grote Gary knikte. 'De mafkees heeft een punt.'

'Muh.' Steel probeerde haar whisky en liet er een grote teug IPA op volgen. 'Goed, voordat we allemaal hopeloos zat worden: hoe vinden we Alison en Jenny McGregor?'

Doreen kreunde, liet haar hoofd achterovervallen totdat ze naar het plafond staarde. 'Ik doe dit verdomme de hele dag al!'

'Zeg dat maar tegen een klein meisje dat haar kleine tenen niet meer heeft.'

Rennie trok een zak cheese & onion-chips open. 'Hoe zit het met die forensische toestand? Ik bedoel, ze laten geen enkel spoor achter – dat is niet normaal, toch?'

'En?'

Schouderophalen. 'Misschien moeten we, weet je wel, naar politiemensen kijken? Of de TR? Misschien iemand die gepensioneerd is, of ontslagen, of zo?'

Doreen knikte. 'Daar zit wat in. Zij zouden een motief hebben om de rest van ons voor joker te zetten.'

Steels mond viel open en haar ogen gingen wijdopen. Ze knipte met haar vingers. 'Dat is briljánt! Rennie, je bent een geníé!'

De agent ging rechtop zitten. 'Nou ja, soms is het...'

'Waarom heeft níémand daar eerder aan gedacht? Een hele ploeg van zeer ervaren politiemensen, en niemand dacht eraan om naar de forensische hoek te kijken. Jij bent een soort van deductieve god!'

Rennies schouders zakten een beetje. 'Wat?'
'De afgelopen week en nog wat dagen hebben we zéker geen team gehad dat daarnaar heeft gekeken!'
'O...'
Steel sloeg hem opnieuw. 'Sufkop.'
Logan pakte een van Rennies chips. 'Hoe zit het met de studenten in haar psychologiegroep?'
Steel zoog even aan haar tanden. '... McPherson is dat aan het onderzoeken, denk ik. Nou ja, hij of Evans. Maar ik zie een stelletje puisterige uitvreters dit niet voor elkaar krijgen, jij wel? Dan zouden ze 's ochtends moeten opstaan. Ze hebben het te druk met het analyseren van elkaars kontgaten.'

'Nee, ik ga naar huis.' Logan stond op. Zijn schenen stootten tegen de lage tafel, zodat het kerkhof van lege glazen rinkelde. 'Samantha zit te wachten.'
Het was drukker in de pub geworden; het geluidsniveau steeg met de alcoholconsumptie.
Een groep vrouwen van middelbare leeftijd, gekleed in kleren die veel te jong voor hen waren, was voor ongeveer de zesde keer 'Happy Birthday to You' aan het zingen, compleet met gierend gelach. Rennie was naar hen toe gestuurd, en kwam terug met een papieren bord met een hoop plakjes chocoladecake erop en een met helderrode lippenstift besmeurde wang.
'Ah, vooruit.' De agent schudde zijn derde pint Tennent's voor Logans neus heen en weer. 'Nog een voor onderweg!'
'Dacht dat je zou rijden?'
Rennie schudde zijn hoofd. 'Emma zegt dat ze me komt halen.' Grijns. 'Is ze niet geweldig?'
Doreen goot het laatste restje witte wijn in haar glas en zakte ineen. 'Iedereen heeft iemand om voor naar huis te gaan, maar ik...'
Brigadier Bob Marshall verscheen uit de menigte, met een verse pint van iets donkers in zijn hand. 'Je kunt met mij mee naar huis komen, als je wilt, Doors? Jij, ik en Deborah kunnen de Swingende Jaren Zestig nieuw leven inblazen.' Hij gaf haar een wellustige knipoog.
'Urgh...' Doreen huiverde. 'Ik geloof dat ik net een beetje heb gekotst.'

'Charmant.' Hij sleepte er een stoel bij. Wachtte even, trok zijn bovenlip op en snoof. 'Hoezo ruik ik kaas?'

Logan trok zijn bevlekte jasje aan. 'Maak je geen zorgen, ik stap op.'

Bob schoof zijn stoel dichter naar de tafel toe. 'Het verbaast me dat ik überhaupt iets kan ruiken: Stinkie Tam was als... Eigenlijk wil je dat niet weten. Maar jézus, wat een stank. Ik vond hem in de struiken aan de kant van de weg, helemaal opgezwollen en lek en met stukken die eraf vielen. Vrij zeker dat de ratten ook aan hem hadden gezeten.'

Doreen keek dreigend. 'Je had gelijk, wij wílden het niet weten.'

'Hoe kan iemand midden in de stad doodvallen zonder dat een hond het merkt, hè?' Een slurp bier. 'Ik had hier al eeuwen kunnen zitten, maar die GED-klootzakken sleepten me naar een of andere arme drommel die zich van kant had gemaakt. Generale Enquête Divisie m'n reet – Geflipte Etterige Droplullen kan je beter zeggen.' Nog een slurp. 'Nou, kom op dan: wie is die griet bij Steel?'

'Met het donkere haar?' Grote Gary gluurde over Doreens hoofd heen naar de bar.

Logan draaide zich om en deed hetzelfde. Inspecteur Steel was net zichtbaar in de menigte, met haar hand op de onderrug van een of andere vrouw. Donker krulhaar met grijs erdoorheen; spijkerbroek en een strak zijden shirt; bril boven op haar hoofd; feesthoedje in een zwierige hoek gezet.

Steel boog zich voorover en zei iets. De vrouw lachte, waardoor er een indrukwekkende boezem begon te schommelen.

Logan schuifelde bij de tafel vandaan en liep naar de deur. Bleef staan. Draaide zich vervolgens om en waadde door de menigte naar de bar. Hij tikte Steel op de schouder. 'Ik ga ervandoor.'

Ze draaide zich om; haar ogen versmalden even. 'Fijn voor je.' Daarna fluisterde ze weer iets in het oor van haar nieuwe vriendin.

De vrouw wierp haar hoofd achterover en gaf nog een decolletéwiebelend lachsalvo. 'O, schat, jij bent kóstelijk.' Amerikaans accent.

Logan forceerde een glimlach en greep Steels arm vast. 'Excuseer ons even.' Hij trok haar naar de dichtstbijzijnde nis. 'Wat ben je aan het doen?'

Steel schudde zich los. 'Waar lijkt het verdomme op dat ik aan het doen ben? Ik sta te praten met...'

'Jij bent getróúwd, weet je nog?'
De mond van de inspecteur werd een harde dunne streep. 'Sinds wanneer gaat het jou een donder aan wat...'
'Moet ik daar écht antwoord op geven?' Haar wangen kleurden roze. Ze keek weg. 'Ik heb gewoon een beetje lol, oké? Het is niet zo dat ik haar ga neuken of zo.' Steel legde beide handen tegen haar voorhoofd en trok de rimpels weg. Zuchtte. 'Susan zegt dat ze nog stééds niet klaar is. Na bijna een jaar. Een jáár, en ze wil nog steeds niet... Ik ben verdomme ook maar een mens, Laz.'
'Doe... Doe alleen niets waar je spijt van gaat krijgen.'
'Ja.' Ze klopte hem op de arm. 'Bedankt.'
Logan stapte naar buiten, de drukte van Union Street in: het geronk van bussen, het jammerende gekrijs van zeemeeuwen, die idioot met het JEZUS!-bord die met een gebroken falsetstem een of andere psalm aan het zingen was. De straten waren nog nat van de laatste plensbui en glansden in het avondlicht.
Hij stapte opzij voor een tiener met een bungelende sigaret in haar mondhoek, een mobiele telefoon tegen haar oor geklemd, en een klein kind dat in een wandelwagen vastgesnoerd zat.
'Ja... Ja, ik weet het, maar hij is een enorme eikel, dus wat kan ik anders?' Klikklakkend op te hoge hakken.
Logan gluurde achterom door de ramen van het Athenaeum, en daar stond inspecteur Steel, terug aan de bar, met haar arm om de weelderige feestmeid heen.
Godsamme...
Weet je wat: hij was haar moeder niet. Als ze alles wilde verkloten, stond ze er alleen voor.

'Jij bent een grote aansteller, er is niks te zien.' Samantha ging weer op de bank zitten.
'Zeker weten?' Logan tuurde naar zijn rechterarm... 'Daar, dat is een kneuzing.'
'Dat is vuil.' Ze klapte één keer in haar handen. 'Kom op dan, laat me de andere zien.'
Hij trok het overhemd helemaal uit en draaide zich om. Het vierkante wattenverbandje was gerafeld, de hechtpleister liet los en was vies aan de randen. 'Als het niet blijft zitten...'

'Niet te geloven dat je dat nog steeds draagt.' Ze sprong van de bank, pakte het wattenverband en scheurde het eraf.
Een plotselinge steek van uitgerukt haar. 'Au!'
'Ziezo.' Ze knikte. 'Ziet er goed uit – ik had je al gezegd dat de Dominee een kunstenaar was. Ben je er blij mee?'
'Steel zegt dat ze de TR natrekken, voor het geval een van jullie Alison en Jenny heeft ontvoerd?'
'Het past bij je. Heel minimalistisch.'
'Ik kan het zelf niet zien. Criminele meesterbreinen? De helft van jouw team kan niet eens zijn schoenveters strikken zonder volwassen toezicht.'
'Laat het een beetje ademen: dan zal de roodheid sneller afnemen. En voor jouw informatie: jullie tapijtneukers van de recherche kunnen nog een hoop van ons leren.'
Hij ging op de armleuning van de bank zitten. 'Wist je dat Alison McGregor een verschrikking was toen ze jong was?'
'Nou... duh. Dat weet iedereen. Toen ontmoette ze Doddy, en ze werd halsoverkop verliefd op hem en raakte zwanger, en zwoer haar leven weer op de rails te zetten voor haar man en haar kleine meid. *Très* romantisch.'
'We hebben een grote stapel liefdesbrieven gevonden toen we vrijdag haar huis doorzochten.' Logan plukte aan een toefje draad dat uit een van de naden van de bank stak. 'Zit het je dwars?'
'Wat?'
'Dat ik... nou ja, dat ik jóú nooit liefdesbrieven heb geschreven?'
'O goeie god, nee. Ik heb die verdomde dingen gelezen toen Bruce ze vorige week naar het lab bracht.'
'Heb je ze gelézen?'
'Wie denk je dat ze in de onderste la heeft teruggelegd? Iemand moest haar post controleren op dreigementen, of geheime minnaars.' Ze vouwde haar handen ineen op haar boezem. '"O, hoe branden de sintels van mijn hart met de hitte van een miljoen zonnen!" Pffff... "Miljoen zonnen". Ik zou meer respect voor de man hebben als hij had gezegd dat hij brandde met de hitte van een zomerdag in Banchory. Of een zak patat.' Samantha boog haar hoofd opzij en staarde hem aan. 'Als jij óóit zoiets aan mij schrijft, trap ik je in je kloten en ga ik weg. Begrepen?'
'Ja, nou, ik was niet van plan...'

'Hoe dan ook' – ze wees op zijn arm – 'dat betekent verdomd veel meer voor mij dan wat klef rozengeur-en-maneschijngelul.'
Ze maakte de dikke leren riem en de bovenste knoop van haar spijkerbroek los, ritste de rits open en trok haar T-shirt omhoog. Er zat een wattenverbandje, niet veel groter dan een bierviltje, op haar buik, net naast haar navel. Ze trok de hechtpleister los. 'Wat vind je ervan?'
Het was het getal 23, afstekend tegen een cirkel die uit kronkels bestond. De inkt was zwart, de huid licht gezwollen, felrood dat tot deegachtig-Schots-wit vervaagde. Het zat niet ver van de bovenste stekels van het tribal-spin-ding dat helemaal tot haar knie reikte; op gelijke afstand van een teddybeer met een bijl in zijn borst, en een soort van gevlochten roos.
'Drieëntwintig?'
'Yep. Noem het een antwoord op het liefdesbriefje op je arm. Kijk' – ze wees op de kronkels – 'nu heb ik drieëntwintig littekentjes. Net als jij.'
Logan legde zijn hand tegen zijn eigen buik. Verwrong één kant van zijn gezicht. 'Bedankt... denk ik.'
Ze trok haar T-shirt weer omlaag. 'Je vindt het niet mooi.'
'Nee, het is niet dat... ik...' Hij fronste. 'Ik kan alleen... niet beslissen of het een echt lief gebaar of een beetje eng is.'
Samantha grijnsde. 'Kan een meisje niet allebei zijn?'

'Ik weet 't niet, ze ziet er niet zo goed uit.'
'Natuurlijk niet – ze heeft koorts, idioot.'
Heet. Veel te heet. Jenny doet haar ogen met moeite open. Koud. En heet. En het licht steekt in haar hoofd als een scherpgeslepen potlood. De kamer begint te draaien. Vies plafond, bekrabbelde muren, een kale gloeilamp die door een vieze lucht zwemt...
Zo'n dorst.
'Nou? Wat moeten we in godsnaam doen?'
De monsters staan in de hoek, helemaal kreukelig en wit. Als papieren spoken.
'Dus, bellen we een dokter, of hoe zit het?'
Haar lippen barsten en branden. 'Mammie...'
'Wees niet zo'n lul, Tom.'
'Wie noem jij een lul, Sylvéster?'

'Mammie...?' Haar hoofd bonst en gonst.
'Het is oké, lieverd. Mammie is hier. Ssst...'
Een koele hand streelt Jenny's voorhoofd. 'Dorst.'
'Gebruik jullie hersens.' Dit monster is niet zoals de andere. Hij heeft puntige horens en een rode zwiepstaart. En als hij op de vloerplanken stapt, ontspringen er vuurcirkeltjes. 'Hoe moeten we dit in teringnaam aan een dokter uitleggen? "O, ken je die twee van de tv die ontvoerd zijn? Nou, raad eens wat we gevonden hebben..."'
'Waar is die verrekte Colin als je hem nodig hebt?'
Mammie verheft haar stem. 'Ze heeft water nodig.'
De monsters houden op met kibbelen. 'Ja, juist. Sylvester, breng haar een fles of zo...'
'Hij neemt zijn telefoon niet op. Waarom neemt hij verdomme zijn telefoon niet op? Ik heb gezegd dat hij onbetrouwbaar als de tering was, toch, David? Heb ik niet gezegd dat hij een groot, dik kloteblok aan het been was?'
'Hier, het is nogal koud. Misschien moet je haar niet alles in één keer laten opdrinken, anders gaat ze kotsen.'
Mammies gezicht komt deinend in zicht. Haar ogen zijn roze, net als haar neus. Ze snuift, veegt met de rug van haar hand een druppel weg. 'Hier, liefje, probeer kleine slokjes te nemen...'
De harde plastic vorm drukt tegen Jenny's lippen en ze slikt. Koud, nat, verzachtend – het verspreidt zich in haar binnenste. Een bevroren octopus die helemaal van haar ellebogen naar haar knieën reikt.
'We moeten iets doen; wat als ze doodgaat?'
'Ze gaat verdomme niet dood.' DAVID laat een spoor van vurige voeten op de vloer achter. 'Hier: die waardeloze eikel heeft zijn medische tas achtergelaten. Ze heeft gewoon meer antibiotica of zo nodig.'
Het water gaat weg. Jenny grijpt ernaar, maar haar handen wiebelen en flapperen. Twee ballonnen, met worstjes gevuld...
'Ssst... Het komt goed, liefje, het komt goed. Dat belooft mammie.'
'Vond wat fluc... fluc-lox-acilline' – gearticuleerd uitgesproken – 'dat klopt toch?'
'Hoeveel geven we haar?'
'Geen idee. Kun je een overdosis antibiotica krijgen?'

'Godsamme, Tom.' DAVID zucht; zijn schouders krommen. 'Je hebt een iPhone, googel het maar.'
'Juist... Oké. Ja. Daar gaan we – hebbes. Flucloxacilline... Hoeveel weegt ze?'
'Doet dat er verdomme iets toe?'
'De dosis is afhankelijk van hoeveel ze weegt: dertig milligram per kilo. Ze is ongeveer, nou – negentien, twintig kilo?' Hij friemelt met een naald en een glazen flesje, en spuit dan een boogje in de lucht, net als op de televisie. 'Juist... wie gaat het doen?'
SYLVESTER stapt achteruit. 'Nee, dat is Colins taak.'
'Ja, maar Colin is hier niet, hè?'
'Geef mij dat rotding.' DAVID steekt zijn hand uit. 'Gaat het in een ader of een spier?'
'Eh...' Hij kijkt nog eens naar het glanzende platte ding. 'Beide.'
Mammies stem wiebelt. 'Doe haar alsjeblieft geen pijn...'
'Wil je verdomme nog een lesje?'
Ze deinst terug.
'Dat dacht ik al. Hou de arm van het kind stil.'
Jenny kijkt naar de glanzende naald. Hij glinstert en fonkelt in de zonneschijn. Op het strand. Een picknick met boterhammen met ei, worstenbroodjes en pappie. Hij tilt haar op zijn schouders en stormt lachend de zee in. Mammie wuift vanaf het zand.
De prikkelige bij steekt.

30

De beer trok zijn bovenlip op. 'Wat? Lijk ik verdomme op je moeder?' Zijn gezicht was half bont, half littekenweefsel, de huid tot een permanente sneer verwrongen.

Logan wierp een stiekeme blik op de koelkast. 'Ik weet niet waar hij is.'

Een glimlach. Geen áárdige glimlach, maar een ik-ga-je-rotkop-afbijten-glimlach... 'Je mag hopen dat...'

De buik van de beer begon te zingen. 'Shit...'

'Jenny's teen moet weer in de koelkast.' Logan knipperde met zijn ogen. Duisternis. Knipper. De bleekgroene gloed van de wekkerradio maakte de slaapkamer monochroom. Er hing een muffe, postcoïtale geur van kruiden, knoflook en bleekmiddel in de kamer; er slingerden sokken en onderbroeken rond, als in een Romeinse orgie.

'Urgh...' Droegen de Romeinen onderbroeken onder hun toga's?

Zijn mobieltje rinkelde.

'Verdomme...' Er waren twee pogingen nodig om het ding te pakken.

Samantha bromde en verschoof in haar slaap, mond net ver genoeg open om het puntje van haar tong en haar boventanden te onthullen. Een snurk. Smak, smak. Mompel.

Logan porde op de knop. 'Wát?'

Gaap. Hij draaide met zijn rechtervuist in zijn oogkas.

Stilte.

Typisch – dat kwam ervan als hij zijn recherchevisitekaartje uitdeelde aan elke heroïnejunkieklojo in het noordoosten van Schotland.

'Ik run hier geen sekslijn voor pantomimespelers. Of je zegt iets, of ik hang op over vijf, vier, drie, twee...'
'Heb jou verdomme de kans gegeven...'
Logan hield de telefoon van zich af en tuurde naar het schermpje. ONBEKEND NUMMER.
'Met wie spreek ik?'
'Gevolgen... Weet je wel? Alles heeft verdomme gevolgen.'
'Ja, heel grappig. Zeg verdomme nou maar wie...' Hij fronste.
'Shuggie Webster. Jíj bent het, hè? De volgende keer...'
De lijn viel dood.

'Alsjeblieft...' Trisha Brown zakt achterover tegen de radiator. 'Alsjeblieft...'
Alleen al door die kleine beweging schieten er scherpe pijnflitsen door haar linkerbeen, alsof een of andere klootzak het gebroken bot omdraait.
Niet naar kijken.
Maar het is net als een auto-ongeluk, weet je? Je moet kijken. Je moet het bloed en zo zien.
O jezus... Het stuk tussen haar knie en haar enkel is één enorme klotekneuzing, een bult, zo groot als een Schots ei, uit de zijkant stekend. Ze wil het aanraken, of aan de met korsten bedekte bijtafdrukken op haar spookwitte dijen plukken. Maar dat kan ze niet, niet met beide handen boven haar hoofd geboeid. Naakt en geketend, tentoongesteld als vlees in een slagerij.
Ze kijkt weg.
Het is een kelder, of een garage, zoiets. Boiler voor de centrale verwarming, grote vrieskist. Wasmachine. Planken met blikken en dat soort troep erop. Geen ramen, alleen die zoemende teringtl-verlichting die hij nooit uitzet.
Haar hele lichaam doet pijn en príkt en brándt. Koud en heet tegelijk. Iets diep in haar binnenste is verscheurd en bloedt. Smerig.
Ze knippert een traan weg. Al die tijd dat ze op Shore Lane een beetje geld verdiende om voor zichzelf spul te kunnen blijven kopen – en voor haar jochie van die kleine diepvriespizza's waar hij zo dol op is – heeft ze zich nooit smerig gevoeld. Niet zo.
Hoe moet Ricky het nu redden? Bij zijn verrekte heroïneverslaafde grootmoeder. Trisha bonkt haar hoofd achterover tegen de

radiator. Het koele metaal klinkt als een gedempte bel of zo. Ze doet het nog een keer. Harder. Knarsetandt. Beukt haar hoofd tegen het ding – als ze zichzelf bewusteloos slaat, zal het tenminste geen pijn meer doen.
Het werkt niet.

'Misschien moet ik me maar ziek melden?' Brigadier Doreen Taylor staarde in haar koffie, spreidde de rode en zilverkleurige foliewikkel van haar Tunnock's Teacake op de kantinetafel uit en streek die glanzend glad met de achterkant van haar vinger.

'Ah...' Bob knikte. 'Vrouwenproblemen, zeker?'

Ze keek niet op. 'Néé. Ik weet gewoon niet of ik het nog een dag kan uithouden met die schijnheilige zakkenwasser van een commissaris-hoofdinspecteur Green. Zo, ik heb het gezegd.'

Logan glimlachte. '"Zakkenwasser"?'

'Nou ja, dat is hij.' Het folievierkant was volmaakt spiegelglad. Ze verfrommelde het tot een prop. 'Weet je dat Finnie en Bain bang zijn dat SOCA het McGregor-onderzoek gaat overnemen?'

Bob knikte. 'Ze zullen op onze nek zitten als Gary Glitter in een weeshuis.'

'Doe niet zo walgelijk.' Ze liet de folieprop in zijn lege mok vallen. 'Maar goed, ze zijn helemaal niet van plan om het over te nemen. Ik hoorde Green gisteravond in zijn mobieltje praten – ze willen helemaal niets met deze zaak te maken hebben. Wij hebben niets om op voort te gaan: geen aanwijzingen, geen getuigen, geen forensische bewijzen. Als zij erbij komen, komen ze net zo vast te zitten als wij.'

'Ah...' Logan zette zijn mok weer op de tafel. Kromp lichtjes ineen. Zijn rechterarm deed pijn – één enorme blauwe en paarse en groene puinhoop waar Shuggie Webster er met zijn vuist op had gebeukt. 'Dus als de deadline donderdagochtend aanbreekt, en wij geen andere keus hebben dan het losgeld te overhandigen, willen zij niet degenen met de verantwoordelijkheid zijn.'

Doreen hing boven haar koffie. 'Precies: als zij met de vinger naar ons wijzen dat we alles verknoeien, krijgen wij de schuld, en zij nemen het over zodra we Alison en Jenny terugkrijgen.'

'Vuile klootzakken.' Bob ramde zijn vinger tegen de tafel. 'Wij doen al het geklooi, en zij stormen binnen en verhoren de enige ge-

tuigen die we waarschijnlijk krijgen.' Hij tilde één bil van zijn stoel, kneep een oog dicht en zuchtte. 'Goed, ik ben weg.'
Bob verdween giechelend.
Toen de geur doordrong, was het alsof je met een schimmelige stomazak voor je hoofd werd geslagen.

Rennie wachtte in het provisorische kantoortje op Logan; hij zat aan het geleende bureau naar het scherm van de laptop te turen, terwijl zijn vingers over de toetsen ratelden.
'Als je maar niet op een of andere pornochatsite zit te rotzooien.' Logan zette een kartonnen beker naast de muis. 'Koffie. Omdat je me er niet bij hebt gelapt bij Beroepsnormen.'
'Ooo, bedankt, brigadier.' Hij trok het plastic deksel eraf en knikte naar een stapeltje papier. 'Ik ben bezig geweest om ontvoeringen op te zoeken – tot dusver zeven jaar gedaan.'
Logan pakte de uitdraaien van de nationale politiecomputer op en bladerde ze door. 'Iets gevonden?'
'Niets wat ook maar váág op de McGregors lijkt. Er zijn niet zoveel serieuze ontvoeringen als je zou denken – met fatsoenlijke losgeldbriefjes en zo; de meeste zijn drugsdealers die door rivalen worden gepakt, een paar stomme eikels die zichzelf ontvoeren voor de aandacht, en een stuk of tien tijgers.' Hij trok een wenkbrauw op. Waarschijnlijk wachtend op de vraag wat een 'tijger' was.
Pech.
Logan kwakte de stapel op het bureau. 'Hoe zit het met oudere zaken?'
'Je weet wel: als je iemands familie ontvoert, omdat je wilt dat ze je helpen hun bank te beroven of zo?'
'Wil je dat ik die koffie terugpak?'
'Ik probeer alleen…'
'Rennie!'
Een zucht. 'Ik heb om tien uur een afspraak met de korpshistoricus. Zij heeft een zootje spullen geleend voor een tentoonstelling die ze aan het opzetten is.'
'Mooi. Als je daar toch bent, kijk dan of je nog eens tien jaar terug kunt gaan, gewoon om het zekere voor het onzekere te nemen.' Welke strontstorm Napier ook bij SOCA aan het aanwakkeren was, niemand zou Logan ervan beschuldigen dat hij niet grondig was.

De agent kreunde. 'Kunnen we dit niet even op een laag pitje zetten? Ik bedoel, in plaats daarvan kan ik je helpen Alisons studiegenoten te verhoren? Misschien kunnen we de zaak oplossen: Alison en Jenny terugkrijgen voordat commissaris-hoofdinspecteur Lulletje Rozenwater hem van ons afpakt?' Hij nam een houding aan: de ene hand op zijn borst, de andere naar de morsige plafondtegels uitgestoken. 'Rennie en McRae zorgen voor pais en vree!' Een grijns. 'Hé, dat rijmt.'

Logan kauwde op de binnenkant van zijn lip. 'Wil je helpen om iedereen van Alison McGregors opleiding te verhoren?'

Knik.

'Oké, dat kan.'

'Vet!' Rennie gaf een vuistslag in de lucht. 'Bedankt, brigadier!'

'Zodra je klaar bent met dingen uit de archieven op te spitten.'

'Nee.' Brigadier Eric Mitchell keek op van zijn computerscherm en streek vervolgens met zijn vinger door zijn bovenmaatse snor; er glinsterde zonlicht op zijn kale kop. 'Alles is uitgeleend.'

'Hoe kan alles uitgeleend zijn?' Logan probeerde naar het scherm te gluren, maar Eric draaide het weg.

'Finnie heeft iedereen erop uitgestuurd om dokters en dierenartsen te verhoren, dáárom. Neem een bus zoals normale mensen. Of pak een taxi.'

'Juist. Een taxi. Heb je ooit geprobeerd om zo'n ding te declareren?'

'Ga dan lopen.'

'Naar Hillhead?'

'Ahum...' De stem klonk vlak achter Logans schouder. 'Wellicht kan ik behulpzaam zijn, jonge Logie? Toevallig ga ik zelf ook die kant op.'

Logan deed zijn ogen dicht. 'Ik deel geen auto met jou, Bob.'

'En als ik jou laat rijden?' Bob rammelde met een setje sleutels naar hem. 'Kom op, wat is het ergste wat er kan gebeuren?'

Logan stapte de koele ochtend in en sloeg het portier van de poolauto dicht. Zoog een teug schone lucht in zijn longen.

Bob stapte aan de andere kant uit. 'Wat? Ik heb het raampje toch opengezet?'

'Jij hebt medische hulp nodig. Of een kurk, verdomme.'

'Beter in de wijde wereld dan in een nauw gat, zoals mijn oma altijd zei.' Hij stond naar de zielloze verzameling flatblokken in stalinistische stijl te staren en beet vervolgens op zijn bovenlip. 'Je hebt zeker geen zin om met me mee naar binnen te gaan? Ik heb een teringhekel aan zelfmoorden.'
'Ik dacht dat je het lichaam gisteren had meegenomen?'
'Ja, maar...' Hij bewoog zijn schouders heen en weer onder zijn glanzend grijze jasje. 'Moord is anders: er is iets vreselijks gebeurd en wij pakken de gestoorde klootzak die het gedaan heeft. Zorgen ervoor dat het slachtoffer gerechtigheid krijgt. Bij zelfmoord zijn ze een en dezelfde persoon.' Hij snoof. 'Zeg niet dat het niet eng is. Verdomd deprimerend ook.'

De kamer was niet enorm, net genoeg ruimte voor een eenpersoonsbed, een ingebouwde kledingkast, een tafeltje en één stoel. Boven het bureau hingen twee planken, vol medische studieboeken met ezelsoren. De obligate posters van Monet, Klimt en *Star Wars*. Bij het bed lag een exemplaar van FHM op de vloer. KAREN HAALT ZE ERUIT! IS ER EEN DOKTER IN DE ZAAL?

Het kleine raam keek uit op weer een andere studentenflat. Bleek en saai en levenloos.

'Bruce Sangster, eenentwintig. Bezatte zich aan Highland Park, spoot zichzelf daarna vol morfine, bond een plastic zak over zijn hoofd, werd nooit meer wakker.' Bob stopte zijn handen onder zijn oksels. 'Eenentwintig en je doet jezelf dat aan. Wat een verdomde verspilling.'

Whisky, opiaten en verstikking. Het was geen schreeuw om hulp: waar Bruce Sangster ook maar voor wegliep, hij had er verdomd goed voor gezorgd dat het hem niet te pakken zou krijgen. Hoe kon iemands leven zó slecht zijn dat hij of zij het zomaar helemaal zou vergooien?

Bob huiverde. 'Hij zou arts worden...'

Medische studieboeken en mannenbladjes waren niet het enige leesmateriaal in de woning. Er lag een stapeltje met *heat, Hello!, Now* en *OK!*: ALISONS GEHEIME SCHOOLMEISJESZONDE: "IK WAS ALS TIENER EEN HERRIESCHOPPER," BEKENT HALVE-FINALIST BNBS.

Inspecteur Steel had helemaal gelijk gehad. Wat verontrustend was.

Logan pakte het magazine op en bladerde alle gemaakte glimlachen, nepbruine kleurtjes, fluweelbehang en kroonluchters door, totdat hij bij de foto van Alison McGregor kwam. Ze zat in haar woonkamer half in de verte te staren, met dat ingelijste portret van Doddy in zijn uniform in haar hand. Haar: onberispelijk, make-up: perfect, gekleed in een zijdeachtig topje dat tegelijk respectabel en onthullend wist te zijn.

Ze was zonder enige twijfel een heel aantrekkelijke vrouw. Heel, héél aantrekkelijk.

Het artikel leek erover te gaan dat ze toegaf dat ze alles had gedaan waarvan Vunzige Vikki haar beschuldigde. En nog meer. Impulsief gedrag omdat haar pleegouders niet met haar overweg konden op een emotioneel niveau, wat dat in godsnaam ook betekende. Toen had ze Doddy ontmoet en ontdekt dat ze toch geen vreselijk mens was en dat er meer in het leven was dan zuipen, roken en bushokjes vernielen. Daarop volgde het kleine wonder dat in Jenny groeide, en daarna het tragische verlies van Doddy's ouders, het sprookjeshuwelijk, de geboorte...

Herrieschopper gooit haar leven om, wordt een liefhebbende echtgenote en een toegewijde moeder, Doddy sneuvelt in Irak, Alison komt in *Britain's Next Big Star* om zijn nagedachtenis te eren, en de rest is geschiedenis.

Meer kiekjes van Alison en Jenny thuis, en dan... Logan fronste. De volgende twee bladzijden zaten aan elkaar vast. Met een scheurend geluid kwamen ze van elkaar los, en er was een foto van Alison op het strand, met een gele bikini aan, glimlachend naar de camera, één hand achter haar hoofd, terwijl Jenny bij haar voeten een zandkasteel aan het bouwen was. Er zaten stukjes van de tegenoverliggende bladzij op Alisons boezem en gezicht geplakt.

Bob verscheen bij zijn schouder. 'Iemand raakte een beetje opgewonden...'

Logan dumpte het magazine in de prullenbak. 'Wat mankeert mensen in godsnaam?'

'Laat die knul toch. Alsof jij nooit de handkar van stal hebt gehaald bij een foto van een of andere halfnaakte griet.'

'Er stond een klein meisje op de foto, Bob.'

Hij krulde zijn bovenlip. 'Ja, daar heb je gelijk in.'

Misschien was dat het waarvoor hij was weggelopen?

'Heeft Sangster een briefje achtergelaten?'

'Ja, het gebruikelijke. Het spijt me, ik kon het niet meer aan, ik heb iedereen teleurgesteld...' Bob schudde zijn hoofd en ging vervolgens op de rand van het bed zitten. 'Heb je enig idee hoe vaak mensen precíes hetzelfde schrijven? Hun laatste woorden op aarde, en het spijt ze dat ze iedereen teleurstellen. Hoe verknipt is dat?' Hij streek met zijn hand door zijn haar, totdat hij bij de kale plek op zijn achterhoofd kwam. 'Dit keer breng ik het doodsbericht tenminste niet over; een of andere arme donder in York mag de ouders van Bruce vertellen dat hij niet aan hun verwachtingen kon voldoen... Ik heb een teringhekel aan zelfmoorden.'

Logan keek de kamer rond. 'Nou, kom op dan – waarom bén je hier dan? We hebben geen verdachte omstandigheden: waarom handelt de GED het niet af?'

'Dat doen ze ook. Ik ben hier niet vanwege de dood van Bruce – dat kan Finnie kennelijk niks schelen. Wat Finnie wél wat kan schelen is waar Bruce de morfine vandaan had. Gecontroleerde substantie. Het moet iemand zijn die op de campus dealt.' Bob stak zijn kin omhoog. 'Dus nu moet ik alle kameraden van Bruce gaan vertellen dat hij dood is, en aan hen vragen: "Ben jij een drugsdealer?"' Hij haalde een vel papier uit zijn jaszak en reikte het aan. 'Die heb ik uit zijn telefoon- en laptopcontacten. Je hebt zeker geen zin om te helpen?'

Geen denken aan.

Logan nam de namen vluchtig door. 'Ik denk dat ik Liam Christie vorig jaar heb opgepakt wegens diefstal van etalagepoppen. Die stomme eikel zei dat hij een plastic leger aan het bouwen was om onze reptielachtige opperheren ten val te brengen. Die verdomde medische studenten zijn altijd het ergst...' Hij stopte en haalde een lijst uit zijn eigen zak. Controleerde de namen en adressen tweemaal. 'Je hebt mazzel, Bob – vandaag spreek ik toch een paar van die gasten.'

'Doe me een plezier: vraag ze of ze een beetje dealen om hun studie te betalen, wil je?'

Logan smeet Bobs lijst naar hem terug. 'We kunnen later wel regelen wat het jou gaat kosten.'

31

'Ik heb zoiets van: kan de wereld nog slechter worden?' Weer een benauwd kamertje – ditmaal vol gehangen met *Twilight*-posters en voorzien van een levensgrote kartonnen figuur van die vampiervent met het vettige haar. Tanya Marsden depte haar roze ogen, snoof en scheurde vervolgens het papieren zakdoekje met knokige vingers in kleine stukjes. 'Ik bedoel, eerst Alison, en nu die arme Bruce. Het is alsof er een of andere kwade vloek op de hele universiteit rust...' Vanuit de diepten van een donkere, steile pony staarde ze naar Logan.

'Hoe goed kende u Bruce, juffrouw Marsden?'

'Noem me alsjeblieft Tiggy. We speelden samen een rollenspel: AD&D; met een stelletje, weet je, hebben we in het eerste jaar een groep samengesteld. De meesten van hen taaiden zomaar af... Maar Bruce hield het tot afgelopen kerst vol – te druk met studeren. Ik mag Bruce graag. Hij was een goede vriend, weet je?'

'En heeft hij ooit met jou over drugs gepraat?'

'Serieus? Geen spráke van. Bruce wordt arts...' Ze keek naar het versnipperde papier in haar handen. 'Zóú arts worden. Hij was superslim; hij zou het nooit riskeren om van de uni getrapt te worden.'

'Heeft hij in de laatste paar weken iets tegen je gezegd? Iets wat zou kunnen verklaren waarom hij het gedaan heeft?'

Haar schouders beefden. 'Ik had iets moeten doen. Ik bedoel, wat voor zin heeft het om psychologie te doen als je niet eens een vriend kunt helpen? Hij was altijd aan het werk, weet je? Zat altijd met zijn neus in een studieboek, ging nooit naar de kroeg...' Ze beet op haar onderlip, knipperde en wreef vervolgens met haar hand over haar ogen. 'Het spijt me...'

Logan leunde achterover in de plastic stoel en keek hoe ze zat te snotteren. Dat was het probleem met psychologiestudenten: die kleine etters werd geléérd hoe ze andere mensen moesten manipuleren. Natuurlijk noemden ze het niet zo; ze noemden het neurolinguïstisch programmeren, en zo. Het soort dingen dat Rennie bij de zedendelinquenten probeerde te flikken.

'Dus, je kende Alison McGregor, hè? Moet moeilijk voor haar zijn geweest – alleenstaande moeder, studeren, een klein meisje opvoeden, repeteren, op de tv komen?'

Ze rolde met haar ogen en lachte, een kort, broos geluid. 'O god, ja. Maar ze was geweldig, echt waar, een totále inspiratie. Het was dikke mik tussen ons, we waren echte hartsvriendinnen, Alison en ik. We schreven elkaars collegeaantekeningen over, als een van ons niet kon komen en zo.'

'Uh-huh.' Logan schreef het woord 'leugenaar' naast Tanya Marsdens naam in zijn notitieboekje. Iedere student met wie hij had gesproken had gezworen dat hij/zij de allerbeste vriend(in) van Alison McGregor was. Op het erepodiumpje springen en om de zitplaatsen vechten: kijk mij eens, ik ken de ontvoerde vrouw en haar gemartelde dochter!

'Ik kan niet geloven dat dit gebeurd is...' De tranen waren terug. 'Ze zullen ze toch laten gaan? Alison en Jenny? Ik bedoel, er moeten inmiddels miljoenen in het fonds zitten – dat moet genoeg zijn.'

'Zij was gewoon de beste persoon die ik ooit heb ontmoet.' Jade Shepley zuchtte. 'Wauw. Ik bedoel, om je alleen al vóór te stellen wat ze moet doormaken.' Ze rimpelde haar voorhoofd. Amper negentien en ze droeg al een twinset-en-parels, een praktisch kapsel en een Velma-van-Scooby-Doo-bril.

Haar kamer was versierd met weer een andere verzameling posters: Audrey Hepburn – *Breakfast at Tiffany's*; een katje in een boom – SOMS DUURT MAANDAG DE HELE WEEK; en een paar reclameposters voor muzikale amateurtheaterproducties.

'Het is zo'n vreselijke gebeurtenis. Arme Alison...' Jade boog zich dichterbij en nam een fluistertoon aan. 'Wij waren de beste vriendinnen, weet je.'

'O nee, ik kan niémand bedenken die haar iets zou willen aandoen.' Phillipa McEwan knipperde met haar ogen, beet op haar onderlip, staarde naar haar handen. 'Alison was gewoon de liéfste persoon in de hele wereld. Ze kwam altijd langswippen om te praten over hoe haar dag ging, of een boek te lenen of zo.' Posters: *Harry Potter and the Order of the Phoenix*; Zebedee van de *Magic Roundabout*; Einstein die zijn tong uitstak. 'Er is geen dag dat ik niet voor haar bid.'

'Eigenlijk was ze een enorm kutwijf.' Stephen Clayton zakte onderuit op de enige zitplaats in de kamer, zodat Logan moest staan. Posters: Coldplay; Yoda; U2; David Tennant haalde zijn sonische schroevendraaier tevoorschijn, met de TARDIS op de achtergrond – gesigneerd; en het klassieke *Jurassic Park*-logo. Er lag een Dalek-afstandsbediening op de vloer, naast een prullenmand die uitpuilde met verfrommelde lege Cheesy Wotsits-zakjes.

Clayton trok een blikje Red Bull open en nam er een teug van. Boerde. Oorbel met doodskop en gekruiste knekels, T-shirt met cannabisbladmotief, knopje in de neus, blond haar tot het midden van zijn rug.

Ooo, kijk mij eens, ik ben toch zo'n rebel.

'En waarom dan?'

Clayton krulde zijn bovenlip. 'Wat denk je? Ze paradeerde altijd rond alsof ze een kutkoningin was.' Zijn stem steeg een octaaf. '"O, ik ben op de tv, ik ben zo bijzónder, zoveel béter dan de rest van jullie ordinair klein plebs." Kutwijf.' Hij veegde het haar uit zijn gezicht. 'Verwaand, schijnheilig, leugenachtig, dubbelhartig kutwijf.'

Zo voorspelbaar.

'Ze heeft jou afgewezen.' Logan probeerde niet te glimlachen.

'Alsof zíj zo'n retegoeie partij was met een klein kind op sleeptouw. Wie wil daarmee opgezadeld worden?' Nog een slok gecafeïneerde suiker. 'Ik bewees haar een dienst.'

Ja, jij en je zelfgekweekte snor.

'Dus, deze ontvoering: denk je dat het haar verdiende loon was?'

Claytons gezicht verzuurde. 'Je maakt een geintje, toch? Als ze haar laten gaan, zal ze erger worden dan ooit. Iedereen zal zich uitsloven om haar kont te likken, alsof ze Richard Hammond en kutprinses Di in een en dezelfde persoon is. Ontvoerd worden was het beste wat die manipulatieve trut ooit is overkomen.'

'Nee, ik wist niet dat Bruce zelfmoord had gepleegd. Dat is... Dat is gewoon vreselijk.' Craig Peterson zat op het voeteneinde van het bed en streelde het toefje baard dat zich aan zijn kin vastklampte. Voeg daar de grote neus, het slappe bruine krulhaar en de gefronste wenkbrauwen aan toe, en hij leek op een lichtelijk teleurgestelde geit. Posters: *Reservoir Dogs*; Hitchcocks *North by Northwest*; *War of the Worlds* – de versie van Orson Welles, niet die van Tom Cruise; *La Cité des Enfants Perdus* van Marc Caro en Jean-Pierre Jeunet. 'Ik bedoel, ik wist dat hij de laatste tijd een beetje gestrest was geweest – hij probeerde zijn collegewerk in te halen en Tanya had hem gedumpt – maar zélfmoord? Waarom kwam hij niet met mij praten? Hij wist vast wel dat ik hem had kunnen helpen.'

'Tanya?' Logan bladerde een paar bladzijden terug in zijn notitieboekje. 'Tanya Marsden?'

Nog meer baardgestreel. 'Noemt zichzelf graag "Tiggy" om de een of andere reden. Ik probeerde Bruce duidelijk te maken dat ze zijn type niet was, maar *"l'oeil de l'amoureux est aveugle à tout défaut".*'

O, jong en pretentieus te zijn.

Tanya Marsden en Bruce Sangster hadden dus iets met elkaar gehad – dat had ze verzwegen.

'Juist...' Logan onderstreepte het woord 'leugenaar' naast haar naam nog een paar keer.

'Molière – het betekent "het oog van de minnaar is blind voor elk gebrek".'

'Is dat zo.' Hij bladerde een paar bladzijden verder en schreef 'neerbuigende lul' naast Petersons naam. 'Heeft hij ooit iets tegen u gezegd over drugs?'

'Nou... Off the record?'

Logan glimlachte. 'Nee.'

'Ik wil niet dat zijn ouders een verkeerd beeld krijgen; zij hadden zeer hoge verwachtingen van hem.'

'Maar?'

'Wat is uw standpunt over het onderwerp cannabis, brigadier?'

Logan staarde hem alleen aan, de stilte rekkend.

Een grote zucht. 'Kijk, Bruce heeft misschien wel iets gezegd over een vrouw met wie hij het aanlegde toen hij vorig jaar in Dundee op een van die Dungeons & Dragons-bijeenkomsten was. Deze persoon – Bruce noemde haar altijd "Stompie de Dwergenkonin-

gin" – bezorgde hem cannabis, amylnitraat – poppers, misschien wat speed als de tentamentijd naderde en Bruce moest blokken. En Bruce moest altijd blokken.'
'Stompie de Dwérgenkoningin?'
Peterson sloeg zijn armen en vervolgens zijn benen over elkaar. 'Kijk, het zit me echt niet lekker om achter zijn rug om over een dode vriend te praten, dus als u de sarcastische toon zou willen bewaren tot u naar het bureau teruggaat, zou ik dat prima vinden.'
'Sarcastische toon, meneer Peterson? Ik dénk dat u zult ontdekken dat ik alleen probeer om een verdachte dood tot op de bodem uit te zoeken. Dat is het zeker wel waard om op een paar gevoelens te trappen?'
De neus van de student ging omhoog. 'Je kunt niet op gevoelens "trappen", je "krenkt" ze.'
Logan glimlachte. 'Als u erop staat: waar was u gistermiddag tussen twaalf en vijf uur?'
'Wat?' Zijn ogen gingen wijd open. 'Mijn god, u bent echt serieus. Denkt u dat Bruce is vermóórd?'
'En als u mij de namen en adressen kunt geven van iedereen die kan bevestigen waar u was, zal dat geweldig helpen.' Jij arrogant lulletje.
Er werd wat gebrald, enige zelfingenomen verontwaardiging, maar uiteindelijk gaf Peterson de gegevens van twee vrienden die het grootste deel van de dag met hem dvd's hadden zitten kijken en pretentieus zitten zijn. Logan noteerde de gegevens. 'Vertel me nu over Alison McGregor.'
Peterson opende zijn mond, fronste zijn voorhoofd en klemde zijn lippen op elkaar. 'Sorry?'
'U zat in dezelfde psychologiegroep als zij.'
'Nou, ja... Ik bedoel, ik heb dit allemaal al doorgenomen met ene inspecteur McPherson...'
'En nu gaat u het nog een keer met mij doornemen.' Logan schoof naar voren in de stoel en kwam zo dichtbij dat Peterson naar achteren kroop, totdat hij met zijn rug tegen de muur zat.
'Ik heb haar nooit echt gekend. Ik bedoel, ik wist wie ze was – het zou ook moeilijk zijn om dat niet te weten als er paparazzi buiten de collegezaal rondhangen – maar wij hebben nooit echt gepraat. Ik ben in wezen erg op de campus georiënteerd, en zij woon-

de aan de andere kant van de stad, dus ik zag haar eigenlijk niet zo vaak. Buiten colleges en werkgroepen. Misschien een paar keer in de bibliotheek.' Hij wreef met zijn hand over de zijkant van zijn nek. 'Het is vreselijk wat er gebeurd is, maar ik kende haar niet echt. Ze leek heel populair...?'

Logan zat hem alleen maar aan te staren.

'Veel vrienden? Vooral wanneer er fotografen in de buurt waren. Ik denk dat sommige meisjes een pot bij elkaar hadden gelegd voor degene die het vaakst met haar gezicht in de kranten kon komen. U weet wel, door met haar te praten terwijl ze werd gekiekt...'

Meer stilte.

'Eh...' Hij likte zijn lippen. 'Kijk, ik heb haar nooit echt gekend, oké?'

'Juist.' Logan verroerde zich niet.

'En ik moet studeren. Dus als er niets is...'

De *Danse macabre* schalde uit Logans zak. Hij haalde de telefoon eruit en drukte op de knop. 'McRae.'

'Brigadier?' Rennie. '*Waar ben je? Ik ben op het parkeerterrein.*'

Logan gluurde naar Peterson. Het zou geen kwaad kunnen om dat neerbuigende eikeltje een toontje of twee lager te laten zingen. 'Ja, ik ben nu met hem aan het praten.'

'*Hè? Zit je al in de kroeg?*'

'Nee, hij beweert dat hij' – Logan keek in zijn notitieboekje, onderdrukte een glimlach – '"haar nooit echt gekend" heeft.'

'*Gekend...? Ah – ik snap het. Oké.*'

'Inderdaad. Zegt dat hij ook een alibi heeft voor de dood van Bruce Sangster.'

Peterson verschoof van zijn ene bil naar zijn andere.

'*Ik heb alles wat je uit de archieven wilde, dus ben ik in Hillhead, klaar om de zaak-McGregor op te lossen!*'

Logan staarde naar Craig Peterson totdat de student wegkeek. 'Nee, ik denk dat ik het persoonlijk zal afhandelen.'

'*Waar wil je dat ik begin?*'

'Blijf waar je bent.' Logan hing op en liet de telefoon weer in zijn zak glijden. Stond vervolgens op. 'Wij hebben nog contact, meneer Peterson.' Hij boog zich dreigend voorover, en de student deinsde opnieuw naar achteren. 'Ga de stad niet uit; denk eraan dat ik u in de gaten zal houden.'

Rennie leunde achterover tegen een smerige Vauxhall, met zijn roze gezicht naar de zon geheven, handen in zijn zakken, witte snoertjes die uit zijn oren bungelden, ogen dicht.

Logan porde hem in de schouder. 'Hoe ben je aan een poolauto gekomen?'

'Hè?' Hij haalde zijn oordopjes eruit. 'O, hoi, brigadier. Heeft hij bekend? Degene die je aan het opjutten was?'

'Die verrekte Eric zei tegen me dat alle auto's waren uitgeleend!'

'Echt waar? Hij was heel schappelijk tegen mij. Misschien...'

'Wat is er met de archieven gebeurd?'

'Niet veel. Een paar idioten ontvoerden de dochter van een juwelier; dierenrechtenactivisten groeven iemands moeder op en eisten een einde aan de dierproeven in het Rowett; een bende pakte de vrouw en kinderen van een bankmanager in Ellon zodat hij hen zou binnenlaten om de tent te plunderen...' Rennie staarde half in de verte. 'O-ho, hou je adem in, daar komt Biohazard.'

Bob kwam uit de studentenflat gesjokt, met zijn jasje over zijn schouder; de opgerolde hemdsmouwen onthulden twee onderarmen die zo harig waren dat het leek alsof hij een trui van bont droeg. Hij wuifde en kuierde naar hen toe.

Logan draaide zich om, keek naar de flat achter hen. Waar, met enig geluk, Craig Peterson momenteel in zijn broek zat te schijten. 'Tijdverspilling dus.'

'Sorry, brigadier.' Rennie wreef zijn handen over elkaar. 'Nou, kom op – wie was je aan het treiteren?'

'Jezus, ik heb een pesthekel aan studenten. Stelletje beesten...' Bob krabde aan zijn vacht en knikte naar Rennie. 'Agent, wat een gelukkig toeval! Ik heb een grote lijst met klojo's die verhoord moeten worden.'

Rennie schudde zijn hoofd. 'Sorry, baas, maar tot vrijdag ben ik officieel het knechtje van brigadier McRae. We voelen Alison McGregors studiegenoten aan de tand. McRae en Rennie, klaar voor actie!'

Bob hief zijn armen naar de hemel en liet ze met een theatraal gekreun weer langs zijn zijden vallen. 'Logie, ik mag die mafkees wel van je lenen, toch?'

'Nee. Zodra we hier klaar zijn, moeten we een landelijk onderzoek naar historische ontvoeringen doorploeteren.'

'Ach, kom op – we kunnen de kameraden van Bruce verdelen. Met ons drieën zouden we zo klaar met ze zijn.'

'De mazzel, Bob...' Logan liep een stap weg, bleef toen staan, draaide zich om en ging naar de auto terug. 'Misschien wil je Tanya "Tiggy" Marsden in de gaten houden. Volgens Craig Peterson was zij de vriendin van Bruce, maar zij zegt dat ze gewoon vrienden waren.'

Bob trok één kant van zijn monowenkbrauw op. 'O ja, probeert ze zich na het feit te distantiëren? Denk je dat ze zijn dealer is?'

'Dat betwijfel ik.' Logan vertelde hem van Stumpie de Dwergenkoningin.

Een grimas. 'Daar hebben we geen zak aan...' De grimas veranderde in een glimlach. 'Maar dan valt de bron tenminste wel buiten ons gebied – ik kan Tayside ermee opzadelen. Ik was van plan om je niet meer op die beloofde pint te trakteren, maar ik ben van gedachten veranderd. Leen me nu die kleine mafkees maar, en dan zal ik er een zak chips bij doen.'

Logan keek weer naar de studentenflat. Er staarde iemand naar hen terug. Craig Peterson, die zijn sikje stond te strelen. Logan vormde een pistool met zijn duim en wijsvinger, richtte het op Peterson en schoot hem in het gezicht.

32

Logan besteedde speciale aandacht aan het natrekken van Petersons alibi. Adrian Kerr: doctorandus in de e-commercetechnologie; posters van *The Muppet Show*, *China Town*, een voetbalteam dat uit halfnaakte vrouwen bestond. Nicholas Tawse: psychologie; *Citizen Kane*, Che Guevara, *Monty Python's Flying Circus*.

Allebei bevestigden ze Petersons verhaal – uiteraard – maar toch was het leuk om die verwaande eikeltjes zich in bochten te laten wringen. Onbelangrijk, maar leuk.

Logan trof Rennie weer op het parkeerterrein.

'Iets gevonden?'

'Er was een stel dat ik een beetje louche vond – de een probeerde een zelfgemaakte waterpijp te verstoppen, de ander keek heel zwijmelig telkens als ik de namen van Alison en Jenny noemde. Ik zweer je dat ze een heiligdom boven haar bed had. Krantenknipsels, magazineartikelen, gesigneerde foto's, de hele zwik. Volgens mij was er ook een haarlok.'

'Haar?'

'Geen scalp of zo.'

'Niemand anders?'

'Nee, meestal zijn het gewoon studenten. Beetje wiet, beetje drank, beetje studeren, beetje wegkwijnen in hun kamers terwijl ze zich afvragen waarom niemand met ze wil neuken.'

'Goed, laten we de grootste fan van Alison en Jenny een bezoekje gaan brengen.'

Goeie god... Rennie had geen geintje gemaakt – er was écht een heiligdom boven het bed van Beatrice Eastbrook. Precies in het midden van de muur bevond zich een amateuristisch aquarelportret van Alison McGregor, met Jenny die op haar knie zat. Alison had een halo van aluminiumfolie, die in het licht van twee grote kerkkaarsen glinsterde, opgesteld aan weerskanten van een lok blond krulhaar in een glazen doosje, waar een zwart lint en een heidetakje aan waren gebonden. Precies zoals met Alisons foto van haar dode echtgenoot.

Rondom de icoon zaaide een zee van kranten- en magazineartikelen zich als een tumor uit. MIJN GEHEIME ANGSTEN VOOR JENNY – ZAL DE ROEM HAAR JEUGD KAPOTMAKEN?, MOEDER UIT NOORDOOSTEN DOOR NAAR HALVE FINALE BNBS, ALISONS GEHEIME SCHOOLMEISJESZONDE: 'IK WAS ALS TIENER EEN HERRIESCHOPPER,' BEKENT HALVE-FINALIST BNBS, ZIJ IS GEEN ENGEL – DE SKELETTEN DIE IN ALISON MCG'S KAST ZIJN VERSTOPT...

Bij het laatste artikel stond een foto van Victoria Murray, alias Vunzige Vikki; haar gezicht weggeschraapt met felrode balpen, totdat het papier aan flarden gereten was; 'leugenaar!!!' telkens weer over het artikel gekrabbeld.

En aan de rand een serie glanzende foto's – het soort dat je tegenwoordig in praktisch elke supermarkt kon laten afdrukken.

Geen posters: daar was geen plaats voor.

Beatrice Eastbrook zou er een jaar geleden waarschijnlijk als een volkomen normaal iemand hebben uitgezien. Maar... ze had haar haar geblondeerd en gekruld om er precies zoals Alison McGregor uit te zien. Haar make-up was precies zoals die van Alison McGregor. Haar kleren waren precies zoals die van Alison McGregor, tot aan de schoenen toe.

Waarschijnlijk had ze ook ergens in de woning een met aluminiumfolie beklede hoed liggen.

Ze draaide het haar achter haar oor. 'Natuurlijk heb ik hun niks aangedaan, waarom zou ik hun iets aandoen? Ik hou van hen.' Het accent was moeilijk te plaatsen, een rare mengeling van Birminghams en Aberdeens – alsof het niet genoeg was om er zoals Alison McGregor uit te zien, probeerde ze ook zoals zij te klinken. 'Alison was... is – fantastisch. Een superster. Ik bedoel, kun je het je voorstellen, dat zo iemand in Aberdeen woont, en ik kén haar. Ze heeft met me gepráát, als een echt mens.'

'En je hebt geen idee wie haar ontvoerd zou kunnen hebben?'
De ogen van Beatrice versmalden. 'Als dat zo was, zou ik ze vermoorden. Ik maak geen grapje – ik zou ze létterlijk vermoorden. Ik zou ze eigenhandig wurgen. Ze hebben Jenny's tenen afgesneden! Welke klootzak snijdt de tenen van een klein meisje af?' Ze zakte op het bed terug en schoof naar achteren, met haar voeten op het dekbed en haar knieën tegen haar boezem. 'Weet u wat, als u ze pakt, moet u hún tenen afsnijden, net als in de Bijbel. Ze allemaal afsnijden en zien of zíj dat leuk vinden.'

'Heb je een vreemd iemand in haar buurt zien rondhangen, voordat ze vermist werd? Die met haar probeerde te praten?' Afgezien van jezelf, natuurlijk, jij volslagen maf mens.

'Dat herinner ik me niet. Niet dat het me opviel. Nou ja, u weet dat het altijd behoorlijk druk was, met de fotografen die haar de hele tijd belaagden en die trutten die deden alsof ze haar vriendin waren, alleen maar om in de kranten te kunnen komen. Dat heb ík nooit gedaan...'

Logan knikte. 'Wat vond ze van je nieuwe look?'

Een frons. 'Nou, ze was gevleid, kennelijk. Zei dat ik er leuk uitzag. Ze is een heel grootmoedig en vrijgevig mens.'

'En ze vond het niet erg dat je haar naar huis volgde?'

Rennie, die bij de deur stond, opende zijn mond, maar Logan stak zijn hand omhoog.

'Ik...' Beatrice bloosde. 'Ik weet niet wat u...'

'De foto's langs de rand van je muurschildering.' Hij wees naar de glanzende foto's. 'Dat is het huis van Alison en Jenny in Kincorth. Kijk, daar zet Alison de vuilniscontainer buiten.'

'Ik... Dat is maar één keer gebeurd.'

'En daar brengt ze Jenny naar school. En op die foto draagt Jenny een tutu. Op weg naar dansles?'

Beatrice liet haar hoofd op haar knieën rusten en praatte in de kleine verborgen opening tussen de knieën en haar boezem. 'Ik heb niemand iets aangedaan.'

Logan legde zijn notitieboekje op het bureau neer. 'Heb je gezien wie Alison en Jenny heeft meegenomen?'

Toen ze opkeek, glinsterden haar ogen van de tranen. 'Ik wilde alleen maar haar vriendín zijn. Een echte vriendin, niet zoals die dubbelhartige trutten.'

'Heb je gezien wie ze heeft meegenomen, Beatrice?'

'Ze is een bijzonder iemand. Ze is beroemd – ze zal een teken op de aarde achterlaten dat zegt dat ze hier is geweest. Ik zal nóóit beroemd worden. Maakt niet uit of ik wel of niet leef, hè? Maakt niet uit of ik zelfs ooit geboren ben. Ik dacht alleen: als ze kon zien dat we zoveel gemeen hadden, konden we vriendinnen worden. Ik wilde alleen dat zij me aardig vond...'

'Het is oké, Beatrice, ik begrijp het.' Logan pakte zijn notitieboekje en stond op. 'Als jij het goedvindt, zouden we nu graag je kamer willen doorzoeken. Is dat oké?'

Ze veegde haar ogen af en keek vervolgens naar de haarlok in zijn glazen doosje. Likte haar lippen. 'Wat denkt u dat ze met Jenny's tenen zullen doen?'

'Natuurlijk zag ik die foto's de eerste keer al.' Rennie trok de kofferbak van de poolauto open en kwakte er een handvol bewijszakken in, die allemaal gevuld, gedateerd, gelabeld en ingetekend waren. 'Ik wilde alleen jouw eerste indrukken niet bevooroordelen.' Hij klapte de kofferbak weer dicht.

'Wees niet zo'n lul.' Logan klom in de passagiersstoel.

'Oké.' Rennie ging achter het stuur zitten. 'Het was wel een poging waard.' Grijns. 'Terug naar het bureau?'

'Ja, dan wil ik dat jij elke foto op die camera en die laptop doorneemt. We zoeken iemand die Alison McGregors huis in de gaten houdt.'

'Iemand anders dan Beatrice McMafketel, bedoel je.' Hij startte de motor. 'Hoe is het haar in godsnaam gelukt om op de universiteit te komen? Graad in de psychologie? Over "arts genees verdomme uzelf" gesproken.'

'Misschien is ze goed in tentamens. Zorg er gewoon voor – Gloeiende tering.' Logans telefoon rinkelde. Hij haalde hem tevoorschijn. 'McRae.'

'Ik heb je gezegd dat er gevolgen zouden zijn.' Shuggie Webster, die knetterstoned klonk. *'Ben je nu blij? Ben je blij verdomme?'*

'Shuggie, je moet jezelf aangeven. Geef jezelf aan en dan zullen we erover praten.'

'Het is jouw schuld!'

Logan keek op de display – niet hetzelfde nummer als eerder. 'Waar ben je?'

'Gevolgen.' En toen hing Shuggie op.
Rennie zat hem aan te kijken. 'Brigadier?'
'Terug naar het bureau.' Logan pakte zijn portofoon, belde de controlekamer en zei dat ze een gsm-opsporing moesten regelen voor Shuggies nieuwe mobieltje. Als rechter McNab hun een bevelschrift gaf en als het telefoonbedrijf niet treuzelde, zouden ze voordat ze uitklokten weten waar meneer Gevolgen was.
Hij stak de portofoon weer in zijn zak en zag de studentenflats in de achteruitkijkspiegel vervagen. Gevolgen... Toen begon zijn mobieltje opnieuw te rinkelen. Het was Colin Miller van de *Aberdeen Examiner*. 'Ik heb weer een briefje gekregen.'
Logan greep naar de handgreep toen Rennie de poolauto vanaf het kruispunt King Street in ragde. 'Probéér je de vullingen soms uit mijn kop te schudden?'
'Laz?'
'Ja, sorry, Colin. Wat zeggen ze? Laat me raden: jullie hebben nog twee dagen of anders zal Jenny sterven?'
'Nee, het is niet van hen. Kijk, sinds dit begon hebben we elke dag tientallen valse losgeldeisen binnengekregen, hè? Allemaal gestoorde klootzakken die willen dat wij een paar honderdduizend in een vuilniszak in Torry afgeven, dat soort shit. Nou, vandaag hebben we er een gekregen die niet helemaal om Jenny en Alison draaide.'
Stilte.
'Zit je te wachten tot ik raad wat erin staat, Colin?'
'Oké, oké. Er staat in: "Trisha Brown heeft een zoontje dat Ricky heet. Als jullie willen dat hij zijn mammie ooit nog levend ziet, beginnen jullie nu geld in te zamelen. Als jullie dat voor die showbizztrut kunnen doen, kunnen jullie het ook voor mij doen." Dat laatste stukje is in cursief, met drie uitroeptekens, weet je.'
O... kut. 'Zeiden ze hoeveel en waar?'
'Ja: "Ik wil honderdvijftigduizend. Zakgeld vergeleken met hoeveel die trut krijgt – haal het uit haar pot als jullie willen. Het kan me niet schelen. Vijf dagen. Of ze sterft." Er zit bloed op het briefje.'
Logan tikte met zijn knokkels tegen het autoraam.
'Ben je er nog?'
'Wat doe je ermee? Publiceer je het?'
'Dat hangt min of meer van jou af. De Examiner *wil niet de naam krijgen dat ze "copycatmisdaden aanmoedigen", zoals jouw baas zo*

graag roept. Het laatste wat we nodig hebben is nog een ruzie met die eikels van de Persklachtencommissie na dat hele Bondage-gate-fiasco.'
Gevolgen.
Shuggie Webster, jij stomme, stomme klootzak. Dacht hij echt dat ze daarin zouden trappen? Zijn eigen vriendin ontvoeren, een briefje naar de kranten sturen, genoeg losgeld voor haar eisen om hun drugsschuld af te lossen en zich voor de komende paar jaar met zijn tweeën aan de Costa del Sol te vestigen.
'Laz?'
'Ik zal iemand sturen om het briefje op te halen.'
'Ja, maar moeten we het publiceren...'
Logan hing op.

'Baas?'
Logan keek op van de stapel verhoorformulieren. Agent Guthrie stond in de deuropening van het kantoortje, met één hand achter zijn rug; de andere streelde zijn broekspijp alsof die zenuwachtig was en gerustgesteld moest worden. Logan richtte zich weer op zijn papierwerk. 'Je wordt blind als je daar niet mee ophoudt.'
'Ik heb dat briefje van de *Aberdeen Examiner*, wil je het?' Guthrie hield een doorzichtige bewijszak omhoog.
Logan deed zijn ogen dicht. 'Nee, ik wil het niet. Ik wil dat jij het naar de derde verdieping brengt en ervoor zorgt dat de TR...'
'Heb ik al gedaan. Ze hebben afdrukken van de envelop en het briefje gehaald: Bill is ze nu aan het onderzoeken. Het bloed is naar het lab, voor analyse.'
'Nu al?'
Een knik. 'Rennie zei dat je het dringend nodig had, dus...?'
'Hebben ze afdrukken?'
'Drie gedeeltelijke en één juweeltje van het briefje; Bill zegt dat het een bijna perfecte rechterduim is.'
Kijk, dat was het verschil tussen beroeps – zoals degenen die Alison en Jenny hadden ontvoerd – en idiote na-apers zoals Shuggie Webster en Trisha Brown.
'Goed, bedankt, Allan. Doe me een plezier en ga achter de gsm-opsporing van Shuggie Websters telefoon aan. Wie weet, misschien behalen we voor de verandering zowaar een resultaat.'
Zodra Guthrie als een blije pinguïn wegwaggelde, ging Logan

door met het uittikken van zijn verhoornotities. Vergeleek ze vervolgens met de notities die inspecteur McPherson had gemaakt. Zo te zien had McPherson de campuskantine overgenomen en geregeld dat een team van agenten alle studiegenoten van Alison in alfabetische volgorde afwerkte. Wat betekende dat degene die Beatrice *'Single White Female'* Eastbrook had verhoord, geen idee had van het heiligdom aan de slaapkamermuur van de stalkster.

Het enige wat McPhersons team wél goed had gedaan, was informatie van de universiteit verkrijgen over de prestaties van ieder van de studenten, samen met enig commentaar van het afdelingshoofd en enkele docenten. Kennelijk was Beatrice redelijk toegewijd, zij het een beetje geneigd tot dagdromen, en niet de meest originele denker ter wereld. Een middelmatige student die misschien net een voldoende kon halen als ze zich echt inspande.

Logan las tot het einde en draaide het formulier vervolgens nog een keer om. McPhersons team leek geen strafbladen te hebben nagetrokken.

Logan logde op de nationale politiecomputer in en zocht haar naam op. Voor alle zekerheid.

Drie waarschuwingen wegens vandalisme, een wegens het versturen van dreigbrieven. Volgens de politie van West Midlands had Beatrice aanstoot genomen aan een moeder van twee kinderen die haar vroeg om haar gezin niet meer lastig te vallen. Er was sprake van een contactverbod en dat leek er een einde aan te maken. Het enge-stalkersspel was dus niet nieuw voor Beatrice.

Misschien had ze besloten dat het veel minder moeite zou kosten om Alison en Jenny te ontvoeren dan hen de hele tijd te volgen? En Alison zou beroemder worden dan ooit als ze eindelijk werd vrijgelaten... Misschien was het allemaal een of andere verwrongen poging om haar te helpen?

Beatrice Eastwood was niet echt het bendeleider-criminele-meesterbreintype, maar toch pakte Logan de telefoon en regelde een patrouillewagen om haar naar het bureau te brengen om hen 'met het onderzoek te helpen'. Misschien Goulding vragen om bij het verhoor aanwezig te zijn? Een staaltje stomende actie tussen psychologen.

Daarna richtte hij zich weer op de lijst met Alison McGregors studiegenoten.

De nationale politiecomputer wees uit dat Tanya 'Tiggy' Marsden niets op haar kerfstok had, ook al had ze achtergehouden dat ze de vriendin van Bruce was.

Volgens zijn docenten was Stephen Clayton een uitmuntende student, maar zijn naam leverde een lijst van kleine misdrijven op, van zijn achtste tot maar liefst zijn veertiende. Niets ernstigs, waarschijnlijk net genoeg om mams en paps 'kijk-mij-eens!'-hartkloppingen te bezorgen. Wat de zorgvuldig gestyleerde rebelse cliché-verschijning en -houding zou verklaren.

Logan trok alle studiegenoten van Alison in de nationale politiecomputer na en voegde de resultaten vervolgens aan zijn verhoornotities toe.

Rennie bromde en kwakte een archiefdoos boven op de stapel. 'En dat is de hele zwik...' Frons. 'O poeh.' Hij veegde naar het stof dat zijn overhemd en broek grijs maakte. 'Emma vermoordt me.'

Hun provisorische kantoortje begon er veel professioneler uit te zien – als je niet lette op de stoffige plastic bekleding die de kale muren, buizen en leidingen bedekte. Ze hadden nu drie bureaus en een schragentafel, welke laatste begon door te zakken onder het gewicht van Rennies archiefdozen. Drie telefoons, twee laptops, en een printer die elke keer als ze er een bestand naartoe stuurden als een krakende vloerplank klonk.

Logan draaide zijn stoel rond. 'Ontvoeringen?'

'Vijf jaar geleden.' Hij wees naar een stapeltje vlekkeloze bestanden. 'Tien jaar geleden, vijftien, en deze smerige oude lorren zijn twintig. Maar dat is alleen het noordoosten – het zal maanden duren voordat we zulk oud spul uit de rest van het land vandaan halen.'

'Waarschijnlijk toch meer dan we nodig hebben. Ga nu maar kijken of ze die gsm-opsporing al hebben gedaan.'

De agent beende naar zijn bureau, zonk in zijn stoel neer en pakte de telefoon.

'Brigadier?'

Logan keek op van zijn scherm. Finnie stond in de deuropening; de randen van zijn rubberachtige lippen waren omlaaggericht, zijn ogen versmald. Hij leek op een geconstipeerde kikker.

Green had vast weer geklaagd.

'Middag, meneer – ik stond net op het punt om naar u op zoek te gaan, we...'
'Ik begrijp dat er nog een losgeldbriefje is binnengekomen.'
'Trisha Brown; zij is degene die een verhouding met Shuggie Webster heeft. Lijkt erop...'
'En mag ik vrágen waarom jij het niet gepast achtte om mij te informeren?'
'Dat heb ik gedaan.'
Finnie fronste. 'Ik denk dat ik het gemerkt zou hebben als...'
'Ik heb u gemaild zodra we op het bureau terugkwamen. Ik denk dat u op dat moment bij commissaris-hoofdinspecteur Green was. De ontvoering is waarschijnlijk een publiciteitsstunt – de manier van Shuggie en Trisha om onder een drugsschuld uit proberen te komen.'
'O.' Finnie verschoof de map onder zijn arm van de ene kant naar de andere. 'Ja, nou, in dat geval...' Hij reikte de map aan. 'Ik was van plan het onderzoek aan waarnemend inspecteur MacDonald te geven, maar jij mag het houden.'
'Dank u, meneer.' Logan pakte de map en gluurde erin. Het was het vingerafdrukrapport. 'Ik heb om een vuurwapenteam gevraagd. Als u het kunt goedkeuren, zullen we Shuggie Webster laten oppakken zodra het gsm-spoor binnenkomt. Hij is niet bepaald...'
'Zorg er alleen voor dat ik een complete risicoanalyse op mijn bureau heb voordat je iets doet. En volgens het boekje, begrepen? Het laatste wat we nodig hebben is dat Green het idee krijgt dat we niéts goed kunnen doen.'
'Ik werk er al aan, meneer.'
'En nu we het toch over commissaris-hoofdinspecteur Green hebben...'
Daar gaan we.
Finnie tuitte zijn lippen en keek over Logans linkerschouder. 'Ik heb van Beroepsnormen begrepen dat Green zich heeft laten gelden bij een paar zedendelinquenten, en dat jij erover denkt om een officiële klacht in te dienen.'
'O ja?' Logan deed een stap naar achteren. 'Meneer, ik heb niet...'
'Ik denk dat het verstandig zou zijn om alles op schrift te stellen, brigadier.'
'Eigenlijk, meneer, was ik van plan om...'

'Ik denk dat het verstándig zou zijn om alles op schríft te stellen, brigadier.'

Hij schraapte zijn keel. 'Ja, meneer.'

Een glimlach. 'Nou, hoe gaat het met je gepaste ijver?'

'Eigenlijk gaat het...'

'En hoe eerder je het op schrift stelt, hoe beter.'

Rennie haalde de telefoon van zijn oor en klemde zijn hand over het mondstuk. 'Brigadier? Ik heb een resultaat van de gsm-opsporing. Webster is in Tillydrone.'

'Uitstekend.' Finnie liep naar de deur. 'Zal ik je eens wat zeggen: laten we ditmaal, brigadier, gewoon voor de lol, probéren om hem niet te laten ontsnappen. Oké?'

O ha-ha, verdomd grappig.

Logan wachtte tot de deur dichtging voordat hij het rapport uit de map haalde: spiralen, delta's, correlatiepunten, rechterduim...

Dat klopte niet.

Hij keerde het vel twee keer om. 'Is dit absoluut de afdruk van het losgeldbriefje?'

Rennie haalde zijn schouders op.

Volgens de database hoorde de duim niet bij Shuggie Webster, maar bij iemand die Edward Buchan heette.

33

'Nog vragen?' Er druppelde zweet langs Logans ribben. Het neutrale busje was ongelooflijk warm vanbinnen, volgepakt met vuurwapengetrainde agenten, gekleed in het traditionele ninja-ensemble van zwarte broeken, laarzen, jasjes, kogelvrije vesten, helmen, veiligheidsbrillen, handschoenen en sjaals.

Rennie stak zijn hand op. 'Mogen we hem neerschieten?'

'Nee. Dat mogen jullie niet.' Logan zwaaide met een uitgestoken vinger door het benauwde busje. 'Niemand neerschieten, begrepen? Dit wordt een schone operatie – we gaan naar binnen, we onderwerpen Edward Buchan, we redden Trisha Brown, en we gaan naar huis. Gesnopen?'

Iedereen knikte.

'Mooi. Teams 1 en 2: aan de voorkant. Teams 3 en 4: achterdeur. 1 en 3 blijven beneden, 2 en 4 nemen de eerste verdieping. Wapens controleren.'

Het harde geklik en geklak van sleden die naar achteren getrokken en losgelaten werden, vulde het interieur van het busje. Logan verwijderde het magazijn van zijn Heckler & Koch MP5, controleerde of alle munitie waar hij voor had getekend er nog was, stak die er weer in, en deed vervolgens hetzelfde met de kleine, compacte Glock.

Hij keek op. 'Zijn we er klaar voor?'

Nog meer geknik.

'Deuren.'

De twee ninja's die achterin zaten deden ze open en ze zwermden allemaal naar buiten, het avondzonlicht in. Halfzes en de lucht was zacht saffierblauw; een schuine witte wolkstreep volgde een vliegtuig op zijn weg naar het westen.

Een jochie op een scooter stopte aan het einde van het wegdek en keek met openhangende mond toe terwijl het vuurwapenteam haastig positie innam. Het huis van Edward Buchan stond in het midden van een rij van zes gebouwen met twee verdiepingen: grijze pleisterkalk op de begane grond, houten buitenbekleding daarboven. Het dak en de eerste verdieping strekten zich van het ene uiteinde van het blok naar het andere uit, maar tussen de gebouwen waren kleine doorgangen die naar de achtertuinen leidden.

Teams 3 en 4 denderden de trap op en verdwenen in de doorgang: het gedreun van hun zware laarzen weerkaatste in een vervormde echo. Logan leidde Team 1 en Team 2 naar de voordeur en gebaarde dat ze zich plat tegen de muur aan weerskanten moesten drukken.

Het was op nog geen twee minuten loopafstand van de plek waar Trisha Browns moeder woonde.

Rennies stem klonk in zijn oortje. *'Brigadier? Weet je zeker dat we niet, weet je wel, de straat moeten afzetten en iedereen moeten evacueren?'*

Logan keek even achterom naar het joch op de scooter. 'Verrassingselement, weet je nog? We willen niet dat dit in een gijzelingssituatie verandert.'

Hij wenkte een grote in het zwart geklede figuur naar voren.

Agent Caldwell liet de tas van haar schouder glijden. 'Grote Rode Deursleutel?'

'Over vijf.'

'Ferguson' – Logan wees naar de tweede agent in de rij – 'heb je de koevoet dit keer bij je?'

De agent tilde het ding boven zijn hoofd. 'Hier, brigadier.'

De wonderen waren de wereld nog niet uit.

Logan klikte op de knop waarmee iedereen in alle vier de teams werd bereikt. 'En we zijn live over: vijf, vier...'

Agent Caldwell zette de punt van de stormram tegen de voordeur, direct naast het slot. Gluurde achterom over haar schouder. 'Kijk en leer, Greg.'

'... een. VOORUIT!'

BOEM – de Grote Rode Deursleutel beukte tegen het pvc. Het hele ding schudde en trilde. De tweede klap belandde op tweederde hoogte, en ditmaal werd de bovenste helft van het deurkozijn gescheiden. De derde klap was op enkelhoogte en het hele ding knalde open – de scharnieren hingen er gebroken en verbogen bij.

'We zijn binnen.'

Logan stormde de hal in; de rest van Team 1 en Team 2 zwermde achter hem aan naar binnen. 'POLITIE: GEWAPENDE AGENTEN! OP DE GROND, NU METEEN!' Trap links, open deur rechts, dichte deur aan het eind, naar wat waarschijnlijk de keuken was. Niemand te bekennen.

Aan de achterkant van het huis klonk het geluid van gehamer, vervolgens een klap en: 'POLITIE! GEEN BEWEGING!'

Logan stoof door de deuropening, met agent Caldwell vlak achter zich. Woonkamer: rood tapijt, twee rode banken, gele muren. Een soort van rabarber en vla-thema.

Op de bank voor de televisie zat een man, met een bord op zijn schoot gebalanceerd, bestek in zijn handen, naar hen te staren. Er droop een gebakken boon van het stuk toast aan het uiteinde van de vork, die een bloedvlekje op zijn witte T-shirt achterliet.

In de hal klonk gerommel van laarzen, toen de agenten Ferguson en Moore de trap op stormden.

Agent Caldwell richtte haar machinepistool precies tussen de ogen van meneer Bonen-Op-Toast. 'LAAT HET MES VALLEN!'

'Iek...' Hij liet het mes vallen. Het stuitte tegen de rand van zijn bord en viel draaiend op het tapijt. Hij slikte, zodat er een enorme adamsappel op en neer bewoog in zijn broodmagere hals. 'Ik... ik...'

'DE VORK OOK!'

Edward Buchan was een beetje ouder geworden sinds zijn portretfoto was gemaakt – rijden onder invloed in de bedrijfs-Mondeo, zeven jaar geleden. Zijn donkere haar week terug; vleugjes grijs bespikkelden de slapen; de stoppels op zijn puntige kin waren bijna wit onder zijn lange neus.

Boven klonk een schuifelend geluid. 'AU! KUT...' Daarna: 'OP DE VLOER VERDOMME!'

Buchan gluurde in de richting van het geluid. 'We hebben niet...'

Logan trok hem van de bank, zodat het bord op de vloer stuiterde en de bonen overal naartoe vlogen. 'OP JE KNIEËN, HANDEN ACHTER JE HOOFD!'

Bevend nam hij de positie aan. 'O god, o god, o god...'

Caldwell pakte Buchans linkerpols, draaide die om en deed de handboeien om; vervolgens deed ze hetzelfde met zijn rechter en maakte ze achter zijn rug vast.

Logan torende boven hem uit. 'Waar is ze?'

'O god...'

'TRISHA BROWN! WAAR IS ZE?'

Buchan staarde naar hem; aan de punt van zijn neus vormde zich een druppel. 'Ik... ik weet niet... O god...'

Rennie verscheen in de deuropening. 'Het huis is uitgekamd, brigadier. We hebben zijn grietje boven: gaf Henderson een knietje in de harige pretzak. We hebben de zolder en de tuin ook doorzocht. Geen teken van het slachtoffer.'

'Ik zei: waar-is-ze?'

'Ik weet het niet, ik weet het echt niet.' Hij beet op zijn onderlip. 'Alsjeblieft.'

'Jij hebt een losgeldbriefje naar de *Aberdeen Examiner* gestuurd – en doe niet alsof je dat niet hebt gedaan; het ding zit onder jouw vingerafdrukken.'

Buchan staarde naar het met bonen bevlekte tapijt. 'Ik bedoelde er niks mee.'

'Bedoelde er niks mee...? Je wilde honderdvijftigduizend pond!' Logan porde hem met de loop van zijn Heckler & Koch in de schouder. 'Waar is ze?'

'Ik weet het niet! Iemand heeft haar meegenomen.'

'Wie? Wie heeft haar meegenomen?'

'Ik was in de tuin en zij wankelde over de weg en er was een auto. En die stopte en misschien deden ze alsof ze de weg vroegen of zo, maar ze gaat erheen en de bestuurder doet het passagiersportier open en ze stapt in. Ik weet het niet, misschien kende ze hem?'

Buchan trok zijn schouders op. 'En ze zit daar ongeveer een minuut, dan maken ze ruzie of zo. En opeens, zonder reden, slaat hij haar in het gezicht, heel hard, weet je? Ze probeerde uit de auto te komen, maar hij sleurde haar er weer in. Sloeg haar nog een paar keer. Toen reed hij weg...'

Logan staarde hem aan. 'En je hebt het niet gemeld?'

Hij snoof. 'Linda dacht... We konden, weet je wel, als we een losgeldeis instuurden voordat iemand anders dat deed... Ik moest vorig jaar afvloeien, en sindsdien...'
'Er zat bloed op het briefje.'
'Het lag op de weg, nadat hij was weggereden. Moet gebeurd zijn toen ze uit de auto probeerde te komen. Ik... heb het papier er min of meer in gewreven.'
'Je zag dat er een vrouw aangevallen en ontvoerd werd, en in plaats van haar te hélpen, of de politie te bellen, ging je zitten en bedacht je een manier om er geld aan te verdienen?' sneerde Logan. 'Jij rottig, opportunistisch, waardeloos sujet. Hoe zag hij eruit?'
'Ik kan niet echt...'
'In wat voor soort auto reed hij?'
'Het was een soort blauw sedan-ding, maar ik weet niet...'
'WANNEER IS HET GEBEURD?'
Buchan kromp ineen. 'Het was niet mijn schuld, oké? Zij was een nachtmerrie – zij en haar verdomde moeder; altijd dingen jatten zodat ze drugs konden kopen. Ladderzat of knetterstoned rondzwalken. Tegen mensen schreeuwen, vloeken. Zij zouden niet in de buurt van fatsoenlijk volk mogen wonen!'
Agent Caldwell greep de handboeien en rukte Buchan overeind. 'Jij bent géén fatsoenlijk volk. Vanwege jou moest haar jochie in zijn eentje in een verdomde kledingkast slapen, in een leeg huis! Misschien is ze wel dood!' Caldwell gaf nog een ruk aan de handboeien. 'Geef nu verdomme antwoord op de vraag: wanneer?'
'Au! Je doet me pijn! Zaterdag, het was zaterdagavond, na die eerbetoonshow voor Alison en Jenny.' Hij staarde naar het tapijt en de bloedvlek van bonen. 'Daar... Daar hebben we het idee min of meer vandaan.'
Logan kon niet langer naar hem kijken. 'Breng hem hier weg.'
Agent Caldwell duwde de bevende man naar de woonkamerdeur. 'Edward Albert Buchan, ik arrsteer je wegens poging tot verhindering van de rechtsgang...'
'Brigadier?' Rennie liet zijn MP5 aan het uiteinde van zijn riem bungelen. 'Misschien was het dan toch Shuggie? Misschien was ze het niet met het plan eens, zodat hij haar een paar meppen gaf. Dat zou niet de eerste keer zijn.' Hij wachtte even, met zijn hoofd

opzij. 'Of misschíen was het allemaal in scène gezet, weet je wel? Zorgen dat er een paar getuigen zijn en een show opvoeren. Ze bellen de politie, en als de kranten het losgeldbriefje krijgen lijkt het allemaal echt!'
Logan keek naar de rotzooi op de woonkamervloer. Het gezicht van Alison McGregor staarde vanaf het omslag van een glossy magazine naar hem terug. WAAROM IK DE CAMPAGNE 'HOOP VOOR HELDEN' STEUN.
'Er is geen losgeldbriefje gewéést, weet je nog? Het was die sukkel van een Buchan.'
'O... juist.'
'Verzamel de troepen. Eén man blijft om het huis in de gaten te houden, één man brengt de Buchans naar het bureau – ik wil een compositietekening van degene die Trisha Brown heeft gepakt. Alle anderen in het busje terug. Laten we gaan kijken wat Shuggie Webster ter verdediging heeft aan te voeren.'

Het neutrale busje kwam schuddend tot stilstand. Vervolgens klonk er een bonk tegen de dunne metalen scheidswand tussen de bestuurdersruimte en de rijen stoelen achterin. Ze waren gearriveerd.
'Oké.' Logan controleerde zijn MP5 nogmaals – alle kogels zaten er nog in. 'Dezelfde procedure als de vorige keer: niemand neerschieten, niet neergeschoten worden. Webster had een enorme rottweiler, maar die is dood. Dit betekent niet dat hij niet nog een hond heeft – wees dus voorzichtig. Als jullie zin hebben in een paar dagen rustvakantie op de Eerste Hulp, doe me dan een plezier en glij morgenochtend in de douche uit.'
Agent Ferguson stak zijn hand op. 'Weten we zeker dat dit het juiste adres is, brigadier? Ik bedoel, ik dacht dat die gsm-sporen je maar een straal van dertig meter gaven?'
'Dit hebben we al besproken, Greg.' Logan maakte het klittenband van zijn kogelvrije vest vast. 'We hebben een bekende kompaan van Shuggie midden in het gebied waar ze zijn telefoon hebben getraceerd. Probéér op te letten.'
Stilte.
'Sorry, brigadier.'
'Zijn we klaar?'
Geknik.

'Laten we dan aan de slag gaan.'

Tillydrone lag in het licht van de avondzon te bakken. Het huizenblok was een enorme U-vormige canyon van gepleisterd beton – vier verdiepingen hoog aan alle drie de kanten, opgesteld rondom wat gelig gras en een parkeerterrein: het asfalt tot pokdalig grijs verbleekt. Een handvol bomen, waarvan de takken onder de bloesems gebukt gingen, probeerde de kale ruimte er iets toonbaarder te laten uitzien.

Rennie stoof als eerste naar een bruine deur, dook naar binnen en hield hem open, zodat alle anderen konden binnenvallen. Een duistere gang, het raam aan het einde afgesloten met karton en bruin plakband. Rennie stormde de trap op; Logan deed zijn best om hem bij te houden – de korsten op zijn enkel klaagden bij elke stap. Eerste verdieping. Tweede verdieping...

'Hé, kijk uit waar je loopt!' Een oude dame boog zich voorover op de overloop; een vloerwisser maakte donkere natte strepen op het beton. 'Ik heb dat net schoongemaakt!'

Rennie trok de zwarte sjaal van zijn mond. 'Sorry.'

'Dat is je verdomme geraden! Denk je dat ik niks beters te doen heb dan de sporen van jouw maat 43-kaplaarzen schoonmaken?'

'Sorry, sorry...' Hij sloop op zijn tenen langs haar en rende de volgende trap op.

Achter hem haalde Logan zijn schouders op. 'We zullen proberen snel te zijn, maar misschien moet u een kop thee of zo gaan drinken?'

Ze schudde met de vloerwisser naar hem, zodat er druppeltjes water met dennengeur op zijn kogelvrije vest spatten. 'Vertel me niet wat ik moet doen, verdomde fascist! Ik ben drieëntachtig... Kom terug!'

Logan haastte zich achter Rennie aan de trap op; achter zich hoorde hij een processie van 'Sorry' en 'Neem me niet kwalijk' en 'U doet mooi werk'.

Derde verdieping. Rennie stond plat tegen de muur naast een blauwe deur met een koperen nummer vijf erop. De agent bracht zijn machinepistool in positie. 'Grote Rode Deursleutel?'

'Dit is een flat op de derde verdieping; waar moet hij naartoe gaan?' Logan stak zijn hand uit en drukte op de deurbel.

Binnen klonk een dof gezoem.
Even later schreeuwde iemand: *'Wacht even, ik ben naakt...'*
Uiteindelijk ging de deur open en stond er een man in de donkere hal, met een korte, versleten groene kamerjas om zijn middel geklemd. Hij streek met zijn hand over de stoppels die zijn scheve hoofd bedekten, bekeek Logan van top tot teen en stak vervolgens zijn hoofd in de gang. Zag de rest van het vuurwapenteam. Bromde. 'Kom dan maar binnen.'

Zack Aitken zakte achterover in zijn stoel en trok zijn knieën open en dicht, alsof hij een blaasbalg in werking zette. De kamer had de onmiskenbare muffe zweetgeur van cannabis en smerig waterpijpwater.
Agent Caldwell trok een grimas. 'Kun je misschien met je knieën bij elkaar zitten of zo? Of in elk geval wat ondergoed aantrekken? Het is alsof je kijkt naar twee schurftige hamsters die om een cocktailworstje vechten.'
'Goed, genoeg.' Logan maakte zijn helm los en liet die op de bank vallen. 'Waar is hij, Zack?'
'Wie?'
'Je wéét wel wie – Shuggie Webster. We hebben zijn mobieltje hier getraceerd.'
'Kleine klootzak...' Een gepijnigde glimlach. 'Nou ja, zie je, hij vroeg min of meer of hij mijn telefoon kon lenen om even te bellen, en ik dacht: ja, waarom niet – waar heb je anders vrienden voor, toch?'
'Waar is dat ding?'
'W...'
'Als je "wat" zegt, zweer ik bij god dat ik je naar het bureau ga slepen en een dokter zal halen met de grootste handen die ik kan vinden om al je lichaamsholten te onderzoeken.'
'Ja, oké. Boven op de tv. En voordat je ernaar vraagt: ik heb het bonnetje wel ergens.'
Rennie pakte de telefoon en wierp hem die toe. Logan liep de menu's door tot hij bij het belmenu kwam. En daar was het – een telefoontje van twee minuten naar Logans mobieltje, om twee uur vijfenveertig die ochtend.
'Waar is hij?'
Een enorm schouderophalen, waarbij zijn armen op gelijke hoog-

te met zijn schouders kwamen en zijn kamerjas zelfs nog verder omhoogkroop. 'Geen idee. Shuggie wilde een telefoon en een paar flappen lenen, weet je wel? Ik heb geen vragen gesteld.' Aitkens glimlach onthulde allemaal scheve kleine tanden. 'Zoals ik al zei: ik ben een goeie makker.'

Logan trok zijn handschoenen uit en kwakte ze in de ondersteboven gekeerde helm. 'Je weet dat hij de lul is, hè?'

De glimlach verflauwde. 'Hij heeft een paar problemen, ja.'

'Een getuige zegt dat Trisha Brown zaterdagavond van de straat is geplukt. Iemand heeft haar verrot geslagen. Blauwe sedan.'

De glimlach verdween volledig. 'Kut.'

'Ja, "kut". Kut is precies de spijker op z'n kop. Shuggie Webster is echt zwaar de kutsigaar. Als jij echt zo'n "goeie makker" bent, ga je míj helpen hém te helpen.'

'Serieus, ik heb verdomme geen flauw idee. Hij stond gisteravond voor mijn deur, zag er strontberoerd uit en wilde een plek om te pitten. Pleegde een paar telefoontjes, werd stoned, at alle Coco Pops op, viel in slaap, werd wakker, at al het brood op, vertrok met vijfhonderd pond in zijn zak.'

Logan staarde hem aan. 'Is dat alles?'

'Dat, en verder weet ik dat hij echt een gloeiende pesthekel aan jou heeft.'

Schok, schrik.

Agent Ferguson klopte op het deurkozijn. 'Sorry, brigadier: ik ben de hele woning door gegaan, geen teken van Shuggie. Heb zelfs het voorpaneel van het bad gehaald zoals je zei.'

'Zolder?'

'Gemeenschappelijk; toegang vanaf de volgende verdieping – niets dan kartonnen dozen, een of andere wijnmaakset, en spinnen.'

'Nou, sorry dat ik niet beter kon helpen, agenten, maar ik moet echt onder de douche springen.' Zack gaf agent Caldwell een knipoog. 'Wil je blijven en mijn rug inzepen? Ik vind het lekker als een grote meid helemaal soppig is.'

'Jij ranzige kleine…'

Rennie en Ferguson pakten Caldwell beet en sleepten haar weg voordat ze hem kon vermoorden.

Logan pakte zijn helm van de bank. 'Nog één ding. Die dealers met wie hij problemen heeft?'

'Ah… ja. Robert en Jacob. Jamaicanen. Normaal heb ik geen problemen met onze trotse Jamaicaanse broeders, maar deze twee zijn echte klootzakken. Zie je wat ze met Shuggies hand hebben gedaan?' Een huivering. 'Hij was verdomme gestóórd om zich met dat stel in te laten. En zal ik je eens wat vertellen?' Zack wees naar de voordeur. 'Ik ga niet dezelfde fout maken.'

34

'Pub?' Rennie maakte de handbeweging die in de universele gebarentaal voor 'pint' stond.
Caldwell knikte. 'Pub.'
Ferguson: 'Pub.'
Alle zeven leden van het vuurwapenteam stemden ermee in: 'Pub.'
'Nádat jullie je incidentrapporten hebben uitgewerkt.' Logan glimlachte. 'En omdat er niemand is neergeschoten, is het mijn rondje.'
Het was alsof je keek naar kleine kinderen die ontdekten dat de Kerstman tóch bestond.
'Goed' – Caldwell snuffelde aan haar eigen oksel – 'vlugge douche, en dan Archies?'
'Niet wéér!'
'De laatste keer dat ik daar was, waren er ook drie gasten die ik had opgepakt voor het jatten van auto's. Die spuugden telkens als ik niet keek in mijn pint.'
'Het Athenaeum misschien?'
'Illicit Still?'
Dat was het punt met Aberdeen – je was nooit meer dan vijf minuten bij minstens vijf pubs vandaan.
Logan duwde de deur van de kleedkamer open. 'Wat vinden jullie van Blackfriars? We kunnen...'
Brigadier 'Grote Gary' McCormack stond pal voor hem, het grootste deel van de kamer versperrend. Mok koffie in de ene hand, Tunnock's Caramel Wafer in de andere. 'De heilige brigadier McRae,

zowaar ik leef. Wat genádig van je om ons met je verheven aanwezigheid te vereren. Waar is mijn poolauto?'

'Het is bewijsmateriaal; je kunt hem terugkrijgen als de TR er klaar mee is.' Logan drong langs hem heen. 'We gaan over ongeveer een halfuur naar de pub; als je...'

'O, nee, nee, nee!' Grote Gary propte het laatste stuk chocola in zijn mond en kauwde het helemaal fijn. 'Jij gaat nergens naartoe. Je hebt gásten.'

Logan opende zijn mond, maar de enorme brigadier stak een hand omhoog.

'Receptie: zodra je klaar bent.'

'Hmm...' Dokter 'Noem me Dave' Goulding tuurde naar de kleine tv-monitor in de Stroomafwaartse Observatiesuite. Op het scherm zat een jonge vrouw – weinig meer dan een meisje, eigenlijk – aan de verhoorkamertafel, in de stoel die aan de vloer was vastgeschroefd. Beide handen ineengevouwen voor haar lichaam; de duimnagels pulkten aan de huid van haar rechterwijsvinger.

'Ik kan niet zeggen dat ze me bekend voorkomt.' De psycholoog fronste. 'Maar aan de andere kant geef ik alleen college aan laatstejaarsstudenten, dus...' Hij bladerde het dossier door dat Logan hem had gegeven – alle verhoortranscripties, de commentaren van de universiteit, de dingen van de nationale politiecomputer. 'Hmm... Een stalkingsgeschiedenis én een heiligdom in haar kamer, gewijd aan Alison en Jenny McGregor...'

'Nee, alleen Alison.' Logan overhandigde de foto's van haar kamer, gemaakt door de agenten die haar waren gaan ophalen: Beatrice Eastbrooks slaapkamermuur, in al zijn *Silence of the Lambs*-glorie. 'Nou ja, Jenny staat op de schildering en een paar foto's, maar het is voornamelijk Alison. Zij is de enige die een halo krijgt.'

'Dat ís inderdaad interessant...' Een glimlachje. 'De religieuze iconografie zou ik niet verwacht hebben, gezien haar achtergrond. Normaal gesproken zijn stalkertypes fetisjistischer in hun devoties.' Hij streek met zijn vingertop over het scherm, de omtrek van Beatrice' gezicht schetsend. 'Is ze gearresteerd?'

'Ze is hier voor een kort verhoor. Het is niet illegaal om een beetje eng te zijn.'

'Nou, in dat geval...' Hij gaf het dossier terug. 'Moeten we de jongedame niet laten wachten.'

Het kostte Logan ongeveer vijf minuten om volledig het spoor bijster te raken.

Beatrice boog zich voorover. 'Eigenlijk wordt mijn scriptie een onderzoek naar de rol van sublimatie en suppressie in de intimiteitversus-isolatiefase van psychosociale ontwikkeling, met directe verwijzing naar de rol die door de beroemdheidsneiging van de media wordt gespeeld.'

Goulding knikte. 'Erikson en Freud, dat bevalt me wel. Heb je overwogen om Kohlbergs ideeën over zelfgerichte moraliteit op te nemen?'

Ze glimlachte. 'Ja, dat zou logisch zijn. De beroemdheidscultuur schetst vaak voorbeelden die strijdig zijn met de negatieve gevolgen van overtreding van de waargenomen morele wet.'

'Blij dat ik kon helpen.'

Het enige wat Logan wél begreep was dat hoe langer Beatrice met Goulding praatte, hoe duidelijker haar ware Birminghamse accent uitkwam als respons op zijn Liverpoolse accent. En hoe minder ze klonk als de stalkende mafketel die ze die middag hadden verhoord.

Goulding opende de map en haalde de foto's van haar kamer eruit. 'Nu we een verstandhouding tot stand hebben gebracht, Beatrice, zou ik je willen vragen naar deze...' Hij spreidde ze op het beschadigde tafelblad uit.

Ze plukte opnieuw aan de huid rond haar vinger. 'Ik weet dat u waarschijnlijk denkt dat ik obsessief ben, maar het... Ik vind haar een inspiratie. Een liefdevolle moeder, een alleenstaande, onafhankelijke vrouw, en ze is een supergetalenteerde zangeres, en ze doet een studie...' Beatrice reikte naar een van de foto's, een close-up van de aquarel met de halo van aluminiumfolie. 'Mensen geloven in de vreemdste dingen, denkt u ook niet? Sommige stammen aanbidden een boom; scientologen denken dat we allemaal van buitenaardse wezens afstammen. Mormonen, anglicanen, katholieken, hindoes, moslims, boeddhisten – ze hebben allemaal hun eigen kleine grillen.' Een schouderophalen. 'Ik heb ervoor gekozen om mijn geloof in iets menselijks te stellen. Klinkt dat vreemd, vergeleken met geloven dat er een onzichtbare magische man is die alles wat we doen in de gaten houdt en ons voor eeuwig kan verdoemen?'

'Heb je het gevoel dat het een normale respons is?'

'Denkt u dat ik misschien mijn behoefte aan een moederlijk rolmodel verplaats?'

Goulding glimlachte. 'Denk jíj dat je dat doet?'

Enzovoorts, enzovoorts, enzovoorts. Psycholoog en psychologiestudent, die klonken als een zelfhulpseminar voor marsmannetjes.

Logan tikte met zijn knokkels op de tafel. 'Wat vond Alison ervan dat jij een aan haar gewijd heiligdom op je slaapkamermuur hebt?'

Beatrice verschoof in haar stoel; haar handen streken de foto op de tafel voor haar glad.

'Wist ze ervan?'

'Ze... kwam één keer langs om wat collegeaantekeningen te lenen. Er werd op de deur geklopt, en ik deed open, en daar stond ze. Ik bedoel dáár – voor míjn deur.' Beatrice knikte, op en neer, en op en neer, zodat haar gebleekte blonde krulhaar als een gordijn over haar ogen viel. 'Ik bedoel, gód, kun je het je voorstellen? Vlak voor me. En ik was sprakeloos. Ik bedoel, letterlijk sprakeloos. En ze zei: "Hoi Beatrice, mag ik binnenkomen?"'

De studente keek op; een enorme glimlach rekte haar mond breed uit; haar ogen glinsterden. 'Ze kende mijn naam. Alison McGregor kende míjn naam. En ik vroeg haar binnen te komen en ze zag de muur... En ze zei, en ik zal het nooit vergeten, ze zei: "Wauw. Dat is een mooi schilderij, heb jij dat gemaakt?"'

Er ontsnapte een traan, die door de foundation op haar wangen naar beneden liep. 'Ze vond het prachtig. Ze zei dat het fijn was te weten dat iemand van haar hield, zoals ik van haar hield. Dat andere mensen het niet begrepen. En ik rende naar de winkel en kocht een fles chardonnay voor ons en we gingen zitten en zij vertelde me over Jenny's bof en ik vertelde haar over mijn moeder en het was de beste avond van mijn hele leven.' Beatrice streelde de foto. 'Ze was gewoon perfect.'

En de stalkende mafketel was er weer.

'Ik maakte me zorgen om haar – al die fotografen en uitzinnige fans die haar de hele tijd lastigvielen. Dus ben ik haar een paar keer in de bus naar huis gevolgd. Alleen om, weet je wel, zeker te weten

dat ze veilig was. Ze wist niet eens dat ik er was... Maar ik heb haar beschermd.'
Zeg dat maar tegen Jenny en haar ontbrekende tenen.
'Ben je haar woensdagavond gevolgd – de avond dat ze vermist werd?'
Beatrice wikkelde haar armen om zichzelf heen, alsof ze probeerde te verhinderen dat ze uit elkaar zou barsten. 'Nee... De enige keer dat het belangrijk was, en ik heb haar in de steek gelaten.' Ze staarde recht in Logans ogen; er liepen tranen over haar wangen. 'Het was niet mijn schuld. Ik probeerde het, maar ze nam de bus niet, iemand stopte voor de collegezaal en ze stapte in zijn auto. En ze reden weg. En ik heb haar nooit meer gezien.'
Waarom dacht niemand er óóit aan om de politie te bellen? Logan ging naar voren zitten. 'Heb je een foto van de auto gemaakt? Weet je wie er reed? Heeft ze gezegd dat ze een afspraak met iemand had?'
'Nee, ik bedoel ja... Ik heb hem gezien.'
Stilte.
In godsnaam. Logan kneep in zijn neusbrug. 'Hoe zag hij eruit?'
'Kaal. En hij had een onnozel plukje haar op zijn kin, bakkebaarden met een soort zigzag erin geknipt.' Ze wikkelde haar armen zelfs nog strakker om zich heen. 'Het was die Gordon Maguire: die tv-producer die de platenmaatschappij bezit.'

Logan onderdrukte een geeuw. Huiverde. Legde vervolgens de telefoon weer op de haak. Rekte zich in zijn stoel uit. Zakte ineen. 'Christus...' Hij streek met zijn hand over zijn gezicht. 'Wat denk je?'
Goulding trok een wenkbrauw op. 'Kan Beatrice hun iets hebben aangedaan? O ja, beslist. Ze lijkt haar leven in vakjes te hebben verdeeld – de toegewijde studente, de obsessieve fan, de plichtsgetrouwe vriendin, de trouwe beschermster... Als ze dacht dat Alison McGregor haar had afgewezen, zou ik niet verbaasd zijn haar in haar oude gedragspatronen te zien terugvallen. Mammie heeft me weer weggetrapt, ik zal haar straffen. Ik zal...'
De deur knalde open en daar was hoofdinspecteur Finnie in al zijn rubberkoppige glorie. 'Nou?'
'Scotland Yard is op weg naar de studio.' Logan wees naar de tele-

foon. 'Maguire zendt het overzicht van de halve finale van vanavond toch uit.'

'Uitstekend, uitstekend.' Het hoofd van de recherche wreef zijn handen tegen elkaar. 'Vliegen ze hem naar Aberdeen?'

'Kan niet. Het OM zegt dat we niet genoeg hebben om hem te arresteren. Ik heb om een videovergadering gevraagd als ze met hem praten, zodat we er tenminste nog als toehoorder bij zullen zijn.'

Finnies glimlach gleed af. 'O, nou ja, ik denk dat we niet uit het oog moeten verliezen dat het een resultaat is. En is dit allemaal uit het verhoor van de Eastbrook-vrouw gekomen? De Eastbrook-vrouw die door McPherson verhoord had moeten worden?'

'Ah...' Logan verschoof in zijn stoel. 'Ja, nou...'

'Ik denk dat ik misschien een paar woorden met inspecteur McPherson moet spreken, vind je ook niet? Ik begin misschien met "idioot" en zie wel hoe het dan verder gaat.' Een knik. Hij stak zijn hand uit en klopte Logan op de schouder, waarbij hij zijn lichaam stijf hield, alsof hij over dit soort dingen had gehoord, maar het nooit eerder had gedaan. 'Goed werk, brigadier.' Een korte stilte. 'Nou, heb je die formele klacht al uitgewerkt?'

'Nee, dat heb ik niet...' Logan zuchtte. 'Ik weet het, maar wat moet ik doen?'

De stilte aan de andere kant van de telefoon werd steeds killer.

Hij nam een slokje thee en keek hoe de macaroni met kaas en patat op zijn bord stolde. Tijd doden met Goulding, wachten tot Scotland Yard zou bellen om te zeggen dat ze klaar waren om Gordon Maguire te ondervragen.

Het was rustig in de kantine, alleen een stel van de avonddienst dat aan de spekbroodjes en sterke koffie zat.

'Sam, het is de enige kans die we in bijna twee weken hebben gehad, ik kan niet...'

'*Het is halftién! We zouden vanavond een vakantie boeken, weet je nog?*'

'Ja, maar je weet hoe het werk is, ik...'

'*Waag het niet om met de "werk"-smoes bij me aan te komen, Logan McRae. Elke keer als er een grote zaak is, verdwijn je daarheen en kom je nooit thuis. Nou, als je liever rondhangt bij die rimpelige lesbische surrogaatmoeder van je dan thuis te komen bij mij, dan...*'

'Zij is hier niet eens! Alleen ik en Finnie en Goulding. We zitten te wachten...'
'Het zou niet zo erg zijn als het af en toe was, maar het gebeurt verdomme de hele tijd.'
'... Gordon Maguire, omdat hij heeft gelogen en...'
'En ik wéét dat er een klein meisje en haar moeder vermist worden, maar door je uit de naad te werken verander je n–'
'... videovergadering. Ik kom thuis zodra ik...'
'En je mag ook een fles wijn meenemen.'
'Het is...'
Ze had opgehangen.
Geweldig. Logan stak de telefoon weer in zijn zak.
Goulding boog zich voorover. 'En, denk je dat Aberdeen kans maakt tegen Toulouse dit weekend?'
'Het zal wel.' Hij pakte een patatje en sleepte het door de rimpelige kaassaus. 'En voordat je begint: ik weet dat ze gelijk heeft, oké? Ik ben bekaf, ik heb in geen tijden een vrije dag gehad, en Grote Gary blijft maar zeuren over de overurenrekening.' Het patatje was koud, de saus lauw. 'Maar wat moet ik doen: naar huis opsodemieteren en Gordon Maguires verhoor missen?'
'Nou' – de psycholoog depte zijn mondhoeken met het servet – 'ik neem aan dat dat afhangt van wat je belangrijker vindt. Nietwaar?'
Schuldgevoel – tuurlijk. 'Ik ben niet...' Zijn telefoon rinkelde weer. Hij haalde hem tevoorschijn en drukte op de knop. 'Sam, ik heb zitten denken: wat vind je van...'
'Allemaal jouw verdomde schuld.' Shuggie Webster. 'Het is állemaal jouw verdomde schuld!'
Niet weer. 'Het begint ouwe koek te worden, Shuggie. We weten van Trisha, oké? Als jouw makkers Jacob en Robert haar hebben, kunnen we helpen. Maar je moet ophouden...'
'Ik wil die drugs verdomme terug, en als jij ze me niet wilt geven...'
'Hou op met rondkloten en geef jezelf aan. Oké?'
'Ik heb je gewaarschuwd. Ik heb je verdomme gewaarschuwd.'
'Shuggie...'
'Gevolgen...'
Gevolgen? Stomme eikel. Dit was verdomme niet *The Godfather*, en Shuggie Webster was geen Al Pacino. Logan hing op.

'Zal ik je eens wat vertellen?' Hij duwde zijn bord weg. 'Ik begin het spuugzat te worden dat...'
Zijn telefoon. Wéér.
Hij porde op de knop. 'Godsamme: wát?'
'Logan?' Samantha. 'Hoor eens, het spijt me... Het is een rotdag geweest. Ik wilde geen zeur zijn.'
'Sam, ik...'
'Als je iemand in de McGregor-zaak hebt, spijker die klootzak dan met zijn ballen aan de muur.'
Korte stilte. 'Zeker weten?'
'Ik ben de hele dag bezig geweest om stukjes hersenen en schedel van het slaapkamerdak van een of andere arme donder te schrapen. Ik heb een hekel aan zelfmoorden.'
Logan glimlachte. 'Nou, dan heb je tenminste eindelijk iets met Biohazard gemeen.'
'Getver... Geweldig: nu voel ik me smerig én depressief.'
'Zal ik je morgenavond mee uit eten nemen? En ik kom thuis zodra ik kan. Beloofd.'
'Hou van je.'
'Hou ook van jou.'
'Nou, ík haat jou als de pest!' Inspecteur Steel stond aan het eind van de tafel, armen over elkaar, gezicht als een vogelverschrikker.
'Sam? Ik moet ophangen...' Hij stopte de telefoon weer in zijn zak.
'Wat dacht jij verdómme wel niet?'
Dokter Goulding zette een glimlach op. 'Goedenavond, inspecteur.'
'Rot op, Ringo.' Ze wees met haar vinger naar Logan. 'Hij is weg. De benen genomen.'
'Wie is...'
'Frank Flikkerse Baker, díé. Verscheen vanochtend niet op het werk – de Smurfen gingen vanavond bij hem langs en zijn flat is een zwijnenstal. Heeft zijn kleren gepakt, zijn tandenborstel, en is 'm gesmeerd!'
Logan staarde haar aan. 'Dat is niet mijn schuld. Hoe is dat mijn schuld?'
'Jij en die lul-de-behanger van een Green! Rondstormen als...'
'O nee, geen sprake van.' Hij stond op, borst naar voren, schouders naar achteren.

Goulding kreunde. 'Logan, misschien is het nu niet het beste moment om...'

'Een: Green was degene die al het schreeuwwerk deed. Twee: ik probeerde hem tegen te houden! Die klootzak wilde niet luisteren...'

'O, kom daar niet mee aankakken, jij...'

'Ik heb er een formele klacht over ingediend. Schríftelijk!'

De psycholoog stak zijn handen omhoog. 'Ik denk echt dat jullie allebei moeten...'

'Kop dicht.' Steel streek met haar hand over haar ogen. 'Vertel je me dat je een formele, schríftelijke klacht hebt ingediend over stommesaris-hoofdinspecteur Green?'

'Já. Ik had niks te maken met...'

'Ben je gestóórd? Ga nooit officieel klagen over een meerdere, ook al is het nog zo'n sukkel!' Ze balde haar vuisten naar het plafond. 'Wat mankééft jou?'

'Ik...'

'Op het moment dat je het officieel maakte, gaf je die reetkever van een Green een doelwit.'

Goulding stond op. 'Ik denk echt...'

Steel keek hem dreigend aan. 'Welk gedeelte van "kop dicht" begrijp je niet?'

De psycholoog wees alleen over haar schouder.

O... klote. Logan draaide zich om.

Commissaris-hoofdinspecteur Green stond met hoofdinspecteur Finnie in de deuropening van de kantine. De man van SOCA stak zijn neus in de lucht, draaide zich om en stormde weg.

35

'Nou, dat had béter kunnen gaan, vind je ook niet?' Finnie nam plaats in de stoel aan de andere kant van de bestuurskamertafel en schoof rond totdat hij met zijn gezicht naar het scherm zat.

Logan tekende een doodskopje met gekruiste knekels in de hoek van zijn notitieboekje. 'Ik wist niet dat hij er was.'

'Ik denk eigenlijk niet dat dat relevant is. U wel, dokter?'

Goulding haalde zijn schouders op. 'Soms is het beter om interpersoonlijke kwesties naar buiten te brengen. Als we mensen nooit laten weten hoe we ons voelen, hoe kunnen we dan verwachten dat ze veranderen?'

De tv flikkerde en gaf vervolgens een vast beeld van een kleine kamer. Een ronde tafel met een stoel erachter – tegenover de camera; nog twee stoelen aan deze kant, met de rug ernaartoe.

Er dreunde een stem uit de luidsprekers. *'Hoe is dat? Beter?'* Daarna verscheen er een gebogen figuur in beeld, die naar hen zwaaide. Hij was te dicht bij de camera, die zich niet goed scherp op hem kon instellen.

Logan klikte op de knop van de vergadertelefoon. 'We kunnen je nu zien.'

'Ik heb een bloedhekel aan IT.' Hij zat met zijn rug naar de camera; alleen de rand van zijn schouder was zichtbaar op het scherm.

Logan liet de knop los. 'Dat is inspecteur Broddur; hij is degene die Maguire onder de loep heeft genomen voor Mark.'

Finnie verschoof in zijn stoel. 'Kunnen zij ons zien?'

'De videoverbinding is eenrichtingsverkeer. De inspecteur kan ons horen, maar alleen als je op de "talk"-knop drukt. Hij heeft een oor-

telefoon, dus niemand anders in de kamer weet wat je gezegd hebt.'
Finnie trommelde met zijn vingers op de bestuurskamertafel.
'Besef je wel dat commissaris-hoofdinspecteur Green waarschijnlijk een verontschuldiging gaat eisen?'
'Ik heb hem gezégd dat hij door Frank Baker te bedreigen, alleen maar zou bereiken dat hij zou vluchten.'
Broddurs stem kraakte door de kamer. 'Zijn we klaar?'
Logan drukte op de knop. 'Je zegt het maar, inspecteur.'
Er zwaaide een wazige hand over het scherm. 'Breng hem binnen, Charlie.'
Gordon Maguire zag er heel glanzend uit via een videoverbinding; zijn kale kop flakkerde in het plafondlicht. Hij nam de stoel tegenover de camera en keek nors. 'U weet toch dat wij over een kwartier een live-update van de stemming hebben? En dan heb ik het nog niet over een half miljoen andere dingen die moeten worden...'
Broddur: 'U bent niet helemaal eerlijk tegen ons geweest, hè meneer Maguire?'
De producer likte zijn lippen. 'Dit is allemaal één groot misverstand. Zoals ik al tegen die Aberdeense idioten heb gezegd: ik kan het me niet veroorloven om Alison en Jenny uit de circulatie te hebben. Als ik dat album niet binnenkort uitbreng, zal ik alles verliezen.'
Logan drukte weer op de 'talk'-knop. 'Waarom heeft onze getuige Alison McGregor dan in zijn auto zien stappen op de...'
'Ja, daar wilde ik net naartoe.' Broddur boog zich voorover, zodat er meer van zijn rug aan de camera werd getoond. 'Waarom hebben wij dan een getuige die Alison McGregor in uw auto heeft zien stappen op de avond dat ze vermist werd?'
'Ah...' Maguire keek naar links. 'Nou, ja, maar ziet u... we moesten wat zaken bespreken. Dus heb ik haar een lift naar huis gegeven.'
'En u vergat gemákshalve dat feit te noemen, ook al bent u drie keer ondervraagd?'
'Kijk, het is... God.' Maguire wreef met zijn hand over zijn gezicht. 'We... gingen met elkaar om. We gingen naar mijn hotel, dronken een paar glazen wijn, en...' Hij schraapte zijn keel. 'Hoor eens, moet ik het echt voor u uitspellen?'
'Enkele van mijn collega's ten noorden van de grens kunnen een beetje vaag zijn wanneer het op de sociale finesses aankomt, meneer Maguire. U kunt het maar beter mooi duidelijk uit de doeken doen.'

Hij zuchtte. 'We hebben elkaar vorig jaar ontmoet tijdens de audities voor Britain's Next Big Star. We raakten aan de babbel, gingen uiteindelijk koffiedrinken en daarna eten. We konden met elkaar opschieten, mochten elkaar graag.' Hij wreef met zijn hand over zijn kale hoofdhuid. 'Als iemand erachter kwam dat ik een... verhóúding had met een van de deelnemers, zouden mensen roepen dat het doorgestoken kaart was en dat is niet waar: ik heb de juryleden niet beïnvloed. Dat hoefde niet. Ze was briljant.'

Hij schoof heen en weer in zijn stoel. 'Woensdagavond gingen we naar mijn kamer, en later gaf ik haar een lift naar huis en ging ik terug naar het hotel om te pakken. Ik moest de nachtvlucht naar Londen nemen. Dat is alles, ik zweer het: ik weet niets van haar verdwijning.'

Hij zat even in stilte te wiebelen.

'U vertelt toch niemand over mij en haar? U weet hoe graag de media dit soort dingen buiten alle proporties opblazen.'

'Hé pukkie, hoe gaat-ie?' Een robotstem in de duisternis.

Ogen zijn helemaal korstig... Jenny veegt de oogsnotjes weg, knippert en trekt haar gezicht samen tegen het licht. 'Slaap.'

'Dat weet ik, maar het is tijd voor nog een prik, oké?' SYLVESTER trekt haar mouw omhoog; zijn witte pak ritselig. 'We moeten hier nu wel goed in zijn, hè?'

De prikkelige bij steekt. Jenny bijt op haar onderlip en huilt niet. Ze is een Dapper Klein Meisje.

'Oké, perfect, we zullen daar gewoon een watje op doen...' Hij wrijft met een doekje over de steek. 'En een pleister...' Klein, rond en zo bleek als de huid van een barbie. 'En klaar zijn we.' Hij houdt een lolly in zijn paars gehandschoende hand.

Jenny pakt de lolly. Haalt het papiertje eraf. Ruikt eraan.

'Met colasmaak. Je kunt ook op het binnenste kauwen. Vertel het alleen niet aan je mama.'

Nooit snoepjes aannemen van vreemde mannen. Ze legt de lolly op de matras, naast de ketting om haar hals.

De andere monsters staan in de hoek van de kamer, DAVID, TOM en nog een – een vrouw. Jenny kan het naambordje hiervandaan niet lezen, maar het nieuwe monster heeft een enorme camera om haar hals, helemaal in doorzichtig plastic verpakt.

SYLVESTER bukt zich en streelt Jenny's haar, maar ze vertrekt geen

spier. Dapper. 'Het komt wel goed. Over een paar dagen zal het allemaal voorbij zijn, en dan kun je met je mama naar huis gaan. Dat zal fijn zijn, hè?'
De andere monsters zijn aan het kibbelen.
DAVID: '... klotepolitie.'
TOM: 'Ik weet het. Maar wat moeten we eraan doen?'
Het nieuwe monster knuffelt zichzelf. 'Arme Colin. Ik kan niet geloven dat hij zoiets zou dóén...' Ze klinkt hetzelfde als de anderen.
DAVID schudt zijn hoofd, dat vreselijke glimmende plastic gezicht helemaal dood en glinsterend. 'Beheers je, Patrick, in teringnaam. Hij was een imbeciel, oké? Het is zijn schuld dat de politie rondsnuffelt.'
TOM haalt één schouder op. 'Kom op, die vent is dood, het is niet zo dat...'
'Alles wat we hebben gedaan, alles wat we hebben bereikt' – DAVID port hem met een paarse vinger in de borst – 'doet er alleen toe als geen hond er ooit achter komt.' Nog een por. 'Heb je enig idee wat ze met ons zullen doen als ze ons pakken? Enig idee wat ons in de gevangenis te wachten staat? De klootzakken die Jenny McGregors tenen hebben afgesneden?'
TOM deinst een stap achteruit. 'Ik zeg het alleen maar, oké? Hij heeft zelfmoord gepleegd.'
SYLVESTER streelt Jenny's haar opnieuw. 'Maak je maar geen zorgen over hen, ze zijn gewoon van streek. Het komt wel goed. Niemand gaat jou pijn doen...'
PATRICK verschuift haar voeten. 'Wat als hij een briefje heeft achtergelaten? Wat als hij ze verteld heeft wat we hebben gedaan?'
'Doe niet zo verdomde stom. Als hij dat gedaan had, zouden we nu allemaal in een cel zitten. Hij heeft niks over ons gezegd.'
Stilte. Dan buigt PATRICK haar hoofd opzij. 'Hoe weet jij dat?'
Een klunk: mammie komt uit het poepkamertje en doet de deur achter zich dicht. Het is geen toilet, niet zoals in een fatsoenlijk huis, het is een kast met een emmer erin en het ruikt naar luiers die te lang in de vuilnisbak hebben gelegen.
De ketting om mammies been rammelt en ratelt als ze over de kale vloerplanken schuifelt. Dan trekt hij strak en moet ze wachten tot SYLVESTER het hangslot losmaakt waarmee de ketting aan de radiator vastzit en hem weer aan het bed vastmaakt. Ze zinkt naast

Jenny op de matras neer, rolt zich op haar zij op met haar rug naar de kamer.

SYLVESTER staat even over Jenny heen gebogen. Kijkt naar haar. Dan gaat hij naar de andere monsters toe.

Jenny kijkt hoe hij aan de buitenkant van de groep staat te schuifelen, als een dikke jongen op de speelplaats. Dan klinkt de *Doctor Who*-muziek uit iemands zak.

DAVID haalt een glimmende telefoon tevoorschijn. 'Wat? ... Ja, dat weet ik, ze hebben ook met ons gepraat... Nee, dat weet ik niet... Omdat ik verdomme niet paranormaal ben, daarom!'

Jenny doet haar ogen dicht, knarsetandt en worstelt zich op haar zij. De gaten op de plek waar haar kleine tenen zaten bonzen en steken. Maar ze geeft geen kik. Dapper Klein Meisje.

36

Er was iemand in het huis. Er was iemand in het huis, met een mes, over het bed heen gebogen en hij kon zich niet verroeren, en...

Logan werd met een schok wakker. Lag op zijn rug naar het plafond te staren, bonzende hartslag in zijn oren. Hij hield zijn adem in, luisterde.

Niets, alleen het vaag raspende geluid van Samantha die naast hem sliep.

Een flauwe oranje gloed sijpelde langs de randen van de gordijnen naar binnen, niet genoeg om de kamer te verlichten, net genoeg om de kledingkast en de ladekast te doen lijken op monsters die in de schaduwen opdoemden. Grote, rechthoekige houten monsters. Vol sokken.

De wekkerradio gloeide *03:00*.

Hij ademde in één lange sis uit. Gloeiende tering... Waarom kon hij voor de verandering niet eens dromen over een luchtkussen vol naakte lekkere meiden?

Logan ontspande weer en keek fronsend naar het plafond. Gordon Maguire – wat een gluiperige kale kleine eikel, om met een van de deelnemers aan zijn show naar bed te gaan. Ook nog een mazzelpik. Wat zag Alison McGregor in godsnaam in hem? Behalve een tv-bedrijf, natuurlijk.

En al dat gezeik over bankroet en slechte investeerders: ze hadden alleen zijn woord maar. Misschien was het een idee om morgenochtend meteen iemand van de fraudeafdeling van Scotland Yard op te bellen, om te zien of ze geen onderzoek konden instellen naar de rekeningen van Blue-Fish-Two-Fish Productions. Om uit te zoeken of Maguire de waarheid vertelde.

Een tik.

Dan was die enge stalker Beatrice 'Moedercomplex' Eastbrook er nog...

Waarschijnlijk moest hij ook iemand naar Edward Buchans bezitsregelingen laten kijken, voor het geval die zielige figuur een garagebox had of een huis van een oud familielid waar hij op paste. Een plek om Trisha Brown te verbergen, waar niemand haar om hulp zou horen schreeuwen.

Als de Jamaicanen haar niet hadden.

Dreun.

En ervan uitgaande dat commissaris-hoofdinspecteur Green hem niet eerst zou laten ontslaan...

Logan fronste. Moest hij plassen? Mogelijk. Maar dat betekende dat hij uit bed moest stappen.

Een enorme, kaakkrakende geeuw.

Tenzij Shuggie en Trisha écht probeerden de boel op te lichten?

Logan rolde uit bed en stond, naakt en bleek, in de groene gloed van de wekkerradio. Als een broodmagere versie van de Hulk. Hij boog zijn rechterarm een paar keer, in een poging de stijfheid eruit te krijgen, waarop de kneuzingen protesteerden, en deed vervolgens de krakende slaapkamerdeur open.

Er sijpelde bleek licht door de glasruit boven de voordeur, dat net genoeg details in de donkere hal deed uitkomen om het pad van de slaapkamer naar de badkamer redelijk veilig te maken. Niets ergers dan op iets scherps stappen in het holst van...

Zijn brievenbus was open. Hij kon een vage gloed langs de randen zien. En toen werd het donker. Logan keek omhoog. Het licht scheen nog steeds door het glas boven de deur.

Hij stapte vooruit.

Er stak iets door de opening – een bleke vorm die opzwol en verslapte terwijl hij ernaar keek.

'Wel verdomd?'

Het was een condoom. Een groot, geribbeld condoom. Het werd groter. Waarom was er een–

Hij verstijfde toen de vertrouwde zuurzoete peer-en-azijngeur van benzine tot hem doordrong. 'Waag het verdomme niet!'

Het condoom verslapte nog een laatste keer en viel toen. Het stuitte op de halvloer, en uit het open uiteinde spoot benzine tegen de muren, over het tapijt, in de jassen. Logan sloeg zijn handen voor zijn ogen toen er een straal over zijn naakte borst schoot.

'Kut!'

De brievenbus ging krakend open en er werd een luciferboekje doorheen gestoken.

Logan stapte achteruit. Stapte nog wat verder achteruit. Viel bijna over het sleutelkastje. 'SAMANTHA!'

Een krassend geluid.

De klootzak probeerde een lucifer aan te steken.

Kras.

'SAMANTHA! WORD WAKKER!'

Kras.

De benzinegeur werd sterker; de vloeistof begon in de warmte te verdampen.

De keuken in rennen, een emmer water pakken... Hij zat verdomme onder de benzine. Als de hal de lucht in vloog, zou hij ook de lucht in vliegen.

'SAMANTHA!'

Kras.

Logan rukte de slaapkamerdeur open en viel bijna naar binnen. Sloeg de deur weer dicht.

'Godsamme... weet je wel hoe laat het is?' Ze zat rechtop in bed, één oog dichtgeknepen, het andere scheel op hem gericht. 'Wat is er zo...'

'Iemand probeert brand...'

Een luid, daverend WOOOEMP. De slaapkamerdeur sloeg hard tegen Logans rug. Verblindend geel licht. Hitte. Duisternis.

Hoest. Er krabde iets ruws aan zijn wang. Logan knipperde met zijn ogen. Probeerde het gonzende geluid uit zijn hoofd te schudden. Het bonsde tegen een solide houten muur. Au...

Iemand trok aan zijn arm, waardoor zijn gezicht over het tapijt schuurde. Druk op zijn rug.

'LOGAN, OPSTAAN!'

Er flikkerde oranje licht op de plint. Waarom lag hij op de vloer?

'LOGAN!'

De druk op zijn rug werd minder.
Samantha knielde naast hem neer; de tatoeages dansten in het schuivende licht over haar bleke huid. Hij keek op en ze was naakt, worstelend om de slaapkamerdeur van hem af te tillen. Met moeite bracht hij zijn armen onder zijn lichaam en duwde zichzelf op zijn knieën.
'Zit daar niet zo!' Ze duwde tegen de houten plaat. 'Help me!'
Hij schudde nogmaals met zijn hoofd, maar het gegons wilde niet weggaan. Polen – het was net Polen, opeengepakt in een rommelige flat, de vlammen het puin de dood en verniet-
Er schoot een scherpe, stekende pijn door zijn wang.
'Logan!' Ze sloeg hem nog een keer.
'Au! Kap daarmee: ik hoor je wel.'
'Hélp dan!'
De kamer vulde zich met rook, dikke vettige grijszwarte wolken, verlicht door die vreselijke knetterende gloed. Het was hier kokend heet, letterlijk; er parelde zweet op zijn armen en benzinedoordrenkte borst...
Hij keek even in de richting van de losgerukte deur. Het was alsof hij zijn hoofd in een oven stak, een muur van hete lucht waardoor zijn huid verstrakte. De verf op de achterkant van de deur was afgebladderd en dampte. Vlammen vulden de hal; het tapijt knapperde en plofte, gaf verstikkende rookwalmen af. De kapstok stortte op de vloer neer, met brandende jasjes en sjaals als flitsend vuurwerk.
'Jezus...'
Samantha schudde aan zijn schouder. 'Wil je nog een mep?'
'Wat? Ik was gewoon...'
'Help me dan de deur weer op zijn plaats te zetten!'
Gemakkelijker gezegd dan gedaan. De afgebladderde verf aan de andere kant was te heet om aan te raken, dus hadden ze alleen de deurkruk en het rekje voor kamerjassen dat Logan bij B&Q had gekocht. Hij pakte het vast, haalde diep adem en stond op. Rook omsloot zijn hoofd; de hitte deed zijn huid jeuken. Alsof hij last had van acute zonnebrand. Hij hield zijn schouder tegen het warme hout en liep voorzichtig vooruit met zijn ogen dicht.
Bonk. De deur raakte de muur.
Zijn adem schreeuwde in zijn borst, zijn oren prikten pijnlijk,

toen hij het ding met een zijwaartse schuifelbeweging moeizaam in de lege deuropening terugzette.

Logan bukte zich nogmaals, nog steeds tegen de deur geleund. Haalde hijgend adem. Er reutelde een hoest door hem heen, een diep golvend geblaf waardoor er stippen voor zijn ogen zwommen.

'Aan de kant!'

Hij wankelde achteruit en Samantha schoof de ladekast tegen de deur, zodat die op zijn plaats werd geklemd. Starend deed ze een stap naar achteren. 'Wat is er verdomme gebeurd? Bom?'

Logan zeeg op het tapijt neer en hoestte tot hij kokhalsde. '... benzine... door de... de brieven...' Nog meer gehoest.

Er kwakte een spijkerbroek tegen zijn borst. 'Wat doe... doe je...' De rest van zijn kleren regende op hem neer.

'We zijn naakt en het gebouw staat verdomme in de fik: kleed je aan.'

Logan trok een gestreepte trui aan. Het had geen zin om zich druk te maken over sokken en ondergoed. Hij wurmde zich in de spijkerbroek. 'Waar zijn mijn schoenen?'

Samantha trok een The Sisters of Mercy-shirt aan. 'Wat heb je gedaan?'

'Het is niet mijn schuld, oké?' Hij kroop over de vloer naar het nachtkastje, wrikte de bovenste la eruit, smeet alle rommel die hij in de afgelopen god-wist-hoeveel jaar daarin had gestopt over het smeulende tapijt en pakte zijn telefoon uit de puinzooi.

Er klapte iets tegen de muur achter hem.

Logan draaide zich om. De kledingkast was voorovergekiept; de bovenrand ervan had een hap uit het behang genomen, en Samantha was bezig een van de deuren eraf te rukken.

'Wat ben je in godsnaam aan het doen?'

'Deze shit was duur...' Ze trok er een zwartleren jasje uit, daarna het korset dat ze online had gekocht, drie paar leren dijlaarzen, een zwarte baljurk.

'Iedereen is verdomme gek geworden.' De telefoon bliepte naar hem. Geen signaal. 'Kloteding!' Hij zette hem uit en vervolgens weer aan... ditmaal kreeg hij één streepje. Toetste.

'Hallo?'

Hij kon de vrouw aan de andere kant amper horen. *'Nooddienst, welk...'*

'Brandweer!' Hij ratelde het adres af en liet haar het voor hem herhalen.
'Goed, u moet kalm blijven. Ik wil dat u een paar natte handdoeken pakt en daarmee alle openingen tussen uw deur en de vloer afsluit.'
'We zitten verdomme in de slaapkamer opgesloten – waar moeten we natte handdoeken vandaan halen?'
'Nou... u kunt een paar truien of wat beddengoed of zo pakken en dat gebruiken?'
'Geweldig. Hoe wilt u dat ik aan water kom? Door erop te pissen?'
'Ik probeer alleen maar te helpen.'
Samantha porde tegen zijn schouder. 'Tijd om te gaan.'
Hij keek haar aan. 'De brandweerauto is onderweg.'
'Reken maar uit – hoe lang doen ze erover om hier te komen?'
'Vijf, tien minuten misschien?'
'En dan moeten ze de ladders opzetten en alles klaarmaken. En wij zitten aan de achterkant – hoe moeten ze ooit een brandweerauto bij ons in de buurt krijgen?'
Hij waagde nog een blik op de gestaag dalende rooklaag, die een meter boven de vloer hing en nog steeds zakte. 'We zijn de lul, hè?'
'Waarschijnlijk wel.' Samantha kroop naar hun provisorische barricade, trok er drie laden uit en sleepte ze naar haar stapel kleren bij het raam.
Logan verbrak de verbinding met de vrouw van de nooddienst en krabbelde naar Samantha toe.
Er klonk een luide knal ergens aan de andere kant van de slaapkamerdeur. De tv ontplofte, of iets dergelijks.
Ze pakte hem bij de hals, trok hem dicht naar zich toe en zoende hem. Ze smaakte naar verbrand plastic en ozon. 'Ik heb nog steeds een etentje van je te goed – dus niet doodgaan, begrepen?'
'Ben je klaar?'
'Nee. Jij?'
'Nee.' Hij pakte de vensterbank vast en hees zichzelf op zijn hurken. Reikte door de rook heen naar de veiligheidspal, schoof die open en trok. Het raam kraakte en ging vervolgens met een schok open. Oud hout en verflagen protesteerden piepend.
Het was alsof er een stofzuiger werd aangezet – door het verschil in luchttemperatuur werd er rook naar buiten, de nacht in geblazen. Buiten de slaapkamerdeur zwol het geknetter van vlammen

tot een geraas aan: de opwaartse luchtstroom voedde de vuurzee.
  Samantha dook naast hem op en staarde naar beneden. 'O... shit.'
  Dat was het probleem als je in een flat op de bovenste verdieping woonde: de grond was heel ver weg. Drie verdiepingen van verticaal graniet, en dan het platte dak van het gebouw erachter.
  Ze dook weer omlaag en smeet haar baljurk en korsetten uit het raam.
  Logan keek heen en weer – misschien konden ze op het dak klimmen? Zich aan de goot ophijsen? Hij reikte ernaar en gaf er een ruk aan.
  Er liet een roestig zwart brokstuk in zijn hand los.
  Samantha's laarzen vlogen spiralend naar het platte dak ver beneden, gevolgd door de inhoud van alle drie de laden. Slipjes, beha's en gestreepte kousen dwarrelden als kantachtige sneeuw naar beneden.
  Ze hoestte, veegde met haar hand over haar beroete gezicht, zodat er een iets schoner stukje overbleef. 'Wil je dat ik eerst ga?'
  'Waarheen? Je kúnt nergens heen gaan.'
  'Prima. Je kunt mij volgen.' Samantha beet op haar onderlip. Haalde diep adem. Hoestte. Stak vervolgens voorzichtig haar been over de vensterbank, gebukt, zodat ze beneden het niveau van de wervelende rook bleef.
  Logan greep haar vast. 'Wat doe je verdomme?'
  'Langs de pijp naar beneden. We gaan naar die van de keuken en dan kunnen we naar beneden klimmen.'
  'Jij bent verdomme gék!'
  Ze knikte achterom naar de slaapkamerdeur. Vlammen likten door de ruimte rondom de van zijn ingewanden ontdane ladekast. 'Wil je blijven en het risico nemen?'
  Nee, dat wilde hij niet. 'Wacht even...'
  Logan trok het dekbed van het bed. Er droop zweet van zijn voorhoofd; hij voelde het ook over zijn rug druppelen. Hij ontworstelde het hoeslaken aan de greep van de matras en draaide het tot een los koord. 'Bind dit om je heen.'
  'Het is niet lang genoeg, hoe moet ik...'
  'Voor het geval je onderweg naar die rotpijp uitglijdt. Doe gewoon voor één keer wat je verdomme gezegd wordt.'

'Jouw gezicht is trouwens een zootje.' Ze pakte het uiteinde van het laken en draaide het om haar pols heen.

'Goed...' Samantha liet haar kont voorzichtig van de vensterbank glijden, terwijl ze zichzelf op haar ellebogen liet zakken; vervolgens nog verder omlaag totdat haar armen om de granieten richel waren gewikkeld.

Logan zette zich schrap tegen de muur, knoopte het laken om beide handen en hield het stevig vast. Het was een waardeloze klimtechniek, maar het ding was te kort voor iets anders.

De hitte werd erger, de lucht dicht en verstikkend.

Ze keek naar hem op. 'Als jij me loslaat, vermoord ik je.' Toen begon ze voorzichtig te schuifelen naar de gietijzeren pijp die vanaf de keuken omlaagliep naar... waar dat ding in godsnaam ook maar op afwaterde.

In de verte loeide een sirene, die dichterbij kwam. Dat was in elk geval iets.

'Kut...' Een slingerbeweging; Samantha liet de richel met haar linkerhand los en reikte naar de zwarte pijp.

Laat dat ding alsjeblieft in betere staat zijn dan de goot...

Ze greep de pijp vast, wiebelde even en staarde vervolgens omhoog in zijn ogen. Likte haar roetzwarte lippen. 'Laat me niet vallen.'

Logan probeerde te glimlachen. 'Dat zal ik niet doen.'

Een knik, en toen liet ze de raamrichel los.

En viel niet dood. O goddank.

'Kut, wat is dit hoog.' Samantha liet zich voorzichtig zo'n dertig centimeter zakken. Vervolgens nog eens dertig centimeter, totdat het hoeslaken strak was gespannen. 'Laat los.'

'Nee.'

'Doe niet zo lullig, je moet loslaten, anders kan ik niet verder.'

Ze had gelijk.

Hij gooide het uiteinde uit het raam. Het bungelde aan haar arm, heen en weer bewegend in de opwaartse luchtstroom – koele lucht die door de hitte van het vuur langs de zijkant van het gebouw omhoog werd getrokken. Goed. Hij kon dit doen. Geen probleem. Gewoon voorzichtig op de richel stappen. Hij hoefde zich niet te haasten. Alle tijd in de wereld.

Dit was dom.

In de flat blijven. Op zijn plaats blijven en op de brandweer wachten.

Logan gluurde achterom over zijn schouder. De rook was zelfs nog dikker, en de vlammen likten niet gewoon aan de randen van de ladekast, ze vraten het ding op. Een kreun, en de slaapkamerdeur trilde toen er iets tegenaan knalde.

Het plafond zakte in.

O god...

Hij greep naar de rand van het raam, zwaaide zijn benen de leegte in. Drie verdiepingen recht omlaag naar een plat dak. Kut, kut, kut. Hij stak zijn linkerbeen uit, naar de pijp tastend.

Boven zijn hoofd was de rook doorschoten met vlamscherven. Het geraas van het vuur bijna oorverdovend.

Hij liet zich zakken, oksels op gelijke hoogte met de vensterbank; zijn gehavende rechterarm deed pijn, de littekens in zijn linkerpalm bonsden, die op zijn buik waren strakgespannen. Waar was die rotpijp in godsnaam?

Het was Samantha gelukt, en zij was ruim vijftien centimeter kleiner dan hij!

Haar stem schalde door het kabaal van het vuur heen. 'Links, idioot!'

Klunk. Zijn schoen raakte iets. Oké – goed, prima – hij kon dit doen.

Nee, hij kon het niet. 'WAT MOET IK VERDOMME DOEN?'

'Er is een richeltje, ongeveer vijftien centimeter onder je linkervoet.'

Jezus, kut, jezus, kut, jezus, kut...

Hij kon het voelen. Weinig meer dan drie centimeter breed. Een minimalistisch decoratief element aan de achterkant van een flatgebouw. Het enige wat hij nu moest doen was zijn linkerhand loslaten en de pijp vastgrijpen. Precies zoals Samantha had gedaan. Geen probleem. Makkie.

'Blijf daar verdomme niet hangen!'

Oké, diep ademhalen. Drie verdiepingen was niet zo hoog. Niet echt. Slechts zo'n twaalf, misschien vijftien meter. Shit.

Hij schuifelde zo ver als hij kon en stak zijn linkerhand uit. Zijn arm maaide in de lucht rond. En toen greep hij de pijp vast.

O goddank.

Het enige wat hij nu moest doen was zijn andere hand loslaten. Vijf, vier, drie...
In de kamer klonk een klap en de rook wervelde boven hem.
Logan liet de richel los, graaide naar de pijp en hield hem stevig vast, met zijn gezicht tegen het ruwe granieten oppervlak van de muur gedrukt.
Niet dood.
Er klonk een BOEM en het keukenraam explodeerde naar buiten, zodat het glasscherven op hem regende. Een steekvlam golfde de nacht in.
Hij keek omlaag. Ruim een meter beneden hem klom Samantha voorzichtig naar beneden; ze gebruikte de haken waarmee de pijp aan de muur vastzat als houvast voor haar handen en voeten. Het was allemaal oké. Ze hadden het gered. Alleen nog wat klauteren en dan zouden ze veilig zijn.
Logans zicht vertroebelde. Hij knipperde met zijn ogen, voelde warme tranen over zijn wangen sijpelen.
Niet loslaten.
Hij daalde een stukje, naar de volgende haak tastend.
Alles was oké.
Hij keek omlaag. Net op tijd om Samantha naar hem te zien opkijken. Ze glimlachte, haar vieze gezicht doorstreept met heldere sporen. Hij was tenminste niet de enige.
'Alles goed met je?'
Samantha's glimlach werd een grijns. 'Ik zei het je al.' Ze liet zich nog eens dertig centimeter zakken. 'Dat etentje dat ik van je te goed heb moet wel een...'
Krak. De pijp trilde. Haar ogen gingen wijdopen. 'O...'
Een *klang*, een scheurend geluidje, net hoorbaar door de vlammen heen.
Het stuk pijp waar ze zich aan vasthield slingerde naar rechts; de haak viel en verdween in de duisternis. Ze grabbelde naar het stuk pijp dat nog aan de muur vastzat, maar haar vingers grepen in het luchtledige.

37

'Logan...?'
Het gebeurde in slowmotion: haar vingers graaiden naar niets toen het stuk pijp dat ze afklom losbrak van de roestende steunhaken. Vervolgens viel ze, met rondwiekende armen, benen die op een onzichtbare tredmolen renden. Mond open in een volmaakte O, het wit van haar ogen glanzend in haar met roet bestreepte gezicht.
Stukjes gebroken pijp tuimelden ondersteboven om haar heen. Het uiteinde van het hoeslaken wapperde als een wimpel aan haar arm.
Toen weer op volle snelheid.
Ze smakte op het platte dak, drie verdiepingen lager, en ging er recht doorheen. Een oranje-grijze stofwolk stoof de lucht in, bleef daar hangen en werd vervolgens door het temperatuurverval langs de granieten muur omhooggedreven.
'SAMANTHA!' Logan probeerde zich plat tegen het gebouw te drukken, met zijn voeten in de laatste haak gewrongen voordat er een abrupt einde aan de pijp kwam. 'SAMANTHA!'
De sirene van de brandweerauto kwam dichterbij; het vertrouwde *weeeeeeow* van een patrouillewagensirene voegde zich bij het geloei.
'SAMANTHA!'

Er spettert braaksel in een roze plastic kom. Jenny kromt haar rug en kokhalst nog een keer, zodat er nog meer rotzooi komt. Happy Meals zien er niet zo happy uit nadat ze zijn opgegeten.
De kamer is helemaal donker, alleen een nachtlampje in het

muurstopcontact zodat de monsters hen in de gaten kunnen houden.
Ze spuugt, doet haar ogen dicht en laat haar hoofd op de rand van de kom rusten. Haar buikje voelt alsof ertegenaan is gestompt. Veel erger dan toen ze moest afvallen voor de televisiemensen.
Niemand wil een Dik Klein Meisje op zijn tv-scherm zien, lieverd...
Ze reikt naar de fles water die naast haar op de vloer ligt, trekt het dopje met trillende vingers omhoog en neemt een slok. Het smaakt zoeter dan aardbeien.
Mammie ligt op de matras, plat op haar rug.
Jenny weet dat ze niet slaapt. Dat kan ze aan haar ademhaling zien. Mammie ligt naar het plafond te staren en wou dat pappie hier was.
Pappie zou alles beter maken.
Jenny wrijft met haar hand over haar mond en veegt de slijmerige rotzooi op haar pyjama. Spoelt haar mond met water en spuugt het in de kom. Doet het deksel erop om de stank binnen te houden. Dan sluit ze haar ogen, knarsetandt en trekt zichzelf overeind door het bed als klimrek te gebruiken. Wiebelt op haar brandende voeten. Bijt op haar bovenlip en knijpt de tranen terug.
Dappere Kleine Meisjes huilen niet.
Maar ze wíl het. Ze wil het zo graag dat het meer pijn doet dan haar ontbrekende tenen.
Jenny klimt op de matras en nestelt zich naast mammie, met één arm om mammies buik gewikkeld en haar hoofd in de zachte holte van haar arm.
Een koele hand streelt haar voorhoofd. 'Hé. Voel je je wat beter?'
Dappere Kleine Meisjes huilen niet. 'Uh-huh. De andy-bionica maken mijn buik boos.'
Mammie buigt zich naar haar toe en kust haar boven op haar hoofd. 'Ik weet het, schatje, ik weet het. Maar ze maken je beter.'
Jenny knippert de tranen terug. 'Gaan we dood?'
'Ssst... Nog maar twee dagen en dan laten de slechte mannen ons naar huis gaan. Jij, ik, en Teddy Gordon.'
Jenny tilt haar hoofd op en kijkt fronsend naar het voeteneinde van het bed, waar die gemene dode-vis-gulzige-kraai-ogen in het donker glinsteren. Teddy Gordon wil niet naar huis. Teddy Gordon is precies op de plek waar hij vanaf het begin wilde zijn. Waar hij hen kan zien lijden.

'Samantha? Samantha, kun je mij horen? Je moet in mijn hand knijpen, oké?'

De ambulance scheurde met vlammende zwaailichten en gillende sirene door de straten, voorgegaan door een patrouillewagen. Logan zat op het klapzitje, met één hand om de gordel gewikkeld; de andere hield het zuurstofmasker op zijn plaats. Het voertuig schommelde toen ze langs de buitenkant van de Mounthooly-rotonde Hutcheon Street in zwaaiden.
'Kom op, Samantha, knijp in mijn hand.'
De zak die op het infuus en op Samantha's pols was aangesloten, slingerde heen en weer. De hartmonitor bliepte. De ambulancebroeders bogen zich over haar heen, alsof ze zaten te bidden.
Misschien... Misschien was dat zo'n slecht idee nog niet.

'Vrouw, achter in de twintig, valtrauma en rookinhalatie.' De arts, die vanaf een klembord oplas, liep haastig naast de brancard mee terwijl ze over de eerstehulpafdeling stormden.
In de wachtruimte zaten ongelukkige mensen naar hen te staren toen ze voorbijsnelden. Logan probeerde hinkend het tempo bij te houden. Adem beklemd in zijn borst. Alsof er iets zwaars op lag.
De arts sloeg de bladzij om. 'Haar bloeddruk ziet er niet zo goed uit.'
Boem, en ze waren door een dubbele deur heen – in een versleten gang die gebarsten muntgroen was geverfd. De geur van kokende kool en bleekmiddel, sterk genoeg om de brandstank die aan Logans kleren en huid kleefde te overheersen.
Samantha's gezicht was vreselijk bleek en vies tegelijk.
'Meneer?'
Een hand op zijn arm.
Logan liep door.
'Meneer, u moet met mij meekomen, oké?'
Hij probeerde zijn arm los te rukken, maar de greep was stevig – de vingers drongen in zijn gekneusde huid. 'Ik moet...'
'Dat weet ik, maar ze is in goede handen. U moet ze hun werk laten doen.'

Hij zat op een onderzoekstafel, waar zijn borst en rug werden beklopt door een afgepeigerd ogende arts met een naam die Logan zich niet kon herinneren. 'Nou, u hebt waarschijnlijk genoeg rook ingeademd om de komende vijf jaar mee door te komen, maar afgezien daarvan...'
'Hoe is het met haar?'
Een zucht. Een schouderophalen. Een onderdrukte geeuw. 'Het zal een poosje duren. U moet maar naar huis gaan. Probeer wat uit te rusten.'
Naar huis gaan – hoe moest hij dat in godsnaam doen?

Vanaf de krakende plastic stoel keek Logan op naar een voorbijsnellende verpleegster. Bij elke stap slaakten de zolen van haar sneakers gilletjes, die de zoemende stilte van het ziekenhuis verbraken. 'Is daar iemand...'
'Sorry, ik weet het echt niet.' Ze minderde niet eens vaart.
'Maar...'
'Sorry.' En weg was ze.

Logan knipperde met zijn ogen. Schudde zichzelf wakker. De gang was leeg, alleen het gesnor van de airconditioning en het verre geluid van iemand die hoestte.
Het was midden in de nacht, maar dat kon je niet uit de verlichting opmaken. Het was vierentwintig uur per dag hetzelfde, dat vreselijke institutionele schemerlicht dat bij de ziekelijk groene muren en de gebarsten terrazzovloer paste. Een mistroostige tl-verlichte wereld die je nooit liet gaan. Je werd hier geboren, je werd hier ziek, je ging hier dood.

Beren. Puin. Zelfmoord. Vuur...
'Knakker, ben je hier nog steeds?'
Logan huiverde. Verschoof in zijn plastic gevangenis. 'Sorry...'
'Knakker, je moet, weet je wel, slapen of zo.' Hij kon niet ouder zijn dan twintig: lang haar, piercings in zijn neus, oren, wenkbrauw en lip, een grijze overall met een naambordje. Hij trok één wit dopje uit zijn oor en leunde op de steel van het grote schaarvormige-dweilborstel-ding dat hij over de vloer had geduwd. 'Ik weet dat het een ziekenhuis en zo is, maar het is absolúút niet gezond om hier maar wat rond te hangen.'

Logan deed geen moeite om de geeuw te onderdrukken. 'Hoe laat is het?'
'Halfzes. Serieus: ga naar huis, ga even slapen.'
Ja hoor. 'Dat kan ik niet.'
'Geven ze je slaappillen?'
Logan leunde achterover. 'Wat? Nee...'
'Bezuinigingen zijn klote.' Hij keek de gang even op en neer en zei toen op gedempte toon: 'Knakker, als jij je zorgen maakt over nachtmerries en zo, heb ik het perfecte spul voor je.' Hij tastte in een binnenzak van zijn overall en haalde er een doordrukstripje met pillen uit. Reikte ze aan. 'Ik heb een makker die medicijnen studeert en af en toe wat voor me ritselt. Twee hiervan en je gaat compleet onder zeil.'
'Dat kan ik niet aan...'
'Nee, serieus, kost niks. Noem het een karmische aanbetaling. Het kan geen kwaad om af en toe een medemens te helpen, snap je wat ik bedoel?'

'Laz?'
De wereld schommelde een paar keer heen en weer.
'Laz? Ben je daar?'
Frons. Logan verwrong zijn gezicht en maalde met zijn vuisten in zijn oogkassen. 'Hoe is het met haar?'
'Je ziet eruit als een kom schijtsoep. Met strontcroutons.' Steel ging krakend in de stoel naast hem zitten en liet die kreunen. Haar haar stak aan één kant in willekeurige richtingen uit, en was aan de andere kant zo plat als een pannenkoek. Ze droeg een coltrui en een spijkerbroek. Ze kneep in zijn schouder. 'Gaat het?'

'Samantha...'
Een zucht. 'Ja, ik weet het. Kijk, je doet haar geen goed door hier als een vieze geur te blijven hangen...' Steel snoof. 'En dat is geen eufemisme; je meurt écht als de tering.'
'Ik blijf hier.'
'Nee, dat doe je niet.' Ze stond op. 'Kom mee, Susan maakt het logeerbed op.'
'Ik ga niet...'
'Dwing me niet om je zwartgeblakerde reet hier weg te sleuren.

Om me onwaardig te gedragen. Naar huis. Douchen. Fatsoenlijk slapen. Ik geef je een belletje zodra we iets horen. Oké?'

Logan keek door de gang naar de intensivecareafdeling. 'Ik heb niet...' Wat had hij niet? Gewild dat dit zou gebeuren? Samantha beschermd? In paniek willen raken? Zich als een man gedragen?

'Ja, ik weet het. Ik weet het.' Steel kneep nogmaals in zijn schouder. 'Kom mee. We maken die fles Isle of Jura open die ik voor mijn verjaardag heb gekregen, en geven 'm van jetje. Finnie kan de ochtendbriefing wel zonder mij afhandelen.'

Hij hees zich uit de plastic stoel, wat een eeuwigheid leek te duren. 'Kun jij me een lift geven?'

'Tuurlijk. Ik rij toch naar huis, dus...'

'Nee. Ergens anders naartoe.'

Steel likte haar lippen, keek de gang even op en neer, slikte. 'Je gaat toch niks doms doen?'

38

'Jij bent verdomme niet goed bij je hoofd. Dit is heel dom!'
Twintig over zes en de zon was al flink opgeklommen in een bleekblauwe lucht. De bomen waren gevuld met zingende en tjilpende en koerende vogels, alsof alles pico-pokke-bello was. Alsof dit gewoon een dag zoals alle andere was.
'Kom op, het is nog niet te laat om van gedachten te veranderen. Naar mijn huis, een paar neutjes en...'
'Het gaat prima met me.' Het voelde niet prima. Het voelde alsof iemand zijn lichaam had uitgehold en een broos geraamte had achtergelaten. Logan klauterde uit Steels kleine sportwagen. 'Bel me als je iets hoort.' Hij deed het portier dicht en stond vervolgens te kijken hoe ze haar hoofd schudde, de MX-5 in de versnelling zette en wegreed in de vroege ochtend.
Zodra ze verdwenen was, vertrok zijn gezicht. Samantha's stacaravan maakte deel uit van een klein park op de oever van de rivier de Don, tegenover het rioolwaterzuiveringsbedrijf. Daar kwam echter niet de geur vandaan die alles doordrong; het was de vettige, enigszins misselijkmakende geur die bij de kippenfabriek van Grampian vandaan kwam.
Hij strompelde naar de deur. Twee kabouters, aan beide kanten één – de een met horens en een gevorkte staart, de ander met aureool en vleugels. Logan pakte de duivel op, draaide hem om en schudde. Een metalig rammelend geluid. Hij kiepte de sleutel in zijn handpalm.
Soms waren mensen voorspelbaarder dan ze dachten.
Hij maakte de voordeur open en stapte naar binnen. Sloot zich-

zelf in. Het dakraam in de hal was een massa groene algen en klonten mos, die het grootste deel van het onbewuste zonlicht filterden en de stacaravan in duisternis hulden. De deur naar de woonkamer was open; door de gesloten gordijnen sijpelde licht naar binnen. Hij kon haar ruiken. Het tapijt en het meubilair waren doortrokken van haar geur, die hij zelfs door de scherpe rookstank die aan zijn kleren, haar en huid kleefde heen kon ruiken.

Wanneer hadden ze hier voor het laatst een nacht doorgebracht? Of zelfs maar een paar uur? Minstens vijf maanden geleden. Waarschijnlijk meer.

Hij stak zijn hand uit en knipte het hallicht aan. Het knipperde en zoemde, en kwam vervolgens tot kil tl-leven. Er was dus tenminste nog stroom.

Logan schuifelde naar de kleine keuken, trok zijn stinkende kleren uit, leegde de zakken van zijn spijkerbroek en propte alles in de wasmachine met droger. Vond wat waspoeder onder de gootsteen. Zette het ding aan het wassen en drogen, zakte achterover tegen de koelkast en huilde.

Waar was hij in godsnaam... Logan keek fronsend in de duisternis. De slaapkamer was gekrompen, en het dekbed rook naar schimmel. Hij knipperde met zijn ogen. Niet thuis. Samantha's caravan. Zijn mobiele telefoon rinkelde.

Het kostte twee pogingen om hem van de stapel boeken die als nachtkastje fungeerde te graaien. 'McRae.'

'Hallo, spreek ik met...' Wat geritsel. 'Eh, rechercheur-brigadier Logan McRae? U spreekt met dokter Lewis, ik bel over...'

Logan ging recht overeind zitten. 'Is het oké met haar?'

Laat het alsjeblieft oké met haar zijn, laat het alsjeblieft oké met haar zijn.

'Nou ja, ze heeft een heel lelijke val gemaakt. Samantha's toestand is zogezegd ernstig, maar stabiel. Het is een poosje kielekiele geweest, maar ze lijkt op de behandeling te reageren.'

Hij gooide het dekbed van zich af en stond met een ruk op. 'Ik kom er meteen aan.'

Er viel een korte stilte. 'Eigenlijk is dat misschien niet zo'n goed idee. We hebben haar in een medisch opgewekt coma moeten brengen...'

'Coma...'
'Tot de zwelling in haar hersenen afzakt.'
Logan liet zijn hoofd tegen de koele wand van de caravan rusten.
'Ik begrijp het.'
Er was nog meer – de lijst van gebroken botten, de inwendige verwondingen, de operatie.
'In wezen worden de komende vierentwintig uur kritiek, maar ze krijgt de best mogelijke zorg.'
Logan deed zijn ogen dicht. 'Dank u, dokter.' Hij hing op en zonk weer op het bed neer. Lag daar naar het plafond te staren.
Shuggie Webster en zijn verdomde 'gevolgen'. Samantha die drie verdiepingen lager door het platte dak heen smakte. Vlammen die door de rook boven zijn hoofd raasden. Dat moment waarop ze opkeek en zei: *'Logan...?'* De geur van al hun brandende bezittingen. Samantha die in de ambulance lag, bleek en gebroken. Die verdomde Shuggie Webster...
Met dichtgeknepen ogen bonsde Logan achterover in het muffe kussen. Beukte toen met zijn vuisten tegen zijn voorhoofd. Stomme. Verdomde. Wáárdeloze. Imbeciel.
Vervolgens bleef hij daar zwaar ademend liggen.
Hij keek nogmaals op zijn telefoon. Elf uur. Onmogelijk dat hij nu weer kon gaan slapen. Zijn hoofd was volgestopt met brandende watten. Alles stonk naar schimmel en rook.

Een enorme spin trippelde tegen de zijkant van het bad op, gleed naar de bodem en probeerde opnieuw te ontsnappen. Logan zette de douche aan. Keek hoe hij bij het water vandaan krabbelde. Waarom zou dat sodemietertje niet verzuipen? Alles ging dood. Misschien was meneer Spin aan de beurt.
Zucht.
Hij trok een paar vellen toiletpapier van de rol, schepte het beest uit het bad en smeet het de hal in.

Tegen de tijd dat hij in de slaapkamer terugkwam, wachtten er drie telefoonberichten op hem. Een van zijn moeder, een van zijn broer, en een van Rennie. Hij luisterde ze allemaal af en wiste vervolgens het hele zaakje.
Logan haalde zijn kleren uit de wasmachine en trok ze aan. Nog

een beetje klam. Alles wat hij nu bezat lag op het stoffige aanrecht: een handvol kleingeld, een pakje kauwgum dat naar rook stonk, zijn portemonnee en zijn telefoon.

Shuggie Webster wilde 'gevolgen', toch? Nou, die zou hij verdomme krijgen ook.

Hij staarde even naar zijn mobieltje. Pakte het toen op en pleegde een telefoontje.

'Zeker weten dat het oké met je is?' Rennies stem klonk alsof hij de stervenden probeerde te troosten. *'Ik bedoel, weet je, is er iets wat ik kan doen?'*

Logan tuurde de heldere ochtend in. 'Ja, je kunt nog een gsm-opsporing laten machtigen.' Hij las het nummer op waarmee Shuggie Webster gisteren had gebeld. 'Laat het me weten zodra je iets hebt.' Hij hield zijn stem vlak, kalm en doods.

'Eh... eigenlijk, brigadier, schrijft Finnie min of meer de wet daarover voor.'

Hij deed het portier van de huurauto op slot en liep naar de grote smeedijzeren poort. Bladeren en zonlicht vormden een kronkelend sproeterig patroon op de grindoprit.

'Iedereen heeft opdracht gekregen om jou niet met politiezaken lastig te vallen. Het is de bedoeling dat jij verlof wegens familieomstandigheden hebt.'

Dat hoorde hij voor het eerst. 'Doe dan alsof Steel jou heeft opgedragen om het te doen.'

'Ja, dat is best. Het is allemaal haar schuld.'

Er zat zo'n toegangsbeveiligingszoemer op de hoge stenen muur. Logan drukte op de knop.

'Hoor eens, ik heb vanmorgen de brandweer gesproken – ze zeggen dat het nog niet veilig voor de TR is om de flat binnen te gaan. Maar er zijn beslist tekens van een accelerator.'

'Je meent het.'

'... ja. Oké, dus we houden een collecte, voor Sam. Weet jij iets wat we kunnen kopen? Je weet wel, iets wat ze leuk zal vinden wanneer ze wakker wordt?'

Als ze wakker wordt.

'Wacht even.' Hij zette Rennie in de wacht. Het beveiligingsding zoemde tegen hem.

Toen kraakte er een sterk Aberdeens accent uit de luidspreker.
'Wat isser?'
'Logan McRae, ik wil meneer Mowat spreken.'
'Wacht effe.' Stilte.
Weer naar Rennie. 'Ik moet ophangen.'
'Eh, ik zat te denken – heb jij je verzekering al geregeld? Je weet wel, huis en inboedel?'
Logan draaide met de muis van zijn ene hand in zijn oog. Nog iets om aan de lijst toe te voegen. 'Al het papierwerk lag in de flat...'
'Wil je dat ik het voor je doe? Ik kan rondbellen, dingen regelen? Weet je wel, als het helpt?'
De poort gaf een klik en zwaaide vervolgens open. Treed mijn woonkamer binnen, zei de spin tegen de vlieg.
'Brigadier? Ben je er nog? Ik bedoel, het is niet veel, maar...'
'Nee, het is geweldig... Bedankt.' Het grind knerpte onder zijn zwartberookte schoenen. 'Echt, ik waardeer het.'
'Hé, geen probleem – daar zijn makkers voor, toch?' Een kuch. 'En... het spijt me echt van Sam.'
'Ja. Het spijt mij ook.'
De poort zwaaide achter hem dicht. Logan hing op.

'Wil je een neutje, Logan?' Hamish Mowat, alias Wee Hamish, zwaaide met een klauw vol levervlekken naar een uitstalkast. Achter het glas stond een set kristallen karaffen en tuimelglazen op een rij. Het was middag en Wee Hamish had nachtkleding aan – Schots geruite pyjama, grijze pantoffels, een wollige kamerjas.
'Niet voor mij, bedankt.'
'Ah, je moet het hoofd helder houden. Ik begrijp het. Jij bent een man met een missie: je moet je verstand scherp houden.' Zijn stem was een raspende mengeling van Aberdeens en kostschool, niet veel luider dan een fluistertoon. 'Ik neem er eentje, als jij er geen bezwaar tegen hebt?' Hij slofte naar het raam, een infuusstandaard op wieltjes met zich mee rollend. Bovenaan schommelde een doorzichtig zakje aan een haak; de infuusslang verdween in het plastic verbindingsstuk dat aan de rug van zijn linkerhand was getapet.
Logan opende de kast. 'Glenmorangie, Dalwhinnie, Macallan, of Royal Lochnagar?'

'Verras me maar.'
Logan koos willekeurig een karaf uit, schonk een fatsoenlijke bel in en deed er een scheutje water bij. Bracht het glas naar de plek waar Wee Hamish zijn domein stond te overzien.
'Dank je.' De oude man pakte het met een bevende hand aan. '*Slainte mhath.*'
De woning was enorm, een grillig uitgestrekt herenhuis op de zuidelijke oever van de Dee, hoog genoeg op een heuvel gelegen om een panoramisch uitzicht over Aberdeen te bieden. Wie zei dat misdaad niet loonde? De grote tuin strekte zich naar een bomenrand uit, en zo'n zwart-gele maaimachine zoemde over het gazon, als een laagvliegende bij – op het zitje zat een enorme, nors kijkende man. Hij was kolossaal: niet alleen dik, maar ook lang en breed, zijn gezicht een web van littekenweefsel en plukkerige baard.
Wee Hamish zuchtte. 'Ik vind het vreselijk dat jullie tweeën elkaar naar het leven staan. Ik wou dat jullie beiden de strijdbijl zouden begraven.'
Ja, nou, er zouden geen prijzen zijn als je raadde waar Reuben die zou willen begraven.
'Ik denk niet dat hij het type is om te vergeven en vergeten.'
Toen de oude man knikte, wiebelde de hangende huidzak onder zijn kin. 'Je zult wel gelijk hebben. Maar ik zal er niet voor eeuwig bij zijn, Logan, en als jullie tweeën je geschillen niet kunnen oplossen, kan het maar op één manier eindigen...' Hij liet zijn vingertoppen tegen het raam rusten. 'Ik heb de laatste tijd veel over dat soort dingen nagedacht. Waar mijn erfenis heen zal gaan.'
Wee Hamish likte zijn bleekpaarse lippen. 'Dus financier ik gemeenschapsprojecten, stel ik beurzen in zodat kansarme kinderen naar de universiteit kunnen gaan, sponsor ik families in Afrika...' Hij nam nog een slokje whisky, zonder zijn ogen af te wenden van de tuin en de boze mechanische bij. 'Weet je, hoeveel ik ook van hem hou, Reuben heeft de neiging om een beetje... impulsief te zijn. Begrijp me niet verkeerd, hij is beestachtig trouw, een geweldige man om aan je zij te hebben, iemand die alles zal doen wat nodig is om de klus te klaren, maar een goede leider moet zijn opties afwegen. Onaangename beslissingen nemen. Soms een compromis sluiten. Niet zomaar binnenstormen met een afgezaagd geweer.'
Wee Hamish draaide zich om en tikte Logan met een kromme

vinger, waarvan de huid zo droog als perkament was, op het voorhoofd. 'Eerst het hoofd.' De vinger prikte Logan in de borst. 'Dán het hart.' De oude man krulde zijn vingers tot een losse klomp. 'En als allerlaatste de vuisten.' Hij schudde zijn hoofd, zodat die huidzak weer ging wiebelen. 'Reuben, die arme stakker, is een en al vuisten.'

'Meneer Mowat, ik...'

'Natuurlijk is dat het probleem, hè? Aan wie draag ik alles over, als ik heenga?' Hij raakte het glas weer aan. 'Ik heb ooit een zoon gehad. Fijne jongen, maar niet... qua temperament geschikt voor dit soort werk. Hij is bij een motorongeluk omgekomen, hij was achttien. En toen was het voor Juliette en mij te laat om het nog eens te proberen. Allebei te oud. Geen puf meer voor.'

'Eigenlijk wil ik...'

'Het speet me te horen wat je jongedame is overkomen. Ik heb een bosje bloemen gestuurd, ik hoop dat je dat niet erg vindt. Een ziekenhuis is zo'n lelijk oord, vind je ook niet? Het is een wonder dat iemand überhaupt beter wordt.'

Hoe wist Wee Hamish in godsnaam van Samantha? Het stond nog niet eens in de kranten.

'Dank u.'

'En als je iets nodig hebt...' Wee Hamish grinnikte, een nat, ratelend geluid. 'Natuurlijk heb je iets nodig. Anders zou je hier niet zijn. Je wilt degene die je huis in brand heeft gestoken. Je wilt wraak.'

Logan keek weg, schraapte zijn keel.

Wee Hamish legde een hand op zijn arm. 'O, maak je maar geen zorgen, ik ben niet beledigd. Waarom zou je anders bij een zieke oude man op bezoek komen, hè?'

'Shuggie Webster. Ik wil weten waar hij is.'

'Ik begrijp het. Ja, nou, ik neem aan dat we in die richting wel iets voor je kunnen organiseren.'

'Ik... ik wil dat u iets begrijpt – als u dit doet, betekent dat niet dat u mij bezit.'

Nog een grinnik. 'Logan, geloof me als ik zeg dat ik geen verlangen heb om iemand te "bezitten". O, ik heb een paar van je collega's op de loonlijst, maar ik "bezit" hen niet; zij zijn gewaardeerde leden van het team. Beschouw dit simpelweg als een gunst, en als je ooit besluit dat politiewerk niet langer de carrière voor je is... Nou ja, zoals ik al zei, het zou fijn zijn om te weten dat mijn erfenis in goede handen was.' Hij kneep even in Logans arm. 'Nou, als wij meneer Webster leveren, zou je dan ook een vuurwapen willen hebben?'

Logan slikte. 'Een vuurwapen?'

'Iets Russisch: koosjer, niet te traceren, nooit gebruikt.'

'Ik...'

'Nou, je hoeft niet nu meteen te beslissen.' Hij dronk het laatste restje whisky op. 'Zeg eens, hebben jullie de beesten die Alison en Jenny McGregor hebben ontvoerd al bijna te pakken?'

'Niet echt. Nou ja, we hebben een paar aanwijzingen.' Schouderophalen. 'Ik weet niet of ze iets zullen opleveren.'

'De hele situatie... verontrust me, Logan. De media krioelen door de hele stad als vliegen op een mesthoop en geven iedereen de indruk dat we in een vreselijk, gevaarlijk oord leven. Het is niet goed voor de plaatselijke bedrijven als mensen denken dat onze stad niet veilig is.' Hij hield zijn tuimelglas scheef en liet het laatste olieachtige laagje whisky rond de zijkanten rollen. 'Ik heb zelf wat navraag gedaan, maar niemand schijnt iets over die lui te weten. Dat verontrust me ook.'

'Wat dat met Shuggie Webster betreft...'

'O, maak je maar geen zorgen, wij zullen heel discreet zijn. Niemand zal zelfs te weten komen dat jij hem hebt. En als je hulp nodig hebt om hem nadien te lozen, hoef je mij maar te bellen.'

39

De hele Marischal Street was afgezet met blauw-wit politielint. Aan de kant van de weg stond een patrouillewagen geparkeerd, samen met het groezelige transitbusje van de technische recherche en een witte Fiat met het wapen van de brandweer van Grampian op de zijkant.

'... nog maar anderhalve dag tot de deadline van de ontvoerders. In ander nieuws heeft de politie van Grampian ene meneer Frank Baker publiekelijk verzocht zich te melden...'

Het raam van de zitkamer was een zwartomringd gat; het graniet erboven was met rook bevlekt, het graniet eronder met vies water. Die verkoold-hout-en-gesmolten-plasticgeur hing nog steeds in de straat. Alle ramen van de flat direct eronder stonden open en de gordijnen wapperden in de bries. Probeerden waarschijnlijk op te drogen nadat de brandweer god-wist-hoeveel liters water in het gebouw had gepompt. Logans verzekering zou dus niet als enige een opdonder krijgen.

'... bezorgd om meneer Bakers veiligheid na zijn verdwijning uit zijn Mannofield-flat op zondagavond of maandagochtend...'

Logan trok de sleutels uit het contact. Staarde omhoog naar de plek waar hij had gewoond. Stapte vervolgens de zonnige middag in. Wat zou het als hij op dubbele gele strepen had geparkeerd? De hele straat was toch afgesloten. Als iemand daar een punt van wilde maken... zou hij met alle plezier zijn tanden door zijn strot rammen.

Hij dook onder het lint door.

'Hé, jij daar!' Er klauterde een geüniformeerde agent uit de patrouillewagen. 'Waar denk je dat je...' Hij stopte. 'Sorry, brigadier, dacht dat je weer zo'n journalist was.' Hij keek even naar zijn voeten. 'Alles oké met je? Finnie zei...'

'Zijn er nog andere gewonden?'

'We mogen niet...'

'Brigadier McRae!' Iemand in vol forensisch ornaat stond in de deuropening van zijn gebouw naar hem te zwaaien.

Logan liet de tegen zichzelf hakkelende agent achter en beende erheen. De technicus trok haar capuchon naar achteren en rukte haar masker af – Elaine Drever, Samantha's baas, hoofd van de technische recherche, een zwaargebouwde vrouw met grijzend krulhaar.

Ze stak een gehandschoende hand uit om die door Logan te laten schudden. 'Je moet weten dat wij alles doen wat we kunnen.'

Logan staarde omhoog naar het gebouw. 'Dacht dat jij geen veldwerk meer deed?'

'Sam is een van ons. De brandweer heeft ons net het allesveiligteken gegeven om bewijsmateriaal te gaan verzamelen.'

'Er zal niet veel zijn. Condoom door de brievenbus, gevuld met benzine, daarna lucifer naar binnen laten vallen.'

Ze glimlachte, zodat er een gouden kroon op een van haar voortanden werd getoond. 'Ah, maar hij heeft te lang rondgeklooid en de benzine laten verdampen.'

Het krassende geluid – Shuggie Webster die worstelde om de lucifers aan te steken.

Elaine vormde met beide handen een bol en rukte ze vervolgens uit elkaar, vingers wijdgespreid. 'De damp ontbrandde als een bom, blies de voordeur finaal weg.'

'Hetzelfde geldt voor de slaapkamer. Mag ik kijken?'

Ze trok een wenkbrauw op. 'Natuurlijk niet. Finnie heeft vanmorgen een donderpreek gehouden: jij mag nergens in de buurt van het onderzoek komen.' Ze draaide zich om en beende naar de deur van het trappenhuis. 'Er liggen reservepakken achter in het busje; zorg alleen dat je een masker ophebt, zodat we allemaal kunnen doen alsof we je niet herkennen.'

Ze hadden een looppad van metalen theebladen op metalen pootjes aangelegd, zodat Logans blauwe plastic overschoenen een kleine

tien centimeter bij het verkoolde, met water doortrokken tapijt vandaan bleven en er geen bewijsmateriaal vernietigd zou worden.
'Gloeiende tering...'
Hij staarde door de deuropening naar binnen. De hal was een zwartgeblakerde puinhoop; op de vloer lagen brokken plafond; blootliggende verschroeide balken boven zijn hoofd. Het dak was nog heel, maar alle spullen die ze op de zolder hadden opgeslagen waren verdwenen; slierten verglaasd plastic en een half metalen tankje, alles wat er nog over was van de broodbakmachine die hij jaren geleden had gekregen en nooit had gebruikt.
Logan wachtte even. 'Is de vloer veilig?'
Iemand – een anonieme figuur in een slobberig forensisch pak, masker, veiligheidsbril en handschoenen – knikte naar hem. 'Ga alleen niet op en neer springen in de keuken.'
Wat er nog over was van de flat stonk – de peperige stank van zwartgeblakerd hout; de bittere lucht van geroosterd plastic; en de zure, walgwekkende geur van verbrand tapijt.
Hij begon in de zitkamer. Hier was geen plaats-delictpad nodig – alles wat ertoe deed was in de hal gebeurd. De tv was een hol skelet van metalen stutten, het plastic omhulsel weggesmolten, de beeldbuis verbrijzeld. Er lagen cd's opgehoopt in de hoek waar de plankenkast was ingestort, groezelige zilveren schijven die glinsterden als afgedankte visschubben. De erker was gewoon een verzameling lege, verschroeide kozijnen; al het glas was verdwenen.
De keuken was een puinhoop, alle kastjes met roet bevlekt, de koelkastdeur gebarsten en deels gesmolten.
Maar de slaapkamer was nog erger. De matras was een hoop as en veren in een doorzakkend metalen frame. Er waren brokken plafond naar beneden gekomen, en van de voorovergekiepte kledingkast waren nog maar twee zijkanten over.
Logan veegde met een gehandschoende hand over zijn ogen. Slikte hard. Stapte toen naar het verbrijzelde raam toe.
Drie verdiepingen lager was het platte dak nog steeds bestrooid met ondergoedsneeuw; Samantha's laarzen, baljurk en korset lagen er verwrongen en leeg bij.
Hij stond omlaag te staren naar het gat dat ze met haar vallende lichaam had gemaakt.
Die verdomde Shuggie Webster... Wat er ook was gebeurd, die

geflipte junkieklootzak verdiende alles wat hem zou toekomen. Elke laatste klote-
Een hand op Logans schouder deed hem ineenkrinpen.
'Gaat het wel? Je staat daar al ongeveer een kwartier.' Het klonk als Elaine Drever, maar met al die forensische kleding aan was het moeilijk te zeggen.
'Kun je...' Hij wees omlaag naar Samantha's spullen. 'Ik wil niet... dat mensen...'
'Ik zorg er wel voor. Zal alles voor je in een zak stoppen.' De gekreukte figuur zuchtte. 'Ik weet dat je het niet wilt horen, maar als jullie hier waren gebleven, zouden we nu jullie lichamen uit het puin aan het graven zijn. Eeen beetje rook kan al dodelijk zijn. Jullie hebben juist gehandeld.'
Zeg dat maar tegen Samantha.
Het hoofd van de TR klopte op zijn schouder. 'Ik heb toch nog wat goed nieuws voor je – kom maar kijken.'
Ze leidde hem via de overloop naar de andere flat op de bovenste verdieping. Logans voordeur stond tegen de muur; de verf was aan de ene kant helemaal verschroeid en afgebladderd, aan de andere kant ongerept azuurblauw. Het koperen plaatje met de gegraveerde tekst LOGAN EN SAMANTHA'S GEHEIME SCHUILPLAATS glansde in het zonlicht, maar de brievenbus was bedekt met een dun laagje vingerafdrukpoeder.
'Zoals ik al zei, heeft onze brandstichter te lang gewacht met het aansteken van de benzine. Hij stond dus vlak voor de deur toen: boeeeeem!' Ze deed weer datzelfde met haar handen. 'Helemaal uit zijn scharnieren. Moet hem als een stormram hebben geraakt. Door de kracht van de explosie werd hij over de overloop gesmeten en tegen de deur van je buurman gesmakt. Deed vast verdomd veel pijn.'
'Goed zo.'
'Het wordt nog beter.' Ze wees naar de buitenkant van de deur. 'Toen hij erdoor geraakt werd, knalde hij met zijn hoofd tegen het verfwerk. Zie je dit hier?' Ze wees met een paarsgehandschoende vinger naar een mat stukje op het blauwe glansoppervlak. 'Dat was zijn wang, en dit...' Met haar vingertop beschreef ze een ovaal, net links van de vlek. 'Het lijkt erop dat we slijm hebben, en misschien een paar piepkleine druppeltjes bloed. Ongelooflijk veel mazzel:

normaal gesproken verkloot de brandweer al ons bewijsmateriaal als je zo'n grote brand hebt. Al dat water raakt de vlammen, je krijgt enorme stoompluimen, en elk DNA wordt naar de vergetelheid gekookt.'
Samantha's baas glimlachte. 'Doordat de deur door de hal heen werd geblazen – met het buitenoppervlak van het vuur af – is hij beschermd tegen de hitte en het ergste water. Ik denk dat we wel DNA krijgen.'
Logan probeerde enig enthousiasme in zijn stem te forceren. 'Dat is geweldig.'
'Maak je maar geen zorgen: we zullen ze te pakken krijgen, wie het ook zijn.'
'Dat weet ik.'
Maar op dit moment kon Shuggie Webster maar beter bidden dat de politie van Grampian daar eerder aankwam dan hij.

'Wat kom jij hier in vrédesnaam doen?' Hoofdinspecteur Finnie stond met zijn vuisten op zijn heupen in de deuropening van Logans kantoor/bouwterrein. 'Je zou thuis moeten zitten om uit te rusten...' Finnies kwabbige wangen verschoten roze. 'Ik bedoel... niet thúís, maar... Je weet wel wat ik bedoel.'
Hij stapte de duistere kamer binnen en deed de deur achter zich dicht. 'Serieus, Logan, je zou hier niet moeten zijn. Je hebt een vreselijke schok gehad en...'
'Het gaat prima met me. Ik waardeer de bezorgdheid, maar als ik nog veel langer rondlummel...'
'Je hebt verlof wegens familie-omstandigheden. En dat is een bevel.'
'Ik wil niet...'
'Een bevél, hoor je me?' Finnie ging op de rand van het bureau zitten. 'Kom op, Logan, wees verstandig. Je wéét dat je niets te maken mag hebben met het onderzoek naar de brandstichter. Het is...'
'Dat heb ik ook niet. Kijk' – Logan draaide het monitorscherm om en wees naar de spreadsheet – 'ik ga over de zaak-Trisha Brown. Ik kom niet in de buurt van de brand. Ik wil dat de dader gepakt en achter de tralies gezet wordt; ik ga de vervolging niet verzieken door de verdediging een belangenconflict te geven om over te tie-

ren. Ik heb alleen...' Hij wreef met zijn hand over zijn voorhoofd. 'Ik heb alleen iets nodig om me mee bezig te houden. Ik kan me niet meer in het donker zorgen zitten te maken over Samantha. Dat maakt me gek.'

Finnie zuchtte. 'Logan...'

'Ik kan ook de zaak-McGregor blijven bekijken. Dat is risicoloos, staat niemand in de weg.'

Het hoofd van de recherche kneep zijn gezicht samen. 'Ik begrijp je behoefte om iets te doen te hebben, maar...'

De deur knalde open. 'Ben jij verdomme niet goed bij je kop?' Steel beende de kamer in, met een opgerolde krant zwaaiend alsof het een machete was. 'Je was gisteravond bijna dood!'

'Ik was niet...'

'Ik zei net tegen brigadier McRae dat hij...'

'O nee, daar komt verdomme niks van in.' Ze draaide zich naar Finnie toe en porde hem met haar krant in de schouder. 'Het kan me niet schelen dat je te weinig personeel hebt, hij gaat naar huis. Wat mankeert jou in godsnaam?'

Finnie zette zijn stekels op. 'Het spijt me, inspecteur, heb ik jou op de één of andere manier de indruk gegeven dat ik hier een democratie leidde? Ik heb jouw toestemming niet nodig om te beslissen wie er wel en niet kan komen werken, begrepen?'

Geweldig. Logan wreef met zijn hand over zijn ogen totdat er gele stipjes in de duisternis fonkelden. 'Het gaat prima met me, ik heb alleen behoefte...'

'Andy, godsamme, zijn vriendin ligt op de intensive care. In een cóma verdomme!'

'Ik ben me er welbewust van wat de situatie...'

'Doe er dan iets aan! Stuur hem naar huis! Hij kan bij mij thuis pitten, Susan zal wel voor hem zorgen.' Nog een por. 'Wees niet je hele leven een lul!'

Finnies ogen gingen wijdopen; zijn vuisten trilden aan zijn zijden. 'Zo is het genóég! Als je óóit weer zo tegen me praat, krijg je een disciplinaire maatregel aan je broek, is dat begrepen?'

'Jij bent niet...'

'IS DAT BEGREPEN?' Het spuug vloog alle kanten op.

Steels kin ging omhoog, trok de huidkwab eronder strak. 'Ja, meneer.'

'Brigadier McRae' – Finnie stak een vinger in Logans richting – 'jij komt niet in de buurt van het onderzoek naar de brandstichter. Jij beperkt je tot de verdwijning van Trisha Brown en het McGregor-onderzoek, is dat in enig opzicht te vaag en wazig voor jou?'
Logan schudde zijn hoofd. 'Nee, meneer.'
'Als ik ontdek dat jij er ook maar aan dénkt om je ermee te bemoeien, ben je hier weg.'
'Dank u, meneer.'
Finnie keek Steel iets langer dreigend aan, draaide zich toen om en stormde de kamer uit, de deur achter zich dichtslaand.
Korte stilte.
Steel slaakte een enorme sissende zucht en zakte vervolgens tegen de met plastic bedekte muur. 'O goddank... Dacht even dat die klootzak met zijn rubberkop mij ging ontslaan.' Ze haalde haar e-sigaret tevoorschijn en nam een diepe hijs. 'Jij staat verdomme echt bij me in het krijt: zo'n staaltje omgekeerde psychologie is niet zo makkelijk als je zou denken.'
Logan staarde haar aan. 'Noemde je hem met ópzet een "lul"?'
'Alsof ik niet al gestrest genoeg ben.' Ze kwakte de krant voor hem op het bureau neer. De *Aberdeen Examiner*, avondeditie. POLITIE JAAGT OP VERMIST SEKSBEEST.
De foto van Frank Baker was niet recent – waarschijnlijk uit de dossiers van inspecteur Ingram gehaald en uitgebracht als een Hebt-u-deze-man-gezien-poster. Een kleinere foto toonde een enorme man met een tochtmat-snor: Spike, Bakers vriend van het fabricagebedrijf. Degene die hem te hulp was gekomen.
'KOM NIET TERUG!' PEDO FRANKIES WERKMATEN IN ONGEWISSE GELATEN OVER ZIJN SMERIGE MISDADEN.
Steel tikte Spike in het gezicht. 'Nu hebben we dus een landelijke klopjacht op ons bord, omdat die flikkerse Green de zaak moest gaan opstoken. En hij is een en al: "Kijk mij eens, ik had gelijk!"... Rukker.'
Logan las het artikel vluchtig door. 'Denk je dat Baker in beeld is voor Alison en Jenny?'
Er werd op de deur geklopt, waarna Rennie zijn hoofd de kamer in stak. 'Hoe ging het?'
'Koffie, melk, twee suikerklontjes. En haal ook iets voor Laz.'
Steel pakte de stapel formulieren van verhoorde studenten van het

bureau en bladerde ze door. Gluurde vervolgens achterom naar de deur. 'Je staat er nog steeds, agent.'

Rennie knikte naar Logan en hield twee bolstaande zwarte plastic vuilniszakken omhoog, beide dichtgeknoopt met geel-zwart 'plaats delict'-lint – het spul dat alleen de TR gebruikte. 'Elaine Drever zegt dat je deze wilde?' Hij kwakte ze op de vloer neer.

'Bedankt.'

De agent grijnsde. 'Heb je het gehoord van McPherson? Kennelijk, hè, zou hij vanmorgen een uitbrander krijgen, en halverwege Union Street rent hij de weg over, ontwijkt een bus, schiet door en dondert ondersteboven die trap naar Correction Wynd af. Gebroken been en hersenschudding. Alles staat op CCTV, als je wilt lachen?'

'En ook wat chocoladekoekjes.' Steel zwaaide met haar hand naar hem. 'Vooruit, je bent een braaf borstje.'

Zodra Rennie weg was, kwakte Steel de formulieren weer op het bureau neer. 'Dit is de afspraak: jij werkt tot vijf uur, dan gaan we naar mijn huis en laat jij je door Susan vertroetelen. Je neemt een paar neutjes, kijkt tv, drinkt thee, poetst je tanden en gaat naar bedje toe, alwaar ik je in de gaten kan houden. Je gaat niet terug naar die morsige kleine caravan bij de kakboerderij om in het donker te kniezen, tobben en kwijnen.'

'Ik...' Logan voelde de hitte naar zijn wangen stijgen. 'Bedankt.'

'Zou ik ook denken. Ondertussen: wie heeft jouw flat in de hens gezet?'

Niet wegkijken. Oogcontact houden. 'Ik heb geen idee. Heb het de hele dag proberen uit te vogelen, maar...' Frons. Schouderophalen. Op een mooi natuurlijke manier. 'Het moet iemand zijn die ik heb opgesloten. Kan niet gewoon willekeurig zijn.'

Steel rolde de nepsigaret om haar mond heen, waarbij het plastic uiteinde tegen haar tanden tikte. 'De TR doet DNA-testen met wat spul dat ze van je voordeur hebben gehaald. We krijgen wel een match, en we pakken die klootzak wel, en ik zal ervoor zorgen dat hij wordt aangeklaagd voor poging tot moord.' Ze stond op, legde haar hand op zijn schouder. 'Vertrouw je tante Roberta maar: die rukker zal boeten.'

Logans telefoon liet zijn dronken, sinistere wals schallen. Hij haalde hem tevoorschijn en keek op de display: STEEL.

'... dacht dat wij verdomme een afspraak hadden!'
Logan drukte zich plat tegen de tweekleurig groene muur toen er een enorm ziekenhuisbed voorbij werd gerold – een bleke oude man met een zuurstofmasker op zijn slappe, vettige gezicht lag naar het plafond te staren. Een vrouw in een blauw verpleegstersuniform en piepende witte sneakers mopperde toen ze passeerden. 'U mag uw mobieltje niet gebruiken in het ziekenhuis!'
'Sorry.' Hij keek hoe ze verdwenen.
'Ik heb Finnie voor jou een lúl genoemd! Ik ben verdomme bijna ontslagen: en zodra ik me omdraai...'
'Ik ben in het ziekenhuis.' Hij begon weer door de gang te lopen. 'Iemand moet Trisha Browns moeder vertellen dat haar kleine meid ontvoerd is.'
'Je had op zijn minst Rennie kunnen meenemen!'
'Ik wilde... Ze zeggen dat ik een kwartier bij Samantha mag zitten.'
Een korte stilte. *'Tering, Laz, ik zou met je mee zijn gekomen. Dat weet je. Ik had in de kantine naar verpleegsters kunnen zitten lonken terwijl jij bij haar zat.'*
'Hoor eens, ik moet gaan.' Hij hing op voordat ze nog iets anders kon zeggen.

De plompe verpleegster bekeek Logan voor de derde keer van top tot teen in de drie minuten dat ze hem naar een door gordijnen afgeschermd gedeelte achter in een zaal met acht bedden leidde. Het was hier drukkend heet, ook al stonden de ramen open, waardoor het gonzende verkeersrumoer en af en toe het gillende geloei van ambulances werden binnengelaten.
'Welnu, u moet begrijpen dat mevrouw Brown zich niet mag opwinden.' De verpleegster streek met haar hand over haar borst, net boven de massieve boezempartij. Keek vervolgens op het horloge dat als een medaille op haar blauwe jasje was gespeld. 'Ze krijgt pas over twee uur weer een dosis methadon en ze is een verdomde nachtmerrie als ze op gang komt.'
'Ik zal mijn best doen.'
De verpleegster pakte een handvol gordijn en rukte het opzij.
Helen Brown lag boven op de dekens, hoofd achterover, mond openhangend, lichtjes snurkend. Geen tanden. Over één oog was

een prop gaas getapet; de rest van haar gezicht was een lappendeken van kneuzingen en hechtingen. Haar rechterarm was vanaf de palm tot de elleboog in een gipsverband van glasvezel gehuld, haar linkerbeen vanaf de enkel helemaal tot de dij. Maar haar rechterbeen eindigde abrupt bij de knie; de blootliggende dij was geel en groen gevlekt.

Logan kromp ineen. De aanval moest afschuwelijk zijn geweest. 'Hebben ze haar been afgehakt?'

'Ongeveer drie jaar geleden. Gangreen.' De verpleegster controleerde de kaart die aan het uiteinde van het bed hing. 'Dat is het probleem met intraveneuze drugsgebruikers. Die weten niet wanneer ze moeten stoppen.' Ze keek naar Trisha's moeder. 'Mevrouw Brown? Helen? Er is hier een politieman voor je.'

Gemompel.

'Helen?'

Trisha's moeder keek scheel met haar goede oog. 'Rot op...'

'Kom op, Helen. Wat hebben we over je taalgebruik afgesproken?'

Ze worstelde zich op haar zij. 'Dik teringwijf. Waar fijn mijn pijnftillerf?'

Een zucht. 'Je weet dat je tot vijf uur niks meer kunt krijgen. Er is hier nu een politieman voor je; wil je een glas water?'

'Ik heb verdomme mijn pijnftillerf nodig! Lig hier verdomme te creperen...'

Logan ging op de stoel naast haar bed zitten. 'Mevrouw Brown, mijn naam is rechercheur-brigadier McRae. Ik moet u over Trisha spreken.'

De verpleegster knikte. 'Nou, dan laat ik u maar alleen.' Ze stapte bij het bed vandaan en trok de gordijnen weer dicht, zodat Logan werd ingesloten.

Trisha's moeder keek nors naar hem. 'Dat teringwijf geeft me nooit iets voor de pijn.'

'Iemand heeft haar zaterdagavond in een auto zien stappen...'

'O, daar gaan we.' Helen trok haar lippen op, zodat er twee rijen gekneusd en gehavend tandvlees werden onthuld. 'Alleen omdat ze iemand afzuigt in...'

'De persoon in de auto heeft haar aangevallen. Iemand heeft gezien dat ze werd geslagen.'

'O...' Helen draaide zich op haar rug. 'Is het oké met haar?'

'Dat weten we niet. Hij is met haar weggereden.'
Stilte. Helen wreef met de vingers van haar goede hand over de deken. Toen rolde er een traan over haar gekneusde wang.
Logan keek weg. 'Het spijt me.'
'Spijt het jou? Spíjt het jou verdomme?' Er ketste een lege plastic beker tegen Logans schouder. 'Waarom ben je niet buiten? Waarom ben je niet op zoek naar mijn kleine meid?'
'Wij doen alles wat we…'
'ZE KAN VERDOMME WEL DOOD ZIJN, WEET JIJ VEEL! Dood. Verkracht in een klotegreppel! Mijn kleine Trisha…'
'Als u iemand kunt bedenken die haar bedreigde, of…'
'En ze sturen een klotebrigadíér? Alison McGregor krijgt de hoofdcommissaris en de helft van de juten in Schotland, en Trisha krijgt alleen maar een klotebrigadier! WAT HEB JIJ VERDOMME VOOR NUT?'
'Mevrouw Brown, ik wil u verzekeren dat de politie van Grampian dit heel serieus neemt.'
De gordijnen vlogen open en de forse verpleegster was er weer.
'Wat had ik u gezegd over haar van streek maken?'
'Ik heb niet…'
'TRISHA!'
'Kom op, Helen, kalmeer: je wilt de andere patiënten toch niet storen?'
Ze greep een grijze kartonnen ondersteek en gooide die naar de verpleegster. 'MIJN KLEINE MEID WORDT VERMIST! IK GEEF GEEN REET OM JOUW KLOTEPATIËNTEN!'
'Wij doen alles wat we kunnen om…'
'Stelletje klootzakken. Jullie denken dat ze maar een junkiehoer is, dat ze niks waard is. ZE IS MIJN KLEINE MEID!' Helen Brown zwaaide haar fiberglazen gispverband naar Logans hoofd. 'IK VERMOORD JE VERDOMME !'
Hij dook met een ruk uit de weg; de plastic bezoekersstoel kiepte voorover en kletterde op de vloer toen hij opstond.
'Goed, zo is het genoeg.' De verpleegster viel uit en drukte Helen tegen het bed.
'GA VAN ME AF, DIK WIJF! AAAAAAGH!'
'Ik zei: zo is het genóég!' De verpleegster keek Logan dreigend en met opeengeklemde tanden aan. 'Ik denk dat u beter kunt gaan, denkt u ook niet?'

'Je ziet er goed uit. Nee echt...' Logan kneep in Samantha's hand.
'Heel gothic.'
Ze zag er niet ziek uit; ze had amper een schrammetje. Tenminste, niet op de delen die hij kon zien. Ze hadden haar oogleden dichtgetapet. Een ademhalingsslang kronkelde via de zijkant van haar mond naar binnen; aan haar rechterwijsvinger was een hartslagmonitor geclipt, een infuusslang in een verbindingsstuk aan haar rechterpols geplugd.

'Ik ben in de caravan getrokken. Dat ding ruikt erger dan jouw pa. Zo schimmelig...'

De bloemen van Wee Hamish stonden in een grote vaas op de vensterbank. Een enorm boeket van rozen en anjers en donzig-wit-takje-spul en bladeren en bamboekrullen. Extravagant, maar smaakvol.

'Elaine heeft trouwens al je kleren opgeraapt. De slipjes en laarzen en zo.' Hij zonk voorover totdat zijn hoofd tegen haar borst rustte, die omhoog en omlaag ging op de deining van haar mechanisch geholpen ademhaling. 'Kut... Ik weet niet of je mij wel of niet kunt horen. Maar het komt goed. Dat beloof ik.'

Leugenachtige klootzak.

'Ik begin te denken dat jij me stalkt.'

Logan wreef met zijn hand over zijn ogen, hield zijn hoofd naar de hoek gericht. 'Sorry...' Het duurde een paar tellen voor hij besefte waar hij was – een onderaardse gang, diep in de ingewanden van het ziekenhuis. Het gebrom van het ventilatiesysteem, de geur van overgare bloemkool en industriële vloerwas.

Hij snoof. Veegde weer over zijn ogen. 'Ik doolde altijd door de gangen... je weet wel, na de steekpartij. Tegen de tijd dat ze me naar huis lieten gaan had ik wel drie paar sneakers versleten. Ik kwam altijd hier terecht.' Hij staarde naar vier ingelijste aquarellen aan de sleetse crèmekleurige muren. Eén landschap, verdeeld over de seizoenen; de kleuren zo helder dat ze surrealistisch waren.

De ronddrentelende patholoog-anatoom gluurde naar hem; haar vurig oranje haar slingerde als een pendule. 'Alles oké?'

Hij lachte bijna. 'Het zijn een paar zware dagen geweest.'

Stilte.

'Wil je een kop thee of zo?'

'Melk, twee suikerklontjes.' Ze zette een dampende mok voor hem op het bureau neer.

Koffie. Hij rook het door het bleekmiddel en de formaldehyde heen. Door de geur van geïnstitutionaliseerde dood heen. 'Bedankt.'

De patholoog-anatoom keek even over haar schouder. 'Zit maar niet over mevrouw Sawyer in; het is heel vredig gegaan.' Een oude dame – languit op de snijtafel gelegd; alleen haar hoofd en blote voeten staken onder het witte plastic laken uit. 'Weet je zeker dat het oké met je is?'

'Nee.'

Een knik. 'Nou, weet je wat, ik heb iets wat je misschien wel opbeurt...' Ze kwam even later terug met de laptop uit de andere kamer. Die werd op het bureau gezet, naast Logans koffie, waarna ze met het touchpad friemelde. 'Weet je nog dat je op zoek was naar dode meisjes die morfine en natriumthiopental hadden gekregen?'

Het scherm was wazig, onscherp. Hij knipperde met zijn ogen. Het was een klein meisje, haar ogen half dicht, gezicht onder de schaafwonden en kneuzingen, bloedkorsten rondom haar neus. Bloempotkapsel en een kaarsrechte pony.

De patholoog-anatoom tikte op het scherm. 'Olivia Brook. Vijfenhalf. Auto-ongeluk. Reed op haar fiets en werd geschept door een tiener in een VW Polo. Ik wilde je mailen nadat we voor mevrouw Sawyer hadden gezorgd.'

Logan staarde naar de foto. Arme kleine stakker... 'Ik dacht dat je alles al...'

'O, ze is niet dóódgegaan. Ze hebben haar linkerbeen tot net boven de knie eraf moeten halen. Dat hing toch al aan een draadje; de bloedtoevoer was compleet onmogelijk; de botten waren helemaal verbrijzeld; ze konden niets doen.'

'Waar is het been?'

'We verbranden ziekenhuisafval.' Ze hief haar handen naar de plafondtegels. Schudde even met haar hoofd, één wenkbrauw opgetrokken. 'Dus...?'

'Dus niemand zou een ontbrekende teen opmerken.' Klootzakken.

'Máár we hebben wel bloedmonsters in het bestand. Ik kan er wel een toesturen, als je een DNA-match wilt proberen?'

'Ja, kun je het...'

Logans mobieltje rinkelde, diep in zijn zak – de algemene beltoon gaf aan dat er vanaf een onbekend nummer werd gebeld. Als het die verdomde Shuggie Webster was die belde om over gevolgen te praten, stond hem een onaangename verrassing te wachten. Logan trok de telefoon tevoorschijn. 'Wat?'

Na een korte, ruisende stilte: *'Logan?'* Een mannenstem, het accent een fluisterachtige, knarsende mengeling van Aberdeens en kostschool. Wee Hamish Mowat.

Logan likte zijn lippen. Ging rechtop zitten. 'Hallo?'

'Ik hoop dat je het niet erg vindt dat ik bel, maar ik dacht dat je misschien wel wilde weten dat het ons gelukt is om je vermiste... vriend op te sporen.'

40

Een klein pakhuis in Dyce – niet veel groter dan een dubbele garage, olievlekken op de betonnen vloer, metalen rekken beladen met stoffige dozen langs de kale betonblokmuren.

Er was een laag dik, doorzichtig plastic op de vloer uitgespreid, waarvan de hoeken met roestige machineonderdelen op hun plaats werden gehouden.

Een van de roldeuren stond open, zodat het geknal en gekletter van het industrieterrein, het dreunende geronk van helikopters onderweg naar en van de booreilanden, werd binnengelaten. Er stond een gedeukt transitbusje half in het pakhuis, met de achterwielen op het plastic kleed en de voorkant in de zonnige middag gestoken. Stationair draaiende motor.

De jongeman met het groene haar snoof, pakte vervolgens een metalen attachékoffer op, plopte de sloten open en reikte het ding aan Logan aan, alsof hij in een spionagefilm speelde. Jonny Urquhart – *Veel kwaads uit Mastrick*. Hij glimlachte, zodat er een perfect gebit werd getoond; zijn wangen een landschap van oude acneputjes. 'Maak je geen zorgen, totaal koosjer, weet je.'

Logan keek in de koffer. Het was een groot halfautomatisch pistool, verpakt in een doorzichtige plastic voedselzak met ritssluiting. De patroonhouder zat in een andere zak. Nog een, met een handvol 9mm-kogels.

'Holle punt.' Urquhart knipoogde. 'Die zullen je goed naar de kloten brengen.'

Logans handpalmen waren ineens klam. Hij veegde ze aan zijn spijkerbroek af. 'Nee. Bedankt, maar nee.'

'Ah, je gaat op de vuist, hè? Oude stempel: bevalt me wel.' Hij sloeg de koffer weer dicht, draaide aan het combinatieslot. 'Heb je handschoenen? Nee? Maak je geen zorgen, ik regel het wel voor je.'

Hij trok de achterdeuren van de transit open, klauterde naar binnen en sleepte een volwassen man bij de oksels naar buiten.

Shuggie Webster: handen achter zijn rug vastgemaakt, in het wilde weg trappende benen. *Bonk*, hij raakte de betonnen vloer... of beter gezegd, het plastic kleed. Een gedempte grom van achter een knevel van isolatietape. Hij droeg nog steeds dezelfde vieze sweater met capuchon als eerder, maar zijn schoenen waren verdwenen, zodat er een paar sokken met een gat in één teen werd onthuld. Urquhart sleurde hem naar het midden van het kleed en liet hem los.

Shuggie lag daar, ogen wijdopen, sissend uit zijn neus ademend.

Logan slikte.

'Alsjeblieft, één klojo, geleverd zoals beloofd. Een soort klootzakken-FedEx.' Urquhart diepte nog een zak met ritssluiting uit zijn zak op en wierp die Logan toe. 'Complimenten van het huis.'

Drie paar handschoenen: één leer, twee latex – van die huidkleurige die je nooit meer op plaatsen delict zag.

'Nou, weet je zeker dat je dat pistool niet wilt?'

Op de grond probeerde Shuggie al bokkend en kronkelend iets te schreeuwen.

'Niemand heeft jou verdomme iets gevraagd.' Urquhart deed twee stappen en beukte zijn laars tegen Shuggies zij.

Dat leverde hem een gedempte grom op.

'Zie je? Dit gebeurt er als je je drugs van kutbuitenlanders koopt.' Nog een schop. 'Steun plaatselijke handel!' Urquhart klapte zijn handen tegen elkaar. 'Goed, ik laat jullie alleen. Klop maar even als je wilt dat ik je kom helpen om het restant af te schieten, oké?' Hij paradeerde naar de achterkant van het busje, stak zijn hand naar binnen en haalde een draagbare stereo ter grootte van een buldog tevoorschijn. Friemelde er even aan en klikte vervolgens op een knop.

Er dreunde heavy metal uit de luidsprekers, luid genoeg om al het geschreeuw te overstemmen.

Hij zette het ding op de grond neer, deed de krakende deuren van het busje weer dicht. Het rolde ruim een meter vooruit.

Urquhart draaide zich om, veegde zijn groene lok opzij, stapte naar buiten en trok de roldeur dicht. Nu waren alleen Logan, Shuggie en Metallica er nog.

Shuggie hield op met kronkelen, lag daar alleen maar op zijn rug naar hem te staren.

Uiteraard zou het goed zijn om dit alles als een aanschouwelijke les te zien. Om te accepteren dat Shuggie Webster slechts een verpest mannetje was dat zich met de verkeerde mensen inliet toen hij jong was. Wiens leven vergald was door drugsgebruik en een tweederangs opvoeding. Dat hij een mens was, net zo gebrekkig en net zo goed te redden als iedereen.

Logan deed het plastic ritsje open en trok de latexhandschoenen eruit.

Wraak zou niets oplossen. Dat zou Samantha's milt en linkernier niet weer doen aangroeien. De zwelling in haar hersenen niet doen afzakken. Haar kapotte ribben, gebroken schouder, verbrijzelde linkerknie of ontwrichte heup niet herstellen. Haar niet wakker maken.

Het zou geen sodemieter uithalen.

Hij trok één paar latexhandschoenen aan en wurmde vervolgens het leren paar eroverheen. Shuggie flink de stuipen op het lijf jagen, hem daarna naar het bureau slepen, hem aan de autoriteiten overleveren en zorgen dat hij voor acht tot twaalf jaar de bak in gaat. Wat neerkomt op zes tot acht jaar voordat hij voorwaardelijk wordt vrijgelaten. Vier tot zes jaar bij goed gedrag. Strafvermindering terwijl hij zit te wachten tot de zaak voorkomt.

Logan trok het laatste paar latexhandschoenen over het leren paar aan.

Amper de moeite waard om hem überhaupt te arresteren. Hij kon hem net zo goed een tik op de vingers geven en hem met een strenge berisping wegsturen.

Dat zou iedereen een hoop moeite besparen.

'Opstaan.'

Shuggie staarde hem alleen aan.

'Ik zei OPSTAAN VERDOMME!' Logan gaf een trap tegen zijn dij.

Shuggie siste achter zijn knevel en draaide zich vervolgens moeizaam op zijn zij. Het verband om zijn rechterhand was bijna zwart van het opgedroogde bloed en vuil. Logan greep zijn schouders vast en trok hem op zijn knieën.

'Wilde je "gevolgen", Shuggie? Prima.' Logan pakte de bindstrip die de polsen van de forse man bijeenhield en trok. 'Je zal je verdomde "gevolgen" krijgen.'

Een gedempte schreeuw, maar Shuggie stond op; zijn sokken slipten op het plastic.

Alleen een beetje bang maken...

Logan sloeg zijn vuist tegen de nieren van de forse man – hij zakte weer op zijn knieën.

'Ze ligt in coma.' Logan deed een stap naar achteren en schopte Shuggie opnieuw in zijn nier.

'MMMMMMMFFFFF!'

Shuggie kneep zijn ogen samen boven de knevel van isolatietape; uit zijn keel kwam een grommend gesis.

'In coma verdomme!' Logan ramde zijn onderarm in Shuggies gezicht, gebruikmakend van de solide strook bot vlak voor de elleboog om hem recht tegen de neus te slaan. Voelde het nauwelijks. Maar Shuggie vloog met uitgespreide ledematen over het plastic, klagend en jammerend als een baby.

Een rappe schoen in de kloten en hij zat weer voorovergeklapt, heen en weer schokkend; er stroomde bloed uit zijn kapotte neus.

Logan stampte op zijn linkerenkel.

'Zeg dat het je spijt!' Hij schopte de forse man op zijn rug en ging hard op zijn borst zitten. Ramde nog een elleboog in zijn gezicht. Shuggies hoofd ketste met een doffe *bonk* tegen het plastic kleed. Logan rukte de knevel van isolatietape weg en Shuggie nam een enorme teug adem.

Logan sloeg hem nogmaals, niet met de elleboog, maar met zijn vuist. 'Zeg...' – vuistslag – '... dat het je...' – vuistslag – '... verdomme...' – vuistslag – '... SPIJT!' Leunde vervolgens zwaar ademend achterover.

Shuggies gezicht begon al op te zwellen; één oog zat dicht, het andere was een aardig eind op weg – de pupil op drift in een helderrode zee. Neus geplet, lippen gespleten. Waarschijnlijk een gebroken jukbeen.

'Urgh...' Aan de zijkant van zijn gehavende mond plopten bloedbubbels.

'Alles wat we doen, alle shit waarmee we opgezadeld worden, om klootzakken zoals jij ervan te weerhouden mensen iets aan te doen.

Van ze te stelen. Drugs te dealen aan hun kinderen en hun leven verdomme kapot te maken...' Logan hees zichzelf overeind, boog zijn rechterhand, voelde de lagen handschoen strak tegen zijn huid. Hij schopte hem nog een keer, raakte Shuggie aan de zijkant van de knie, waar het de meeste schade zou aanrichten.

De forse man gilde.

'Zeg dat het je spijt.'

Shuggie lag daar maar bloed te gorgelen en te huilen.

'ZEG HET.'

'Het spijt me! Het spijt me...' Zijn stem was nat, gesmoord door snikken. 'Wat ik ook maar... wat ik ook maar gedaan heb – o god – het spijt me.'

Logan staarde hem aan. '"Wat je ook maar gedáán hebt"?' Stuk stront. Hij stampte op Shuggies maag, zodat hij weer dubbelvouwde.

'Aaaaaa! Alsjeblieft, het spijt me!'

'JIJ HEBT MIJN FLAT IN DE FIK GESTOKEN, KLOTERUKKER!'

'Het... het spijt me zo...'

'Je stak een condoom door mijn brievenbus, vulde het met benzine en stak het kutding in de fik!' Nog een schop in de maag. 'Wat, was je te stoned om het je te herinneren? Samantha ligt verdomme in coma door jou!' Nog een, misschien bracht dat geluk.

'Aaaaaaaagh!' Shuggie lag daar te trillen en te hijgen. 'Ik heb het niet gedaan, alsjeblieft, ik heb niks in de fik gestoken!'

Logan deed een paar stappen naar achteren. 'Hoe stom denk je dat ik ben?'

De song op de stereo liep af en werd vervangen door nog een salvo van dreunende drums en gillende gitaren.

'Ik kan niet... Mijn hand. Hoe kan... kan ik iets gieten door... door wat dan ook?' Shuggie rolde zich op tot een bal, liet zijn voorhoofd op zijn ene goede knie rusten. 'Kijk dan. KIJK DAN!'

Logan liep naar de andere kant en staarde naar het vieze verband dat Shuggies rechterhand volledig bedekte. 'Dat betekent niet dat je hem niet nog steeds kunt gebruiken.'

'Ze hebben mijn... mijn vingers gevild.' Hij hoestte, zodat er bloed en stukken tand over zijn hele spijkerbroek werden gesproeid.

Logan knielde achter hem neer en rukte Shuggies arm naar achteren. Een veiligheidsspeld hield het uiteinde van het slonzige verband op zijn plaats. Logan friemelde eraan, wat de drie lagen handschoenen bijna onmogelijk maakten. En toen lukte het hem; hij trok de met roest bespikkelde speld eruit en wikkelde het verband los.

Shuggie gilde – de groezelige stof trok aan het rauwe vlees, dat losliet als aardbeienjam en naar ranzig vlees stonk.

'Jezus...' Alleen de duim en de wijsvinger waren zichtbaar, maar die waren een misselijkmakende paarse, rode en zwarte puinzooi, de pezen net zichtbaar als grijze repen. Logan deinsde achteruit naar de rand van het plastic kleed. 'Waarom ben je niet naar het ziekenhuis gegaan?'

'Elke... elke dag dat ik... ik ze niet kon terugbetalen... namen ze... namen ze nog een...' Hij ademde sissend tussen bebloede lippen uit.

Godallemachtig.

'Ik heb... ik heb niks... in de fik gestoken.' Hij maakte een geluid dat bijna als een lach klonk. 'Hoe had ik dat moeten doen?'

Logans maag draaide om. Hoofd vol brandende kooltjes, mond vol speeksel. Hij wankelde achteruit tegen de rekken.

Hij was het niet. Shuggie was het niet.

Hij slikte de bittere galsmaak door. Zelfs als Shuggie de benzine níét had gegoten, was het toch zijn schuld. Er moesten 'gevolgen' zijn.

'Waar zijn ze? Jacob en Robert – jouw Jamaicaanse maatjes? Heb je hun verteld dat ik jou je verdomde drugs niet terug wilde geven? Heb je die klootzakken tegen mij opgehitst?'

Logans ogen prikten; zijn zicht werd wazig.

Knipper. Slik.

'Waar zijn ze verdomme?'

Liggend, snikkend op de pakhuisvloer, vertelde Shuggie het hem.

'O...' Jonny Urquhart stond naar Shuggie Websters gehavende lichaam te kijken. 'Want het is geen probleem als je wilt dat ik... je weet wel.' Met zijn duim en wijsvinger vormde hij een pistool.

'Nee.' Logan schraapte zijn keel. 'Hij is gearresteerd.'

'Zeker weten? Want je hebt hem écht best wel naar de kloten geholpen. Wat gaat er gebeuren als hij zijn tijd heeft uitgezeten, hè? Wil je dat er een of andere junkieklootzak achter je aan komt?'

Stilte.

Zo was deze hele puinzooi begonnen.
'Zal ik je eens wat vertellen.' Urquhart hurkte naast Shuggie neer. 'Luister, stomkop, en luister heel goed, want als ik mezelf moet herhalen, ben je de lul. Als je deze aardige politieman iets aandoet, zullen we je vinden. Je geeft je over, en je bekent alles wat hij zegt, en je gaat naar de gevangenis en zit je tijd uit als een braaf jongetje. Als je ook maar "bruut politieoptreden" fluistert, zal ik een of andere enorme klootzak je reet aan flarden laten raggen, en daarna je klotestrot doorsnijden. Is dat duidelijk?'
Shuggie hoestte een mondvol donkerrood op.
'Ik zei: is dat verdomme duidelijk?'
'Ja...' Het was weinig meer dan een fluistering, gedragen door een bloedbubbel.
Urquhart streek met zijn hand door zijn groene haar. 'Natuurlijk is hij een junkie, en je weet wat hun woord waard is. Wil je echt niet dat ik...'
'Nee. Alleen...' Wat? Hem op het bureau afzetten nu hij eruitzag alsof hij door een maaidorser was overreden? Hem naar het ziekenhuis brengen? Alles wat aantoonde dat Wee Hamish connecties had met Shuggie Webster zou uiteindelijk rechtstreeks naar hem terugvoeren.
En misschien verdiende Logan het wel.
Hij trok zijn drie lagen handschoenen uit. Zijn handen stonken naar elastiekjes, de knokkels dieproze gekleurd, de huid opgezet en beurs. 'Ik handel het wel af.'
'Oké.' Urquhart stootte Shuggies huilende lichaam met de neus van zijn laars aan. 'Jij bent een mazzelpik, Shugs. Eens zien als je mijn huis in de fik zou steken?' Een glimlach. 'Denk alleen aan wat ik heb gezegd: één stap uit het gareel en...' Hij trok een vinger over zijn strot.

41

Logan trok voor de Eerste Hulp aan de handrem, met een jagende en bonzende hartslag in zijn oren. 'Dit is allemaal jouw eigen schuld. Je had jezelf moeten aangeven toen ik je verdomme de kans gaf. Dan zou jij je vingers nog hebben, en Samantha zou niet...' Hij knarsetandde. Opende vervolgens het autoportier en stapte uit, de warme middag in. 'Blijf hier.'
Shuggie zat in de passagiersstoel zijn gevilde hand te wiegen; zijn gezicht een bobbelige massa rauw vlees. Tranen maakten schone sporen op zijn bebloede wangen.
Langs het kluitje rokers en door de automatische deuren naar de Eerste Hulp. Vlak bij de ingang stond een horde rolstoelen – geen echte, gewoon bruine vinylstoelen met vier kleine wielen aan het uiteinde van de poten. Logan pakte er een en voerde een zevenvoudige draai met het ding uit, worstelend om het de juiste kant op te krijgen.
'Erger dan een wiebelig winkelwagentje, hè?' Het was die vent van gisteravond: Dweilknakker, die een karretje vol kranten, chips, chocoladerepen en gemengde snoepjes voortduwde. Naast de Curly Wurly's lag een stapeltje van de *Evening Express*: GESTOORD STEL PROBEERT SLAATJE TE SLAAN UIT ONTVOERINGSTRAGEDIE. Hij knikte. 'Ongelooflijk, hè? Begin me af te vragen wat sommige mensen mankeert, weet je?'
Hij veegde een sliert lang bruin haar uit zijn gezicht en grijnsde; de piercing in zijn neus fonkelde in de troosteloze tl-verlichting van het ziekenhuis. 'Hoe gaat het met je vriendin? Beter?'
Logan keek weg. 'Geen verandering.'

'Ai, man, het spijt me dat te horen. Je hebt toch wel wat geslapen?'
'Een beetje.'
'Ja, die pillen zijn top.' Hij staarde Logan even aan en schudde toen zijn hoofd. 'Je ziet er wat bleekjes uit, man.'
'Het is een zware dag geweest.'
Een lach. 'Breek me de bek niet open. Ik draai dubbele diensten zodat ik me wiet kan veroorloven in het Park... Nou, misschien moet ik alles maar in dat fonds voor Alison en Jenny steken. Nog één dag. Nachtmerrie, hè?'

Een van de in het ziekenhuis gestationeerde geüniformeerde agenten kwam uit de receptieruimte gebeend, zijn uniformpet over zijn kale plek trekkend. 'Hé, jij met de stoel!' Hij wees door de deuren naar buiten. 'Is dat jouw auto? Je mag niet parkeren in een ambulanceruimte...'

Agent Kaleplek kleurde roze en liet zijn hand zakken. 'Sorry, brigadier; wist niet dat jij het was.'

Logan gaf de rolstoel een duwtje en liet hem naar het parkeerterrein rollen. 'Shuggie Webster zit in de passagiersstoel. Hij heeft een dokter nodig.'

'Ja, brigadier.' De agent haastte zich achter de stoel aan naar buiten.

Dweilknakker schraapte zijn keel. 'Ben jij een smeris?'
Na vandaag viel daar over te twisten.
'Luister... man... over die pillen...'
'Pillen? Welke pillen?' Logan diepte een handvol kleingeld uit zijn zak op. Karma. 'Hoeveel kosten een *Evening Express* en een zakje Skittles?'

'Waar ben je geweest?' Inspecteur Steel ging op het uiteinde van Logans bureau zitten, haar gezicht tot een frons gerimpeld. 'Tien voor zes, we zouden al thuis moeten zijn.'

Logan trok het volgende vel papier uit zijn brievenbakje en las het vluchtig door alvorens het in de prullenbak te dumpen. 'Ziekenhuis.'

'Ja, dat hoorde ik. Hoe heb je in godsnaam Shuggie Webster te pakken gekregen?'

De volgende drie vellen waren compositietekeningen, afgedrukt met de identikitsoftware zonder aanduiding wie het moest voorstellen, wie ze had opgepakt, of wie de getuige was. Ze maakten deel uit van een stapeltje onwettige-verplaatsingsformulieren en een keur aan andere willekeurige dingesen, alsof iemand het hele zwikje uit de printer had gegraaid zonder de moeite te nemen om te controleren wat ze hadden opgepakt. Alles anoniem. 'Ik kreeg een tip.'

'En je dacht dat je in je eentje achter hem aan moest gaan?'

'Yep.' Logan legde de uitdraaien op zijn bureau – ze hadden niet eens zaaknummers. Dat was tegenwoordig het probleem met mensen: geen eer in hun werk, en ook geen idee hoe ze het naar behoren moesten doen. Niet dat hij nog in de positie was om preken over professionaliteit te geven.

'Laz, halfgare eikel, je liet verdomme een vuurwapenteam Shuggie gisteren opsporen. Je hebt mazzel dat hij je niet verrot heeft geslagen.'

Ja... Mazzel.

'Ik kreeg een tip, hij ging rustig mee. Het was prima.' Het volgende vel bevatte de resultaten van het gsm-spoor op Shuggies mobiele telefoon. Kennelijk was hij in het Aberdeen Royal Infirmary.

Logan stopte de volgende drie rapporten in de prullenbak. 'Weet jij iets over twee Jamaicanen die zichzelf Jacob en Robert noemen?'

'Wij hadden een afspraak, Laz. Vijf uur – jij gaat met me mee naar huis en laat je door Susan verwennen.' Steel pakte de *Evening Express* die hij in het ziekenhuis had gekocht en bladerde die door. Ze zoog een poosje op haar bovenlip en kwakte de geopende krant vervolgens weer op zijn bureau neer. POLITIEHELD IN WONINGBRAND-TRAGEDIE.

Ze tikte met een scharlakenrood gelakte nagel op het artikel. 'Susan maakt zich zorgen om jou.'

Logan smeet een memo van commissaris-hoofdinspecteur Napier boven op de afgedankte rapporten. 'Het gaat prima met me.'

'Nee hoor.' De inspecteur stond op. 'Heb je Samantha gezien?'

Een kwartier naast haar bed zitten. Alleen maar hier zitten, haar hand vasthouden en luisteren hoe de apparatuur voor haar ademt. Op de een of andere manier kon hij zichzelf er niet toe brengen haar te vertellen wat hij Shuggie vanwege haar had aangedaan.

Ze zou waarschijnlijk niet onder de indruk zijn geweest.

'... aan Planeet Laz, hoort u mij, Planeet Laz?'

Hij knipperde met zijn ogen. 'Sorry. Heb niet veel geslapen. Is Finnie in de buurt?'
Steel kneep haar ogen samen. 'Heb je geen enkel woord gehoord van wat ik zei?'
'Ik moet alleen nog iets regelen voordat we gaan.' Logan liep naar de deur, maar ze versperde de weg.
'Laz, luister, ik begrijp dat het...'
'O ja?' Hij staarde op haar neer. 'Jij begrijpt het?'
Zucht. 'Godsamme, we hebben allemaal...'
'Ik moet alleen... alleen met Finnie praten.'

'... en het enige wat ik zeg is dat we niets kunnen organiseren totdat we weten wat de voorwaarden en de locatie van de overdracht zullen zijn.' Commissaris-hoofdinspecteur Green leunde achterover tegen de vensterbank in Finnies kantoor. Hij keek op toen Logan binnenkwam, en vervolgens weer naar het hoofd van de recherche. 'Alle plannen die we nu maken zullen irrelevant zijn zodra ze contact opnemen.'
'En ik zeg dat er factoren zijn die we nú moeten plannen.' Finnie draaide zijn stoel om en keek Logan fronsend aan. Toen ontspande zijn gezicht. 'Ik begrijp dat je Shuggie Webster hebt ingerekend. Goed gedaan.'
'Dank u, meneer, maar ik wilde u spreken over...'
'De enige dingen die je realistischerwijs kunt doen in dit stadium van een ontvoering zijn het ziekenhuis alert maken, een dienstdoende dokter beschikbaar maken, en de korpshelikopter paraat stellen.' Green sloeg zijn armen over elkaar. 'Het is in elk geval irrelevant – we moeten ons op Frank Baker concentreren. Als we hem vinden, zal hij ons regelrecht naar de McGregors leiden.'
Finnie keek niet eens om. 'Dit is *Miami Vice* niet, commissaris-hoofdinspecteur; Aberdeen heeft geen helikopter.' Hij wachtte even, haalde vervolgens diep adem, met zijn ogen dicht, en ademde langzaam uit. 'Nou, wat kunnen wij voor je doen, Logan?'
'Ik heb nog een vuurwapenteam nodig. Twee Jamaicanen die Jacob en Robert heten; het is mogelijk dat zij degenen zijn die Trisha Brown hebben ontvoerd. Zij hebben het grootste deel van Shuggie Websters rechterhand gevild toen hij zijn drugsschuld niet kon aflossen.'

Green snoof. 'Ik denk dat we belangrijkere dingen hebben om ons zorgen over te maken dan een paar kleine drugsdealers, brigadier.'
'Echt, meneer?' Logan zette een slecht passende glimlach op. 'O... Nou, wilt u in dat geval dat ik even naar het ziekenhuis terugga en Trisha Browns moeder vertel dat haar kleine meid niet zo belangrijk is als Alison en Jenny McGregor, omdat ze niet op de televisie is?'
De wangen van de commissaris-hoofdinspecteur kleurden roze. 'Dat bedoelde ik niet. Ga alsjeblieft je drugsdealertjes oppakken, maar laten we het feit niet uit het oog verliezen dat de ontvoerders al één klein meisje hebben vermoord en dat de tijd begint te dringen voor Alison en Jenny!' Hij rechtte zijn schouders. 'Frank Baker is de sleutel.'
'Frank Baker is niet...'
'Jij kunt het gewoon niet toegeven wanneer je het mís hebt, hè brigadier? Jij had het mis en ik had gelijk. Baker is schuldig – daarom is hij gevlucht. De schuldigen vluchten altijd. Daarom oefende ik zoveel druk op hem uit, niet omdat ik denk dat ik' – Green maakte aanhalingstekens met zijn vingers – '"een figuur uit *The Sweeney*" ben.'
Logan balde zijn vuist, voelde de huid om zijn gezwollen knokkels straktrekken. 'Frank Baker is gevlucht omdat u dreigde de mensen met wie hij werkte te vertellen dat hij een pedofiel was.'
'Precies!' Green stapte naar voren, totdat hij naast Finnie stond. 'Hij is een pedofiel met toegang tot een dierenarts, zijn eigen vervoer, en...'
'Hij valt op jóngetjes, niet op meisjes!' Logan praatte steeds luider. 'En de dierenartsen voor wie hij vrijwilligerswerk heeft gedaan zijn geen natriumthiopental kwijtgeraakt. Dat hebben ze gecontroleerd, zés keer. U hebt gewoon zijn naam uit uw reet getrokken en besloten dat hij schuldig was!'
Green verstijfde. 'Moet ik je eraan herinneren, brigadíér, dat ik commissaris-hoofdinspecteur bij de Serious Organized Crime Agency ben?'
Finnie beet op zijn bovenlip. Schraapte zijn keel. Richtte zich tot Logan. 'En heb je een adres voor de gebroeders Marley?'
'Marley...?'
'Robert en Jacob. Bob Marley: reggaezanger, Jacob Marley: de

dode partner van Scrooge uit *A Christmas Carol*. Of jouw Jamaicanen hebben een verwróngen gevoel voor humor, of ze zijn bezocht door de toevalsfee, denk je ook niet?'

Logan gaf Finnie het adres dat hij van Shuggie had gekregen: een halfvrijstaand huis in Kittybrewster. Een adres, uit een kreupele man geslagen wiens handen achter zijn rug waren vastgebonden.

'Hmm...' Finnie leunde achterover in zijn stoel, langzaam heen en weer draaiend.

Green stak die mannelijke, gegleufde kin van hem omhoog en staarde langs zijn neus naar Logan. 'Ik dacht dat je verlof wegens familieomstandigheden had?'

Lul.

Het hoofd van de recherche tikte met zijn vinger op zijn bureau. 'Brigadier McRae is een gewaardeerd lid van mijn team, commissaris-hoofdinspecteur. Als hij vindt dat hij beter af is door ons te helpen een vermist meisje en haar moeder terug te krijgen dan thuis te zitten tobben, ben ik geneigd hem te steunen.' Hij glimlachte naar Green. 'Toewijding, commissaris-hoofdinspecteur – een van de hoekstenen van politiewerk, denkt u ook niet?'

'Ik dénk' – Green plukte onzichtbaar pluis van de mouw van zijn jasje – 'dat de politie van Grampian problemen lijkt te hebben die samenvloeien met de werkelijkheid van de situatie. De overleving van Alison en Jenny McGregor hangt af van een verenigde en eensgezinde respons op Frank Baker, en die moeten wij nu geven.'

Stilte.

Finnie tuitte zijn lippen, beide handen op het bureaublad uitgespreid. 'Commissaris-hóófdinspecteur, ik kan u verzekeren dat de politie van Grampian zich wélbewust is van de situatie. En hoewel ik uw inbreng díép waardeer, áls u er geen bezwaar tegen hebt, denk ik dat ik misschien gewoon probeer mijn werk te doen en een paar dealende stukken tuig van de straat te halen.' Hij schoof enkele papieren op zijn bureau door elkaar. 'Rechercheur-brigadier McRae – ik begrijp dat je wilt worden ingezet' – hij wierp een zijdelingse blik op Green – 'maar ik denk dat het misschien het beste is als de nachtploeg dit afhandelde.'

'Meneer, als ik alleen maar kan...'

'Je hebt vandaag al meer dan genoeg gedaan. Ga naar huis; rust wat uit. Wij pakken de gebroeders Marley wel aan.'

'Maar...'
Finnie stak zijn vinger omhoog. 'Wij regelen het wel.'

Logan keek fronsend naar het scherm. 'Dus dat rode banaanding...'
'De Ninky Nonk.' Steel vulde zijn whisky bij.
'Bedankt.' Het was warm in de woonkamer; een grote lcd-televisie boven de open haard was gevuld met heldere primaire kleuren.
'De Ninky Nonk is dus een soort van willekeurige busdienst?'
'Yep.'
'En de pantomimes...'
'*Pontipines*. Die willen in de Ninky Nonk stappen zodat ze overal naartoe kunnen gaan waar Pontipines naartoe gaan. De soos, hoogstwaarschijnlijk. Werkschuwe rotzakken.'
'Maar elke keer als ze dat proberen, rijdt de Ninky Nonk weg?'
Ze nam een slokje. 'In één keer goed.'
Susans stem zweefde vanuit de keuken naar hen toe. 'Kom op, Stinkbroek, bedtijd.'
Steel klopte Logan op de arm. 'Het is oké, ze heeft het niet over jou.'
Voor de bank was een soort peutergevangenis opgezet – een grote cirkelvormige omheining van plastic en netwerk. In het midden ervan lag een klein meisje in een boxpakje met doodskopen-gekruiste-knekels op haar rug, in een poging aan haar eigen voeten te zuigen op die verontrustend lenige manier van heel kleine kinderen.
'Waarom rijdt hij dan telkens weg?' De whisky maakte de wereld wazig aan de randen. Dat of het slaapgebrek.
'Beste gok? De chauffeur is een kutvent.'
'Roberta!' Susan verscheen, haar handen aan een theedoek afvegend. 'Wat heb ik jou daarover gezegd? Wat zullen ze denken als Jasmine naar de crèche gaat?'
'Ze zullen denken: "Wie is dit prachtige aapje met het kleurrijke vocabulaire?"' Ze stond krakend van de bank op en bevrijdde Jasmine Catherine Cassandra Steel-Wallace uit haar babybajes. 'O-ho, iemand heeft broektruffels gemaakt...'
Susan glimlachte. 'Alles oké, Logan? Wil je nog wat ijs?'
'Nee, nee, het is prima zo, bedankt.' Zolang hij maar niet aan Shuggie Webster dacht. Of Samantha. Of dat hij niet in het vuur-

wapenteam zat om de gebroeders Marley op te pakken. Een ongelukje voor hen te bekokstoven...
'... Logan?'
Knipper. 'Sorry?'
'Ik zei: wil jij je dochter een nachtzoen geven?'
'O, eh... ja. Tuurlijk.' Hij stond op en plantte een kusje op de kruin van haar hoofd. Steel had gelijk – Jasmine rook alsof ze in iets bruins en kleverigs had rondgerold. 'Lekker dromen.'
'Zeg maar welterussies tegen pappie, Jasmine.' Susan pakte een mollig polsje beet en zwaaide daarmee naar Logan. 'Hij heeft jouw mammies een buisje met kronkelig sperma gegeven, zodat de dokters jou in mijn buik konden stoppen.'
'Moet je dat elke keer als ik langskom doen?'
Susan lachte. 'Kún jij je nog ongemakkelijker voelen?'
Hij voelde het schaamrood langs zijn hals omhoog kruipen. 'Dus...' Hij keerde naar de tv terug. 'Kijk jij echt de hele tijd naar deze rommel?'
'Ik wéét het.' Susan lachte. Jasmine, die ze tegen haar borst wiegde, maakte grote geeuwen met haar natte mond. 'Je went er wel aan.'
'Whisky helpt.' Steel dronk haar glas leeg. 'Ik verzeker je dat de helft van het kijkgeld verdomme besteed wordt aan heroïne en tequila.'

'... beweging aan de achterkant. Wacht even...' Na een korte stilte klonk het scherpe gefluister weer uit de portofoon. 'Nee, niks aan de hand – gewoon een kat.'
Logan zette de compacte grijze rechthoek tegen de vaas met narcissen op de ontbijtbar en draaide het volume hoger.
'Jezus, dat is geen kat, het is verdomme een tijger! Zag je hoe groot zijn...'
'Goed, rustig maar.' Inspecteur Bell klonk alsof hij iets aan het eten was. 'Tijdcontrole: nul twee-vijftig. We zijn live over tien. Teams 2 en 3, neem posities in.'
Logan gluurde naar de klok op het fornuis: die liep bijna vijf minuten voor. De keuken baadde in de oranje gloed van de betrokken lucht; de achtertuin een wirwar van silhouetten en schaduwen door het raam. Hij vulde de waterkoker en goot de helft van het water

er weer uit alvorens het aan de kook te brengen. Het aanzwellende gerommel overstemde het gewauwel op zijn portofoon toen inspecteur Bell zijn vuurwapenteam in positie bracht.

Mok. Theezakje. Kokend water. Melk...

De keuken werd plotseling helder verlicht.

Logan kneep zijn ogen half dicht en tuurde door de felle gloed. Steel stond in de deuropening, gekleed in een Schots geruite pyjama, een koperen pook als een honkbalknuppel in haar handen geklemd.

'Godsamme, Laz, ik dacht dat je een inbreker was.' Haar haar zag eruit alsof ze het had uitgeleend aan een kolonie brulapen. Ze knipte het licht weer uit. 'Kon je niet slapen?'

Hij viste het theezakje eruit en dumpte het in de vuilnisbak. 'Zoiets.'

Inspecteur Bell: *'En we zijn live over vijf. Is iedereen waar hij moet zijn?'*

Steel zuchtte. 'Wat gebeurt er?'

'Wil je thee?'

'Pepermunt. Wat gebeurt er?'

'Team Een, klaar om ertegenaan te gaan.'

'Team Twee, klaarheid: mot je bij ons wezen.'

'Logan?'

'Team Drie, in de startblokken.'

'Team Vier, gaan met die banaan.'

Hij spoelde het lepeltje onder de koude kraan af. 'Ding-Dong is bezig de flat van de Jamaicanen in Kittybrewster binnen te vallen.'

'Ja, dat had ik al begrepen. Wat ik wil weten is waarom je hierbeneden bent om de boel in de gaten te houden, en niet boven in je bedje.'

Logan zette Steels thee op de ontbijtbar; de geur van pepermunt kringelde door de lucht; het papieren etiketje bungelde als de staart van een kruidentampon over de zijkant van de mok. 'Dat heb ik je al gezegd: ik kon niet slapen.'

Ze trok een kruk tevoorschijn en ging tegenover hem zitten. 'Zie ik er als een flikkerse idioot uit?'

'Daar gaan we: vijf, vier, drie, twee, een. Vooruit.'

Het gedreun en geknal van een Grote Rode Deursleutel die tegen het hout beukte, kraakte uit de portofoon.

Steels ogen versmalden tot rimpelige spleetjes. 'Jij denkt dat zij degenen zijn die jouw huis in de fik hebben gestoken, hè?'

'Ik heb niet...'

'O, in teringnaam, Laz – luister je dan verdomme nóóit? Finnie gaat door het lint als hij erachter komt!' Ze begroef haar hoofd in haar handen. 'Waarom heb ik me door die kleine keutel van een Rennie laten overhalen om jou te helpen vandaag weer op het werk te komen?'

Logan staarde uit het raam. Er staarde een gezicht met holle ogen naar hem terug. 'Ik kon ze niet in mijn eentje te grazen nemen. Niet allebei...'

'Dacht je soms dat Finnie jou zou toestaan een MP5 te pakken en die kleine eikels neer te schíeten?' Ze keek op. 'Hoe zit het met Shuggie Webster?'

Het spook in het glas haalde zijn schouders op. 'Ik denk niet dat ik nog politieman wil zijn.'

'In teringnaam, Laz. Ben jij degene die de arme drommel in elkaar heeft geslagen?'

'Ik...' Hij wreef met zijn hand over zijn ogen. 'Het is...'

'Verdomde idioot! Zodra ze hem ondervragen, brengt hij jou in de problemen. Weet je niet meer wat er met Insch gebeurd is? Ze zullen je opsluiten, halfgare zak.'

'Waarschijnlijk. Misschien. Ik weet het niet.' Er was niets grappigs aan, maar Logan moest onwillekeurig lachen, een beetje; het klonk bitter en kil. 'Misschien geen slecht idee.'

Steel kromde zich over haar mok heen. 'Ik kan je hier niet uit halen. Ik bedoel... gloeiende tering, Laz.'

'Ik weet het.'

'*OP DE VLOER! NU METEEN OP DE VLOER!*'

Ze draaiden zich allebei om en keken naar de portofoon.

'Weet je zeker dat zij degenen zijn die jouw flat in de fik hebben gestoken?'

'Daar komen we gauw genoeg achter.'

Ze zuchtte. 'En dan? Ga je voor hen de cel in? Met behalve de mishandeling twee moorden aan je broek? Denk je echt dat Samantha dat wil?'

'Wat zou jij doen als iemand Susan, of Jasmine, probeerde te vermoorden? Een taart voor hem bakken?'

'GOED ZO. ALS JE NU BEWEEGT, KNAL IK JE REET ERAF!'
'Ik zou...' Ze friemelde met haar mok, liet hem tegen het aanrecht tikken. 'Dat maakt je nog geen minder halfgare zak.'
'Team 1: veilig.'
'Team 4: veilig.'
Hij staarde naar zijn handen. 'Ik denk niet dat ik dit nog kan doen.'
'Team 3: wij hebben de verdachten.'
'Team 2: baas, wij hebben hier genoeg heroïne, cocaïne, speed en wiet om Keith Richards knetterstoned te houden tot hij negentig is! Sodeju, Cath, heb je ooit in je leven zoveel wiet gezien?'
Steel kwakte haar theezakje op de afdruipplaat. 'Doe niet zo retestom: je kunt er niet mee kappen. Wat zou je in godsnaam moeten doen? Bewakingsagent worden in het Trinity Centre? Winkeldiefstal en oude dames die in hun broek hebben geplast?'
'Geloof het of niet, ik heb vanmorgen een werkaanbod gekregen.'
Als je ooit besluit dat politiewerk niet langer de carrière voor je is... Nou ja, zoals ik al zei, het zou fijn zijn om te weten dat mijn erfenis in goede handen was.
Van politieman tot de top van Aberdeens grootste misdaadimperium... Laten we wel wezen, ik ben al halverwege.
Vreemd hoeveel er kon veranderen in slechts vierentwintig uur.

42

Logan trok zijn das recht. 'Oké.'
Steel bekeek hem van top tot teen. 'Ik vind je nog steeds een verdomde idioot. Neem een bondsvertegenwoordiger met je mee naar binnen!'
De aanmaning om zich naar het hol van hoofdinspecteur Finnie te begeven lag op zijn bureau toen hij geeuwend, met prikkende ogen en het gevoel alsof iemand zijn ingewanden door brandende slangen had vervangen, was binnengekomen. MCRAE ~ MIJN KANTOOR ~ Z.S.M.!
'Wat voor nut zal een vertegenwoordiger hebben? Als Shuggie een klacht heeft ingediend ben ik toch al de lul.'
Natuurlijk had hij geklaagd – Urquhart had gelijk, Shuggie Webster was een junkie... En hij had alle recht om te klagen.
Logan deed zijn ogen dicht. Ze zouden hem schorsen, arresteren en vier tot zes jaar opsluiten. Tegen de tijd dat hij in aanmerking kwam voor voorwaardelijke vrijlating, zou Samantha misschien zijn ontwaakt.
Diep inademen.
Hij klopte op de deur van het hoofd van de recherche.
Finnies stem klonk achter de deur: 'Binnen.'
Logan beende het kantoor in; inspecteur Steel sjokte achter hem aan. 'U wilde me spreken, meneer?'
Finnie gluurde naar de klok aan de muur, leunde achterover in zijn stoel en spitste zijn vingers.
'Meneer, ik...'
'Inspecteur Bell heeft jouw gebroeders Marley gisteravond opge-

pakt. Ze hadden een cadeautje bij zich van drugs ter waarde van een half miljoen pond. Dat is significant resultaat.'

'Met alle respect, meneer...'

'Ik weet het, ik weet het.' Finnie stak zijn hand omhoog. 'Jij wilde erbij zijn toen het vuurwapenteam naar binnen ging, om de operatie te leiden. Maar dat kon ik niet toestaan, niet na alles wat je gisteren hebt doorgemaakt. Je moest naar huis gaan en even uitrusten.'

'Maar, meneer...'

'Maak je geen zorgen. Ook al heeft inspecteur Bell de arrestaties verricht, wij zijn ons er allemaal van bewust dat dat alleen maar kon omdat jíj de informatie hebt verschaft. De nachtploeg heeft hun afdrukken en DNA door het systeem gehaald: Robert en Jacob worden gezocht in verband met één sterfgeval in Lothian en Borders, en twee in Greater Manchester. Hun gevangenneming vertegenwoordigt een aanzienlijke veer op de pet van de politie van Grampian, op een moment dat wij onszelf niet bepááld met roem overladen in de zaak-McGregor.'

De klootzak liet hem lijden door de boel te rekken.

Logan verschoof zijn voeten. 'Ik zou graag...'

'Dan is dít er nog.' Hij hield de *Press and Journal* van die ochtend omhoog.

En hier was het: POLITIESCHANDE ALS VOORMALIGE HELD VERSLAAFDE IN WRAAKAANVAL HET ZIEKENHUIS IN WERKT... Alleen was dat niet de kop. De voorpagina meldde: MOEDER ONTVOERD IN KINCORTH STREET. Er stond een foto van een glimlachende tiener, één oog dichtgeknepen, een flesje bier in haar hand. Het leek bijna wel... Finnie verkreukte de krant. 'Trisha Browns moeder vertelt iedereen dat wij de verdwijning van haar dochter niet serieus nemen. Dat terwijl Alison McGregor tv-eerbetonen krijgt en de hoofdcommissaris verklaringen aflegt, haar dochter alleen maar één láge brigadier krijgt.'

Logan keek nogmaals fronsend naar de foto. Zij was het: Trisha Brown, gekiekt voordat de heroïne zijn morsig bruine klauwen in haar zette. Ze kon niet veel ouder dan dertien zijn.

Finnies mondhoeken krulden omlaag. 'Niet bepaald een stap in de goede richting, hè?'

'Meneer, ik wil uitleggen...'

'En dán is Shuggie Webster er nog. Inspecteur Bell is gisteravond naar het ziekenhuis gegaan en heeft zijn verklaring afgenomen.'
Te traag. Het heeft geen zin te springen als je al geduwd bent.
Logan stak zijn kin omhoog en rechtte zijn schouders, door het raam achter Finnies hoofd starend. 'Ja, meneer.'
Vaarwel carrière: hallo schorsing, arrestatie, vervolging en gevangenisstraf.
'Meneer Webster is zo vriendelijk geweest om ons de namen en adressen van drie van zijn andere leveranciers en zes dealers te geven, en heeft bovendien bijna twintig onwettige verplaatsingen bekend.' Finnie glimlachte. 'Is dat niet áárdig van hem?'
Logan deed zijn ogen dicht, wachtend op de climax.
'Ik begrijp dat meneer Webster tegen inspecteur Bell heeft gezegd dat jij hem had overgehaald zijn leven om te gooien en schoon schip te maken.'
Logan waagde het één oog te openen. 'Is dat zo?'
'Ja. Hij zei dat jij heel overtuigend was toen je hem redde van de drie capuchongasten die hem gisterochtend aanvielen.'
Capuchongasten...?

'... dus denk eraan: de gemoederen zullen vandaan hoog oplopen. Er hoeft maar één idioot te zijn en wij kunnen een rel op ons dak krijgen.' Voor in de volle briefingkamer verwisselde waarnemend inspecteur Mark MacDonald de papieren in zijn handen en verplaatste hij zich van de ene voet naar de andere – ieder lid van de dagdienstrecherche en meer dan twintig geüniformeerde agenten zaten hem aan te staren. 'De media staan en masse te wachten tot er iets begint, dus zorg alsjeblíeft dat jullie je ogen en oren openhouden.' Hij schraapte zijn keel. 'Bedankt.' Ging toen zitten.
Iemand had de aftelling op het whiteboard achter hem bijgewerkt. Nu stond er: 'Deadline: MORGEN!!!'
Finnie kwam overeind. 'Zoals waarnemend rechercheur-inspecteur MacDonald zegt, staan de media te popelen van verwachting. Maar dat is géén excuus voor het volgende.' Hij klikte op de afstandsbediening en de voorpagina van de *Aberdeen Examiner* van vandaag vulde het projectiescherm. HEEFT VERMISTE PEDOFIEL ALISON EN JENNY ONTVOERD? boven een foto van Frank Baker.
Finnie keek dreigend de kamer rond. 'Als ik erachter kom welke

onprofessionele, gewetenloze klóótzak met de pers praat, zal Hannibal Lecter vergeleken bij mij op Tinky-Flikkerse-Winky lijken. Is dat duidelijk?'

Ongemakkelijke stilte.

Hij trok zijn bovenlip op. 'Moet ik jullie, jóngens en méísjes, eraan herinneren dat we minder dan vierentwintig uur hebben om Alison en Jenny McGregor te vinden? Laten we ons op ons wérk proberen te concentreren.'

Rennie stak zijn hand op. 'Wat als de ontvoerders besluiten dat we niet genoeg geld hebben ingezameld?'

'Meneer Maguire van Blue-Fish-Two-Fish informeert me dat het officiële vrijheidsfonds nu op iets meer dan zes miljoen pond staat.'

Iemand floot.

'Als we er niet in slagen deze mensen te vinden, wordt het jachtseizoen op iedere vierderangs beroemdheid in het land geopend. Tenslótte, als de kerels die Alison en Jenny hebben ontvoerd kunnen ontsnappen met zes komma drie miljoen pond, kan ík dat misschien ook?'

Finnie keek hen allemaal nogmaals dreigend aan. 'Zeg nu eens, dames en heren, willen wij daar echt verantwoordelijk voor zijn, want ik denk van niet. U wel?'

Niemand gaf daar antwoord op.

Hij knikte naar commissaris-hoofdinspecteur Green en de man van SOCA stond op. 'Zodra Jenny en Alison McGregor worden vrijgelaten, zal er een rapport worden voorgelegd aan de Onafhankelijke Politie Klachtencommissie, met het verzoek om de aanpak van het onderzoek door de politie van Grampian te beoordelen, wat stándaardbeleid is voor zaken met een hoog profiel zoals deze.' Green hield zijn handen omhoog, alsof hij op het punt stond hen allemaal te zegenen, in plaats van vanaf een grote hoogte op hen te schijten. 'De Serious Organized Crime Agency zal, op dat punt, overgaan van een adviserende capaciteit naar een uitvoerende rol.'

'Laat me raden' – inspecteur Steel hees haar broek op – 'dat betekent dat jullie het gaan overnemen.'

Boze geluiden vulden de briefingkamer.

Finnie zette zijn koffiemok met een bons op het dichtstbijzijnde bureau neer. 'Goed, zo is het genoeg. Laten we ons als volwassenen en beróéps proberen te gedragen.'

Commissaris-hoofdinspecteur Green ging weer zitten.
'We hebben nog een laatste zakelijk punt.' Er verspreidde zich een glimlach over Finnies gezicht. 'Jullie zullen wel gehoord hebben dat wij gisteravond een significante drugsvangst hebben gedaan – dankzij brigadier McRae – en de komende paar dagen verdere aanslagen op de leveringsketen verwachten te doen. Jullie zullen óók wel gehoord hebben dat inspecteur McPherson gisteren een onfortuinlijk ongeluk heeft ondervonden. Aangezien hij minstens drie weken buiten dienst zal zijn, promoveer ik brigadier McRae met onmiddellijke ingang tot de rang van inspecteur. Jullie zullen hem vast állemaal...' – hij richtte zijn glimlach even op Green en vervolgens weer op de rest van de kamer – 'samen met mij alle succes wensen in deze uitdagende rol.'

Logan staarde. 'Wat...?'

'Woehoe!' Rennie begon een applaus dat de kamer rond deinde en groeide.

Logan staarde naar zijn handen. De knokkels waren nog lichtjes gezwollen, de huid eromheen met vage kneuzingen gevlekt. Daar klapten ze voor – omdat hij Shuggie Webster verrot had geslagen, een kreupele junkie met zijn handen achter zijn rug vastgebonden.

Hup Team Logan.

Hij had ontslag moeten nemen toen hij de kans kreeg.

'Ik weet het, oké?' Logan bedekte zijn hoofd met zijn handen en zakte vervolgens achterover in zijn stoel in het provisorische kantoor. 'Ik heb het toch niet gepland?'

Hij hoorde Steel zuchten. 'Jij bent een sodemieterse mazzelpik, Laz. Maar als Shuggie van gedachten verandert...'

'Dat doet hij niet.' Tenzij hij de toorn van Wee Hamish Mowat wilde voelen. En Jonny Urquhart had behoorlijk duidelijk gemaakt wat dat zou inhouden.

Er viel een korte stilte. Toen werd haar stem kil. 'Deed je dat soms gistermiddag in het ziekenhuis? Hem bedreigen om zijn smoel dicht te houden?'

'Nee...' Logan schoof naar voren totdat zijn ellebogen het bureau raakten. 'Ik heb met Trisha's ma gepraat, ik heb bij Samantha gezeten. Dat is álles.'

'Je was altijd...' Steel bromde. Hij stelde zich voor hoe ze achter

hem stond, hoofdschuddend, ogen dicht, op haar bovenlip kauwend.
'Godsamme, Laz.'
De deur knalde open. 'Feesten!' Rennie danste de kamer in – een eenmanspolonaise. 'Da-da-dada-da, dá! Da-da-dada-da, dá!'
Hij pakte Steels heupen beet en bleef dansen. 'Da-da-dada-da, dá! Da-da-dada-da, dá!'
'Laat me los, halfgaar eikeltje!' Ze mepte zijn handen weg.
'O, kom op, baas, het gebeurt niet elke dag dat een van ons hogerop komt.' Hij maakte een kleine reverence. 'Rechercheur-inspectéúr McRae, mag ik de eerste zijn om je te zeggen hoe gigantisch sexy je er als inspecteur uitziet, en als je ooit een sidekick nodig hebt...'
'Bedankt, maar...'
'Ik vind rechercheur-brigadier Simon Rennie wel goed klinken, jij niet? Ik bedoel, als jij gepromoveerd wordt, zullen ze iemand nodig hebben om voor jou in te vallen in het Huisje, toch?' Hij grijnsde, waarbij zijn tanden fonkelend wit afstaken tegen het onnatuurlijk oranje-bruine kleurtje. 'Dan kan ík voor de verandering eens een of andere arme donder thee laten zetten.'
'Goed idee.' Steel klikte haar e-sigaret tot leven en zoog eraan. 'Latte: drie suikerklontjes, extra chocola, en wat van die hazelnootsiroop als ze die hebben. Inspecteur McRae wil cafeïnevrij: twee klontjes en melk.'
Rennies grijns gleed weg. 'Kan ik niet iemand anders...'
'Als je niet over twee minuten terug bent met die koffie, zul je de rest van de dag als Biohazards teef doorbrengen, begrepen?'
Rennie sprintte zo'n beetje de kamer uit.
Steel wachtte tot de deur dicht was en ze weer alleen waren. 'Ik ga dit niet twee keer zeggen, dus spits je oren: als je óóit weer zoiets flikt, zal ik je reet als een schurftige onderbroek uithangen, begrepen?'
'Laat me er dan mee káppen.'
Ze gaf hem een dreun op de schouder. 'Zo gemakkelijk kom je er niet vanaf.'
Natuurlijk niet.
'Wat nu weer?'
Steel blies een perfecte rookkring tegen zijn computermonitor. 'Ik meen het, Laz. Ik wil niet dat kleine Jasmine opgroeit met een foute smeris als vader.'

Logan logde in zijn e-mail in en scrolde de achterstallige berichten door. 'Verder nog iets?' Zonder haar aan te kijken.

'Ja.'

'Wat dan?' Hij klikte een e-mail van inspecteur Bell aan – een update van de verhoren die de vorige nacht met de gebroeders Marley waren gevoerd.

'Het spijt me van Samantha. Als je behoefte hebt om met iemand te praten...'

'Ik heb geen behoefte om...'

'Want als dat zo is, kun je jouw troetelpsycholoog bellen. Van al dat overgevoelige gelul moet ik kokken.' Ze snoof. 'Nou, misschien moeten we...'

Logans mobieltje barstte in gezang uit.

'Laz?' Colin Miller. '*Wij hebben nog een bericht gekregen van die rukkers in hun witte spermapakken. Ben je in de buurt van je computer?*'

In de onderste linkerhoek van het scherm floepte een venstertje tevoorschijn en de e-mailenvelop klingelde tegen hem: 'Colin Miller. FWD: Nog één dag.'

De deur knalde open en Rennie strompelde de drempel over, klinkend als een hijger, zijn zij vastklemmend. 'Ze hebben... Ze hebben een... hebben een... een nieuwe video!'

Logan opende het bericht: een link naar YouTube. Hij klikte erop.

'Niet meer tenen, toch?' Steel haalde de nepsigaret uit haar mond.

Er was uiteindelijk genoeg van de video gedownload om hem af te spelen. Logan trok de koptelefoon uit de ingang en de luidsprekers kraakten van de statische elektriciteit; toen dreunde die kille computerstem de kamer in.

43

Steel tikte op het scherm. 'Speel het nog een keer af.'
Jullie hebben nog vierentwintig uur om Jenny's leven te redden.
Op het scherm stelde een wazig beeld zich scherp – Jenny McGregor die opgerold op een kale matras lag. Er was een ketting om haar hals gewikkeld; het andere uiteinde was met een hangslot aan het metalen bedframe vastgemaakt. Haar Winnie de Poeh-pyjama was groezelig, maar het verband om haar voeten zag er vers uit – een vage vlek waar haar kleine tenen waren afgehakt.
Steel ontblootte haar tanden. 'Klootzakken.'
Sommige kranten houden stug vol dat dit allemaal een stunt is: dat is niet zo. Ik verzeker jullie dat Jenny zal sterven als jullie niet genoeg geld inzamelen.
Er stapte een figuur in beeld, gekleed in de vertrouwde witte forensische outfit met handschoenen en een plastic masker dat zijn gelaatstrekken vervormde. Hij hield een twintig centimeter lang vleesmes omhoog.
Zij zal sterven, en de politie zal veertien dagen lang elke dag een ander deel van haar verminkte lichaam ontvangen: één stuk voor elke dag dat jullie niet genoeg geld inzamelden.
De luidsprekers kraakten. Een vrouw gilde: *'Doe mijn kindje geen pijn!'* en de camera zwenkte naar Alison McGregor, die met haar vingernagels aan de kale vloerplanken krabde, in een poging zich los te rukken van de radiator waaraan ze haar hadden vastgeketend. Haar haar was een zootje, gezicht helderroze; over haar wangen stroomden tranen. Toen werd het geluid afgekapt, zodat Alison in stilte bleef gillen en schreeuwen.

Jenny vulde het scherm weer.
Als jullie haar in de steek laten, zal ze sterven. Dan zullen we het proces weer van voren af aan beginnen met haar moeder.'

De figuur in het witte pak greep een handvol haar, trok het hoofd van het kleine meisje omhoog en hield het mes tegen haar keel.

Het beeld zoomde in. Jenny's neus helderroze en glimmend, haar onderlip trillend. Haar ogen schoten naar rechts, waarschijnlijk om naar de klootzak met het mes te kijken, waarna ze knikte. Het was geen grote knik, maar het was toch genoeg voor het lemmet om een kleine plooi in haar huid te maken. Ze keek recht in de lens, en in haar ooghoeken fonkelden dikke tranen.

Haar stem kwam klein en bevend uit de luidsprekers van de laptop. *Ik wil niet... ik wil niet... doodgaan...*
Jullie hebben tot middernacht.

Het scherm werd donker, en vervolgens verscheen YouTubes rijtje 'als je dat leuk vond, zul je deze geweldig vinden'-video's, samen met een optie om het ding opnieuw af te spelen.

'Lichten.' Hoofdinspecteur Finnie richtte de afstandsbediening op de projector die aan het plafond van de briefingkamer was gemonteerd en zette het beeld stil toen de man in het forensisch pak het mes tegen Jenny's keel drukte.

Iemand knipte de schakelaar aan en een kille fluorescerende gloed vulde de kamer. De toeschouwers verschoven in hun stoelen. Het was een veel selectere groep dan eerder, alleen de hoge omes en hogere rechercheurs.

Finnie legde de afstandsbediening op de lessenaar naast hem neer. 'Nu hebben we tenminste een tijdskader: middernacht.'

Hoofdcommissaris Anderson vloekte; er glinsterde licht op de gepoetste zilveren knopen van zijn uniform en de kruin van zijn glimmende hoofd. 'Hoeveel zit er in de pot?'

'Eh...' Waarnemend inspecteur Mark MacDonald friemelde een stapeltje papier door. 'Het is ongeveer...'

'Zes komma drie miljoen.' Commissaris-hoofdinspecteur Green hing in zijn stoel naar het scherm te staren. 'Volgens voorzichtige schattingen komt het totaal tegen middernacht op ongeveer zeven miljoen.'

'Lieve hemel.' De hoofdcommissaris schudde zijn hoofd. 'Enig idee hoe ze van plan zijn het geld in handen te krijgen?'

'Het moet een elektronische overdracht zijn.' Green tikte met zijn pen tegen de palm van zijn hand. 'Ze kunnen het niet in contanten vragen – zoveel kunnen we tegen middernacht niet bij elkaar krijgen; dan zouden ze het moeten witwassen. Om nog maar niet te spreken van het risico om het op te halen.'

'Juist. En hoe zit het met die Frank Baker?'

Inspecteur Steel keek Green even met half samengeknepen ogen aan. 'Hij is gesignaleerd van Nairn tot Portsmouth en weer terug. Zijn gezicht staat in elke regionale krant in het Verenigd Koninkrijk, en ook in de meeste landelijke kranten; posters in alle veerterminals, busstations en luchthavens.'

Green knikte. 'Vanaf het moment dat ik met hem sprak wist ik dat hij erbij betrokken was.'

'O ja? En dacht u niet dat het een goed idee zou zijn om het óns te laten weten, zodat wij hem in de gaten konden houden vóórdat u hem wegjoeg?'

'Er kan niet van mij verwacht worden dat ik jouw werk voor je doe, inspecteur.'

Toen volgden er vijf minuten van kibbelen, klagen en pogingen om elkaar de schuld in de schoenen te schuiven.

Logan staarde naar het scherm. De Mesman had precies zo'n zelfklevend congresachtig naambordje als de twee in de ontvoeringsvideo. Het was moeilijk te onderscheiden, maar het leek wel op 'SYLV...' en nog iets. Sylvia? Sylvester?

Logan probeerde ze allebei uit in zijn notitieboekje. Sylvia, David, en Tom. Sylvester, Tom, en David.

Het maakte eigenlijk niets uit – het waren valse namen. Niemand nam alle moeite om forensisch-neutrale plaatsen delict en briefjes te produceren, en vervolgens een groot kleverig label op zijn borst te plakken met zijn echte naam erop gekrabbeld.

Nee, dit was *Reservoir Dogs*-territorium.

De bordjes waren ervoor om te weten met wie ze aan het praten waren, als ze helemaal uitgedost waren in hun forensische pakken en maskers. Alle menselijkheid verduisterd.

Sylvia, Tom, en David.

Sylvester, Tom, en David...

Iemand gaf hem een elleboog in de ribben.

Logan keek op van zijn notitieboekje. De hele kamer zat naar hem te staren.

Finnie kneep in zijn neusbrug en zuchtte. 'Ik wéét dat dit nieuw voor je is, rechercheur-inspectéúr McRae, maar over het álgemeen letten we graag op bij zaakstrategievergaderingen.'

Logan voelde de hitte in zijn nek prikkelen. 'Ja, meneer.' Hij gluurde naar het notitieboekje voor hem. Hij was aan het tekenen geweest – een Dalek, compleet met gootsteenontstopperarm en kraaloog.

Niet Sylvester, Tom, en David. Zet ze in de juiste volgorde...

'In hemelsnaam, inspecteur McRae, lúíster je wel naar wat ik...'

'*Doctor Who*.' Logan stond op. 'Tom Baker, Sylvester McCoy en David Tennant zijn allemaal acteurs die de Doctor hebben gespeeld. Het is hun namensysteem.'

Dat leverde hem een zee van wezenloze blikken op.

Commissaris-hoofdinspecteur Green trok een wenkbrauw op. 'Ja nou, dat is fascinérend. Maar het helpt ons nog steeds niet te besluiten...'

'Wacht even...' Logan bladerde terug in zijn notitieboekje.

Green snoof. 'Brigadier, ik bedoel inspectéúr McRae, een klein carrièreadvies: als jij je niet twee minuten kunt concentreren, hoe...'

'Hier.' Logan pookte met zijn vinger op de bladzij. 'Stephen Clayton, hij volgt dezelfde psychologiecolleges als Alison McGregor. Hij probeerde haar te versieren, maar zij poeierde hem behoorlijk hard af. Hij noemde haar – en ik citeer – "een verwaand, schijnheilig, leugenachtig, dubbelhartig kutwijf". Zei: "Ontvoerd worden was het beste wat die manipulatieve trut ooit is overkomen". En hij is een fan van *Doctor Who*: gesigneerde posters, afstandsbediende Dalek, het verzameld werk.'

De hoofdcommissaris ging naar voren zitten; de zilveren knopen fonkelden op het uniformzwart. 'Is hij een mogelijke verdachte?'

'Wie hebben we anders?'

Niemand sprong bij met nuttige suggesties.

Steel krabde zich onder de tafel. 'Hoe kan zo'n sukkelig psychologiestudentje dit allemaal voor elkaar krijgen?'

'Nou...' Logan keek naar het scherm. 'Wat als Clayton andere

studenten zover krijgt dat ze hem helpen? We weten dat een van hen een medische opleiding heeft: hij kan wel voor arts studeren.'
Waarnemend inspecteur Mark MacDonald schudde zijn hoofd. 'Kan niet. Ik heb McPhersons zaaknotities een keer of vijf doorgenomen – het ziekenhuis zegt dat de toegang tot de apotheek beperkt is tot artsen en bevoegde verpleegsters. Geen uitzonderingen.'
Ik heb een makker die medicijnen studeert en af en toe wat voor me ritselt.
Steel boog zich opzij en tikte met haar knokkels op de kruin van Marks hoofd. 'Hallo? Staat dit ding aan? Test, test.'
'Hou op!'
'McPherson zou niet eens stront op maïs kunnen onderzoeken. Grijpgrage medische student pakt een zootje chirurgische drugs, doet een kleine amputatie, en klaar. Het is niet bepaald openhartchirurgie, hè?'
'Goed, Andy' – de hoofdcommissaris wees naar hoofdinspecteur Finnie – 'ik wil dat die Clayton ingerekend wordt voor verhoor. Ik zal het bevel persoonlijk met rechter McNab regelen; zorg jij er alleen voor dat Clayton binnen een uur in voorlopige hechtenis zit.'
'Ja, meneer. Ik zal een vuurwapenteam...'
'Eigenlijk' – Green vouwde zijn armen over zijn zwellende borst – 'is dat misschien niet de béste actiekoers.' Hij kneep zijn ogen half dicht en staarde half in de verte. 'Als we hem oppakken, zal hij gewoon dichtklappen. De deadline zal verstrijken, en hij hoeft ons niets te vertellen. Waarom zou hij meewerken?'
De hoofdcommissaris schudde zijn hoofd. 'De politie van Grampian gaat níet werkeloos zitten toekijken zonder iets te doen terwijl er een klein meisje en haar moeder worden vermoord!'
'Ik suggereer niet dat u niets doet, meneer.' Een flits van volmaakt witte tanden. 'Ik suggereer dat wij inspecteur McRaes student onder bewaking stellen: zoals inspecteur Steel met Frank Baker had moeten doen. Als hij écht een van de ontvoerders is, zal hij ons regelrecht naar hen toe leiden. Tenslotte zullen ze zich voor de middernachtdeadline willen hergroeperen, toch?' Green knikte, instemmend met zichzelf. 'Dan stoten we toe.'
Logan staarde hem aan.
Stóten? Die stomme zak dacht echt dat hij in een tv-politieserie zat. 'Met alle respect...'

'Zeg eens' – Steel friemelde met haar nepsigaret – 'deze "waak en wacht"-benadering heeft toch niks te maken met de boel rekken? SOCA wacht tot de deadline verstreken is, neemt het onderzoek over; Alison en Jenny worden vrijgelaten; dan "stoten" jullie toe, pakken de enige verdachte op die we in veertien dagen hebben gehad, en gaan verdomme met alle eer strijken terwijl wij op onze donder krijgen in elke krant in het land?' Ze glimlachte naar hem.
'Hoe doe ik het?'
Green keek dreigend terug. 'Jij hebt een zeer vreemde opvatting van samenwerkingsverband, inspecteur.'
'En dat zegt u?' Ze richtte zich tot de hoofdcommissaris. 'Wij kúnnen met onze duimen zitten draaien en wachten tot Clayton ons naar zijn gemene kleine *Doctor Who*-waarderingsvereniging leidt, of we kunnen zijn deur gaan intrappen en er daadwerkelijk iets aan doen.'
'En wat gebeurt er als de rest van de bende erachter komt dat wij hem opgepakt hebben?' Green leunde op de tafel. 'Ze geven de hele onderneming op, vermoorden Alison en Jenny, en verdwijnen dan. Op mijn manier hebben we tenminste nog enige kans om de McGregors er levend uit te krijgen.'
De hoofdcommissaris leunde achterover in zijn stoel. 'Ik denk dat we pauze moeten nemen en onze opties moeten overwegen. Hoofdinspecteur Finnie, organiseer ondertussen zo gauw mogelijk bewaking voor meneer Clayton. Als we wél besluiten om hem op te pakken, wil ik weten waar hij is. Over twintig minuten komen we hier weer bijeen.'

Robert 'Marley' lag op de blauwe plastic matras van de cel. De nachtploeg had kennelijk zijn kleren in beslag genomen voor forensische analyse, want hij was gedeeltelijk in een wit papieren forensisch pak gekleed. Hij had de bovenste helft afgestroopt en de armen om zijn middel gebonden, zodat er een brede bruine borst werd onthuld en het soort wasbordje dat niet op echte mensen thuishoorde. Eén hand achter zijn hoofd, de andere in de provisorische broeksband gestoken.
Hij leek zich er niet in het minst zorgen over te maken dat hij in een arrestatiecel was opgesloten, met drie aanklachten wegens moord, een wegens dierenmishandeling en een wegens het villen van Shuggie Websters vingers in het vooruitzicht...

En op de een of andere manier kon Logan niet het enthousiasme opbrengen om hem met die laatste aanklacht te feliciteren.

Robert Marley keek op van zijn bed. Hij had zijn haar rood en fluorescerend oranje geverfd, alsof zijn hoofd in brand stond. 'Wat sta je verdomme te kijken, man. Ik ben geen kutpeepshow voor bleekscheten.'

Logan sloeg het luikje dicht.

De beveiligingsagente die naast hem in de gang stond blies haar wangen bol. 'Pfff... Laat u niet voor de gek houden door dat nep-Jamaicaanse accent; ik hoorde die twee gisteravond in zwaar Manchesters praten – moest ze uiteindelijk uit elkaar halen. Waarschijnlijk nooit van hun leven ten zuiden van Londen geweest.'

Logans telefoon rinkelde. Hij negeerde het.

'Om halfdrie komen ze voor de rechter. Wilt u dat ik Bobby de Pseudo-Jamaicaan in een verhoorkamer zet?'

Hij boog zijn rechterhand, voelde de huid om zijn gezwollen knokkels straktrekken. 'Nog niet.'

'Wilt u die andere zien? Hij is beneden.'

Zijn telefoon rinkelde opnieuw. 'Wacht even.' Hij haalde hem tevoorschijn. 'McRae.'

'*LoganDaveGoulding.*' De psycholoog sprak het uit alsof het één lang Liverpools woord was. '*Ik heb geprobeerd contact op te nemen met...*'

'Je hebt over de brand gehoord.' Natuurlijk, het had in alle avondkranten gestaan.

'*Nou, ja, maar ik wilde weten hoe het met je gaat. Het spijt me van Samantha.*'

Het speet iedereen van Samantha. Iedere klootzak die hij in de gang voorbij liep spéét het van haar, alsof dat hielp.

Logan hield de telefoon tegen zijn borst en richtte zich tot de beveiligingsagente. 'Bedankt, ik kom straks bij je terug.'

Ze kuierde weg, met haar grote sleutelbos zwaaiend alsof het Charlie Chaplins wandelstok was.

Hij zette de telefoon weer tegen zijn oor.

'*... verdomd kwaad op die klootzakken zijn.*' Een korte stilte. '*Hoor eens, ik moet om tien uur college geven over "pluralisme met betrekking tot het zelf", maar vanaf elf uur ben ik vrij als je daar wat aan hebt?*'

Logan staarde naar de dichte celdeur. 'Op dit moment heb ik het nogal druk.'
'Natuurlijk: huisverzekering regelen, het ziekenhuis bezoeken...?'
Hij wreef met zijn hand over zijn gezicht. 'Je weet het, hè?'
'Dat je aan het werk bent? Nou ja, laten we zeggen dat dat niet zo moeilijk te raden viel. Je hebt tijd nodig om te treuren, Logan.'
'Ze is – niet – dood!'
'Het gaat niet over de dood, Logan: meestal gaat verdriet over verandering. En ik weet dat het een cliché is, maar soms hélpt het echt om erover te praten. Tieren. Schreeuwen. Met dingen gooien.' Goulding zuchtte. 'Je weet dat je niet alleen bent, dus waarom zou je jezelf afsluiten?'
'Neem me niet kwalijk, meneer...' De beveiligingsagente was er weer, een tiener met een uitgemergeld gezicht aan de arm meetrekkend. 'Emily hier heeft behoefte aan een praatje.'
Emily zag eruit alsof ze behoefte had aan een maaltijd, en een bad, en ermee op te houden heroïne te spuiten in elke ader die ze had. Ze likte haar lippen en staarde hem aan. 'Jij bent de smeris die op zoek is naar die Trisha Brown, hè?'
Logan legde de telefoon tegen zijn borst. 'Ben jij een vriendin?'
'Is er een beloning voor, je weet wel, informatie en zo?'
'Hangt van de informatie af.'
Ze wreef met haar hand over haar arm vol naaldsporen. 'Jullie hebben die Marley-klootzakken opgepakt, toch?'
'Hoezo?'
'Ze gaan de bak in, toch? Jullie laten die klootzakken toch niet vrij?'
Logan staarde haar aan. 'Wat weet je?'
Haar linkerbeen trilde, alsof het niet echt met de rest van haar was verbonden. 'Heb je ze over Trisha gevraagd?'
'Waarom zou...'
'Bob, toch? Grote zwartjoekel met rood haar. Hij heeft dit gedaan...' Ze trok haar *Britain's Next Big Porn Star*-T-shirt omhoog, zodat er een serie xylofoonribben met groene en blauwe kneuzingen werd getoond. 'Die klootzak zei dat ik dankbaar moest zijn. Als ik niet voorzichtig was, zou het net zo met me aflopen als met Trisha Brown.'
Logan staarde opnieuw naar de celdeur en keerde vervolgens

naar zijn telefoongesprek terug. Goulding was nog steeds aan het praten. '... punt als het sterke, stille type, is het niet...'
'Ik spreek je later wel.' Hij hing op.
'Dus, weet je, krijg ik een beloning of zo?'
'We zullen wel zien...'

'Wat je ook wilt, het zal moeten wachten. We hebben het smoordruk.' De technisch rechercheur zette zijn stoffige plastic veiligheidsbril af en veegde die aan de panden van zijn labjas af. Hij knikte over zijn schouder naar een stapel plastic kratten vol bewijszakken. 'Heb je enig idee hoeveel drugs Ding-Dong gisteravond heeft binnengebracht? Het lijkt hier vandaag Pete Doherty's badkamerkast wel.'
'Waar is Elaine?'
'Ah.' De technicus knikte. 'Momentje...' Twee minuten later was hij terug met een map. Die legde hij voorzichtig op de lichte tafel neer. 'Ik ga een kop thee drinken, of een plasje plegen, of zo.' Toen stapte hij achteruit, draaide zich om en liep de kamer uit. De labdeur ging dicht, zodat Logan alleen achterbleef met drugs ter waarde van een half miljoen pond.

Hij opende de map. Daarin zaten de voorlopige forensische resultaten van de flatbrand. Acceleratorsporen in de hal, geen vingerafdrukken op de deur of brievenbus. Het DNA-resultaat was achteraan verstopt: Elaine Drever had gelijk gehad, ze waren erin geslaagd met een wattenstaafje bruikbare monsters op de deur te vinden.

Logan las de conclusie twee keer. Het klopte van geen kant – ze hadden het profiel door de database gehaald en geen enkele match gekregen. Niet één.

Dat was niet mogelijk. Bob en Jacob Marley zaten in de cel, ze stonden in het systeem, hun DNA – dat op twee moordplaatsen was aangetroffen – stond in het bestand.

Hoe kon er geen match zijn?

Hij ramde de resultaten in de map terug en stormde de gang in. Het kantoor van Elaine Drever bevond zich twee deuren verderop – zonder te kloppen viel hij binnen.

Logan zwaaide met de map naar haar. 'Wie heeft het verkloot?'

Het hoofd van de technische recherche tuitte haar lippen. 'Sorry, meneer, er is iets tussen gekomen. Ik zal u terug moeten bellen.' Ze hing op. 'Brigadier McRae, ik...'

'Wie was het? Wie heeft met het DNA-monster gerotzooid?'
Een lange stilte. 'Niemand heeft ergens mee gerotzooid.'
'Doe de match opnieuw.'
'Dat zal niet…'
Hij smeet de map op haar bureau neer. 'Doe – het – opnieuw!'
Elaine Drever staarde hem aan. 'Dat hebben we al gedaan. Zes keer. Daarna zijn we teruggegaan en hebben we de monsters overgedaan. Twéé keer. Er was geen…'
'Waarom hebben jullie dan verdomme geen match gevonden?!'
Haar ogen versmalden. 'Samantha is een van ons; denk je echt dat wij niet alles doen wat we kunnen om de rotzakken te pakken? Er was geen match. Geen match. Nul. De daders staan niet in de database.'
'Ze moeten erin staan! Ze…'
'We hebben de plaats grondig uitgekamd; we kunnen niet iets vinden wat er niet is.' Ze pakte de map op. 'Jij pakt de rotzak en dit zal zijn vonnis tekenen. Honderd procent. Zelfs Sissende Sid kan hem niet vrij krijgen. Maar de daders staan níét in het systeem.'

44

Zij moesten het wel zijn. Dat moest wel. Als zij het niet... Logan streek met zijn hand over zijn gezicht. Als zij het niet waren, dan was alles wat hij Shuggie Webster had aangedaan...

Zijn hartslag bonkte in zijn oren; zijn hart bonsde hard genoeg om zijn hele lichaam te laten schudden. *Bonk. Bonk. Bonk.* O jezus.

'Alles oké, brigadier?' Er ging iemand aan de andere kant van de kantinetafel zitten. 'Ik bedoel, weet je, inspecteur?' Een kuch. 'Sorry, baas.'

Logan keek op van zijn koffie en de kantine kwam weer scherp in beeld. Het geluid van roddelende en lachende agenten en ondersteunend personeel. Hij knipperde met zijn ogen.

Agent Guthrie haalde zijn schouders zo hoog op dat ze zijn roodgepunte oren raakten. 'Macht der gewoonte.'

'Ja.' Logan nam een slokje koffie. Koud. God wist hoe lang hij hier al zat.

De agent pakte een Tunnock's Teacake uit en streek het papiertje zorgvuldig plat totdat het spiegelglad was. 'Ik ga straks voor een recordpoging, dacht dat ik maar wat moest oefenen.' Hij deed zijn handen achter zijn rug en boog zich dreigend over het theekoekje. Het leek op een kleine bruine borst – een cirkel van biscuit met een koepel van marshmallow erop en in chocola gedoopt. 'Brigadier Downie staat op vier komma vijf seconden.'

Logan duwde zijn mok weg. 'Heb je het buurtonderzoek gedaan?'

Guthrie likte zijn lippen, zonder zijn ogen van het theekoekje af te wenden. 'Trisha Brown? Yep – niemand herkende de compositie-

tekening. Heb onderzoek gedaan naar andere eigendommen waar Edward Buchan toegang toe had: volkstuintjes, opbergboxen, garages, caravans, vrienden op vakantie, dat soort dingen. Lijkt er niet op dat hij een plek heeft om haar vast te houden.'
'Heeft helemaal niemand de compositietekening herkend?'
'Sorry, baas. Ik heb twee straten aan beide kanten gedaan en ook een paar HEBT U DEZE MAN GEZIEN?-posters opgehangen. Niks.' Hij legde het theekoekje langs de rand van de kantinetafel. 'Oké, zijn we klaar?'
Misschien herkende niemand de compositietekening omdat Edward Buchan het hele ontvoeringsverhaal verzonnen had om het feit te verhullen dat hij Trisha had vermoord en haar lichaam ergens had gedumpt. Tenzij... Logan fronste. Volgens 'Britain's Next Big Porn Star' had Robert Marley tegen haar gezegd dat als ze niet voorzichtig was, het net zo met haar zou aflopen als met Trisha Brown.
'Oké: drie, twee, een... Hé!'
Hij greep het theekoekje en nam een grote hap. 'We hebben twee Jamaicanen in de cellen beneden: ik wil degene die zichzelf Robert noemt over tien minuten in een verhoorkamer.'

'Ik zeg niks zonder m'n advocaat.' Robert Marley hing achterover in zijn plastic stoel; zijn blote armen en borst glommen door een vage zweetglans; zijn vlamkleurige haar gloeide in het licht van het smalle raam van de verhoorkamer. 'Ik ken m'n rechten.'
'O ja?' Logan hield zijn hoofd scheef en staarde, de stilte rekkend.
Guthrie, die met zijn rug naar de muur stond, pakte het vervangende theekoekje uit dat Logan gekocht had om hem te laten ophouden met zeuren.
Buiten zwol het geloei van een patrouillewagensirene aan en stierf vervolgens weg.
Logan tikte op het beschadigde formica tafelblad. 'Hoe zit het met de rechten van Trisha Brown?'
'Hé, man, ik zei tegen je: ik zeg niks...'
'Stel je niet zo aan, Charles, je houdt niemand voor de gek met dat namaak-Jamaicaanse dialect. Je klinkt als een stereotype uit een sitcom uit de jaren zeventig.'

De Jamaicaan onblootte zijn tanden, zodat er een rij gouden kronen werd getoond. 'Jij hebt het recht niet om m'n culturele erfenis te dizzzzrespecteren, bléékscheet.'

'Culturele erfenis?' Logan controleerde zijn notities. 'Jij bent geboren in Manchester, hebt twee jaar politicologie gestudeerd aan de universiteit van Leeds, je ma komt uit Wales, en je pa zit bij de Rotary Club. Ben je ooit wel eens in Jamaica gewéést?'

'Ik eer m'n roots.'

'Waarom ben je dan geen kostendeskundige geworden, net als je lieve ouwe pa?'

Charles Robert Collins, alias Robert Marley, kneep zijn ogen half dicht. 'Ik hoef op geen enkele van je vragen antwoord te geven zonder een juridische vertegenwoordiger.' Hij stak zijn kin omhoog; elk spoor van een Jamaicaans accent was verdwenen. Hij klonk niet eens Manchesters, dus dat was waarschijnlijk ook nep. 'Dit is een inbreuk op mijn burgerlijke vrijheden.'

'Schots rechtssysteem, Charlie. Je had je huiswerk moeten doen voordat je besloot om hier drugs te verkopen.' Logan diepte een foto uit een blauwe map op en smeet die tussen hen in op de tafel neer. Een gekneusd gezicht keek kwaad vanaf een portretfoto – Trisha Brown, die een bord omhoogpield waarop haar naam in magnetische letters was gespeld. 'Wat heb je met haar gedaan?'

Charles keek weg, met een plooi tussen zijn wenkbrauwen. 'Ik heb deze vrouw nooit eerder gezien.'

'Echt waar? Want we hebben een getuige die zag dat jij haar van de straat plukte.'

'Nee hoor.' Maar hij wilde Logan niet in de ogen kijken.

'O, já hoor.' Logan tastte nogmaals in de map. Geen teken van de compositietekening. Hij wenkte agent Guthrie. 'Ga de compositietekening halen.'

De agent verschoof. 'Baas?'

God sta ons bij. Logan stond op en fluisterde in Guthries oor. 'De compositietekening. Die je met Edward Buchan hebt gemaakt. Ga die halen.'

'O... Maar ik heb een kopie op je bureau achtergelaten.'

Logan keek hem fronsend aan. 'Was jij dat? De compositietekeningen zonder verdomde zaaknummers? Je moet alle details invullen – hoe moet iemand nou weten waar hij naar zit te kijken?'

De wangen van de agent verschoten roze. 'Dacht dat ze anoniem hoorden te zijn zodat de getuigen niet...'
'Niet de interne kopieën, idioot.'
'O.' Guthries schouders zakten.
'Ga nu maar een kopie van die verdomde compositietekening voor me halen!'
'Maar...' De agent boog zich dichterbij, zijn stem gedragen door een warm, stroperig gefluister. 'Hij lijkt er helemaal niet op. De vent die Edward Buchan heeft gezien was blank.'

'Jij hebt me compleet voor lul gezet!' Logan sloeg met zijn hand tegen de celdeur; de dreun galmde door de kleine ruimte en weerkaatste tegen de kale betonnen muren.

Emily – 'Britain's Next Big Porn Star' – kromp ineen op de blauwe plastic matras. Ze zat in de hoek, met haar knieën tegen haar borst opgetrokken en haar hoofd omlaag, als een hond die een pak slaag verwachtte. Weer een overwinning voor Team Logan.

Hij zuchtte en probeerde een mildere toon aan te slaan. 'Je had me gezegd dat ze Trisha Brown als dreigement hadden gebruikt.'

Emily knikte, met haar ogen nog steeds op haar afgekauwde vingers gericht.

'Wat is er gebeurd?'

Ze gluurde even naar hem en keek vervolgens weer weg. 'Er waren wat drugs vermist, Shuggie had ze op krediet gekregen, weet je. Een of andere smeris heeft ze ingepikt en hij kon ze niet terugbetalen...'

Logan leunde achterover tegen de celdeur. 'En?'

'Bob en Jacob vonden dat Shuggie een lesje nodig had.'

Ze ging weer op haar nagels kauwen.

Stilte.

'Emily, ik heb meer nodig dan dat.'

'Zoals ik het hoorde, nodigen ze Shuggie en Trisha uit om de gespreide terugbetaling te bespreken, maar als ze daar aankomen, pakt Bob een mes en hij...' Ze huiverde. 'Hij, je weet wel.' Emily stak de pink van haar linkerhand uit en deed alsof ze die vilde met een onzichtbaar mes. 'Daarna dwingen die klootzakken Shuggie om toe te kijken hoe ze het om de beurt doen. Je weet wel: haar verkrachten.'

Emily wikkelde haar armen om haar knieën en streelde met haar vingertoppen de kneuzingen onder haar T-shirt. 'Ze schreven de naam van de smeris op haar borst en zeiden dat ze moest oprotten en de drugs terug moest halen als ze niet van plaats wilde ruilen met Shuggie.'

'Tering.' Waarnemend inspecteur Mark MacDonald deed de deur van Logans provisorische kantoor dicht en zakte ertegenaan. 'Het lijkt daarbeneden verdomme wel een berenkuil.' Hij tuurde naar het pak zandkoekjes dat naast Logans brievenbakje lag. 'Mag ik misschien...?'

'Niet van mij, Rennie heeft ze laten liggen.'

'Goed genoeg.' Hij scheurde de wikkel open en pakte er een paar. 'Ik heb een hekel aan persvoorlichtingen.' Hij ging op de rand van Logans bureau zitten. 'Waarom ben jij niet met de cavalerie op pad?'

Logan veegde de zandkoekkruimels van zijn muis en scrolde naar de volgende pagina van het verhoorrapportformulier – hij was zijn ontmoeting met Robert Marley aan het uittikken. 'Je zit alles onder te kruimelen.'

'Hoe dan ook, als je niet op pad bent om die sukkel van een Clayton te arresteren, wil je mij dan een handje helpen met een risicoanalyse voor de gijzelaarsoverdracht?'

Logan leunde achterover. 'Arresteren ze Stephen Clayton? Wie arresteert Stephen Clayton? Wannéér?'

'Dacht dat je dat wel wist. Finnie en die sukkel van een Green zijn een kwartier geleden met een vuurwapenteam vertrokken.'

Klootzakken!

Logan opende zijn bureaula. Zijn portofoon lag in een verzameling getuigenverklaringen en controlelijsten genesteld. Hij toetste Finnies nummer in.

De stem van het hoofd van de recherche kraakte uit de luidspreker, bijna overstemd door het geronk van een motor. *'Ah, inspecteur McRae, wat áárdig van je om je voor de dienst te melden. Was je soms bezig je haar te laten doen?'*

'Jullie zijn achter Clayton aan gegaan! Waarom...'

'Waar zat je? We zijn je al veertig minuten aan het bellen.'

Logan deed zijn ogen dicht en vloekte. Hij haalde zijn mobiele

telefoon tevoorschijn en vloekte nogmaals: hij had hem uitgezet voor het verhoor van de vlamharige Marley-broer. Hij zette het ding weer aan; het bliepte tegen hem en op het scherm flikkerden alarmsignaaltjes. U HEBT 12 NIEUWE BERICHTEN. Perfect.
'Ik ben bezig geweest verdachten in de ontvoering van Trisha Brown te verhoren.'
'Ik wil dat jouw troetelpsycholoog over een halfuur op het bureau klaarstaat om toe te zien op het verhoor van Clayton.'
'Ik kan over een kwartier in Hillhead zijn, als...' Er kwam een solide toon uit de luidspreker, gevolgd door stilte. Finnie had opgehangen. 'Geweldig.' Hij kwakte de portofoon in de la terug en sloeg die dicht. 'Ik doe al het werk en zij walsen binnen en verrichten de arrestatie.' Hij keek Mark dreigend aan. 'Waar is díé blik voor?'
'Waarom ben jij "inspecteur McRae", terwijl ik altijd "waarnemend inspecteur MacDonald" ben?'
'Omdat Finnie een lul is, daarom.' Hij richtte zich weer op zijn scherm. 'Niet te geloven dat ze zonder mij achter Clayton aan zijn gegaan.'
'Jij bent alleen maar inspecteur tot die verrekte McPherson terugkomt, ik ben...'
'Heeft iemand anders een verdachte gevonden voor de ontvoering van Alison en Jenny? Om de sodemieter niet.' Logan trok alles uit zijn brievenbakje, kwakte het op het bureau neer en doorzocht de stapel brieven en formulieren. 'Maar word ik in het arrestatieteam opgenomen? Néé. Dat zou te veel gevraagd zijn.'
Inbraak, inbraak, onwettige verplaatsing, klacht over iemands blaffende hond, memo van Biljartbal Bain over het niet parkeren van privévoertuigen op het achterste parkeerterrein... Waar was Guthries compositietekening in godsnaam?
De deur bonsde dicht. Logan keek op – Mark was verdwenen. Nijdig afgetaaid.
Hoe kon Finnie zonder hem achter Stephen Clayton aan gaan?
Het anonieme trio compositietekeningen zat ingeklemd tussen rapporten van een potloodventer en klachten over een bende in welpenuniformen geklede jochies die relletjes schopten in Bridge of Don. Logan legde de drie computergegenereerde identikits naast elkaar op zijn bureau. Twee zagen eruit alsof een dronken aap de

software had bediend, maar de derde vertoonde zowaar een oppervlakkige gelijkenis met een menselijk wezen.

Een man, halverwege de vijftig tot begin zestig, lang haar, sikje, bril, een neus uit een sprookje van de gebroeders Grimm, scheve oren van verschillende grootte. Vaag bekend. Logan hield de compositietekening op armlengte voor zich en tuurde er met een wazige blik naar.

Noppes.

Hij rolde zijn stoel bij het bureau vandaan en ging naar beneden.

Op de grijze terrazzovloer voor de receptiebalie stond een man van middelbare leeftijd als een kwade windmolen met zijn armen rond te zwaaien; zijn bruine pak vertoonde vlekken en scharlakenrode spatten. Alsof hij te dicht bij iemand had gestaan die ontploft was.

'... kleine rotzakken! Wat voor mensen voeden zúlke kinderen op?'

Grote Gary stond aan de andere kant van de balie, achter de glazen afscheiding, te knikken – ieder gebaar bracht zijn verzameling kinnen aan het wiebelen. 'Ik weet het, meneer. Vreselijk. Als u plaats zou willen nemen. Ik zal iemand beneden laten komen om uw verklaring af te nemen...' Zijn blik bleef op Logan steken, en er trok een grijns aan zijn mollige wangen. 'Ah, brigadier McRae: er is hier een meneer die...'

'Zij hebben een verdomd goed pak slaag nodig. Als ik dat deed toen ik nog jong was, zou mijn ma me verrot hebben getimmerd!'

Logan schoof de compositietekening door de opening tussen de glazen afscheiding en de balie. 'Komt hij je bekend voor?'

'Dit krijg je nou als je verdomme een betrokken burger bent. Wie wil er een bushokje gebruiken dat onder de graffiti zit?'

Grote Gary krabde op zijn grote roze hoofd. 'Min of meer...' Hij kneep één oog dicht. 'Wie heeft dit gemaakt?'

'Guthrie.'

'Toen ik bij de welpen zat, respectéérden we de ouderen; nu is het verdomme *Lord of the Flies*!'

'Dat verklaart het.' Grote Gary stak zijn tong uit en fronste. 'Misschien is het Darren McInnes? Als hij het is, dan is hij niet goed...' Hij gaf Logan de compositietekening terug. 'Je kunt het Geile Grolloch Squadron proberen; maar ik ben er vrij zeker van dat hij het is.'

'Het is verdomme schandalig. Wie gaat mijn pak betalen, dat wil ik weten!'

'Ja, nou, ik denk dat het best wel een tikkie op hem lijkt.' Agent Paul Leggett hield de compositietekening naast zijn computerscherm omhoog. Er staarde een vertrouwd gerimpeld gezicht uit de monitor: *Darren McInnes (52) – Blootstelling van kinderen aan gevaar of verwaarlozing; Bezit van onfatsoenlijke afbeeldingen van kinderen; Diefstal door inbraak; Zware mishandeling.*
Geen wonder dat hij hem bekend was voorgekomen: hij was een van de eerste geregistreerde zedendelinquenten die ze in het Munro House Hotel hadden verhoord.

Leggett streek met zijn hand door zijn halflange haar. 'Ja, misschien...'

De kleine, gedrongen man had het bij de geüniformeerde politie of de recherche niet moeten flikken om er als een bohémien uit te zien, maar in het Mongolen Squadron hielp het niet om er als een politieagent uit te zien.

Het kantoor van de Delinquenten Management Unit was krap; elk beschikbaar oppervlak was bedekt met dossierboxen en papiertjes. De bittere aangebrande geur van goedkope koffie vulde de lucht; een tafelventilator draaide snorrend en klikkend van links naar rechts en blies de dichtstbijzijnde stapel formulieren door de war.

Leggett maakte neuriënde geluiden. 'De oren zijn helemaal naar de sodemieter, en de neus is drie keer te groot, maar verder is hij het.'

Logan pakte de compositietekening terug, vouwde hem in drieën en schoof hem weer in zijn zak. 'Bedankt.'

'Wat heeft-ie gedaan?'

'McInnes? We denken dat hij misschien Trisha Brown in Kincorth van de straat heeft geplukt.'

'Trisha Brown?' Leggett trok zijn bovenlip op. 'En Dodgy Darren? Nee, hij valt strikt op jongere vrouwen. Heeft acht jaar gezeten voor misbruik van een driejarig meisje op het strand. Hij zou niet weten wat-ie met een volwassen vrouw moest doen.'

'Denk je niet dat hij...'

'O, hij is een ruziezoekende vieze ouwe zak en ik zou hem tot alles in staat achten, maar...' Leggett haalde zijn schouders op. 'Je weet maar nooit, denk ik. Wil je hem een optatertje gaan geven?'

Verleidelijk. Maar als Finnie nou met Stephen Clayton terugkwam...? Niet dat Logan een kans zou krijgen om bij het verhoor aanwezig te zijn – niet als commissaris-hoofdinspecteur *Ik Ben Een Lul* Green er iets mee te maken had.

'Geef me een minuutje.' Logan kuierde naar de hoek van het krappe kantoor en keek uit het raam terwijl hij een nummer intoetste. Drie verdiepingen lager, aan de overkant van de weg, in het volle zicht van het hoofdbureau van de politie van Grampian, stond iemand door de open kap van een illegaal geparkeerde Porsche te pissen. Zo'n domheidsniveau moest je wel bewonderen.

Na drie keer overgaan nam de psycholoog op. *'DrDaveGoulding?'*

'Kun je over...' – Logan keek op zijn horloge – 'vijftien, twintig minuten naar het hoofdbureau komen? We pakken een verdachte in de zaak-McGregor op.'

'Ah...' Er viel een korte stilte. *'En wat is je gevoel daarover?'*

'Mijn gevoel is dat je als de sodemieter moet komen...'

'Logan, als je een professionele psycholoog bent leer je de toon van iemands stem te interpreteren.'

'Kun je komen of niet? Finnie heeft je nodig voor toezicht en advies.'

'Voel jij je buitengesloten?'

'Ja of nee?'

Stilte.

'Ik heb om halfelf een cliënt. Het zal...'

'Zeg het af.'

'Dat is niet bepaald...'

'We hebben het hier over het redden van een klein meisje en haar moeder, Dave.'

Ditmaal duurde de stilte maar voort en voort en... *'Op één voorwaarde: jij en ik gaan een halfuur zitten praten. We doen dat, of jij wacht tot ik klaar ben met mevrouw Reid.'*

Beneden bleef een man in een donkerblauw pak midden op de weg staan om naar de Porsche-pisser te staren. Hij liet de verzameling groene Marks & Spencer-tassen die hij droeg vallen en rende naar de vent die zijn trots-en-vreugde als urinoir gebruikte.

'Dat is chantage.'

'*Voor wat hoort wat. Graag of niet.*'
De pisser slingerde naar achteren en opzij; het leek alsof hij zijn benen niet echt onder controle had. En toen knalde de eigenaar van de Porsche een vuist in zijn gezicht. Met maaiende armen en opstandige benen tuimelde het stel op het wegdek.

'Zorg alleen dat je tegen de voorste balie zegt dat je hier bent om Stephen Clayton te ondervragen. Als ik niet in de buurt ben, kun je alvast wat vragen opstellen.'

'*Een halfuur, Logan. Dat is de afspraak.*'

Twee geüniformeerde agenten stormden de weg over, petten met één hand vastgehouden. Logan keek hoe ze de pisser en de bepiste uit elkaar trokken.

Logan keek naar agent Leggett. Hij hield een setje autosleutels omhoog.

'Ik ben er zo gauw mogelijk weer. Moet alleen eerst iets afhandelen.'

45

... *wil al jullie luisteraars bedanken voor hun gulle donaties. Echt, namens Alison en Jenny: jullie zijn geweldig. Met jullie hulp zullen we ze terugkrijgen.*

Het beige gemeentebusje kwam brommend tot stilstand voor een sjofele bungalow in Blackburn.

Ik ben hier met Gordon Maguire van Blue-Fish-Two-Fish. Je luistert naar Original FM, en hier zijn Alison en Jenny McGregor met 'Wind Beneath My Wings'...

De motor van het busje gaf nog een laatste dieselreutel, en het was stil.

Agent Leggett trok de sleutels uit het contact. 'Zeker weten dat jouw getuige je niet in de zeik nam?'

'Nee.' Logan stapte uit, de warme ochtend in.

De grijsgepleisterde muren van de bungalow vertoonden groene en bruine strepen; de voortuin was een oerwoud van kniehoog gras en heldergele paardenbloemen, omzoomd door misvormde struiken. Boven hun hoofd dreunde een rode helikopter voorbij, die op weg naar de booreilanden om Kirkhill Forest heen vloog.

Logan beende het pad op, bracht zijn vinger naar de deurbel, maar stopte toen. Op de oprit naast het huis, voor een enkele garage met een zware houten deur, stond een oude blauwe Citroën geparkeerd.

Leggett snoof. 'Wat is er?'

'Edward Buchan – de vent die op zijn reet zat en toekeek hoe Trisha Brown in elkaar geslagen en ontvoerd werd – zei dat het een blauwe sedan was.'

De deurbel maakte diep in het huis een dof zoemend geluid.
'Ik zie Dodgy Darren nog steeds geen volwassen vrouw pakken.' De agent schuurde met zijn schoen door een toefje groen, maaide de kop van een madeliefje af en zuchtte. 'Zijn arme ouwe pa zou een beroerte krijgen als hij wist in wat voor staat het huis nu is.'
Logan probeerde de deurbel nogmaals.
'Aardig stel, zijn ma en pa – ik heb nooit begrepen wat ze gedaan hadden om uiteindelijk een kindermisbruiker als zoon te krijgen.' Ditmaal hield hij zijn vinger op de knop, zodat de zoemer aan één stuk door bleef gonzen.
'Het was zijn ma die hem de eerste keer aangaf. Vond een zootje vunzige foto's onder zijn matras toen hij zestien was. Kleine meisjes. Niet zo mooi.'
De deur werd opengerukt en daar stond hij: Darren McInnes, vuisten gebald en kaken op elkaar geklemd, lippen met spuug bespikkeld, sluik geel-grijs haar dat om zijn hoofd wapperde. 'Sodemieter op!' Zijn adem stonk als een asbak.
Hij moest de televisie en de radio op het hoogste volume hebben gezet, want het lawaai was bijna oorverdovend; een tv-reclame voor tandpasta was aan het vechten tegen Jenny en Alisons versie van 'Wind Beneath My Wings'.
Vreemd – ze hadden het niet door de dichte deur heen gehoord...
Logan hield zijn legitimatiekaart omhoog. 'Kent u me nog, meneer McInnes?'
McInnes deed een stap naar achteren, ogen versmald, sikje vooruitgestoken. 'Ik heb het al gezegd: ik heb Alison en Jenny McGregor zelfs nog nooit ontmóét.'
'Daarom zijn we hier niet.'
Agent Leggett wuifde. 'Hoe gaat-ie vandaag, Darren, alles kits?'
'Wat wil jíj?'
De agent stapte over de drempel de hal in, McInnes dwingend om opnieuw achteruit te lopen. 'Je vindt het niet erg als we binnenkomen voor een kopje thee, toch? Dorstig werk om geregistreerde zedendelinquenten in de gaten te houden.'
'Op de bietstoer, hè? Nou, je kan opsodemieteren. Ik run geen gaarkeuken.'
Leggett dreef hem nog een paar stappen achteruit, zodat Logan genoeg ruimte kreeg om naar binnen te stappen en de voordeur

dicht te doen. De hal stond vol met stoffige kartonnen dozen, die tussen de deuren waren opgestapeld – zo hoog dat ze het plafond bijna raakten.

'Nou, nou, Darren, je weigert toch niet om met een toeziende autoriteit mee te werken?'

'Je hebt het recht niet om hier binnen te vallen. Dit is mijn huis. Ik heb rechten.'

'Ja.' Nog een paar stappen en ze waren in de keuken. Boven op een bevlekte koelkast stond een draagbare radio, waar het instrumentale gedeelte van de song uit schalde. Leggett schakelde de herrie uit. Nu stond alleen de tv nog tegen zichzelf te schreeuwen in de zitkamer. 'En op dit moment heb je het recht om de waterkoker aan te zetten en een pak chocoladekoekjes tevoorschijn te halen.' Hij leunde achterover tegen het aanrecht terwijl McInnes een vieze waterkoker onder de koude kraan stak, het ding vervolgens op het aanrecht neerkwakte en inplugde. 'Tot volgende week mag ik geen bezoek hebben...'

Logan staarde hem aan, zijn gezicht neutraal houdend. 'Dat weten we.'

McInnes verstarde even, opende toen een kast en haalde er drie afgeschilferde mokken uit. 'Hang niet de lepe gozer tegen me uit, brigadier. Ik ben niet een of andere imbeciel die je kan intimideren en manipuleren. Ik heb niks verkeerds gedaan, en dat weet je.' Hij liet een theezakje in elke mok vallen. 'Je bent aan het vissen.'

'Trisha Brown.'

Er viel niet eens een korte stilte. 'Nooit van haar gehoord.'

'Echt waar? Want we hebben een getuige, die heeft gezien dat u haar aanviel en ontvoerde.'

'Ze liegen.' De waterkoker liet een laag gegrom horen.

'Als we uw auto naar het bureau brengen, hoeveel wilt u er dan om verwedden dat die vol zit met haar DNA, haar, vezels en bloed?'

De herkenningsmelodie van *Friends* schalde uit de zitkamer.

McInnes schraapte zijn keel. 'Wat zou het als dat zo is? Zij is een prostituee, toch? Misschien heb ik haar opgepikt?'

'Ik dacht dat u nooit van haar had gehoord?'

'Ik heb geen melk.'

Leggett schudde zijn hoofd. 'Darren, stomme eikel. Zij is je type niet eens.'

'Misschien vind ik het leuk om af en toe prostituees op te pikken. Ik dacht dat jullie wel blij zouden zijn.'

'Waar is ze?'

'Zouden jullie liever hebben dat ik als een of ander pervers figuur in een vieze regenjas bij de schoolpoorten rondhing?'

'Darren...'

Logan draaide zich om en liep de hal weer in. De tv en de radio hadden eerder niet aan kunnen staan – het enige geluid dat uit het huis kwam was de deurbel geweest. Dat betekende dat McInnes ze had aangezet en het volume voluit had geschroefd voordat hij de deur opendeed.

Hij probeerde iets te verbergen...

In de zitkamer, op de tv, was een verzameling sukkels in een fontein aan het ronddansen. Logan pakte de afstandsbediening en drukte op de stand-byknop.

Stilte.

De kamer was bezaaid met kranten en tijdschriften, een handvol slonzige paperbacks vol ezelsoren, het behang en plafond oranjeachtig-bruin bespikkeld. Er balanceerde een blik tabak op de armleuning van de doorgezakte bank; lege zakjes Golden Virginia lagen als gevallen bladeren op het tapijt.

Logan deed zijn ogen dicht en luisterde.

Hij kon hen in de keuken horen: 'Als ik prostituees wil gebruiken is dat mijn zaak, van niemand anders.'

'Je hebt vorige week blind gezworen dat je al drie jaar niet had geneukt!'

'Waarom zou ik jouw wellustige belangstelling bevredigen?'

Een klikje en de radio kwam opnieuw oorverdovend tot leven.

...zeggen dat iedereen bij Scotia Lift Alison en Jenny steunt. Wij hebben tweeduizend pond voor het fonds ingezameld!

Logan stak zijn hoofd weer de keuken in. 'Zet die verdomde radio af.'

'Dit is mijn huis, je kunt hier niet binnenkomen en...'

'Waar is ze? Ze is hier, hè?'

En het is tijd voor het weer en verkeer, meteen na 'Bohemian Rhapsody'...

'Ik wil dat jullie allebei vertrekken. Jullie hebben het recht niet...'

Logan probeerde de eerste deur in de hal: een badkamer, waarvan het bleekblauwe sanitair moddering groene strepen onder de kranen vertoonde. De volgende deur gaf toegang tot een slaapkamer waar de aardse, verstikkende geur van schimmel hing. Daarna een eenpersoonsslaapkamer, het dekbed een gekreukte hoop op de doorgezakte matras.

McInnes beende de hal in. 'Waar ben je mee bezig? Je hebt het recht niet om mijn huis te doorzoeken! Ik eis dat jullie vertrekken...'

'Waarom zit deze op slot?' Logan rammelde aan de deurkruk.

'Dat is de garage. Ik wil niet dat er iemand inbreekt.'

'Maak open.'

'Ik... ik heb de sleutel niet. Die ben ik kwijtgeraakt.'

Leggett knikte. 'Da's geen probleem: ik kan hem zo voor je intrappen.'

'Nee, nee, het is... Wacht even.' Hij liep naar een houten doosje dat aan de muur was gemonteerd, opende het, haalde er een Yalesleutel met een geel plastic etiket uit en overhandigde die aan de agent. 'Dit is pesterij.'

'Dank je.' Gerammel, een klik, en de deur zwaaide open.

Het was een garage. Kale betonblokmuren, betonnen vloer, een tl-buis die aan de dakbalken bungelde. Leeg. Geen Trisha Brown.

McInnes sloeg zijn armen over elkaar. 'Zie je wel?' Zijn stem echode door de kleurloze ruimte. 'Ik zei al dat ze hier niet was. Nu wil ik dat jullie mijn huis verlaten zodat ik een formele klacht bij jullie bazen kan indienen.'

Geweldig – weer een ramp.

Logan draaide zich om en keek de met dozen volgestouwde hal rond. 'Hebt u een volkstuintje? Schuur? Iets dergelijks?'

'Nee.' McInnes trok zijn schouders naar achteren en stak één arm in de richting van de deur. 'Nu wegwezen.'

Het geluid van Frank Sinatra kraakte uit een blikkerig luidsprekertje ergens in Leggetts jasje. Hij diepte een versleten mobiele telefoon op en klapte die open. 'Baas? ... Ja... Nee, we brengen een bezoek aan Darren McInnes, zegt dat hij kleine meisjes heeft afgezworen voor prostituees... Ja, dat zei ik... Ja...'

Logan streek met zijn hand door zijn haar. 'Toch nemen we uw auto in beslag voor tests.'

'Ik heb het al gezegd – ik pikte haar op en betaalde voor seks.'

Een frons. 'Wat? Henry MacDonald?' Leggett stapte achteruit de keuken in, zijn stem nauwelijks hoorbaar boven de radio. 'O ja? Wat, worst en balletjes?... Alleen de balletjes. Nou ja, hij heeft tenminste nog iets over om door te pissen.'

Logan keek nog eens in de garage. Hoe kon ze hier niet zijn? 'Heeft dit huis een zolder?'

'Nee. En voordat je het vraagt: er is ook geen kelder. Gaan jullie nou weg of niet?'

'Ja, dat denk ik wel... Is dat zo?' Leggett stak zijn hoofd uit de keuken en staarde naar McInnes. 'O ja...? Wacht effe.' Hij hield de telefoon tegen zijn borst. 'Inspecteur Ingram zegt dat hij jou goed kent, Darren. Zegt dat hij toezicht op je hield toen je de eerste keer uit Peterhead kwam en ze jou die gemeentewoning in Kincorth gaven.'

Logan staarde naar de deuropening van de keuken en daarna naar de volgende. Vervolgens naar de enorme stapel kartonnen dozen daartussen.

'Zegt dat jij nooit van je leven een hoer hebt gehad.'

'Wat weet hij daar nou van? Die man is een idioot. Vroeger ging ik altijd naar ze toe. Gaan jullie nou weg, of moet ik mijn advocaat bellen?'

Er klopte iets niet... Logan tuurde langs Leggett de keuken in en vervolgens door de deur van de morsige badkamer. De ruimte tússen de twee deuren – de ruimte vol met van vloer tot plafond opgestapelde dozen – was te breed. Beide vertrekken hadden een scheidsmuur moeten delen, maar ze moesten minstens tweeënhalve meter van elkaar liggen. Hij pakte een doos van de top van de stapel, zodat er een stuk witgeverfde architraaf werd onthuld. Er was nog een deur, verborgen achter de dozen. En deze zagen er lang niet zo stoffig uit als de andere die in de hal waren opgestapeld. Alsof ze pasgeleden waren verplaatst.

Logan kwakte de doos op het schimmelige tapijt en pakte er nog een.

'Ja... Ik zal hem zeggen dat het...'

Een doffe klap.

Hij zette de doos boven op de eerste en trok de volgende van de stapel. 'Leggett: help me een handje.' Nog een doos. 'Leggett?'

Nog een doos op de stapel. Hij kon de deurkruk net zien. 'Agent, wanneer je een handje wilt helpen, kun je...' Logan draaide zich om.

Agent Paul Leggett lag languit op de keukenvloer, met één arm in de hal; er sijpelde een kleverige donkerrode vlek langs zijn voorhoofd; zijn mobiele telefoon lag tegen de plint tegenover hem.

Shit...

Waar was verdomme...

Een snel bewegende schaduw. Hij bukte zich en er boorde zich iets in een kartonnen doos, scheurde er recht doorheen naar de inhoud en deed de hele stapel boven op hem neertuimelen. Het gewicht ervan sloeg hem tegen het tapijt; de logge vormen beukten tegen zijn benen, armen en borst. Een gekletter van verborgen metaal toen een doos tegen zijn schouder ketste.

Een ervan barstte open en verspreidde boeken over het beschimmelde tapijt; de hoek van een gebonden boek knalde tegen de brug van Logans neus. Scherpe vlammende pijn, een heldergele gloed, en de geur van brandende peper.

Hij krabbelde achteruit, in een poging onder de stapel vandaan te komen.

McInnes pakte het uiteinde van zijn provisorische knuppel en trok die los. Het was een of andere trofee: een witmarmeren sokkel, met een gouden pilaar, en een mannetje helemaal bovenop. Het stoffige figuurtje zag eruit alsof hij aan het bowlen was.

'Ik heb toch gezegd dat jullie mijn huis moesten verlaten.' McInnes tilde de trofee als een hamer op. 'Ik heb het gezegd, maar jullie wilden niet luisteren. Niemand luistert ooit.'

Logans neus zat vol met brandende peper en zijn ogen traanden. 'Darren McInnes, ik arresteer u wegens belemmeren, aanvallen, molesteren of hinderen van een beambte in functie. U hoeft niets te zeggen...'

De zware stenen sokkel nam een hap uit de gipsplaat.

Zwaaiend met de trofee volgde McInnes Logan door de hal, dreef hem naar de deur, gaf hem geen tijd om iets anders te doen dan de volgende slag te ontwijken.

'Kap daarmee! Dwing me niet...' De rand raakte hem net boven de rechterelleboog. Brandende naalden explodeerden door zijn arm heen. 'Agh, kut!'

'IK ZEI DAT JULLIE MOESTEN OPZOUTEN!'

Logan zwiepte zijn voet naar achteren en stootte hem vervolgens naar voren, zodat zijn hak tegen McInnes' knie beukte.

McInnes gilde en viel in een stapel kartonnen dozen; met zijn ene hand klemde hij zijn knie vast, de bowlingtrofee hing slap in de andere; zijn gezicht was verwrongen, zijn tanden ontbloot.

Logan krabbelde overeind, greep het eerste ding dat hij zag – het verzameld werk van William Shakespeare – en beukte het in McInnes' gezicht. De bowlingtrofee kletterde op de vloer; er gutste bloed uit de mond van de oude man. Hij tilde zijn hand op, maar Logan ramde het boek, met de rug naar voren, tegen zijn neus.

McInnes ging neer, zijn gezicht en hoofd bedekkend, mekkerend toen Logan het boek tegen zijn ribben beukte. Hij vouwde één been tegen zijn borst, het andere stak in een onhandige hoek uit.

Luid ademend liet Logan het boek vallen. Hij spuugde; er droop een klodder rood gespikkeld schuim langs de muur. Hij veegde over zijn mond en kin: het bloed drupte van zijn hand.

Agent Leggett kreunde.

Logan strompelde naar hem toe. 'Paul?' Hij gleed langs de muur omlaag totdat hij naast hem op het stoffige tapijt zat. 'Gaat het?'

'Nee...' Leggett bracht zijn hand omhoog en raakte de jaap in zijn voorhoofd aan. Kromp ineen. 'Au kolere...'

'Je overleeft het wel.' De lawine van dozen had de ruimte voor de verborgen deur bijna vrijgemaakt. Logan kroop erheen en trok de laatste doos uit de weg, een bloederige handafdruk op het karton achterlatend. Hij gluurde achterom naar McInnes – die huilend, zijn knie vastklemmend, op de vloer opgerold lag – en draaide vervolgens de deurkruk om.

Op slot.

Bij de tweede trap vloog de deur open; de dreun weergalmde door het huis.

Logan stapte een L-vormige kamer met kale betonblokmuren binnen; lussen van grijze elektriciteitskabels staken uit metalen leidingen; één hoek was bekleed met gipsplaat, die aan ruwe houten stutten was genageld. Er stonden modulaire metalen rekken langs enkele van de muren; naast een grote diepvrieskist stonden een wasmachine en een droogtrommel; op de plekken waar ramen hadden moeten zitten waren door water opgezwollen spaanplaten gespijkerd.

Hij liep voorzichtig over de kale betonnen vloer naar de hoek, keek nogmaals achterom naar McInnes – die nog steeds huilde, nog steeds zijn ontwrichte knie bij elkaar probeerde te houden – en stapte vervolgens de lange poot van de L-vormige kamer in.

Trisha Brown lag verkreukeld tegen een verwarmingsradiator, naakt, met één arm aan een stut geboeid. Haar pols was een ring van rauw vlees; haar arm was vanaf de vingertoppen tot halverwege de elleboog met bloed besmeurd. Haar andere arm... Logan keek weg. Menselijke ledematen waren er niet voor bestemd om zo te buigen. Haar benen waren nog erger: verdraaid en gebroken en bezaaid met korsten en striemen, bleke dijen bespikkeld met rode brandwondjes en tandafdrukken.

De scherpe geur van urine en dennendesinfecteermiddel, met boventonen van lichaamsgeur en stront.

'Trisha?' Hij slikte. 'Trisha, kun je mij horen?' Hij knielde naast haar neer, zocht een hartslag. Sterk, bonzend. 'Trisha, het komt wel goed.' Hij legde zijn hand onder haar kin en tilde haar hoofd op. 'Kut...' Haar neus was naar links ontwricht, beide ogen dichtgezwollen, haar kin scheef, haar lippen gebarsten en bloedend, haar kaak misvormd – waarschijnlijk gebroken – elke centimeter huid bedekt met een felle regenboog van kneuzingen. 'Ben je...'

Haar hoofd schoot met een ruk naar voren, mond wijdopen, flitsende tandenstompjes in bloederig tandvlees.

Logan deinsde achteruit, zijn hand weggrissend. Ze wiebelde, trok met haar schouders en zakte vervolgens weer achterover tegen de gehavende radiator. Een kruising tussen een grom en een sisgeluid ontsnapte aan haar kapotte lippen.

Jezus.

Logan wendde zich af, beende de hoek om en de hal weer in. 'JIJ!' Hij pakte een handvol van McInnes' lange vettige grijze haar. 'Waar is de sleutel?'

'Ik weet niet...'

Logan trok. 'Waar is die klótesleutel?'

De oude man gilde, liet zijn knie los en greep naar Logans hand, in een poging hem ervan te weerhouden zijn scalp van zijn kop te trekken. 'In het doosje! In het doosje!'

Logan sleurde hem door de hal heen naar het aan de muur gemonteerde houten doosje – waar de garagedeursleutel vandaan was gekomen. McInnes gilde en huilde; zijn goede been schraapte over het tapijt, het andere sleepte door de brokstukken.

Het was niet moeilijk om de sleutel van de handboei te ontwaren – Logan griste hem van zijn haakje en sleurde McInnes met zich mee door de deur, de onafgemaakte kamer in.

46

'Wat moest ik dan doen?' Darren McInnes zat achter in de patrouillewagen, met zijn handen achter zijn rug geboeid en een kompres op zijn gezwollen knie gebonden.

De voordeur ging open en iemand in een groene overall liep achterwaarts het tuinpad op, één uiteinde van een metalen brancard omhooghoudend.

McInnes lachte even en kromp vervolgens ineen, toekijkend terwijl Trisha naar de wachtende ambulance werd gedragen. 'Zij was mijn eerste, wist je dat? Mijn eerste echte kleine meid.'

Logan keek hem aan. 'Kop dicht.'

'Vóór haar waren het alleen maar plaatjes, maar toen kwam ik uit de gevangenis en gaven ze mij een gemeenteflat vlak om de hoek bij haar huis... Ze was zo klein en zo mooi en ik weet nog dat ze van haar fiets viel en haar arm brak, en ik wilde alleen dat ze zich geliefd voelde, dus ik...'

'Als je niet begint gebruik te maken van je recht om te zwijgen, dan zweer ik je...'

Een zucht. 'Haar moeder was meestal van de wereld, of wanhopig op zoek naar een dosis, of bij de dokken haar reet aan het verhuren zodat ze de volgende roes kon betalen. Zo'n drukke alleenstaande moeder heeft een babysitter nodig.'

'McInnes...'

'Ik ga dood.' Hij draaide zich om en glimlachte naar Logan. De huid rondom zijn rechteroog was al donkerblauw en paars ontstoken, de oogleden gezwollen en opgezet, het wit roodgevlekt. 'Kanker – in mijn hele lever en nieren. De dokter gaf me nog drie maan-

den, dat was vier weken geleden. Grappig, hè? Mijn hele leven als een schoorsteen gerookt; iedereen zei altijd dat longkanker mij de das om zou doen.'
'Moet ik daarom medelijden met je hebben?'
'Het kan me niet schelen wat jij denkt.' McInnes' glimlach veranderde in een grijns. 'O, ik wist dat jullie me uiteindelijk zouden vinden – maar lang voordat het ergens in de buurt van de rechtbank komt zal ik dood zijn. Je kunt het me niet kwalijk nemen dat ik in stijl de pijp uit ga.'
'Vind je dit gráppig?'
'Het heeft me twee weken gekost om Trisha op te sporen, en uiteindelijk was ze daar: nog geen tweehonderd meter bij haar moeders huis vandaan. Voortwankelend, bedelend om geld.' Hij zuchtte toen ze de ambulancedeuren dichtdeden. 'Ik dacht dat het wel passend zou zijn – om mijn leven net zo te eindigen als het begon, bij háár. Maar...' McInnes schudde zijn hoofd. 'Ze was veel leuker toen ze vijf was.'

Logan stapte uit, de warme ochtendzon in, en sloeg het portier dicht voordat McInnes nog een ongeluk kreeg.

Een van de ambulancebroeders liep om de zijkant van de ambulance heen, zag Logan en kwam naar hem toe. Hij knikte naar de patrouillewagen, met zijn vetharige, blauwogige inzittende. 'Ben jij degene die zijn knie heeft verkloot?'

Logan voelde de hitte naar zijn wangen stijgen. 'Het was zelfverdediging. Hij...'

'Die klootzak zou neergeschoten moeten worden.' De ambulancebroeder keek dreigend door de voorruit. 'Ze zal mazzel hebben als ze haar benen kunnen redden, kan het wel vergeten om weer te lopen. Moest haar drie keer zoveel morfine geven om haar te kalmeren.'

Logan vertelde hem niet dat dat waarschijnlijk evenveel te maken had met Trisha's tolerantie voor opiaten als met de hoeveelheid pijn die ze had.

De *Danse macabre* klonk in Logans zak toen de ambulance met zwaaiende lichten wegreed.

'McRae?'

De knarsende stem van inspecteur Steel siste in zijn oor: *'Waar zit je in tyfusnaam?'*

'We hebben Trisha Brown gevonden.'
Een korte stilte. *'Levend?'*
'Nog maar net.'
'Wacht even...' Er klonk een echoënd gesis – waarschijnlijk hield Steel haar hand op het mondstuk van haar telefoon – en vervolgens het gedempte geluid van pratende mensen.

Logan keek hoe een geüniformeerde politieagente agent Leggett hielp McInnes' huis uit te hinken. Er zat een lapje gaas op Leggetts voorhoofd, op zijn plaats gehouden door helderwitte pleister. Om de een of andere ondoorgrondelijke reden leken zijn symptomen veel erger te worden zodra de knappe agente verscheen.

'Ben je er nog?'
'De verdachte heeft bekend dat hij haar heeft ontvoerd, verkracht en vrijwel elk bot in haar armen en benen heeft gebroken. Denkt dat de kanker hem te grazen gaat nemen voordat de rechtbanken dat doen.'

Logan hoorde op de achtergrond iemand tegen haar praten.

'Roerend mee eens, baas.' Toen was ze er weer. *'Kom hierheen, we hebben de president van de* Doctor Who-*waarderingsvereniging in een verhoorkamer, en jouw makker de Liverpoolse gekkenhoeder doet lullig. Zegt dat hij geen flikker doet totdat hij met jou heeft gepraat.'*

Logan staarde naar de kristalblauwe hemel en vloekte.

'Zeg tegen Goulding dat ik er zo aan kom.'

Logan verschoof in zijn krakende plastic stoel. In de Observatiesuite was het donker; het enige licht kwam van het tv-scherm: verhoorkamer nummer twee; commissaris-hoofdinspecteur Green en inspecteur Steel zaten tegenover Stephen Clayton aan de tafel.

Met een zijwaarste hoofdbeweging zwiepte de student het lange donkere haar uit zijn ogen. *'Nog één keer, voor de tragen van begrip: ik heb Alison en Jenny McGregor niks aangedaan. Ik heb Alison mee uit gevraagd, ze zei nee. Einde verhaal.'*

Goulding zette de vingertoppen van zijn linkerhand tegen het scherm, om Clayton aan de beeldbuis vast te pinnen. 'Kijk naar de lichaamstaal – armen open, benen gespreid, achteroverleunend in zijn stoel, oogcontact houdend. "Ik ben zelfverzekerd en op mijn gemak. Jullie bedreigen mij niet."'

'Ja, nou...' Logan verschoof opnieuw, in een poging zijn been te beletten in slaap te vallen. 'Hij is een psychologiestudent, toch? Leren ze jullie niet hoe je dit soort dingen moet doen?'

'Wat' – Goulding wierp een blik in Logans richting – 'bedoel je: hoe je moet liegen?'

Logan sloeg zijn armen over elkaar en haalde ze vervolgens weer van elkaar. Als Clayton het kon, dan kon hij het ook. 'Hoor jij ze geen vragen voor te zeggen?'

'Hoe lang kennen we elkaar, Logan?'

'Ik bedoel, dat was het hele punt om jou hierheen te halen, toch?'

'Denk je niet dat je mij kunt vertrouwen?'

'*Zij heeft jou afgewezen, hè?*' Op het kleine scherm tikte commissaris-hoofdinspecteur Green met zijn knokkels tegen het tafelblad. '*Jij was verliefd op haar, en zij heeft jou afgebrand.*'

'*Ik was niet verliéfd op haar. Ik dacht dat ze een aardige wip zou zijn. U weet wel hoe die alleenstaande moeders zijn: die snakken ernaar.*'

Steel knikte. '*Hij heeft een punt.*'

'Denk je dat ik jou zal veroordelen, of een lagere dunk van je zal hebben als je toegeeft dat je problemen hebt?'

'Ik heb géén problemen!'

'*Zij heeft jou de bons gegeven en dat deed pijn, hè? Jij wilde wraak.*'

Clayton boog zich voorover. '*U doet niet veel verhoren, hè?*'

'Logan, als je er niet over praat, hoe zal het dan ooit beter worden?'

'*Ik bedoel, u hebt niet eens geprobeerd om een verstandhouding met mij op te bouwen, maar komt regelrecht met de psychologie van de koude grond op de proppen. Uw collega hier*' – hij wees naar Steel – '*doet het veel beter.*'

'We hebben erover gepraat – we hebben er een hálfuur over gepraat. Doe nu maar gewoon je verdomde werk!'

Goulding glimlachte. 'Dat probeer ik ook te doen.' Hij pakte het microfoontje en drukte op de rode 'talk'-knop. 'Vraag hem naar zijn ouders – hoe denkt hij dat ze zullen reageren als ze erachter komen dat hij gearresteerd is?'

Steel krabde zich even onder de tafel. '*Wat zullen je pa en ma ervan vinden dat je hierheen bent gesleept? Steve?*'

Green keek haar dreigend aan. Dacht waarschijnlijk dat hij degene moest zijn die de vragen stelde.

Clayton haalde zijn schouders op. '*Ziet u, commissaris-hoofdin-*

specteur, je bent een alfamannetje, of je bent het niet. De inspecteur hier: zij is het wel, maar u...' Hij maakte met één hand een schommelende beweging.

'Als ik het was: als iemand mijn flat in brand had gestoken terwijl ik lag te slapen, als mijn vriendin in een coma was beland, zou ik iemand willen vermoorden.'

Logan staarde Goulding aan. 'Hou maar op.'

'Mijn vader en moeder gaven me liefde en steun. Ze zijn trots op alles wat ik heb bereikt.'

'Als ik daar had gestaan en haar had zien vallen...'

'Prima, wil je het écht weten? Ik dacht dat Shuggie Webster het had gedaan, oké? Dus spoorde ik hem op en sloeg ik hem verrot.' Logan wendde zich af. 'Ik had hem wel kunnen vermoorden...'

'Dat is een volkomen natuurlijk gevoel. Wij allemaal...'

'Ik bedoel het niet figuurlijk: ik had de optie. Ik had hem kunnen vermoorden, het lichaam kunnen lozen, niemand zou het te weten zijn gekomen.'

'Ah... Dát lijkt er meer op.' Goulding pakte de microfoon. 'Als zijn ouders zo geweldig zijn, waarom komt hij dan zijn hele leven al tegen hen in opstand?'

Op het kleine scherm flapte commissaris-hoofdinspecteur Green de vraag eruit, in zijn wanhopige verlangen om Steel te vlug af te zijn.

'Dus, gedurende een kort moment had je de macht over leven en dood.' De psycholoog krabbelde iets in zijn notitieboekje. 'En je koos ervoor om genadig te zijn.' Hij boog zijn hoofd opzij. 'Hoe voelde jij je daardoor?'

Logan keek weg. 'Misselijk.'

'Echt waar? Interessant... Interessant...'

Op het kleine scherm streek Clayton met zijn hand door zijn lange bruine haar. *'Zeg eens, inspecteur, wanneer ontdekte u dat u lesbisch was? Was het plotseling, een geleidelijk proces, of hebt u het altijd al geweten?'*

Goulding glimlachte. 'Weet je, ik begin te denken dat jouw vriend meneer Clayton misschien een beetje te veel uitdaging is voor de inspecteur en commissaris-hoofdinspecteur Green. Hij speelt met hen, alsof hij alle tijd in de wereld heeft. Hij heeft geen haast om ons de McGregors te geven.'

Steel schudde haar hoofd. '*Leuk geprobeerd, zonnetje, maar jij kunt niet eens aan Hannibal Lecter tippen. Tenzij je op zoek bent naar een handgestikt leren klysma in maat negen, vertel je ons nu wat je met Alison en Jenny hebt gedaan.*'

'Hoe gaat-ie, pukkie?' SYLVESTER tilt Jenny's kin op totdat haar ogen op gelijke hoogte zijn met de smalle spleetjes waar zíjn ogen zouden moeten zitten.

Ze kijkt weg. 'Ik wil mijn mammie.'

'Ja, nou...' Hij aait over haar hoofd, alsof ze een hondje is. 'Straks is het voorbij; dan kun je naar huis gaan. Dat zal fijn zijn, hè?'

Het is heet in de kamer. Het zonlicht maakt strepen over de kale vloerplanken, die bij het voeteneinde van het bed stoppen. Vlak voor haar zere voeten. Jenny bijt op haar lip terwijl hij haar haar met zijn rubberachtige vingers streelt.

'Wil je dat verrekte kind met rust laten?' TOM zit op de vensterbank een krant te lezen met een foto van mammie op de voorkant.

'Je lijkt wel een pedofiel: haar de hele tijd betasten.'

'Pleur op.' SYLVESTERs robotstem verandert in een metalig gefluister. 'Het spijt me echt van... nou ja' – zijn ogen dwalen omlaag, naar haar verbonden voeten – 'alles. Weet je wel?' Hij haalt zijn schouders op en zijn witte papieren pak ritselt.

Ze zegt niets, zit alleen stil als de deur opengaat en het monster met de 'PATRICK'-sticker en de grote camera om haar schouder binnenkomt. Jenny kan mammie in de andere kamer horen huilen, en dan doet PATRICK de deur dicht, zodat het gehuil wordt buitengesloten. 'Hij neemt zijn telefoon niet op.'

SYLVESTER streelt Jenny's haar nog steeds. 'Heb je e-mail geprobeerd?'

'Natuurlijk heb ik verdomme e-mail geprobeerd.' PATRICK blijft staan en staart. 'Wat ben je aan het doen?'

TOM kijkt boven zijn krant uit. 'Aan het kinderfriemelen.'

'Ik ben geen verdomde pedo!' SYLVESTER staat op. 'Je probeert aardig te zijn, een klein kind wat medeleven te tonen, en...'

'Ik weet wat jíj haar wilt tonen. Jij wilt haar je...'

'Genoeg!' PATRICK stampt met haar voet. 'Kop dicht, jullie allebei!'

TOM haalt zijn schouders op. 'Wat als de smerissen hem hebben opgepakt? Ik bedoel, ze waren vandaag overal...'

'Hebben ze ook met jou gepraat?'

'Ik was weg. Ze zijn wel bij mijn flatgenoten geweest, vroegen allerlei dingen over Alison en Jenny.'

PATRICK zwaait met haar hand. 'Maakt niet uit.'

'Maar wat als...'

'Zolang jullie je mond díchthouden, kunnen ze niks bewijzen. Ze hebben niks: geen getuigen, geen motief, geen DNA, geen vingerafdrukken, niks. Als we deze tent in de fik steken voordat we gaan, kan zelfs Sherlock Holmes ons niet pakken.'

'Ja, maar stel...'

'Ben jij achterlijk?' Ze loopt naar het bed toe, pakt Teddy Gordon op en keert hem ondersteboven, zodat zijn vreselijke pluizige achterwerk in de lucht steekt en het witte wasetiket als een worm uitpuilt. 'We hebben het over meer dan acht miljóén pond, Sylvester.'

'Ja, nee: het zal in orde komen, ik werk eraan. Niemand zal iets zien.'

'Regel het.' PATRICK schuift de teddybeer naar Jenny toe; die dode zwarte ogen kijken haar glinsterend aan. 'Je wilt tenslotte niet zoals Colin eindigen, toch?'

SYLVESTER zegt niets, hij staat daar alleen maar naar PATRICK te staren. Zelfs TOM is stil.

47

'Hij zit ons daar uit te lachen!' Commissaris-hoofdinspecteur Green beukte met zijn vuist tegen het gepolijste mahoniehouten oppervlak van de bestuurskamertafel. 'Ik heb je gezegd dat we hem hadden moeten volgen – hij zou ons regelrecht naar Alison en Jenny hebben geleid. Het was opzéttelijk roekeloos om hem zo in te rekenen.'

Logan keek op zijn horloge. De bijpraatsessie was twee minuten bezig en Green was al verwijten aan het rondslingeren.

Steel kneep haar ogen samen. 'Wij dóén tenminste iets. U zou hier nog steeds zitten met uw duim in uw...'

'Inspecteur!' Finnie zakte achterover in zijn stoel. 'Wij stellen je passie op prijs, maar nu is het niet het moment. Misschien kunnen we ons concentreren op het vinden van oplossingen in plááts van met vingers te wijzen?'

'Nou' – waarnemend inspecteur Mark MacDonald friemelde met zijn pen – 'wat als we Clayton laten gaan? Doen alsof het gewoon een vergissing was, en we trekken alle aanklachten in? Dan kunnen we hem onder toezicht houden en zou hij denken dat hij vrijuit ging? Je weet wel, twee vliegen?'

Finnie staarde hem aan totdat Marks oren helderroze werden. 'Doe niet zo dom. Wat zegt de TR?'

Logan bekeek het dossier dat hij onderweg naar de bestuurskamer had gepakt. 'Ze zijn nog steeds bezig zijn laptop te doorzoeken – Clayton heeft zo'n twee gigabyte aan gecodeerde bestanden die iets kunnen zijn. Tenzij hij ons de sleutel geeft, zal het maanden, misschien wel jaren duren.'

'Dat is géén optie. Buurtonderzoek?'
Steel sjorde even aan haar beha. 'Is al bezig. De studentenflats zijn enorm; er moeten honderden studenten in Hillhead wonen.'
'Juist…' Finnie begroef zijn gezicht even in zijn handen. Dook toen weer op. 'Opties?'
'We laten Clayton niet gaan – de media zouden ons levend villen.'
'Commissaris-hoofdinspecteur Green?'
De man van SOCA sloeg zijn armen over elkaar. 'Ik denk dat ik mijn zegje heb gedaan.'
Finnie richtte zich weer tot Logan. 'Hoe zit het met de psycholoog, Goulding?'
'Hij wil een onofficieel onderonsje met Clayton. Denkt dat het kan helpen om een verstandhouding op te bouwen en…'
Greens kin ging omhoog. 'Geen sprake van. Je kunt een burger niet alleen laten met de enige verdachte die jullie hebben weten op te scharrelen: niets van wat Clayton zegt zal toelaatbaar zijn. Ik zal niet toestaan dat jullie het hele onderzoek in gevaar brengen. De Onafhankelijke Politie Klachtencommissie…'
'Bla, bla, bla.' Steel gaf een extra harde sjor aan haar linkertiet. 'Zal ik u eens wat zeggen, commissaris-hoofdinspecteur? U bent hier ongeveer net zo welkom als een pijpbeurt van uw eigen opa.'
Zijn ogen gingen wijdopen. 'Hoe dúrf…'
'Goed, goed.' Finnie wreef over zijn gezicht. 'Kunnen we allemaal, even maar, dóén alsof we aan dezelfde kant staan?'
Met veel vertoon haalde Green diep adem en bracht hij vervolgens de manchetten van zijn hemdsmouwen op één lijn. 'Jullie moeten Frank Baker vinden. Jullie moeten met een strategie op de proppen komen om Alison en Jenny terug te krijgen. Jullie moeten met een strategie op de proppen komen om het geld te volgen als het is overgedragen. Jullie moeten dit nu regelen. Niet morgen, niet volgende week: nú.'
Steel liet haar beha los. 'Ik zeg dat we Goulding een kwartier met Clayton geven. Het is niet zo dat we iets te verliezen hebben, toch?'
Finnie knikte. 'Akkoord. Doe het in een verhoorkamer, met de camera's aan. En zorg dat Clayton weet dat hij gefilmd wordt zodat zijn verdediging er achteraf niet over kan klagen. Nog bezwaren, commissaris-hoofdinspecteur?'
'Het zal wel.'

'Mooi. McRae, regel het. Wáárnemend inspecteur MacDonald: ik wil die risicoanalyse om drie uur op mijn bureau. Steel: zoek uit hoe ver we met Frank Baker zijn. Ik zal zien wat we aan het volgen van de losgeldbetaling kunnen doen.'

Dokter Dave Goulding zat in Finnies kantoor, met een mok thee in zijn ene hand, een Jaffa Cake in de andere. 'Ik zou zeggen dat het... mogelijk zo duidelijk nog niet is.'

Het hoofd van de recherche deed zijn ogen dicht en masseerde zijn neusbrug. 'Dit kán nogal als een schok overkomen, maar ik wil gewoon "ja" of "nee" horen.'

Logan liet zijn rug tegen de rij archiefkasten rusten; het metaal voelde koel door het witte katoen van zijn overhemd heen. Steel onderdrukte een geeuw.

'Het is niet zo simpel.' Goulding veranderde zijn Jaffa Cake in een halvemaantje. 'Stephen Clayton voelt zich op zijn gemak als hij met ons speelt omdat hij niet bang is zich te verspreken. Dat betekent dat hij of ongelooflijk arrogant is, of niets te maken had met de ontvoering van Alison en Jenny.' De rest van de Jaffa Cake verdween. 'Ik denk gewoon niet dat hij het juiste persoonlijkheidstype is. O, hij is pienter genoeg, maar hij zou het niet geheim kunnen houden. Hij zou het van het dak van het Marischal College willen schreeuwen: "Kijk mij eens! Kijk eens hoe slim ik ben!"'

Finnie tuitte zijn rubberachtige lippen. 'Is hij er beslíst niet bij betrokken?'

'Het is niet onmogelijk, maar het is onwaarschijnlijk.'

'Dan zijn we terug bij af. En we hebben een hele ochtend en hónderden manuren verspild aan een verdomde studént.' Finnie masseerde zijn neus opnieuw. 'Inspecteur McRae, weet je dat ik líchtelijk teleurgesteld ben?'

'Hij was een fan van *Doctor Who*, hij had toestanden met Alison McGregor...'

'Dat doet er niet toe als hij níks te maken had met hun ontvoering!'

Nee, dat was zo.

Steel blies haar wangen bol. 'Nou, bekijk het van de zonnige kant; Green heeft tenminste iets nieuws om over te zeuren.'

... kijk volgende week met ons mee naar meer Britain's Next Big Star*!*
Er klonk ingeblikt applaus door het huis heen, dat vanuit de televisie in de zitkamer via het trappenhuis omhoog echode.

Logan zat op het bed van Alison McGregor en staarde naar de foto's die hij in een schoenendoos achter in een kast had gevonden: Alison in een bikini, Alison in T-shirt en spijkerbroek, Alison op het strand... Hij hield er een van haar in een schooluniform omhoog. Ze zat op een lage baksteenmuur, met een blikje extra sterke cider in haar ene hand, een sigaret in de andere, haar schoolblouse zo ver losgeknoopt dat haar beha te bezichtigen was; de schooldas verdween in haar decolleté.

Alles was compleet verkloot. Stephen Clayton móest er wel bij betrokken zijn. Als dat niet zo was... wat hadden ze dan anders nog?

Logan draaide de foto om: MIJN VERJAARDAG ~ 14 VANDAAG!!! stond er in blauwe balpen op de achterkant. Ze leek geen veertien.

Welkom bij Britain's Next Big Star*!* Gejuich. *We hebben deze week een geweldige show voor jullie, maar denk eraan: er kunnen maar vier van de deelnemers van vanavond doorgaan naar de volgende ronde, dus zorg dat jullie op je favorieten stemmen!*

Alisons dvd-recorder zat vol met het spul – *Britain's Next Big Star, X-Factor, Britain's Got Talent, Strictly Come Dancing,* drie verschillende dingen met *Andrew Lloyd Webber* in de titel...

Logan legde de foto op het bed, naast de andere, en haalde er nog een uit de doos: Alison in de kroeg met een ander meisje en twee onnozel ogende kerels. Het andere meisje... leek een beetje op Vunzige Vikki, alleen veel dunner. Een van de kerels was beslist Doddy McGregor.

Logan legde de foto naast het schoolmeisjeskiekje. Fronste toen.

Alison McGregor zag er op elke foto identiek uit.

Haar kleren veranderden, haar haar veranderde, haar make-up veranderde, maar haar gezicht niet. Op elke foto was het precies dezelfde glimlach – mond, tanden, ogen, wenkbrauwen allemaal preciés hetzelfde.

Het was geen slechte glimlach: hij was tegelijk open, warm, gezond en een kleine beetje sexy... Hij paste bij haar. Maar als je al deze foto's zo bekeek – uitgespreid op de dekbedhoes – leek het wel alsof ze een masker droeg. Alsof de echte Alison McGregor verdween wanneer er een camera tevoorschijn kwam.

Logan, die in zijn eentje in een leeg huis zat, wist hoe ze zich voelde.

'Waar heb je verdomme gezeten?' TOM staat in het midden van de kamer, met zijn handen op zijn heupen.

Jenny kijkt op van het bed als DAVID binnenloopt, met zijn benen zwaaiend alsof hij een cowboy in een film is.

'Doe niet zo retehomo.' DAVID kwakt een plastic tas van de supermarkt op de vloer. 'Zat vanmiddag opgezadeld met onze vriendelijke buurtkit. Kostte een eeuwigheid om van die klootzakken af te komen.' Hij haalt een krant uit de tas en gooit die naar TOM. 'Voorpagina.'

TOM friemelt, vouwt de krant open en staart ernaar. 'Sodejú.'

'Ik weet het. Waar is Sylvester?'

'College.'

'Cool. Cool.' DAVID knikt naar het bed. 'Eindspel, Alison. Ben je klaar?'

Hij haalt een fles uit de tas – een grote fles met een grote kurk. 'Ik denk dat het gevierd mag worden. Tom?'

'Spectaculair!' TOM draait de krant om totdat ze het allemaal kunnen zien. Op de voorkant staat een foto van Jenny en mammie. 'Negen komma vier miljoen. Kassa verdomme!'

Mammie gaat rechtop zitten en de ketting om haar enkel rammelt. 'We willen alleen maar naar huis.'

'Nou, dit is het probleem' – DAVID houdt de fles in zijn hand alsof het een pop is – 'we hebben de plannen gewijzigd. Tom?'

'Wat?'

'Heb je de isolatietape?'

'Bingo.' TOM houdt een dikke grijze rol omhoog.

'Cool.' DAVID knipt met zijn vingers. 'Laat eens zien.'

'Negen komma vier miljóén.' TOM huppelt door de kamer. 'Shit, dat is een hoop...'

Bonk. DAVID zwaait de fles als een hamer, regelrecht tegen TOMs achterhoofd.

Breken flessen niet als je ze tegen dingen slaat? Bijvoorbeeld wanneer de koningin een schip te water laat en ze moet de fles tegen het schip bonzen en hij breekt en er is overal van dat schuim en het schip glijdt weg in de zee.

'Nnnnng...' TOM wiebelt. De isolatietape valt uit zijn hand, raakt de vloerplanken en rolt weg.

DAVID slaat hem nog een keer met de fles. *Bonk.*

TOMs benen begeven het en hij valt op de vloer. Zijn linkervoet trekt, de vingers van één paarsgehandschoende hand trillen. In zijn masker sijpelt iets donkers omlaag, zodat het doorzichtige plastic rood wordt.

Jenny krabbelt achteruit totdat ze tegen de bedstijl botst, zonder zich te bekommeren om de brandende pijn in haar voeten.

DAVID zet de fles op de vloer. Hij gaat naar de boodschappentas terug en haalt er een grote zwarte vuilniszak uit. Schudt ermee zodat de zak helemaal bol is. Dan trekt hij hem over TOMs hoofd heen. 'We willen niet dat er bloed op onze mooie schone vloer komt, toch?'

Hij houdt de zak een eeuwigheid strak om TOMs hals, totdat TOM niet meer beweegt. Dan staat hij op en draait zich naar hen toe. 'En toen... waren er nog vier.'

Mammie schudt haar hoofd. 'Ik wil alleen maar dat dit voorbij is.'

'Wat dat betreft...' DAVID grijpt haar haar en sleurt haar van het bed af. Mammie gilt; haar handen klauwen naar hem.

'NEE!' Jenny kan niet verder achteruit, de metalen bedstijl dringt in haar rug. Teddy Gordon glimlacht naar haar met zijn dode kraaienogen. Lacht. Ze grijpt hem bij de strot en smijt hem uit alle macht weg. 'DOE MIJN MAMMIE GEEN PIJN!'

Teddy Gordon ketst tegen DAVIDs borst.

Hij kijkt naar de beer die naast TOM op de vloer ligt. 'Ja, leuk.'

DAVID trekt mammie op haar buik en knielt op haar rug. Dan pakt hij haar handen, houdt ze in één grote paarsgehandschoende vuist terwijl hij haar polsen in glimmende isolatietape wikkelt.

'GA VAN ME AF! GA VERDOMME VAN ME AF!'

Hij scheurt nog een stuk tape af, en nu mompelt en sist mammie alleen nog.

Jenny springt op de vloer en rent op haar stekende, pijnlijke voeten naar hem toe. Dapper Klein Meisje... Ze grist de fles van de vloer. Ik doop dit schip DAVID. Ze slingert de fles uit alle macht weg.

Hij ketst tegen zijn schouder.

Hij draait zich naar haar om, met zijn hoofd opzij, zoals de kat van de buren naar een vogel met een gebroken vleugel kijkt. 'Fout.' Zijn hand schiet uit, bonst op Jenny's linkervoet neer.

Er barst iets scherps in haar binnenste, scheurt door haar been heen; ze opent haar mond om te gillen, maar er is geen adem meer over. Ze valt, haar enkel met beide handen vastklemmend, starend naar het witte verband waar een klaproos uitgroeit. Het gebroken ding vat vlam. En nu kán ze gillen, telkens weer. Zo luid dat haar keel ervan rammelt.

'Godsamme. Hou je kop.' Hij pakt haar gezicht – stinkende rubberen vingers klemmen haar kaken dicht – en drukt het plakband over haar mond heen. 'Kijk eens aan, véél beter.'

Mammie kronkelt op de vloer, met kleine, fonkelende ogen, en maakt geluiden die niet als woorden tellen.

Tranen maken alles wazig. Jenny's verband drupt rood. Ze verroert zich niet eens als DAVID haar polsen bij elkaar tapet, en daarna hetzelfde met haar enkels doet.

Hij staat op, hoog boven hen uittorenend. 'Zoals ik al zei: planwijziging. Sylvester heeft een manier bedacht om er met alles vandoor te gaan. Negen komma vier miljoen. Absoluut niet te traceren. Jij bent dus overbodig als de tering, Alison. Een blok aan het been. Ja, we kúnnen je laten gaan, erop vertrouwen dat jij je smoel dichthoudt...' Hij lacht. 'Een publiciteitshoer zoals jij? Zodra de mensen jou beginnen te vergeten, zodra je niet meer op de cover van *Hello!* staat, is het een en al:' – DAVID werpt zijn armen wijd uit elkaar – '"*MIJN GEHEIME ONTVOERINGSHEL!*" *DAPPERE ALISON MCGREGOR ONTHULT ALLES!*'

Hij laat zijn armen vallen. 'Dat gaat niet gebeuren. Jenny doet nog een laatste video, en dan... Nou ja, ik zal het snel doen, oké? Tenslotte ben ik geen compléét klotemonster.'

48

En wat gaan jullie voor ons zingen? De ex-Blue-Peter-presentator hurkte neer zodat hij op hetzelfde niveau was als het kleine meisje met het blonde krulhaar.

Jenny McGregor keek naar hem met die grote blauwe ogen van haar. *We gaan een liedje over mijn pappie zingen.*

Logan leunde achterover op de bank, met de afstandsbediening voor de tv op zijn knie. Hij had een blikje suikervrije Irn-Bru gevonden dat zich achter in de koelkast verstopte. Dat gebeurde er als je werd ontvoerd – de politie van Grampian kwam langs en eigende zich de inhoud van je keuken toe.

Ze kwamen je om de dooie dood niet redden.

Alison McGregor legde haar hand op de schouder van haar dochter. *Het heet 'Wind Beneath My Wings'.* Ze droegen bij elkaar passende kostuums, bedekt met lovertjes.

Oké, nou, succes. Meneer Blue Peter richtte zijn glimlach op de camera. *En denk eraan, als je op Alison en Jenny wilt stemmen, zullen we aan het eind van de show het nummer dat je kunt bellen in beeld brengen.*

De muziek zwol aan en de McGregors liepen hand in hand naar de voorkant van het podium. Aan de zijkant stond een groot projectiescherm – de woorden IN DIERBARE HERINNERING AAN JOHN "DODDY" MCGREGOR vloeiden een paar maten in en werden vervolgens vervangen door de foto die ze in de kranten hadden gebruikt toen zijn lichaam uit Irak werd teruggebracht.

Terwijl ze zongen, veranderde het beeld: Doddy op het strand met Jenny; Doddy die op een pantservoertuig zat, ergens in een heet en stoffig oord; Doddy die een kleine roze baby vasthield... En toen kwam de eerste instrumentale onderbreking en werd Doddy vervangen door een videoclip van twee gewonde soldaten, die vertelden hoe hij hun leven had gered. Vervolgens terug naar de montage voor het volgende couplet.

Geen wonder dat Alison en Jenny de meeste stemmen van de hele serie kregen. Iedereen was dol op hen.

Logans telefoon ging af; de *Danse macabre* detoneerde met het zoetsappige liedje. Met een druk op de powerknop van de afstandsbediening zette hij de tv uit. 'McRae.'

'*Waar zit je?*' Inspecteur Steel.

Hij hees zich van de bank en kuierde de hal in. 'Alison McGregors huis.'

'*Iets gevonden?*'

'Nee.' Hij liep de trap op en Alisons slaapkamer weer in. 'We zijn de lul, hè?'

'*Ik heb net naar Tayside gebeld.*' Een korte stilte. '*Frank Baker is boven water. Ninewells-ziekenhuis. Is tot Dundee gekomen voordat een stel rouwdouwers hem herkende.*'

Logan maakte een kleine opening in de vitrages en tuurde naar buiten. Dezelfde twee oude dames bivakkeerden op het trottoir, met hun vouwstoelen en hun thermoskannen met thee. Straks zou het een zee van gezichten en televisiecamera's worden, allemaal verzameld om deel uit te maken van het moment waarop de deadline verstreek.

'Alles oké met hem?'

'*Wat denk je? Hij heeft mazzel als hij morgen nog leeft.*'

Logan liet de vitrage weer op zijn plaats vallen. 'Alsof de situatie niet...'

Ergens beneden was een *klunk*-geluid te horen.

'*En neemt commissaris-hoofdinspecteur Green de verantwoordelijkheid voor zijn klerezooi? Om de sodemieter niet – kennelijk is het allemaal mijn schuld dat Baker in eerste instantie niet onder toezicht stond.*'

Nog een *klunk*.

'Wacht even.' Logan zette haar in de wacht.

Niets. Misschien kraakte de fundering van het huis, of was het iets buiten, of...

Klunk.
Er was iemand in het huis.
Hij sloop de trap af en verstarde onderaan.
Ditmaal klonk er een *klink* en vervolgens een schrapend geluid dat uit de keuken kwam.
Hij reikte naar de deurkruk, draaide die langzaam om en drukte met één hand de deur voorzichtig open.
Er bewoog een schaduw over de vloer en stond vervolgens even stil. Nog een *klunk*.
Hij stapte naar binnen.
Er knielde een vrouw naast het fornuis, met een open reistas naast haar op de vloer. Gebleekt blond haar; roze T-shirt; heupspijkerbroek halverwege haar billen. Ze rommelde in een van de keukenkasten. 'Gebakken bonen, gebakken bonen, gebakken bonen... Waar is de kaviaar en dat soort chique troep?'
Logan sloeg met zijn hand op het aanrecht. 'Kan ik je helpen?'
Ze gilde, sprong op, stootte haar hoofd tegen de binnenkant van de kast en viel vervolgens op haar achterwerk, haar middenscheiding vastklemmend. Op de voorkant van het roze T-shirt stond LITTLE MISS NAUGHTY gedrukt. 'Au... Kút. Waarom deed je dat?'
Logan keek haar fronsend aan. 'Ken ik jou?'
Ze keek met grote ogen en openhangende mond naar hem op, waarbij haar kin in de huid van haar hals verdween. 'Nee.'
'Jij bent het, toch? Dinges Wallace, Shona – ik heb jou verhoord – jij mag niet meer met kinderen werken.'
Ze bloosde. Keek naar de vloer. 'Weet niet waar je het over hebt.'
'Opstaan.'
'Ik mag hier zijn. Ik ben zo'n beetje Alisons beste vriendin en ze... vroeg me ervoor te zorgen dat ze, weet je wel, genoeg eten en zo had voor als ze haar laten gaan.'
'Je zegt dus dat ze met jou heeft gepraat sinds ze ontvoerd is.'
'Nou... eh... Het is...'
Idioot.

'Ik probeerde alleen maar te helpen!'
De beveiligingsagent sloeg de celdeur in het gezicht van Shona Wallace en stak vervolgens zijn klembord uit om dat door Logan te laten tekenen. 'Ze worden erger, hè?'

Logan krabbelde zijn naam op het hechtenisformulier en liep vervolgens de trap op naar de derde verdieping. Elaine Drever was niet in haar kantoor, dus probeerde hij het lab.

Ze stond bij de lichttafel in het midden van de ruimte fronsend naar een stapel uitdraaien te kijken. 'Hoe zit het met vingerafdrukken?'

Een logge jongeman met een scheef gezicht draaide zijn kaak heen en weer. 'Die doe ik hierna.'

'Bedankt, Tim.' Elaine Drever stopte het rapport onder haar arm, draaide zich om en schrok. 'Brigadier... Sorry, ik bedoel inspecteur McRae...' Ze stak haar hand uit en raakte zijn arm aan. 'Logan. Hoe gaat het met je?'

'Heb je al een match gevonden?'

De labtelefoon rinkelde, en Tim slofte erheen om op te nemen.

'Wacht even.' Ze liep naar het brievenbakje dat boven op de koel-vriescombinatie stond en bladerde wat formulieren door. 'Tim? Wat is er gebeurd met dat bloedmonster dat we gisteravond hebben gekregen? Van het ziekenhuis? Voor inspecteur McRae?'

Tim keek op van de telefoon. 'Dat spoedmonster? Daar is Ben nu mee bezig.'

'Wat?' Logan stak zijn hand omhoog. 'Nee – het DNA van de flatdeur. Heb je al een match gevonden?'

'O.' Elaine keek op haar horloge. 'We hebben het een keer of tien gedaan en het levert nog steeds niks op. En we krijgen ook geen vezels van de deur. Nou ja, behalve vezels van het haltapijt, en aangezien de deur hem zo hard moet hebben geraakt... Het is vreemd: ik had wel verwacht íéts te vinden.'

Nog een vluchtige blik op haar pols. 'Sorry, ik moet naar een verdomde prijsuitreiking aan de Robert Gordon Universiteit. Ik zweer je dat die forensische studenten elk jaar jonger worden. Het is alsof je een peuterschool bezoekt.'

'Baas?' Tim klemde zijn hand om het mondstuk. 'We hebben een treffer.'

Elaine schudde haar hoofd. 'Nou, dat zal dan moeten wachten tot ik terugkom. Ik ben al laat.' Ze klopte Logan nogmaals op de arm. 'Echt, we doen alles wat we kunnen.' En toen was ze verdwenen.

'Ja, bedankt, Ben.' Tim hing op. 'Inspecteur McRae?'

Logan bleef half buiten de deur staan.

'Dat bloedmonster: het is een DNA-match voor de grote teen die u hebt ingeleverd.'

Hij fronste, met zijn vingers op het deurkozijn trommelend. Het DNA kwam overeen... 'Tim – heb je iets van het tipbriefje kunnen halen? Waarin stond dat Alison en Jenny door pedofielen waren ontvoerd?'

'Denk het niet.' Hij trok een la uit een slagschipgrijze archiefkast. 'Daar gaan we...' Een hangmap met een bewijszak en één vel papier. 'Nee.'

'Helemaal niks?'

'Geen afdrukken, geen vezels, geen DNA. Sorry, inspecteur.'

'... en nog eens vier klachtbrieven.' Grote Gary legde een stapel papier in het midden van Finnies bureau. 'Die verdomde rechtenstudenten zijn het ergst – die oefenen om levenslang huizen van andere eikels te verkopen.'

Finnie pakte het papierwerk op en dumpte het in zijn uitstelbakje. Keek Logan vervolgens dreigend aan. 'Twee weken. Twee weken en het enige wat we hebben klaargespeeld is een stel studenten pissig maken en een pedofiel in het ziekenhuis laten opnemen. Fris mijn geheúgen nog een keer op, inspecteur, waarom betaal ik jullie?'

Logan stapte het kantoor in. 'Heeft iemand iets bereikt met de ex-politieman-invalshoek?'

Er viel een korte stilte. 'Zeg eens, inspecteur McRae, denk je echt dat ik níets beters te doen heb dan hier ezelachtige vragen zitten te beantwoorden? Of heb ik vandaag misschien gewóón iets te doen wat een tikje belángrijker is?'

'Sorry, meneer.'

'Dat zou ik ook denken.' Hij draaide zich in zijn stoel om. 'Verder nog iets, brigadier McCormack?'

Grote Gary haalde een klembord tevoorschijn en reikte dat aan. 'U moet het overurenplan goedkeuren. Waarnemend inspecteur MacDonald laat het halve bureau een extra dienst draaien: oproerpatrouille.'

'God sta ons bij...' Hij tekende het formulier.

'Dank u, meneer.' Grote Gary wurmde zich de kamer uit.

Logan deed de deur dicht. 'Ik denk dat we genaaid worden.'

Finnie keek niet eens op. 'Inspecteur, dit kán je verbazen, maar ik heb vandaag geen tijd om naar jouw geklaag over commissaris-hoofdinspecteur Green te luisteren.'

'De tip – waardoor we elke zedendelinquent in Grampian moesten verhoren – ik denk dat die vals is.'

Het hoofd van de recherche plukte het volgende rapport uit zijn brievenbakje. 'Sommige mensen vinden het leuk om politietijd te verspillen, inspecteur. Zoals jij op dit moment doet.'

'Nee, ik bedoel dat de ontvoerders ons probeerden af te leiden. Het tipbriefje is forensisch neutraal, net als alles wat ze ons ooit hebben toegestuurd.' Logan zonk in de bezoekersstoel neer. 'En we hebben ontdekt van wie de grote teen is: vijfjarig meisje, auto-ongeluk, ze hebben in het ARI haar been geamputeerd. Het zou gecremeerd worden. Ze is niet dood.'

Een frons. 'Weet je zeker dat het niet…'

'We hebben alleen een DNA-match. Wie het ook zijn, ze hebben toegang tot het Aberdeen Royal Infirmary.'

Finnie drukte op een knop van zijn kantoortelefoon. 'Waarnemend inspecteur MacDonald – mijn kantoor, nú. En neem alles mee wat je van het ziekenhuisonderzoek hebt.'

'Maar ik ben…'

'Nú, meneer MacDonald.'

'Ja, meneer.'

Finnie drukte nogmaals op de knop en de telefoon viel stil. *Ik zweer je dat die forensische studenten elk jaar jonger worden.*

Logan schoof naar voren totdat hij over het bureau gebogen zat. 'Het is een academisch ziekenhuis, toch? Wat als het allemaal studenten zijn?'

Finnie schudde zijn hoofd. 'MacDonald en McPherson hebben allebei uitgesloten…'

'Denk er eens over na: de medische student bezorgt hun de drugs en amputeert Jenny's tenen. De IT-student maakt de video's en e-mails onopspoorbaar. En de forensische student verhindert dat ze allemaal gepakt worden.' Logan haalde zijn telefoon tevoorschijn en toetste. 'Bob?'

'Als je belt om te klagen: ik was het niet, oké?'

'Ik moet…' Frons. 'Wát was jij niet?'

'… niks.' Een kuch. 'Wat kan ik voor je doen?'

'Heb je de dealer gevonden die jouw zelfmoordenaar die morfine heeft verkocht?'

'"*Stompie de Dwergenkoningin*"? *Niemand in Tayside heeft ooit van haar gehoord. Vanwaar die plotselinge belangstelling voor Bruce Sangster?*'

Natuurlijk had niemand van haar gehoord – ze bestond niet. Craig 'Arrogante-Neerbuigende-Lul' Peterson had haar verzonnen. Daarom wist geen van Bruce' vrienden iets van zijn zogenaamde drugsprobleem. Sangster kocht de morfine niet, maar stal die uit het ziekenhuis, samen met een hoeveelheid natriumthiopental en het afgezette been van een klein meisje.

'Heb je die lijst van zijn vrienden nog?'

'… *hoezo?*'

'Heb je genoteerd welke colleges ze volgden?'

'*Tuurlijk. Waarom heb je nou…*'

'Ik ben op zoek naar iemand die informatica doet en iemand die forensische wetenschap doet.'

'*Wacht even…*' Wat geritsel.

De deur van Finnies kantoor ging krakend open en waarnemend inspecteur Mark MacDonald strompelde naar binnen, zijn armen beladen met dossierboxen. Hij wierp een blik op Logan en snoof.

'*Ja, daar gaan we: drie informatici, en ene Davina Pearce, bachelor in de forensische wetenschap met rechten. Ze doet ook mediastudies.*'

Mark dumpte de dossiers op de hoek van het bureau. 'Dat is alles. Maar ik heb alles tientallen keren doorgenomen. Er zit niks bij.'

Logan stak zijn telefoon weer in zijn zak en grijnsde naar Finnie. 'Bingo.'

49

Logan stapte de warme avond in, mobiele telefoon tegen zijn oor geklemd. 'Lukt het?'

De studentenflats van Woolmanhill waren een scheve grijze canyon van drie gebouwen met vijf verdiepingen, die in hoeken op elkaar stonden rondom een scheef parkeerterrein, vlak bij de Denburn-rotonde.

Bob slaakte een grote natte zucht. *'Peterson is niet thuis.'*

'Weet iemand waar hij naartoe is gegaan?'

Rennie bekeek het intercomsysteem naast een pasgeverfde trappenhuisdeur en drukte vervolgens op de knop voor flat zes. De intercom zoemde.

'Zijn flatgenoten zeggen dat hij met zijn makkers op stap is: bioscoop, pizza, biertjes.'

'Mobieltje?'

'Ging meteen op voicemail.'

Er kraakte een hoge, zangerige stem uit de luidspreker. 'Hal-lo?' Heel meisjesachtig.

Rennie drukte op de praatknop. 'Ja, is Davina thuis? Dit is Simon.'

'Wat wilt u dat we nu doen, uw tijdelijk-bevorderd-inspecteurschap?'

'Kijk of hij een auto heeft, en schakel daarna CCTV in: ik wil dat elke automatische nummerbordherkenningscamera in het noordoosten naar hem op zoek gaat. En zoek uit wat hij de afgelopen twee weken heeft gedaan: waar hij naartoe is gegaan, met wie hij heeft gepraat, dat soort dingen.'

'Hoi, Simon. Ja, Davina is in haar kamer, maar ze is chagrijnig.'

'God, je vraagt niet veel, hè? Wacht maar tot het mijn beurt is om inspecteur te zijn...'
'Ja, "de toorn van Bob". Ik weet het.' Logan verbrak de verbinding.
'O... Nou, mag ik bovenkomen?' De intercom zoemde opnieuw en toen Rennie tegen de deur leunde, zwaaide die open. 'Dank je.' Hij knipoogde naar Logan. 'We zijn gelanceerd.'

Een stevige jonge vrouw deed de deur van flat zes open. Ze kweekte haar eigen krullerige bruine halo, op zijn plaats gehouden door een goudkleurig haarelastiekje. Ze glimlachte, zodat er een mondvol metaalwerk werd getoond. 'Jij bent Simon, toch? Wat leuk om jou te ontmóeten. Ik ben Robin, Davina heeft je vast van álles over mij verteld!'
'Ja, hoi. Is ze er?'
Robin rolde met haar ogen. 'God, je wéét hoe ze is; stormde gisteren naar haar kamer, sloeg de deur dicht, en is er sindsdien niet uit geweest; eerlijk waar, het is hier al een paar weken net een soap; wil je een kop koffie? Ik ga toch zetten, denk dat we ook wel koekjes hebben.' Alles in twee adems uitgesproken.
'Cool. Mag mijn makker er ook een?'
De glimlach gleed een beetje af toen ze Logan in het oog kreeg, maar ze herstelde zich met een vrolijk 'Hoe meer zielen, hoe meer vreugd.' Ze draaide zich om, haastte zich door de hal en wachtte even voordat ze op een van de interne deuren klopte. 'Davina, je vrienden zijn hier. Davina? Ik ga koffie voor ze zetten, wil jij ook?' Korte stilte. Nog een klop. 'Davina?'
Geen antwoord.
Ze rolde weer met haar ogen. 'Sommige mensen, hè? Ze is vandaag niet eens naar college gegaan, en we deden bloedspat-analyse; ik ben dol op bloedspatten, ben ik daarom maf? Waarschijnlijk wel, maar dan ben ik een beetje kiérewiet...' Ze stak haar tong uit en maakte met haar vinger een cirkelbeweging naast haar hoofd. 'En nu koffie!'
Logan bleef voor de deur van Davina Pearce staan. Die had ze versierd met foto's van een jonge Aziatische vrouw: brede glimlach, ernstige bril, lang zwart haar. Sommige waren in kroegen gemaakt, andere op feestjes, een paar in besneeuwde bossen. Hij klopte terwijl de menselijke wervelwind Rennie meesleurde naar de keuken.

'Davina? Davina, we moeten praten.'
Nog steeds niets, maar hij hoorde muziek aan de andere kant van de deur, iets opgewekts en rockachtigs. 'Davina? Kun je me horen?'
Hij legde zijn oor tegen het koele hout. Zelfs geen geritsel, alleen die vrolijke muziek; toen kakelde het geluid van rauw gelach uit de keuken. Of Rennie had iets heel, héél grappigs gezegd, of kleine Miss Motormond was wanhopig.
Hij probeerde de keuken. 'Weet je zéker dat ze thuis is?'
'O ja, ik heb de kamer aan het eind, bij de voordeur, en ik hoor altijd iedereen komen en gaan en komen en gaan, en ik zweer je dat ze sinds lunchtijd gisteren niet die kamer uit is geweest. Het moet wel een man zijn, toch? Alleen mannen kunnen je zó ellendig maken.' Ze bood Rennie een blik koekjes aan. 'Niet kwaad bedoeld, jij bent vast heel lief voor je vriendin; heb je een vriendin? Hoor mij eens doorkwebbelen; ik zal een paar mokken afwassen.'
Logan wees door de gang. 'Heb je een reservesleutel voor Davina's kamer?'
'Nou... Ja, máár ik kan niet zomaar iemands kamer binnenvallen; ik bedoel, sleutels zijn alleen voor noodgevallen en wat zou Davina denken als ik twee mannen in haar kamer binnenliet; ik zou het niet leuk vinden als ik haar was en ik weet niet zeker of het wel eerlijk van je is om het te vragen, want ik heb nooit...' Ze staarde naar Logans legitimatiekaart. 'O.'
'Weet je zéker dat ze het gebouw niet heeft verlaten? Ze kan naar buiten zijn geslopen toen je lag te slapen, of toen je met je bloedspatten bezig was?'
'Wauw, zijn jullie polítiemannen? Wat opwindend, ik heb altijd bij de politie willen werken; daarom doe ik forensische wetenschap; ik vind het echt fascinerend wat jullie kunnen...'
'Waar zou ze naartoe zijn gegaan?'
'Nergens. Davina is 's werelds grootste milieuactivist; ik bedoel, ze doet álle lichten uit en als je de koelkastdeur langer dan drie seconden open hebt krijg je een preek over ijsberen en ze laat haar muziek nooit aan als ze uitgaat, dat zou ze gewoon niet doen; ze lijkt wel zo'n totale econinja.'
Rennie legde zijn hand op Robins ronde schouder. 'Stel dat er iets met haar gebeurd is?'
'Iets...'

'Stel dat ze gevallen is en zich verwond heeft? Stel dat Davina onze hulp nodig heeft?'

'O god, dat zou vréselijk zijn; ik zal de sleutel halen.'

Rennie wachtte tot Robin in de kamer aan het eind van de gang verdween en grijnsde toen naar Logan. 'Ik zei al dat ik een geweldige sidekick zou zijn.'

Een minuut later was ze terug, een sleutel vastklemmend met een geelharig trolpoppetje dat aan het uiteinde ervan bungelde. 'Hier.' Ze reikte Rennie de sleutel aan, lichtjes blozend toen haar hand de zijne aanraakte.

Rennie stak de sleutel in het slot, draaide hem om en probeerde de deurkruk. 'Sesam open u!'

Logan klopte, stapte naar binnen en verstarde toen. De kamer was iets groter dan de kamers in Hillhead, met ruimte voor een Ikea-achtig eenpersoonsbed, kast, bureau, kledingkast, en een kleine gootsteen in de hoek. De muur boven het bed was bedekt met foto's: een mengeling van landschappen, portretten en industriële woestenijen... De meeste in artistiekerig zwart-wit.

Hij schraapte zijn keel. 'Robin, ik denk dat je naar de keuken terug moet gaan.'

'Is het oké met haar? Davina? Alles oké met je? Ik wilde de deur niet openmaken, maar we dachten dat je misschien gewond was en ik dacht...'

'Rennie, neem haar mee naar de keuken. Nú.'

'Waarom, wat is...' Rennie gluurde over Logans schouder en deinsde vervolgens snel achteruit. 'Oké: kom op, Robin, zullen we die koffie gaan zetten?'

'Maar ik heb niet...'

'Ik weet het, maar ik heb echt dorst, jij niet? Ik vind trouwens dat je prachtig haar hebt...'

Logan luisterde hoe hun stemmen in de gang wegstierven en hoe de keukendeur vervolgens dichtklapte. Hij deed nog een stap, waarbij hij zijn voeten zo dicht mogelijk bij de plint hield.

Davina Pearce: bachelor in de forensische wetenschap met rechten en mediastudies, zat op het beige tapijt met één been onder zich gevouwen, het andere in het midden van de kamer uitgestoken, met haar rug tegen de muur. Ze was naakt, op de leren riem om haar nek na – één uiteinde was aan de raamgrendel vastgemaakt. Een sinaasappel in haar mond, kleverig, opdrogend sap op haar kin. Naast haar knie lag een zwarte, rubberachtige vibrator op de vloer.

Haar huid was zo bleek als boter, maar de onderkant van haar dijen en benen was donkerroze gevlekt op de plekken waar het bloed zich na het overlijden had opgehoopt. Ogen open, glazig en bloeddoorlopen.

'Kut...'

Logan pakte zijn telefoon en meldde het.

Ze kronkelt dichterbij, tranen heet op haar vochtige wangen. Haar linkervoet staat in brand, gloeit en prikt als een miljoen bijensteken allemaal op die ene plek. De hele matras komt onder het bloed, maar dat kan haar niet schelen.

Gouden zonlicht sluipt naar binnen door de kieren in de dichtgetimmerde ramen en maakt wiebelige vormen op de vloer.

IJs en limonade in de tuin, luisterend naar het brommen van de bijen en mammie die een liedje zingt terwijl pappie een houten ding voor de keuken maakt. Een zandbak vol met kastelen, en prinsessen, en de zwarte poepjes die zijn achtergelaten door de buurkat waar mammie niks over mag horen want anders wordt ze boos. Jenny vindt de buurkat leuk. Ze wil niet dat er iets ergs mee gebeurt.

De isolatietape is dik en kleverig, maar het lukt haar met haar vingernagels een hoek om mammies mond los te peuteren.

Jenny plukt en trekt en rukt totdat mammie een enorme teug adem haalt en hoest. Er zit een roze rechthoek om haar lippen en er kleven haartjes aan de onderkant van de isolatietape.

'O god, o mijn kindje, het spijt me zo...' Mammie huilt. 'We moeten hier weg, we moeten hier nú metéén weg, voordat ze terugkomen! Ze zullen ons niet laten gaan...'

Jenny legt haar hoofd tegen mammies borst, even maar, en voelt de warme zachtheid, het bonkerdebonk van haar hart.

'Je moet mammies handen losmaken.'

Het duurt een eeuwigheid. Elke keer als ze een uiteinde vindt scheurt en splijt het en mammie huilt en Jenny huilt en het is moeilijk en haar voet doet zo'n pijn... En dan is de tape weg en gaat mammie rechtop zitten.

Jenny is een Braaf Klein Meisje. Ze moet alleen even uitrusten. Haar ogen dichtdoen en de brandende pijn laten weggaan. Braaf Klein Meisje...
'Schatje?'
Iemand schudt aan haar schouder.
'Kom op, we moeten gaan. Vlug.' Mammie maakt Jenny's polsen los. 'Kun je lopen?' Ze kijkt omlaag. 'O jezus, al dat bloed...'
Mammie scheurt de tape van Jenny's gezicht, het doet even pijn, maar niet zo erg als haar brandende voet. 'Ik wil pappie...'
'We moeten hier weg.'
'Ik ben móé.'
Mammie drukt haar handpalm tegen Jenny's hoofd. 'Je bent koud...'
Ze tilt haar armen op en mammie omhelst haar. Houdt haar zo dicht tegen zich aan dat ze geen adem kan halen. Maar dat geeft niet. Ze wil alleen een poosje uitrusten. Warm zijn. Geliefd zijn.
Er klinkt gerammel; dan glijdt de ketting om haar hals weg als een koude metalen slang.
Nog meer gerammel. Jenny doet haar ogen met moeite open en ziet dat mammie een glanzend sleuteltje omhooghoudt. Bovenlip opgetrokken, zodat haar tanden te zien zijn, als een boze hond.
'Ze zijn toch niet zo verdomd slim. Hè?' Ze staat op en steekt haar hand uit. 'Laten we gaan.'

'Wat zonde.' Rennies schouders zakten toen de TR Davina Pearce in een witte lijkzak de kamer uit droeg. Hij plukte een foto van de muur boven het bed – Davina in artistiekerig zwart-wit, poserend voor een groot machineonderdeel. 'Ze was mooi. Ik bedoel, het zou niet oké zijn als ze een lelijkerd was, maar... je weet wel.' Hij reikte Logan de foto aan. 'Moeten we het haar ouders vertellen?'
'Hangt ervan af waar ze vandaan komt.' Logan draaide de foto om. Er zaten vier kloddertjes buddy's in de hoeken verstopt, rondom een gelaserprinte sticker: ZELFPORTRET, B&W, 18-55MM 1/80SEC BIJ F/4 ~ OPSLAGTERREIN WELLHEADS INDUSTRIEGEBIED, met een datum/tijdsindicatie. 'Dat is wel perfect, hè?'
'Auto-erotische verstikking? Niks voor mij.'
'Nee, idioot, ik bedoel dat er twee van Craig Petersons vrienden dood zijn in minder dan een week. Bruce Sangster neemt een over-

dosis met een zak over zijn hoofd, Davina Pearce krijgt een "seksueel ongeluk".'

'Ik hoorde dat er elk jaar ongeveer zestig mensen de pijp uit gaan tijdens wurgseks. Stomme sukkels. Er is maar zeven pond druk voor nodig om je halsslagader te laten bezwijken en je bent er geweest. Echt waar.'

Logan plakte de foto weer op de muur. Davina Pearce had een goed oog voor licht en schaduw en was gespecialiseerd in stemmige zwart-witfoto's. Stedelijk verval was een terugkerend thema – dichtgetimmerde flatgebouwen, roestende auto's, afvalcontainers vol met willekeurige vormen, doorzakkend gaashekwerk, een gebroken fles, de zon die onderging achter een uitgebrande Volkswagen.

De portretten waren ook goed, maar die hadden niet dezelfde intensiteit als de landschappen en stillevens. Davina poseerde wel graag voor haar eigen foto's. Op een daarvan stond ze in een spijkerbroek en een beha over haar schouder achterom te kijken naar de camera in een of ander verwaarloosd huis: muren met graffiti beklad, de vloerplanken bestippeld met lichtstrepen. Artistiek en een beetje sinister tegelijk. Er spreidde zich een tatoeage over haar schouder uit, een vuurspuwende Chinese draak... Samantha zou het geweldig hebben gevonden.

Logan trok de foto van de muur.

Hij kon het nog steeds niet aan om haar vandaag te zien. Had nog steeds niet de moed opgebracht om weer in dat kamertje te zitten en te luisteren naar de machines die voor haar ademden. Haar koude hand vast te houden en te doen alsof alles goed zou komen.

Dat gebeurde er als je compleet nutteloos was. Als je de mensen van wie je hield niet kon beschermen. Als je niet eens de klootzakken kon vinden die verantwoordelijk waren...

Hij staarde naar de foto in zijn handen, voelde zijn ogen groter worden.

Misschien toch niet helemaal zo verdomd nutteloos.

Logan draaide de foto om, en daar, tussen de klodders buddy's, zat nog een sticker: ZELFPORTRET, B&W, 18-55MM 1/2SEC BIJ F/16 ~ VERWAARLOOSDE INDUSTRIËLE EENHEID, FARBURN INDUSTRIEPARK.

Hij pakte alle buitenfoto's en controleerde of een van de stickers overeenkwam met de tijdsindicatie op de andere afbeelding.

Er was er maar een die in de buurt kwam: een hoog, met een hangslot vergrendeld hek voor een blokkig grijs gebouw met dichtgetimmerde ramen en zo'n grote kanteldeur waar een vorkheftruck doorheen kon. De bedrijfsnaam werd gedeeltelijk verhuld door een berk die door de omheining heen groeide. Maar dat deed er niet toe – ze hoefden alleen maar door het industriegebied te rijden totdat ze het gebouw op de foto vonden.

Hij duwde de foto waarop Davina in de met graffiti bekladde kamer poseerde in Rennies handen. 'Herken je de achtergrond?'

De agent boog zich turend voorover. 'Ja... Eh, nee. Soort van...?'

'Hier is een aanwijzing voor je: het kwam voor in de video waar ze Jenny McGregors tenen hadden afgesneden.'

50

Bij elke stap is het alsof iemand brandend ijs in haar voeten drukt, maar ze bijt op haar tanden en slikt de gillen in, houdt ze diep binnenin, waar ze kunnen koken en schudden.

Mammie brengt haar vinger naar haar lippen en maakt een sssssssst-geluid. Doet dan de deur langzaam en stilletjes open. Het is een andere kamer, net zo vol gekrabbeld en geverfd als de kamer waar ze moesten blijven, maar er is geen bed, alleen nog meer deuren. Ze beent naar een deur aan de andere kant.

Jenny veegt haar vochtige ogen met haar groezelige mouw af, haalt diep en bevend adem en schuifelt achter haar aan. Het verband om haar linkervoet is doorweekt, alsof ze in een plas tomatensaus heeft gestapt; elke stap laat een besmeurde voetafdruk op het vieze tapijt achter.

En het doet pijn.

'Kom op, liefje; we zijn er bijna; wie is mammies brave kleine meisje?'

Braaf Klein Meisje. Ze is een Braaf Klein Meisje.

Jenny blijft even staan, ademt sissend tussen haar tanden in en uit; er rollen tranen over haar wangen.

Mammie probeert de deur, zegt dan een lelijk woord. Ze grijpt de deurkruk en draait hem naar links en naar rechts, trekt, gromt, schudt hem heen en weer. Stapt dan achteruit en geeft de deur een trap met haar blote voet.

Ze probeert een andere deur. Op slot. En weer een andere. Die zit ook op slot. 'KLOTEDING!' Mammie slaat met haar hand tegen het hout en het BOEMt door de donkere, stinkende kamer.

Dan ratelt er een kille metalen stem in de schaduwen. 'Kom op, ik bedoel: je maakt verdomme een geintje, zeker?' Er stapt een monster uit het duister; zijn witte pak gloeit als hij in een straal zonlicht stapt. Op zijn naambordje staat ROGER. 'Alsof ik de deuren open ga laten zodat je gewoon naar buiten kunt lopen? Hoe dom denk je dat ik ben, Alison?'

Mammie draait zich om en drukt zich plat tegen de deur. 'Je moet ons laten gaan.'

'Ik moet geen flikker.' Hij houdt een glimmend ding omhoog. Het duurt even voordat Jenny beseft dat het een groot mes is. 'Ga je nu als een braaf klein meisje naar je kamer terug, of moet ik je in stukken daarheen slepen?'

Logan pakte de handgreep boven het passagiersportier toen Rennie de auto hardhandig linksaf stuurde; de achterkant van de Vauxhall zwenkte uit toen ze door het rode licht heen George Street in reden. Een wit busje liet zijn claxon schallen, een oude dame in een Mini maakte rukkende gebaren.

'Ik herhaal, we hebben zo gauw mogelijk een vuurwapenteam nodig in het Farburn Industriegebied, Stoneywood.'

'Wacht effe...'

Na een klik en een korte stilte dreunde Finnies stem uit de portofoon. *'Wat is er aan de hand?'*

Logan vertelde hem over de foto aan de muur van Davina Pearce.

'En jij denkt dat dat genoeg is om een vuurwapenteam te laten...'

'Ik verzeker u, het is preciés dezelfde kamer als in de video... Kijk uit voor de bus!'

'Weet je zeker dat ik de sirene niet kan gebruiken?' De auto rukte naar het midden van de weg en weer terug. Winkels en taxi's en vrachtauto's en mensen schoten wazig langs het passagiersraampje voorbij.

'Luister, het is halfacht: we hebben nog maar vierenhalf uur tot de deadline. Als ze...'

'Wacht even.' De lijn viel stil. En toen was Finnie er weer: *'Als het maar niet weer zo'n vruchteloze klopjacht is zoals bij Stephen Clayton.'*

'Weet u wat: als dat zo is, hebt u mijn ontslagbrief morgenvroeg op uw bureau.' Niet dat hij daarmee veel vergooide.

Nog een korte stilte. *'Akkoord. Er is een vuurwapenteam onderweg.'*

'Wat zeg je daarvan?' Rennie wees door de voorruit naar een niet meer gebruikt minipakhuis.
Logan vergeleek het met de foto. 'Doorrijden.'
De poolauto reed stapvoets door het industriegebied. Dat was het probleem met zo'n oord om kwart voor acht op een woensdagavond – bijna elk gebouw zag er verlaten uit: alles dicht en donker, gaasomheiningen en met hangsloten vergrendelde hekken.
De paars-zwarte wolken hadden zich door de lucht verspreid, een vage motregen bespikkelde de autoramen en een regenboog welfde zich over het enorme, lelijke, verlaten jarenzeventigachtige complex van beton en glas waarin BP ooit was gehuisvest.
'*Charlie Delta Twaalf, dit is Foxtrot Tango Twee... waar ben je in godsnaam?*'
Logan drukte op de knop. 'Wellheads Road. Nog steeds op zoek naar de doeleenheid.'
'*Ik sla nu Riverview Drive in.*' De stem aan de andere kant nam een fluistertoon aan. '*Ter informatie: die sukkel van* SOCA *volgt ons in een auto met brigadier Taylor, Steel en Finnie. Het is maar dat je het weet.*'
Steel en Green samen in een auto – die arme Doreen; dat zou nooit goed aflopen.
Rennie sloeg links af, een kleine weg tussen twee kolossale pakhuizen in. 'Weet je, baas, we kunnen altijd nog een klein "incident" fabriceren waarbij iemand Green per ongeluk in de kloten schiet. In alle verwarring.'
'Breng me niet in verleiding... Daar!' Logan sloeg met zijn hand op het dashboard. 'Daar, die met het groene dak!'
Er groeide zelfs een boom door de omheining heen.
Er was een groot, verbleekt bord aan de voorkant van het gebouw geschroefd: CAMBERTOOLS ~ DE ONDERGRONDSE E.O.R. OPLOSSINGSSPECIALISTEN. De benedenverdieping was vuilgrijs gepleisterd; een paar dichtgetimmerde ramen staarden blind naar het met rotzooi bezaaide parkeerterrein. De bovenverdieping was bekleed met dezelfde groene golfplaten als het dak, de verf hier en daar geschilferd en afbladderend, bevlekt met uitwerpselen van zeemeeuwen. De grote pakhuisdeur droeg een bord met vuile strepen: AFGEKEURD GEBOUW. GEEN TOEGANG. Het bord op de omheining meldde: WAARSCHUWING: DIT TERREIN WORDT BEWAAKT DOOR WAAKHONDEN.

'Foxtrot Tango Twee, we hebben een winnaar.' Logan gaf het vuurwapenteam instructies en droeg Rennie vervolgens op om vijftig meter verderop in de straat te parkeren, achter een afgesloten hamburgerwagen.

'Wat nu?' Rennie masseerde het stuur.

'We stormen zoals het A-Team naar binnen, slaan alle slechteriken in elkaar, redden Alison en Jenny.'

Hij ging recht overeind zitten; zijn ogen glansden. 'Cool! We kunnen...'

Logan sloeg hem. 'Doe niet zo onnozel. We wachten op het vuurwapenteam, we omsingelen de boel, en we bedenken hoe we de gijzelaars naar buiten kunnen krijgen zonder iemand te doden. Wat mankeert jou?'

'Nou, het... Ahum...' Hij zette de motor af. 'Ja, baas.'

Drie minuten later kwam er grommend een smerig, neutraal transitbusje in zicht. Het kwam voor de poolauto tot stilstand en een agent in burger grijnsde en wuifde achter de voorruit naar Logan. *'Ja, ja. Mooie dag voor een schietpartij?'*

'Je weet wat er gaat gebeuren als Finnie je hoort, toch, Brian?'

Er stopte een neutrale Vauxhall aan de overkant van de weg. De grijns verdween van Brians gezicht. *'Als je het over de duivel hebt.'*

Logan klom uit de poolauto en haastte zich naar de achterkant van het transitbusje, waarbij hij de hamburgerwagen tussen zichzelf en het Cambertools-bedrijf hield. Finnie, Green en Steel stapten uit de andere auto. Doreen bleef achter, wachtend tot haar passagiers niet keken voordat ze haar hoofd op het stuur liet stuiten.

De man van SOCA stak zijn borst naar voren en knipte met zijn vingers. 'Situatierapport?'

Jij bent een rukker. Logan wees naar de industriële eenheid. 'We denken dat ze de video daar hebben opgenomen nadat ze Jenny McGregors tenen hadden geamputeerd.'

'Juist. En jullie hebben nog niet vastgesteld of de verdachten in het gebouw zijn?'

Steel draaide haar e-sigaret aan en liet hem in haar mondhoek bungelen. 'Wanneer preciés hadden ze dat moeten doen? Ze zijn hier maar net voor ons aangekomen. Wilt u nu zeuren dat wij niet paranormaal genoeg zijn?'

'Ik begin je houding verdomme behoorlijk zat te worden, inspecteur.'

'U hebt over al het andere geklaagd.' Ze blies een pluim nepsigarettenrook zijn kant op.

'Was víjf minúten te veel gevraagd?' Finnie keek even naar de hemel en vervolgens weer naar de aarde. 'Inspecteur McRae, ik wil een risicoanalyse: wat is de indeling van het gebouw, waar zijn de in- en uitgangspunten, waar worden onze slachtoffers waarschijnlijk vastgehouden, met hoeveel doelwitten hebben we te maken, wat voor soort wapens hebben ze waarschijnlijk...'

'Hier hebben we geen tijd voor.' Green knoopte zijn jasje los, trok het uit en wierp het Logan toe. Eronder droeg hij een kogelvrij vest en een schouderholster.

'Moeten we niet...'

'Geef me dekking!' De commissaris-hoofdinspecteur trok een halfautomatisch pistool uit zijn holster en rende gebukt naar de met hangsloten vergrendelde hekken.

'Kom terug!' Finnies ogen puilden uit, zijn mond plooide tot een kwade kattenkont terwijl Green doorging. 'Wie heeft hem verdomme een pistool gegeven?'

Er klonk gerammel en Green was de hekken door, op weg naar de hoofddeuren.

'O stomme zak...' Logan dumpte het maatjasje op de vochtige weg en beukte op de zijkant van het transitbusje. 'DOE OPEN!' Hij stak zijn hoofd om de zijkant. 'RENNIE!'

'Ben ermee bezig, baas.'

De achterdeuren van het busje floepten open en een zweterige vuurwapengetrainde agent stapte hijgend uit, de lichte motregen in. Hij was van top tot teen in het zwart gekleed, van zijn zware laarzen met stalen neuzen tot en met zijn dikke kogelvrije vest en valhelm; om zijn nek bungelde een machinepistool aan een riem. 'Het is daar verdomme snikheet.'

'Geef me je wapen.' Logan stak zijn hand uit.

De man in het zwart deed een stap achteruit. 'Wat?'

'Geef me je pistool!'

Hij ontholsterde zijn Glock, een gedrongen rechthoekig ding dat naar warme olie en plastic rook, en hield hem dicht tegen zijn borst aan. 'Eh... nou, ik heb hiervoor moeten tekenen, dus...'

Logan greep het pistool. Verwijderde de patroonhouder. Die zat vol, dus schoof hij hem in het handvat terug en trok de slede naar achteren, zodat de eerste patroon in de kamer werd gebracht.

Finnie tikte hem op de schouder. 'Inspecteur McRae, wat precíes denk je dat je aan het doen bent? We hebben een plan, een strategie nodig!'

Rennie liep puffend om de zijkant van Foxtrot Tango Twee heen, met een stel zware zwarte vesten vol zakken in zijn handen. 'Ik heb alleen steekbestendig, is dat oké?'

'Dat moet dan maar...'

'Inspecteur McRae!'

Logan trok een van de vesten over zijn jasje aan. 'Als hij in zijn eentje naar binnen gaat, wordt het zijn dood. Als we mázzel hebben. Als we geen mazzel hebben, wordt het zijn dood en neemt hij Alison en Jenny met zich mee.'

'Wij verspillen geen goede idioten aan slechte. Je kunt niet...'

'Jij! Geef Rennie je MP5.'

De vuurwapenagent pruilde. 'Maar dan heb ik geen...'

'Nú!'

Hij stak zijn machinepistool uit en Rennie griste het uit zijn handen. 'Je hebt dit toch wel schoongemaakt? Het moet niet blokkeren.'

'Inspecteur McRae, denk je wérkelijk dat dit...'

'Wat voor keus hebben we? We gaan naar binnen, we grijpen hem, en we slepen hem weer naar buiten voordat hij alles verkloot. We vallen de doelwitten niet aan, we hangen niet de held uit – we houden Green tegen.' Logan keek om de zijkant van de transit. Green drukte zich plat tegen de muur naast de voordeur van de industriële eenheid. 'O, jezus, die imbeciel denkt echt dat hij op tv is...'

Rennie trok de slede van zijn Heckler & Koch MP5 naar achteren. 'Je zegt het maar, baas.'

Het hoofd van de recherche schudde zijn hoofd, draaide zich vervolgens om en beende naar zijn auto terug. 'Brigadier McIver, ik wil een tactische briefing, en die wil ik nú!'

Logan rende naar de verlaten industriële eenheid, met Rennie kletterend achter zich aan.

51

Rennie bleef staan naast de open voordeur van het verlaten Cambertools-bedrijf. 'Ik zeg nog steeds dat we hem in de ballen moeten schieten, je weet wel, per óngeluk?'

Logan keek even achterom naar Foxtrot Tango Twee, waar het hele vuurwapenteam dreunend de motregen in stapte. 'Over drie gaan we naar binnen.'

'Hoe is iemand als Green gepromoveerd tot commissaris-hoofdinspecteur?'

'Misschien hebben ze geloot. Twee, een...' Logan knikte en Rennie dook met de MP5 half in de aanslag door de open deur.

'Veilig.'

Logan volgde hem naar een doosachtige, met graffiti bekladde gang. Vier deuren, allemaal dicht.

'Wat denk je?'

Logan knikte naar de dichtstbijzijnde deur, bracht zijn geleende pistool omhoog en nam een schiethouding aan.

Rennie probeerde de deurkruk. 'Op slot.' De volgende ook, evenals de daaropvolgende.

Laatste deur.

Rennie trok de deur open en stormde dubbelgebogen naar binnen; achter hem zwaaide Logan met zijn Glock boven de rug van de agent. Het was de kamer van de video; de kamer op het zelfportret van Davina Pearce – een met graffiti bekrabbeld kantoor met een smeedijzeren eenpersoonsbed tegen één muur, een lage tafel in het midden van de kamer. Eén deur in de tegenoverstaande muur.

Er liep een versleten bloedspoor over de houten vloerplanken.

Commissaris-hoofdinspecteur Green zat in elkaar gezakt tegen het bed, met beide handen om zijn rechterdij geklemd – een donkerrode vlek verspreidde zich over zijn broekspijp. Zijn Glock lag naast zijn knie op de vloer. Die stomme sukkel had niet eens één schot gelost. 'O god, o christus, o kut...'

Alison McGregor stond, heel stil en zwijgend, met haar armen langs haar lichaam, voor het dichtgetimmerde raam. Bevend. Er stond iemand achter haar, gekleed in vol forensisch ornaat en met een plastic masker op. Hij hield een vijftien centimeter lang mes tegen Alisons keel gedrukt, het glanzende lemmet scharlakenrood bespikkeld. De andere hand was in het blonde krulhaar van Jenny McGregor gewikkeld en hield haar stevig vast.

Logan schuifelde naar de zijkant. 'Gewapende politie: laat het mes vallen.'

De man in het forensisch pak haalde zijn schouders op; zijn spraak werd door een of ander filter in het masker vervormd tot een elektronische pseudorobot: 'En wáárom zou ik dat doen?'

'O god' – Greens stem was een octaaf gestegen – 'hij heeft me gesnéden!'

Logan hield zijn ogen op het mes gericht. 'Wat had u dan verdomme verwacht, als u als een idioot hier naar binnen stormt?'

'Je moet me naar een ziekenhuis brengen!'

'Laat – het – mes – vallen.'

'Nee.' De man in het forensisch pak boog zijn hoofd opzij. 'Het gaat als volgt: jij pakt je imbeciel en rot op. Je maakt de weg naar het noorden vrij. Je bezorgt me een auto en je volgt hem niet. Als je dat doet, blijven Alison en Jenny leven. Als je dat niet doet, zullen ze sterven.'

'Ik bloed...'

'Het is voorbij.' Logan verschoof zijn greep op het pistool. 'Het gebouw is omsingeld door gewapende politie. Jij gaat nergens naartoe.'

'Dan zullen ze allebei sterven.'

'Nee hoor.'

'O god, ik heb een ambulance nodig...'

'WILT U UW KOP HOUDEN?' Logan knikte en Rennie schuifelde als een sluipschutter, met de MP5 tegen zijn schouder, de andere kant op. 'Leg het mes nu maar neer, dan hoeven er geen andere gewonden te vallen.'

'U bent toch bekend met het fenomeen van IED's, brigadier? Nou, ik draag op dit moment een geïmproviseerd explosief, en er is maar één rukje nodig om ons verdomme allemaal over de muren, het plafond en de vloer uit te smeren... U kunt zich wel een voorstelling maken. Wees nu brave agentjes en doe wat jullie gezegd wordt.'

Brigadier: de man in het forensisch pak herkende hem. Hij had gelijk gehad: het wás Peterson.

'Dat kan ik niet doen, Craig. Leg het mes neer.'

'Ah...' Hij staarde even naar de vloer. 'Ik ben Craig niet, mijn naam is Roger. En als jullie niet doen wat ik jullie zeg, zal iedereen sterven.' Hij bewoog het bebloede mes heen en weer, zodat er een rode streep op Alisons keel achterbleef. 'Te beginnen met Goudhaartje hier.'

Ze ontblootte haar tanden. 'Hij liegt.'

'Kop dicht.'

'Hij heeft geen bom.'

Craig/ROGER lachte. 'Geloof me, je kunt geen enkel woord van wat ze zegt vertrouwen.'

'Schiet hem neer. Hij zou ons niet laten gaan, hij was al die tijd al van plan om ons allebei te vermoorden!'

'Ik heb echt, echt een ambulance nodig...'

'Baas?' Rennie schuifelde nog een stap naar rechts. 'Ik heb een schietpositie.'

'Kom op, Craig, geef het op. Er hoeft niemand te sterven.'

Het witte forensische pak ritselde. 'U hebt met Vunzige Vikki gesproken, hè? Toen ze tien was, maakte Alison hier een aantal eekhoornvallen, ving er een stuk of zes in de bossen achter haar huis. Weet u wat ze met ze deed?'

'Leg het mes gewoon neer en dan kunnen we allemaal naar buiten lopen.'

'Ze verdronk ze in een emmer. Een voor een. Zette de vallen naast elkaar op een rij zodat ze konden toekijken hoe hun maatjes doodgingen. Zo'n soort iemand is ze – een compleet gestoord wijf.'

'Hij liegt.'

'Vindt u dat erg? Vraag haar maar wat er met Doddy's ouders is gebeurd. Zij haatten haar: wie wil er dat een geldbeluste sociopaat met hun zoon trouwt?'

'Het was een ongeluk!'

'Túúrlijk. Kom op, brigadier, wie denkt u dat David heeft opgedragen om uw flat in de fik te steken?'

Logan staarde hem aan. 'Wát?'

'U hebt het wel gehoord.' ROGER boog zijn hoofd opzij. 'En nu achteruit verdomme, allebei, en bezorg me die auto, anders snij ik haar strot door en beleven we het hele gedoe met die snotaap weer van voren af aan.'

Hij bewoog het mes opnieuw heen en weer en er sijpelde bloed langs Alisons hals.

'Aaagh...'

'DOE MIJN MAMMIE GEEN PIJN!' Jenny greep de hand die in haar haar was gewikkeld en sjorde. Zette vervolgens haar tanden in ROGERs been.

'Kutwijf!'

Zijn greep moest verslapt zijn, want Alison draaide zich opzij en stompte haar elleboog in zijn maag. Een grom.

ROGER houwde met het mes naar haar, maar ze was buiten zijn bereik.

Rennie dook op Jenny af, maar ROGER trok haar achterwaarts omhoog – de twee bonsden tegen het dichtgetimmerde raam aan. Nu was de figuur in het forensisch pak in het nauw gedreven; het mes glinsterde in een straal gouden zonlicht.

Logan duwde Alison achter zich, waarbij hij het pistool recht op ROGERs gezicht gericht hield. 'Op je knieën, nú.'

ROGER schraapte zijn keel en liet het lemmet zakken. 'Het was háár idee. Alles. Ze...'

Een luide knal weergalmde door de kamer. Logan kromp ineen. Jenny gilde. Rennie vloekte.

In het midden van ROGERs borst groeide iets roods.

52

Logan pakte het pistool voorzichtig uit Alisons handen.
'Hij ging mijn kleine meisje pijn doen...'
Jenny zat bij het raam op de vloer, knieën tegen haar borst opgetrokken; haar verbonden voeten krabbelden op de glibberige bebloede vloerplanken. Gillend.
Rennie pakte haar op en liep achterwaarts naar het midden van de kamer. ROGER lag verkreukeld op de vloer. Het halfdoorzichtige plastic van zijn masker was verduisterd; bij elke ademhaling werden er rode spikkels rondom de stemvervormer uitgesproeid. Zijn paarsgehandschoende vingers trilden boven het gat in zijn borst. Er sijpelde bloed door zijn forensisch pak.
'Gachhhh...'
'Rennie, haal haar hier weg.' Logan wierp een blik naar Green. 'En neem dát mee.' Hij haalde zijn telefoon tevoorschijn terwijl de agent Green overeind trok.
'MAMMIE!' Jenny stak haar hand uit, maar Rennie hield haar stevig vast en droeg haar door de deur naar buiten, met Green hinkend en snotterend en jammerend achter zich aan.
'Ik heb hier zo gauw mogelijk een ambulance nodig – ontvoerder heeft schotwond in de borst.'
Alison McGregor stak haar kin omhoog. 'Ik heb gedaan wat iedere moeder gedaan zou hebben om haar kind te beschermen.'
'Hoe zit-ie met Alison en Jenny, alles oké met ze?'
'Regel die verdomde ambulance nou maar!' Logan gaf hem het adres en hing op.
ROGER lag te stuiptrekken. 'O kut...' De woorden kwamen rood

gorgelend uit zijn mond. 'We zouden... het geld steken in... in een liefdadigheidsfonds... het over... overhevelen...'

Logan staarde Alison aan. 'Heb jij iemand ópgedragen om mijn flat in brand te steken?'

'Hij liegt.' Ze wikkelde haar armen om haar boezem. 'Hij zou alles zeggen om zichzelf te redden.'

ROGERs linkervoet beukte roffelend tegen de houten vloer. 'Gaaaach...'

Logan knielde naast de trillende man neer en trok het plastic masker voorzichtig weg.

Het was Craig Peterson niet.

'Nog nieuws?' Dokter Goulding deed de deur dicht.

Logan keek over zijn schouder en vervolgens weer uit het raam van zijn provisorische meldkamer. 'Hij wordt nog steeds geopereerd.'

'Nou, bekijk het van de zonnige kant – áls hij het overleeft, hoe lang denk je dan dat hij het in de gevangenis zal volhouden?'

Logan haalde alleen zijn schouders op, kijkend naar de menigte voor het hoofdbureau. Er moesten daar wel minstens vijfhonderd mensen staan, die allemaal hun spandoeken vastgeklemd hielden met teksten als WE HOUDEN VAN JE JENNY! en WE HEBBEN DE HOOP NOOIT OPGEGEVEN!, of alleen maar met hun mobieltjes rondzwaaiden, alsof ze bij een rockconcert waren. De tv-mensen vonden dit vast geweldig.

'Nou' – Goulding klopte hem op de schouder – 'waarom ben je daar niet aan het genieten van alle roem en ophemeling? Dit is jouw moment in het zonnetje.'

'Ze hebben Craig Peterson gevonden.'

'O ja?'

'Zittend in zijn Renault; slang vanaf de uitlaat via het bestuurdersraampje naar binnen. Bob zei dat de hele auto naar whisky rook. In zijn telefoon zat een sms voor zijn moeder, waarin stond dat het hem speet dat hij haar teleurstelde. Hij heeft hem nooit verstuurd.'

'Hmm... Is het je opgevallen dat er bij alle sterfgevallen sprake is van geen adem kunnen halen? Bruce Sangster met een plastic zak over zijn hoofd, Davina Pearce met een riem om haar hals, Craig

Peterson met de uitlaatgassen? Ik hoop echt dat Gordon Maguire het overleeft; het zal fascinerend worden om te ontdekken wat het voor hem betekent.' Een frons. 'Ik vraag me af of het een gangbare fantasie voor televisieproducers is...'

'Hij dreigde zijn bedrijf kwijt te raken; investeerders zaten te wachten tot hij failliet zou gaan zodat ze de activa konden opkopen.' Logan liet zijn hoofd tegen het raam rusten. 'Maguire zei dat alles Alisons idee was. Dat zij met het hele plan op de proppen kwam.'

'Hoe kan iemand zo manipulatief zijn? Zo compleet verhard en amoreel dat ze haar eigen dochter zou verminken alleen maar om een klein beetje beroemder te worden?'

De psycholoog streek met zijn vingertoppen over het glas. 'Ik vond altijd al dat er iets vreemds met de tenen was. Waarom zou je twee kleine tenen amputeren, terwijl één gróte teen veel gemakkelijker zou zijn geweest?' Hij glimlachte. 'Wist je dat sommige vrouwen in de VS hun kleine tenen laten verwijderen zodat ze dure hoge hakken kunnen dragen? In een bepaald opzicht is wat Jenny is overkomen niet zozeer een verminking als wel een verfraaiing.'

'Hoe moet ik het bewijzen? Het is zijn woord tegen het hare, áls hij blijft leven. Alle andere bendeleden zijn dood: geen getuigen, geen forensische bewijzen. Er is geen reet om haar op vast te pinnen...' Hij pakte de stoffige blauwe map die hij Guthrie uit de archieven had laten opgraven. Een woningbrand in Kincorth, zesenhalf jaar geleden. Twee slachtoffers – de ouders van Doddy McGregor. 'Misschien was haar huis daarom zo netjes – ze wist dat ze ontvoerd zou worden. Wilde niet dat wij plaats-delictfoto's zouden maken van een woning die op een zwijnenstal leek.'

De menigte op het voorterrein brulde en juichte. Het was vast Alison McGregor die haar triomfantelijke uittocht uit het bureau maakte. Logan keek nors. 'En negen komma vier miljoen is een schijntje vergeleken bij wat ze uit sponsorschap en film- en publicatiedeals gaat opstrijken.'

Vanuit zijn opgevorderde kantoor keek Logan hoe ze zich wuivend en handjes gevend een weg door de meute baande. Ze had via de achterkant in een neutrale auto kunnen wegglippen, maar nee: ze wilde zich in de liefde van haar fans koesteren.

O – mijn – god! Ze is hier, ze is eindelijk hier. God, ze ziet er geweldig uit, ze is zo dápper.

Beatrice Eastbrook inspecteert zichzelf vlug even. Haar: wordt een beetje kroezig door al die KUTmotregen, maar afgezien daarvan, oké. Make-up: goed. Kleding: perfect. Het zijn de kleren die Alison haar hielp uitkiezen op – ik zweer het je – de geweldigste dag van haar hele leven.

Alison staat midden in de menigte, omringd door microfoons en camera's. 'Ik wil jullie gewoon allemaal bedanken dat jullie altijd zijn blijven geloven!'

Gejuich.

'En als jullie het oké vinden, we gaan het Vrijheidsfonds goed besteden – we zetten een liefdadige organisatie op om de families van onze dappere troepen te steunen. Om hun te laten zien dat wíj ook altijd zullen blijven geloven!'

Opnieuw gejuich.

Alison heeft een paar lijfwachten bij zich, grote, lelijke kerels in zwarte pakken. Ze maken een pad voor haar vrij, lopen heel langzaam zodat ze met al haar fans kan praten. Alle mensen die van haar houden.

Maar niet zoals Beatrice van haar houdt. Niemand houdt van Alison McGregor zoals zij.

Ze komt dichterbij. Het is precies zoals in haar dromen. Beatrice heeft twee hele weken lang elke avond gebeden dat de klootzakken die Alison van haar hadden afgepakt een vreselijke dood zouden sterven. Zo'n soort vriendin is zij. Het soort dat iemand niet laat zitten.

Hier is ze – zo dichtbij, zo dichtbij...

Beatrice baant zich met de ellebogen een weg naar voren. Weten deze klootzakken niet wie zij is? Zij is Alisons beste vriendin!

Alison kijkt haar recht aan en glimlacht.

Beatrice' hart stopt bijna. Onmiddellijk en ter plekke. *Boem.* Dood. Omgebracht met een glimlach.

Ze stapt naar voren en slaat haar armen om Alison heen. 'God, ik ben zo blij dat je veilig bent!'

Beatrice houdt haar stevig vast. Nooit loslaten. *Best friends forever.*

En dan buigt Alison zich voorover en fluistert iets in haar oor.

Beatrice knippert met haar ogen. 'Ik heb een cadeau voor je...'

Bonk, bonk, bonk, BONK, BONK – het lemmet is een levend ding dat flitst en bijt en er is overal bloed en er gillen mensen en de twee kleerkasten in hun zwarte pakken staan daar maar met openhangende mond en Beatrice blijft maar steken en steken.

Dan grijpt iemand haar bij de keel; iemand anders pakt haar bij de arm en rukt het lemmet uit haar hand. Ze sleuren haar schoppend en slaand naar de grond, terwijl ze lacht en lacht en lacht.

53

Elf uur en de ziekenhuisgeluiden waren gedempt. Alleen dat constant brommende gebons, alsof het gebouw één enorme machine was, ontworpen om mensen op te slokken en slechts bleke omhulsels achter te laten.

Logan stond naast het bed van Helen Brown, met zijn handen achter zijn rug, te kijken naar een vrouw die nauwelijks ouder dan hijzelf was en stilletjes huilde omdat haar kleinzoon in een kindertehuis zou worden opgenomen en haar dochter beide benen zou kwijtraken.

'De artsen zeggen dat ze rustig is, en...'

'Ga weg. Laat...' Helen Brown draaide met haar vuisten in haar oogkassen. 'Laat me gewoon met rust...'

'Darren McInnes zal in de gevangenis sterven, ik beloof dat hij...'

'JE HAD HAAR EERDER MOETEN VINDEN! JE HAD ER VERDOMME VOOR MOETEN ZORGEN!' Haar stem echode door het zaaltje.

'Goed, Helen, rustig maar. Hij gaat al weg.' De forse verpleegster kwam piepend tot stilstand op de terrazzovloer, haar gezicht groot en roze. Ze keek Logan dreigend aan. 'Toch?'

De onrijpe agent schudde Logans hand. Met de puntige neus en de gestroomlijnde jukbeenderen leek hij op een geschoren whippet. 'Ik weet dat het helemaal verkloot is en zo, meneer, maar ik wilde u zeggen: u hebt het geweldig gedaan.'

Waarom voelde hij zich dan zo beroerd? 'Is meneer Webster binnen?'

'Shuggie? Ja, hij gaat nergens naartoe totdat ze zijn hand oplappen. Ik denk er niet graag aan hoeveel die huidtransplantaties kosten, alsof hij ooit in zijn leven belasting heeft betaald.' Agent Whippet verschoof zijn voeten. 'Hé, meneer, als u even hier bent, kan ik dan misschien eventjes weggaan om te pissen?'

'Tuurlijk.' Logan stapte de kamer in en deed de deur dicht.

Shuggie zat in de stoel naast zijn bed. De kneuzingen waren niet veel afgezakt, zo mogelijk zagen ze er nog slechter uit – de blauwe en paarse tinten evolueerden tot misselijkmakende groene en gele kleuren. Zijn rechterhand zat in een soort van kooitje, waarschijnlijk om ervoor te zorgen dat er geen druk op het rauwe vlees en de blootliggende botten binnenin kwam te staan.

Logan schraapte zijn keel. 'Hoe voel jij je?'

Shuggie keek op en kromp vervolgens piepend ineen in zijn stoel. 'Ik heb niks gezegd! Echt niet, dat zweer ik je...' Hij hield het kooitje tegen zijn borst.

Zó'n soort figuur was Logan nu dus: het soort waar mensen doodsbang voor waren.

'Ik wilde je alleen zeggen dat het me spijt. Alles.'

Shuggie hield zijn ogen op het kooitje rondom zijn hand gericht. 'Ik beloof dat ik niks zal zeggen...'

'Tsja...' De verpleegster trok haar bovenlip op, zodat er gelige tanden werden onthuld. 'Maak u maar geen zorgen – ze sleept zich er wel doorheen. Dat doen rotzakken zoals zij altijd. Het zijn de goeien die jong sterven.'

Aan de andere kant van het glas lag Beatrice Eastbrook in een privékamer, aangesloten op een rij monitoren. Haar hoofd was in verband gewikkeld, de weinige stukjes zichtbare huid gekneusd en vol korsten.

De verpleegster schraapte haar keel. 'We hebben... Nou ja, iemand moet Jenny vertellen dat haar mammie er niet meer is.' Stilte. Een kuch. 'U weet wel.'

Logan knikte.

'Hoi.' Hij stond aan het voeteneinde van het ziekenhuisbed.

Ze lag boven op de dekens, waar de kriebelige lakens en het grote metalen frame haar piepklein deden lijken. Ze hadden het smerige, bloeddoordrenkte verband om haar voeten verwisseld voor vers wit.

Jenny staarde hem aan, haar mond een hard streepje.

'Ja... Hoe dan ook...' Logan tastte in de plastic zak die de TR hem had gegeven, en haalde er een blauwe teddybeer uit. 'Dit hebben we gevonden in... Nou ja, ik dacht dat je hem wel terug wilde. Als gezelschap.' Hij reikte de beer aan, maar ze verroerde zich niet.

'Goed. Ik zet hem hier wel neer.'

Hij zette hem op het voeteneinde van het bed, waar ze hem kon zien. Iets vertrouwds van thuis. Dat zou ze leuk vinden. 'Gaat het wel?'

Ze staarde niet meer naar hem, maar naar de beer.

'Er is een klein meisje dat door een auto overreden is; de dokters moesten haar been afsnijden, en de mensen die jou hebben ontvoerd hebben het gestolen. Ze hebben haar grote teen naar de politie gestuurd en deden alsof het die van jou was.'

Logan krabde aan het bont tussen de ogen van de beer. 'Er komt straks een ceremonie en de burgemeester zal hem aan haar teruggeven. Ik denk dat haar mama en papa hem willen begraven... Hoe dan ook, het kleine meisje wil jou graag ontmoeten, als je straks vrij bent? Zou je dat leuk vinden?'

Stilte.

Hij slikte. Slaakte een lange zucht. Schoof vervolgens een plastic stoel aan. 'Jenny, de dokters willen dat ik je over je mammie vertel...'

'Dus, de hoofdcommissaris heeft een officiële klacht ingediend, en nu is Green onder een berg papierwerk begraven en probeert hij uit te leggen waarom hij een gijzelingssituatie binnenstormde en iemand een ander iemand liet neerschieten met het pistool dat hij niet bij zich mocht hebben.'

Geen reactie.

Logan staarde naar het plafond. 'De caravan ruikt trouwens nog steeds naar een muffe zwerver. Je zou de grootte van de spinnen moeten zien – die rotbeesten hebben je caravan gekraakt...'

Hij kneep in Samantha's hand. De huid was koud.

De machine ademde sissend en pingend voor haar. Een andere toonde bliepend haar hartslag. Alles stonk naar desinfecteermiddel, gekookte bloemkool en wanhoop. Zelfs de enorme bos bloemen van Wee Hamish Mowat kon dat niet verhullen.

'Ze hebben ontdekt wie de flat in de fik heeft gestoken.' Hij schraapte zijn keel. 'Toen ze Craig Petersons DNA door het systeem haalden, kwam het overeen met het spul op de buitenkant van de flatdeur. Het... Daarom waren er geen vezels of vingerafdrukken. Ik had de pik op hem omdat ik vond dat hij een toontje lager moest zingen, en hij...' Een diepe ademhaling. 'Hij moet gedacht hebben dat ik hen in de smiezen had. Dus probeerde hij ons uit de weg te ruimen. Het was mijn schuld: alles. Dit allemaal...'

Logan boog zich voorover totdat zijn voorhoofd op de kriebelige deken rustte.

'Ik wil geen politieman meer zijn. Ik verdién het verdomme niet om dat nog langer te zijn.'

De machines sisten en bliepten. Het gebouw bonsde.

'Het spijt me.'

'Het is oké. Sssst...' Een hand streelde zijn nek. 'Het is oké.'

Hij keek op en Samantha glimlachte vanuit haar nest van kussens naar hem.

'God, Logan, jij maakt zo'n drúkte over dingen.'

'Ik dacht dat je...'

'Het gaat prima met me. Je dacht toch niet dat je zo gemakkelijk van me af zou komen?' Ze trok de draden van haar pols en borst. 'Kom op, laten we 'm smeren uit dit gerimpelde schijtgat voordat ze besluiten om me weer in zo'n flikkers coma te brengen.' Samantha zwaaide haar benen uit bed en hupte op het linoleum...

Logan knipperde met zijn ogen, schoot recht overeind in zijn stoel. Veegde met zijn hand het kwijl van zijn mond.

Samantha lag daar gewoon, met slangen en draden op de machines aangesloten, zonder zich te verroeren, zonder iets te zeggen.

Want het echte leven kende geen eind goed, al goed – het echte leven kende alleen maar pijn en verbrijzelde botten.

Zonder wie...

Zoals altijd hebben veel mensen geholpen met het onderzoek voor dit boek – alles wat ik goed heb is hun schuld, alles wat ik fout heb is mijn eigen schuld.

Ik wil mijn grote dank uitspreken aan professor Dave Barclay van de Robert Gordon Universiteit, dr. Lorna Dawson en David Miller van het Macaulay, en dr. James Grieve van de Universiteit van Aberdeen, wier hulp van onschatbare waarde is geweest. De altijd geweldige Ishbell Gall heeft zichzelf overtroffen (zoals gewoonlijk).

Petje af voor Lee Carr, Xavier Jones-Barlow, Christopher MacBride, Julie Bultitude, Allan 'Ubby' Davidson, John Dennis, Dave Goulding en Alex Clark voor al hun fantastische hulp. Mark McHardie, Chris Croly en Andrew Morrisson voor advies en weetjes.

Allan en Donna Buchan voor hun steun en hun curry.

Mijn toffe redacteuren Jane Johnson en Sarah Hodgson, en iedereen van HarperCollins, in het bijzonder Alice Moss, Amy Neilson, Julia Wisdom, Wendy Neale en Damon Greeney; en al het personeel van het Glasgow DC. Mijn agent Philip Graystoke Patterson, Isabella, Luke en de rest van Marjacq Scripts. Andrea Best, Susanne Grünbeck, Gregor Weber en Andreas Jäger.

Verschillende politiemensen zijn ongelooflijk behulpzaam geweest; ik kan hen niet noemen, maar ik kan ze wél bedanken.

En om het beste voor het laatst te bewaren – zoals altijd: Fiona en Grendel.